［英］刘易斯·格拉西克·吉本 著
曹庸 孙予 胡瑞生 译

LEWIS GRASSIC GIBBON

苏格兰人的书

A SCOTS QUAIR

上海译文出版社

Lewis Grassic Gibbon

A SCOTS QUAIR

本书根据 Schocken Books, New York 1977 年版译出

图书在版编目(CIP)数据

苏格兰人的书 / (英) 刘易斯·格拉西克·吉本著 ;
曹庸, 孙予, 胡瑞生译. -- 上海 : 上海译文出版社,
1993. 12 (2025. 1 重印). -- ISBN 978-7-5327-1353-0

Ⅰ. I561.45

中国国家版本馆 CIP 数据核字第 2025HX4145 号

苏格兰人的书

[英]刘易斯·格拉西克·吉本　著　曹　庸　孙　予　胡瑞生　译

责任编辑/顾　真　装帧设计/张　越

上海译文出版社有限公司出版、发行

网址:www.yiwen.com.cn

201101　上海市闵行区号景路 159 弄 B 座

上海新华印刷有限公司印刷

开本 850×1168　1/32　印张 25.5　插页 2　字数 508,000

1993 年 12 月第 1 版　2025 年 1 月第 2 次印刷

印数:3,001—4,000 册

ISBN 978-7-5327-1353-0

定价:98.00 元

目　　录

前　　言

[英]艾弗·布朗[1]

现在有关现代苏格兰的书籍常常提到刘易斯·格拉西克·吉本这个名字，公正地将他列为苏格兰的景色和人物的伟大说明者。他在三十四岁时的早逝，以及他只在部分作品上所用的那个相当特别的笔名，使他成为一个不容易叫人记起的人物。现在他这部描写格兰扁山区和北海之间，描写花岗石城镇和城市的艰辛生活的著名三部曲编成一卷出版，理该向读者交代一下他的出身和作品的情况，我应邀来担任这一工作，深感自豪。

我之所以对这位作者发生兴趣——而且变成了热爱——是有许多原因的。我的祖先都是来自东河以北阿伯丁郡的农村，詹姆斯·莱斯利·米奇尔(刘易斯·格拉西克·吉本的真名)就出生在这个地方。在他出生的三十年后，我在伦敦，已是为时太晚地成为他的朋友。他的观点有些是我同意的，有些却有争议，我在他身上发现有一种精神是同我自己对种族的和乡土的爱怜、以及我所获得的人生观是一致的。他的说话带着苏格兰东北方的方言和成语。他是苏格兰的过去的代言人，而且，以他对史前考古学的卓越见解，以及对原始的(与未开化和野蛮完全相反的)人类和事物的嗜爱，可说是一切古代事物的代言人。他是人类的满怀忿怒和同情的代言人；他怒火中烧地反对压迫

（他于一九三五年逝世时，已深知法西斯将肆虐人间）。他出于自己的经历，同情一切贫苦和饥寒交迫的人。他曾经同那些为生活挣扎的人一起生活过，在彻骨寒风中，他们从总是吝啬的土地中拼死拼活地扒取粮食。

在他一切的优点中，我尤其钦佩他那善于驾驭文字和韵律的高超能力，和他所创造的许多形象；他的散文能把大地写得空灵缥缈，变成讴歌蓝天素云的诗歌。他善于写苏格兰山区的浓雾和“远山化成云烟”，写夏天的大地的氤氲蒸汽，雨后的土豆地里的触鼻香味，山坡上枞树的芳香，闪闪发光的露珠化成早晨的格兰扁天空的一顶华盖，有谁能把这一切写得比他更好呢？奈尔·冈恩[②]曾经说过，人们可以在吉本的散文中听到大地本身在说话。我还要再添一句：也可以在他的散文中听到云天在说话，天空里还有饰带似的成串凤头麦鸡在啼叫，麻鹬不停地盘绕着古人的石碑恸哭。

詹姆斯·莱斯利·米奇尔于一九〇一年二月出生于阿伯丁郡中部奥契特莱斯附近谢格特山区的一个农庄。他的母亲闺名莉莉·吉本，是基尔德鲁米人。小米奇尔八岁时随他父亲迁至缅恩斯（又称金卡丁郡）的德鲁姆利希的一个农庄，罗伯特·彭斯[③]的父亲就是从这里移居艾尔郡的。那是一个有山有海的地区，这个地区范围虽小，却是苏格兰的精华所在，巨大的山峦耸入云霄，耕地绵延，伸及峭壁耸崖。这儿有花岗石的城镇，捕鲱鱼船队，织布厂和佃农。

我想，他在当地的学校里，十分幸运，碰到了一位名叫亚

---

① 艾弗·布朗（Ivor Brown， 1891—1974），英国作家，评论家。
② 奈尔·冈恩（Neil Gunn， 1891—1973），苏格兰小说家。
③ 罗伯特·彭斯（Robert Burns， 1759—1796），苏格兰诗人。

历山大·格雷的老师，这位老师发现并知道怎样来给这个孩子培养一个极好的前途。这个学生空下来总是更愿意拿着书本躲到什么地方去，而不愿意帮助干田间劳动。他十五岁进了斯通哈文的麦基中学，他在学校里是个有天赋的学生，所写论文都远远超过一般水平。但是，他念了一年书后便离开学校，到《阿伯丁日报》担任记者；不久，他又转入格拉斯哥的《苏格兰农民报》。二十岁时，他生病，回到了缅恩斯，帮助干了一阵子田间劳动。

后来，我对他阅读范围和语言知识之广，大为惊异。我从来不知道，他哪来时间学习。

他在童年时期一定是不顾自己的健康，在自愿博览群书上下了狠劲。热切的苏格兰学者一般都是这种情况。莱斯利·米奇尔是我所认识的几个阿伯丁人之一，这些人在各方面都极富才赋，把精力全都花在做学问上，却早年夭逝。米奇尔甚至十六岁就学会了俄语，并想用俄语去采访 M. 克拉辛。米奇尔说，克拉辛当时是经由阿伯丁被英国驱逐出境的，他用英语向这位说着漂亮俄语的小记者解释说，当局不许他用任何语言发表谈话。当时，这位年轻记者梦想着一个苏维埃的阿伯丁，他一边踏着月色在这个灰色城市里行走，一边在想着苏格兰积年的苦痛，想着日后将如何来解决这些苦痛。他脑海里总是激烈地想来想去，从人类的光明的开始想到人类如何摆脱现在的痛苦。

病后，他在陆军和皇家空军先后当了八年的文书。这样一个才气焕发的人竟然会把时间浪掷在部队的填写表格的工作中，似乎是很奇特的，可是，他要去旅行，却没有钱。根据记载，他在兵营里并不合群，完全是个怪人，这倒是完全可信的。

但是这段经历却使他有机会到中东去，他在那里可以考察更多的古代遗迹，冥思社会的起源和人类的痛苦。他告诉我，他正是在那儿碰上一位考古学家，这个考古学家后来带他去中美洲，他在那儿研究玛雅文化的遗迹，这就为他后来所写的一本书收集到了材料。他认为他后来身体不好，有些毛病就是那次旅行引起的:有一回，他对我说，他的消化功能之所以从来不能恢复过来，是因为在玛雅废址期间，吃过一阵子玉米，加上先前又吃了几年部队伙食的缘故。

一九二八年，他离开了部队。一九三五年，他逝世了。他在七年中写了十六本书；他的生产力实在惊人，他的精力旺盛，他的立身的打算是有悖常理的(而且迄今依然是种神话，因为一般阿伯丁人总是知道如何当心自己的)。

如果他重操他早年的新闻工作旧业，他本来就可以挣到稳定而适当的收入，余暇时写几本书，然后他就可以完全靠他的著作过上相当好的生活。可是，他却拼命专事写长短篇小说，把一天的时间分为三段，希望每段能够写一千五百字左右。他试图将他的短篇卖给一些不适当的杂志，后来，休伯特·乔治·威尔斯①发现了他，这才使他走上了正轨。他的书，通常总是写得太快，然而他的才能总是以这种那种形式在作品中表现出来。近东是一种富有效果也是经常出现的背景。这位作家的生活虽然短促、忙碌，幸而跟他从前的常规生活完全不同，他愉快地结了婚，后来又有了孩子，一个女儿，稍后又有了一个男孩。

展现在读者面前的这个三部曲，是他献给苏格兰的礼物，

---

① 威尔斯(H. G. Wells， 1866—1946)，英国作家。

书名中的那个“quair”就是“quire”，意思是一个集子，或者一卷书。米奇尔自己改名为刘易斯·格拉西克·吉本以示报答之意。第一部《落日之歌》，出版于一九三二年，迅即获得了理所当然的注意。第二年，克丽斯·格思里的故事又继续展开于《云雾山谷》中，《云雾山谷》仍然使我难以忘怀。接下来是一九三四年出版的《灰色的花岗岩》。最后这一部给人的印象是草率，结尾同整个三部曲不相称。这篇巨构好像让作者亲手捏碎了，而且，本来非常成熟的才能，突然显得比较稚嫩比较生硬了。这部作品有点儿沉闷粗糙，然而，由于是出自高手，其中仍有难得的优美的东西。我向埃里克·林克莱特①说，这本书使我失望，他反驳说，不管这个三部曲有什么缺点，其中仍有许多堪与伟大的苏格兰歌谣匹比的章节。那么，还有什么比这更高的颂扬吗？

这就是这个三部曲，一个置身于缅恩斯的凤头麦鸡出没的“园苑”间的小农庄的故事，一个跟早期苏格兰有联系的故事，一个不断回说到古代的殖民者所竖立的石碑的故事，这些殖民者打地中海来到这些偏远的山区找金属，搞探测。

这里必须作两点解释。莱斯利·米奇尔的人生观是相信性本善的。早期那些一无财产的人，一般总被看成好斗的野蛮人，他却认为他们是些无忧无虑的、爱好和平的人。（他完全支持一切关于这些真正纯朴的、只为稻粱谋的初民的材料。）后来只是由于在埃及发现了农业，同时滥用了由定居农业而产生的文明，才产生了罪恶和堕落，产生了对暴虐的神明和暴虐的帝王的崇拜，产生了迷信权力、战争以及现代人的一切苦难。在

① 埃里克·林克莱特(Eric Linklater， 1899—1974)，苏格兰作家。

他看来，凶猛和野蛮是原始的衰退，他的信条是一种热烈的主张：必须设法恢复人类那种最初的野蛮之前的原始的善。

这里无法阐释他关于古代文明，它的扩散和衰退的整套理论。这种理论出现在他的许多书上，在他给《苏格兰史实》（跟休·麦克迪尔米德[①]合写的一本书）写的文章中，在他对早期的探险者所做的记载《九人探秘》中，以及早期以莱斯利·米奇尔署名的一些小说中。我之所以在这里提起这个问题，是因为怕读者会因书中经常回说到布拉威里的那些石碑而大惑不解，因为这些石碑在他看来是把苏格兰大地同一切普遍而持久的事物连在一起的，是初民们的象征，他们在迷失方向之前一直是过得很快活的。

第二点需要说明的是书上那些土语和韵律。莱斯利·米奇尔是个农民出身的人，他总是在想农民和农民的命运问题。他一会儿痛恨耕作的苦活，一会儿又意识到耕作的土地是那么同他密切地关连，而非常自豪。“我母亲，”他写道，“在收获时总是给我裹上一个披肩，把我放在麦堆后面，她则自顾收割去。”既热爱泥土气，爱听呼呼的风声，又憎恨在“滂沱”大雨下作牛作马，痛恨流汗、发抖和贫困，这种矛盾的看法，都经常出现在《落日之歌》和《云雾山谷》中。在书中，苏格兰农民仿佛既是粗鲁恶俗，又有幽默和节操，正如土地本身仿佛满怀忌恨而又令人难忍地支配着劳动者的肉体，但又在夏天里使缅恩斯显得美轮美奂，土地由于苏格兰人的手艺和耐心耐性，精工施肥，精心收割而充满生机。

为了对土地和同胞表达自己这种心声，米奇尔选择了一种

① 麦克迪尔米德（Hugh MacDiarmid，1892—1978），20世纪初杰出的苏格兰诗人和社会活动家，他的真姓名为克里斯多弗·穆里·格里夫。

墨守旧风格的、有明显旋律的文体。我第一次看到这种文体时，觉得这是一种矫揉造作。可是，我突然领悟到他所试图做而且的确做到的，正是要“将英语塑铸成顿挫抑扬的英格兰口语”。他很少应用对话，但是，在某种意义上说，他却一直在用对话，因为他的写人写地，就是一个人的说话声，不妨说，就是苏格兰本身的声音。所用的词汇在初次出现时有点儿古，稍微有点儿旧式。（据说，这就是罗伯特·彭斯式。）男孩跟女孩碰面，常常写成“娃娃跟小妞儿碰面”，这也许会使人生厌。我不是在这里为使用一切手段以达到一定效果的做法辩护。那种效果是要使得苏格兰土地有声有色，因此，我敢说，人们在刘易斯·格拉西克·吉本这种有明显旋律的，抑抑扬格的散文中，的确可以感受到马匹在犁地时那种大摇大摆的步伐，风吹过树林的律动，群山向海边延伸的地方翻腾的土地浪涛般的轰鸣声，那些艰辛劳动的、谈情说爱的、吵嘴口角的人的“说话声”，在《落日之歌》结束时，那些伴随着动人的告别声走过去的小农庄的人。

作者曾经说，按照这一习惯工作，使他在六个星期中便写成了《落日之歌》。这使得他的打字机运转如流。这是他的表面的说法。我则认为，事实上，这种抑扬顿挫的文体乃是来自感情的源泉，这是他自己对本地和本地的人民所怀有的深深的感情。总之，读者一旦静下心来细听它的旋律，他大概就会发现旋律与题材非常相称，教人五官舒泰。

一九三四年秋，莱斯利·米奇尔向我诉苦说，他认为自己患了十二指肠溃疡，越来越感到难受。一九三五年初，他为此做了一次手术，但并没有恢复元气。我怀着沉痛的心情，到戈尔德园参加他的火葬，向他最后告别。他的骨灰后来落葬在缅恩斯的阿巴思诺特。

他刚刚三十四岁。我想他从来没能有时间写任何的书。他一生坎坷，忙乱，多才多艺。他刚刚初有成就，可以闲散一下，而不必一头扑在打字机上。他刚刚开始写一本原可以成为苏格兰典籍的作品。依照他的遗愿，销毁了他已写好的部分，但总算留下了这个三部曲。在这部作品中，他花了心血，凭他的熟练技巧，罕见的迅笔疾书，一语中的地勾勒出了景致。我认为，克丽斯·格思里的塑造者，这位描写格思里家那些红土地的山谷里的迷蒙美景的笔墨生动的作家，缅恩斯镇和酒店里“那些说话者”的记录者是决不会被轻易忘却的。他也是不应该被轻易忘却的。

第　一　部

落　日　之　歌

献给

琼·巴克斯特

序　　曲

平坦的土地

在狮心王威廉①的时代，有个叫做科斯帕特里克·德·冈德希尔的诺曼人赢得了金拉第这块地方，那时候，鹫头飞狮和类似的动物还在苏格兰乡间游荡，人们会在睡梦里醒来，听到孩子们的叫嚷，说是有只大灰狼，打暗窗里窜了进来，撕咬他们的喉咙。在金拉第溪谷里，就有这样一种动物的窝，白天它待在林子里，整个乡间都闻得到它那恶臭的味道。薄暮时分，牧羊人就看得到它，两只大翅膀，半张半合，护着它的大肚皮，它那只脑袋，就跟一只大公鸡的脑袋一样，而耳朵却像狮耳朵，它掠过枞树，探头探脑地瞅着。它吃胡羊，男人，女人，真是个极可怕的东西，国王已经要传令官公开悬赏，征求任何勇士来制服这只怪兽，除去它造成的灾祸。

因此，有个诺曼人科斯帕特里克，他年轻，没有土地，异常勇敢，甲胄齐全，跨上战马，打爱丁堡镇北上，走出外地南方，穿过法夫森林，直趋福尔法尔湾的牧场，经过当年皮克特人②打败丹麦人时树起的阿伯列诺的梅克尔大石碑；他在那里停了下来，看着那些当时就亮锃锃的图像。时至今日，这些图像仍没有失去光泽，那是些有马匹、进击、粗暴的外国人溃逃的场面。他可能还在石碑那儿作了一下祷告，然后策马进入缅恩斯，传说中对他的策马驰骋说得不多，不过，最后，他的确来到了金拉第这个迭遭蹂躏的地方，人们告诉他，鹫头飞狮就睡在金拉第溪谷那儿。

但是，鹫头飞狮白天躲在林子里，只有到了晚上，经过一条穿过角木树丛的小径，他才能看到它蜷缩在窝里的骨头堆里。于是，科斯帕特里克等到夜幕降临，便骑马赶到金拉第溪谷边缘，将灵魂托给上帝，下得马来，手执猎野猪长矛，走进溪谷，把鹫头飞狮杀了。他把这个消息送给狮心王威廉，径自到爱丁堡镇喝酒，搂抱他的美丽情妇。威廉封他为金拉第骑士，并把一个大教区全都赏给他做领地，赐准他在那儿造一个城堡，封赏他佩着有鹫头飞狮头的顶饰，他本人和他的后代子孙有权制服任何动物和恣意妄为的人。

因此，科斯帕特里克便找皮克特人来为他在山背隐蔽处造起了一座坚固的城堡，城堡后边是荒凉隐秘的格兰扁山脉。他让人把那个溪谷的水排干，又娶了一个皮克特女人为妻，生男育女，在那里住到老死。他的儿子便以金拉第为姓，有一天他打城堡往外一看，看到马里斯查尔伯爵③从南方疾驰而来参加高地人在蒙丁斯的大战，这地方便是现在的碾粉厂；他也率领家人出来打仗，不过，他是站在哪一边，人们没有说，可能他参加了胜的一方，因为金拉第人向来是非常精明的。

科斯帕特里克的曾孙曾经参加过英格兰人攻击那个绿林好

---

① 狮心王威廉(William the Lyon，生于1143，1165—1214在位)，苏格兰国王。

② 皮克特人，古代苏格兰东部一个民族。

③ 马里斯查尔伯爵，苏格兰王詹姆斯二世(1458年左右)授给威廉·基恩爵士的爵位。

汉华莱士[1]的战争，后来华莱士第二次从南方赶来时，金拉第和其他一些有身份的人当时都一起逃进远在金内夫那儿一个岛上的邓诺塔城堡，城堡结实坚固，逢上涨潮，海水泼溅着它，海鸥日夜叫个不停。他们随身带去许多粮食武器，他们和他们手下的人就这样固守在那儿，把缅恩斯搞成一片荒芜，使得那个胆敢反抗英明的英格兰国王的绿林好汉无法为他那支粗野而又没有土地的大军找到给养。可是，华莱士迅疾直趋山谷，他听说了邓诺塔城堡的情况后，便把城堡包围起来，但因城堡实在坚固，使他心急如焚，要迅即把它夺下来。因此，在一个深更半夜里，趁着汹涌的浪涛盖掉了他行动的声响时，他爬过邓诺塔的岩石，翻过城墙，和那些苏格兰泼汉们夺取了邓诺塔，把聚集在那儿的有身份的人以及所有的英格兰人全都杀了，掠夺了他们的粮食武器，然后撤走。

据说，那一年的金拉第城堡，只有一个新娘子住在新居里，她没有子嗣，过了好久，她骑马上阿伯柏罗索克的修道院去，那儿的修道院长约翰是她的表兄，她把自己的心事告诉他，说她担心金拉第这一脉看来就要断种了。因此，在九月，他跟她同居，隔年，新娘子便生了一个孩子。以后，金拉第家的人便不再管什么打仗和吵嘴，株守在山后的城堡里，由阉割的隶农服侍，抚弄他们的武器，搂抱漂亮的娘们。

等到第一次的宗教改革运动和以后的几次宗教改革运动到来时，有的人叫嚷要辉甘姆[2]！有的人叫喊要罗马！还有些人叫嚷要国王！金拉第人却都安安静静，不声不响地坐在城堡

---

① 华莱士(Sir William Wallace, 1270—1305)，苏格兰最伟大的民族英雄之一。率军队反抗英格兰的统治，后被捕处绞刑。

② 辉甘姆(Whiggam)，苏格兰长老会。

里，一点也不理会人们的争论，因为战争是危险的事儿。但是，后来荷兰人威廉来了，明摆着，大局已定，无法可想，于是，金拉第家的人就全都拥护正教圣约①，据说他们心头始终记住上帝的圣约。因此，他们在原来小教堂的地方，造了一座新教堂，并在旁边造了一幢牧师住宅，在那儿的紫杉树丛中，就是当年英国人终于把绿林好汉华莱士击溃后他躲藏的地方，有一个金拉第家族的人，名叫约翰·金拉第，到了南方，成为伦敦宫廷里一个大人物，是约翰逊和詹姆斯·博斯韦尔②这两个人的好友，而且约翰·金拉第和詹姆斯·博斯韦尔两人曾经一起来到缅恩斯散心玩乐，坐在那儿一边喝酒，一边说些不登大雅之堂的话，一谈就谈到深更半夜，夜夜如此，后来弄得那个老地主很讨厌他们，于是他们只得悄悄溜走，一如詹姆斯·博斯韦尔在他的日记上所记的，曾经爬上侍女住的顶楼，有一个名叫佩吉·邓达斯的女人，长着一个肥胖的大屁股，我确实和她一起睡过觉。③

可是，到了十九世纪初，那是苏格兰士绅的倒运时日，因为法国革命的异端邪说已经越海而来，小佃农和老百姓之类人在听那个老教士讲述温良恭俭让之道时都站了起来，叫嚷见鬼去吧！异端邪说远及金拉第，当时那个小地主，他叫肯尼思，他自称为雅各宾党人，参加了阿伯丁的雅各宾俱乐部，就在阿伯丁，在他宣称要追求自由、博爱、平等的暴动中，他差点没让人给杀死。人们把他抬回金拉第，他成了个瘸子，但是他还

① 正教圣约，1638年苏格兰长老会反对主教派教会的盟约。

② 塞缪尔·约翰逊(Samuel Johnson， 1709—1784)，英国文学家，字典编纂者；詹姆斯·博斯韦尔(James Boswell， 1740—1795)，英国传记作家，著有《塞缪尔·约翰逊传》。

③ 原文为希腊文。

是坚持说人人都是自由平等的，他动手卖掉产业，把钱送到法国，因为他的确心地善良。小佃农们成群结队冲向金拉第城堡，砸了城堡的门窗，他们认为闹平等应该在本地开始。

在这场纷乱中，大半产业都丢失了，而那个瘸子则坐在那里看粗鄙的法文书；可是，直到他死后都没有人相信，他的遗孀；那个可怜的女人，发现她只拥有处于粗粝的格兰扁山的一块土地和登伯恩上面的桥头向外岔去的大路间的那片田庄。也许一共只有二三十块地，那些佃农都是原来的皮克特种人，很执拗，他们都是一些毫无来历的没有教养的普通人，就在那片漫长坡地上辛苦劳作，房子密集。租期一两年，在这期间你从天蒙蒙亮干到天黑，租约捆住了你，而那些卑鄙的有身份的人则坐吃你的田租，可你跟他们还不是一样的人。

肯尼思留给他遗孀的就是这么些东西，她一想到过去的情况就哭得好伤心，他们却乐呵呵的，后来，她一眼闭嘴合，他们就把她放在金拉第的墓穴里，躺在她男人旁边。她有三个孩子在贝维斜坡那儿的海里捕鱼时，淹死在海里，但是，第四个孩子科斯帕特里克是跟老女王①同一天死去的，他生前很文静，俭省，通情达理，致力于整顿产业。他赶掉了一半佃户，他们都移居到加拿大和邓迪等地去，其余的他没能一下子撵走，但慢慢地也撵走了。

他在清理出来的土地上建起了附有住宅的更大的农场，并把它们以更长的租期，更大的租金出租，他说兴建高级大农场的日子已经来到。他种植了有枞树，落叶松和松树的林子，以防护又长又荒凉的山坡，他本来很可以为金拉第捞回一笔财

① 老女王，指英国维多利亚女王(1819—1901)。

富，可是，他却讨上了一个莫顿女人，这个娘儿身上有黑人血统，她折磨他，迫得他酗酒，直至死去，这是她用的最好的办法。他有个儿子非常傻，他们终于把他关进了收容所，金拉第家族就此完结，在皮克特人为科斯帕特里克造的那个城堡的原址上所造的那座大宅邸，也像奶酪般粉碎了，只剩下两三间屋子作为保管人的办公地方，产业当时全都抵押掉了。

因此，到了一九一一年冬季，金拉第的产业只剩下了九小块，其中最大的是那个庄园，它从前一直是城堡的家庭农场。有个爱尔兰人，名叫厄尔伯特·埃利森，他说他是代保管人经管这个地方的，可是，如果你肯相信你所听到的各种传说的话，他把许许多多钱都管进了自己的荷包，而不是管进了保管人的荷包。这倒是不容置疑的，因为据说，他过去只是都柏林的一个侍者。好久以前，金拉第爵爷，就是那个傻瓜，已经完全是个疯子了。他曾经住在都柏林，吃喝玩乐，埃利森给他送去威士忌，还有人说，他们两人抵足共榻过。不过，人们是什么事都说得出的。

因此，这个傻瓜便把埃利森带到金拉第来，让他做自己的仆人，每当他真正喝醉，埃利森跑去拿掉他的威士忌酒瓶时，他就拿一只瓶子掷向埃利森，大声叫嚷，滚蛋，你这该死的软蛋包！叫得那么响，整个庄园都听得到，很叫那个牧师的妻子恼火。于是那个最后一任牧师，格雷格老头便像约翰·诺克斯怒目横对圣十字教堂①那样，怒目横对金拉第邸宅，说道，天运将会降临。于是，的的确确，他们便把这个傻瓜硬弄到收容

① 约翰·诺克斯(John Knox， 1505—1572)，苏格兰宗教改革家；圣十字教堂在爱丁堡。他曾在那儿传过道。

所去，他走的时候，头上戴着一顶护士帽，他把脑袋伸出在车子后面，嘴里大叫喔—喔—喔！车子经过的路上，刚好有小学生走过，他们都吓得要命，拼命奔回家去。

可是，埃利森已经很懂农事，他卖掉了家畜，买进了马匹，所以保管人就让他当庄园的管理人，他便搬进了庄园的农场住宅，到处去找个妻子。很多人看不上他，因为他是个可怜的爱尔兰人，话又说不大来，又不是教堂里的人，可是，埃拉·怀特她并不那么挑剔，而且她自己也年纪大了。因此，等到埃利森在奥欣布莱的庆丰收舞会上走到她跟前大声说，我今儿晚上可以到你家里去看你吗，亲爱的？她说，噢，行。于是，他们在回家去的路上，就躺在麦草垛里，也许埃利森七弄八弄，肯定可以得到她了，因为那时，他想女人想得要命。

第二年元旦，他们结婚了，埃利森开始认为自己是金拉第的一个大人物了，也许是一个有身份的人。但是，庄园里那些单身汉，庄稼人和调皮捣蛋鬼，却从来就不喜欢什么有身份的人，而只会挖苦他们，因此，在埃利森结婚前夜，在他要进屋时，他们捉住了他，按照惯例，剥掉了他的裤子，用柏油涂他的屁股和脚底，又黏上了鸡鸭毛，然后，把他丢进了水槽。他骂他们是该死的苏格兰蛮子，非常气恼，等到雇用期限一到，把他们全都解雇了，因为他实在气得要命。

但是，此后，他和他的太太埃拉·怀特生活过得很富裕，他们有了一个女儿，是个骨瘦如柴的小妞儿，他们仔细考虑后，送她上了奥欣布莱小学，后来又去哈斯通哈文中学，她学得很勇敢，在体育馆里大出风头，裙子下边露出小黑短裤。埃利森本人也开始变得大腹便便，脸孔红通通的，身体魁梧，精力充沛，一双像猫儿一般的绿眼睛，一张大嘴两边挂着胡子，装上了满口镶着金边的假牙，价钱很贵，也很好看。他总是穿着马裤，打着绑腿，因为，这时，他已是个很有身份的人了；他在市场上碰到相知好友时，会高声大叫，没错儿，就是你，瘦老皮猴！而那个人就会脸上一红，十分羞惭，可什么话儿也不敢说，因为他可不是一个可以冒犯的人。在政治上，他说他是个保守党人，可是，在金拉第，人人都知道他的意思是说他是个托利党人，而那个耕种着皮西纳普那块地的斯特罗恩家的孩子们一看到埃利森走过就尖声大叫：

黑炭佬，鼻子青
真像一只大杜鹃

因为他给图立夫那头那个人送去了一张合约，那人已经把牛卖掉，拿钱去付保险费，大家都说那个卖牛的人和埃利森俩不过是要摆阔而已，因此大家都在背后嘲笑他。

埃利森就这样在那幢大宅子下面的庄园里，按照他那爱尔兰的方式耕作土地，大宅子的正对面，隐藏在远处的紫杉树丛里的，便是教堂和牧师住宅，教堂是个古老而漏风的地方，到了冬天，就在做祷告的半道里，你也许就会听到阵阵真可以掀掉屋顶的干咳声；那当儿，是由下山人萨拉·辛克莱小姐专门弹奏风琴的，她会朝着赞美诗册直打喷嚏，漏弹几个音调，于是，那个老牧师就会比任何时候都更像约翰·诺克斯似的对她吹胡子瞪眼。

教堂隔邻有座旧塔，还是在罗马天主教时期由那些下等人造起来的，现在已是破旧得不能派什么用场，只有一些斑鸠，打顶层的狭隙里飞进飞出，终年在那儿作窝，鸟粪把那地方弄得白茫茫的。塔的下半部有个像是科斯帕特里克·德·冈德希尔的雕像，他就是那个杀死了鹫头飞狮的人，他躺在那儿，交叉着双臂，脸上一副傻相；而他用来杀死那只鹫头飞狮的长矛就锁在那儿的石柜里，要不有些人是这样说的，但是另有些人说那支长矛不过是小小的一把旧镰刀，还是那个美丽的查利王子时代的东西。这就是那座塔的情况，但是，它还算不上教堂的一部分，真正的教堂已经一分为二，一个大堂和一个小堂，有人管这两个堂叫做牛棚和萝卜坑，讲坛就在中间。

从前那个小堂是大宅里的人和他们的客人以及诸如此类有身份的人所待的地方，可如今任何人都可以进去坐坐了，上了年纪的人都拿着募款袋坐在那里，还有那个为萨拉·辛克莱吹口琴的小默里。小堂里装有好看的玻璃窗，年代很久了，玻璃窗上绘有三个女人像，跟教堂不顶合适。其中一个姑娘是忠诚女神，说真的，她倒像个傻乎乎的天真姑娘，因为她抬起双手，瞪着一双眼睛，好像一头让萝卜卡住喉咙的母牛，肩上披着一小块毯子，一大半滑跌了下来，可看来她毫不在意，身上缠着一片涡卷和饰带。

第二个姑娘是希望女神，她也差不多同忠诚女神一般古怪，只是有地道的美发，一头红发，也许你还可以说是红褐色的，冬天，在做早晨礼拜时，阳光洒遍栽在教堂院子里的紫杉树，又穿进了小堂，把希望女神的头发照得通红。第三个姑娘是慈善女神，她脚跟有一群赤身裸体的小孩，尽管她浑身缠满那些傻里傻气的碎布片，样子却像个正派的美女。

大堂的窗子，虽然也是彩色玻璃的，可那上面却一幅画也没有，整个堂里什么画也没有，谁稀罕那些画呢？只有那些粗俗的天主教徒才喜欢把个教堂弄得像杂货店里挂的月份牌一样。因此，大堂很正气，空无一物，只有一些雕花的老式座位，有的配有坐垫，有的则没有，如果你的位子本来就没有垫子，又有钱可花，再加你高兴的话，是可以给你加上个垫子的。在讲坛后面上边，有块三角形的地方，设有三个座位，是唱诗班坐的地方，他们在那儿领唱赞美诗；有些人把那块地方叫小牛栏。

讲坛后面就是后门，走出去穿过教堂庭院，就是牧师住宅和一些房屋，还是老女王时代造起来的，看来外表很美，但是，所有的牧师太太都说很潮湿。不过，这些牧师太太都是很爱嘀咕的人，不知道自己的日子什么时候才算好过，她们那些个男人，一个星期天讲一两次道，就拿到钱，是那么盛气凌人，在路上碰到你，简直都不认识了。牧师的书房就在屋子最顶层，在那儿可以俯瞰整个金拉第，到了晚上，他可以从那儿看到农场住宅的灯光像是一片金光闪烁的黄沙铺在他窗子下面，大宅邸屋顶上的旗杆亮闪闪地高耸在星群中。但是，在一九一一年十二月这个时分，牧师住宅却空无一人，而且已经空了好几个月了，老牧师已经身故，新牧师还没有选定；逢到礼拜日，牧师便于午前从德鲁姆利希，阿巴思诺特或劳楞西柯克赶到，在金拉第主持礼拜；他们本该待在家里，天才知道他们究竟有些什么好说。

如果你打教堂的正门出来，偏东一点走去，那就是一条可以通向教堂、牧师住宅和庄园的路，再走过一点便是大路。大路岔向南北两条路，但是对面另有一条路，那条路经过桥头农场，直通金拉第。所以这是一条十字路，如果向左沿着大路走去，就可以走到皮西纳普，这是一个古老的地方，不过是块三四十英亩地的小农场，还有一块可称牧场的荒地，但是，天知道那里几乎没有牧草，而只不过是一片长着芒柄花、金雀花和垃圾的地方，里头净是野兔，它们晚间出来，把你的谷物吃得干干净净，叫人气得发疯。不过，纳普的地大都还不是孬地，那里头毕竟流下过千年的汗水，房屋后面那个大猎园尽是一片黑沃土，并不是金拉第那一半翻起的红黏土。

现在皮西纳普的房屋造了还不过二十来年，尽管如此，外表已是破落不堪，因为虽说房屋就在大道边上——出脚挺方便，如果你甚至连换件衬衫都有不识相的坏蛋要戏弄你，而你不觉得讨厌的话——正好夹在牛栏和马厩中间，左边是谷仓，右边是住屋，还有牲畜场，在牲畜场正中间便是堆得高高的黄色粪堆、草堆和湿黏黏的粪便，正因为这儿发出的一股臭气，才使斯特罗恩太太始终无法容忍皮西纳普。

但是，查伊·斯特罗恩自己在耕作这个地方，他只是说，啐，干吗要这么吵吵嚷嚷？接着就会说起他在国外所闻到的那种还要厉害的臭味来。因为查伊在他回到苏格兰来之前一直是个流浪汉，他最后还在下山那儿当过雇工。他到过阿拉斯加，在那儿找金矿，可是，却连点金的影子都没有看到，所以他便到加利福尼亚去种地，后来他实在厌恶水果，简直连一只橘子，梨子都不要再看，哪怕是罐头的。于是，他去了南非，他在那儿真是过得舒畅，跟一个黑人部落的酋长成了真正的知心朋友，那个酋长是个非常正派的人物。他和查伊一起同布尔人和英国人战斗过，而且打败了他们，查伊是这样说的，但是，不喜欢查伊的人则说，他所谓参加过战斗，只是嘴上说说而已，至于说到打败人家，如果真是那样的话，他只会吃不了兜着走，难过都来不及咧。

那些自认为是有身份的人都不喜欢他，因为查伊是个社会主义者，认为我们大家都应该有同样数目的钱，不应该有富有穷，人人都应该彼此一样。而有钱的人不消说得，也完全是傻瓜，因为如果有朝一日你也同样有钱，接下来又会怎样呢？——不又是有富有穷！可是，查伊说，金拉第、奥欣布莱、劳楞西柯克和德鲁姆利希的四个牧师去年都拿同样的薪水，他们今年又会有多少钱呢？——还是一样多的钱！在你看到一个社会主义者出差错之前，你就得手脚灵活地在早上起床，如果你给我多嘴多舌，我就要请你吃耳光，老弟。

查伊是个很好抬杠的人，不过，他并不是个爱好吵吵闹闹的人，除非是人家去惹了他，所以，他是个很讨人家喜欢的人，虽然人们都要取笑他。可是，天知道，又有谁不被人家取笑呢？他长得漂亮，很有身架，阔阔的肩膀，金色的美发，宽阔的额头，有点像把犁刀似的鼻子，他把胡子朝上用蜡擦卷，就像那个德国皇帝一样，他能够抓住一匹奔跑的牛犊的角使它停下来，他的腕力真大。他是金拉第手脚最灵巧的人之一，他能够阉小牛、驯马、杀猪，全都是一刹那工夫就完事，他还能为你的牛奶棚盖瓦，给小孩理发，挖井，他老是对你说，社会主义就要来到，如果不来，那么，准会遭到大崩溃，我们又得回到野蛮时代了，就此完蛋了，老弟！

不过，人们都说，在他开始要使别人社会主义化之前，更其需要开始使斯特罗恩太太社会主义化起来，她就是下山的柯斯蒂·辛克莱。人家说，她长了一张利嘴，破布都剪得断，会把叫花子骂走，如果查伊不是时不时地要想念他在南非的那间小屋和他那个漂亮的黑女人的话，那就让那间小屋或是那个黑女人见鬼去吧。查伊刚从外国回来时，曾在下山做过一阵子雇工，那会儿，下山只有两个女儿，一个叫柯斯蒂，一个叫萨拉，也就是在教堂里弹风琴的。两姐妹年纪都不小了，急于需要找个男人，那时候，柯斯蒂事实上已是十分消沉，因为看来那个从阿伯丁来的当医生的小伙子好像已不再跟她在一起了。他就此颇为得意地离开了她，当柯斯蒂哭哭啼啼地把这事情都告诉了她的母亲辛克莱老太太时，她母亲觉得十分羞惭，几乎心神错乱。

且说现在正是雇工订约期限快满的季节，下山的辛克莱老汉只能从雇工市场上找到查伊·斯特罗恩，带回家来，查伊呢，因为一向住在外国，浑身是劲，只消递个眼色，哪有不动情呢？不过，即便如此，他也并不急于求爱，只是在柯斯蒂旁边荡来荡去，就像只鼬鼠在挂着一块肉的鼠夹旁边兜来兜去，因为还吃不准那块肉是否值得冒一冒险；可是，时间的确不等人！必须采取点一不做二不休的办法了。

因此，有一天晚上，他们在厨房里吃过晚饭后，辛克莱老汉信步到牛栏去巡看一番，辛克莱老太太则上楼去，并对柯斯蒂点头示意说，好啦，我要去睡觉了，你也别多耽搁，去睡觉好吗，柯斯蒂？柯斯蒂说，好吧，对她母亲丢个淘气的眼色，老太太径自登楼到自己屋里去，柯斯蒂便同查伊打情骂俏起来了，他劲儿真足，这时，只有他们两人在一起，也许不消一分钟，他就会要她在厨房里就地躺下来，只是她悄声说这不安全。因此，他脱下靴子，她也脱下靴子，两人蹑手蹑脚上了楼，溜进柯斯蒂的屋里，正当两人有点儿得趣时，不料天啊！辛克莱老太太手擎着蜡烛，另一只手颤抖着高高举起，打开门，撞了进去。不，不，她说，这完全不行，查基，喂，你得娶她了。可怜的查伊，真是走投无路，柯斯蒂和她母亲两人都盯着他看。

因此，他们便结婚了，辛克莱老汉已经略有积蓄，他为查伊和柯斯蒂把皮西纳普租了下来，并为他们购置农具，装修那个地方，他们便在那儿安顿下来，不到七个月，柯斯蒂便生下一个小女孩，看来长得很好，也很好看，不过，她母亲却赌神罚咒地说，她是个早产儿。

此后，他们又有了两个孩子，全都是小伙子，两人都活像查伊，每当埃利森那辆神气的小马车辘辘地驶过金拉第路时，这两个小孩就会唱起那首大杜鹃歌，说实在的，他们真能逗你乐。

在皮西纳普正对面，横过大路，地势偏高，都是红泥土，有一条粗石子路迤逦通达布拉威里的一些房屋。金拉第的人都说，走出世界，来到布拉威里，一点不假！这是一块孬地，孤零零地立在山坡上，总共有五六十英亩，此外，有一片荒野紧连着山坡，高高耸起在布拉威里上面，一直延伸到山顶的一块大平地，那儿有一个小湖，栖息着数以百计的沙锥鸟；有人说，那是个无底的湖，开磨坊的长脚罗布说，那个湖真像一个牧师的邪恶行径的渊薮。

对任何牧师去说三道四那可是件罪孽的事，虽然罗布说对小湖说三道四不是件好事，不过那儿有湿黏黏的脏水，难以入目的黑黝黝的一片，旁边长满灯芯草和蓑衣草；如果你在黄昏时分站在那里，沙锥鸟的尖锐刺耳的叫声准会叫你耳朵都聋了。好在这个小湖附近有一圈古代的石碑，有的笔直挺立，有的扁平，有的东倒西斜，正中间有三块大石碑冲土而出，带着一种单调而舒服的神气斜竖在那里，这些石碑似乎在谛听什么，等待什么。这些石碑叫做督伊德①石，人们都说督伊德全是从前

---

① 督伊德，古代高卢、不列颠和爱尔兰等地凯尔特人中的祭司、巫师。

一些下流的坏人，他们曾经爬到这儿，在石头那儿唱他们那些肮脏的异教徒歌曲；还说如果他们一看到一个基督教传教士，就会把他剖肚挖心。可是，开磨坊的长脚罗布却说苏格兰所需要的就是应该回到督伊德时代。不过，他也不过是谈谈而已，因为那些个督伊德准是一些非常愚蠢、而不是精明的人。

布拉威里已经快有一年没有佃户了，可是，人们说，眼看就要有一份人家来了，是个来自北方的、叫做约翰·格思里的人。

这儿的房屋就在围场的一边，房屋造得精巧紧凑，屋后是垃圾堆，围场对面就是正屋，占地不多，房子却很漂亮，三层楼，一个实惠的厨房，中间有个相当不错的花园，还有一条布拉威里大道。那儿还栽有山毛榉树，一共有三棵，一棵紧挨着正屋，花园的篱笆是金银花，到了夏天，煞是好看；如果你能靠金银花味过活的话，你大可以栽上一片，大有益处。

说起来，皮西纳普和布拉威里都是在斯通哈文那边的农庄。可如果你在那年冬天向东一拐，沿着奥欣布莱路走去，在你右边首先看到的便是古第斯东，是一小块租借地，大小跟皮西纳普一样，也同样古老，是老早以前的一个小农场，它离开大道约有四分之一英里模样，它本身那条路从秋收后期到来年春天，总是泥泞不堪。有人说也许这是因为芒罗的头颈的缘故，他始终无法把头颈里的泥污冲洗干净。但是，其他一些人则说他从来没想到去冲洗。芒罗是邓迪那一带的南方人，在这儿租种了十三年地，他身高足足六英尺，两条腿非常粗糙，像只闹脑水肿的羊羔，有两只似乎是他的特色的大脚，年纪大约四十来岁，但是已经谢了顶，红红的皮肤，双颊和下巴颏起皱，还有……天哪！你从来没见过一个比他更丑的人，更可怜的出身。

不过，还有比芒罗更糟的人，也许他们都待在牢狱里，但是，他会大吹大擂，尽说大话，弄得你非常讨厌他。他两天打鱼，三天晒网地耕作那块地，那地大多是很好的土地，一片黑沃土直贯皮西园苑，只是排水不好，那些个旧的石头排水渠仍在下塌，简直无法摆弄，大宅邸的经管人只好给重新换过，再不就是把牛栏的屋顶修理好，因为每当狂风暴雨之夜，芒罗太太在那里边挤奶时，屋顶像只筛子般漏水。

可是，如果有谁亲切地说，天啊，你这牛栏真糟，太太，她当即会大光其火，像我们这种人，有这样一个牛栏，已够好啦。如果那个不识相的家伙应和说，这地方对穷人说来确实够好的了，她又会光起火来，谁穷？我告诉你，我们从来不要任何人帮助，尽管我们没有到处去吹去夸，就像有些我名字都叫得出来的人那样。因此那个人就会认为那女人实在没趣，她活该让全金拉第的人嘲笑，当然不是当面嘲笑她。她是个瘦个子，一头乌黑的头发，一双灵活的黑眼睛，像只鼬鼠，每当她大肆咆哮时，那声音真会教你按捺不住怒火。但是，她却是方圆几英里内最好的一个接生婆，往往就在半夜里，有个乱了方寸的可怜汉来敲她的窗门，芒罗太太，芒罗太太，你可以起来去看看我妻子吗？她便马上起床，穿上衣服，你还来不及吹一下口哨，她已经像只鼬鼠般一溜烟地奔进了金拉第寒冷的夜色之中，等她一进了喊她来的这家人的厨房，便立即发号施令起来，同时告诉那个临产女人，要轻快、利落、灵巧，要不然，很容易坏事。

有趣的是，这个女人自以为谁都不会说她的坏话，如果她听到了一点点因头，那她就会像长在施了肥的地里的大黄一样，满脸通红，好像就要哭出来了，于是人家就会觉得真是很对不起她，接着她就会对安第和托尼大声叫嚷起来，把他们仅有的一点神志都骂得七荤八素了，真是可怜。

且说安第和托尼这两个痴子，是邓迪的一家收容所寄养在芒罗太太家里的，据说这两个人并没有什么危险。安第是个臃肿邋遢的大家伙，嘴巴老是张开，像只在长牙齿的小狗一样口水滴个不停，鼻涕在脸上晃来晃去，他想说话时，那真是说得杂乱无章，十分可笑。他最最傻，不过又很淘气，有时候他奔到山上，站在那里，手指捏着鼻子，向芒罗太太做鬼脸，她对他尖声叫嚷，他也向她叫叫嚷嚷，接着他翻过高原沼地，跑到上山的茅屋那儿，那些庄稼汉会给他香烟，然后捉弄他，弄得他十分光火；有一回他竟在放工具的地方操起一把斧头要杀人。到了晚上，他便悄悄回到古第斯东来，站在外边发出像只让人踢了的狗儿一样的叫声，同时在门口嗅来嗅去，搞得芒罗秃顶上仅有的几根头发直竖起来。但是，芒罗太太起得床来，守在门边，扯着他的耳朵把他拉进来。有人说，她剥下他的裤子，揍了他一顿，不过，也许这是谎言。她不怕他，他也不怕她，所以他们俩真是配合得很不错的一对。

除了托尼，轰动古第斯东的一桩事情就是芒罗夫妇还没有亲生的孩子。而托尼呢，虽说他并不是最傻的，可他也真是个怪物。他是个小个子，一部红色的小胡须，一双忧愁的眼睛，走起路来耷拉着脑袋，真叫人替他难过，因为，有时候，就在他走到大道的半中间时，或者到一垄芜青甘蓝菜地去的半路上，他会突然起了什么怪念头，就站在那里，像个傻瓜那样，瞪眼站上好久，直到有人把他摇得转过神来。他有一双纤细柔软的手，因为他不是个劳动的人；人们说他过去是个学者，写过好些书，钻研钻研，钻得脑子衰弱，精神完全失常，他就进了贫民院的收容所。

芒罗太太差托尼到桥头外面的小店里去买东西，告诉他要买什么东西，说得简单明白，也许有时还赏他一记耳光，就像你对待小孩或者痴子那样。他仔细听她说过后，表示听懂了吩咐，便上小店去了，一点也没有买错地回来了。但是，有一天，芒罗太太把要买的东西告诉他后，她看到这个小人儿用一支不知打哪儿捡来的铅笔在纸上写。她一把抢过那张纸，翻过来翻过去地看了一阵，就是看不出个名堂来。因此，她赏了他一记耳光，问他写的什么。可他光摇着头，真是一副傻瓜神气，同时伸出手来要拿那片纸，可是，芒罗太太就是不给他。等到斯特罗恩家的孩子们经过古第斯东路这一头去上学时，她正好等在那里，把那张纸交给最大的姑娘马吉特，要她拿给老师看，问他那上面写些什么。

到得晚上，她就等着斯特罗恩家的孩子回来，他们拿来了老师写给她的一封信；她打开信封，看到一张条子，说是写的是速记，翻成普通的写法，应该是：两磅食糖，一份人民报，半盎司芥末，一听灭鼠药，一磅蜡烛，我不认为能够从中揩油二个便士的找头来吸一支烟，她肯定是特威特这一带一个最吝啬的婊子。因此，托尼也许不是很傻，可是，那天晚上，他没有晚饭吃；她也从此不再要看他写的条子了。

且说，沿着金拉第路继续向东走去，你就经过左边的下山，那儿有五个地方在肯尼思[1]爵爷以前的小佃户时代，就有

---

① 即后为苏格兰王的肯尼思一世，他驱逐了丹麦人，征服了皮克特人。

它自己的园苑。可现在它已自成为一块农场了，是辛克莱这对老夫妇的，他的妻子已经历尽沧桑，岁数大了，叫她难过的是她的大女儿萨拉依然同所有的未婚者搞在一起——他们住在农场的住宅里，茅屋里则住着监工，二手，三手和临时雇工。登伯恩就在下山后面，一摊浅水在洞坑里缓慢平静地漂着，从来就没见到过那里头有鱼，人们说，这也好，登伯恩没有鱼，下山的事儿就够鱼腥臭的了。

穿过横在这块地方和皮西纳普中间的那片高原沼地的是古时候一条路的痕迹，有人说它的年代跟卡加库斯①一样古老，就是他，在格劳庇斯一役中把罗马人打得落花流水的，又有人说这是督伊德的神功，是他们把石碑放在布拉威里湾上面的。可是天啊！这些家伙中准有过几个古怪而懒惰的石匠，他们还在下山的荒野那儿搞起过另外一个石圈，就在那条古道的正中间。不过，现在那儿只有两三块石碑了，下山的庄稼汉都发誓说，其余的石碑一定是敲碎了，散落在耕地上了，那些个园苑真是硬得像老太婆的心肠那样。

不过，下山倒是个可以种萝卜和燕麦的地方，有时候，饲草真是长得不错，但是，大部分地都是红土，太孬，不适宜种大麦，要不是辛克莱老太太养了一批批猪，拿到劳楞西柯克去卖，她的老头子决不会像现在这样安稳。这位老太太是古敦人，大家都知道古敦人是怎样一种人，那是些古敦捕鱼人，他们会打尸体的肚子里掏出银钱来，把那种恶臭的鳕鱼，叫做香喷喷的鱼，一个先令卖两尾。她在跟辛克莱老头同居以前，就

① 卡加库斯(Calgacus，生卒年月不详)，苏格兰的酋长。此处有误，事实是他率领的部落大军在公元84年被著名的罗马将军阿格里科兰(Gnaeus Julius Agricola， 40—93)在格劳庇斯山击败。

是个捕鱼女，后来，他们靠借来的钱在下山定居下来，正是她一星期赶着一辆小马拉的货车，上古敦两次，回来时载着一车臭鱼来做沃田的肥料，弄得方圆几英里地都是那股恶臭。也正是那些臭鱼做肥料后，头六年，他们有了好收成，后来因为土地都泛白了，他们才不再拿鱼来做肥料。可是，这时，养猪已是颇为顺当，有利可图了，他们还清了债，赚来的钱就都是他们自己的了。

辛克莱老头不是个有恶意的人，他开始有点昏聩了，辛克莱太太到了晚上总是把他推进椅子里，帮他脱掉靴子，给他穿上拖鞋，要他坐在厨房炉火跟前，并对他说：你又累坏啦，汉子。于是，他便用手托着她的下巴颏，说，啊，我很好，别担心……我始终是你的汉子，不是吗，小姑娘？他们这两个脸上都起了皱纹的老傻瓜，会傻乎乎地彼此对望着，如果当时有客人在场的话，他们那位十分文雅的女儿萨拉，的确就会感到很难堪。可是，辛克莱两老夫妇只是对她摇摇头，到了晚上上床时，两个老身体拥在一起取暖，不禁叹一口气，为什么没有勇敢的小伙子想把萨拉弄上自己的床。她盼呀，瞄呀，打扮了多年，有一回，好像跟开磨坊的长脚罗布有点儿希望了，可是罗布并不是个要结婚的人。天啊，如果说古第斯东那些个傻瓜的确都是傻瓜的话，那么，一个有钱的人，本该讨个老婆，使他清醒勇敢起来，可他却单身一人睡觉，自个儿烤面包，对此你又有什么好说呢？

但是，开磨坊的罗布却从来不去想金拉第对他是怎么看法。在金拉第路再过去一点，在一条通上山的岔路的角上，便是磨坊，罗布单身独人已在这儿住了十年，独自经营这个磨坊，看那个下等人英格索尔[①]写的书，这人会制造表，却不相信上帝。罗布的磨坊经常养有两三头肥猪，他从人家拿到磨坊来磨粉的一袋袋的谷物、大麦里偷出一些来喂猪，猪怎么会养不肥？谁都不会否认，长脚罗布的公猪是缅恩斯最好的公猪之一，人们甚至远从劳楞西柯克把母猪赶来跟他的公猪配种，他那只公猪真是头又大又好看的畜生。

除了磨坊，公猪和母鸡，罗布还有一匹强健的拖车马和一匹小驹，用来耕作他的二十英亩地，他大约还有一匹未养过牛犊的母牛，因为他实在没有时间送它去跟公牛交配，但是，他却尽有时间像个傻瓜那样累死累活，满身大汗地去鼓捣磨坊后面那片崎岖的沼地，把它弄成一个园苑。他在三年前就着手干起来，迄今却连一半都还没搞好，那儿净是大窟窿，池塘，到处是金雀花大树根，跟人的胳臂一样粗，你从来没有见过比这更傻的做法。金拉第其他人家已经上床睡觉了，还听到罗布出去在那块孬地上一边拼命干活，一边径自吹着口哨，仿佛这时正是午前九点钟，太阳灿烂辉煌那样。他用口哨吹着《西班牙小姐》，《从前有个年轻闺女》和《为我铺床的姑娘》，可是，他哪曾有过一个姑娘上他的床，也许这样对姑娘也有好处，因为她准不会看到身旁有他的影子。

他那样出去一夜后，待到天蒙蒙亮，他又出去了，有时候，他就带着那匹强健的拖车马和那匹小驹出去，人畜三个，结成好朋友，可是等到他不要它们动弹，它们却要走动，要它们走动，它们却又不肯动弹时，他真是让它们气得发疯，想尽

① 英格索尔（Robert Green Ingersoll，1833—1899），美国政治家和演说家。他普及了人文主义哲学、科学的唯理论以及对于《圣经》的较严正的批判，被称为“伟大的不可知论者”。

一切粗野的话骂它们，叫人简直认为，整个缅恩斯都听得见他的叫骂；他还用皮鞭鞭打它们，使得人们说真可以治他以虐待罪；不过，他也自有对付牲畜的办法，不消一分钟，又跟它们和好如初，他出门上德鲁姆利希的铁匠或上阿巴思诺特的小木匠那里去时，那两只畜生一看到他，便打园苑那一头飞奔而来，他只好跳下自行车，用他买来的、随身带着的糖块来喂它们。

罗布的确自以为是个弄马的好手，可是天啊！他给你扯起马的事情来，简直会叫你听到头发发白，可是，这个竹竿一样的长脚，自己却一点也不觉得厌腻。他个子虽然细长，而且也许骨骼很细，小小的脑袋，细细的鼻子，一双蓝眼睛，像在冒烟，有如冬天早晨的一只铁犁头，总是闪闪发光，一部长胡子，颜色像成熟的谷物一样，挂在嘴角两边上，可是，他对此却处之泰然，因此尽管那个老牧师对他说，他的样子像个斯堪的纳维亚人，他则说，很好，牧师，只要我样子不像个牧师，我就会心满意足地在这个世界上扭斗下去。牧师说他是个傻瓜而且是不信神的，他听了哈哈大笑，笑声就像荆棘刷在钵子底下发出的哔啪声一样。罗布说他宁可做荆棘，也决不做吃奶的孩子，因为他既不相信牧师，也不相信教堂，这是他看了英格索尔写的书后懂得的，不过，天晓得那家伙的推理是不是跟他的表一样糟糕，他只不过是根不可靠的撑杖而已。可是，罗布说他是可靠的，如果基督会驾临金拉第的话，他准要欢迎基督上他磨坊里去吃点肉，喝点牛奶，可是基督在牧师住宅里是屁也吃不上的。这就是长脚罗布和那个磨坊的情况，有人说，他并不完全待在那儿，另一些人说，他是常常待在那儿的，而且不止待一会儿。

上山高耸在磨坊上面，山上有直冲云霄的落叶松树，人们说，一百年前，这里簇居着五份小佃户，后来，肯尼思爵爷摧毁了他们的住房，把他们赶出教区，另建了上山的像样的农场。二十年后，有一个小佃户的儿子回来，租下了这个地方，他叫戈登，他们只叫他厄普拉姆斯，可是他不喜欢这个叫法，因为他有了大农庄，快要成为有身份的人物，却忘记了他那个小佃户的父亲在肯尼思爵爷赶他们走的那天晚上，像个小孩似的一路哭哭啼啼地离开金拉第的情况。他是个小不点儿，一张白皙的脸，头发又长又稀，鼻子不是挺直，而是歪向一边，嘴上不留短须，小手小脚，他喜欢打绑腿，穿短裤.手拿手杖，那副样子神气得像一只站在粪堆上的公鸡。

戈登太太是斯通哈文人，她父亲曾是那儿邮政局的一个小职员，可是天啊！你听她说起这事情时，倒叫你认为，邮政局是她爹发明出来的，并且已经取得了专利权。她是一只大母猪似的女人，不过，常常穿得很时髦，那双眼睛，就像鱼眼睛，跟一尾鳕鱼的眼睛一样，她总要说英语，还要叫她两个女儿也说英语，这两个女儿，一个叫内莉，一个叫马吉·吉英，都在斯通哈文中学念书。可是天啊，她们真是越念越糟，如果你在路上碰到这两个小妞儿说，啊，内莉，你妈那些母鸡蛋生得怎样？那个姑娘准会回答你，近来不很大①，显出一派傲慢的神气，简直叫你当即不去抓住在你眼前的鼬鼠，而要揍她一顿。

虽说戈登太太只不过有一个小小的家，可是，听她说起来，你简直会认为，自从她结婚以来，一个月要生一窝孩子那

① 此处的“大”字用的是苏格兰方言“meikle”。

样。她总是说，听着，我是怎么把内莉带大的——或者是，阿伯丁的那个专家是怎么说马吉·吉英来着的——直说得人们生厌，从此在上山方圆一英里地上不再提起孩子的事。可是，开磨坊的罗布，这个粗野汉子，他却当面嘲弄了她一顿，他乱扯淡说，你听着，我牵我那头公猪上爱丁堡那位专家那里，他总马上说，“罗布先生，这是一头很不同寻常的公猪，非常了不起，而且非常聪明，你应该送它上中学，有朝一日，它将是你的真正的光荣。”戈登太太听他这么一说，面孔变得红如炉火，竟会忘记说英语，而是用苏格兰土语说罗布是个十恶不赦的下流坯。

除了这两个姑娘，他们还有一个儿子，约翰·戈登，他真是你见所未见的一个粗野东西，他不过十八岁，却已经同两三个姑娘发生过不正当关系了。但是，其中一个姑娘却使他大伤脑筋，她哥哥是格伦贝维那边的一个园丁，他一听到这事，便跑到上山来，把小戈登从牲畜场里抓了出来。你要耍花招吗？他说，小戈登说，把你这双该死的手拿开。那个小伙子说，行，不过，我要先把手在脏布上揩一揩，说着，他抄起一把粪浆，把小戈登泼得浑身浆汁，然后，把他放在粪沟里滚，滚得他那副样子连老母猪看了都吃不下晚饭。

那些单身汉帮工听到了吵闹声，都出来把他们拉开，可是，一看到只有小戈登一个人在挨揍，他们都哈哈大笑，站在四周高声对其他同伴说，这倒真是一车好粪散落在粪沟里。德鲁姆利希来的那个小伙子提到他妹妹和她所受的耻辱，决不会轻易让这种折磨了结，小戈登像只半死不活的猫儿，身上那股味儿就像一个死了一星期的人发出的气味一样，上山的主妇看了好难受。她七冲八跌地跑到单身雇工的宿舍那儿，去数落那个工头，一个高地人，也是个倔强年轻的莽汉子，叫尤旺·塔文达尔，你干吗不帮帮我的约翰尼？尤旺说，我是你们雇来当工头的，不是来当保姆的。他是个蛮横的莽汉子，脸皮要多厚就有多厚，但却是个非常好的雇工，人家说他能嗅得出天气，也十分熟悉土地。

说起金拉第的第八个地方来，你根本不能称之为一个地方，因为那是普蒂的地方，是在金拉第大道的半中间，夹在磨坊和桥头中间。它不过是一块未曾犁过的余地，也是一块凹地，后边有一堆小屋，是老普蒂养牛和一只小驴的地方，那只驴子几乎同他一样的年纪了，真个的！加倍地好看；人们说，那只驴子跟普蒂待在一起那么长久，现在它一张开嘴来叫一下，就开始结结巴巴地说起话来。因为普蒂老人也许是缅恩斯一个最糟糕的口吃者，而最最糟糕的是，他并不认识到这一点，一味去胁迫每个牧师在四处组织音乐会，让他登台演唱。这个昏聩的老傻瓜竟登台去背起光……滑……畏缩……胆……怯的小东西①和类似的一些诗歌来，叫人听了难过死了。

他在这儿已经住了足足五十年，人们说，他父亲先前是纳普的小佃户，简直没有人知道他的名字，也许他本人也都忘记这个名字了。他是金拉第最早的居民，他为此而自豪，但是，一直住在一间冷湿的屋子里，这种屋子连一只山羊都不想停下来休息一会儿，这有什么可以自豪的，真是天晓得。他是个鞋匠，他管自己叫皮匠，这个老式称呼人家听了都要嘲笑。他那头白发总是披到耳朵边，也许只是在元旦和生日时才洗头，平

① 这是苏格兰诗人彭斯《致鼷鼠》的首句。

常是不大洗的，人们始终只看到他穿着灰衬衫，领圈是红的，他为什么只这样穿着，是只有他自己才知道的秘密。

亚历克·马奇是桥头的农场主；地点就在登伯恩上头的外面，他是打斯通哈文那儿来到这儿的，人家说，他在那儿弄得一身是债，有了那么一个邋遢女人做老婆，不把他拖垮那才怪呢。亚历克是作田好手，桥头也不是金拉第最差的地方，虽然地质很湿，而且它的园苑跟上山连在一起。马厩里容得下两对马，但是亚历克只养了三匹，他说他要等他的家发起来后，才养足四匹马。他的家倒真是发得快，如果说马奇太太她别的事儿做不来，那她总是不消一年工夫，就要养个孩子，马奇也已经习惯于半夜里爬起来，急冲冲地赶到贝维去找医生。那位医生，麦尔德伦老头，他会向亚历克使个眼色，大声说，老弟，老弟，你又中啦？于是，亚历克说，该死，你简直没有看到如今的女人，一下子就怀孕了。

因此，有人说，他准是对他的太太大瞪着眼，不过那难以相信，她并不是个什么了不起的美人儿，斗鸡眼，样子懒懒散散，什么心事也没有，好像不是个凡人，即使五个孩子同时吵吵嚷嚷，闹得天翻地覆，烟囱里的煤烟倒灌下来，弄脏了晚饭，牲畜冲进院子里，把她洗得干干净净的东西都吃光了，她也不以为意。她只是说，唔，一百年后我死了，也还不是一个样，说着，点起一支香烟来，像个流浪汉一样，她随身总是带有一包香烟，半个缅恩斯都在谈论她，谈她本人，谈她吸烟。

五个孩子中有两个男孩，大的十一岁，所有五个孩子的脸都跟马奇一样，上半部宽阔，骨骼粗大，但逐渐朝下缩小变成一个尖下巴，就跟猫头鹰或者狐狸的脸一样，两只大耳朵，像只奶油罐的把手。亚历克本人的耳朵就很大，怪不得人们说，他在夏天可以用耳朵去扑苍蝇。有一回，他骑自行车从劳楞西柯克回家，当时，他真个喝醉了，来到了登伯恩桥上面的斜坡，他一时把那条河当成宽广的大道，冲进了桥顶和河岸之间，倒栽葱地跌进了二十英尺下面的泥河床；于是，他常常说，如果他不是耳朵着地的话，他脑瓜儿都要开花了，但是，开磨坊的长脚罗布却笑着说，脑袋开花？老天爷，马奇，你是永远也不会有这种危险的！

这就是金拉第在一九一一年那个萧瑟的冬天的情况，人们在下一年初所选定的新牧师就要说这就是苏格兰的乡间，坐落在菜园和一簇美丽的蔷薇花丛中，前面就是一幢有绿色百叶窗的房屋。他说这话是什么意思，如果你有兴趣猜谜语，爱听闲话的话，你自己不妨去猜，整个金拉第并没有一幢装着绿百叶窗的房子。

歌

第一章　犁　　地

克丽斯·格思里躺着的下边和四周，就是发出嘘嘘叫声的六月的高原沼地，飒飒发响，抖着它们的大鬈；这儿既有黄黄的金雀花，又轻抹上一层紫色，那就是石南属植物丛生的荒野，还没有到万紫千红的时刻。在东边，衬着深蓝色的天空，是北海的微微闪光，那么靠近贝维，也许在个把钟头左右，那儿的风就会转向，夹带着来自海上的寒气，你就感觉得到生活的变化和事物的无常。

但是，多日来，一直刮着南风，它在高原沼地那儿摇曳嬉戏，惹怒了熟睡着的格兰扁，风儿一碰上灯芯草，它就频频点头，在湖边抖颤，可是，风儿只带来热，而不是冷，所有的园苑都干透了，水分都被吸光了，布拉威里的红土大张着嘴，在等着似乎永远不会落下来的雨。这儿的山上，姹紫嫣红，好不热火，可是，打草场上则是干得裂纹毕露，在住屋远处的土豆地上，土豆茎和叶都已枯萎得发红，发锈色了。人们说自从一八八三年以来，还没有见过这样的干旱，开磨坊的长脚罗布说，不管怎样，你不能把这个怪到格莱斯顿① 头上，大家听了，除了父亲，都哈哈大笑。天才晓得是什么道理。

有人说，在北方，在阿伯丁那边，雨水真足，第河河水猛涨，孩子们在浅水的地方就可以钩住搁浅了的鲑鱼，那准是再好也没有的了，可就是没有一丝好天气过山而来，你往下走到金拉第铁匠那儿，或者往上走到登伯恩，条条路上都是滚滚热浪，灰尘浓密，汽车开过，就像给蒸汽团团围住的水壶一样。

这些个开汽车的下流坯，活该，他们一点也不照顾任何人，人们都这样说：两个星期前，有个开车的差点碾死小沃特·斯特罗恩，亏得他连忙在皮西纳普前面煞住了车，沃特像只尾巴下面碰上探针的猫儿一般大叫大嚷，查伊大步流星奔了出来，抓住了那个开车人的肩膀。你究竟想干什么？查伊问道。那个开车人是个花花公子，打着绑腿，斜戴着帽子，一直遮到眼睛那里，他说，以后别让你的鬼孩子在大路上乱闯。查伊说，你脑袋里得长个文雅的舌头，说着就给了他一记耳光，那人砰地一声倒在了灰尘里，斯特罗恩太太，就是下山那老头的女儿，扯开大嗓门，天啊，你这莽汉，你把他弄死啦！查伊只是笑着说，怕个鬼！就脱身走了。

可是，斯特罗恩太太把那个花花公子扶了起来，摇摇他，给他掸去灰尘，代查伊赔不是，真讲礼貌。她所得到的报答，却是查伊以殴打人的罪名被传到斯通哈文，罚了一镑，他打法庭出来时，嘴里直说在资本主义制度下没有什么公道可说，一场革命很快就会扫清它那些腐败的走卒。或许会如此，但事实是，几乎没有一点革命的迹象，开磨坊的长脚罗布说，就好像没有下雨的迹象一样。

这也许就是整个山谷一半急性子的人所持的理由。你走出

① 格莱斯顿(William Ewart Gladstone， 1809—1898)，英国政治家，在1868—1894年间，曾四度出任英国首相。

门去，条条路都有种庄稼的小伙子倚着大门，瞪眼望天，修路工人，一些可怜汉，在刨他们的小丘，汗水淋漓，似乎只有在丘冈上的牧羊人才觉得日子好过。可是，人们向他们叫嚷干渴时，他们也说他们干渴，羊群所在附近的山泉不消一个钟头便干涸或者渗光了，羊只便离群失散，咩咩叫个不停，搞得牧羊人神魂颠倒，只得跋涉好多英里路把它们赶到最近便的小溪小河去。因此，人人都很机警，瞪眼尽望着天，山谷的所有牧师都在为军队和威尔士皇太子的风湿病的祈祷中，挤出点时间来祷告求雨。可是，雨还是不肯下来；开磨坊的长脚罗布说，他听说军队和风湿病依然没有好转。

要是父亲说话有礼貌，赖在埃希特不走，也许会搞得更好些，阿伯丁雨水充足，土地富饶，雨日以继夜倾倒在巴梅金和富饶的北方土地的法尔山上。母亲打布拉威里的窗户望出去，不禁叹息说，像阿伯丁这样好的土地或是住在东河的人民这样好的人民，哪里去找？

母亲一生住在东河，她出生在基尔德鲁米，她父亲是个种田人，一个星期只拿到十三个先令，家里却有十三口人，算起来刚好一人一个先令。但是，母亲说他们全都过得很好，她一生从来没有像那时那样快活过，那时她赤脚走去上小学，学校就设在人人都知道的山峦下。她九岁辍学，家人给她打点了一只篮子，她就告别母亲，第一次出去打短工，甚至那时，脚上也没穿鞋子，她直到十二岁才穿上鞋子。第一次打工并不是真正的打工，她只不过是替一个老农民在地里赶乌鸦，晚上睡在阁楼里，可她却很满意，当时她年纪很小，她忘不了风儿在田地里的呼啸，她放牧的羔羊的拼命叫喊，和脚趾头踩在泥地里的感受。啊，克丽斯，我的姑娘，在你既不是孩子又还没有做母亲的这种日子里，比你的书本，学习，爱情，睡觉更好的事情有的是，乡下是你的，你是乡下的。

母亲当时就这么操劳，管理园苑；她活泼愉快，你知道，你迎着太阳瞧着她，就像你往一条岁月的隧道细瞅着她一样。她第二次打工打得很久，大约有七八年，直到她在彼托德里的犁地比赛上碰到约翰·格思里为止。她不止一次地把这事情告诉克丽斯和威尔，那场比赛并没有什么了不起，马不壮，地也犁得很差，凛冽的寒风飒飒吹过犁具，吉英·默多克看了一半就决定回家。

后来，轮到一个勇猛的小伙子上场了，满头红发，腿脚之灵活，真是见所未见，他的两匹马都系着饰带，又好看又齐整，他一操作起来，你就觉得他准会拿走奖品。后来，他，约翰·格思里果真捧走了奖品，而且不仅拿奖品。因为他打园苑跨上一匹马，又拍着另一匹马的背，并向吉英·默多克叫着，那双倔强敏锐的眼睛闪闪发亮，你愿意的话，就跳上来吧。她回答说，我真愿意！于是她一纵身，抓住马鬃，格思里一手托住她，让她骑稳。这两个人就这样打彼托德里的犁地赛场一起骑去，吉英骑在马上，披着长长的金发，直对着格思里倔强而精明的脸笑。

他们就这样开始一起生活，她对他又温柔又体贴，但是，他可不能去碰她；由于她那么温柔，逗得他心旌摇曳，所以他气得脸色发紫。然而，不消两三年，他们累死累活，积足了买衣物家具的钱，终于结婚了，后来威尔出世了，克丽斯本人也出世了，格思里家就在凯恩杜的埃希特租下了一个农庄，在那儿安居了好多年。

不论是冬季还是春天，是夏季还是收获时节，巴梅金山坡是冷得毛发直竖还是阳光满溢，生活就是犁田耕地，驱逐牲畜，土地越来越荒瘠，而在吉英·格思里的男人的心中，则是难受与冷酷。不过，她的头发的光泽仍然能够激发他的感情，夜里他跟妈妈睡在一起时，克丽斯总会听到他苦恼地叫嚷，妈妈的脸变得古怪了，诧异了，她那双眼睛追忆到了她自己决不会再看到的春天，从前那对眼睛一直是可亲可爱，喜气融融，她会单独吻一下，搂一下克丽斯或者威尔。后来多德生出来了，接着亚历克生出来了，于是，母亲的美丽的脸越发冷酷了。有天晚上，他们听她向约翰·格思里嚷嚷，一份人家有了四个够了，别再有了。父亲则老样子对她大声吆喝，够了？上帝要赐给我们多少，我们就要收多少，婆娘，你得当心点。

父亲他是恁怎样也不肯违背上帝的旨意的，准得很，上帝紧跟着亚历克，七年之后，又送来一对双胞胎，母亲走来走去，在生他们之前，脸色变得那么古怪，她已经没有了她一向那种愉快活泼的神色，有一回，大概她好像生病了，后来父亲说起去找个医生来，准备一下东西，她说，别为这事操心了。毫无疑问，你的朋友耶和华会照顾好一切的。父亲似乎一下子愣住了，脸都发黑了；他一声不吭，克丽斯十分纳罕，因为还不过是一个星期前，当时威尔无意地说到耶和华这个词儿，他可气得多厉害。

威尔是在埃希特的教堂听到这个词儿的，那会儿，一些老年人都坐在那儿，下巴颏刮得光光，两膝头夹着捐款袋，在等讲道结束，便要迈着缓慢而灵活的脚步穿过座椅，听到一个便士羞答答而可怜巴巴地碰击着有钱人丢下的三便士硬币。有一个礼拜天，威尔坐得快要睡着了，突然听到那个牧师嘴里漏出耶和华这个词儿，他觉得这个词儿很好听，很美，把它当成宝贝，想等到他找到一样东西，一个人，一头牲口，样子好看，魁梧，壮丽，配用这个词儿时再用它。

现在是夏季，正是地上长出各种虫类的时候，小牛犊开始从懒洋洋的反刍变得狂奔乱跑了，因为虫子在毛里大咬特咬后，躲到屁股那儿的皮里去。埃希特那年真热闹，一会儿是吆喝牛群声，一会儿是噼里啪啦的撞门声，再一会儿是小牛犊在池子里的泼水声，最后则是格思里那匹老马奈尔的痛苦呻吟声，它让高地的大公牛耍了一会儿，一只大弯角一戳，肚皮被戳开得像只烂芜菁。

父亲在园苑的高处割干草，把割下的干草排列成行，他打那儿看到这个情况，大声骂了句：见鬼！便开始像往常一样飞快地奔去，来到奈尔哼叫的地方。他边奔边捡起一柄镰刀，等他走近奈尔身边，他持起镰刀，大声叫嚷，可怜的妞儿！奈尔一阵呻吟，血呀，汗呀直淌，颈脖转了个向，父亲用镰刀在它的颈脖上割起来，直到它死去。

这就是奈尔的结局，父亲等到干草整理成行后，便奔到阿伯丁去，买了一匹新马，叫贝斯，晚上骑了回来，叫威尔看得目不转睛，大为高兴。威尔接过了马，给它饮水，领它进了先前奈尔睡过的马厩，给它干草和一捧玉米，动手为它刷刷身体，从肩膀刷到脚后跟，刷它那圆鼓鼓的肚皮，又长又卷的尾巴。贝斯径自站在那儿吃玉米，克丽斯倚在门侧，手里拿着一本《拉丁文法》。威尔就这样乐滋滋地仔细而着力地刷，刷完了尾巴后，他抬起刷子，敲一敲贝斯的胁腹，要它转过身去，好刷另一边，就在这时，他脑海里忽然闪上了他珍藏着的那个好听的词儿，于是，他一边重重地敲了它一记，一边说，过来，耶和华！约翰·格思里在场对面听到了这个词儿，大步流星地打厨房里出来，手抹掉沾在胡子处的燕麦饼屑，飞也似的掠过场子走进马厩——

但是他本不该那样打威尔，威尔倒在了贝斯的脚跟，它转过脑袋，嘴里的玉米滴滴答答落下来，俯望着威尔，看到威尔满面是血，它尾巴挥来挥去，一动不动地站在那儿。约翰·格思里把儿子掩在一边，理都不再理他，而是捡起刷子和马栉，嘴里说，啊，小妞儿！继续刷下去。克丽斯刚才大声叫嚷，掩着脸，这会儿又张了一眼。威尔慢慢地坐起来，脸上净是血，约翰·格思里不正眼看他，一面对他说，一面继续刷下去。

喂喂，你听着，如果我再听到你轻慢地提到你的造物主的名字，如果我再听到你用起这个词儿，我就要宰了你。你听着，像宰羊羔一样宰了你。

因此，威尔恨父亲，他已经十六岁，快成个大人了，可是，父亲仍然能够使他像个孩子般哭泣。在他们晚上躺在房子高高的顶楼间里各自的床上时，他就会悄悄地向克丽斯说他恨父亲的话，这时候，秋收时节的月亮在巴梅金上空浮游，田凫在埃希特的大地上飞来飞去。克丽斯手遮着耳朵倾听，贴着枕头的脸颊转过来转过去，她对父亲，对这儿的土地、这儿的生活是既恨又不恨——呵，要是她能明白是什么道理就好了！

因为她接触了书本，她从书本里找到了一个远离埃希特，远在南方的不可思议的世界。在学校里，他们证明她是个聪明学生，约翰·格思里说，如果她专心功课，她就可以得到她所需要的教育，她将来可以成为一个教师，为他增光，父亲格思里这样悄悄对她说，真好，默多克则笑得又愉快又甜。但是，她越来越不喜欢哈哈大笑，而是一心一意爱听历史地理那些东西，对那些曾经使得班上大笑的怪名称怪词儿如太长，太松，也都不大认为可笑了。在算术上她也成绩很好，脑子里会做许许多多数学题，在班上总是第一名，她当了班长，拿到许多奖品，四年里拿到四次奖品。

有一本书她认为很好玩，那本书叫《爱丽丝漫游奇境记》，它并没有什么意思。还有一本书，叫《凯蒂在学校干些什么》①，她爱凯蒂，羡慕她，希望能像凯蒂一样住在学校里，用不着在冬天泥泞的夜里赶去帮助清除牛栏，让那粪浆水溅起的臭气扑在脸上！第三本书是《黎恩济，罗马最后一个护民官》②，其中有些章节很精彩，有些却很乏味。黎恩济有个美丽绝伦的妻子，他正跟她睡觉，她的雪白的胳臂勾着他的颈脖，这时罗马人来了，终于把他杀死。第四本书是《苏格兰生活的幽默》，这是她在那双胞胎在凯恩杜出世前才刚拿到的，可是，天啊，如果这本瞎三话四的东西是有趣味的话，那她准是生来就很无聊。

这四本书就是她除了课本以外的全部书籍，也是在凯恩杜除了《圣经》以外的全部书本，《圣经》是祖母留给他们的，一本给克丽斯，一本给威尔，克丽斯这本上还写着：给我亲爱的克丽斯：相信上帝，正确行事。祖母是父亲的母亲，不是母亲的母亲，她很虔诚，每个礼拜天，不管雨晴都要上埃希特的教堂去，那儿大概一共有四五个牧师，她就坐在他们下面。有个牧师是她始终不能宽恕的，因为他不是像正派的人那样说**上帝**，而是说**尚帝**，幸亏他当时是着了凉，生了病，很快就过世了，

① 美国作家萨拉·昌西·伍尔西(1835—1905，笔名苏珊·库利奇)为女孩写作的许多故事和小说中的一部，发表于1873年。

② 英国作家李顿(1803—1873)描写黎恩济(1313—1354，罗马演说家，护民官)的一本小说。

也许这就是对他的判决。

这就是克丽斯的阅读和受教育的情况，有两个克丽斯在争夺她的心，在折磨她。你憎恨这儿和人们的粗俗的谈吐，读书学习使你今天勇敢文雅，可是赶明儿，对面山冈里的田凫的叫声把你叫醒了，它叫得那么深沉，好像就在你心里头叫，土地的气味扑面而来，简直叫你也要为之而叫，土地如此美，苏格兰的大地和青天如此可爱。点灯之前，你在火光里看到了父亲、母亲和邻居们的脸，那些疲倦而和蔼的脸让你觉得可亲可爱，你希望能听到他们所知道并且用过的词语，就是在他们早已消失的年轻时代里忘却了的词语，一些能够打动你的心的苏格兰词语，苏格兰人是怎样得到并且保持这些词语的，他们天天辛勤劳动，斗争不息。可是，过了一会，时过境迁，你又是英国人了，又重新把英国的词语说得那么清晰，简洁，逼真——一会儿工夫，又一会儿工夫，那些词语又那么自然而然地打你的嗓子眼里滑脱了，因为你知道，那些词语根本就无法说出值得一说的东西来。

但是，她参加了奖学金考试，得到了奖学金，开始学习拉丁文的动词变化，开头只是一些容易的，爱(现在式)，爱(过去式)，我爱一个姑娘，老师一说出来，你不禁哈哈大笑，他便叫着嘘，嘘，可却真正高兴，还对你微笑着呢，让你感觉到痛快，火辣辣地，主要的是其余的姑娘都不在学拉丁文或者别的东西，她们天生就是帮厨女工。还有法文，真难学，那个 u 最糟糕；那个督学来到埃希特，要她站在众人面前说 0—00， 0—00， 0—00—butin①，克丽斯简直羞惭得要跌倒在教室里。他

① 法语，战利品。

却说，用嘴做出仿佛要吹苦骚①的样子，但是，不必吹出来，而是说“0—00，0—00，0—00”。于是，她说了，照着那个督学的样，她觉得像只母鸡喉咙里哽着一块石子一样，督学是个英格兰人，肚子挺大，口哨两个字都说不来，只会说苦骚。

后来，他走了，坐上在等着他的那辆小马车，载他去火车站，可是，他却掉下了他那只漂亮的皮包，老师见了，嚷道，喂，克丽斯，拿着督学的皮包去追他。她照办了，在操场尽头赶上了他，他睁圆着眼睛看了她一会说，怎么？然后轻声一笑，又说，怎么？接着说，谢谢。克丽斯回到教师办公室，老师正在那儿等她，问督学可给了她什么东西，克丽斯说没有，老师显出一副大失所望的样子。

不过，人人都知道英格兰人都是非常卑鄙的，不讲道理，而且是懦夫，他们用奸计俘获了华莱士并把他杀害了。不过，他们在班诺克伯恩被打得落花流水②，后来，爱德华二世仍不收敛，终于逃到邓巴③，从此以后，英格兰人在所有的战争中都吃了败仗，只在弗洛登，他们又用奸计打了一次胜仗④，正如《森林中的花》⑤所写的一样。每当她在埃希特的教堂音乐会听到奏起这支歌并且有许多人唱起来时，她就要哭出来，因为歌词那么愁伤，那些个小伙子再也不能回到禾堆里他们的姑娘

---

① 督学念走音，将 whistle(口哨)念成 weesel。

② 班诺克伯恩，苏格兰斯特林郡一城镇，1314 年 6 月底英、苏在此发生大战，苏格兰民族英雄布鲁斯(1274—1329)大败英王爱德华二世。

③ 邓巴，苏格兰哈丁顿郡一个海港，1296 年英王爱德华一世夺取了该处城堡，后为爱德华二世的藏身之所。

④ 弗洛登，苏格兰、英格兰交界的山区，苏、英在这儿大战过，英国作家司各特的《玛米翁》有详细描写。

⑤ 苏格兰作家亨利·托马斯·科伯恩(Henry Thomas Cockburn，1779—1845)的一部作品。

身边来，而那些姑娘再也不能结婚，只能坐在那儿睁眼望着南边的英格兰边境，她们的小伙子都躺在血泊里，躺在那儿的地里了，仍然穿着血迹斑斑的短裙①，戴着残破的头盔。她曾经以此为材料写过一篇文章，详叙一切情况，老师说，文章写得很好。有时候，她真想写诗：像赫曼斯太太②一样。

可是，那篇文章写好后，双胞胎出世了，母亲又像以往一样，情况非常糟糕。她上了床，抽抽噎噎，生病了，克丽斯用水壶烧水烧了好多小时，然后放下毛巾，毛巾沾满脏东西，她看都不敢看，她快快地洗净毛巾，把它们晾起来。到了黄昏边，医生来了，他呆了通宵，多德和亚历克在他们的屋子里大叫大嚷，父亲跑了上去，狠狠地揍了他们一顿，他们虽然有要叫嚷的道理，但却不敢。于是，父亲又下楼了，尽管他已是四十个小时没睡觉，仍然是迅步如飞，他关上了厨房的门，双手捧着脑袋坐在那里，苦哼着说，他是个可怜的罪孽深重的人，愿上帝宽恕他的肉欲，他还说到她那头美发，接着又提到肉欲，可是，他并不想让克丽斯听到，因为他抬起眼来，看到她就在身旁看着他，不禁对她大光其火，要她去收拾桌子，给医生准备早饭——就用那边的客厅，还要给他煮只鸡蛋。

这会儿，母亲开始尖声叫嚷了，医生在楼上朝下面说，喂，这桩事体很棘手，我怕需要你来帮一帮，父亲听到这话，脸色顿时发白，又用手掩着脸，大声说，我不敢，我不敢！于是，那个当医生的又说，格思里老兄，你听到吗？父亲气得直跳脚，大声叫着，混账，我又不聋！说着又奔上楼去，仍然是迅步如飞，于是房门关得铁紧，克丽斯再也听不到什么了。

---

① 苏格兰高地男子穿的折叠短裙。

② 赫曼斯太太(Felicia Dorothea Hemans， 1793—1835)，英国女诗人。

这并不是说她要听，她实在自己也感到很难受，她一面煮鸡蛋，一面在客厅里把一块白台布铺在绿色的长毛绒台布上，再把早饭往上放，看到所有的家具都显得很阴暗，她的耳朵则在听着。这会儿威尔下楼了，因为母亲的叫嚷，他睡不着觉，他们坐在一起，威尔说，老头子真不是人，母亲不该再生小孩了，她年纪太大了，怎能吃得消。克丽斯圆睁着眼望着他，脑海里涌上阵阵可怖的形象，她当时还不太清楚，她那英国人的一面感到很难受，她悄声说，这跟父亲有什么关系？威尔也圆睁着眼望着她，害羞地说，难道你不知道？一头公牛跟一头母牛是怎么干的，你这傻瓜？

可是，就在这时，他们听到了一声惨叫，都吓得跳了起来，仿佛是他们的母亲被野兽咬在嘴里撕皮咬肉，再也受不住了似的；接着在惨叫声过后，又听到一只小猪似的尖叫声，他们两人都不想再听上面的声音了。克丽斯把鸡蛋煮了又煮，煮得鸡蛋硬如铁块。接着母亲又惨叫起来，天啊！叫人听了，心都停止跳动了，这就是第二对双胞胎生下来的情况。

随之而来的是一片沉寂，他们听到医生下楼了，晨曦也来临了，晨光瘆人地挂在静寂的园苑外边，倾听，等候。可是，医生高声叫着，热水，多弄几壶来，给我倒一盆水，克丽斯，盆边多放些肥皂。她听了说，是，医生，可是她说得很轻，医生没有听到，光火了，你没听到吗？威尔朝楼上喊道，听到了，医生，她只是很害怕。医生说，等她自己有个娃娃的时候，那尴尬的场面，更够她害怕的啦。把水倒出来，快！因此，他们倒了水，跑进客厅，这当儿，医生摊开双手，避开他们，经过他们身旁，他那双手的气味，一直缠住克丽斯，教她害怕了一天一夜。

这就是这对双胞胎来到凯恩杜的情况，在这之前，他们一家的住房就已经不够，现在他们只好像吉卜赛人那样过下去了。可是，凯恩杜倒是个很好的农庄，约翰·格思里真舍不得离开它，虽然租期快要满了，等到两个星期后，母亲起了床，下楼来时，她那头美发仍然发出金光，眼睛又十分明亮了，她一开口对他说话，他就发火，骂人，再多些房间吗？我们干吗要有比现在更多的房间？你认为我们是有身份人家吗？他大叫大嚷，又唠叨说，从前他做小孩在彼托德里时，他母亲拖着九个孩子，挤在一起，他们只有那么一点地方，他们的父亲只是个作田佬。可他们也过得蛮好。他把他们都调教得个个是虔诚而正派的，如果吉英·默多克的小孩中，有一个能抵得他们一半好的话，她根本不需要羞得脸孔发红。母亲看着他，嘴上泛着微笑说，行，行，那么，我们就住在这里喽？父亲胡子向她一冲，大声说，是这样呀，知足常乐。

可是，第二天，他正从市场上驱车回来，那匹老马鲍勃还套在车上，这当儿，在巴梅金下边拐角处开来了一辆汽车，哔哔叭叭地大肆吼叫，像吉卜赛人的一条疯狗一样。老鲍勃吓了一跳，差点儿没把车子带进沟里，接着它像岩石般站在那里，吓得动都不敢动，马车一下子横卡在路中间。父亲想去拖那匹不正常的马儿过来，看到一个女人，脸上胭脂铅粉和灰尘混成了一团糟，她把脑袋探出在车窗外面，叫道，你是在造成堵塞，我的朋友。约翰·格思里像只狮子似的咆哮道:我不是你的朋友，感谢上帝，因为如果我是的话，我就会用一把牛栏刷子来刷你的脸，然后拿洗涤剂来把它洗干净。那个女人听了这话，气得肺都要炸了，她回身端坐在车子里，说，你没有听到他最后这句话吗，把他的姓名记下来，詹姆士，你听到吗？那个坐在前头的人往外一瞧，显得羞怯怯的，悄悄地看着鲍勃的棚架下面的姓名牌，颤声说，是，太太，于是他们把车子掉个头，开走了。这就是跟这种有身份的下流坯打交道的方式，可是当父亲要求延长租借期时，人家告诉他不行。

于是，他看一看《人民新闻》，然后穿了他那套最好的衣服，克丽斯为他抖掉放在衣服里边的樟脑丸，又找出硬领和一块宽宽的白色的硬衬胸，盖住他那件工作衬衣；约翰·格思里便徒步走到阿伯丁，坐火车到班卓利去看那儿一块小地方。可是，租金很高，他看到那儿几乎整个地区都很像是一个大农庄的土地，他宁可给压死，也决不听天由命。尽管那地方的土地真好，简直叫他心动了，土地的样子真使你双手很想去摸摸它；可是，那个代理人却直呼他为格思里，他不禁对那个代理人发火了：你格思里格思里叫个不停，究竟是在叫谁？你应该叫我格思里先生。那个代理人朝他一看，脸色顿即发白，过了一会，哈哈一笑说，好好，格思里先生，我怕你不中我们的意。约翰·格思里说，我不妨告诉你，是你们的地方不中我的意，你这个舔屁眼的小职员。他也许是穷，可是这个家伙还没有资格对他约翰·格思里摆架子。

因此，他又回来，重新去找。第三天，他从老远的南边回来。他已经租了一个地方，是缅恩斯的金拉第的布拉威里。

那年一月，天气十分恶劣，那天夜间，天下着雨夹雪，斯卢格路上泥泞不堪，当时，约翰·格思里正带着一家人和家具从阿伯丁去缅恩斯。在爬上斯卢格之前，马匹不得不勉强曳着的大车棚架上那些秋收后仍然没有捆扎好的麻绳先是沙沙作响，接着两次落在泥地里。夜幕像条湿透的毯子一般挂了下来，行进在夜幕下，已经够叫人疲累了，再加上双胞胎的啼哭，真叫约翰·格思里恼怒。母亲缩在第一部大车的角落里，一会儿给这个双胞胎喂奶，一会儿又给那个双胞胎喂奶，白皙的皮肤裸露，很冷，在黑暗里，从晃来晃去的灯笼光中，可以看到一束金黄色头发披在她脸上，这会儿她招呼他说：今儿晚上，我们还是就在波特列冉歇歇脚，别上斯卢格去吧。

可是，父亲听了破口大骂，混账，你以为我是银子打出来的吗，在波特列冉过夜？母亲叹了口气，把那个小双胞胎罗伯特移一移开，奶汁从他那张柔软可爱的嘴里像乳酪一般淌下来：不，我们不是银子打成的，只是也许我们大家还会再掉在泥沼里，今晚全都死掉。

也许约翰·格思里自己也在担心，他的火气是因自己忧虑这个夜晚而起的，但是，他没有时间回答她了，因为这时路两边被逐渐消失的月光照射着的泥煤苔给急旋的暴风雪卷刮着，发出很大的吼声。牲口都聚在一起，尾巴迎风摇来摇去，就是不肯上斯卢格路，害怕雨夹雪的飘打，小多德正在哭声哭气地呼叫着牛马，波列德·安格斯，短角和那几头杂交的高地小牛犊都已经养肥，成长，爱上它们在埃希特的河边冲积地的生活了，而越过那些荒凉的山峦的南方则是一片又冷又倒霉的地方。

约翰·格思里把挡着他妻子、两个双胞胎、屋子里最好的设备、家具、茶具等的油布遮遮好，塞塞紧后，迅疾奔到马匹前头，来到牲口聚在一起的地方。他的手猛力一搡，把多德甩进了沟里，嘴里嚷道，你没脑筋吗，你这臭娃娃？他把卷在手上那根当鞭子用的皮条解了下来。皮条噼里啪啦在雨夹雪中抖开，牲口背上的毛都成长长的锯齿形竖起，刹那间，有只牲口，就是那头高地小牛犊，一边哞哞叫，一边往前跑，终于快跑起来，其余几头牲口也跟着奔起来了，它们的偶蹄一会儿滑跤，一会儿爬起来，它们在雨夹雪中撒下的粪便的刺鼻的臭气，浓烈地弥漫在夜空中。在前头的亚历克看到它们来了，连忙又掉过身去，策马快跑，领着它们走上斯卢克路到缅恩斯南边去。

于是，吱嘎吱嘎地，棚架在所装的东西重压下也发出刺耳的响声，几辆车子终于渡过了险境，它们又开始沉重地走了，第一辆车子有罩灯，装着家具，母亲在那里边给两个双胞胎喂奶。第二辆车子，就是克莱德拖的那辆车子，里边装着土豆、玉米和大麦种，一袋袋的大小工具，三齿叉和耙子都用茅草绳缚得紧紧的，还有两只上好的犁头和一只条播机，一些奶棚用品，一部刨萝卜机，它那牙齿的刀口真像断头台的刀口一样。克莱德低头迎风走去，缰绳松弛，马身上披的那件漂亮的衣服，都给雨夹雪弄得斑斑驳驳，车上所载的东西，对它说来，真是不在话下，你看它走得多优雅，好看，利落，前边是约翰·格思里的车子，没有其他什么东西或者什么人需要照管，只是时不时地看到他似笑非笑的脸，听到他那乐呵呵的声音，*好呀，克莱德，好呀。那么，跟我来，小姑娘。*

克丽斯和威尔坐在最后一辆大车上，威尔十六岁，克丽斯十五岁，道路老是这么一直不变地蜿蜒伸展，有时候，他们缩在避风的角落里，雨夹雪忽左忽右飘打着，在黑暗里显得又白又亮。有时候，他们打棚架里爬下来，减轻老鲍勃的辛苦拖曳，一人一边跟着它前进，同时跺脚取暖，看到簇簇荆豆花黑白相间地攀在他们旁边的山坡上；远处高原沼地那儿，有点点灯光，那儿人们正躺在温暖的被窝里。但是，过了一会，上坡的路弯弯曲曲了，一会儿向右拐，一会儿向左弯，拐进这个斜岩或者那个斜岩，于是，风又向他们刮来，他们喘着气，又爬回棚架里去，威尔的手脚都冻僵了，雨夹雪像针一般猛打在脸上，克丽斯的情况更糟，越来越冷，她身子麻木，很不舒服，膝盖、大腿、肚子、胸口和乳房痛得要命，她简直痛得要哭了。可是，她一点也不说出来，她在寒冷中竟打起了瞌睡，还做了一个怪梦，当时，他们正在古老的山丘里跋涉前进。

由于在他们前头，突然有一个人打黑夜中冲了出来，父亲没有看到他，也没有注意到他，不过老鲍勃在克丽斯的睡梦中打了个响鼻，惊退了一下。那人跑过来，紧握着双手，疯疯癫癫地高声唱歌，他是个外国人，黑黑的胡子，半裸着身子，一边用希腊话大叫*庇提阿斯*①*的船只，庇提阿斯的船只！*一边径自走上格兰扁山区的雨雪风暴交加的泥泞中。克丽斯再也没有看到他，真是个怪梦。她圆睁着双眼，毫无必要地尽揉着眼睛，她刚才要不是在做梦，那她准是痴呆了一阵。他们已经走过了斯卢格，下边就是斯通哈文和缅恩斯了，再过去的远处，豪乌山谷过去好几英里，金拉第的旗杆闪烁着点点光芒。

他们就这样来到了布拉威里，经过几乎通宵的跋涉，他们全都累极了，一直睡到第二天早晨，打贝维那儿的海上吹来了冷风，下起了毛毛细雨。整个夜里听到海啸声，孤寂的金内夫峭壁发出阵阵轰隆轰隆的号声。并不是约翰·格思里在听这种劳什子声音，可克丽斯和威尔却是在听，他们就呆在搭地铺的那个屋子里听。在这个陌生的环境里，天气又冷，听着远处的海的叹息声，克丽斯哪里睡得着，后来，威尔悄声说，咱们睡

---

① 庇提阿斯，古希腊神话中的人物，他曾被古希腊叙拉古暴君戴奥尼夏判死刑，后由其友达孟担保，去料理私事，如期返归，获戴奥尼夏赦刑。

在一起吧。于是他们就睡在一起了，彼此抱在一起，终于大家都暖和了。但是，天一亮，威尔便溜回到自己床铺的被窝里去，他怕父亲看到他们这样睡着，会有话说。克丽斯一想到这里便恼怒起来，不解而恼怒，那个英国人的克丽斯又迷迷糊糊睡着了，兄妹睡在一起就会出什么事吗？再说，她也不懂得是怎么回事。

可是，威尔回到自己的铺位几乎一分钟也没有焐热，几乎一点也没有睡，这时约翰·格思里便上来，叫大家起床，那两个双胞胎给吵醒了，哭着要吃奶，多德和亚历克在设法生火。父亲在布拉威里那些陌生的楼梯上走上走下地咧咧骂骂，敲着一个个房门，半天都过去了，大家还赖在床上不起来，不感到难为情吗？接着，他走了出去，咣当一声关上了门，屋子里顿即寂静下来，传来了他的叫声，他要上山坡，去看看布拉威里高原沼地的小湖——快快起来准备早饭，把活儿干完，要不然，等我回来，我就要让你们尝尝耳光。

说真的，在这个时分，父亲竟然想去爬上山坡，真有点怪。等他穿过金雀花丛，走了上去时，约翰·格思里立即听到一下枪声，在如此黝黑得像铁一样的早晨啪的一响，他大吃一惊站定了，布拉威里不是属于他的，他不就是这块地方的租户吗？他一时火起，不再徘徊了。他像一只野兔一般疾奔，穿过金雀花丛直趋山顶，一下子看到了湖泊，在寒冬腊月的早晨，湖泊尽是草，一片肃杀景色，上面一群野鹅在游弋，向东飞到海那儿去。铁灰色的天空下，所有的野鹅都在东面拍打着闪亮的翅膀，只有一只除外，但见这一只野鹅那闪亮的翅膀已经耷拉下来，身子往下猛扑，擦着天空，于是，约翰·格思里看到羽毛从那翅膀上飘落下来，野鹅像个孩子晚上闷在被窝里那样发出一声狂叫，它蓬隆一声跌落在小湖那儿的池沼里，而在距离池沼不及十码的地方，立着一个持枪的人。

因此，约翰·格思里机警地穿过草地朝那个仁兄跑去，那人打着漂亮的绑腿，脸红彤彤的，这是什么人，竟这么笃定地站在格思里的土地上？他一听到格思里到来，吓了一跳，然后，在那张傻乎乎的脸上露出嘻嘻一笑，可是，约翰·格思里并不笑，相反的，他心平气和地悄声说，喂，你刚才开枪了。那人说，是，没错儿。约翰·格思里又说，这么说来，你就是个偷猎者了吧？那个仁兄说，不，我不是偷猎。我叫梅特兰，是庄园里的监工。可是，约翰·格思里悄声说，你也许是加百列天使[①]，可是，你不能在我的地上开枪，听到吗？

那些石碑高耸在这两个人身旁，石碑上因为有雪，显得像抹上一层泥灰，边上却白白的，一阵寒风吹来，真会教一只厚皮猴子也冻得害了冻疮，而他们就这样站在那儿你瞪眼望着我，我瞪眼望着你。后来，梅特兰嘟哝说，庄园里的埃利森会来处理这事儿的，说完就走，完全像是担心会让对方踢上一屁股那样。他完全想得不错，约翰·格思里真想正对他那条漂亮的裤子踢一脚，可是，他机警地按捺住了，因为那只野鹅还躺在小湖边，抽搐个不停，喙里还淌出血来；它那双暗蓝灰色的眼睛恐怖地直朝他看，他仍然机警地等了一会，等到梅特兰消失了，于是，他拧着它的颈脖，把它带回布拉威里。他把碰到梅特兰的事儿告诉全家人，还说以后他们如果听到枪声，得立刻奔来告诉他，他准要对付任何一个该死的偷猎者——不管是犹太人，非犹太人还是威尔士皇太子本人。

① 加百列为替上帝把好消息报告世人的天使。

这就是父亲初次认识石碑的情况，他并不喜欢这些石碑，因为有一天黄昏，当时是春天，他在一天耕作后，也许人很疲累，他爬上山坡到小湖那儿溜达一会，看到克丽斯正躺在那儿，就像她正躺在夏天的燥热中一样。尽管他很疲累，却如飞地来到她身旁，肩膀挺直，那双叫人害怕的眼睛注视着她，她还来不及将她在看的那本小说合拢，他一把攫了过来，看了一眼，大叫说，下流作品！你更需要的是回家去帮你母亲洗尿布。他用阴沉的眼光对那些石碑瞥了一下，克丽斯突然想到桩傻事，觉得他好像打了个寒噤，仿佛他害怕了，可他对死人，活人，上流人物，普通人，什么都不怕的。不过，也许他只是一时招上那料峭的春风，因而打了寒噤，他站在那儿，对着石碑看了一分钟光景，然后说，这些石碑都是些粗俗下流的东西，立这些石碑的人都正在地狱里遭受火刑，那些个原来长着皮肤的野蛮人，如今身上是一张皮也没有了。克丽斯最好还是去干她的活儿，那天晚上她是否听到什么枪声？

可是，克丽斯说没有听到，她从来没有听到，任何晚上也没有听到，后来，约翰·格思里搞到一支枪，是在斯通哈文那儿搞到的一支旧货，是一支前膛枪，他在回布拉威里去的路上经过磨坊时，长脚罗布刚好出来，看到了，便说，喂，我还不知道你是一八四五年的老兵咧。父亲说，哎呀，罗布，难道你那时候就在你的磨坊里诈人了吗？他除了对家里人外，有时候也会开个玩笑。他就这样把这支旧枪带回家来，装上了弹药，用装药棒填上了棉絮，到得傍晚，他就借着暮色悄悄地跑了出去，这里打只野兔，那儿打只兔子，除了他自己，谁都不许碰那支枪，也没有人想去碰它。后来，有一天，他出门上劳楞西柯克赶集去，威尔拿下那支枪，一边笑着这支旧枪，一边装上弹药，然后出去打靶，目标是放在柱子上的一只装青鱼的箱子，他都打得差不多要中的了。可是他真希望他没打过枪，因为父亲晚上回家，数一数弹药，气得快要发疯了，弄得母亲为这事儿厌腻，不禁说道，别闹啦，你跟你那支枪，威尔用了一下有什么了不起？

父亲本来坐在火炉那边的角落里，一听到这话，他就站了起来，然后，像一只猫那样，直盯着威尔看，教克丽斯的血管里的血都凉了。然后，用他要打人时惯用的沉着声气说，出来，跟我一起到谷仓里去，威尔。母亲笑了，笑得那么奇特，欢乐，好像是打基尔德鲁米的泉水喷出来似的，既带点儿柔情，却又那么古怪，神色怜恤地看着威尔。可是克丽斯却因威尔而羞耻得要命，他已长大；不该再打他了，她大声叫嚷，父亲，你不能那样！

这样大声叫嚷，就像叫嚷金内夫的潮水别碰着陆地一样不管用，父亲这会儿正在火头上，他轻声说，安静，姑娘，要不然，把你也搭进去。于是，他带着威尔一起上谷仓去，剥下他的裤子，虽然他已快 17 岁了，却把他打得屁股上净是紫色的鞭痕；那天晚上，威尔痛得睡都睡不着，头埋在枕头里呜呜咽咽，后来，克丽斯溜到他的床上，把他搂在怀里，贴着身子紧紧抱着，伸手探进他的衬衫下面，摸着他的身体，手指轻轻地在他打破了的皮肉上捋来捋去，使他舒服一些，他停止了哭泣，过了一会便紧搂着她睡着了，这事情当时好像很奇特，因为她知道他个子比她大，年纪也比她大，不知怎地，他们的皮肤，毛发，身体都与过去不同，仿佛他们已经不再是孩子了。

于是，她不禁想到了马吉特·斯特罗恩的事儿来，黑暗中觉得自己羞红了脸，接着又更想到他们两人，硬是睡不着觉，她打窗子望出去，时间已到了半夜，一道带紫金色的光辉在天空上悄悄地闪烁，那是格兰扁上的荆豆花在夜间怒放的光辉；第二天早晨，她简直是困乏得不能马上穿上衣服，动身穿过草地去车站搭上校车去邓凯恩。

她在埃希特念完高中后，已进入大学，觉得那儿十分奇特，它是在邓凯恩车站下边的一个叫人不愉快的小地方，非常难看而又有点骄傲的地方，这是默多克的克丽斯，小地方的克丽斯的看法。在那个主楼里面，有个雕刻的兽头，像一只闹疝痛的牛犊，但是，他们断定那是雕在盾形徽上的一只狼，不管怎么说，那只兽类会在这幢楼里起点作用。

大约每个星期，那位图画老师，金洛克老先生便把这一班或那一班的学生带到操场上那只狼的前面，然后坐到他们随身带来的椅子上，来画这只动物。金洛克最喜欢有身份的人，如果你穿上一件漂亮的连衣裙，头发梳得齐齐整整，而且你的父亲很有地位，他就会坐在你身旁，抚摩你的手臂，轻声细气而声调平板地对你说话，使得大家在背地里笑他。不——不，那并不很对，他会用吹长笛似的声音说，我觉——得，那倒是像基督的父——亲的一头猪，而不是一只传——令——官的动物。

金洛克先生就是如此喜爱有身份的人，可是，天知道，在那些老师中，他并不是个例外的人物。因为他们大多是穷佃农，捕鱼人家的子女，他们觉得亲近有身份的人就会平安无事，不必担惊受怕，而对那些出身于忧患深渊的，光喝麦粉汤，白开水，床上没有被单的人则远而避之。因此他们对克丽斯，这个毫不重要的农夫的女儿倒的确是降格俯就的，这并不是说她在乎这些，她告诫自己要清醒，觉察到这种情况。父亲不是说过，在上帝眼里，诚实的人跟任何一个教师都同样是人，而且一般说来，还更好看吗？

话虽如此，却总有叫人生气的事儿，你看像那个姓福代斯的姑娘，面孔像顶被人敲瘪了的破帽子，声音好像钉子钉着石板，金洛克先生却去搂抱她。可是，那么一搂抱，图画便及格了，这跟她父亲有钱大有关系；这并不是说克丽斯本人会像个艺术家那样画画，她出人头地的是拉丁文，法文，希腊文和历史这些东西。那位教英文的老师给他们班出了一道《伟人之死》的作文题目，她的文章写得很好，他不得不把它向全班朗读出来，那个福代斯姑娘却吃吃地笑，吸溜着鼻子，她嫉妒得发疯了。

默吉逊先生是那儿的英文老师，可他本人并不是英格兰人，而是阿盖尔①人，说起话来带着有趣的啜泣声，高地人的那种啜泣声，同学们都断定他的脚趾头间长着毛，像头高地母牛一样，他们一看到他顺着走廊走过来，便躲在拐角处，探出头来，叫出哞！来，像一群牲口似的。他听了非常气恼，有一回，他们这样叫过后，他走进了教室，克丽斯正在那儿等着上课，他站在那儿，破口大骂，样子真吓人，手里抓着一根黑色戒尺，圆睁着眼，望来望去，好像要杀人那样。要不是那个又美又帅的法文女教师假笑着走进教室来，他也许真个会杀人。他放下戒尺，撅起嘴唇，嘴里叽里咕噜地说，怎么，臭娃娃？那个法文教师又假笑一下说，仙桑②。

这就是邓凯恩那个大学的情况，每天早晨，那儿便有两个克丽斯，一个是文雅，好学，另一个是松劲懈怠，对教师的古

① 阿盖尔(Argyll)，苏格兰原郡名。

② 前面的臭娃娃是用法语说的，法文教师也以法语说先生，只是将Monsieur错念成Mayswee。

怪行径狡猾地嘲笑，心里想着布拉威里山坡，马匹的嚼草声，肥料的气味，父亲那双褐色、粗糙的手，弄得她真想再回家去。可是，她跟小马吉特·斯特罗恩，查伊·斯特罗恩的女儿交上了朋友，她长得苗条讨人喜欢，煞是好看，跟她结识，令人愉快，不过，她说起什么事情来，开头似乎很一本正经，后来便一点也不是这样了，如果你想要她再多讲点，马吉特就会边笑边说那都是查伊告诉她的。她说起查伊来总是让人觉得你父亲很古怪，这也许是因为他是个社会主义者，认为富人穷人都应该平等。可是他一面相信社会主义，一面又送他女儿去受教育，让她变成一个富人，这又是什么意思呢？

不过，马吉特说这并不是查伊的本意，她之所以受教育，是为了准备迎接那个有朝一日总会到来的革命。而且如果革命一直没有到来，她也决不要去谋求致富，她是要去接受当医生的训练，查伊说来自女人的生命，是通过痛苦的渠道而来的，如果上帝打算女人不干别的事情，光是生男育女的话，做医生准能救助她们。

马吉特那双眼睛又蓝又深沉，叫人以为你在探视着一口井，那双眼睛变得越来越深沉，色泽越来越浓，她那张讨人喜欢的脸也变得很严肃，克丽斯觉得自己也严肃起来了。可是，那只是刹那间的事，过了一会，马吉特又是笑又是做鬼脸，想使她吓一跳，她说起男女的事情，说他们在被窝里做了些多傻的事儿，小孩是怎样来的，人们又是怎样非要有小孩不可，还说了些查伊在非洲那些黑人的小屋里所看到的事物。她说到有一个地方，人们把男人的尸体都剥光腌在大石缸里，医生要用时，就去割点下来，这些都是穷人的尸体——因此，得当心，别作个穷人死去，克丽斯，因为我怕有朝一日我摇一下铃，人们让我看到打缸里拿出你的裸露的身体来，又老又瘪，上了盐花，我手里拿着手术刀站在那里，直望着你那张死了的、古怪的脸，嘴里嚷道，“可这是克丽斯·格思里呀！”

这真可怕，克丽斯很不舒服，停住在那条光亮的小径的半道里，这条小径穿过田野，直通皮西纳普，时间是三月的一个黄昏。清新，愉快，古怪，爽朗，如果你张开嘴的话，黄昏时分犁过的土地的气味直扑你的鼻子，你的嘴巴，因为下山的那班人整天都在那个园苑里，克丽斯觉得那气味又古怪又可爱可亲。

她好像看到了别的什么东西，可一看马吉特，一想到她的尸体送到马吉特跟前，她不禁很不舒服。她看到了的那东西就是在马吉特的喉咙那儿跳动的血管，是一个小小的蓝结，血在那里跳动，跳得又慢又悄悄的，如果一个人死了，依然埋在草地里，血就不会跳动了，下边的泥土气味很好闻，你是再也闻不到了；或者让人装进一只冰凉、暗黑的缸里，再也看不到怒放的荆豆花的光辉，听不到北海在远处山冈那里轰响，它那轰响冲破了晨雾，正确的东西也许不会持久，很快就过去了。只有山冈是实在真实的，除此以外，全都是空的，你也许只能做个乏味的梦，看到最后的暗黑的静寂——只有傻瓜才喜爱活着！

她一说完这话，马吉特马上抱住了她，还用那友好的红唇吻她，那两片嘴唇红得真像山楂一般，同时说，世上毕竟是有可爱的事物的，只是可爱并不会持久，越是可爱越是不会持久。等你发现自己躺在你的小伙子的怀里，在秋收季节，你们四下都是禾堆，那时候，他就不会开玩笑了——你知道，他们就是这样，那正是他们的血压改变的时候——他就是这样地抱着你——等着吧，谁都看不到我们！——这样地搂着你，双手这样搂着，这样地吻你！

这番交谈一下子就过去了，又快又难为情，听来虽然有趣，可是一会儿兴奋，一会儿觉得古怪，再一会儿难为情，反复不息。那天，跟马吉特分手了好久后，她转过身，俯望着皮西纳普，脸又红起来；突然之间，她看到布拉威里所有的小伙子，仿佛他们都是些刚从海里爬出来的赤身裸体的陌生人，她每回一看到父母亲就感到不舒服。不过，那也是一两天就过去了，因为没有什么东西会持久的。

没有一样事物会持久的，虽然你还太年轻，不该去想这些事情，你得上课、学习，这个英格兰的克丽斯，生活、吃饭、睡觉，另外一个克丽斯会在黑夜里，拉拉你的脚趾，悄声说着催人欲睡的话，我就是你。不过，有朝一日，你也许就非想不可了，因为突然之间，那个变成你部分生活的马吉特，在你走近纳普时，她向你挥挥手，告诉你她就要去阿伯丁跟她一个姑母住在一起了——那对一个学者说来，是个更好的地方，查伊说，我要赶紧去接受训练。

三天后，查伊·斯特罗恩和克丽斯陪她驱车去车站，送她到站台上，马吉特向他们挥手作别，显得又美丽又年轻，克丽斯觉得查伊呆愣愣的。他让她搭车离开车站，在路上查伊只说了一次话，好像是在自言自语，不是对克丽斯说的：啊，马吉特姑娘，你会成功的，如果你能不让小伙子们包围，别让他们吻你的酥胸的话。

马吉特就这样走了，在金拉第，似乎没有一个人可以取代她，那些跟克丽斯一样年纪的女佣人，全是些笨坯、傻子，只会在晚上到庄园的谷仓四周尖声吵叫，让那些庄稼汉在背地里取笑。约翰·格思里跟马吉特一样，对她们都毫无用处。交朋友吗？一心一意做好功课，让我们看到你成名吧，你没有时间交朋友。

母亲听了这话，抬起眼来，态度很亲切，她根本不怕他，她从来就不怕他。当心别让她的脑袋给功课和不正经的东西搞坏了，人们说，读书读书，把个红毛小傻瓜送到古第斯东去，完全是出风头。父亲对她撅起胡子说，人家说？你是宁可让她读书出风头还是要——接着，他住口了，开始向多德和亚历克发火，他们正在厨房角落里吵闹。可是克丽斯正凑着煤油灯在细心看书，一味在看恺撒进入高卢，那儿的人激起了骚乱，她完全知道父亲想要说的是什么——他原来要说的也许就是肉欲这个字眼。她翻过书页，把那个讨人厌的恺撒也翻了过去，想起了那个傻子安第有一天在金拉第的大路和森林里横冲直撞的情景。

马吉特刚走不久，那件事儿就发生了，这儿理该把四月初发生的情况说一说。播种的时节即将到来，约翰·格思里准备在两块园苑上栽牧草和燕麦，他两只手摆来摆去，一路走一路播下种子，威尔在对面打镶着绳索的麻袋里把小麦递给他。克丽斯则在露水很快干掉的一清早帮一下忙。天气凉爽，使人感到轻松愉快，画眉在布拉威里的树丛中歌唱，山谷对面的海闪闪发光，风儿吹过山坡，带来阵阵清新而浓烈的气味，叫你闻了透不过气来。四下如此寂静，太阳刚刚在地平线上露脸，这个时分你简直可以清晰明白地听到，仿佛他查伊·斯特罗恩慢慢地走在下一丘田上发出了反响的脚步声——映在远处有个身影和一小片阳光，他在皮西纳普的农庄后面的园苑那儿播种。

克丽斯注意到，那天早晨有云雀在飞翔，颤声啼叫，可是因为太阳光的闪照，黑黝黝的，看不见；这里一只，那里一只，那动听的颤声弄得你昏头昏脑，终于使你让装着小麦的沉重桶子绊倒了，于是，父亲透过红胡子骂道，你混账，你是个傻子吗，你这姑娘？

那天早晨，又碰上那个痴子安第悄悄地走出古第斯东，开始在金拉第到处狂乱地令人厌恶地胡冲乱闯。磨坊的长脚罗布说他从前有过一匹马也会在早春时这样做，要是它听到有匹讨人喜欢的小牝马走过，它便会跳沟跳渠跳过一切活的东西。尽管它还是匹阉过的马，也是会这样，可是这个可怜家伙安第却不是阉过的马，怎能不这样？可是，埃利森太太却不认为安第是这样——的确不这样认为！

听说，她在碰到那个痴子后，奔得那么快，觉得自己的体重轻了二十八磅。那个下流坯追她，追得快到缅恩斯，便七冲八跌地逃到大路外边的崎岖不平的地里去。

埃利森太太那天一早便出去，刚刚要向福东去，还没走上多远，突然安第打丛林里跳了出来，那张扭歪的脸，一派犹豫不定的神气，眼神火辣辣而又湿潮潮的。她起先以为他什么地方受伤了，可是，却看到他就要笑的样子，他扯她的衣服，嘴里叫着你来！她几乎要晕倒了，可是，没有晕倒，她手里拿着雨伞，她把雨伞朝他的脑袋一敲，转过身便奔，他连奔带跳一路追她去，他跳得像只猴子，还向她喊出吓人的话来。等他一看到缅恩斯，就不追下去了，他准是在山岙里躲了一个小时左右，看到那个绰号鼬鼠的芒罗太太顺着小径摇摇摆摆地到缅恩斯、皮西纳普和布拉威里去，嘴里尖声问道，声音你要多大就有多大，仿佛除了她自己，都是别人不好，你们可看到过安第那家伙？

在她向布拉威里走去时，他一定又循原路翻过山峦回去，往上爬到高高的古第斯东，一直走到可以看见上山。因为后来有个庄稼汉认为他看到过那家伙踉踉跄跄地爬到接近天边，捡了一大堆酸果，边走边吃。随后，他走进了上山的林子里，等在那里。九点钟的时候，马吉·吉英·戈登穿过林子，要上车站去——一片密密麻麻的落叶松林子，只有一条小径，那儿简直没有光线，地上的球果嘎喳嘎喳地，一踩就烂，有时候会碰上一溜芒柄花，在沟里爬了上来，直朝你看，挡住你的去路，在冬天，鹿会从格兰扁下来，躲在那儿。

可是，如今是四月天，不会有鹿使马吉·吉英惊吓的，甚至那个痴子也不会教她害怕。他在赶上她之前，就已经深藏在林子里等，不过，也许在这之前，他就循着她走的小径奔赶，不让这个姑娘看见，因为当时她不时听到了一阵轻轻的噼啪声，她想到了，也在纳闷，松鼠怎么这样早就出来。虽说她是姓戈登的，但仍难免会害怕，那么一个活活泼泼的小东西，细小的身体，一头美丽的褐发，笔直走路，笔直看人，可叫人喜欢看到她笑。

她就这样走进林子，撞进了这个痴子手里，可是，等他双手把她托起，她也并不怎么害怕，甚至在他把她直抱进林中深处时，她也不害怕，林子里的金雀花枝扫着他们的脸，露珠溅上了他们的脸，她被直拖进了一个小地方，四下尽是金雀花，那儿，太阳只射进一指头长，里边一片昏暗。

他把她放下来后，她站起身来，抖一抖身子，对他说，她不能再耍下去了，她的确必须赶紧走，要不然，她就误了火车的班次了。可是，他理也不理，屈下一膝，脑袋转来转去，身子扭过来扭过去，侧耳倾听，弄得马吉·吉英也听了起来，听到那些庄稼汉那会儿正在吆喝马匹，听到她母亲正在呼鸡喂食，——吱——吱，吱——吱！——好啦，我得走啦，她对他说，顺手抓起提包，可是，她还没有跨出一步，他又把她抓住了；大约过了分把钟，虽然当时她并不惊吓，可是，她并不喜欢他，巴不得能走。于是，她抬眼朝他一看，把他推开，他那只发疯的可怕的脑袋，他开始像只大野猫一样喵喵地叫了起来，看到他那副样子，听到他那样叫，的确十分可怕。

只有上帝才知道接下去他做了些什么事，只是当时正是难得有这么明亮晴朗的早晨，山下远处的田野里有一个人开始唱起歌来了，歌声虽然遥远，却十分清晰，唱歌人的歌声轻快活泼。他突然停住不唱，用口哨吹那支歌，接着又唱了起来：

美丽的小东西，
　温和的小东西，
可爱的小东西，
　如果你是我的人儿
我准会在心里记住你
　免得失掉我的宝贝！

那个痴子一直蹲在那里倾听，听到这里，他放掉了马吉·吉英，开始自己唱起这支歌来；接着，他又抱起她来，轻轻地抱住她，仿佛她是只猫，他让她站在地上，捋平她的衣服；然后，站在她身旁，拉着她的手，领着她回到那条通向落叶松林的小径。于是她径自走去，离开了他，她回过头看了一下，看到他盯着她的后影看；因为她看到了他在哭，她连忙奔了回去，到这个厚道的人儿身边，拍拍他的手说，别哭！她看到他的脸像只受折磨的动物的脸，她又继续向车站走去。直等到那天晚上回家后，她才把她碰到古第斯东的安第的经过情况说出来。

时间一点点地过去，长脚罗布仍在磨坊上边那块边脚地里干活，他唱歌，流汗，叱骂马匹，准是他的歌声将安第从落叶松林子引出来，安第靠着树篱悄悄地爬出来，没让在园苑里干活的那些上山人看到。有一次，罗布抬起头来，觉得他看到一个晃动的影子在边脚地边上的沟里。可是，他想那是一条狗，就随手扔了一两块石头，说不定是什么走兽在发情或者偷吃小鸡。可是，那个影子挨了石头，叫了一下，慌乱一阵，等罗布又捡起一块石头，影子就窜出了田沟，他就继续干活；那个痴子沿着金拉第路向着桥头狂奔而去，鲜红的血顺着他那悲伤的脸滴滴答答淌下来，可是，他自己却没有看见。

可是，就在转角，在那靠近普蒂的地方的急拐弯路口，他差点儿没撞进克丽斯的怀里，她为母亲去寄信，刚从奥欣布莱走过来，臂弯里挽着一只篮子，心不在焉地在想拉丁文的动词-are。他向她冲了上去，大献殷勤，她虽然不很怕，却尖声叫嚷起来；接着，她把篮子对着他的头扔去，径自向着普蒂家那儿走去。她到了那儿，普蒂正坐在门档里，那个蹦蹦跳跳的坏蛋就跟在她后面，她听到了他的喘息声，她后来始终弄不懂，当时她怎么会那么冷静。因为她像只鸟儿那样飞快冲进门里，砰的一声，把门直朝那个痴子的脸关起，闩上门闩，看着门板朝里弯，吱嘎发响，因为那个疯子在外面拼命一再撞门。

普蒂在屋里的阴暗中，对她结结巴巴地说什么，不过，等她使他明白情况后，他就变得真正勇敢起来，他把两把鞋匠刀磨磨快后，颤颤抖抖地打这个窗到那个窗探头探脑窥视一下——那个痴子毫无损伤地走了。于是克丽斯悄悄地打窗口张望一下，又看到他了：他正在掏那只她扔在他脑袋上的篮子，把篮子里一包包东西弄得四散滚在地上，后来，他找到了一大块肥皂，就开始吃了起来，多恶心！他独自大叫大笑，又转身奔过来，撞着普蒂的门，他还在嚼那块肥皂，胡子里冒出黄黄的泡沫。

可是，不一会，他口渴了，于是走到小溪那里去，普蒂和克丽斯站在那儿看着他。后来，古第斯东的芒罗①出现在大路上，他看到了安第，便大声叫安第，安第打溪边一跃而起，走了，芒罗则在他后面拍手大笑，他们俩便消失在通向桥头的大路上。克丽斯不顾普蒂结结巴巴在说什么，卸下门闩，出去收拾篮子，除了肥皂，样样都在，肥皂让可怜的安第吞进肚子里了。

他那天除了肥皂，什么也没有吃，他眼看就接近穷途末路了；尽管他奔得像只兔子，可是跟在他后面的芒罗两条腿也不赖，偏偏在这时碰上了桥头的马奇正牵着一群牲口横过大路，要去着手耙他那块上年收割后的未耕地，就在这时，他看到这两个奔跑者，两个人都真像傻子，安第跑得快要直不起身子来，脸上尽是肥皂沫，一副疯相，芒罗则在后面像条公牛一般吼叫。

于是，马奇让他的牲口放慢下来，对安第喊道，喂，老兄，你不能再跑得这么快了，等到安第来到他跟前，他伸出一只脚，把安第绊了一跤，安第一下子跌进了尘土里，芒罗当即压在他身上，猛击着安第的脸，而亚历克·马奇则站在那儿袖手

① 原文作者多次把住在古第斯东的芒罗称做古第斯东，为统一起见，均改为人名芒罗，类似情况第二部中也有，均改回人名。

旁观，也许他那两只大耳朵扇了一扇，这不干他的事。那个痴子举起双手护着脸，挡着落下来的拳头，芒罗攥着安第的下身，他尖声叫嚷一下就此瘫掉了，像只布袋那样被抓在芒罗手里。

这就是安第的胡闹的结束，他被赶回古第斯东后，人们说芒罗太太剥下他的裤子，用皮鞭痛打了他，可是，你却根本不知道这是谎言，因为另一些人则说，她鞭打的是芒罗，是他那天早晨让这个痴子出去，以那种下流的行径败坏了她的名声的。可是，他再也没有机会可以干这些了，可怜虫，第二天，收容所的人坐一辆小马车来把他带走了，把他的手反绑起来；这就是人们最后一次在金拉第看到安第。

父亲听了克丽斯所说的情况后大光其火，发这样大火可真怪，他带她进了谷仓，要她全说出来，他一边听她说，一边眼睛朝她衣服上上下下看，她觉得很不好受，也觉得奇怪。那么，他侮辱你啦？他悄声说；克丽斯摇摇头，父亲看到她摇头，似乎显得无精打采，眼睛也都变得无神了。唔，像这样一个不信神的教区，这种事情难免要发生。如今有了吉本牧师来掌管，就不可能再发生这种事情了。

有三个牧师到金拉第来试图补牧师这个空缺。第一个是在三月初来传道的，是一个可说是你从未见过的吹毛求疵的人，身高不过五英尺，也可以说看上去决不会超过五英尺。他穿着一件漂亮的长袍，上边有一个紫色的头兜，好像是个天主教徒，绕着讲坛冲冲跳跳，像只眩晕的沙锥鸟，激动得叫人难受地大谈其苏格兰教会近来所产生的疑惑。可是金拉第却对他一点也没有什么疑惑，克丽斯和威尔跟父亲走出教堂，听到查伊·斯特罗恩说他宁可去听一只母鸡咯咯叫，也不要听牧师讲道。第二个来试的是个来自班夫的老头儿，又老又虚弱，有人说，他准能行，在他这种年纪，是会安分守己的，不会老是在想望大教堂，拿大薪水。因为如果说世上有种人会为了一件衬衫而去欺骗一个流浪汉，会为了一笔年金而去炼狱里传道的话，那准是个老牧师。

不过，这个班夫来的可怜老家伙似乎已是灯残油尽了。他一生都用在写书写东西上，他的精力都一滴一滴地耗尽在他那支笔里，现在他除了念讲道的文稿，他首先得别再自找麻烦。

因此，几乎没有什么人去留意他念些什么，只有克丽斯和她父亲在听，克丽斯认为他讲得不错；因为他说到从前苏格兰地面上那些早已死了的野兽，那时节，整个山谷净是一片丛林，一轮红彤彤的太阳升起在烟霭蒸腾的大地上，人们双脚仍得踩着那地面走；他还描绘了那些跨过北海的低地而逐渐流过来的愚昧落后的部族，大熊瞅着他们到来，于是他们打猎，捕鱼，相爱，死亡，这些都是历史黎明期的上帝的孩子；他带领第一批航行者坐船航驶过给人深刻印象的海岸，他们则带来了伟大的石器派的异教徒偶像，黄金时代已经过去了，肉欲与残酷践踏了人间；他还说到基督的降临，远在巴勒斯坦的那极其准确的宇宙之光，那光缓慢摇曳而来，但是，并没有熄灭，那光还会像太阳照遍人间那样闪耀，连苏格兰的黑暗的山谷冈峦也不例外。

因此，你除了知道他认为打从丛林全都枯萎以来，金拉第是个真正粗俗的地方以外，你还能听懂他说些什么？他的祷告倒是随你爱多短就有多短，他简直一字不提到国王或者皇家的事儿，这位卡珲牧师。因此，他很使埃利森和马奇恼火，他们这两个人都是异常忠于国王的人，开磨坊的长脚罗布说，他们随时准备在平常的任何一天，在星期日两次为国王而死。再说，他讲的那些道也一点不使查伊·斯特罗恩得到乐趣，他是希望有个牧师能赞扬社会主义，同时说出贫与富该怎样平等。因此，少数听他讲道的人都认为这个班夫的写书老人简直呒啥道理，这个老头是毫无希望的了，他只能使克丽斯和她父亲满意，克丽斯不算数，约翰·格思里是算数的，可是只有他的一票，等到计算票数时，这个班夫人只得到了很少的几票。

第三个试图来谋取这个金拉第牧师住宅的是斯图尔特·吉本，那个礼拜天，克丽斯坐在教堂里，抬眼一看站在讲坛上的他，她简直就像看着自己的手一样清楚地知道，他是个会讨大家喜欢的人，尽管他还不过是个学生，一头黑发，一张红彤彤的好看的面孔，长得高高大大，真是个美男子。首先是他的声音叫他们听来愉快，又响亮又好听，真像头公牛的叫声，那么嘹亮动听，他把主祷文念得上流人物和普通人都喜欢。他在恳求宽恕他的罪孽时，就像他宽恕那些对他犯过罪的人一样——而且，尤其更为文雅的是，他在哭求宽恕他的犯罪时，就像他宽恕那些冒犯过他的人一样——他而且做得极其一本正经，使得人人听了真正清醒，肃然起敬；直到祷告快结束时还有一两人参加进来，这种事情，在一个旧教会说来，真是罕见。

这会儿，他要布道了，他讲的是《雅歌》的一些章节，他讲得那么好，真是难得，人们从中看出他把《雅歌》讲得意义深刻。基督已经把苏格兰的老教会说得如此美丽、宜人，就应该这么充满崇敬地把它念出来；那是一幅在教会的庇护和恩宠下陶冶出的女性美的图画，它本身就是苏格兰妇女一本终身必备的手册，从而能够在现世过正直高尚的生活，在来世得救了。金拉第的信教人士这样听了一分来钟，就仿佛他答应要在圣马丁节[1]为他们付一切捐税似的。

在讲坛上念出这样一些事情来的确叫人听来高兴，说到女人的两乳、大腿和其他一切，[2]说话的声音就像是一头圣公牛在哞哞叫那样；还叫人知道这是正正经经的《圣经》上的话，有着更高深的意义。因此，大家回家去吃礼拜天正餐时，都因为有了这个新小伙子牧师而很高兴，尽管他不过还是个学生；到了礼拜一，开磨坊的长脚罗布听到的都是关于昨天讲道的传说，耳朵都要听聋了，于是，他根据这个情况推论说，唔，像这样讲道，倒是争取你们这些坐在教堂正厅里的人乐于做代表的好办法，我却喜欢更悄悄地拿我自己的主意。人们说，这活脱是罗布的脾气，你去好好劝他和他的英格索尔反而使他们更胡来，更不讲理。于是，差不多所有的选民都涌来投金拉第这个最后的候选人一票。

吉本牧师就这样以绝大多数票入选，到了五月中旬，他和他妻子就住进了牧师住宅，他的妻子是个英格兰人，他们是在爱丁堡结的婚。她跟他一样年轻，虽然有点瘦，却很美丽，嗓音有点像埃利森一样有趣，不过，完全不同，她长着一双深色的大眼睛，他们相爱得要命，难怪他们的女佣人说，每次牧师出去，哪怕只是一会儿，他们都要亲吻一下。有一次，他作短途游览回来，看到她在等他，牧师连忙抱起她，一起上楼去，两个人搂在一起，吻个不停，彼此都眼睛发亮，笑个不止，接着他们进了卧室，关上门，好几个钟头都没下来，当时还只是下午三四点钟光景。也许这是实情，也许不是，因为这个女佣

---

① 圣马丁节，每年 11 月 11 日。

② 参阅《圣经·旧约·雅歌》。

人是辛克莱老太太打古敦为牧师住宅雇来的，而如果一个古敦娘们会说真话，真是太阳都会从西边出来。

且说自古以来，在金拉第，每个牧师上任时，都要到教区巡视一番。有的人做得快，有的人做得慢，吉本牧师是属于快的。他在一个礼拜六吃过中饭后便来到了布拉威里，正碰上约翰·格思里在院子里磨锄头，布拉威里地里的杂草哗哗地长出来，就像小孩放学时打学校里涌出校门时一样，那都是些硗确地，又硬又湿，净是红土，父亲越看越恼火。所以，牧师走到他跟前，很热情地大声说，嘿，咱们要做邻居啦，格思里，老兄？父亲却对他翘起红胡子，眼光像冰柱一般朝他一闪，说，呀，吉本先生，是这么回事。因而牧师一边伸出手来，一边连忙改变了调子，很从容地说，你这个农庄搞得真不错，格思里先生，齐齐整整，尽管我听说你还只开始了六个月。说着，他莞尔一笑，是一种精力充沛的笑容。

这样接触之后，他们一见如故了，就分别在放在院子中央一辆手推粪车的车把上坐了下来，牧师一点也不担心自己那身漂亮的黑衣服；父亲对他说金拉第的地真孬，牧师说他完全相信是这样，这种地只有北方来的人才能伺弄得这么好。不消一分钟工夫，他们竟亲如弟兄了，父亲请他进屋，克丽斯站在厨房里，父亲说，这是我女儿克丽斯。牧师那双闪亮的黑眼睛含笑看着她说，我听说你很聪明，克丽斯，还上邓凯恩大学，你觉得学校怎么样？克丽斯脸一红说，很好，先生，于是他问她将来准备干什么，她对他说做教师，他说，再没有比做教师更光荣的了。

后来，母亲让两个双胞胎睡觉后，走了进来，长着满头可爱金发的她，就像她经常对待男人和地主那样，显得既文静又友善。她给牧师沏了茶，他称赞说，这是他在金拉第喝到的生平所曾喝过的最好的茶，原来那是牛奶。于是父亲问他，他在牧师住宅喝的是谁家的牛奶，牧师说是庄园的，父亲那胡子一戳说，唔，但愿是好奶，他们拥有教区里最好的土地，那样的泥土，牧师说，这会儿我得荡回牧师住宅去了。哪天晚上上我们家来，克丽斯，也许我和我妻子能借给你几本书，有助于你的学习。说着他就走了，走得真轻快，可是总不及父亲快速，他倏地一下子走在牧师旁边，陪他走到那块可以岔出到大路去的萝卜地去。

下个星期一晚上，克丽斯准备上牧师住宅去，她认为这时候去最好，可是她没跟父亲说，只是对母亲说了一下，母亲笑笑说尽管去吧，最近一个月来，母亲总是显得神情恍惚，像在作梦似的。克丽斯穿上她礼拜天才穿的最好的长衣，脚登缚带子的高帮靴，在客厅那面镜子前面梳理好头发，然后越过布拉威里小湖旁边的山岗，夜幕已经逐渐笼罩在格兰扁上，无数的沙锥鸟在湖那边灰色而又平静的水面上啼叫，仿佛它们既忘不了已逝的夏季，也对又将到来的另一个夏季不抱任何希望似的。

那些石碑的又尖又长的影子映在东边，也许这就跟它们在两千年前的一个黄昏时一样，那时节，那些未开化的人就在这些影子后面一边爬上山坡，一边唱歌，而暮霭也正映在这些同样寂静的丘冈上。这时，克丽斯突然产生一种古怪的不可思议的感觉，她有点恐惧地回头看看那些石碑和白茫茫的小湖，然后匆匆穿过小径，来到教堂庭院和牧师住宅上边。大路那边的那幢大屋耸立在树丛中，可以看到屋子本身的豁裂的墙壁，旗杆上的灯已经点亮了，天马上就要黑了。

她打开了院墙的那扇门，走进了牧师住宅，那些年代已久的石碑无声无息地耸立在她四周，可你一想到布拉威里山坡那些石碑已有那么久远的年代，你就不认为这里的石碑年代很久了。有些石碑可以一直追溯到古昔那些国民契约的结盟者的冷酷的时代，[1]有一块石碑上还有一只骷髅和交叉的两根骨头，还有一只沙漏，但是石碑上已经长满苔藓，使人看不清那些怪里怪气的像蜥蜴般弯弯曲曲的字体，这不禁使人毛骨悚然。那些年代最久的石碑下净是紫杉树，克丽斯走过去时，伸手一碰，下面的树枝就好像悄声说起话来，还在你背后发出一阵轻轻的笑声似的，同时好像有只毛茸茸冰冷的手碰到她的手，使她不禁怪里怪气地叫了起来，她真巴不得刚才打那条平坦、笔直的路走，不要贪图她认为方便的这条近路。

因此，她悄悄地吹着口哨，急急地走着，她刚一走到教堂庭院外边，那个新来的牧师已经站在那儿，他正倚在门口，望着那些石碑，她还没有看到他，他已先看见她了，他的声音猛可吓了她一跳。喂，克丽斯，你很漂亮啊，他说，她因为让他听到她刚才在庭院里吹口哨，觉得有点难为情；他很古怪地瞪大着眼睛看她，一时间好像把她忘记了；他古怪地似笑非笑，喃喃自语，可是，她却听到了他在说，一天一个就够了。接着，他好像醒过来了，他对她哞地一叫，这会儿，你肯定需要一本书了。可是，宅子里今儿晚上搞得乱七八糟，掸尘喽什么的，如果你就在这儿等一会，我可以奔进去给你找几本轻松愉快的书。

说着他走了，留下她一个人在黑黝黝的树木间，树木遮盖

① 国民契约的结盟者，指 1638 年苏格兰长老会反对主教派教会所缔结的国民契约的参加者。

着灰暗的庭院。看不见了的青草在石碑那些昏濛的一动不动的形体上不停地悄悄发出沙沙声，她想到了在这些石碑下面的死人，其中有农庄主，庄稼汉和他们的妻子，小孩和刚出世的娃娃，他们的尸体现在都变成了骨头，因此，如果你在土里挖的话，除了是刚刚埋下去的，你只能找到骨头，可能在黑暗里，有虫子和什么可怕的东西在爬来爬去，钻到肉里面变黑，腐烂了，那真是个可怕的地方。

不过，最后，牧师来了，他根本就不是急急匆匆的，而是慢吞吞地向着她走来，他递过一本书，说，喏，就是这本书，我希望你喜欢它。她接过书，在逐渐暗淡的光线里看着它，它叫《医生的宗教》，她压制着羞惭问道，你可喜欢，先生？牧师圆睁着眼望着她说，声音仍是那么单调，啊，哪能呢！说着，身子一转，撇下她穿过吓人的紫杉树回去了。不过，紫杉树一点也吓不倒她，她爬山回家，在想他刚才说的那句话，只是把话说得绝一点，别无他意，她要不要把这事情说给父亲听呢？

不，说了反而不好，牧师也是人，他借给她一本书，尽管显得那么古怪，还是好意的。再说，父亲并不知道她这回到牧师住宅去是为什么，说不定他会认为她是在想巴结有身份的人，那他就会暗自咒骂。这并不是说父亲他常常咒骂，她一边急急跨过山坡，一边在想，她急急匆匆地打昏暗里出来，走进了五月的最后一道日光里，落日像团火一样，余光在她脚边闪烁，在等着她；不，他不是常常咒骂，除非是在他看来事情已是一清二楚的了，像那天在布拉威里下面的地里播种时那样，先是车杠断了，接着锤把断了，再接着是看到雨下来了，他简直气疯了，对着威尔和克丽斯大光其火，差点没把他们鞭打得皮开肉绽，坐都不能坐；不过，最后，他疯狂地向天空晃着拳头，大声说，喂，笑吧，你这坏蛋！

克丽斯偷偷地看了那么一下《医生的宗教》，可是一看就呵欠连连，几乎要困死了，既然是有空，又是一点也提不起精神，那不如去帮母亲洗毛毯更有趣。在赤日炎炎，天气晴好无风的日子，吉英·格思里便把布拉威里每只床铺都收拾干净，毛毯都堆在桶里，泡在加肥皂的温水里，于是克丽斯脱掉长靴、袜子，卷起扎口短裤，露出雪白的大腿，跨进了灰色肥皂沫重叠起伏的毛毯中，踩来踩去。看到了水咯咯地变成蓝色的虹彩浸透脚趾，泡沫越来越多，真是舒服；接着又跨进第二只桶子，让母亲去出清第一只桶，这个活儿真有劲，她觉得她可以一直这样踩下去，只是觉得越来越热了，一个赤日当空的上午她们就这样洗涤下去。过了一会，母亲进屋了，她索性脱下裙子和衬裙，母亲拿着另外一条毛毯出来时，大声说，天啊，你简直是赤条条的了！说着，十分亲切地往克丽斯的短裤拍了一巴掌，还说，你变成个好小子了，克丽斯姑娘，像她向来那样，乐滋滋一笑，又继续洗下去。

可是，这会儿，约翰·格思里和威尔打地里回家了，她一看到父亲的脸色，就完全泄了气，他大声说，马上给我滚出来，你这个不知廉耻的下贱女子，穿上衣服！她只得打桶子里出来，脸色雪白，满脸羞惭，是为她父亲而不是为自己感到羞惭，威尔也顿时面孔通红，把马匹牵走，一副尴尬相，可是，约翰·格思里大步流星走过院子，到厨房母亲那儿，开始对母亲大发其火，如果有人看到她那样几乎是赤身裸体呆在那里，人家对这姑娘会怎样说？我们就会成为这儿的话柄和笑料了。母亲冷静而温柔地朝他一看，好啦，好啦，你又不是第一回看到一个赤身裸体的姑娘；如果街坊们没有见过，那他们生下的孩子准是都穿着裤子的。

父亲听了这话，气得要命，他离开母亲，走了出去，脸上呈死白色，一点没有血色，他没再说一句话，从那天晚上直到隔天一整天都不跟母亲说话。那天晚上睡觉时，克丽斯一个人闷头闷脑地躺在床上，尽在想白天的事，这时她仿佛看到，父亲看着自己站在桶里的样子就像一只关在笼子里的动物打他的眼睛里往外窥视那样。就像大火在院子里烧，不住地烧下去，仿佛她仍站在那儿，他则怒目看她。她连忙把脸藏在毛毯下面，而始终忘不了。第二天早晨，她总算能不再去想这事了。屋子里因为大家都出去了，显得十分静寂，她到母亲那儿，直截了当地问她母亲，而这种事情她先前从来没有问过。

于是乎出现了可怕的情况，母亲的脸变得又白又苍老，她停下她在厨房桌子上忙乎着的活儿，每分每秒脸色都越来越白，克丽斯看到这情况简直不知如何是好。啊，妈，我并不想叫你生气，她边哭边搂着母亲，搂得紧紧的，又再看看她的脸，打上个月以来，这张脸就变成那么潦白，一副病恹恹的样子。母亲终于对她微笑一下，手搭在她肩上。不是因为你，克丽斯姑娘，只是生活，我无法对你说什么，也无法劝你什么，我的姑娘。到了时候，你就得自己去对付男人，谁都不能起来帮助你。接着她还说了些更加古怪的话，吻吻克丽斯，有朝一日，如果我受不了了，给我留点儿神——她不说下去，哈哈一笑，又很愉快了，我们真傻，我们娘儿俩，跑出去给我提桶水来。克丽斯拎着一只桶出去了，她出去在赤热的天气里泵水，接着，她又想到了什么，悄悄地轻手轻脚地回去，看到她母亲仍原地不动地站在那儿，脸色潦白，显得孤单而忧伤，克丽斯不敢进去，就站在外面瞧着。

母亲是有什么事了，大家都也有什么事了，没有一样东西会始终不变的，也许除了这个天气，而如果天气再这样下去，卡珲牧师所说的丛林眼看就又要在这个山谷里满山遍野地重新生长起来了。人们在等着下雨或者解冻的时候，这地方和这地方的生活真是令人厌烦，毫无指望！幸亏她一结束考试就要进阿伯丁大学去读学士学位，然后自己办个学校，成了英格兰的克丽斯，把父亲和他那怒目而视和咆哮都忘却，她将有一幢自己的漂亮的房屋，高兴穿什么就穿什么，决不会有个男人一看到她就生气，这事儿她得留点儿神。

也许她是不会留点儿神的，真怪，她从来不能长久了解自己，尽管她已长大成人了，现在都快要是个妇女了。父亲说所谓社会中坚就是驾着条播机笔直向前决不向后看的人，可是，她依然只不过是被开垦的土地，犁沟别别扭扭，可是你却还要这样，要那样，有时候，书本——书本中的珍品，也不过是些空洞无物的东西，无奈那粪便，那格格作响的声音使你厌烦了，你又不得不再去看书——

她一想到这种令人困惑的事情，便在草地上猛一转身。落日染红了小湖，天还是那么热，碰到这样的夜晚，真叫人苦恼，毛毯也盖不住了，甚至黑夜就是一条肮脏的黑毯子。风也止息了，她就躺在那儿想着，这并没有使人不知所措，可是这儿一点形迹也没有，只有金雀花挺立在黄昏中，一动也不动，好像成团成团的黄色大脸庞，有如一支黄种人的大军的脸孔，俯视着金拉第，在求雨。下边母亲准是需要她帮助，多德和亚历克已经放学回来了，父亲和威尔也快要从地里回来了。

已经有什么人在叫她了。

她站起身来，抖一抖长衣，穿过草地，来到坡尾，往下一看，看到多德和亚历克在下面老远的地方向她招手。他们激动地喊着她的名字，听起来就像失掉了母亲的小牛犊的叫声，她为了逗弄他俩，走得很慢，直到看到他们的脸。

就在这时，她脸孔潦白，疾步如飞地冲下山岗，在她后面的天空已在咔啦作响，一道长长的闪电划过格兰扁的山峰，一直划过远处的山坡旁边的园苑，她听到嗞嗞的雨声。旱情终于解除了。

第二章　条　　播

她爬上了那个弯弯曲曲的山坡后，便躺下来，气喘得比刚才上山时还要急——裙子在飘，她铁定了心，不管是谁在叫喊，还是整个布拉威里都在呼喊，她决不回头——不，哪怕是父亲的口哨，也决不回头！——克丽斯觉得她身子下面的粗硬的青草嘁里嚓啦地成了一张精雅的卧榻。她把颈脖子，双肩，屁股和膝头都放松，褐色的长臂抖颤地搁在身旁，肌肉完全松弛无力，白天昏昏沉沉地变成一道金色光芒，直透她那耷拉在双颊上的褐色的长睫毛。石碑的影子像只大日晷的晷针那样悄悄地指向东方，沙锥鸟叫了又叫——

跟她上次爬到小湖那儿完全一样:那是在什么时候？她张开眼睛，想了一想，想得累了，索性又闭上眼睛，古怪地笑起来。是去年六月的事，就是她母亲服毒自杀，也弄死了两个双胞胎的那一天。

这好像是很久以前的事，又像是近在眼前的事，你认为那些个时辰，那些个日子是一种你逃不脱的又黑又冷的地窖。可是你逃脱了，逃脱了那个又黑又湿没有阳光的地窖，而地球照样在转，那个地窖里已经没有潦白的脸，也没有悄悄的耳语声，可你再也不是原来的你了，地球照样转，你也跟着它转下去。这不仅是母亲和两个双胞胎死了，而是你心里的什么东西也死了，跟她一起走了，一起躺在金拉第的教堂庭院里——你心里的那个孩子也死了，那个孩子本来认为山岗是供他玩耍的，每条路都装有警柱，碰到玩得太厉害了，有人随时会把你从危险的边缘抓回来。这些都死了，那个念书、做梦的克丽斯也随它而死了，也可以说是你把它们都包在一张棉纸里，然后放在原来就是你的童年的那具黝黑、默默的尸体旁边。

古第斯东的芒罗太太曾经对她说，那个可怕的夜晚她经过布拉威里让雨泡得湿透的园苑，跑来准备把母亲的尸体和两个那么安静地死在他们的摇篮里的双胞胎的尸体入殓安葬。芒罗太太，像只黑眼睛的鼬鼠，迅速、利落、无所谓地在屋子里跳来跳去，吆吆喝喝，发号施令，要这要那，正是她把多德和亚历克吓得哭都不敢哭，又把父亲和威尔赶出去照料牲畜。她干起活来，迅捷，冷静，冷酷，那张老鼠一般的脸眯着眼睛看克丽斯。你现在得离开学校喽，我敢说，念书就是一文不值，你还是别念为好。等你来管布拉威里这个家时，你就会发现没什么时间可以做梦和什么劳什子的喽。

克丽斯就像呆在地窖里，眼花缭乱，目瞪口呆，什么也没说，后来才回过了神；别的人寻呀找的，找出了一件件的衣服。于是芒罗太太刷洗母亲的尸体，给她穿上睡衣，就是她多年没穿的那件缀有蓝丝带的最好的睡衣；芒罗太太给她打扮得那么好看，叫人一看到她这个样子，终于掉下泪来，热泪像血滴一般打你眼睛里挤出来。可是眼泪很快就没有了，因为如果再这样一直哭下去，你也会死了，于是以无止尽的放声哀叫来代替眼泪，一无反响地记在脑子里，啊，母亲，母亲，你干吗要这么做?

过不了几天，克丽斯就知道死因，因为他们都不让她和孩子们知道，但是，到了验尸时，真相大白了，母亲是服毒自杀的，她和两个双胞胎一起服毒而死，因为她又怀孕了，她非常担心害怕，而又镇定，看得穿。因此，她是在精神不健全时自杀的，母亲向来和蔼可亲，她也许是想起了基尔德鲁米温泉最后那些值得想念的事，想起了乌鸦早在过去无数岁月里掠过东河那些山地叫喊的声音。

一个月后，多德和亚历克回到学校去，在他们那天晚上离校回家时，有个学生在他们背后大声说，别人也跟着喊叫，痴子，痴子，谁的母亲是痴子？他们连奔带跑赶回布拉威里，跌跌冲冲地奔进了屋，哭呀哭的，哭个不停；父亲一看到他们，气急败坏，把他们两个都揍了一顿，第二天，不管揍不揍，他们就是不肯回校。

于是，威尔开腔了，他现在一点也不在乎父亲了。一夜工夫，他好像终于知道父亲不敢再打他了，他买了一辆旧自行车，到了晚上，他高兴骑往哪里就骑往哪里，每当他看到父亲的目光时，他的脸便又冷酷又铁板。有一天早晨，约翰·格思里嘀嘀咕咕地对他咆哮道：你每天晚上像个流浪汉那样是到哪里去闲荡的？可是，威尔就是一言不发，只是有一回，约翰·格思里硬要他开口，他这才猛地转过身来，悄声说，留点儿神。父亲听到这话，住嘴退却了，当时克丽斯眼睛满含怒火瞅着他们，就像现在看到威尔出来为他的兄弟说话时一样既怒且吓。

他们干吗非去不可？我就不去。啊，你不必对我瞪眼睛。你得多多留点意，如今你再也不自己上市场去了——什么脏活都得由我来替你干！

父亲听了这话，跳将起来，威尔也同样跳了起来，他们攥紧拳头站在厨房里，多德和亚历克也不吭声，净瞪着眼睛看着。可是，克丽斯猛地把桌子推在他们中间，她说她要用桌子在那儿烘面包；于是他们垂下拳头，约翰·格思里骂了一声，轻轻地骂了一声，威尔则面孔通红，傻乎乎的。

可是，那天晚上，父亲跟布拉威里的其他任何人都一句话也不说，他太傲气了，不肯这样做，他马上写信给在奥契特莱斯的妹妹珍妮特，要她照顾多德和亚历克，让他们在阿伯丁念书。不到一个星期，她就打北方来了，珍妮特姑妈和她的男人，就是塔姆姑夫，他长得又高又大，人很神气，表链上挂着成串的奖章，都是他玩掷铁环得来的。他们俩都很和气，亚历克和多德一听到要去奥契特莱斯平原，开心得发呆了。可是，姑妈和姑夫自己从来没有小孩，他们当即讲清楚，如果这两个孩子要同他们一起去，那就一直要呆在一起，他们希望收养这两个孩子。

父亲听了，冷冷一笑，胡子一翘说，这么说来，你们是想偷走我的亲生骨肉了？珍妮特姑妈点点头，真是针锋相对，是呀，约翰，正是这样，我们从来没有自己的孩子，尽管上帝知道这并不是我们不想要。父亲说，种瓜得瓜，种豆得豆。姑妈说，是呀，我要自杀还早着呢，因为我的男人好像是把我当成一头配种的母猪一般跟我睡觉的。父亲说，你这个下流货。

克丽斯一直像条绳子一般索索抖，直听得脑壳都要炸了，后来她奔出了厨房，穿过院子走到谷场，威尔在那里踯躅着。他听到了里面的声音，在嘲笑他们，可是，他的眼睛满含怒火，他搂住她。别去理睬那几个下流老混蛋，一个比一个坏，不管是父亲，姑妈还是那个吊满了小铁奖章的小狗屎堆。跟我一起到地里去，我们去把母牛牵回家来。

克丽斯和威尔他们看到几条母牛都在三叶草丛里；他们不慌不忙地走进去，并不急于要回布拉威里去。威尔好像一会儿很恼火，一会儿又很温柔和气。别发愁，不要理他们，克丽斯，也别让父亲把你当奴隶使，他就喜欢那样。我们有自己要过的生活。可是她说，可如今我除了呆在家里，又有什么办法呢？

他说他不知道，但是，如果再这样呆下去，他准会给阉给砍给宰了，等一积足了钱，他就去加拿大，在那儿，一个男子汉立即就可以过独立自主的生活。克丽斯眼睛睁得老大听他说话，她只顾从中看到一种希望，竟忘记赶牛了，那几头牛挤在一起，满身都是三叶草，傻里傻气而昂首阔步地走上山坡。啊，威尔，你可以带信来让我去给你管家喽！他面孔通红，神色迟钝；在赶牛群，克丽斯叹了口气，希望落空了，他也不必回答，是呀，也许可以，不过，也许这对你不合适。

因此，她毫无疑问地知道，他在德鲁姆利希的什么地方有个姑娘，他是打算同她一起去在加拿大那个舒适的土地上成家立业了。

他们回到了布拉威里，知道他们吵完了，父亲对他妹妹珍妮特让了步，他做是这样做了，心里却很不情愿。三天之后，只有他们仨坐在厨房的桌旁吃饭了。克丽斯连续好多天听到死了的，走了的人的声音，两种声音都好像是打离布拉威里很远的地方传来。不过，随着时间的推移，这种奇怪的情况也消失了，眼看快要收获了，她得出去到地里帮忙，谷物由于上两个月的阳光雨露，都发黄了，长得十分茂盛，沉甸甸的。

父亲他没有捆草机，这种东西他是连听都不要听的，不过，他从埃希特带来了一架旧收割机，他们就用这架机器来收割；虽然威尔发誓说，他准成了个金拉第的傻瓜，让人家看到他使着这样一件东西。父亲像一只猫儿一样对他翘起胡子哈哈一笑，如果金拉第人一笑，就会使你成为一个大傻瓜，而不是你天生就是个大傻瓜，别担心你的衬衫没盖住屁股，你，我的小男孩。我自己会来开这机器。威尔虽然听了这话，嘴里嘀嘀咕咕，却还是让步了，因为每次收获，父亲总会做出些怪事和可怕的事来，你简直闹都闹他不清，仿佛他一下子变得更强大，更残酷起来了，就跟谷物一样成熟，力道更是那样，他会比平常更迅疾，面孔也长胖了，还可以听到他打地里回来，跨在贝斯的背上，大唱赞美诗，他唱来唱去只会唱这几支歌，唱得非常尖声怪气，叫人手心里都会冒出汗来。

如今在布拉威里的地里，农庄，房屋，还有最好的谷物；他们首先收割的是牧草场，一大堆带着禾草的谷物，简直难以分开，把它们扎成禾束。这是种累得要命的活儿，克丽斯觉得难以一气把收割机每回送来的谷物全部捆扎完，天气那么阴，天空灰蒙蒙的。太阳躲在灰蒙的天幕后面，有时你打禾束里抬起头来，可以看到一道光线在移来移去，一直移到远处的上山那些地上，有时候，则是懒洋洋地掠过高原沼地，或者在古第斯东的麦堆上摇来晃去，天际那灰蒙灼热的烟霭正在瞅着，等待着在收割的山谷的吃力的劳动。

早在牧草地开始收割之先，就已把谷物四周的道路打扫清楚，父亲已经用大镰刀一束束地割了一大堆，他发誓说，等到捆草机、收割机生锈烂了，人们又会捡起过去的老习惯，大镰刀还是会重新起它的作用。但是，不管大镰刀是否过时，还是将来还用得着，收割机毕竟已经套好，驶出去了，克丽斯赶忙紧跟在它后面走。人们说，这是收割的最好的天气，在热浪里收割可就麻烦了；早上和午时，空中如此寂静，使人想起春天的日子来，在山谷好远好远的地方，可以听到收割机刀刃的铿锵声，也可以听到开磨坊的长脚罗布的歌唱声，听到古第斯东人在骂托尼，因为他傻乎乎地站在麦束堆那里。接着布拉威里的收割机喀朗一声进了大门，贝斯和克莱德蹲在辕杆旁边，刀刃闪闪发光，像是野兽饿得大肆咆哮露出的牙齿。这时，约翰·格思里大声叫道，*起来*！同时掉转马匹又去再作一次收割，于是饿得大肆咆哮的声音变成了一种深沉、闷塞的隆隆声，因为收割机那不住转动的裢枷已经把谷物推到了耙齿上，完成了一次操作，做得很有规律而且很好，收割机马上加快速度，从头到底，割得干干净净，不像其他地里那样，一点也没有七零八落的禾草，约翰·格思里始终留意地操作着。

你简直还来不及看那收割机和刮刀，马匹已经走动，樋枷已把第一束谷物打尾板上推出来了，克丽斯马上扑上了那束谷物，把它集拢，扎好，甩在一旁，你都来不及叫出格伦贝维来！就得再奔上第二束谷物，用手集拢扎呀扎的，动作快得眼前好像有阵迷雾。在半中间里，威尔碰上她，他在后头忙乎着，轻轻抹掉脸上的汗。正当他们伸直身子，抬头望着地头时，由于父亲牵着马再去收割，空空的收割机的克隆克隆的声音变成了引人注意的嗥叫的呼呼声。太阳仍然像团闷火似的躲在浓雾后面，在靠近金内夫那边，雾角一直呜呜地响个不停，使你觉得虽然日头远没落下，但你的腰已经弯得骨头快要散架，所以你也不停地呻吟一样。

但是，三天后牧草地都收割完毕，待收割的地上一片夺目的黄色，漫过沟渠，简直是一望无际。后来浓雾突然完全消散，雾角也不再呜呜叫了，接着而来的是真正灼热的天气了，等你卸下了马，你简直碰都不敢碰收割机上的木头把手，因为它变得那么烫手。金拉第热得让人喘不过气来，可是接着，大家都又得一心一意地去累死累活地干活了，这种热是长不了的，雨早晚会下，上帝届时准会帮助等待收割的谷物的。

在收割上年丰收的那块地的第二天，一个流浪汉打大路爬上布拉威里，向约翰·格思里大声讨活儿干，父亲说，大概能行，大概能行，让我先想想看能有什么活儿好让你干。那个流浪汉说，呃，好呀。他脱下了外衣，半道里插了进来，马上接了上去，叫人简直认为，他是生来就熟于此道，他收拢，捆扎，碰上克丽斯，还对她微笑一下。因此，等到收割机第二趟回来时，父亲大声对那个流浪汉说，他可以雇他一两天，如果天气好的话；这样，克丽斯就可以起来，到屋子里去煮饭了——别偷懒，姑娘，留点儿神。这个流浪汉，有点儿黑，是个吉卜赛人，父亲不肯让他进厨房吃饭，那家伙说不定身上有虱子，也不让他睡在屋子里。

于是，克丽斯为他在谷仓里另外搭个临时床铺，他说这就叫他心满意足了。可是，她第一天晚上把饭菜端到谷仓里给他吃时，突然感到有点对不起他似的，对他说，要不是父亲不肯，她准会让他在屋子里吃饭。他说，这你别搁在心上，姑娘，我不希罕同他结交，正如他不希罕同我结交一样。再说，他也不过是金拉第的一个小丑罢了！克丽斯听这么一说，不禁满脸通红，这正表明，跟流浪汉是客气不得的，可是，她装作没有听到他的话，转身走过院子，回屋子里去。

不料那个流浪汉竟伸出双手，抱住她双腿，教她动弹不得，他差不多要把她拖倒在干草上，倒在他身旁。看得出来，你至今还没有跟个男人睡过，姑娘，像你这样血气旺盛，真是个大浪费。因此你记住，如果你需要我，找我得啦。说着，他放开了她，轻声笑笑，她毫无办法，只是干瞪着眼朝他看个不住，很是厌恶而不是愤怒，胃里好像在翻，膝头感到乏力。那个流浪汉又伸出手来，拍拍她的腿，听着，如果你需要我，我就在这里。克丽斯摇摇头，她实在太厌恶，说不出话来，她悄悄溜出了谷仓，走过院子，用热水把双手和脸洗了又洗，洗得父亲放下报纸，问道，你真个傻啦？

可是，那天夜里，她进了她的房间，现在这个房间是她的，只有她一个人住，威尔睡在他兄弟过去睡的房间，在她脱衣上床时，看到一轮大月亮照在格兰扁上空。于是她打开窗户，她喜欢打开窗子睡觉，仿佛黑夜一直在等她这样做似的，一阵秋风吹了进来，风儿又暖又凉，吹在她脸上有股儿后期三叶草味，粪料味，以及茬地味混合在一起的气味。

她躺在床上闻着，瞅着月亮高挂在比布拉威里更高的山岗上，金拉第睡得像画报上的一个地方，拖着长长的阴影，像支火枪一般晃荡在万籁俱寂的田地上。突然之间，不知怎样一来，她觉得身上有一种奇特的疼痛，痛在胸口，痛得震颤，痛在喉咙，痛在她心的下面，同时，她听到心卜卜地跳，一时间，血冲击着脑袋，咚咚作响。一想到那个流浪汉就睡在那边谷仓里，如果悄悄地下楼，走过一片漆黑、连影子也没有的院子，走到谷仓，多么容易。

但是，这种傻想只是一刹那工夫的事，接着她暗自笑了起来，冷静下来，恢复常态，她把窗关上，把夜里的那些气味全都关在外面，慢慢地脱掉所有衣服，站到那面原来挂在母亲屋里的长镜子前，看一看自己。她已长得婀娜娇媚，虽然也许不是很漂亮，颧骨稍嫌过高，相比之下，鼻子却嫌太低，不过双眼清澈深沉，又呈褐色，褐色，深沉，清澈得像邓伯恩的河水一样，她的头发红褐相间，像蜘蛛网一般纤细，一头蓬松而好看的头发。

这样，她看到了自己，牙齿洁白齐整，脸上在褐色朴素的沉静中有一种白色的反光，这是约翰·格思里所传给她的。现在她已脱掉了衣服，脸部以下和颈脖子有着肩膀和胸部的闪光，皮肤像缎子一样，使她不禁真想摸一摸自己。在她左乳房的下面是一个圆晕，她看见了，又俯头对它一看，月光照在她背上，她觉得那道月光直照到她背上，真是古怪。她一伸直身子，月光又变大了，她看看全身的其余部分，她认为自己可爱而冷静，真适合哪个情人有朝一日跑来吻她抱她。

克丽斯看到她脸上那褐色的闪光变得十分可爱，可她一想到接下来的种种事情不禁一吓，——想到他们睡在一起，就在一个有月光的屋子里，她会对他很体贴，体贴又体贴，把自己的一切全都给了他，而他就把头搁在她胸脯上睡着，他们俩便一直睡到早晨，彼此喁喁私语，他们真有好多要说的！

但是，也许要到第三个和最后一个情人，她才终于能够听到说出她此刻心眼里的种种奇思怪想的声音，说着夜里落在屋顶上的雨，横打过长长的石板瓦的屋顶那种令人恐怖的豪雨；一去而不复返的岁月，转眼之间烟消云散，这个第三个人的眼睛看都没有看到；还有母亲的脸，躺在那儿死了；还有日日夜夜站在布拉威里湖边的那些石碑，在它们周围总有一些东西在黎明之前又在哭呀，笑呀，再度生活下去，直到下面的远处公鸡开始在金拉第啼叫，又来了一天。这些他都全信，比她都还要信，也不嘲笑，只是一味拥抱她，亲吻她。不过，说实在的！

如果她没有穿上睡衣，不是躺在床上，那他抱的只是一具尸体而已，你也许会梦想一个小伙子，想到你自己冻得冰硬如石，不过，他会使你比石头更暖一点儿。

这就是克丽斯在收获季节所做的狂想曲，十分舒适愉快，因此，她在半道里睡着了。可是这个狂想曲刻记在她心头上，就像一部长长的播种机在深黄色的静止的五月里留在粉碎了的草地上的记痕一样。它既没有留下快活，也没有留下痛苦，不过，她知道那就可以按迹追索她的一生，追索它那暗黑的一望无际的等待着人们去耕耘的土地。捆割机和收割机咔啦咔啦，嘘溜嘘溜地在山谷那靠不住的天气中运行着，不一会，天气说不定要变就变，堆麦束的活儿在布拉威里远远跟不上来。可是，夜里威尔一点也没有什么活儿可干，约翰·格思里一提到此事，威尔便当面嘲笑约翰，然后跳上自行车，一夜接一夜地上德鲁姆利希去。父亲只好到屋外去闲荡一下，瞪眼望着田地，然后刷地闪进屋来，对克丽斯吆喝一声，等你挤好奶后，马上去睡。她听了小声嘀咕一下，一天下来，她实在倦死了，几乎要睡在牛棚的干草堆里。

不过，有一天晚上，她不敢睡，因为在约翰·格思里本来跟母亲共住的楼上那间屋里，她听到他起了床，只穿着袜子在那里面慢慢地啪哒啪哒走来走去，像只大猫那样，也像只野兽在夜里嗅来嗅去，大转脑筋那样。有一回，他轻轻地顺着那条摇摇晃晃、吱嘎作响的楼梯下来，来到她房门口停下脚来，她气都不敢透，怕得快要生病，虽说有什么值得怕的呢？她听到他的呼吸很急，气喘吁吁，还听到他的手按在门闩上的索索抖的声音；接着，什么声息也没有了，他一定不是又上楼去了，就是下楼了，屋子里十分寂静，但是，她不敢再睡了，直等到威尔在万籁俱寂的午夜时分咔啦咔啦回家才敢睡。如果克丽斯能敏于掌握她的狂想的话，她应该知道收获的狂想曲是出现在金拉第外面的。一个小伙子和一个姑娘也许认为他们的所作所为只有他们自己知道，别人都不知道，可是，他们立即就会发现是大错特错了，你尽可以同你的姑娘躲在本尼维斯山上，在那儿享有你们的一点乐趣，但是，等你们站起身来回家时，十之八九就会听到芒罗太太或者像她那种脾气的人的闲话，因为你出了丑而乐得几乎要笑死了。

首先是萨拉·辛克莱跟上山那个工头尤旺·塔文达尔，于是到处都在传说：他们俩曾经打上山的落叶松林子里出来，就是那个痴子曾经要弄过马吉·吉英的那个林子，他们两人一起在那儿干了些什么来着？是桥头的亚历克·马奇撞上他们的，当时他拿着一块捆割机的破刀刃，走过沼地要上铁匠那里去修理。起先他们两个几乎没有看到他，辛克莱小姐的脸看起来很怪，脸红得呈猪肝色，真像你在剥一只闹肺病的兔子的腿一样，尤旺没精打采地跟她并排走，样子很羞惭，仿佛他睡的是他母亲，亚历克说，也许这事的确给人那么一种感觉。亚历克大声对那一对说晚安！他们几乎是大吃一惊，于是，这番情况就传到沼地外面铁匠那里。你大可以肯定又从那里很快地传遍了金拉第，那个铁匠说起谎来比他装马蹄铁都要快；他在这方面可说是个冠军。

不管是真是假，查伊·斯特罗恩一听说了这情况，便到上山去见尤旺·塔文达尔，友好地问他究竟想跟他的小姨子，这个傻老懒婆子萨拉干什么。也许他本来能把事情处理得妥妥帖帖，可惜他找尤旺找得不是时候，当时尤旺正跟其余一些光棍坐在单身汉宿舍外面；查伊一走上去，顿时激起一阵嬉皮笑脸的嘲笑，很使查伊恼火，他猛地站在他们面前，问他们究竟笑的什么？萨姆·古尔利说，没啥，一点也没啥，对查伊从头到脚看了一下；尤旺则说，他看到这个样子，真有点要哭，而不是笑，他说得那么缓慢、无礼，真叫查伊气得怒发冲冠。

查伊本来就是个急性子，手脚灵活，他扇了萨姆·古尔利一巴掌，一下子把他打倒在地上，接着，你还来不及眨一眨眼，他同尤旺又干起来了，像两个流浪汉那样，在上山的院子里，乒里乓啷地满地滚打起来；这时扎着绑腿的厄普拉姆斯奔过来了，这个家伙，很会幸灾乐祸，可是他肚皮挨了一击，给打倒在牛棚的粪沟里，有一回，他儿子乔克也让人家作弄，掉进了那里；这就是他要插上一手的结果。大约有一分钟光景，情况就摆明了，尤旺尽管能打，看来却要大吃败仗，他毕竟不是那个疯子查伊的对手。所有那些光棍全都一起来攻查伊；等他回到皮西纳普时，他的背上简直连片破布也没有了。但是，尤旺这个粗暴、倔强的家伙，脸上有了一道伤痕，使他闷声不响了一阵子，而一只黑眼睛大得可以给古第斯东的芒罗那双大脚作靴底，大家都这么说。

说实在！要不是古第斯东的芒罗本人在半道里撞着了，你也许会说，就不会有这么一个传说，他是上牧师住宅，去为他的律师，要牧师在一张文件什么的上面签个字。可是，人家告诉他牧师不在家，是牧师太太亲自出来告诉他的，尽管她人很和气，长得也不错，可是古第斯东的芒罗不喜欢她这个英格兰贱货。

因此，芒罗老大不高兴地转身就走，也许是这个可怜虫那双汗淋淋的大脚，在大热天里干了一天堆谷束的活儿，已经很酸痛了。可是，刚一到了牧师花园的一头时，那儿的紫杉浓密地低挂在青苍的草地上，在从前那个吃了败仗的贵族青年华莱士被下流的英格兰人赶得走投无路，终于被捉到伦敦上绞刑，阉割又砍成四块，挂在苏格兰城门之前，就是这些紫杉的枝桠曾经隐蔽过他——这时，在半明半暗中，草丛里发出一阵沙沙的响声和尖叫声，仿佛有一群小猪在那儿拱土。芒罗停下脚来，在牧师那条人行道上抄起一把砂石，往草丛里扔去，嘴里叫，滚开！因为可能是发情的狗儿在那儿追逐，要是大柯利狗存心要交配的话，那是谁都没有福气看到的。可是，打草丛里出来的并不是柯利狗，而是那个古敦姑娘，就是辛克莱老太太为牧师住宅找的那个姑娘；芒罗看到她脸上有点儿呆钝的神色，就像一只猪头上搁着一把屠夫的刀子一样；她把耷拉在脸上的头发往后一掠，呆愣愣的，拖着步子打芒罗身边走过，一声不吭，仿佛她是半睡半醒那样走去。

但是当她擦过他身旁，走进了牧师住宅之后，她就开始吹起口哨，还哈哈大笑起来——仿佛她拼了命想得到什么东西，现在得到了，所向无敌地终于得到了。芒罗的确就是这般看法，你不能认为这是他的想象，这个丑八怪从来就没有什么想象力；这准是十分古怪的事，他站在那里，瞪眼望着她的背影，呆愣愣的。他最后刚要掉过身，走下大路时，不料看到吉本先生本人就在旁边。

这会儿，天色已经很黑，不过还没有黑得芒罗看不见牧师是光着脑袋，而且直喘着气，喘得非常厉害，仿佛他刚跑过一场赛跑。他大叫一声，唔，说呀，老兄，你要干什么？芒罗听到像牧师这样一个文雅人物居然这样对他大声吆喝，不禁大吃一惊。所以他刚说了句，啊，啊，吉本先生，你准是刚跑过一趟赛跑吧？马上他又但愿自己没说这句话，因为牧师二话不说就打他身旁走去，然后回过头来，如果你要找我，明儿再来。

他于是径自走进牧师住宅，咣当一声把门关上，那个响声真把芒罗那双大脚吓了一大跳。这样，他只得回家去说给芒罗太太听，老实说！你大可以相信，她后来说起这事来，真是点滴不漏，于是乎，不一会，金拉第每个人都有了不同的说法，约翰·格思里经过磨坊时，长脚罗布便大声对他说了。长脚罗布向来是不传布人家的丑事的，——他只是说说马的事情，人们就这样说他的笑话——可是，也许他认为那些个牧师比马还不如。

这个传闻，约翰。格思里似乎听了很厌恶，虽说他不像罗布和他的英格索尔那样，抱有什么粗俗的看法，世道正在快速地转向那批该死的富人那边，从前的奴隶时代又回来了，牧师们都同流合污，跟其余的人一起崇拜邪神了。今年他在布拉威里，苦难越来越多，叫他心里好生难受。土地这么贫瘠，一年到头都使他感到束手无策，收成再没有比这一次更坏的了，他也看到在这片尽是荒瘠不毛的红土上，那些又长又硬的山坡中，即使在平常年份，也根本不会有什么收成。

现在，他也越来越看清楚，在这里，小佃农的日子行将结束，无人理睬了，这是埃希特从来没有过的情况，像他自己和查伊，芒罗，普蒂以及开磨坊的长脚罗布，这些全靠自己一双手向土地讨生活的最后一批庄稼汉的日子就是这般情况。吉英·格思里的自杀使他蒙受耻辱，使他的名字成为邻居们的笑柄，这件事已看出了时势的信号，时势的信号就是妇女高兴自杀或者以卖淫为荣就自杀或卖淫，极少数的乡下人在拼命搞钱，大多数则回到了深渊；原来他比爱自己的灵魂和上帝都更爱的土地，则笼罩着一片黑暗。

接下来就是威尔本人，他和他在德鲁姆利希的所作所为引起了金拉第的闲话。可是，克丽斯早在这种闲话传到金拉第之前，就在德鲁姆利希，在花匠高尔特的院子里碰上了这段公案了。那个流浪汉离开布拉威里那天，克丽斯挎着一只篮子出门，当时没有一点下雨的迹象，天气仍然热得像高炉门那样又白炽又闷。下边的大道上，汽车噗噗驶过去，她迈开步子朝蒙丁斯走去，那地方就是很早以前的战场。桥下是哗哗流去的溪水，往西流到贝维河去，孩子们在桥下高声叫嚷，泼溅着河水，他们只要有胆量，就可以赤身裸体下去，她看到他们身上闪着白光，吓得躲在石头后面。

不一会，天热得她脱掉帽子，拿在手里扇风，就这样爬上大路，向左拐终于到了德鲁姆利希，有人为了要欺负这里的人，管这地方叫催命塔①，他们听到这种话，非常气愤。这儿只有一小堆房屋，在尖塔下面被日光照得一片白，使得这地方成为山谷里的笑柄，因为附近连个教堂也没有。人们开玩笑说，每次下雨，德鲁姆利希的人都奔出来，把雨水接进尖塔里，他们还以有这个尖塔而自豪呢，这个尖塔还是在村里的纺织时代就建立起来的，当时，这儿还有只可恶的钟在报时。

这就是催命塔的情况，它是从自己的尘土和古老的气味中耸立起来的。高尔特花匠的院子里成熟的浆果挂满枝头，他一听到了克丽斯的名字，便古怪地朝她一看，于是，他一边为她称浆果，一边狡猾地暗示和开玩笑。这人是个肥胖的蠢货，天

① 按原文为 Skite，音译应为斯凯特。

热的时候，简直身上的油都要淌下来，你看着他，几乎连你自己都要化了。威尔好吗？他问道，近来他不大上这儿来了——真的，摩丽·道格拉斯双颊的玫瑰花就要凋谢了。克丽斯说，啊？话说得硬邦邦的，接着说，我要买两磅黑浆果。他就把浆果给她包好，又是暗示，又是乜斜着眼睛，活像一只爱玩儿的大肥猪，她本来很可以给他一个耳刮子，但是，没有这样做，那样一来，只会闹出更多的丑闻来，不这样，也够多的了。威尔究竟做了些什么，他对他那个姑娘做了些什么，弄得要离开她？

真亏得她已经离开了催命塔那个臭地方，前面就是蒙丁斯了。这时，她听到了自行车铃声，铃声来自后面好远的地方，于是她向路边靠靠，可是车子却不过来，车子放慢了速度，有人在小心翼翼地叫喊，你就是威尔·格思里的妹妹吗？克丽斯回过头去，看到了她，一看就知道她是威尔的那个姑娘，年纪很轻，面孔白皙，长得很好看，克丽斯听到自己的声音几乎很难堪地，一面看着她一面答道，是呀，你就是摩丽·道格拉斯吧？

那个姑娘一听这句问话，脸上慢慢红了起来，没精打采却很可爱，她回头望望远处催命塔的尖塔，仿佛害怕那东西在监视她们似的；接着，突然之间，好像要哭那样，她要克丽斯告诉威尔，要他一定骑车过来再见她一次面，当天晚上就来，她再也受不了了——她不管自己是否不顾廉耻，她受不了了！接着，她好像从克丽斯的眼睛里看到了疑问似的，一时间，面色潦白起来，不一会，又面色正常了。克丽斯觉得，她准是全身都通红了，从头到脚都通红，正如她自己有时候也脸红一样。可是，她大声说，啊，你也像大家一样，认为是那档事儿吗？

可那不是真的！克丽斯看到她又羞又怕，觉得她就是开不出口来否认那档事儿，她也的确是那样想的，除了这，还想些什么呢？后来，她发觉摩丽·道格拉斯耷拉着脸凑近自己的脸，可爱，苦恼，羞惭，像她自己一样。摩丽想朝她看，却又转过眼去，面孔通红，仿佛恨不得钻进地里，她那样子真是傻得不能再傻。不完全是那么回事，我只是非常爱他，不见到威尔，我活不下去！

她们就这么呆在路中间，羞惭得不能彼此对看一眼，也无话可说；这当儿，一辆小车打车站那儿辘辘而来，摩丽一见那小车，又跳上自行车，把车子掉了个头，然后她回过头来，轻轻一笑，使人难忘，嗫嗫嚅嚅地说了声，再见！

可是，克丽斯简直忘不了她眼睛里的那种神色，她脑海里就带着她那眼色回到家里；那天晚上，吃晚饭时，她始终目不转睛地看着威尔。多年来，她第一次看到他，简直是个大人了，一头美发，飘在头上，披到双颊，就像一堆锈红色的绒毛，像是刚出壳的小鸡的绒毛一样；眼睛呈深蓝色，像姑娘的眼睛，那双眼睛看着她时充满柔情，一落到父亲身上便阴沉沉的。这并不是说，他常常看着他父亲，威尔和父亲除非有非说不可的话，否则，从来不交谈；他们像哑巴一样一道工作，一道吃饭，因为怀恨，不需要谈什么。

父亲吃罢晚饭，拿了枪下山去了，威尔则从门口荡到窗口，吹着口哨，无所事事，后来，他看到对面的小山谷，在德鲁姆托契蒂山上，有什么灰白色的东西袅袅升向秋日的天空，接着又暗下去了，就像一条蛇样的一个大大的形体出现在寂静的黄昏空中，尾巴还拖着一种光芒，但又不像落日，在山背红彤彤地燃烧起来。烧芒柄花，他对克丽斯说，他们在德鲁姆托契蒂那边烧芒柄花了，咱们上沼地那儿去，我们也去烧。他们都非常需要那东西。——可我还要做果酱冻哪，你这傻瓜！——啊，滚你的果酱冻，我们眼看就要躺在坟墓里变成果冻和骨头啦，走！

于是她去了，他们找来了大堆大堆的旧报纸，绞成火炬，爬上山坡到沼地去。他们坐在草地上，透一透气，在他们下面的金拉第全都收割完毕，禾束堆也堆得齐齐整整了，他们坐在那儿等着夜幕来临，贝维的灯火红如火，好像海边那儿也在烧芒柄花那样一片通红。他们在沼地入口的下边左右分开，克丽斯靠左穿进芒柄花丛，碰到有大棵花丛高起的地方，便停下脚来把地上的坑坑洼洼踩踩平。这时，威尔在老远的小山丘附近大声说他已开始了，她看到他在背着天的好远地方，便回答道，行啦，说着跪在最大的花丛旁边，点起了火炬，让火凑着哔啪作响的干草。

芒柄花轰的一下子着火了，她把火炬凑近草丛里后，又奔去点第二个草丛；她就这样在山坡上走进走出，向前向后地点火，必须动作迅速，手快脚快，免得在点前边的草丛时，后边的草丛火焰蔓延过来，烧到你的头发。火在干燥、寂静的黄昏中哔啪作响，弥漫开去，呼噜噜地穿过草丛，一舐上草，便悄悄地马上冒烟，窜进还没点上火的草丛，让它们着起火来，在火舐进青草时，简直叫人认为这些火舌是活人一般而且相当刻毒。到了克丽斯同威尔在沼地入口那儿相会时，铺展在他们面前的地里，就像一个山地的火海，漫山遍野尽是火，这会儿，太阳已经全都没有了，那个大野马似的熊熊烈火仍在搜索，摆着一副所向无敌的架势，整个金拉第都是一片耀眼的红光。

威尔黑得像个黑人，眉毛也烧焦了，他把克丽斯拉在草地上休息。天啊，我希望这火别碰上那边的篱笆，要不然，格思里老头准会因我使他老头忧伤得要死而把我撵出布拉威里！

他轻蔑地笑着说出这番话，还学着他父亲那阿伯丁郡的口音，把克丽斯搞得又好气又好笑，她叹了一口气后问道，如果他真个赶你出去，你怎么办？威尔说：走呗。——你搞得到路费吗？——怕个鬼！

可是，他说得并不很自信，克丽斯心里很清楚，到了走投无路时，他就会知道找钱并不是那么容易，况且山谷里的收获季节已经过去了。接着，她完全忘记了这场大火引起的激动，她想起了摩丽·道格拉斯那姑娘，——仿佛她从威尔在火光里的黝黑的脸上看到了摩丽的白皙的脸。我今天在德鲁姆利希碰到了摩丽·道格拉斯，她要我叫你去看她。

他坐在那儿木然不动，他也许没有听清楚，她推一推他的肘腕，威尔！他听了把她的手推开，啊，我听到了。有什么用？我不能像别人一样有个姑娘——我连一点钱也没有。——也许她不要你的钱，只要你。威尔，在德鲁姆利希大家都在说你和她的事儿。——高尔特和那些下流的流浪汉就喜欢这样。——说事儿？什么事儿？——他们说些什么？——说你让她怀了孩子，如今又不要她了——高尔特这么说吗？——含含糊糊地说，可是，如果他碰到的不是你的妹妹，那他就完全不会说得那么含含糊糊了。

她从来没有听到他像这会儿这样骂人，他猛地跳了起来，紧握着两只拳头。这样说到摩丽——他们这么说，那只肮脏公猪！我要把高尔特那只该死的脑袋砸得叫他母亲都不认得！可是，克丽斯对他说，这是无济于事的，人们只会嘲笑，并且会说是有什么事儿，因为摩丽目前的情况的确是这样。那么，我该怎么办？威尔问道，仍然气得要命，克丽斯脸一红说，慢点，你爱她吗，威尔？可是，她本该就很清楚他会怎么对待这个问题的，也许他也在黑暗之中脸红起来呢，他把剩下的报纸火炬一扔，嗫嗫嚅嚅地说，我要去德鲁姆利希。她还来不及制止他，他已经奔下去了。

正如他后来对克丽斯说的，他也许除了要去看看他的摩丽以外，并没有什么别的意图。可是，偏偏是那么巧，在德鲁姆利希旅馆外面撞上他的脚踏车的不是别人，正是高尔特这个肥大个子，他已经喝得烂醉了，同他在一起的是亚历克·马奇。

亚历克说，今儿晚上天气很好，威尔。可是，高尔特却大声说，今儿晚上，别带她出来了，威尔小伙子，草太湿，不能睡。威尔停下车子，跳了下来，把车子搁在路上，向高尔特走去——对我说的吗？那个肥胖子，气喘吁吁，像头待产猪崽的母猪，那张大脸上，汗水淋漓，尽打饱嗝，烂醉如泥，那还有谁？——那么，就请尝一尝吧，威尔说着，对准高尔特的肚皮就是一拳；可是，马奇抓住了他的胳臂，大叫说，小格思里，你真发疯啦，这人年纪做你爹绰绰有余。威尔说如果他有这样一个爸爸，他准会把他宰了，然后自己去跳河自尽。他企图挣脱马奇，再去揍肥仔高尔特。可是，高尔特才不想挨揍哩，一眨眼工夫，他便转过身，像只兔子那样疾奔上德鲁姆利希的小巷，尽管他满身是油，却非常灵活，一刹那工夫便不见踪影了。

好啦，十拿九稳，催命塔那儿的闲言碎语真够教马奇找到所有的传闻，让他骑车赶回桥头去传布了。一两天工夫，到处都传遍了，威尔成了金拉第的笑柄。父亲最先是从一个邮差那儿得到这个消息的，邮差在路上招呼他下来，告诉了他，约翰。格思里听完后立刻赶回家去，威尔正在地里堆麦垛，他对威尔说，我听说你在德鲁姆利希跟什么脏婊子的事儿，究竟是怎么回事？

打从威尔又见到了摩丽后，他整整一天脾气很好，她要他发誓，如果他听到人们在隐约说她的下流话，他一定不发脾气，闹出笑话来。因此，他听了父亲的问话后，只是继续干他的活儿，说，你究竟在瞎扯些什么？父亲胡子一翘，大声说，回答我的问题，威尔！威尔说，提问题也要使人家听得明白。我怎么知道你听了些什么？我又不是你肚皮里的蛔虫。父亲说，混蛋，你这个下流坯，难道我不但要容忍你每天晚上去嫖，还要容忍你这样的无礼吗？那个叫做摩丽·道格拉斯的浪荡货让你搞得肚皮里有孩子了，这是真的吗？威尔说，如果你再把摩丽·道格拉斯叫作浪荡货，我就要敲掉你那该死的牙齿，叫你咽下去，尽管你是父亲。

他们都停止堆麦垛了，彼此瞪眼相对，父亲要打威尔，可是，威尔抓住他的手臂，大声说，当心点！于是父亲放下手，面色白得像幽灵，又继续去堆麦垛。威尔瞪眼望着他，面色也潦白，也继续去堆麦垛。就目下布拉威里的情况说来，这事儿也许就此结束了，可是，那天晚上，他们听到院子里咔啦一声响，原来是牧师的自行车，吉本先生下了车，走进厨房说道，晚安，克丽斯，晚安，格思里先生，我跟威尔谈一谈行吗？

威尔正在牛棚里安顿母牛，父亲叫克丽斯去找他来，他脸如土灰跟她一起回来，牧师和父亲沉着脸坐在那里，就像呆在谷仓架子上的两只猫头鹰，他们两个显然已经把问题谈妥了。父亲说，克丽斯，你上你自己屋里去吧。她因为没有别的事，就走了；以后发生了什么事，她一点也没有数，因为威尔不肯告诉她，不过，她听到他们三个人的说话声，三个都同时说话，威尔又发火了，接着，厨房门砰当一声，听到威尔大步流星地走过院子到他放自行车的谷仓里去。吉本先生的声音则在他后面叫着，声音嗡嗡的，好像很恼火，等一等，威尔，你要上哪儿去？威尔回过头说，你们那么盼望我应该去跟我的姑娘睡觉，让她生个娃娃，我这就去试试看，多谢你们喽。说着，他蹬起车子经过金银花篱笆，顺着大路扬长而去，直到凌晨一点钟才回布拉威里。

克丽斯无法合眼，躺在床上净等着他，等到听着他上楼的声响，便悄声喊道，威尔！他迟疑地驻足在她房门外边，然后，抬起门闩，轻手轻脚地进去，坐在她的床边。克丽斯用肘腕撑起身子，瞄着他，因为屋子里没有灯火，那天晚上又没有月亮，虽然满天星斗，天空发白，可看去威尔只剩一个影子，弓着背坐在她床边，脸上有摊白丝丝的污斑。克丽斯悄声说，威尔，你走的时候说的话我都听到了，不过你并没有那么做吧？威尔轻轻一笑，他火气已消，如果我那样做了，金拉第少不了有一半假装正经的下流坯在乱扯淡了。可是，你别怕，如果我伤害了她，我准会立刻割我自己的喉咙。

这样说来，牧师的干预并没有什么害处，不过，老实说！如果古第斯东的芒罗所说的关于古敦那个姑娘的情况是属实的话，这个牧师倒更其需要拿把刷子去打扫他自己那个小牛棚了。于是，不多久，到处便流传关于他的更难听的丑闻，人们都摇摇头，觉得他们受到了大大的侮辱，只有开磨坊的长脚罗布与众不同，他向上帝发誓，这是自从尼布甲尼撒①死了以来，他

① 尼布甲尼撒（?—公元前562），巴比伦一个国王，事见《旧约，列王纪下》。

所听到的最好的消息。

结果是，在十一月初，牧师住宅降生了一个小女孩，吉本牧师快活之极，那个礼拜天，他讲了一个再好也没有的道，上帝赐我们一个孩子；这个道讲得那么动人心弦，下山的辛克莱老太太一下子瘫倒了，为她先前对此事胡说八道而哭了；可是，开磨坊的长脚罗布听说了后，却说，她实在不该带着甜威士忌上教堂去。所有的人都很受感动，那些好久未到牧师住宅的人都一致认为，吉本这家伙也许是有他的缺点，可是，如今谁没有缺点呢？像过去在缅恩斯的讲坛那样大摇其头的人，为数并不多。可是，真要命！如果他第二天不走，不把整个事情都搞糟，那可有多好，第二天就是星期一，他正要动身坐火车去阿伯丁，当时，那个护士对他吉本先生说，他该为小姑娘带只小尿壶来，牧师住宅没有合适的尿壶。这只鬈发的大公牛，一边红着脸，一边说，好，好，护士。声音也像公牛一般，他就上车站去了，车站是福东，他把自行车放在那儿，搭上了火车。

至于以后是怎样一种情况，有人说这样，有人说那样，有人则这样那样一起说。不过，看来大概是这样，那天在阿伯丁，一大清早，吉本牧师碰上了几个朋友，他们硬是要去喝点酒，以示庆祝。因此，大家伙都上小酒店去喝酒，于是，到得最后，为了保持第一次的酒兴，又喝了一次，接着为了挡挡风又喝了两三次，因为临近冬季，已是到了刮风的天气。有人说，喝到半道里，这位豪兴的吉本先生曾经起来作番祷告，一个酒吧女侍取笑了他，他就把她赶出了酒吧，使她奔进楼上她的房里去，他也就在那儿同她一起作祷告。可是，你不能相信所听到的每个谎言。

大约是在靠近黄昏时分，他想起要赶火车了，这个牧师便雇了一辆出租汽车，买了一张软卧，好不容易才赶上火车。他一坐进了车厢，便精疲力竭了，马上睡着，在南行的车子中，一路愉快地打鼾，就这么过了好多英里，睡得死死的。

故事发展到这儿，大部分只不过是猜想，不怀好意地猜猜罢了，可是，离福东往南足足有二十英里的丹桥的那个脚夫，却发誓说其余的故事完全真实。当时他正砰砰地敲着七点三十分老班车的一扇扇门，突然一节车厢的窗口露出个脑袋来，就像打草堆里伸出来的一只公牛头一样，把这个脚夫吓了一跳，这时候，他还看到那只脑袋上有一顶便帽，这是福东吗？那只大脑袋哞地叫了一声，脚夫说，不是，老兄，离开那儿有好长一段路呢。

于是，他给这位金拉第的牧师打开了门，吉本先生一边蹒蹒跚跚地走了出来，一边擦擦眼睛，脚夫指着一个站台，说那儿可以找到一趟开回福东的慢车。这个站台在一顶小桥过去，牧师开始过桥；开头几步他走得很好，可是快到桥顶上时，他开始摇晃，脚步不稳，双手急摆。接着那个脚夫看到纸包里掉出只尿壶来，顺桥的踏级滚下去，尿壶跟牧师头上的帽子像比赛似的一起滚下去，牧师则在后边大声号叫。

这会儿，那个脚夫已把他扶起来，给他掸掉身上的尘土，吉本牧师瘫倒了，倚着脚夫的肩头呜呜咽咽说金拉第真是个该死的地方！他问脚夫可高兴住在前有荆棘丛，后有破甘蓝园的一座装着绿色百叶窗的房子里？牧师还呜呜咽咽地又说到百叶窗的事情。他说在金拉第你跟一个姑娘刚一睡下，就有个把愚蠢笨拙的小佃农向你扔石头，在金拉第那边，简直是一点也不尊重上帝，教堂，也不尊重牧师的。那个脚夫说，这样的世道人心倒真可怕，他本来想辞掉铁路上的职务，去当牧师，现在他不想这么干了。

接着，他送牧师上了上行车后，回家把刚才碰到的情况告诉他妻子，她又说给奥欣布莱的姐姐听，她姐姐又说给她丈夫听，她丈夫又告诉了马奇，这样一来，全部情况都捅了出来。于是，下一次这个牧师骑车经过皮西纳普时，打他后面的篱笆有一个脑袋戳出来，原来就是小沃特·斯特罗恩，他叫得再响也没有地说，今天要坐软卧吗？

这并不是说斯特罗恩他们家在这个冬天有什么好嚷嚷的；人们都说查伊为什么那么大声疾呼要求富人和穷人都应平等，其道理是不难看出的，他非常需要在自己完全破产之前，都把东西分光吃光。也许辛克莱老头或者他的老婆那年手头十分拮据，早在十二月，查伊便不得不把谷物拿去卖掉，他在金拉第是第一个打谷的人家。约翰·格思里和威尔天蒙蒙亮出门时，便看到打谷机已冒了烟，克丽斯在一小时后也跟着去帮查伊的妻子烧菜弄饭。的的确确！尽管他也许会破产，可他却不是个吝啬鬼，人家啪哒啪哒进来吃饭时，有肉汤，牛肉，仔鸡和燕麦饼以及他们在纳普做的大饼；还有面包，果冻，加糖和牛奶的苹果布丁；查伊说，如果有谁有胆量还再要些什么，他可以连萝卜地也拿去。

第一批三个人进来，克丽斯看都没看，她正在忙着为他们倒肉汤。接着，她在分盘子时，看到了亚历克·马奇，他两只大耳朵像是两块挂出来晾干的红色抹布那样，他大声说，嗨，克丽斯！便喝起汤来，仿佛他已经有两个星期没见过食物了。在他身旁是古第斯东的芒罗，他吃得像只刚挣脱颈链的柯利狗，查伊打谷真是他们两人的欢乐。接着啪哒啪哒，叽叽喳喳地又有人打门口进来，每回进来两三个，克丽斯忙不过来，没看清他们的脸，不过，有的瞄她一眼，露出笑容，芒罗则对她父亲说，喂，老兄，她已经成了个了不起的行家了，这个女儿。厨房的事儿比大学更适合她。

桌上有人听到这话哈哈大笑，从脸上的冷笑中露出他们的恶意，克丽斯突然讨厌起这批人来，那个英格兰人的克丽斯又一下子显露出来，她始终把这些人看成是乡巴佬，小丑，笨头笨脑的粗人。亚历克，马奇接过芒罗的话茬儿，又谈起教育问题来，于是各个桌子都在谈这个问题了。多数人说学习是桩下流的玩艺儿，只是教你的孩子一大堆无聊的东西，使他们趾高气扬，他们一看到你，便掉过头去，说些荒唐的东西。

可是，这会儿，查伊已经坐了下来，他决不这样认为。你们真该死，这样想是完全错的，教育这种事儿，是劳动人民要与富人平起平坐所需要的东西。开磨坊的长脚罗布说，我却认为银行里有点存款就可以做到平起平坐。不过有一点他似乎是跟查伊的看法完全一致的——越是有教育，越是懂道理，也越是不需要教堂和牧师。芒罗和马奇听了这话，大为震惊，芒罗大声说，好啦，好啦，我们一点也不要听说宗教的下流话，仿佛他不想再听到任何有关宗教的事情，并且在发号施令了。可是，长脚罗布一点也不示弱，这个细长的长脚佬，只是对着芒罗眯起一只眼睛，然后大声说，好啦，好啦，芒罗，我们还是随便谈谈精神痛苦问题，不必特地来谈这个问题。你那个工头怎么样了，托尼？他还在继续搞他的速记吗？一点不错，说到这儿，有点儿窃笑声，于是芒罗连忙收场，到处都是人们的笑声，说长脚罗布是个不好对付的对手。克丽斯又在想她那些小丑和乡巴佬，她一边想，一边觉得羞耻——查伊和长脚罗布，他们都是金拉第最最穷的人！

六点一刻，磨坊放工了，那种营营响的蜜蜂嗡嗡声也止息了，打谷的人又纷纷在桌旁坐下。有了更多的苹果布丁，一块块切开供饮茶用，还有打杂货店里买来的面包、牛油、甜烙饼和小面包，另有大黄和黑莓果酱、糖浆，听随大家选用，有的人就喜欢靠吃罐头的便宜东西过活。磨坊里那些人大多很齐整地一起坐下，真难为他们，坐下后都解开他们的背心。威尔可说是最后一个打院子里进来，他背后紧跟着一个黝黑的年轻的长个子，这人克丽斯从前并没有见到过，从他那圆睁着眼睛看她的样子，可见他也没有见过她。他俩站在那儿，傻乎乎的，茫然不知所措，在那个挤满了人的厨房里找座位，后来，斯特罗恩太太对克丽斯说，你去把他们安顿在里间好吗？

因此，她就领他们到里间，把饭送到那儿给他们吃。威尔抬起眼来说道，啊，克丽斯，你好吗？克丽斯说，很好，你好吗？威尔笑笑说，好，上帝啊，如果我能在床上躺上一天，我的背脊就会好过得多喽，是吧，塔文达尔？说着他注意到他有点不大自然。这位是厄普拉姆斯的尤旺·塔文达尔，克丽斯。

原来就是他；他抬起头来，伸出了手，克丽斯感到很古怪，她感到血冲上了脸，也看到了他那黝黑的脸上有红晕。他样子很年轻，那些粗俗执拗的家伙都说他像只野猫，身体强壮，动作敏捷，他那张脸，她一半喜欢，一半讨厌，在上山的落叶松林子里的那档事儿肯定不会是他干的吧？不过，开磨坊的长脚罗布说，如果你能从他抹抹鼻子的样子看出每个人的性格的话，那就什么事情都容易弄明白了。

所以她也就不再留意他，过了一会，便离开纳普，几乎是一路奔回布拉威里去照料挤奶的活儿了。她奔回去时，仍然顶着逆风，脚下的霜发出咔嚓咔嚓声，山坡显得又冷又可怕，布拉威里那些房屋高耸在又冷又黑的那头，就像一些捉摸不定的阴影。她奔跑过后，觉得又兴奋又愉快，她心里想，要是她每个冬天晚上能有时间出来奔跑，那可多好，脚下是凝霜的山峦，头顶是星星挂在夜空。

可是，那天晚上，布拉威里已经入睡了，威尔打开他卧室的门，大声说，爸爸！克丽斯！你们看纳普那边的火光呀！

克丽斯一下子来到自己的窗边，她赤着脚奔过去，循着那棵大山毛榉树的阴影望去。那儿清清楚楚地有火光，不止一支火光，一股火光噼里啪啦又黄又红，在那天晚上刮起的风中缭绕而上。皮西纳普不消一会儿工夫准成了火海，克丽斯知道；接着父亲猛冲下楼梯，同时叫威尔穿上衣服随后赶去，要克丽斯待在家里，留点儿神。他们听到他打开前门，出去，疾奔进了布拉威里山谷的黑夜里，克丽斯对威尔说，等等我，我也要去。他回答说，行呀，千万快点！

这会儿她找不到袜子，她人直哆嗦，笨手笨脚的；等她把袜子找到了，胸衣又不见了，原来滑落在箱子后面，威尔来敲门说，走吧！——划根火柴，进来吧，她叫了一声，他进来了，把他的无指厚手套结在一起，又划了一根火柴，看到她穿着一条扎脚短裤，一件背心，正伸手去拿刚看清的胸衣。别用这种该死的东西啦，你很漂亮，你总决不会一直是个姑娘的。这会儿她正在穿裙子，说，我才不希望这样。又套上靴子，结带子，跟在威尔后面奔下楼去，在楼梯脚跟那儿，穿上上衣。

他们马上出门，走进了昏黑中，头顶的星光四周好像镶上了一层霜，他们发疯似的直奔火光那儿，此刻火光已像一蓬篝火那样腾起，照到了整个金拉第。我希望他们都醒了！威尔气喘吁吁地说，因为人人都知道斯特罗恩家的人，钟一敲八点，就马上上床睡觉。他们一路奔去，这会儿才看到着火的是谷仓，母猪棚的草秆似乎都已烧成灰烬了，谷仓一着火，也许就要漫及房屋。整个金拉第涌现一片火光，他们这么奔着，克丽斯抬起眼来，看到古第斯东那边亮闪闪的火光冲破了黑暗。

其实，虽说他们跑得很快，可是，救起查伊·斯特罗恩家人的却是父亲。他，约翰·格思里第一个冲到烈火熊熊的纳普；他在房屋四周奔来赶去，看到火舌呼噜噜地已经舐到屋梢的厨房，附近却一个人也没有，也没人想去扑灭火焰，可那声音真可怕，噼里啪啦地燃烧，冬天的空中由于棍棒麦秆纷飞而灿亮。他砰砰地敲门，嚷道，该死，你们想被烤干吗？他没有听到有人应声，便打破窗户，这时候他们听到他和孩子的尖叫声了，人们都说，从来没见过这么贪睡的人，如果当时约翰·格思里不闹醒他，查伊他准会睡得离开人间，走进用自己的柴火烧起的地狱里去。不过，他终于跌跌冲冲地走出来了，他只穿了短裤，他瞄一瞄约翰·格思里，又瞄一瞄大火，不禁大声叫喊，柯斯蒂，我们全都完啦，说着便冲进牛棚。

但是，他刚奔过院子的半道里，谷仓摇摇晃晃，轰隆一声直倒在他前面，他只得又奔回来，因为已经无法走到牛棚那儿去了。这当儿，开磨坊的长脚罗布走进来了，他奔过田野，像只兔子一般翻过石墙，喘得像是在拉风箱，他已经完全上气不接下气了。帮助斯特罗恩太太和孩子们并设法把屋里的衣物拖出来放到路上的正是罗布，当时，查伊和约翰·格思里则在设法从另一头走到牛棚去，可是也没有成功，因为那地方已经熊熊燃烧起来了。

一时间，但听到火在吞噬木头接榫处的呼噜声，石板打烧焦了的旧梁上倒下来的辘辘声，过了一会，威尔和克丽斯在气喘吁吁沿着大路奔去时，他们首先听到一声可怕的尖叫声，使他们想到斯特罗恩家有人给陷在火里了。查伊听了不禁掩住耳朵叫道，啊，老天爷，那是老克莱蒂呀！克莱蒂是他的一匹小马，一匹小驹，它尖声叫个不停，真是可怕，可怕，克丽斯奔回屋里，不想听，要去帮帮可怜的柯斯蒂·斯特罗恩，柯斯蒂一把眼泪，一把鼻涕，哭个不息，几个孩子则又笑又跳舞，仿佛他们是在野餐，开磨坊的长脚罗布在吸烟斗，再冷静也没有，不吸烟，烟和气味不也够多了吗？可是，他硬是口不离烟斗地在屋里冲进冲出，抢出了椅子、盘子和一篮篮的鸡蛋；斯特罗恩太太哭着说，啊，我那刺绣图案样本啊！罗布又冲了进去，把那东西从着火的墙上撕了下来，一块装在一只破了的玻璃盒子里的大绒布，是斯特罗恩太太在小学念书时做的。

接着一辆小马车嘀嘀嗒嗒驶来了，是埃利森从缅恩斯来，除了他，还有他两个手下人，天啊！他也许就同一个神经质的爱尔兰佬一样，不过尽管如此，他却很有头脑，车子里摆满了绳索，水桶，埃利森把人们拉成一条流水线，各就各位，桶子一手手地打井旁传到院子里那个最靠近火的人手里，由他把水泼在火上。可是一时仍不见效，就在这时，牛棚里传来可怕的叫声，其中有给火烧着了的牲畜的哞哞声，开磨坊的长脚罗布大声说，我受不了啦，说着，拿了一把鹤嘴锄，绕到院子后背，他在那里但见那头母猪只剩了漆黑一堆，简直是一点也不烧起来了，他奔回去告诉这个消息后，又冲进烟雾里，来到牛棚后墙，尽快动手对着它砸。

查伊和约翰·格思里随后都来了，三个人就像疯子一般在那里忙乎起来，埃利森那些人在朝他们头顶上的屋顶泼水，突然之间，那垛墙就坍倒在他们面前，查伊那头年纪最大的母牛，伸出头来，哞了一声，恰好直对着查伊的脸。于是，三个人便爬进了牛棚，那是很危险的，椽子纷纷倒塌下来，散布所有牛栏，尽管火势熊熊，那里头仍是黑黝黝的。可是，他们赶在火势没有把他们赶出来之前解掉了另一头母牛和两只小牛犊的绳索，其他的牲口只有随它去了，它们的叫声听听真够可怜，还有它们身上着火的气味呛得嗓子眼好难受，大约过了一刻钟，屋顶全坍下来，把余下的牲口全压死了。开磨坊的长脚罗布坐在路边，突然感到非常恶心，他说，天啊，我从此再也不要闻到烤牛肉的味道了。

这就是皮西纳普着火的情况，当时，附近各处都来了许多人，有下山人，上山人，芒罗也来了，亚历克·马奇那双大耳朵被火光照得亮光光的，有的人骑自行车来，有的则几乎是跑过了半个金拉第赶来的，有两个人还驾着小马车来。可是，此刻已没有什么忙好帮了，只能站在那里瞪眼看着火和火所闹下的祸害。埃利森载着斯特罗恩太太和孩子，驱车到缅恩斯去，让他们在那里宿夜。他救出来的牲口，则由查伊赶到下山去，人们又开始穿上外衣，再等下去也没有什么忙好帮，他们都只好回家睡觉去了。

克丽斯看不见她父亲，也看不到威尔，她也只得回布拉威里。外面，燃烧的纳普的火光显得刺目而令人打寒颤，天上没有星星，却很明净，仿佛地上有块钢板在发出微弱的光；远处，一片漆黑，好像升起一堵黑墙，凝滞而晦暗。在拐角的地方，有两个人朝着大路往回奔过来，她差点儿没跟他们撞个满怀，等到她碰到了他们这才看到。她说，啊，对不起。其中有一个哈哈一笑，对另一个人说了些什么，隔了一会，她还没闹清是怎么回事，另一个人已把她抱在怀里了，粗鲁而有力，而且吻了吻她，那人脸上皮肤虽然很粗却很舒服，这还是头一回有个男人这样吻她，在冬天的路上黝黑黝黑的，叫人又吓又怕。

那另一个人站在旁边，克丽斯人都瘫倒了似的，听到他在呼吸，知道他在笑，远处有一阵噼啪声从最后一道山谷的燃烧着的房屋中爆了出来。这时，她才定了定神，踢着那个抱住她的人，就是那个皮肤虽然粗糙，却很舒服的年轻人，她用膝盖拼命撞他，然后又用指甲抓着他的脸。他骂了一声，你这婊子！便放开了她，她又踢了他一下，这回是用脚踢，他又骂了一声，可是，另一个人说，嘘，有人来了。那两个人便开始跑了，这两个胆小鬼，原来是父亲和威尔在他们后面过来。

第二天早晨，在父亲不在的时候，克丽斯主动将上一天晚上发生的情况告诉了威尔，他面容古怪地看着她，半笑半正经地，他说他认为并没有出什么事，所有的庄稼汉都是这样，随时爱开个玩笑。可是，她觉得那并不是什么开玩笑，而是非常之认真的；那天晚上，她躺在冰冷的被窝里，曲起腿来，以便擦擦白皙的脚趾，使它暖和舒适些。她脑子里总觉得像是让一头野兽追逐过，给咬了一口那样，可是更不堪的是其中好像又有别的什么东西，仿佛她还有点喜欢那头野兽，喜欢那一咬，也喜欢那只抱着她的颈脖的袖口透出来的那股气味，喜欢那张柔滑的、没有刮过胡子的贴着自己脸庞的脸。她认为，不管怎样说，他那呼吸也很好闻，她不禁失声一笑，那个流浪汉，总多少算是一种安慰。后来她睡着了，还梦到他，这个噩梦，甚至她也知道是在做梦，可还是使她脸红起来，等到早晨到来，神志清楚，头脑冷静，精神振作，她真高兴。

可是，那个冬天在金拉第，她常常要做那个梦，那个冬天，简直没有下过雪，直到大年夜，雪才像白色的瀑布那样下得满天昏黑。奇怪的是这场纷纷扬扬的雪，落得像在山岗上抖开一只鸭毛枕头一样，竟会搞得满天昏黑，黑夜在下午三点钟就到来了。那天晚上，父亲和威尔他们早早就把牲畜都安顿好了，给它们吃饱了萝卜和草料，还把热糖浆浇在草料上；然后，他们进屋来吃晚饭，他们就紧围着炉火吃，克丽斯则在做精美的苹果布丁准备元旦那天吃。有好长一段时间，他们谁都不开口，净听着风吹着玻璃窗的哗啦啦声，屋顶上那松动的石板的咔啦咔啦声，后来，父亲一边悄声说，一边看着他们两人，他那悄声说话比大叫大嚷还要叫人难受，天啊，我弄不懂吉英为什么要离开我们？

克丽斯不出声地哭了，她朝威尔一看，看到他脸上红红的，透着羞惭的神色，他们三个人全都在想母亲，去年新年她对他们是那么充满柔情，亲切和那么活生生的，可如今她跟两个小双胞胎躺在金拉第的坟地里，是那么冰冷，寂静，被人忘却了，坟地由于飞雪的狂飙，堆得黑黑的，就像是上面有紫杉树在摇摇摆摆沙沙而吱吱嘎嘎发响。威尔瞪眼望着父亲，他的脸隐约有种同情的神色，他一度想开口，但是，他开不出口来，他们彼此向来都互不喜欢，因此，如果他们现在和和气气地说话，反而觉得不好意思。

父亲又拿起报纸，十点钟，克丽斯出去挤奶，威尔跟她一起走过院子，手里拿着灯笼，灯笼的火光在飞雪的狂飙下像星星一般辉耀，抖颤，闪烁不定。在像一阵阵箭似的灯笼火光中，他们看到了今晚这阵暴风雪是从格兰扁的山谷里刮来的，它一到了布拉威里就连续猛烈地刮个不停，不过，在高高的山峦那里，的确像是有一垛挺直的、穿不透的墙，这道墙一泻而下，黑咕隆咚的，挡住了那些孤零零的牧羊人的茅屋，那些无家可归的流浪汉的脸都在寻找早就被大雪蔽住的火光。克丽斯浑身打战，倒不是因为冷，而是她在牛棚里倚在牛栏边时，威尔说，天啊，你样子真可怕，怎么回事？她振作一下精神说，没什么。你今儿晚上干吗不去看看摩丽？

他说他第二天就去，这还不行吗，今儿晚上，还没有到达德鲁姆利希，他怕早就成了僵尸啦——听听那风，它一下子就会把这个鬼地方吹得压死我们！牛棚晃动了一下；风稍一停息，好像它是在换一口气，要重新把山坡刮向天际，净是那种绷紧了的咔里咔啦声。那些牛犊小驹都毫不在意，它们在各自的栏里睡得直打呼噜，一点也不当它一回事，人世间再没有比牲畜更差劲的了。

克丽斯回到屋里，觉得牛奶还没有筛好，可客厅里的自鸣钟已一记一记地响彻了整个屋子。威尔看看克丽斯，他们两人又看看父亲，约翰·格思里刚刚从报纸上抬起眼来，他是否想跟他们说新年好，他们却始终弄不清楚，因为那会儿，刚好有个不速之客来到门口，有人在抬起门闩，把脚上的雪跺落掉，然后在身后砰地关上了门。

原来是他，开磨坊的长脚罗布，他围着一条灰色的大围巾，打着齐膝的绑腿，从头到脚都是结了块的雪，他大声说，祝你们大家新年好，我是第一个吗？约翰·格思里已经站了起来，啊，老兄，难为你喽，把外衣脱掉！他们一起脱掉他那件外衣，天哪！罗布的胡子几乎都冻结了，可是他说很好，哈哈一笑，等到父亲递给他一杯热饮料后，他说，祝你健康！他刚好咽下那饮料，又来了一阵敲门声，要不是查伊·斯特罗恩那才有鬼。他已经喝了不止一次了，他大声说，新年好，我是不是第一个来的？说着，他想吻克丽斯，她倒无所谓，大笑起来，可是，他却身子一滑，斜倒在地上。长脚罗布往下对他一看，大声叫了起来，吓慌了似的，老天爷，查伊，你不能睡在那儿呀！

因此，人们把他拉起来扶进了椅子，等他再喝一口酒后，人也立即就好些了；于是，他便谈起他如今在下山所过的那种鬼生活来，那个老太太年岁越大，情况越糟，如果斯特罗恩那些孩子大叫大嚷或者打起架来，她脸上几乎就露出一副凶相，——真是荒唐，从来没见过孩子们会像流氓一样打架。于是长脚罗布说，是呀，完全正确，圣诗上就说狗才喜欢大叫大咬，一点不假！一般人是不会像野狗那样跳跳闹闹的。

说起来，马就不同了，你简直不会碰上一匹天生爱吵闹的马，孬马是没有驯好的牲口。他曾经有过一匹马——大概到圣马丁节是三四岁，啊不！老兄，只有两岁——他是在那年秋天在奥欣布莱买的，一匹花毛的大马，野得要命，他们说，它几乎会当场把一个老头儿的肚皮都踢破。唔，罗布借来了一副笼头，想骑着它到磨坊里去，在开头一英里路，那匹马喷响了鼻子，把他摔下了两次，在罗布从尘土中爬起来时，它一动不动地站在那里，只顾笑着似的。而罗布对自己说：行呀，老兄，咱们来瞧是谁最后笑。等他把马骑回家后，他把它缚在马栏里，给它狠狠地一顿敲打，老天爷，牛栏几乎都要给它踢倒了。

整整一个星期，每天晚上，他都要这样把它痛打一顿，这个鬼家伙！因此，在最短的期间里，它便安静下来了，成了一匹真正的好马，那匹马，很有点通人性，如果快到十一点钟了，它就会从车头那儿转过头来，开始嘶鸣起来，它倒很懂时间呢。是呀，这头活泼的牲口，它会转过头来，后来，大约一年光景，把它卖了，赚了笔钱，这正好表明，一个笨手笨脚的人是怎样对付马匹的，因为罗布听说那头牲口的新主人竟让那匹马给弄得个四脚朝天。一顿结结实实的鞭打再加上点儿亲抚就是治孬马的唯一良方。

查伊打着呃说，真他妈的，老兄，你也许是对的。可惜辛克莱老兄从来没有想到要这样对待他那个碎嘴子老婆，她那么哼哼唧唧吵得人耳都聋了，那个倔强的托利老婊子。长脚罗布说那真是比托利党人还要坏，查伊说，如果他们能不抛头露面，如果他有办法的话，他真要把所有的托利党人装在里边布满尖钉的桶子里，然后把桶子钉得死死，往格兰扁山坡滚下去；长脚罗布说那做桶子生意的将是大兴隆了，大多数金拉第人都将装在桶子里了；查伊说，那也可以把所有的垃圾都打扫干净了。

这时，他们两人都喝得情绪十分激昂，嗓门也大起来了，可是，父亲却很冷静地说，他自己是个自由党人，他们对二月就要举行的补选是怎么个看法？查伊说，谁个补选上了都是一个样，强盗哪有好坏分，托利党跟自由党还不是一个样；谁弄得懂布拉威里怎么竟会上自由党人的当才有鬼哪。长脚罗布说，那你自己干吗不当个社会主义者呢，查伊？说着，他向克丽斯使下眼色，可是查伊却把这话当真起来，他说，一旦皮西纳普重建起来，他也许就要那么做了。长脚罗布说，干吗要等到那时候呢？你装了满脑子的想法却白白地浪费了，正像马匹呆在冬天的栏子里一样。哎，老兄，马这东西真是奇怪的牲口。我那只小驹凯特——可是，查伊说，啐，滚你那些马的蛋，罗布，该死，如果你要一种活泼的牲口，那是再没有比骆驼更好的牲口了。要不是他这会儿打椅子上翻倒在地，差点儿没跌进炉火里，他准会开始把有关骆驼的事儿说给他们听，约翰·格思里透过满嘴胡子对他微微一笑，仿佛他的确认为，与其割喉咙，还不如微笑似的。威尔和长脚罗布把查伊的身子扶了起来，长脚罗布笑了一声，说他们该回去睡觉了，他可以把查伊送到下山那边。

这会儿，暴风雪已见减弱一点了，天色略显清朗，星光明亮，克丽斯打卧室窗子望着他们两人的背影——他们两人，脚步走得都不很稳，裹罩着的金拉第就在下面，那边一片墨黑，沉浸在深更半夜里的，就是皮西纳普那片火烧场。

那片墨黑的地方，好几个星期都微透薄光，他们直到二月里才开始在纳普造新屋。可是，老实说，打从着火那天晚上以来，对这块地方真是议论纷纷。各式人等都来，用手杖拨拨灰烬，斯通哈文的警察局和虐待动物协会的人来了，那个土地经管人来了，除非是牵涉到银钱问题；否则，他是不大露面的；保险商像一群跳蚤似的都打阿伯丁涌来了，他们的嗡嗡哼哼和唠唠叨叨成为全金拉第的谈资。

不多久，各种各样的传说便在山谷四下沸沸扬扬了，有人说，这场火是查伊自己放的，德鲁姆利希有个家伙在火烧的那天深夜，骑自行车经过纳普时，看到查伊手里拿着一箱引火木柴，打点着灯火的草秸那儿出来，一点不假；因为查伊一看到那个家伙骑着自行车回来，便又窜到山坡后去。另一些人则说火是下山的人放的，只有这个办法查伊才能偿还借下山人的钱。可是，克丽斯想，这个说法和其他一些说法都全是明摆着的谎言，如果是查伊故意放火以便获得保险赔偿，他决不会为那些被杀死了的小驹哭哭啼啼。

但是不管是否传说，这些都吓不倒查伊，保险公司已经十足付给了他保险赔偿金，人们说他在这件事上拿了两三百镑，如今他已不那么热衷于平等了。可是，说真的！如果他是以什么怪方法赢到了怪钱，那么，在赢到钱时，他那怪念头也不见得会断念。

正当重建新纳普时，补缺选举也开始了，原来那个议员，那个可怜的家伙，已因酗酒而死于伦敦，人们说，人家解剖他的尸体时，肚皮里喷出了许许多多威士忌。唔，他毕竟死了，连同他的威士忌都死了，虽说他也许是代表这个郡的一个挺好的人物，可是，除了到选举时，平常郡里是不大看到他的。现在参加竞选的是一个年轻的托利党家伙，姓罗斯①的，是个英格兰人，声音叽叽叽的，很有趣，就像个尿了短裤的小孩。可是，那个自由党人却是个有点上了年纪的格拉斯奇人，他很有钱，人们说，拥有许多船只，正如人家拥有土地一样。而且他还是个真正的激进派，用的都是大家的钱，就是不用自己的钱，他说，他要支持保险事业，上院滚它妈的蛋，选苏格兰的蓟，别选英格兰的玫瑰花。

可是，那个托利党人说，上院始终是老百姓的保卫者，只是他不常这样说，他是英格兰人就是一个真正的缺点；他是在一个会议上说这番话的，当时查伊·斯特罗恩起来问道，他自己的叔叔是个爵爷是不是真的？那个托利党人说是的，查伊说也许那个爵爷看到他进了议会会很高兴，不过，还有一个更大的爵爷，他听说托利党人滥用了穷人的名义。古老的苏格兰所

① 罗斯(Rose)，一意为玫瑰花，故下文有不选玫瑰花之说。

信奉的上帝自从约翰·诺克斯[1]以来，始终是站在人民一边战斗的，他还要结束全世界那个巧取豪夺和挥霍浪费的时代，自由，平等，博爱就要来到，尽管上院那些该死的贵族会当掉他们的顶戴，把他们那些婊子抛回街头，然后招募私人军队，用他们的积蓄来打老百姓。

可是，这时，那些仆从都扑向查伊，查伊话还没有完全说完，礼堂里已是一片可怕的混乱；尽管大多数人一直在嘲笑查伊，可是，他们却不愿意看到他让这个英格兰无赖和他从古敦雇来的那些下流的捕鱼佬欺侮凌辱，不让大家向他提出问题。因此，当第一个仆从袭击查伊时，坐在近旁的约翰·格思里大声说，喂，老弟，你是什么人？那个捕鱼佬狠狠地说，你也给我闭嘴。父亲猛地站起身来，给了那人脸上一鞭，那个捕鱼佬的鼻子像涨水的东河一般喷出血来，有人伸出一只脚，趁机把他绊了一跤，结束了他的仆从活儿。等到另一个仆从冲出来帮忙时，开磨坊的长脚罗布说，还是回去搞你的臭鱼吧！说着拎起他的耳朵把他赶出礼堂，一脚把他踢进外面的草地里。

这下子，大家都说话了。吉本先生是为这个托利党小子主持会议的人，他大声说，你不能公平对待我们吗，查尔斯·斯特罗恩？可是，查伊正处于激动中，虽然他坚决支持教会，却有点儿忘记是在跟谁说话——到外边去一会，老兄，我会公平对待你！牧师可没有这么傻，他说会议结束了，再开下去也没用了，他说查伊是个煽动家，查伊则说他是个说谎者，人们听了都喊着，啐，啐！然后开始各自回家了。那个托利党小子结果只捞到很少的几张票，查伊吹大牛说，是他出力才补进了那个自

① 约翰·诺克斯(1500—1572)，苏格兰宗教改革家，政治家。

由党老家伙；天才晓得这个自由党人是否认为这样一来，人家就一下子喜欢他了，从此以后在金拉第大家就见不到这个家伙了。

这是父亲最后一次动手打人，他向来打起人来总是满腔怒火而又冷静。人家说他一发起火来就是个危险家伙；可是，他再次发火却是害了自己，而不是害了别人。不久便是新年，四月和种萝卜的季节，布拉威里一切都很顺利，威尔只是在吃饭和下地时才说话，从来不跟父亲搭讪，甚至看也不大看他；父亲也许以为他还是可以像从前一样自说自话，那时候，威尔只是个小孩子，一听到拉开刺耳的嗓门便吓得动都不敢动，听任打骂，他那鞭痕肿痛的身子通夜偎依在克丽斯怀里。可是，这会儿，克丽斯对他的打算一无所知，却猜准有什么新名堂使得威尔秘而不宣，这样一天天地秘而不宣，然而，如果你突然朝他一看，却总会看到他在暗笑，他笑起来那张脸真可爱，透着褐色而又光洁，那双眼睛和蔼而清澈，乱蓬蓬的头发很好看，威尔跟母亲一样头发透着锈金色的光芒。

唔，他不住地吹口哨，悄悄地笑，每天晚上，散工和吃过晚饭后，他就蹬起他那架旧自行车顺着大路骑去，在寂静的黄昏中，你只听到那辆旧车子呼噜呼噜地在布拉威里路上驶过去，看到红嘴鸥在苍茫暮色中飞过金拉第上空的声音，红嘴鸥在黑暗中飞来飞去尽打旋，这些傻家伙把窝随便筑在哪辆马车上，到第二天回来时，不是发现窝被人掳掠了便是给搞掉了。这些个红嘴鸥，千百年来就是这般做法，开磨坊的长脚罗布说，它们至今始终这样不懂事；而如果你承认这就是一种实例：每一种动物需要多大的脑子，上帝就会分配给它多大的脑力，那么你只能认为，上帝更其怀恨小动物。

有一天，克丽斯听到威尔说要她去磨坊看看，问问他放在那里的一袋小麦什么时候能舂好。当时但见磨坊外面一张长凳上，罗布、查伊和桥头的马奇坐在炽热的春天的阴影下，大家都从长瓶子里咕噜咕噜地喝啤酒，罗布不是在舂布拉威里的小麦而是一心一意在舂他们的话题。

红嘴鸥密密集集地在磨坊四周飞来飞去，红嘴鸥和乌鸦都在磨坊上边那些松树上筑了窝，这些鸟儿这会儿正在那儿争窝。克丽斯等了一会儿，又荫凉又好休息一会，很开心，她在听长脚罗布愚弄上帝。可是，亚历克·马奇晃着他两只大耳朵说，不，老兄，你完全错啦。还有你老兄，罗布，你知道，你将因此在地狱下油锅。查伊一半同意他一半又不同意，他说，怕个鬼，这全是老太婆嚼舌头，吓唬吓唬小孩儿的。不过，上天总有点道理，罗布老兄，这是不容否认的，如果我认为不是这样，我就立即出去死。这时，三个人看到了克丽斯，罗布站了起来，这个个子细长的长脚汉，眼睛忽闪忽闪的，他大声说，是关于舂小麦的事儿吗，克丽斯？你告诉威尔，我今儿晚上舂。

可是，等克丽斯到家时，威尔已经像往常一样，不干活儿，上德鲁姆利希去了，父亲则拿着枪上沼地去，不时可以听到砰砰的枪声。那天晚上，克丽斯要烘许多面食，父亲和威尔两人都非要吃燕麦饼和烧饼不可，打面包车上买来的面包他们一下子就厌得要命。你一点起一大堆火，浅锅底下便烈火熊熊，这真是桩暖乎乎的活儿，碰上天气好，你又不愿意搞得汗黏黏的，你简直可以脱得精光。克丽斯的衣服大都脱掉，只穿一件内衣和一条裙子，横直只有她一个人，她高兴怎样就怎样，又舒适又自由，她便热心地烘下去。

她正揭起最后一块饼，饼焦黄得恰到好处，上面有两道横切刀路，这时候，她知道有人在厨房门那儿瞅着她，她抬头一看，原来是尤旺·塔文达尔，打从在皮西纳普打谷那天之后，她就没有看到他。他站在门柱那儿，又长又黑，瞪大着眼睛，可是她一看他，他却脸红了，不过，还没有她一半红，她自觉有一阵暖热的潮红从头到脚贯穿她的皮肤，他看人竟是这般看法，她想，可惜我还穿着东西，他无法看清潮红的底细。

可是，他只是说，你好，威尔在吗？克丽斯说，不在，我想是在德鲁姆利希。于是他们站在那儿，像两个傻瓜那样你看我，我看你，克丽斯看到他的眼睛透着古怪、温柔而羞涩的神色，衬衫领口敞开着，露出的皮肤白得像刚挤出的牛奶，看来白得还带泡沫，领口那儿有一颗汗珠，那儿正是他那晒得呈褐色的皮肤跟他原来真正的白皮肤相汇合的地方。这时，克丽斯好像突然明白了点什么似的，脸又红起来，红得很厉害，傻里傻气的，她按捺不住，她想起了那天晚上皮西纳普的大火，又想起了在回家的路上吻过她的那个男人，准是尤旺·塔文达尔，没有别人，厚颜无耻的下流坯。

这会儿，他又脸红起来了，他们显得古怪，不知所措，你看看我，我看看你，克丽斯有点惊慌地在捉摸，他是否终于知道她的心思，她正在半求半想他大概不会说出来时，他已开始要离开门口了，脸上依然红红的，步履轻轻，像父亲，也像一只敏捷、轻声细步的猫儿一样。好吧，我希望能见到他，万一他会突然走了。

她圆睁着眼直盯着他看，把那次冬天晚上在路上接吻的事儿全忘掉了。走了？谁说威尔要走？——啊，我听说他想在阿伯丁找到工作，也许是胡扯。你对他说，我会再来，回见。

她说，回见，尤旺。望着他的背影跨过院子，他半侧过身子，对她微笑一下，又像一只猫儿那么敏捷又难测，回见，克丽斯。她站在那里，对着他的背影望了好长一会，既不想什么，也没有笑容满面，后来，一阵烘焦的面包味儿使她拔脚就奔，就像那个英格兰佬艾尔弗雷德①一样。

第二天早晨，吃过早饭后，她漫不经心似的——可是心却提到了嗓子眼儿上——对威尔说，昨儿晚上尤旺·塔文达尔来看你，他认为你很快就要离开布拉威里了。威尔冷冷而文静地听了说，是吗？天呵，金拉第这些个饶舌家，他们扯得高地人的短裤都落掉了。塔文达尔来看我？大概还是来瞄你一眼的呢，克丽斯姑娘。因此，你得留神，他是个高地人，又很野。

七月，是制干草的季节，约翰·格思里看着威尔说，他今年准备用镰刀来割干草，不想因那么一点点干草而糟蹋了割草机。克丽斯很清楚，他是存心要惹威尔听了发火，会说一架割草机大不了一两天工夫就可以把布拉威里那块地割得干干净净，他才不高兴去累死累活，满头大汗一叉一叉地干呢。不料威尔只是说好，继续喝他的粥，接着跟在父亲的后头到田里去了，肩上搭着一支叉，嘴里还吹着口哨，快活得像只百灵鸟，弄得父亲回过头来，叱了一下，别吹你那该死的口哨，你总得歇歇气吧。甚至威尔听了这话，也只是一笑置之，就像一个大人对着一个顽劣的小孩那样，其实他们两人的关系大大不如一年前了。不过，威尔一直在谋划，终于在八月最后一个星期六的早晨，克丽斯始终记住那天早晨，太阳红彤彤的，北海的波涛声从山谷那儿传来，那天早晨，他对父亲说，我今天去阿伯

① 艾尔弗雷德，指英国九世纪时西萨克逊王。

丁了。

父亲一言不发，继续喝他的粥，喝完后，他也不想听听威尔有什么话说，点上了烟斗，走出门去，走得像平常一样飞快，去平整屋前那块干草地；威尔当时是看得到他，本该会因自己要出去浪荡而感到害臊。可是威尔并不害臊，他鄙夷地看看父亲的背影，这个老傻瓜还以为他能吓得倒我，还说了些什么，克丽斯没能听清，他突然朝她看了好一阵子，眼睛明亮，嘴巴嚅动，克丽斯——老天爷，我希望你也会来！

她听了瞪大了眼睛，吃了一惊，不过也很高兴。怎么，上阿伯丁去？我真巴不得，可我不行呀，快去穿上衣服，不然，要赶不上火车了。

于是他去穿衣服，他慢吞吞的，好像在干什么难事，她心里想，他上午时间不多了，还要赶路呢。她跑到楼梯脚跟，往上大声问他是不是要赶在出发前再睡上一觉？他不是用戏谑嘲笑来回答她，而是一阵震颤的笑声并大声说行啦，他很快就下来。他下来时，她看到他穿着一套礼拜日的衣服，脚登刷得锃亮的皮靴，头戴一顶新帽子，非常得体，唔，我行吗？他问道，克丽斯说，你样子真帅。他说，胡说八道。说着，他捡起雨衣，好啦，再见，克丽斯。他突然转过身来到她跟前，她看到他的脸红红的，很古怪，他吻了她，打从他们小时候在一个冰封雪冻的夜晚睡在一起以来，他们还没有接吻过。

她抹一抹嘴巴，觉得害臊也觉得高兴，把他一推，他想说话，却说不出，只是说，啊，该死！接着身子一转奔出了大门，她看到他拼命顺着布拉威里路走过去，他抬头望望山峦，太阳照在山峦上，雾正慢慢地在山谷上散开，他虽然走得很快，却把头向这边那边点点，但是，他对父亲却看也不看一眼，父亲也不看他。后来她听到他吹起了口哨，吹得清亮好听，吹的是《早上起床时》，从前他俩一起上学时，一路上总要唱这支歌。这时，他已走到公路那边，他回过头来，站着不动，挥挥手，他知道她正在瞅着。她嗓子眼里突然感到一阵古怪的难过，眼睛也刺痛起来，她心里想她也忒傻，威尔只不过出门一天，晚上就会回来。

可是，那天晚上，威尔并没有回来，第二天也没有回来，他再也不回到约翰·格思里的金拉第这里来了。因为他已经在阿伯丁同摩丽·道格拉斯结了婚，他还为此改换了他的出生证明书；从此以后，大地好像张开了大口，把他们都吞没了，在阿伯丁没有一个人见过他们。因此，等到父亲去阿伯丁寻找他们两人时，一点影踪也找不到，他跑到警察局去发了一通火，他们只是大笑一阵——也许是他自己跟那个姑娘睡过觉，这才弄得他对自己的儿子这么狂怒？

父亲回到家来，大发了一顿脾气，可是，那顶什么用。十天过后，他们才又听到了这对新人的消息，威尔给在布拉威里的克丽斯寄来了一封信，信上说，通过摩丽的母亲道格拉斯老太太的关系，威尔在阿根廷找到了一个工作，在一家叫做波列德·安格斯的大牧场当养牛人，他和摩丽在写这封信的当天就要从南安普敦坐船启程；啊，可惜克丽斯没能看到他们结婚；希望能别忘记他们两人，他们会再写信来，德鲁姆利希的道格拉斯太太将永远是克丽斯的朋友。

威尔就这么走了，一时间，成了教区里的谈不完的谈资，人们背地里嘲笑父亲说也许这样一来，会教他放下一点架子；他们去问查伊·斯特罗恩，这个足迹遍天下的人物，阿根廷在哪儿，你倒说说看，它是个好地方吗？查伊说，噢，好地方；其实，你也知道，他从来没到过那地方，不过毫无疑问，那是个很好很好的地方，那儿钱多；你们呀真是，小格思里不是个傻瓜，他决不会乱闯的，我自己也是这样。但是，大多数人说威尔这样甩下他的父亲就走，真是可耻，他应该认为这是奇耻大辱；这就使人看到如今是个什么世界，你把孩子生了下来，养育成人，盼望到了老年，能够从他们那里得到点安慰，可结果你得到什么？一点也没得到，只是得到了说不完的该死的忤逆，这全是这种教育等等下流东西的缘故。你们看好啦，那个小格思里野小子是决不会出山的，那就是他的报应，你们看着好啦，他和他那个野小娘们。

威尔是否遭到报应且不去说它，还不到一个星期，约翰·格思里的火气却发到自己身上了。当时他正在麦田里垛麦堆，克丽斯忽然听到一群母鸡发出惊吓的咯咯声。她还以为大概有只野狗闯进了鸡群，因此抓起一根搅粥棍，奔到院子里，却看到她父亲躺在血泊里一动不动了，满脸的血都成了黑色，他是撞上一块石头跌倒在那里的。

她吓得大叫大嚷赶到他身边，接着她冷静下来，奔到井旁去取水，把手帕在水里一浸，为他洗脸。这时，他张开眼睛来，一副傻相，开口说道，好啦，吉英姑娘，同时想爬起来，却爬不起来。他又发火了，伸出了一只手，把克丽斯一推，差点没把她推倒在地，他拼命一再想爬起来，那情景看了叫人好不难受。他下死劲在地上挣扎，仿佛有什么东西把他缚住在那里，把他的手脚全给捆住了，脸上青筋暴露；他骂着说，给我滚进屋里去，你这个脸色苍白的婊子！他不要她再看着他。因此，她只好躲在门背后瞅着他，觉得就要呕吐那样，那就像是一只大青蛙躺在泥地里，一群母鸡咯咯叫个不停，围拢着他。

最后他总算爬了起来，踉踉跄跄地走到石块那儿，克丽斯不再看下去，兀自继续去干她的活儿，可双手却抖呀抖地抖个不住。不过，等他进来吃晚饭时，他又显得跟平常一模一样，嘀咕这个，嘀咕那个，吃着鸡蛋的样子，仿佛吃了会生病那样，不一会，他又像往时一样，拿着枪，大步流星上山去了。

他在山上呆了好久，克丽斯跑到窗边去守候他，她看到八月天的夜色已经拢来，古第斯东的那些羊群，仍高高地呆在古第斯东沼地那儿咩咩地叫，忍冬花枝使得布拉威里的篱笆整个夏天那么好看，花枝轻敲着窗格，好像一只有点没精打采的手在拍击着似的；夜风徐来，暮色寂静，就是看不到父亲，克丽斯不禁一阵骇吓，几乎就要出去找他。不料就在这时，她听到了他的脚步来到门廊里了，他走了进来，放下了枪，看到她站在那里，大叫起来，混蛋，你就只能像个小姐那样站着吗？这样，你简直不相信他当时有什么毛病，只是脾气不好罢了，他的坏脾气多着哪，你想也不会想到，隔天早晨他要起床时，却瘫痪了。

当时她尽管一时慌张，却忘不了他那般情景，也记得应该向着布拉威里山坡奔去，直到看见了新的纳普，新房新屋，煞是好看。终于看到查伊·斯特罗恩就在那儿，他一边吸烟，一边忙着把一只滤水器插进地里，烟斗的青烟缕缕上升，青青的烟，就像铅笔画出来的，一只公鸡正在对面登伯恩那儿啼叫，他一时间没听到她的叫喊。隔了一会，他听到了，马上奔过来迎她，出什么事啦，克丽斯姑娘？她告诉了他，他掉转身便跑——你先回你父亲那儿去，我去找医生，要我老婆上布拉威里去。

查伊太太来了，这个胖得化都化不开的女人，她只能站在那儿瞪眼望着父亲，哎唷呀，格思里先生，叫人看了多难受，多难受啊，你究竟是怎么搞的呀？父亲躺在床上，对她张张嘴，皱皱眉头，仿佛他一个劲儿要做的第一桩事就是要教她开开窍，瘫了也好，不瘫也好，他还是火气十足。后来医生打贝维来了，急冲冲进了屋，他那张伶俐的尖脸左张右看，谢了顶的脑门闪闪发光，以他那草率的作风脱口而出地说，怎么回事？你现在哪儿不舒服，布拉威里？父亲当时总算像样地开了口——哪儿不舒服，正是要你来找呀，你倒想想看，我付钱要你来干什么的？

那个医生只好掩嘴嬉笑一下，你们这两个女人，总得有个来帮我给他脱光衣服。说着他看看柯斯蒂，又看看克丽斯，然后说，你，克丽斯姑娘。于是，她帮着他，斯特罗恩太太则下楼到厨房里为他煮茶，像只咯咯叫的母鸡一样走来走去，天啊！皮西纳普要是没有她，该会是怎么一番情况？克丽斯终于也发脾气了，她真是难得发脾气的，这回却发作得非常突然而厉害——我不知道皮西纳普是怎么一番情况，只是，如果你要耍这种态度，那你还是回家去耍吧。斯特罗恩太太听了，顿时脸上一红，像个插科打诨的小丑那样不停地嘟哝说，这不是一个姑娘家对个好做她母亲的妇女说话的态度，她应该觉得羞耻，眼看她父亲已经死神临门，她还这样诅咒。克丽斯说她并没有骂人，不过，她实在太累了，无法多去分辩，她也完全明白，这回不管她怎么说，斯特罗恩太太准会到处去编造自己的故事了。

她倒的确是这样，没多久，山谷里就传遍了，布拉威里那个没教养的姑娘，在她父亲躺在楼上屋子里快要断气的时候，竟然骂起斯特罗恩太太来。只有查伊本人不相信这说法，因此，他在第二天来到布拉威里时，悄悄对克丽斯说，你昨天臭骂了柯斯蒂一顿，是真的吗？不料她回说没有，他却说这太可惜了，总该有人这样做了。

父亲就此这样躺着，他半瘫痪地躺在床上五个星期，床边放着一只哨子，让他随时可以叫人，可是，天啊！哨子不断地吹。到得晚上，克丽斯累得要死地爬上床时，总觉得自己在想一桩在白天里也不禁要重想一遍的事儿，扑面而来的是石南香气和小蜂的嗡嗡声。天啊！要是她能躺在床上一天，那该多好，让她睡呀睡个够。她得收心敛性，把心性连同那些焦急忧虑的时刻都放在一边，耕耘已经完毕，她得一心一意去条播了，说真的，这是桩累人的活儿！

她吓了一跳，叹了口气，双手打脸上放下来，再侧耳倾听。在布拉威里的远处，猛然传来一阵气急败坏的哨子声。

第三章　播种时节

她一边想，一边奔，跌跌冲冲地走上沼地，脸颊透着带青色的红晕，走进了一片碧绿的四月天，矮树丛上缠满了蜘蛛网。我决不回去，我决不回去，我要跳进湖里淹死拉倒！后来，她停住脚，她的心好像快要炸了，可怕的是心下面有种什么东西在动，动得很慢却很沉重，刚才她打布拉威里跑出来时是这样，可现在却像是动得在慢慢地散开了。慢慢而可怖地，它动得不同了，像她曾经在这个山上看到的一条蛇那样，她的额头冒出了汗。出了什么事吗？天啊，不可能出什么事？要是她刚才不这么跑，放沉着点，不那么冲动，不那么烦恼、发怒和气急败坏就好了！

这会儿，她一边啜泣，一边放慢了脚步，手搁在腰际，穿过那扇门，顺着不陡的踏级走进了沼地，她的脸颊仍是透着带青色的红晕，她觉得好像是给烙在那儿了。她双眼终于淌出泪水，可是，她不让泪水留在脸上，她不假思索地把泪水抖掉了；一只雉鸡呼噜一声打她脚下飞了起来！这时她已来到了湖边。她拨开灯芯草，伛下身子，抬起手来摸摸已经蓬散了的头发，拨开遮住脸孔的头发，往下瞧着湖水映出的脸。湖水激起一阵涟漪，湖底的碎石堆使河水透着褐色，起先她一点也看不到自己，但见在灯芯草的阴影中有点抖抖颤颤的不具形体的东西；接着湖水澄清了，她看到自己的颧骨下面有股红晕，她自己的脸，在过去一个月中已使她觉得陌生，现在更其陌生了。

在金拉第下面，车辆在每条田间小路上辘辘地响，都载着肥料开往萝卜地去，什么地方有辆条播机在操作，也许是上山的，那种克隆克隆声真是震耳欲聋。早上九点钟她来到这个山上，她不知道往哪儿去，也不知道往哪儿拐。

这儿都是石碑，过去九个月来，她不大看到这些石碑。这些石碑竖在那儿，蛛网缠结，她走过去，面颊贴着最大的一块，那个怪物竖在那儿好像在俯视河面和那袅袅升向格兰扁的远处蓝烟。她倚着那个怪物，靠着它那满是伤痕的面颊，虽然觉得很奇特却很舒服，——你一想到这个古老的石碑环场，在金拉第随着岁月的增加而越来越多时尤更觉得奇特，这是一个她可以来稍微避开喧闹的生活的唯一地方。她觉得自从九月那天她来到这里以后，如今她简直连一分钟都不能到这里来站站想想，打从父亲死后，生活之轮，生活之磨已经把她紧紧缠住，钳牢，转个不停了。

然而，这会儿，却有一桩叫人无比愉快的事情，她不管人家是否认为她无良心和邪恶——她却认为是叫人愉快的，作了祷告，如愿以偿，他终于死了，连同他那愁眉苦脸，瞪眼而视，哨子声，喁语声统统都消逝了。克丽斯，做这，——克丽斯，做那，从早到晚，叫个不休，搞得她简直拖不动自己到楼梯脚那儿去留意他。

可是，随着那个过得那么慢的九月好容易挨到底时，一件更其不堪的事儿发生了，这件事她决计不对任何人说，只能让它埋在记忆的深处慢慢地烂掉，总有一天会就此湮没了，一切都湮没了，爱和恨；今年已经变得越来越稀淡了，以致她半信半疑地认为那是一种虚幻不实的东西，那些夜晚出现的虚幻不实的东西，正是父亲躺在床上的时候，脸孔红红的，眼睛盯着她，不住地悄声对她说着世代相传的报恩，悄声叫她走拢来，在《旧约》的时代人们都这样做了，悄声说，你是我的亲骨肉，我要对你怎样就可以怎样，过来呀，克丽斯，你听到吗？

她听他说话，瞪眼望着他，也悄声说，我不干，那些个夜晚，他们都不大声说话，而是悄声地说。后来，她就悄悄离开他的屋子，下楼去，越想越害怕，在楼下抖个不停，她的那些幻象却在奔驰，在布拉威里家里那种要求报恩的寂静中，每一个动静都吓她一跳，不知怎样一来，她看到父亲在床上挣扎，像只青蛙那样挣扎，从地上爬了过来，咚咚地踩着楼梯，趁她睡着的时候，下楼扑到她身上，他眼睛里透出那种癫狂而温存的神色。

由于这种简直叫人发狂的恐惧，她只得把自己的房门锁起来。那天早晨醒来，她发现他死了，她打寝室窗口探出头去，就听到开磨坊的长脚罗布，那么早便在远处皮西纳普的地里，一边努力干活，一边唱着《西班牙小姐》，嗓子像个孩子一般又嫩又清脆。她那天晚上睡得很少，因为人感到害怕又困乏，可是，那歌声真悦耳，既甜美又令人心碎，仿佛是布拉威里以外的人间在向她歌唱，告诉她这种事儿再也不可能在这座幽暗、寂静的房子里继续下去，在这个人间的一阵风似的韵事中，这只不过是一种偶然和意外。

她于是穿上衣服，头脑比较清楚了，悄悄下楼，到厨房里坐上开水壶，就去挤牛奶，然后准备早饭。窗下的地里都修整得齐齐整整，麦束也堆好了，这些都是埃利森和查伊，长脚罗布等人干的，约翰·格思里要是从来没有别的什么的话，他却有很好的邻居。父亲的屋里毫无动静，他睡了好久了，她把粥和牛奶装在盘子里，但愿他不说什么，就瞪着大眼吃，她就可以悄悄溜掉。

因此，她就上楼，门也不敲，走进他屋里，他不喜欢敲敲门这类上流人物的派头，她放下盘子，看到他死了。她看了一会后，跑到窗口，拉下窗帘，又端起盘子，不想把它放在那里，她下楼去美美地吃了一顿早饭，她细嚼慢咽，尽情地吃，觉得心平气和，十分快活，然后她很快就在椅子里睡着了，醒来已是九点敲过。她就躺在椅子里，看了一下她摊开的双臂，褐色的臂上透着波纹，臂下由于肌肉的活动而显得皮肤很柔滑。睡啦？现在她可以要睡就睡了，老是睡，睡得很久。

接着，她去整理厨房，看到了一条多余的被单，便走出去，把它摊在路边的围篱上，这是她和查伊讲好的标记，表示她要请他来。个把钟头模样，他打地里出来，看到了那条被单，便急忙赶到布拉威里来，走到半路就大叫，克丽斯姑娘，怎么啦？这时，她才发觉她这一天还没有对谁说过话，不知道自己的声音是否发抖和喑哑了，没有，声音嘹亮得像只铃铛一样，向着查伊叫道，我父亲死啦。

她说得这么冷淡，就成了金拉第的好谈资，她也完全知道会是这样，可她毫不在乎，她到底自由了。这时候，芒罗太太来了，她是来洗刷尸体的，她那张鼬鼠脸往前一冲说，看到你这样子，谁都不会想到你父亲刚刚死了。克丽斯朝这个黝黑的粗俗婆子看了一眼。她以前倒从来没有这么清楚地看过她，她从来没有时间正眼看过任何人，克丽斯来这儿，克丽斯去那儿。她一点也不觉得生气，只是笑笑说，那么，你也不认为吗，芒罗太太？她瞅着芒罗太太干活儿，瞅着她走了，克丽斯一点不在乎她是怎么想的，怎么做的。接着，她振作一下精神，她还不过是刚刚自由了一天光景，得把那间大房间准备起来，好让珍妮特姑妈和她的男人来参加葬礼时睡觉，她男人就是那个满身是奖章的人。

第二天，他们两人来了，姑妈还是像往常一样乐呵呵的，姑夫也像往常一样胖，他那根表链上又添了一枚奖章；他们看到她既不抹鼻子又不流眼泪，也就抹去了准备做给她看的两张优雅的脸上所透着的愁容，却告诉了她，多德和亚历克都过得很好，要他们代他俩问克丽斯好。姑妈还说他们必须把布拉威里的产业东西都卖掉，克丽斯去北方同他们一起过活，那儿总会有个有出息的农庄主马上跟她结婚。

克丽斯既不说好，也不说不好，只是对着他们莞尔一笑，等待时机，等着看她父亲是否留有遗嘱再说。查伊·斯特罗恩和下山的辛克莱老头都来参加葬礼，辛克莱老头走上大路时走得那么慢，你简直认为他会停下来就此生根定住了，瞧他那样子，真叫人难过，那张脸又瘪又老，比起他那副样子来，那父亲年轻多啦。吉本先生也来看她，他近来酒喝得很多，人们说，也许是因为他在爬过那条暗晦的山坡时，唱歌唱得太响了的缘故，姑妈一听到歌声，便奔了出去，躲在麦堆后面，想听听他在唱什么歌。可是，这会儿他不唱下去了，叫她十分气恼，她后来说，她敢赌咒，这是一种人们在单身汉宿舍里唱的关于小伙子和姑娘睡觉的歌儿。

可是，克丽斯却不去管它，她下决心守住那个温暖、干净、一尘不染地藏在心底的秘密，只在她单身一人时才把她从前那个旧梦掏出来仔细看看。她好久不像现在这样经常看看自己了，那个秘密在她眼睛深处熠熠发光，她看到自己的脸比从前更瘦更秀气了，不像是一张头脑简单的乡下人面孔。她根本没去注意吉本先生和他唱的歌，这个大个子，鬈头发的活牲口，他呼出的那股味道真难闻，他跟她一起上楼到父亲屋里，父亲已经躺在棺材里了，穿着一件洁白的好衬衫，结着领带，胡子也梳得很齐整，翘起着，你简直要说，他马上就要抬起他那死了的眼皮，对你悄声说话呢。

牧师，这头鬈发的大公牛跪了下去，开始做祷告了，克丽斯迟疑了一下，眼睛望着地板，然后，她很机灵地，趁他没在看她，掸掸地上的灰尘，也跪了下去。可是，他在说些什么，她一个字也不注意，忍冬花香打夜空里飘了进来，在山上，哪个庄稼汉出来偷猎，狗在狂吠，吠得竟疯狂地去追闪着白光的兔尾巴，在越来越深的暮色中，她掠过山脊可以看到金拉第大屋的红光，像一颗静止的星星那样发光。那头鬈发公牛就在她身旁嗡嗡地祷告，是她出钱请他来的，她既不听也不在乎。

接着是举行葬礼了，他们在天蒙蒙亮起床时，正在下雨，天上在筛呀筛的筛下蒙蒙细雨，那么轻飘那么细，叫人以为是在下着没有白色的雪；起先根本没有太阳，后来太阳出来了，一只红色的大球挂在那里，到了十点钟，出来了第一批送葬人，他们是查伊，查伊的岳父，接着是坐车而来的埃利森和梅特兰，他们在麦场那儿下了车，卸掉小驹去吃草。埃利森轻声而一本正经地说，我让它呆在那里，亲爱的，它不会出什么事，行吗？克丽斯含笑说，行呀，埃利森先生。他圆睁着眼睛，还是那么一副爱尔兰派头，谁都无法使厄尔伯特·埃利森改变，哪怕要他变坏也不行，人们说。

接着来了一大群人，土地经管人，牧师，古第斯东的芒罗，他那张乱七八糟施过石灰泥肥料的脸，好像在坏天气里翻过的土豆地一样，不过他穿着一件雪白的外衣，刚刚浆过的，套在他的工作衣外面，袖口刚好盖着他那双红色的大手，显得很得体，一双大脚登着双黄色上等皮靴。继之而来的是开磨坊的长脚罗布和亚历克·马奇，打布拉威里山脚就可以听到他们的声音，人们都大不以为然，跑了出去，往下对他们说，啐——啐！罗布反问说，怎么啦？真是的！他们少管闲事岂不更好，干吗要啐啐，又要悄声悄气？

可是，他们真好，罗布带来了一瓶威士忌，是格伦利维①的，亚历克则拿来半瓶，他们趁别人没有看见，机灵地眼看别个地方，嘴里在谈天气，急急走到塔姆姑夫那边。厨房里人头攒动，正房里也是这样，像是打谷日那样，人们坐在那儿，每人一杯酒。吉本先生说，酒？好，谢谢，我来一口。要不是有罗布和亚历克带来的酒，刚好每人一杯就完。接着他们听到又有一辆车子上山来了，原来是上山的戈登一家来了，除了他，还有他的工头。塔姆姑夫对他眨眨眼睛示意有威士忌。你来一杯，上山人，你跟你这位朋友？可是戈登先生吸溜着鼻子说，我不认为这是尊重死者，尤旺也是这般看法。

开磨坊的长脚罗布就坐在隔壁门口，他对克丽斯眨巴一下眼睛，又对尤旺·塔文达尔眨一下，尤旺顿时脸色通红，一言不发。这样，他没喝酒，他实在很想喝一杯，克丽斯心里猜想，觉得小气，羞惭而又愉快，接着，她不禁心里一震，这管她什么事？这会儿，牧师看看表，那个殡葬承办人走了进来，这时，最后来了那个大家想都没有想到的老家伙，普蒂来到了

① 格伦利维(Glenlivet)为苏格兰一个叫格伦利维的地方出的威士忌酒。

门口，他穿着一件装有干净领口的衬衫，戴着一顶旧帽，虽然颜色发了青，却刷得很干净；这时候，姑夫悄声说，要不要来一杯，他说，行呀，老规矩，是吗？他一气喝了两杯。

这时候，那个殡葬承办人跟姑夫上来了，人们一个个跟着他们过来，接着，姑妈把克丽斯叫到楼梯拐角的地方说，你要在棺材盖钉上之前看他一眼吗？

塔姆姑夫，开磨坊的长脚罗布都在那儿，克丽斯进去时，长脚罗布说，啊，啊，再会啦，布拉威里的主人，说着，他握握父亲的手，他转过身来，眼色很古怪，他说，他是个好邻居。然后走了出去，把门带上了。克丽斯站在那儿，看着她父亲，看得如此清楚，她从来没有这么看过他，他很敏感，向来受不了人家那样看他，如果你这样瞪眼看他，他准会大光其火。

现在，可好，他躺在棺材里再也不会动弹了，打从他死后，他似乎全都变了，脸凹陷，这不像约翰·格思里，但却是他。姑夫在她背后耳语，他，还有那个殡葬承办人，接着姑妈也来到她身旁。他们就要钉上棺材盖啦，去吻一吻你父亲，克丽斯。但是，她摇摇头，她不能那么做，屋子里静悄悄的，大家都看着她，一时间她觉得几乎又要作呕了，就像那些个夜晚时分，现在躺在棺材里的那个人悄声说，她应该跟他睡在一起时那样。于是，她只是说声再会，父亲，掉头便走，下楼到自己屋里去，穿上外衣，戴上帽子，一个姑娘家是不该去送葬的，人们说，可是，就布拉威里这事来说，却是没有儿子也没有兄弟来送他进坟墓。

查伊、长脚罗布、埃利森和戈登把棺材抬下楼，到了楼梯脚跟，他们把棺材搁上肩，慢慢地扛出前门；雨停了一会，风直扑他们的脸，这时候，他们正扛下山去。后边跟着吉本牧师，他光着脑袋，除了克丽斯，所有的人都光着脑袋，长脚罗布和查伊步履轻快、敏捷地走去，埃利森也是这样，可是戈登扛的那一头却抖颤个不停，要是让他多喝一口酒也许步履会更稳当些。克丽斯自由自在，心不在焉地走着，等葬礼完毕，她就可以获得生平没能获得的自由了，她扬起脸，迎着九月的潮湿的风儿，迎着那个她可以获得自由的人间。

就在这时，她看到尤旺·塔文达尔走在她身旁，他低头往下一望，正好跟她抬起的眼光碰个正着，她差点儿没因为那一看而在放慢脚步中绊倒。他们来到大路当儿，尤旺去接替戈登，亚历克·马奇替下了埃利森那一头，这两个人退后来，走在牧师旁边，查伊和长脚罗布在别人要来替换他们时摇摇头，他们扛得很好。

雨仍是没下，不一会，顺着山谷飒飒地吹过的风也停止了，露出来一小点太阳，它不是打登伯恩来的，而是高高挂在峰巅上，那块荒凉贫瘠的地方，除了有个把牧羊人或者猎人的仆从，从来没有一个人在这里住过，或者过往，碰上晴空无云的日子，可以看到他们远远的，孤孤单单地呆在那儿。也许死人就是这样行走在一块还更荒芜空旷的土地上，这种死人所在的贫瘠之地只有浪游者才会偶尔露面，克丽斯想，死了的田凫只能对着另一个太阳飞旋鸣叫。这时她不再想下去了，一时间从那因她父亲之死而出现的安静中惊起——在她已经多方考虑好的时候，再去梦想这些事儿未免太傻。长脚罗布和查伊一步一步灵活而稳当地走去，查伊已是逐渐谢顶，头发也呈浅茶色了，罗布倒仍是一头浓密的浅黄色发，在拐上通往坟地的路上时，他那部大八字胡还在脸上不住地摆动。

太阳又没有了，这会儿也许是十一点钟了，克丽斯抬起眼来，透过树木，看到牧师住宅的百叶窗全都拉下了，一本正经的，是为了尊重葬礼；她觉得，就在她左胸下面有一阵古怪的、作呕似的震颤；不是真正有病或者要呕，而是就像血在那儿急跳，仿佛她是靠着那地方太久了，如今变得麻木起来了。紫杉树下一片黝黑，树叶落在棺材和长脚罗布身上，等他们经过低挂的树枝下时，发出了一阵噼里啪啦声，克丽斯看到那些椭圆形的长长树叶突然颤抖了起来，好像有只手在抖动它们那样，透过树叶可以看到天空，天空变得墨黑，大雨如注地打格兰扁冲积低地那儿落在山坡上。雨打湿了她的穿着裙子的双脚，她看到长脚罗布、查伊和尤旺踉跄了一下，然后听任风吹雨打地站了一会后又继续前进，大家都没戴帽子，眼看到了晚上，天气还要冷得厉害，这个葬礼还更不好办呢。

这样想固然不对，可这跟她有什么关系？她巴不得就回布拉威里去，但愿那个牧师不要把他要说的话唠叨个没完。那个挖墓人，是个缅恩斯人，个子细瘦，妄自尊大，人们说，他跟他的妻子相处得极坏，他的外衣领头翻起，打教堂檐下出来，示意他们沿着小径走，于是他们走了进去，这时，克丽斯看到那墓穴了，亮光光的红土，跟她想象的墓穴不一样，他们不把他葬在她母亲的墓穴里。因为那儿太挤了，人们说，挖墓人每回锹子一挖进地里，总会迸出些古代的死人骨头来，真叫人作呕。可是，这块地也同样年代久远了，正对着那块耸起的、刻有二股骨交叉的圆形的石碑，也许所有那些死人尸体早就腐烂成这里的红土了，全都成了泥土，人们倒也高兴，因为他们毕竟为新来者腾出了空地。

这当儿，姑夫来到她近旁，跟她站在一起，其他一些人则站在后边，现场又奇特又寂静，只有细雨轻轻地拍击着紫杉树，吉本牧师护住《圣经》，不让雨水打湿，他开始念了起来。克丽斯听着，她俯着头，听任雨打，牧师说的是靠主耶稣基督，就可以有获得复活和生命的希望，耶稣基督早就死在巴勒斯坦，到第三天复活，就立刻拿走本来是约翰·格思里的那东西，如今约翰·格思里死了，这样快速并且又给了他住所。

克丽斯一面在想她的梦，一面抬头看看这片贫瘠的山地，想起了冥国，那就是基督会在那儿碰到父亲的地方吗？想想真奇真怪，站在这儿雨中，听着那个声音，父亲就呆在那儿那只黑箱子里，上面堆满了人们所送的小花，他们就要一下子让父亲呆在红土里，夜帏扰来时，他就孤零零地呆在暗黑的地里。他肯定会回到布拉威里去等她，她也会听到他那恼人的厉声厉气，看到他大步流星地走出家门，仍然对这个他那么执拗而成功地与之斗争的人间翘起他的红胡子——

这时，有人推推她的手，原来是那个挖墓人，他倒很文雅，也非常和气，她眼睛朝下看，却看不到什么，因为这会儿她正在哭，她没有想到她竟会哭着要父亲，可是她并不知道，不知道这种事儿会出在他身上！这时她发觉自己在作祷告了，站在雨中，泪水把眼睛都弄迷糊了，那个挖墓人的手搁在她手上，放下了绳索，在阵阵雨点打在那只棺材上，棺材摇摇摆摆地沉下去。父亲，父亲，我不知道！父亲呵，我不知道！

她的确是不知道，她让自己的打算弄得恍恍惚惚，傻头傻脑，没有父亲，她的日子也决不会怎样；在一长串断断续续的回忆中，她胡乱地想起过去多年来，他们都没有看到的他那种种好的地方，比如他做事迅捷，讲公道，受人尊重，他孜孜不息地为他们拼死拼活地工作，到头来只有上帝才把他打败了。

她还想起，在她小的时候，他同她一起上教堂去所走过的长长的路，那时候，他对她笑容满面，管她叫他的姑娘，这些都是世界大战前的事了，后来，他自己的肉欲矛盾越来越厉害，害得他的爱变成了恨。父亲呵，我不知道！她又祷告了，接着祷告完毕，她站在雨阵里苦痛而无泪了，那个挖墓人手指指地上，她抄起一撮软软的湿土，听到吉本牧师的声音，拉长着声调说，尘土归尘土，炉灰归炉灰。①然后，俯对着墓穴，丢下湿土；接着，挖墓人掷下草泥，那只棺材好像是空的，咣当作响，她瞪眼望着那只棺材，后来姑夫挽着她的肘腕，跟她说话，吉本牧师也来跟她说话，可是起先她都没听见；人们都说她毕竟准是真正爱她父亲的，终究是一个粗俗家庭的最好的人。

后来，她通过坟地走回去，人们都停在门口跟她握手，长脚罗布和查伊说，他们会常常帮助她，还有埃利森，这个和气、一本正经的爱尔兰人，辛克莱老头在雨里浑身水淋淌滴，这种天气他原本是从不出来的。最后就是尤旺·塔文达尔，他说，回见，克丽斯。他那只湿手迎着她那也是湿的手，但是，他左右两手都伸了出来，把她双手握了一会；他不再显得羞惭和害臊了，不过，仿佛他因为在什么地方帮助了她，不仅是用他所能做的方式帮助她而感到很懊悔似的。

她在父亲的葬礼结束时所见到的就是这几个人。回到布拉威里，珍妮特姑妈硬要她脱掉衣服，上床睡觉，老天在上，第二个进坟墓的准轮到你了！她大声说。于是，克丽斯睡了整整一天，梦也没做，直到半夜里才醒来，竖起耳朵听着布拉威里四周的动静。她害怕起来，非常害怕，不禁在床上坐起来，听着一样东西，脚步急速地在屋子里走，飞快地奔上楼梯，迫不

① 这是英国人举行葬礼时，牧师对死者所说的话，分别参见《旧约·创世记》第3章19节和《旧约·以西结书》第28章18节。

及待，焦躁不安，是个脚步声杂沓的幽灵，它打半夜直到快天亮时都在布拉威里这幢房子里荡来荡去，直到公鸡报晓，姑妈和姑夫起来了，它才离去，克丽斯这才一点也不害怕了，只是躺在床上，轻声哭着要父亲，因为她从来没有帮助过他，也忘记去爱他。

第二天上午，那个律师仁兄打斯通哈文来了，他叫彼得·森普尔，人们却管他叫辛普尔·西蒙，而且骂他是个骗子。可是，一点不假，父亲却信任他！要取得约翰·格思里的信任，你就得走相挺直。这并不是说父亲他会倾听人家的意见，他只是要人家给他立个遗嘱，把事项写进遗嘱中而已；因此，当森普尔先生说他对他家庭某个成员感到难受时，父亲就要他少管闲事，他的任务只是当个办事员。

因此，森普尔先生把遗嘱拟好，当时正是威尔去阿根廷之后，父亲就在遗嘱上签了字；现在布拉威里的人都坐在客厅里，听森普尔先生念遗嘱，并备了饼干和威士忌招待他。遗嘱真是再短再明白也没有了，克丽斯在律师念遗嘱时，瞅着她姑夫的脸看，看到他的腮帮子发白了，他原来期望的跟这大不相同。遗嘱上说，约翰·格思里遗下的一切财产，金钱与动产，全都毫无阻碍，毫无条件地归于他的女儿克丽斯汀，必要的话，有关是项法律问题，森普尔先生就是她的监护人，克丽斯可以随意处理这些财产和用具。一点不假，金拉第的人一听到了这份遗嘱，都说在遗嘱打信封里拿出来之前，他们觉得好像全知道内容，说这是一份怪遗嘱，格思里老头居然如此痛恨他几个儿子，也许威尔会争夺他妹妹的妆奁。

钱就是存在银行里的三百多镑，这真是叫人难以置信，父亲居然会积攒起这么些钱。可是，他果真积攒起来了；克丽斯坐在那里，瞪眼望着律师，听着他按照律师的方式解释这，解释那，又解释其他什么:简直把你当成一个傻瓜，还会加倍付费给他呢。三百镑！这下子，她可以按照她的打算行事了，她要再念高中，通过考试，然后上阿伯丁，去念学位，出来当教师，从此不再干那农家的肮脏杂乱的事儿了。她要把布拉威里的用具全卖掉，租约也无效了，它已经跟父亲一起死了，啊！她自由了，她终于可以要做什么就做什么，想做什么梦就做什么梦了！

可惜的是，如今她固然有了她所要的一切，只是她再也感受不到过去她在悄悄地作打算时那种舒心的激动了。仿佛那种情绪已掉落进金拉第的墓地；她坐在那里，一动不动，兀自瞪眼望着律师，等他啪哒一声关起他的提包时，她不禁吓得脸都发白了，那么，好好地考虑一下吧，克丽斯汀，他说，她猛醒地说，啊，我会考虑的。他走了，塔姆姑夫深深地吁了一口大气，仿佛因为一字不提他那两个没有母亲的可怜孩子！他刚才快要闷死了似的。

看来他原以为亚历克和多德也应得上一份，也许这就是他在一年前那么急于要收养他们的缘故。可是，姑母说，多么可耻呀，塔姆，他们没有母亲，我如今收养了他们，那又怎样呢？克丽斯，等你把布拉威里的家具什物都卖掉后，要去跟我们一起过活吗？她声音和蔼，可是眼睛敏锐，克丽斯也眼睛严峻地看着她说，是呀，也许是吧，说着她站了起来，溜了出去，我要下去把母牛牵回来。

她出去了，可是还没到牵牛回家的时分，她便在地里荡来荡去，这天又冷又阴，她清晰地听到海水汹涌声，仿佛就在一只贝壳外听到那样，金拉第一片灰色，好像萎蔫了。那匹老马波德站在休耕地里，尾巴迎风摆动，风吹得它的鬃毛都竖起了，它弯起头颈，免得让风吹得透不过气来。它听到她过来了，嘶鸣了一声，可是并不想跟着她，可怜的畜生，它眼看就要老得无法干活了。湿潮潮的田地在她脚下发出格嚓格嚓声，浸透了水的草地下面，渗出阵阵的红土气味，她看到山峰上有一道薄雾，很像张着一只大帆，随风向南驶向福尔法尔湾，经过劳楞西柯克，直下辽阔的豪乌山谷，以及山谷里那些隐蔽的幽谷和它那湿透了还未收起的谷物，经过烟雾满山的布雷钦以及它那皮克特人所造的古塔，然后出缅恩斯，边飘边逝，边飘边逝，她想起了已经忘却的希腊课文中所说的，Παυταρει，决无恒久不变的东西。

接着在那浸透了水的地里，她忽然有了一种古怪的想法，根本就没有什么恒久不变的东西，除了她所走过的土地，决没有什么恒久不变的东西，可是，打从第一批小佃农把石碑竖在布拉威里湾旁，大家在节假日爬上那儿去看他们梯田的谷物在太阳和大风中挺拔地飘拂那时开始，土地在他们手中抛掷翻转，一直在发生变化。大海，天空，人们写东西，战斗，学习，教学，说话，祷告，这些都只能持续于瞬息间，是山岗上的一阵雾雨，土地却是永远存在的，尽管土地在你手下翻动，发生变化，可它是永远存在的，你离不开它，它也离不开你，并没有什么不可逾越的鸿沟，土地会容纳你，也会使你痛苦。可她却曾想要就此离开它！

于是她且行且泣，因为自己突然有了这种认识而苦恼，而惊惧，她永远不能离开土地，不能离开这种生活：终日劳累，饲养牲畜，柴火的炊烟，那种刺得你的嗓子眼那么辛辣的空气，秋去春来，她已被缚，被拴在这儿，仿佛人们把她监禁在这儿了。可她那美好的打算呢！——这些打算只是孩子巴望得到他所缺少的玩具的一种梦想而已，可是等他听到风暴那种令人窒息的呜呜声，听到羊群在沼地上的咩咩声，或者闻到了新犁过的地里那股幽淡的气味时，玩具就不再能使他满足了。她是既不能去教书，也不能远走高飞了，尽管她可以得到，可以拥有漂亮衣服和用具，有书本，有学识，有学问，她仍会日日夜夜想要回去。

她看到那些奶牛了，它们都呆在碎石砌成的堤后，这道堤沿着那块长长的休耕地的一侧高低不平地伸展开去。牛儿为了避风，都紧挤在一起，等她走到它们中间时，它们都不理不睬，它们身上那种难闻的气味扑面而来——这种难闻的气味就像土地本身一样熟悉，一样持久不变。啊，一刹那间，她又爱又恨了！哪怕她的爱也许不能持久，可是，跟爱相比，恨也不过是像个孩子因为怕风，缩在母亲裙子后面，呜呜咽咽地哭那样。

那天夜里，她又没能睡好觉，想呀想的，想得头都痛了。这会儿，整个房子阒无声动，没有小仙子在踩楼梯，她觉得冷静安定，要是睡得着可多好。但是，到了早晨，她知道她无法再跟她姑母姑夫呆在一起了，他们的年纪和他们那谨慎的想法都叫她受不了。吃过早饭后，她快快地穿戴，下楼，姑母叫了起来，一副尖声厉语的样子，天啊，克丽斯，你上哪儿去？仿佛布拉威里全部都是她的。克丽斯冷冷地看了她一下，我要到斯通哈文去看森普尔先生，要我为你捎带什么东西吗？

这时塔姆姑夫打桌旁站了起来，圆睁着大眼睛，身上的奖章丁当作响，去斯通希夫[1]？你上那儿去干什么，你有事要

---

① 这个姑夫一时把斯通哈文念错了。

办，可以由我来。他们俩都气得脸红耳赤，她看得一清二楚，得依靠他们，她朝他们看时，她觉得自己脸色发白了，我会料理好我自己的事，她硬绷绷地说，然后说声回见，便走出大门，没有听到回答，她径自顺着布拉威里路，奔过田地，直趋车站，赶上开往斯通哈文中学的学生早班车。

车子很挤，她进去的那节车厢有三四个学生，她一个也不认识，他们在念法文的动词。她傻乎乎地也想重温一下。

车子经过德鲁姆利希和卡蒙特，你可以闻到邓诺塔林子的气味，打窗子看着那林子，它围绕着斯通哈文，一直延伸到它的终点，闪闪发光，一片白色，太阳正照在林子上，火车像只鼬鼠直穿过那林子发出的潮湿气味。斯通哈文到了，人们说，这儿是落魄的花花公子的地方，人们可以尽情过着堕落的生活，不过，如果你没有一件白衬衫，那你就该死。她听查伊·斯特罗恩说过，不过也不完全如此，他说在斯通哈文既有许多穷人，也有许多新贵；稳重的人则既不穷也不骄傲，可是，在斯通哈文显赫兴隆的时候，却从来没有发言权。情况的确时常是这样，这个缅恩斯的首府，总是以其衬衫而不是以其贫民窟而自豪，而且自以为是真正的上流社会，它有一个优美的海岸区，英格兰人夏天都上这儿来——人们总是说他们傻，难道他们在英格兰没有海吗？

因为辰光还早，律师事务所还未开门，克丽斯只好跟在那些行色匆匆的学生后面，在街上溜达，这些学生都是些小人物，个子长得太大，穿着长统靴，可笑的是他们都彼此用英格兰话交谈，一边大声说话，一边斜着眼睛看看人们是否认为他们是些上流人物。马吉特和她过去也是这么傻吗？

这会儿太阳出来了，照着斯通哈文那些长街，克丽斯经过学校，向着市场走去，这时，却碰上了一两只野猫，在嗅来嗅去，样子既像个有身份的人物，又像个花花公子，这些个斯通哈文猫。她走进一条小巷时，看到了北海的闪光，也许是天上的阳光，可是却闻到了海的气味。她还有许多时光。

因此，她到海边去，这时是退潮时分，汹涌的潮水在岩石间轰隆作响，海滩上除了她，一个人也没有，海鸥边飞边叫，太阳又猛又热。她坐在阳光里，闭上眼睛，十分适意。她的脚下，大地在打鼓似的咚咚作响，阵阵震动，这是湾口那儿的波涛冲激远处的岩石的缘故，虽然觉得奇特却又很有趣，也许这儿的人对海的感觉，正如她昨天晚上在金拉第那些浸透了雨水的地里所感觉的一样。可是，她总感到不安定，不管怎样都等待不下去，忍受不下去，这儿远远比不上到高处于粗俗的乡间的峡谷里去侧耳倾听，或者是那个白天晒足了太阳，晚上等你去散步的丁香花的田野。

接着她睡着了，她在太阳底下睡了两个钟头，醒来后感到自从父亲入土以来从未有过的神清志爽。她还觉得饥肠辘辘，不能等到她办完事后再吃了，于是她走进设在广场中的一间茶室，管店的是两个妇女，都是老太太了，她们在茶室里忙来忙去，动作迟缓，又闹风湿症。一个样子就像她早晨在广场所看到的猫一样，圆滑、诙谀，一个骨瘦如柴，这间茶室洗刷得干干净净，她们的茶也很合口味。她们精明，诙谀，文雅，这时，克丽斯生平第一次想到，如果将来老得像她们这样，没有男人的老处女，从来没有跟男人睡过觉，没有人来亲吻，来拥抱，跟你在一起，没有给他生过孩子，必要时，也没有一个男人亲切地、坚定而热烈地来助一臂之力，那是多么可怕啊。如果她果真实现她的计划，把自己培养成一个教师的话，她将来准会跟她们一样。

她将来很有可能会是这样！她想，突然莫名其妙地觉得很害怕起来，她匆匆付了茶资后，又走到广场上去，一想到自己是个老处女，她简直无法想下去了。她匆匆赶到辛普尔·西蒙的事务所，一个小职员鲁莽地问她有何贵干，她冷冷看了他一下说，她找森普尔先生有事。她又想起那两个老处女，她自己生来就是个老处女吗？在一阵令人打冷颤的恐惧中，她拼命装得眉开眼笑地对着那个职员，总算还好，那人也对她笑笑，脸红起来，他的态度终于缓和下来，说请坐，这只椅子舒服些，同时拉出一只有坐垫的椅子给她，她坐下去，心情又轻松起来。过了一会，那个职员回来，引她穿过过道到森普尔的办公室去，森普尔好像很忙的样子，身旁有架电话机，一堆堆的文件，书架那儿有一排排黑色小盒子。这时，他站了起来，跟她握握手，啊，啊，原来是格思里小姐驾到，遗嘱的事，你肯定在考虑了吧？

她告诉他，是的，正是这样；她打算在布拉威里再呆上一阵子，不打算马上拍卖家具，他能去跟土地经管人说一说吗？

他嘴巴张得老大，圆睁着眼看着她，可是，你不能一个人住在那儿呀？

她对他说，她并没有这个意思，他能不能找个妇女来跟她同住，找个上年纪的，高兴有个家的？

他说，啊，上帝，这种妇女有的是！他开始动起脑筋。

她对他说，大概不会超过一个月，她就可以拿定主意，真的。

他心不在焉地说，真的？见鬼，真是妇人之见！接着他突然马上住口不说下去，因为他看到她冷冷而使劲地在望着他。

他又劝说了一番，可是，克丽斯听都没听，父亲的遗嘱已经说过，她可以随意行事。

过了一会儿，森普尔看到她完全不把他放在眼里，也就不再说下去了，他说他会去跟土地经管人解决此事，他认识一个姓梅隆的老寡妇:明天早上就可以要她上布拉威里去。

克丽斯说，谢谢你，再见，然后，便离开那事务所，态度跟她来时一样冷淡，这时，太阳已经很猛，街上塞满了羊群，一大群一大群的，都被赶到一周一次的集市来。柯利狗奔来奔去，一声不响，耳朵竖起，再认真再机敏也没有了，它们除了留意牧羊人和羊群，什么也不管。赶羊的和羊群都净对着克丽斯看，她呢，穿着黑衣服，站在那里，也瞅着他(它)们看；正当她在捉摸接下来该做什么，是到海边去坐在一张长凳上，一直坐到快近午刻，到饭店里去吃午饭，还是到车站去，赶十一点钟的火车，这时，一辆马车驶了过来，突然放慢速度，有个人打车上跳下来，一边回头对赶车的说话。

跳下马车的人原来是上山的那个工头，尤旺·塔文达尔，赶车的就是戈登老头，他不知为什么，脸上气呼呼的。他大声说，那么，别忘记时间！并对克丽斯老大不高兴地瞪了一眼，便拍马驱车走了。

这时，尤旺已跨过人行道，站在她前面，他抬了抬帽子，有点羞怯地说，你好！克丽斯说你好，他们彼此对望了一会，他脸逐渐红起来，她记得上一次，在葬礼时，她并不很喜欢他。他说，你是今天到的吧？她却不知道怎么一来，竟学他的样嘲弄了他，父亲刚死，这样做是不合适的，啊，是呀，是这样。他脸更红了，她一下子觉得很无礼貌而且有点发晕，很不舒服，看着这个傻乎乎的小伙子，人们都瞪眼看着他们两人，而且后来还知道，看他们的不光有戈登，还有埃利森:这两个人回到金拉第后，说给了大家听，这真可耻，当时附近竟没有人去注意这个格思里姑娘，使她离开这个下流的浪荡汉，尤旺·塔文达尔。

可是，当时他们并不知道，也许并不在乎，克丽斯突然又觉得饿了，也很快活，她不管尤旺就在旁边，也不想他应该离开她，再上市集去。她说，我要去饭馆吃饭了，他却仍是羞涩地看着她，不过，这种羞涩还不很明显，他眼睛里就像郁积着一团闷火——也许我们可以一起去吃？在他转身来到她身旁时，她说，啊，也许行。可是，戈登先生怎么办呢？可尤旺说，随他气得要死，把车子在市集上乱撞乱闯，一切都随他去。

这样，他们就上怀特大妈的铺子去，这并不是说他们在那儿见到了这位老太太本人；那儿有个舒适的吃饭间，铺上了白台布，头顶有只金丝雀在歌唱，为了挡住尘埃灰土，窗户关得铁实。他们要了肉汤，味道真好，燕麦饼还要好；他们又吃了加土豆和萝卜的煨牛肉；还吃加梅子的米饭布丁；最后喝点茶，到了他们喝茶时，尤旺才开口说话，他说今天是他的假日，因为上星期天他净干了阉羊的活儿。克丽斯脱口而出地说，这么说来，你是不急于回去了？尤旺身子靠着桌子，那团闷火快要燃烧起来了，除非你急，否则，我也不急，你要乘哪班车回金拉第？

接着，不知道怎样一来，他们打算一起玩一天，而且向着邓诺塔走去了，克丽斯一点也不清楚，也许尤旺也不清楚。半小时后，斯通哈文那令人眼眩的白光落在后面了，前面便是邓诺塔，他们走向那条通向岛上去的小径。正值涨潮时分，激浪拍天，叫人眼花，随着你盘旋而下，头顶的岩石越发显得陡峭；在上面，则是堡垒的断垣残壁高伏在岩石上，洒满了阳光和海鸟粪。到处都是海鸥，嘈杂的鸟声，真叫克丽斯耳朵都聋了，不过，堡垒里却果真再静寂也没有了，看来除了他们俩，一个游客也没有。

他们付了钱，便有一个老人来陪他们一个房间一个房间看过去，克丽斯在想，这一定很叫尤旺讨厌，因为他那双眼睛不住地发腻似的瞟来瞟去望着她，连一处废址也不看。墙上有许多细长的孔洞，从前守备部队就是打这些孔洞向围攻者射出弓箭；在下面，在地牢里，有许多看了叫人窒息的裂痕，就是当年他们为了拷问俘虏，钉过俘虏的双手的地方。在那些国民契约的结盟者尖声惨叫而死的同时，那些上流人物正在后面暖和的大厅里欢宴和跳舞，克丽斯瞪大着眼睛看着这些地方，不禁为那些她现在再也无法帮助的人感到难过、气愤、悲伤，心头冒起憎恨那些统治者和上流人物的烈火来，冒起了也是约翰·格思里的怒火来。这些姓名都悲壮地刻在这里的人，都是她父亲和她的同胞：

下列诸人都因坚守上帝旨训，支持苏格兰宗教改革的国民契约而于一六八五年被囚并死于邓诺塔堡垒：约翰·斯托特，詹姆士·阿契逊，詹姆士·拉塞和威廉·布朗，无名氏，两位无名氏妇女，两位被岩石压死者：一为詹姆士·沃特逊，一为无名氏。

《启示录》第十一章十二节①

① 《新约·启示录》第11章第12节："两位先知听见有大声音从天上来，对他们说，上到这里来。他们就驾着云上了天，他们的仇敌也看见了。"

尤旺悄声说，啊，咱们出去吧。尽管到邓诺塔来，是他出的主意。于是，他们来到有遮檐的出入口，在太阳底下站了一会，四下尽是海鸥的叫声，尤旺说，到海边去，我知道有个好角落。

于是，他们又沿着断崖边上翻上又爬下。往下眺望那涨潮时冲激过来的泡沫四溅的波涛，真教人头昏眼花，有时候，远在他们的脚下，会突然响起放炮那样巨大的隆隆声！尤旺说，有时候，碰到岩石是空的，海水便打地下冲进来，因此，庄稼汉在高于海面的地里耕作，或者碰到暴风雨时，他们有时候就会看到在他们脚底下狂闹的风暴使犁沟嗦嗦颤动。他们走到一条破碎的小径，好像就要崩塌了，一只海鸥迎面飞来，尤旺已经走得很远，他回过头来问道，你不会眩晕吧？克丽斯摇摇头，跟了上去，她好像置身在海天之间，一步步往下走，尤旺抓住了她的脚脖子，她的脚一扭，差不多就要扭脱，同时俯望着他的脸，他的脸色又白又紧张，接着，他又抓住她的手和脚，尤旺大声说没多远啦；他们终于走到底下，坐在有黄沙的岩架上，彼此对视着。

太阳泻进来了，潮水在沙沙地响，泼溅，一直泼到坐在沙上的他们的身上，不过没有再泼到里面来。克丽斯看到这地方好像四面给围住了，简直看不到海滨的任何东西，只有倒悬的岩石和一英里左右的一片海面，那儿有只小船在左转右转地行驶，船帆闪烁，像只盘旋的海鸥，尤旺坐在她身旁，在剥一只橘子。

他们一起吃橘子，克丽斯脱下帽子，她穿着那件黯淡的黑衣服，觉得又热又不舒服。突然之间，平白无故地，她想起了几年前的事来，当时，在五月晴朗的一个夏天，她帮她母亲在踩洗毯子，她脱掉了裙子，她母亲跑了出来，嘲笑她说，你变成个好小子啦！仿佛这会儿又听到母亲在说话，她抬头一看，又四下一看，一时间傻乎乎的，迷乱了，可是，除了尤旺·塔文达尔就在近旁之外，左近一个人也没有，尤旺正在望着海，太阳落在他脸上，年轻，迷人，一双一团闷火似的眼睛。她觉得她不再讨厌他了，她觉得他又古怪又奇特，不害怕他了，仿佛他就要说出些她知道自己回答不出的什么事情来。他说了，脸红红的，可是他那一团闷火似的眼睛一动不动。克丽斯，你可喜欢我吗？

你真叫人受不了，因此，我们才一起在这儿混时间。

她倒有点紧张不安起来了，并不是她怕他，她一直就知道，她跟尤旺在一起，正如摩丽同威尔从前一起在德鲁姆利希的院子里一样地安全。只不过，这会儿，仿佛她的血液循环明白无误地行得那么快，她的血管就像在唱着美妙动听的歌儿，因此，她必须屏声息气地来听；她第一次觉得她的手真奇妙，捏着沙沙下落的黄沙，仿佛她整个身体坐在那儿，却跟自己有点隔开了，她看着手，不住地捉摸。她这才知道自己正如那些容易使人感伤的英格兰书本上所说的，喜欢他，爱他了，如果在苏格兰说这话，你就会感到难为情，是个傻瓜。尤旺·塔文达尔——竟然会是他！接着，她又想起了什么，这虽然是无关紧要的，可是，尽管如此，她还是要闹清楚。尤旺，人家在说你跟萨拉·辛克莱那档子事，是真的吗？

仿佛她拿鞭子抽了他的脸。他顿时脸色潦白了，真有趣，潦白得他那张在地里遭受风吹日晒雨打的脸上那些细细的皱褶里的红棕色也变成褐色了；他气呼呼地坐坐直，瞪眼看着她，像只大黑猫一样，那么圆滑谄谀，却又容易发怒。她过去对他的反感，那种使得地和海以及她的心都变得轻飘的眩晕，全都消失了。她说，啊，我不想知道，说过后，她轻轻哼起歌儿来；过了一会儿，尤旺伸出手来，紧握她的胳臂，握得有点儿痛，他说，该死，那么，仔细听听你问我的话吧。那真是可怕，非常可怕，她不想听他说，双手掩着脸，他却不住地说下去，终于说完了——叫你受惊了吧，女人总是有这样的感觉，也许有朝一日，你也会有这种感觉的。

她纵身一跳，站了起来，同他一样气恼，连害羞都忘了。也许会这样，不过，等到我是这样的话，我会找个比你好的人来侍候我！他还来不及回答，她已抓起帽子，走上断崖那条小径，走得快极了，连她自己也不知道怎么会这么快，她手脚灵活而坚定，她听到尤旺在下边叫她，却不理会他。他刚走了一半路，她已经到了山顶，往下看了，这会儿，她的火气全消了，她低头看看旁边，垂下一只手，他抓住了这只手，莞尔一笑，他们站在那儿，气喘吁吁的，脸带笑容，对望着，又像刚才在斯通哈文那个市场广场一样开起玩笑来了。

可是，尤旺突然摸出他的表来，天啊，一定很晚了，他这样说时，太阳已落下去了。克丽斯抬起头来一看，才知道是怎么一回事，他们已经坐到太阳下落了，薄暮已经来到了乡间，海鸥在暗黑中鸣叫。尤旺抓着她的手，经过断崖边奔到静寂的黄昏的地里，那儿有几只斑纹母牛停止吃草抬头看着；前方暗黑而神秘，他们看到邓诺塔高耸在岩石上。他们来到了大路上，放慢了脚步，她的手还是放在尤旺的手里。

在斯通哈文，他们险溜溜地总算赶上了六点钟的火车，市集早就收市，人们都回家了。在车厢里，一路只有他们两人到金拉第，尤旺坐在她对面，她要他坐在那里，不想让他拉她的手，现在她不喜欢他碰到她了。他们一路上一句话也没说，等快到金拉第时，他才说，克丽希！倦了吗？她说，不，可我是叫克丽斯，尤旺。在闪烁的煤气灯光下，她看到他又脸红了；她突然涌起一阵奇妙、亲切的同情，她探过身子，拍着他的膝头，尽管他有萨拉·辛克莱那档子事，他还只是个孩子。

话虽如此，那天晚上，她还是想到了萨拉，她躺在床上，听着雨又下起来，冬天下雨，豪乌山谷的前景大有希望。难道女人们在没有得到心目中的男人时都喜欢这种天气吗？——她们中有许多人也许喜欢这样，只是把这种心情藏起，甚至不让自己知道，等到夏天热浪一来，促使她们东奔西走去干那犯金拉第众怒的事儿。可是，她并没有感觉恼怒，这也许因为她年纪太轻，而且看过许多书，一直是个英格兰的克丽斯，一如她现在躺在床上想尤旺这样，那种老式的不道德行为和争风吃醋的事儿，只顾自己欢乐，不惜冒犯别人，都是她们的做法，这些她总觉得是愚蠢的。萨拉·辛克莱也许应该对她行行好，在那年八月的晚上跟尤旺以外的小伙子幽会；不过，那样的话，萨拉也就不会知道克丽斯·格思里会躺在床上一边想尤旺，一边在听雨打窗格和布拉威里的大树的飒飒声。

这时，正是在飒飒声的暂息中，她听到了咔啦一声响雷，开始了豪乌山谷里多年以来从未有过的一场最厉害的暴风雨。雷声来自老远的高处，她想，但是，却又很近，好像布拉威里那些石碑就在她耳边倒塌了，她有点急忙地坐直身子。外边，夜空中阵阵闪电，闪个不停，她看到金拉第亮堂堂的，心里很怕，接着又是一片黑，可是并不平静。外面的天上，好像有只大兽在动，在咕噜咕噜叫，在乱扒乱抓，接着，它突然张开大嘴，张了又张，发出一阵吼叫，它的爪子闪闪发光，在撕扯大地，好像房屋也好，厅堂也好都无幸免。雨止了，雨好像在静听——在接下来的暂止中，阒无声动，就在这时，克丽斯听到她姑母在叫她，你没事儿吧，克里希？她连忙大声回答，她很好。奇怪，塔姆姑夫却一言未发，也许他还在生气吧，他一听说森普尔找来一个老太太到布拉威里来管家时，曾扑通一下一头冲了进来过。他们打算今天早晨回奥契特莱斯去，啊！她真高兴送他们走，没有好斗的亲戚在场，她要做、要想的事多着哪。

雷声又是轰隆一响，她坐在床上突然打起冷颤来，想起了什么事情——克莱德，老鲍勃和贝斯，那三头牲口全都在外面休耕地里，它们一般都要到年底才牵进屋里来的。休耕地周围都拦有铁丝网，几乎全都是新的，还是父亲春天时装上的，人家都说铁丝网非常容易引闪电，说不定已经电上了。

第二次打忽闪时，她起床了，忽闪好像是打地底下冒出来的，高高挂在窗子外边，好像在等什么，嘘嘘发响，她连忙穿上袜子，内衣，扎口短裤，奔到门口，大声叫，塔姆姑夫，塔姆姑夫，我们得去把那几匹马牵进来！他没有听到，她等了一下，再打一阵大忽闪时，房子也摇动了，这时候，姑妈在叫唤了，克丽斯站在那儿，仿佛她不相信自己的耳朵。塔姆姑夫是怕闪电的，他不肯出去，她自己最好还是回到床上去，等早晨再说。

她没有等着再听什么，而是奔到厨房，在摸索火柴，然后点上那装有玻璃碗的小灯，又找出一盏最小的提灯，把它点上，虽然她的手指在抖，差点没把漏斗掉在地上。接着，她找出了旧鞋和雨衣，雨衣是父亲的，几乎拖到她脚脖子那儿，她拿起灯，打开厨房门，连忙又随手关上，就在这时，天上又轰隆一响，一阵闪电光往山坡那边蹿下去，好像邓诺塔涨潮时那样泡沫飞溅。闪电熄了，教她什么东西也看不到，眼睛发痛，几乎又要把提灯掉在地上。

那几只奶牛在牛栏里叫得大可以把屋顶也掀掉，连小牛犊也起来了，在里边跺来跺去。可是，只要房屋没遭雷击，它们是很安全的，她想的是那几匹马。

斜对着她的眼睛，那垛干草堆突然射出一片光亮，像个又大又尖的金字塔，叫她一时看不见什么了，接着又消失了，她又是呆在黑咕隆咚里，提灯光像是钻子的钻眼一样要穿破黑暗。在她一边跌跌冲冲，一边在湿透了的地里大叫时，雨又止了。这时，她看到那铁丝网已通上了电流，闪电在铁丝网上闪来闪去，光亮夺目，铁丝网像是一件有生命的东西，像是条颤抖的、生气勃勃的大毒蛇，吐出毒舌，发出亮光，然后藏起脑袋，又抖了一下，便不见了。如果马匹稍微靠近着它，便完蛋了，她又叫了它们一下，再停下来听一听，在暴雷的间歇里，夜空死寂，死寂得让她听得到她脚下踩过的草声，在她又跨上一步后，她后面的草在抖抖颤颤地爬起来又伸直了。接着，暴雷轰响过后——它似乎要把右边牧师住宅和金拉第庄园上面的山峦轰破吼倒，——好像有什么东西使她绊了一跤，她跌倒下去，提灯的火光突然燃烧起来，好像眼看就要熄灭了；她把提灯拿拿正，她的身子和脸正好搁在一样又湿又暖和的东西上，几乎要叫她作呕。

原来是老鲍勃，它已经死了，舌头伸出好长，双脚古怪地曲在身子下面，可怜的牲口，她晃一下它的缰绳，这才断定已是无用了，可是，还得去看一看贝斯和克莱德。这时，她听到了雷声，又听到它们得得地越过草地向她而来的蹄声，它们突然朦胧地出现在灯光里，差点儿没把她撞倒，它们站在她身旁，又嘶又吓，嗦嗦抖个不住，她的手摸着贝斯的颈脖也嗦嗦发抖，像是踩着打谷机的底板。

闪电又冲下来了，好像就在附近，雷却似乎移开了，闪电在地上画出了一个大大的之字形，她跟那两匹马站在一起，它们挨得那么紧，几乎要把她夹瘪；提灯给压得终于脱手了，它落在地上，克拉一声，玻璃给打破了，火光也熄灭了。她一只手抓住贝斯的笼头，另一只手抓住克莱德的笼头，闪电一消失，人和马便开始在黑暗中向前走去，她认为她是走对了方向的，不过，她拿不准。闪电又忽闪了一下，她看到那块地她并不认得，近在身旁，有一个高高的打了桩的堤，这时，她知道她已完全走错了方向，那是大路上的堤防。

暴雷肆意咆哮，克莱德一再嘶叫，她这时才明白原因何在，正前方有一盏提灯在摇晃，准是姑夫终于出来找她了，她大声叫道，我在这儿！有个声音在叫在哪儿？她又叫了一下，提灯朝着她这方向过来了，有两个人在爬堤防。马匹吓了一跳，又嘶鸣起来，把她向前一拽，她发现自己跟查伊·斯特罗恩和尤旺碰个正着，他们俩是出来照料他们分别放在上山和纳普的马匹，不期碰上了，同时又想起布拉威里克丽斯的马儿；于是，他们俩上去找了。就在他们三个人看清了彼此的这个时候，电光又闪亮了，最后嗞地一阵亮，又下雨了，他们听到雨是来自老远的沼地那边，雨呼啸一下后，便哗哗地倒了下来。查伊把提灯往尤旺身上一戳，该死，老弟，拿好这盏灯，跟那姑娘一起奔回屋里去！我来照顾马匹！

尤旺扶着克丽斯，另一只手擎着提灯，他们朝通向大路的那扇门奔去，马匹在他们后面疾驰，查伊拖着笼头，破口大骂它们；等他们走上大路，雨已经赶上他们了，雨像一只破城槌似的、湿漉漉的手敲打着他们，克丽斯一下子浑身全湿透了。

不过，过了一会，他们便来到皮西纳普的新房子了，厨房里有着灯光，尤旺打开了门，把克丽斯推了进去，呆在这儿，我去帮帮查伊！他随手把门关上，消失在黑暗里，克丽斯往前走进厨房，置身在火光里。突然一片静寂，又躲过了大雨，她倒感到呆愣，什么都听不到了，新厨房里十分宁静，墙上一只大钟滴答摆动，四下尽是挂历和图片，显得安定宜人。这时她才知道自己身上湿透了，连忙脱下雨衣，厨房地上滴下了一摊水，她没有想到她身上只穿着一件内衣和扎脚短裤！

外边院子里有一阵克里克洛的碰撞声，那两个男人奔进房子里来了，克丽斯又将雨衣披上，正在扣扣子时，那两个人啪哒啪哒进来了。查伊大声说，该死，克丽斯，把那雨衣脱下来，你准是浑身透湿了。喏，我来把火拨旺点，老太婆还在睡呢，哪怕来一百个暴风雨，她都睡得着。

于是，他伛下身子去拨火，克丽斯看到尤旺就在她旁边，他这只大猫，让雨淋得头发黑黑的，要帮她脱雨衣。她悄声说，不行，尤旺，我里面什么也没穿！他顿时脸红得像个女孩子一样，垂下双手，活像一个傻乎乎的孩子，倒叫她顿时不觉得自己的羞涩了，等查伊叫尤旺转过身时，克丽斯也把身上没穿什么告诉查伊。查伊眼睛眨巴个不停地取笑她，怎么，一点也没穿什么？——唔，穿得不很多，查伊——那么，进来，我去拿件我老太婆的衣服给你，你可以穿一穿。

倾盆大雨落在屋顶上，她跟着他走进斯特罗恩太太的新客厅，雨声大得足以叫死人也活过来，别说是她柯斯蒂·辛克莱。查伊打开衣柜，拿出一件漂亮外衣，是斯特罗恩太太礼拜天穿的最好的一件外衣，绲着边，很好看，有樟脑丸味道；还有她穿的一双拖鞋。把你的衣服全脱掉，克丽斯姑娘，然后拿去烤烤干。我去拿点热乎乎的东西给你和尤旺喝。

他把蜡烛丢下就走，她真后悔没请他拿条毛巾来；查伊人虽好，就是没有头脑。可是，没有毛巾，她也能对付，虽然这时她浑身湿得这个样子，在脱掉内衣、短裤、袜子时，简直就像湿淋淋地在剥掉自己的皮一样。她穿上那件外衣，趿上拖鞋，把湿东西收收拢，然后捧起来直趋厨房，在那儿，查伊呆在炉火的一边，手边有瓶威士忌，他正在调制热饮料，尤旺呆在另一边，他已经脱掉外衣，双手在烤火，同时眼睛望着门口，在等她进来。他们两个都没有很仔细地看着她，查伊拉出一把椅子给她坐，再拉一把椅子让她烤衣衫，等她摊好了衣服，他停止调制热饮料，说，该死，克丽斯，你就只穿**这些**？她点点头，他说，你真要冻死了，快坐拢些——

这真愉快，尤旺就坐在身旁，紧靠着查伊又添上的大块落叶松木头燃起的熊熊炉火，它们都浸足了树脂，查伊已经调好了热饮料，他先递一杯给尤旺，这是男人为先的权利，再递一杯给克丽斯，加了满满三汤匙糖，要是斯特罗恩太太看到他这样大手大脚，准有得话说。可是，她正熟睡在查伊的床上，直到早晨起来，这才全都明白，于是她来补课了，人们说，她把查伊和尤旺一起骂，骂他们通宵拥抱那个格思里姑娘，跟她胡搞。

这就是那个雷电交加之夜的情况，在金拉第，这种情况并非绝无仅有。有一个闪电，也许就是克丽斯走到山坡，要下去找马儿时看见的那个大忽闪，把牧师住宅那个空卧室打了一个大洞，雨打了进去，把那个地方破坏得很厉害。人们说，当吉本牧师听到电击房屋时，他醒了过来，听了一会，像只兔子那样钻进了被窝里，大声叫嚷，天啊，别让闪电碰到我！一个牧师这般行为，真叫人想象不到；不过，那天晚上，是有一些地方有不少人让雷电给吓坏了，上山的乔克·戈登便奔进他妈妈的卧室，像个孩子般哭得被单透湿。

桥头的亚历克·马奇半夜里出去找他的羊群，他本来就已喝得半醉了，他一出来忙乎，醉得越来越厉害，什么也看不见。最后，他来到了谷场里一个大麦束堆那儿，便爬了进去，那个麦束堆就在大路旁边，人们一点也看不到他，直到隔天早晨，一个邮差经过那里，太阳高照，打麦束堆里露出了亚历克一张脸和两只大耳朵，顿时教那个邮差肚子里一阵翻腾，差点没当场呕吐出来。

所有这一切，克丽斯都一点也不知道，她自己那点儿打算就有得想了。雨过天晴后，她的内衣内裤也烤干了，她走进客厅，又把内衣内裤穿上，再穿上她父亲的雨衣，于是，查伊点上提灯，他困得直打哈欠，尤旺则要陪克丽斯和两匹马回布拉威里去。他们又走进了黑夜，雨止，空气清新，打海那边吹来一阵风在吹拂星星，云朵像是好多妇女的面纱，渔妇的面纱，飘过了那些高山难看忧伤的脸庞。

马匹在院子里咬马嚼子，尤旺手里拉着缰绳，克丽斯擎着提灯在他身旁，他们向查伊喊了回见！查伊嘴张得牙龈都全露出来了，可怜他真困死了；他开始向克丽斯大声说些什么明天早晨过来，去看看被闪电击死了的鲍勃，他们可以把它卖给布雷钦的收宰废马的人。可是，他一个呵欠便把他还要说的什么给煞住了，不要紧，已经是早晨了，你可以看到远处的贝维那儿，地平线上已经有了一抹灰带子了，仿佛有只懒洋洋的指头在窗格上抹了一下似的。

走呀，走，不时长嘶一声，又打鼻子里喷出长长的鼻息，这些个马，很高兴要走回布拉威里去；尤旺走在她身旁，显得个子很大，她从前没有想到他竟有这么大。他什么也没说，除了羞涩地问过一句，你够暖和么？她笑着说，很暖和。她跟尤旺·塔文达尔在一起，再也不会感到羞惭了。她觉得，她得到好久以后才会忘记这次夜行，虽说根本已算不上是夜了，一个小时的时辰正像一枚托边而竖的小钱倚在早晨的边上，寒风扑面而来，四下是湿淋淋的乡间在酣睡着，还有股春天的气息，不是冬天的早晨了。

这时，她打起呵欠，打完后，到家还有一段路，她不知道姑夫或者姑妈可知道她在闪电中出去找马了。可是她不必担心，得到早晨，他们才会猜到或者做出什么来。他们爬到布拉威里时，布拉威里黑得像是罩在一顶高帽子里边，那些母牛都一无声动，她来到的简直不像是自己的家，而是个陌生地方了，而且旁边还有个尤旺。她为他打开了马厩的门，他把马牵了进去，四下看了一下，出来，把门关上，闩好，她举起提灯为他照亮。接着他转过身来，他们站在院子里，他双臂抱住她，抱着她的腰，她说，呵，别！她掉过了脸；他并不做什么，她又仰起脸看着他，悄悄地瞄着看他要干什么。

虽然天很黑，她却看到他的牙齿，他在对她笑，她放下了提灯，不知怎样一来，她不抗拒了，她并不想抗拒，他把她搂得紧紧的，吻着她，吻着她的双颊和鼻尖，因为在黑暗中，他看不清楚。过了一会，他的嘴碰上她的嘴，他们都浑身打颤，一时间，她既想哭又想笑，而且希望他一直搂抱下去，在这个院子里，他那发颤的嘴紧贴她的嘴，他贴在她嘴上的嘴唇又可爱又可怕。

那一年忍冬花异常茂盛，在又湿又宁静的天气里，它的花香充满了整个院子，花香洋溢在夜空，洋溢在那接吻中，这一夜，这一吻，她永远也忘不了，虽然她一生到死，没有再让人吻过。接着她知道他们俩快要做别的事儿了，尤旺的呼吸比原来快，他不吻她，不吻她的嘴了，他的嘴已经紧贴着她的颈脖，她随他吻，站着一动不动，真暖和，真可爱，她是他的，他是她的，一切的一切，她不想要比这更好的东西了。

接着，就在这最后关头，克丽斯听到近旁那只蓝怀安多特鸡[1]的声音了，它本来就是那么雄赳赳，在鸡舍里跑来走去，突然发出一阵粗厉的叫声，叫过之后，又是走来走去，乜斜着眼，瞄一瞄天色，以便精力充沛地报晓。不知怎么一来，这阵啼声使她顿即醒悟过来，她倒不是害怕，而是这档子事可以等到另一个夜晚到来时再做，这档子事真愉快，她希望能把它实现并继续下去，不是轻率地昏头昏脑地逞一时之快和胡闹一通。于是她抓着尤旺的手，吻了一下，他听任她吻着自己的面颊，他的面颊是又柔滑又褐色的皮肤；她悄声说，等着，尤旺！

他立即放开了她，自己感到羞惭，其实他不必这样，她看到他在昏蒙的光线里显得困惑和犹疑，便搂住他，又吻了他，悄声说，明天晚上过来看我。他说，克丽斯，你什么时候嫁给我？她觉得不可思议而又甜滋滋地颤动了一下，他一边说，一边又温存地搂住她。接着，出了一点意外，这个意外便是打呵欠，她呵欠打得脑袋都要掉了，她止不住地净打呵欠，打打呵欠，半道里又大笑一下，那只会弄得越发不可收拾。尤旺又放

---

① 怀安多特鸡，美国产的一种鸡。

开了她，也许他起初差点儿发火，接着他自己也打起呵欠来了，他们像两只呆头鹅那样站在那儿，打着呵欠，然后又一起哈哈大笑，拉拉手，只是为了不让人家听见，不是笑得很响。五分钟后，尤旺已经走得很远，向着上山的农场走去，克丽斯也躺在床上了，她还没有躺上床，便又想起了尤旺，她要很久很久地想他，只是，再一分钟，她已沉睡了。

好像那一分钟还没有过去，她就听到塔姆姑夫相当急躁地在敲她房门，起来呀，起来，喂；得生炉子啦，你姑妈要喝茶了。她在床上坐直，仍然昏昏欲睡，瞌睡懵懂。知道啦，塔姆姑夫，说着，打了个呵欠，又静坐了一分钟，这时，她想起了在睡梦里忘却了的昨儿晚上今天早晨的事儿来：她马上掀掉毯子，打床上爬起来，伸个懒腰，伸得四肢肌肉绷绷紧，不住抖颤，她觉得轻松愉快自如，与平时那个长着一头浓发、脸庞褐色而凝重的克丽斯判若两人，眼下她像一片羽毛那样轻松自如；她一丝不挂地在窗前对着一抹初阳手舞足蹈一番——如果让人家看到了，真不知金拉第的人会说些什么！她一边穿衣一边哼着歌子，然后悄悄下楼。姑夫正跪在厨房的灶火前，像头闹疝痛的母牛，面孔绷起，他瞪大眼睛说，今儿早上你情绪很好哇。她说，是呀，姑夫，我是情绪很好，把柴枝递给我。她打他手里拿过柴枝，炉火一下子噼里啪啦响了起来。

姑夫走到院子里去，眺望地里查看一下马匹，接着奔了回来，他那些带环的小奖章哐当哐当，在他大肚皮上摇来摆去，老天爷，克丽斯，一匹马的影子也没有了！她头也不回，只是说，你是连马厩也没有看过的。于是听到他停下来，吸了一大口气，又出去了。吃早饭时，他再也没说什么，他上楼去收拾行李；不过，姑妈曾经问过，那几匹马是怎么进来的，克丽斯说是自己把它们弄进来的，还有查伊·斯特罗恩和尤旺来帮忙。珍妮特姑妈听了这话，她好像很羞惭，也很气恼，她像黄蜂一般在屋子里急急绕了一圈，好呀，明摆着的，你的亲戚呆在这里也没有什么用了。我只求上天，你别遭到灾难。克丽斯说，你太好了，姑妈。这话使她更其生气，可是，克丽斯毫不在乎，她是什么都不在乎，包括全金拉第和豪乌山谷的人在内，他们要管本来是她和尤旺之间的事儿，只有让他们去为此而气死，噎死。

等到邮差来了的时候，金拉第即使不是闹得满城风雨，也已是谣诼纷扬了。大家只知道她那一天跟那个下流的浪荡汉尤旺·塔文达尔一起在斯通哈文，他们两人还一起闲荡到邓诺塔去，他们还躲在海边一个洞穴里——如果他们没有什么见不得人的事儿，干吗要躲到那里边去?

那个邮差把这件事告诉姑妈，当时克丽斯正在喂小鸡，姑妈顿即激动得忘记发脾气，好像就要哭似的把经过情况都说给克丽斯听。人多有趣！克丽斯心里想，她站在那里，面对着那张直打颤的脸。你懂得他们，看透了他们，把他们一小包一小包地扎起来，藏在心底里，标上**孬的，好的，下流的**记号，只要稍加摇晃，他们就从包包里跌出来，混杂乱成一团，她至今从不知道有哪一个在包包里过得很好，很安稳。这里她的姑妈就快要哭了，只因她认为她的侄女昨儿晚上让尤旺·塔文达尔强奸了，而为她感到羞耻，为她难过，一心想把她带到阿伯丁去，掩盖她的羞耻。可是，克丽斯说，一点也没有什么值得叫嚷的，珍妮特姑妈，尤旺和我又没有睡在一起，我们要等到结婚了再睡在一起。说着，她当面嘲笑她的姑妈，这真是又好笑又可怜。姑妈说，这么说来，他要跟你结婚啦？克丽斯说但愿如此，可是，你真没有想到，姑妈当即又吓得不知如何是好了，这样折磨她也真不该，可是，那天早晨，克丽斯就是这么一种心情。

后来，查伊·斯特罗恩打纳普过来，看着老鲍勃死在地里。他对它大摇其头，他拿不准那个收宰废马的人会不会付一镑以上的收价——在苏格兰，这些个收宰废马的人，是最不好弄的无赖，这可真了不得。后来，他同意用车子送姑妈夫妇去火车站，他先回到纳普去套小马车，一刹那工夫，他就来了，等在门外。克丽斯扶她的姑妈姑夫上了马车，要他们问她两个弟兄好，小马车便迅速启动了，他们在车上回过头来，看到她站在那里笑，她毫不介意，她真不是个好姑娘。

打发走了他们，真是心头一块大石头落地，这儿又是她自己的了；这时，她瞅着那辆小马车一个拐弯，折入大路，她突然想到，根本谈不上“又”字，这还只是第一回！布拉威里是她的，这儿除了她自己，一个人也没有，除非得到她的允许，谁都没有权利走近它。忍冬花在太阳下香得叫人眩晕，地上还很湿，她站在忍冬花旁边，把脸完全埋了进去，直对着忍冬花笑，脸都红了，因为她又想起昨儿晚上的事。尤旺就要过来看她了……她不再往下想！要做的事情数不尽哪。

午刻时分，她准备好了饭菜，等着斯通哈文那个老太太来。不一会，她听到查伊的马车向着布拉威里赶来了，查伊和那个老东西来了，老东西下车时，趔趔趄趄的，她戴着黑色的亚麻布帽，手里挽着一只网线袋。不过，等她着地时，倒一点也不趔趔趄趄了，她说高地害怕她那双脚；她对克丽斯周身打量一番，仿佛要弄清楚她是活人还是死人，然后问道，我的箱子该放在哪里，太太？克丽斯听到一个老人居然叫她太太，不禁羞得面孔通红，也许查伊会替我们拿上去吧？查伊说，呵，行呀，便把那只旧铁皮箱子扛在肩上，大摇大摆地走进屋里，梅隆太太跟在他后面，克丽斯则转身到查伊的车子那儿去。

等到查伊下来时，她已经快把车轭卸好了，查伊说，该死，克丽斯，怎么啦？她说，吃饭，你得留下来吃饭。他很高兴，虽然他还咿咿唔唔了一下，说是要赶回纳普去。可是，她像在森普尔的事务所对那个职员那样，对他一笑，查伊睁大着眼睛看着她，把他那涂过蜡的小胡子往上一捋，眨巴一下眼睛，拍一拍她的肩，啊，克丽斯，你这样一对眼睛，那些个小伙子，马上都要来追你啦！他不禁叹了一口气，仿佛换了时间，换了情况，他自己准会先打头阵。

于是，他走进厨房，跟梅隆老太太坐在一起，克丽斯端出了煨兔肉，他们吃了一顿丰盛的午餐。梅隆太太一看到你并不摆什么架子，便成了个有趣的老太太。她一张脸又红又大，仿佛刚辛辛苦苦地烘完了一天面包，她那双淡蓝色眼睛，像是夏日的天空，一度是棕色的头发已经变淡了，克丽斯立即看出她也许是曾经来到金拉第的一个最大的饶舌者，一点不假！这将意味着她可以向许多冠军挑战。

但是，她所说的有关斯通哈文的许多故事都说得有板有眼，引人发笑，最好听的一个故事是说一个市长，说他在一个戒酒会演说时，把他的饰钮掉在平底玻璃酒杯里，找不到了。于是，查伊说，这个故事很精彩，该死，太太，我从前在非洲的时候……他给她们讲了一个故事，说他认识一个人，是个黑人，真勇敢，他也在自己的土地上找到了一块钻石，可是，英国人一听说了这事，便派人去捉他，要他交出来。那个黑人是怎么做来着？他把那块该死的东西一口吞下肚子里，英国人拿他毫无办法，他们又无法逮捕他，大概过了一天左右，那个黑人在拉屎时把钻石拉了下来，他又拿到了那块钻石，那些黑人，他们是非常容易闹便秘症的。

查伊在讲故事时，一直是一边讲，一边在狼吞虎咽兔子肉和燕麦饼；吃完了一盆后，他朝肉罐里看了一看，大声说，天啊，味道真好，克丽斯姑娘，还有吗？克丽斯就喜欢他这脾气，有人饿了，吃得津津有味，却不假装上流人物或者斯文，这就很好，说起斯文，查伊却还不及一把土豆耙呢。

梅隆太太也吃得心满意足，接着查伊又给她们讲另一个故事，说是他和那个黑人头人一起打到了一只狮子，他们一直非常要好……梅隆太太问，怎么，你和那些狮子？说着，眼睛朝克丽斯一眨，可是，查伊一点也不恼火，只是说，不，太太，是我和那个头人。于是又继续讲下去，这位梅隆太太显然认为他是个说谎的人，可是，突然之间，查伊好像是随随便便地解开他的衬衫，故事也就此结束了，这就是那只该死的畜生留在我身上的一点纪念。于是，她们看到他胸上有好几处疤痕，是脚爪抓过的疤痕，抓得很深，很厉害，查伊身上的黝黑的毛在疤痕上长不起来。梅隆太太感到糊里糊涂，等查伊走了，她把这种感受告诉了克丽斯。

不一会儿，克丽斯就开始跟梅隆太太商量，她们俩怎么分工，梅隆太太可以干烹饪和打扫的活儿，克丽斯喜欢干户外的活儿，她挤奶，看管奶牛；不消说得，她们会相处得非常好。梅隆太太是个干活能手，尽管她尖嘴利舌，克丽斯还没有跨出大门，她已经把餐具刷好，洗好，放好了。接着，她跪在地上擦洗厨房地板，克丽斯看到她这么做真高兴，她最不喜欢擦地板。要是她是个男孩的话，她就绝不会有这等恼人的她所不喜欢干的活儿了，她就可以去耕地，去照管排水，做呀做下去，上山去做牧羊人，也不会去收拾床铺，刷锅洗罐，搞得自己厌烦死了。不过，这一来，也决不会像昨天晚上那样有尤旺来拥抱她了。

想到这里，她不禁脸红起来，悄悄地继续打扫牛棚，想着他来了，她要对他说些什么，想着他们该商量些什么事情。她不知不觉地竟一下子把新打算想好了，井井有条，十分周全，她往外一望，看到薄暮已经逐渐拢来，她便走过院子，直趋地里去看奶牛，她把一切都安排停当，人们会怎么说，都无所谓。

因此，等尤旺终于进来时，她已经在客厅里等他了，里面炉火生得很旺，旁边是两张大皮椅。是梅隆太太引尤旺进来的，她那张大红脸不合时宜地抖颤，急想知道还该干些什么。可是，克丽斯只是一边说谢谢你，梅隆太太，一边要尤旺过来坐下，她接过他的帽子，要他坐下来，当着老太太的面，把门关住。

屋子里又明亮又暖和，她转过身来，看到她的小伙子已经坐下了；她抬起头来，照一照客厅墙上挂的那面旧的长镜子，认为自己变了好多，悄悄地变，简直一点也没注意到，仿佛你还是个扎着辫子的小姑娘，跟马吉特一起奔去赶学生专列。可是，这时，她看到自己穿着一条绿色长裙，长及膝盖下面，头发编成一条大大的好看的辫子盘在头上，她那高高的颧骨照着亮光，嘴巴大小适宜，身段仍然很好；在一个稍瞬即逝、令人发疯的时刻，她又惊恐又难受地感到自己已经是个成年的女人，她再也不能有梦想了，她只能现实地生活下去，做梦的日子已经一去不复返了；也许那些日子是最好的日子；尤旺正在等着她，这只文静的大猫，面孔红彤彤的，抬起头来，那双眼睛里有一团闷火。

她走到他身旁，手搭着他的肩膀，不知不觉地一下子他们就紧挨在一起，就这么呆了好久，直到他们吻完以后，他们一声不吭地站在火光里，他搂着她，她的脑袋搁在他肩上，瞅着炉火。等到他们终于要开口了，她双手掩着他的嘴，悄声告诉他声音放轻一点，以防梅隆太太在外面听到。也许梅隆太太不会在听，可是，一刹那工夫，他们就听到她在厨房里走来走去，声音很高地在唱一首圣诗，这就有点叫人生疑了。

可是，他们顿即不去理会她了，他们有无数事情要谈要计划，伴着炉火的光灼，他们没有点灯，克丽斯低着头听他说，他无法结婚，因为他只积攒了一百镑，他们得等等再说。于是她对他说，她有三百镑，这不是她的功劳，这是她父亲的积蓄，如果她和尤旺很快就要结婚的话，他可以把布拉威里的租约接过来，他们可以住在原来这个地方，这准不错，那样一来，你就不必再穿过地里回到上山去了。他听了这话，又吻了她一下，吻得她的嘴唇都痛了，可是她并不在意，这样的痛真有趣；直等到他收起他那高地人的傲气，嘴里咕噜一声行时；她才吻回他。

他们打算在十二月结婚，一切都按他们打算的，事情都顺顺当当地办妥了。十一月，尤旺为上山找到并雇用了一个人来接替他的工头职务，是个相当不错的人，叫詹姆士·莱斯利；戈登老头虽然并不怎样高兴，他也无法跟这个布拉威里的新当家，这么邻近的街坊吵架。克丽斯又跟尤旺上斯通哈文去看那个叫森普尔的人，他起先很生疑，可是她立刻就说服了他，于是，他把租约过户，换上了尤旺的名字，毫无疑义，这样一过户，他就要很好地修饰他自己的窝了。

到了这时，新闻已经不成其为新闻，全金拉第都知道了，那天晚上，在他俩从车站回来时，他们碰上了特地打庄园出来的埃利森，他一直在等他们经过他那儿，不为别的，只是一定要邀他们进屋去喝杯酒，祝他俩健康。埃利森太太有礼貌又文雅，可怜虫，与其说是文雅不如说是有礼貌，她依然不过是个小女佣人，嬉皮笑脸，弄得克丽斯和尤旺都面红起来，她缠住尤旺。克丽斯则冷若冰霜，略表友爱的态度，即便是一个街坊开的玩笑，她也不认为是正当的。他们离开庄园时，她跟尤旺为此吵了一架，这是他们第一次吵架，她不让他碰她，她说，如果你喜欢下流话，我可不喜欢。他跟她争论说，啊，别犯傻了，克丽斯姑娘。她说，那么，你就不必跟个傻子结婚喽。这个高地人这下子按捺不住脾气了，他像是着了火似的暴跳如雷，别担心，我并不想结婚！说了就走，爬上山岗，穿过暮色的地里扬长而去。

克丽斯一点不动声色，冷淡而怏怏地走去，这时太阳已快要下山了，她禁不住回过头去，看看他是否回过头来，他没有回过头来；这未免太过分了，她停下脚来叫，尤旺！他像颗子弹一般转过身，直朝着她奔过来，这时候，她着着实实地哭了起来，她抵着他的外衣大哭，他则气喘吁吁地一边搂着她，一边痛骂自己，啊，克丽斯，我并不是故意要叫你伤心！她吸溜着鼻子，你没有，都是我不好。他们又和好如初了。那天晚上，她心平气和地走回家去，事情总不是一帆风顺的，他俩脾气都很不好。这时，她看到布拉威里的灯光稳定地照过地里，她看了，心头顿觉一阵古怪的安谧的暖意。

他们已经商定要在除夕结婚，那一天，大多数人都能脱身前来。连续三个晚上，他们坐在布拉威里的客厅里写请帖，写给他们所认识的，也有几个是他们不认识的人，几乎金拉第所有的人都请到，他们可决不能漏掉一个。他们还请了姑妈、姑夫，多德和亚历克以及尤旺的朋友麦克艾弗，一个远在罗斯的高地人。其实，尤旺并没有什么近亲，要有的话，是漏不掉的。

克丽斯知道有些人准会非常反感，觉得她居然会在父亲死了没有多久就要结婚，而且还要搞得这么轰动。可是，尤旺说，管他妈的，一个人一般只是结一次婚，这决不会叫在金拉第墓地的老人家伤心的。因此，当姑夫从奥契特莱斯来信说他认为参加这种婚礼是一种丢尽了脸的奇耻大辱，尤旺说，随他怎样丢脸，蒙羞，哪怕是怎么见不得人，管他们什么事。

克丽斯因为他们不让她两个弟弟来，觉得很不好受，可是，这是没办法的事，她也决不为此而哭泣。他们在准备婚礼时，不禁想起一句俗语，等他们上了年纪后，再好好地补请吧。大包小包的东西不断地涌来，梅隆太太惊讶得那张大脸都要炸了；于是，她在豪乌山谷里到处张扬克丽斯奢侈浪费，眼看格思里留下来的钱就要花光了。人们听了都大摇其头，这个姑娘明摆着是个败家精。

尤旺跑到教堂去办理结婚预告①，吉本牧师本想就他们在约翰·格思里死了没有多久就要结婚的事，教训他一顿，可是，尤旺像只猫一样咕噜咕噜说他要举行的是结婚仪式，不是要听布道，牧师马上打消了这个想法。他们两人显然不能再这么常常见面了，尤旺在婚前得整天呆在上山那儿。克丽斯那天

① 指到教堂在结婚前预告婚事。

黄昏跟他吻别时，要他当心，她心里有点难受地目送他走；知道他们会在单身宿舍对他说些下流话。他们果然说了，可是，尤旺一巴掌把其中一个人掴进了粪堆里，小戈登也想向尤旺说那种话，尤旺把他扔进了马槽里；他们都不同他计较，这些个高地人，都是不好对付的凶煞。

第二天，在布拉威里，既要煮煮烧烧，又要忙着照料牲口，还要花大力气收拾谷仓。那儿乱七八糟的根本无法开舞会，如果不是查伊和开磨坊的长脚罗布笃悠悠地在下午来了，克丽斯真要搞得昏头昏脑，他们不好意思似的带来了礼物。罗布的礼物真体面，两只大饼干筒的燕麦和现金；查伊和他太太拿来了被单和枕头，斯特罗恩太太真好，要知道在父亲生病时，她和克丽斯还吵过一场哩。

他们一听说要收拾谷仓，马上脱下外套，我们包了，克丽斯姑娘，你要干什么，只消说一声就得。他们搬梯子，拿绳索，张灯结彩，一心一意地干了起来，一直干到快天黑，把那个地方搞得喜气洋洋，等到搞完了，那儿真像画报里一个仙宫那么漂亮。查伊说，你们找了哪些乐师？克丽斯一听吓得几乎要钻进地里，她和尤旺完全忘记鼓乐的事情。可是查伊说没关系，他有脚踏小风琴，长脚罗布有提琴，到时可以拿来；而且老实说，如果这样还不能使人们满意的话，他们还可以去找戈登家的人来个教堂乐队，不过这就不是举行婚礼了。

后来，他们同克丽斯道过了晚安，并对她好意地开玩笑说，到了明天早晨，你就是个有夫之妇了，克丽斯，不是个姑娘了。今儿晚上睡个好觉！她也笑着回答说，啊，是呀。不过，等长脚罗布乜斜着他那双灰色眼睛朝她一看时，她却脸红了，他也要想到自己该结婚了，他说，在这样冻死人的寒冬晚上，有个像她这样的苗条妞儿一起睡觉，那一定妙极了。于是查伊说，走吧，罗布，你再说下去，她可就要少睡了！

他们再说声再见，就走了，撇下克丽斯有一种难得产生的孤单感觉，能够办到的事情都已经做了，她很想睡，却又睡不着；她从这间屋子荡到那间屋子，弄得梅隆好不舒服，不禁大声说，看在上帝分上，睡觉去吧，姑娘，我还要干余下的事情哪；如果你再不去躺下，你的样子就会像只待宰的公牛，而不是个明天早晨的新娘了。克丽斯哈哈一笑，她听着自己笑得很怪又没有力气，便说大概是这样，就回屋去了，可是没有上床。她坐在窗子旁边，今儿晚上，星星都有雾凇，天有雾凇，地也有雾凇，银河闪亮，界限分明，布拉威里那些漆黑的树，落了叶的枝条晃来晃去拍击着窗户，由于枝条挂霜闪烁着白色；她的眼光掠过农村，连续几个小时，遥望农家屋里那些闪忽的煤油灯光，直望到灯光熄灭为止，只有她仍活在这个本来可说是已经死了一般的人间。

这真奇特怪诞，她坐在那里，竟摆脱不了这时向她袭来的凝冻了似的思潮，在她结婚前夜，她大可不必去想那些傻事……她的这种婚姻本来就是微不足道的，这是会一天天逐渐被忘却以至消逝的，他们，她和尤旺的生命也会消逝的，在未来的不知多少岁月和多少世纪中，地面也会一变再变，直至最后一线亮光沉落，大海又泛滥成灾，把豪乌山谷淹没，到了那时，她对尤旺的一切爱和泪即使滴落在那片洪水上，也是不会激起一个涟漪的。这时，她觉得身上冷如冰柱，这才站了起来，终于开始解衣——想想真奇怪，明天以及此后的所有明天，尤旺就会跟她同房共枕了。

她冷静而意兴阑珊地想着，依然摆脱不了她过去一直在做的那种奇特而幸福的梦，她低头看着自己赤身裸体，仿佛是在看别人，而不是在看自己，是在看着像人们放进了画廊的那种古代人的雕像。她看到了自己那柔滑如缎的皮肤上有种淡淡的白色，从腰到大腿，又从大腿到膝头那种又长又柔滑的线条，十分高兴地看到她从膝头到脚脖子的腿长长的，使得那双腿的上半段好像又短又粗又笨拙。她更其超然物外地低头看看她左边乳部下面是否还有个涡，有，仍是那么深深的。她挺起身子，把头发放下来梳着，就这样没有穿上睡衣，傻乎乎地站在那儿，她是故意这样的，大概她觉得此后她再也不会是属于她自己的了，这个身体本来是她的，属于她自己的，包括从大腿到膝头的曲线，她小时候就喜爱的那个涡，都是她的，可是，那是多年以前的事喽！

这时，钟开始报时了，两点钟了，突然，她一阵慌张，又要独自舒舒服服地上床了；她马上钻进了被窝里，她一边蜷着身子好暖热些，一边在算还有几个钟头就要天亮。呵，还有好久哪！

那天早晨，下雪了；她打窗子往外看，但见白雪覆盖整个乡村，四下寂静无声；可是，那些傻田凫仍在山岗那儿啾啾叫，盘旋不息，在寻找它们在秋收时失掉了但又不能忘记的窝。在又大又粗的雪花飞舞下，那些光秃秃的树木不住抖颤；梅隆太太已在下边做活了，克丽斯听到早餐的餐具叮叮当当地响，她自己也该穿衣了，还有许许多多事情要做呢。

于是，她打柜里拿出她的内衣裤来，要换就换，不必等了，她看着那些内衣裤，丝内衣，过去买的时候，价钱好大，还有扎脚短裤、衬裙、内衣；短裤、衬裙都是一个颜色，蓝的，加白丝带，样子真好看，气味也不错，她把脸捂在这些东西里面，这么好看，使她有一阵古怪的感觉。她改变了主意，结婚时才穿的衣服她现在一件也不能穿，她又穿上旧衣裤，旧裙子，下楼去；梅隆太太笑脸相迎，在你今儿结婚的早上，你觉得怎样，克丽斯？

克丽斯说很好，梅隆太太说，这也是桩好事，她知道有些个姑娘，那么一副疯劲，还有一些姑娘，硬是吓得抖索个不住，更有一些姑娘，说些不二不三的话，使你完全明白男人的床铺对她们来说并不是个奇异的地方。她但愿克丽斯会非常快活，不必害怕，要不了多久，有了两三个娃娃，就会使她不想再要了。克丽斯说，你别胡扯，说着，她吃她的粥，梅隆太太喝她的粥，她们收拾桌子，擦地板，然后克丽斯出去照料牲口，那几匹马似乎也猜到要有什么不寻常的事发生了，贝斯鼻子朝上抵着她的肩膀，她朝谷仓里瞄了一眼，在正中间的地方，有两只大老鼠，挺直地蹲在那儿，互相嗅着嘴巴，也许是在接吻，这倒有趣，她想憋住不笑，可是，一阵哽噎，咯咯一声！那两只老鼠顿时不见，逃进洞里去了。在谷场里，那些母鸡绕着她奔来奔去，它们饿慌了，她打罐子里拿热饲料喂它们，接着又倒了一大堆玉米，它们吃得很欢。那只小怀安多特鸡首先跳上车杠，响亮一啼，差不多叫上山那边也听到了；接着，它斜起一只亮晶晶的眼睛看她，又用另一只眼睛再看她一下，使克丽斯又笑了起来。

喂过鸡后，她并不觉得慌忙，这时，邮差来了，他觉得口很渴，她们给了他一杯酒，他吧嗒着嘴说，祝贺你，克丽斯！举杯祝她康健那副轻率的样子，就像要抹黑她的人格一样。他给了她两个邮包，一个是牧师住宅吉本太太的一条漂亮的床单，是英格兰的幽雅精品，另一只邮包是上山的戈登送的，一箱餐具，满满地尽是刀叉等东西，梅隆太太说，让你擦洗它们一个星期都洗不完。

接着，那位挖墓人加思摩尔——就是埋葬父亲的那个人，——的太太来了。可怜虫，她总是看了叫人难受，他们之所以要她来帮忙，主要还是出于怜悯之心；等她们三个人坐下来吃饭时，她说，天呵！究竟是年纪轻，结婚好，他也许会待你很好，可是，我那个，那第一个男人，他已经死了，上帝！他真是个公牛，也不单是第一夜如此。他总是要干那档子事，几乎要把我烦死了，亏得九、十年前，圣马丁节时，他从雇工市场回来的路上，跌在石坑里死了。可是，梅隆太太说，胡扯，你想吓这个姑娘吗？她会很快活的，她的小伙子活活泼泼，人又和气。克丽斯就爱她这一点，她好像从前并不了解梅隆太太，总认为她是个勤勉的、碎嘴的老太太，现在她看到这位老太太突然开始叫人觉得十分厚道，她的饶舌只是因为她总在梦想而且必须说给别人听。这时，梅隆太太大声说，现在你去穿衣服吧，克丽斯，趁大家还没有来。

雪已经不下了，克丽斯一边穿衣服，一边打窗户望出去，看到这是个没有太阳的日子；天上有一大片云，雪把云下的天映得亮闪闪的，十分刺眼；炊烟直冲云霄。在上山那边的山坡那儿，尤旺准是也正在穿衣服——除非他早已在早上就穿好了——羊群在冬季的棚里咩咩叫。克丽斯脱下旧衣服，又是全身雪白站在那里，她穿上了结婚的衣物，母亲准喜欢看这些衣物，母亲已经死了，在金拉第的墓地里，旁边还有两个双胞胎，被人忘却了。她发觉自己在哭了，慢慢地使劲地哭，没有母亲来参加她的婚礼，她感到茫然凄凉，过了一会儿，她摇摇头，啊，别傻了，难道你想叫尤旺和大家看了吓一跳吗？

她打镜子里照了一下脸，不错！她眼睛亮晶晶的，是哭帮了忙。她看看自己，是有点漂亮，不仅是脸长得好看，严峻的颧骨在冷却了似的古铜色的衬托下，一时间显得柔和些。她在梳头发，梳得偏在一边，头发浓密柔软，有股很好闻的气味，锈色而呈黄金的色泽。最后是她的衣服，也是蓝色的，不过，因为她父亲刚死不久，颜色比她的内衣裤要深一点，她用一根黑色的狭丝带把领口箍一箍，不过，她脖子上什么也没有挂，脖子的皮色真是上帝的嘉赏。

这样，穿戴齐整后，她转了转身子，把裙子往上一提，露出脚脖子，她很喜欢这两只脚脖子，脚脖又圆又匀称，她的骨架本来就长得很好，那双脚长长的，穿上黑丝袜和鞋子显得很轻捷。最后，她拿来了一条手帕，洒上一点点香水，把手帕藏在胸口，便径自下楼，刚好听到第一辆马车到。

这是斯特罗恩夫妇打皮西纳普来，斯特罗恩太太起初脸有不悦之色，可是，查伊让她喝口酒后，就使她的脸由阴转晴，他悄声对克丽斯说，由他来照管饮料；梅隆太太说，有个男人家来为这种热闹场面把把舵，那是最好不过的了。他们还来不及再多说几句，辘辘的一大队人马已经打大路那边过来，除了下山的那个老人，整个金拉第的人似乎全都到布拉威里来了，下山人送来了他们的良好祝愿和两只生蛋的母鸡。

你大概会说，母鸡来凑热闹了，因为它们打下山人的马车上解下来后，便开始拍翅振翼，咯咯叫着满地乱窜，逃出了布拉威里。开磨坊的长脚罗布这时穿着他的最漂亮的衣服打大路上过来了，他刚好碰上第一只母鸡，听到它后面传来的追叫声，他就大叫，啐，你这婊子！那只鸡躲进沟里去了，罗布去追它，抓住了它，它咯咯直叫，叫得使人穿心似的难受，他把它捉进了屋里，弄得他那件漂亮的出客上衣尽是雪；他说，这种活儿如果让查伊干，准是小事一桩，因为他曾经在特兰斯瓦追逐过鸵鸟，可他自己却没有经过这种训练。接着他举起查伊为他倒的酒，大声叫，祝福金拉第永远不忘的最美丽的姑娘！

真难为他，克丽斯本来非常镇定，冷静，这会儿听了这祝词，看到罗布像是个打画报里出来的海盗站在那儿，眼睛里透着铁灰色的闪光，顿时脸红起来。芒罗太太，虽然像平常一样显得非常妒忌，却鼻子朝天，声音不很小地说，应该让这个大傻瓜等喝过茶后再开始作滔滔不尽的演说。她也许气得要命，居然没人说过她很美，或者如果有人曾经这样说过，那他准是个不同一般的说谎者。

桥头的人来了，接着，埃利森夫妇和女儿也来了，接着戈登一家，还有牧师都先后到来了；牧师骑着自行车，看上去就像是跌过一两次，心情很不好似的，他不肯喝酒，不，谢谢，查伊，他的确是硬邦邦地说。后来罗布朝他狡诈地一看，我想，你是跟土地妈妈谈过了心，吉本先生。他当即转过身去，装得没有听见那样，大家看了都很不痛快，只有长脚罗布跟查伊互相使个眼色，接着又对克丽斯使个眼色。

她认为这个牧师是个不合群的傻瓜，她跑到门口去看看还有些什么人来；唷，真叫人难以相信，来的是可怜的普蒂老头，他踩着积雪艰难地走过来，胳肢窝里挟着一个大包裹，他那张老脸上净是白雪，一路上来，抖抖索索不停咳嗽，眼睛在他那零乱的老眉毛下眯来眯去地找克丽斯。那个姑——姑娘在哪儿？他说，一看到她，便把那包东西塞在她手里，她按照习俗，当即把它打开，里边是一双漂亮的鞋子，是他特地为她做的，鞋面的皮闪闪发光，淡绿色的鞋底，还有一双衬着绒毛的拖鞋，这准是金拉第一双比较豪华的拖鞋。她说，啊，谢谢你。她知道光说声谢谢是不够的，他站在那儿抬起眼睛直盯着她看，就像一只老母鸡在看人那样，她自己也不知道为什么这么做，她竟双手抱住他，吻一吻他，人们看了都哈哈大笑，只有她跟普蒂老头不笑，普蒂眨巴着眼睛，结结巴巴地说话，后来，长脚罗布伸出手去，把他拉进一张椅子里，说，喝口这东西，润一润喉咙吧，普蒂老兄，简直不消一分钟，就要开始举行婚礼了。

长脚罗布说得不错，打路上过来的是最后两个人，尤旺和男傧相，那个高地人麦克艾弗，身高将近六英尺六，一头红发，一张红脸，一个红红的高地人，他向克丽斯鞠起躬来竟伛得那么低，教克丽斯觉得是个傻瓜；他还拿出了礼品，是一只包银的羊角，的确好看又稀奇，跟一切高地的东西一样。尤旺始终没看克丽斯一眼，他俩都装得彼此没有看见，这时梅隆太太对她咬耳朵，要她去梳理一下头发。等她再次下楼来时，全场肃静，简直连咿唔声也没有。她在楼梯脚跟前站定，心直顶着她的皮肤跳，就像要打她胸口迸出来似的；查伊·斯特罗恩就在那儿等她，他伸出胳臂，轻轻拍拍她的手，等她把手搁在他臂上时，他悄声说，准备好了吧，克丽斯？

于是，他打开客厅门，里头十分拥挤，大家都坐在椅子上，神情严肃得像在礼拜堂做礼拜，对面窗边，站着吉本牧师，脸容十分严峻，再像一头鬈毛公牛也没有了；尤旺和男傧相麦克艾弗就在他面前等着。克丽斯的女傧相是埃利森那个小姑娘和马吉·吉英·戈登，她俩都跟她在一起，她一时间看不清楚，也可以说看得太清楚了，她似乎完全不是在用自己的眼睛看。这时，查伊的手松掉了她的手，她去和尤旺并肩站着，尤旺穿一套苏格兰粗呢新装，有股很好闻的味道，他那张浅黑的脸，透着受惊而发白的神色，他紧挨着她，她知道他比她自己还要害怕。这时候，她倒有点不怕什么了，她站在那里听着吉本牧师和他所念出来的话，这些都是她从前从未听到的，这毕竟是她生平的第一次结婚。

接着，她听到查伊在她后面悄声说话，她就更仔细地听着，她听到尤旺说我愿意，声音像是无可奈何似的，她接着也这样说，不过，她的声音却真是再清亮和愉快也没有的了，她抬起头来对尤旺微笑一下，他脸上的白色顿时消失了，取而代之的是红色。红色高地人打后面塞出什么东西来，她一看，原来是只戒指，尤旺把它套在她的手指上，他的手又热又抖，吉本先生闭着眼睛说，咱们作祷告吧。

克丽斯抓住尤旺的手，低着头，听着牧师说；他请求上帝祝福他们的结合，给他们勇气和力量去对待未来的岁月可能会遇到的困难，使他们婚姻美满，永远相爱，有始有终。这些都是好话，像是山毛榉的古铜色的叶子在夏日天空中沙沙作响，如进军曲一般好听。克丽斯一边这么想，一边低伛着头，手放在尤旺手里，这时，她像断了线似的，没能听清那些话的头绪，因为尤旺那只手仍然握着她的手，她的小指头直扣着他的掌心，他的掌心又硬又粗，她悄悄地撩逗着他的皮肤，他的手一抖颤，她悄悄地瞄了一眼他的脸。他脸上那种笑容，就像一只受吓的猫儿一般一闪而逝；后来他那只手把她的手握得紧紧，又暖热又坚定，她那只手也就安安静静地搁在他手里，这时牧师已做完祷告，握握他们的手。

他迟疑了一会后，低头吻吻克丽斯；他跟她贴得这么近，她看到他的脸比他当初到金拉第时要老得多，眼睛底下还有泪囊，眼睛里透着疲乏的神色，她不喜欢他的接吻。尤旺吻起来急急一啄，可查伊吻起来叫人舒服，尽管他因为吸烟，冒出一种难闻的香烟味，可他吻得那么热诚亲切，接着是长脚罗布来吻她，吻得爽气，愉快，也不湿，就像磨坊噗地送出一阵气一样；这一来，好像金拉第每一个人都来吻她，只有那个傻瓜托尼，待在家里，没吻她。每个人都有说有笑，拍着尤旺的背，跑来吻她，有的是同她很熟悉，有的并不熟悉。最后轮到梅隆太太了，她那双眼睛非常明亮，不过很小心谨慎，她几乎要把克丽斯给闷死，吻过后，悄声说，到楼上屋里去梳理一下，他们把你的头发搞得一团糟。

于是，她脱身了，人们鱼贯而出，拥向厨房，那儿炉火熊熊，查伊又在递酒了，妇女要喝酒的话，有为她们准备的红葡萄酒，孩子们有山莓酒。不一会，客厅里收拾干净了，梅隆太太和加思摩尔太太把椅子都拉在旁边，一只只桌子推了出来，铺上台布；她们在放刀放叉准备晚餐时，发出了响亮的叮当声，这时才刚刚敲过三点钟。可是克丽斯很可能知道，那天在金拉第，大多数人中饭都吃得非常少，一场婚宴就在眼前，午饭再多吃就不聪明了，正如一个人说的，只要他们能有点干的东西给肚皮打打底，好去喝酒，那就再好也没有了。

克丽斯在她的屋子里（眼看就要不是她的屋子了）梳理头发，整理一下衣服，看着自己一张红晕的漂亮脸庞，这张脸几乎还是跟原来一样，你想是这样想，却又很难相信。接着她觉得自己身上有种什么古怪的东西，原来是手上戴着一只戒指，她站在那儿，圆睁着眼愣愣地看着它，直到传来一阵沙沙的响声，使她的目光移向窗口，又在下雪了，一大阵炫目的骤雪打山岗落下来；楼下屋子里他们都在嚷嚷，新娘她哪儿去啦？

于是，她下楼去了，这时，人们已经先后回到客厅里，围桌而坐，牧师坐在桌首，另一端坐着长脚罗布，桌子中央放着结婚蛋糕，那只托盘很高，旁边放着一把高地小刀，是尤旺向麦克艾弗借来切蛋糕用的。外面已经刮起了风暴，克丽斯站在那儿切蛋糕，她身穿蓝色的长袍，袖子又松又长。从烟囱里倒灌进来一阵轰轰的巨响，有人望着窗外说，飞雪到明天早晨准有一英尺深。克丽斯切完蛋糕后，坐了下来，尤旺坐在她身旁，发觉她一点也不饿，大概在场的，只有她一个人不饿，别人个个都尽情饱餐了一顿。

这时候，牧师已经不再那么板着脸了，他真正友好地笑着，声音像公牛一般响，还说起他生平所出席过的其他一些婚礼，那些婚礼都很有趣，也很古怪，样样叫人笑话，都不像这回这么好。克丽斯听了高兴得红光满面，以她这次婚礼样样都办得精当顺利而很自豪；可是，过了一会，又像往常那样，一种疑虑不安又向她袭来，她就这样跟那些亲切的庄稼汉分开了，——他们很亲切，总是容易相信他们所听到的别人的难处，而不相信别人会跟他们一样想法。因此，也许这个牧师不过是在讨好她，她脸上透着隐秘的冷静的怀疑神情看着他，又过了一会，她在一阵遮盖了其他一切的记忆的火花中，把他全忘记了：她已经嫁给尤旺了。

尤旺坐在她旁边，悄悄对她说，啊，吃点东西吧，克丽斯，你真要饿坏了。她尝了一点火腿，一点苹果布丁，很甜，味道很好，是梅隆太太做的。大家也都尽量称赞布丁，都叫嚷再来点，再来杯茶，大家都吃烤饼，薄煎饼，苏打饼和用蜂蜜做的饼；小沃特·斯特罗恩突然不吃，叫起来，妈，我肚皮不舒服！大家听了，除了柯斯蒂，都哈哈大笑，她连忙跳了起来，急忙送他出去，等带他回来时，他脸上一派惊吓神色。可是一点不假！孩子并没有就此不再吃东西，他又像刚才一样饿了，查伊大声说，好啦，好啦，随他去，也许吃也痛快，拉也痛快！

有些人听了大笑，还有些人则脸红耳赤，显得真正冒火，克丽斯则毫不在乎。芒罗夫妇就坐在她对面，真像在看一只柯利狗和一只鼬鼠在吃饭，他狼吞虎咽，够得到的东西固然什么都吃，够不到的，他会伸手去拿，吃了好多好多，这个可怜汉，那张丑陋的脸，吃得满脸油光闪闪。可是，芒罗太太对着盆子，快嘴利牙地三两下就吃光，她的脑袋一分钟也定不下来，活像一只鼬鼠因为附近有只狗儿那样。他们忙得连话都不说，可是，在他们旁边的埃利森却说个没完，他已经喝多了酒，还隔着桌子向克丽斯再要东西，每回他都管她叫塔文达尔太太；他说她和埃利森太太应该多多往来。不过，如果他会记起他的诺言，他那天早晨也许会感到歉疚，看来他好像忘记了。

在他旁边的是柯斯蒂和几个孩子，再过去就是牧师，亚历克·马吉一家子和小戈登，亚历克的确是牧师的好朋友，两人非常之要好，可是马吉太太仍然是懒洋洋地坐在那里，不时打她那双懒洋洋的斜视眼的眼角瞄一下克丽斯，也许在那一瞥中有种古怪的神情是跟斜视眼无关的。

在罗布那头的桌旁，发生了一场争论，克丽斯希望不是争论宗教方面的事情，她看到戈登先生那张小脸仰起对着罗布。不过，罗布只是在说如今人们竟然羞于说苏格兰话——人们也管它叫苏咯茨这才是多么可耻，那些个碎嘴鬼！你碰到的每个该死的小屁股下流坯，都装出一副英格兰人的架势，仿佛他认为他会给你深刻的印象——仿佛如今苏格兰话不吃香了，苏格兰话掷地有声，尖声细气的英格兰话哪里能比得上。罗布说，老兄，你倒告诉我，文火焖煮，牛棚阴沟，闷煞人，瞎搞一气，黄昏边，瞄一眼，十分怕老婆的，这些词儿用英格兰话都是怎么说来着？如果你说黄昏边就是太阳落山，你准是个说谎的；可你又不像，戈登先生。

戈登倒的确是个讲道理的正派人，这是没有办法的事，罗布，如今如果人们要想出人头地，摆脱捏犁头杠，不再瞎弄一气的话，就得说英格兰话，尽管英格兰话是古里古怪的。查伊大声说这话说得再对也没有了，上帝！你要怪谁？这话的确引起一阵小小的争论，客厅里似乎个个都一下子开腔了，而且往往就像他们在说到这事情时一样，他们都一致认为这儿地孬，生活也孬，简直是做什么别的事情都比这儿强，把孩子送出去学生意的人是最聪明的人，一点不假，呆在这儿，除了干活，干活，干活，还是干活，除了劳累到死，劳累到死，还是劳累到死，从天一开眼干到夜幕降临，干得晕头转向，受尽熬煎却得不到什么酬报，日子简直难以过下去。

后来古第斯东的芒罗说，他听说劳楞西柯克那边有一个人，是城里一个银行家的儿子，他要来用科学的方法种地。他一开始就这么说，那个家伙，可是上帝呵！现在，你简直走不进那个地方，因为院子里堆满了机器；真是个败家精。可是，查伊听不进这话，他骂一声，该死，不，机器是人类最好的朋友，也可以说，在一个社会主义国家，准就是这样。机器就要到来，劳累到死就要结束，以后你会知道，机器会干所有的脏活儿。长脚罗布大声叫嚷说，他真想看看那该死的机器会给你出清猪圈，哪怕他们明天都要变成社会主义者。大家听了都笑起来，人们暂时都把克丽斯和尤旺给忘记了，他俩互相看了一看，莞尔一笑，尤旺手伸到桌子下面，捏一下她的手，克丽斯真希望除了他俩，大家都离开布拉威里，离得远远的。

可是，这时，查伊叫道，大伙儿都斟满杯子，男傧相要祝酒了。于是那个红脸高地人麦克艾弗站了起来，他那红脑袋向克丽斯鞠了一个躬后，开始说话了；他说得真不错，尽管带着那种高地的卷舌音，听来有趣，他说他从来没见过一个比新娘更可爱的姑娘，也没看到一个比新郎更好的朋友；他希望他们永远相亲相爱，冬天结婚是个最吉利的时辰。因为难道接着不就是春天来临，他们爱情的播种时节，接着又是美丽的夏季，开花结果，再接着就是秋天他们收获的季节吗？等到他们一起再过一个冬天，他们就会知道那并不是一种结束，而是一觉醒来，从另一个土地来的另一个新生命又将诞生。他完全相信像他朋友和他朋友的妻子这么如此年轻，如此漂亮的一对也同样会心心相印，他们白天过着幸福生活，晚上听着星星歌唱。

他举杯一边大声说：为新娘！一边看着克丽斯，眼睛透着古怪的亮光，这个傻乎乎的高地诗人，人们都喜欢这些红色的高地人的动作。大家都高叫祝她幸福！他们全都干杯，克丽斯觉得自己全身在穿着的蓝色衣服底下，从头到脚都通红了。

接着，开磨坊的长脚罗布发表演说了，他尽量说得跟麦克艾弗不同。他说他从来没有结过婚，因为他太尊重那些难弄的人，也就是女人；如果他年轻个十岁的话，他这种尊重竟会使他不去试一试克丽斯·格思里，那才怪呢，他一定会把那个高地佬尤旺打个一败涂地。他认为，那完全是尤旺运气好，并不是他有眼力，克丽斯嫁给她这个丈夫真是好花插在牛粪堆上，因为她别人不嫁，偏偏嫁给他。不过，毫无疑问，她会把他训练得好好的，他现在要忠告一下尤旺，尽管他并不大懂得什么叫结婚，他却千万别反对他的妻子；这并不是说他认为她不能好好地照顾她自己，而是尽管尤旺认为自己是个胜家，却不该觉得他自己真个打败了他的对手。

他认为，婚姻就像是将两只两岁的牲口驾轭在一起，它们在第一次装备马具时，十分活泼，很难驾驭，——除非是给它们驾轭后，它们便把装备给抖掉了，简直是跟自己过不去，跟它们的装备过不去——可是，第二次装备却是一种考验了，到了这时你才知道，一只往前拉，一只往后缩，一只是硬碰硬一片忠诚——这个词儿得由戈登先生来把它翻成英格兰话——天生的，一只是有勇气有胆量。好啦，他不再谈论马匹了，虽然说的都是实话！这是个很能吸引人的话题，他又回过头来谈婚姻的事了，他说大家都衷心祝愿克丽斯，如此可爱漂亮，祝愿尤旺这个高地强盗，祝愿他们白头偕老，健康长寿，发财致富，生活美满。

他们又干了杯，这时，要不是查伊站起来说，天都快要亮了，谁有兴趣在克丽斯的婚礼上来个天亮跳舞？真不知道还有谁又要来番演说呢？

这样，他们全都出去，到厨房里去，刚离开热乎乎的客厅，来到这里，真够冷的，可是，等第一批人跨过院子，站在门口时，谷仓阵阵的冷风也就算不上什么了。梅隆太太已经生了一只火盆，噼里啪啦很有趣，火盆跟干草隔得很远，罗布找出他那把提琴来，查伊则吱吱嘎嘎地踩起脚踏手风琴，哪怕你站在那里，冷得连衬衫都要抖掉了，这时也开始觉得暖和活络了。克丽斯自然是跟那些男客呆在一起，孩子们，戈登太太，马吉太太，斯特罗恩太太也都在那儿，芒罗太太留下来帮着收拾桌子，她说；有人则咬耳朵说，她更可能是把收拾的东西大多收进了自己的喉咙，的的确确，打从圣烛节[1]以来，她简直没有吃过一口饭。

可是，这会儿，查伊大声唱起《剥柳枝》来，于是，大家都排成一行，查伊双手按着手风琴弹得多欢，长脚罗布的提琴弓飞镳似的忽隐忽现，在《剥柳枝》的两分钟快速弹唱中，布拉威里谷仓里没有一个人身子感到冷，也没有一个人脚底冷。不一会，等他们一跳完，梅隆太太拿出一大罐滚烫的热甜酒供大家喝，她把罐子放在查伊和长脚罗布中间的一张长凳上。谁个要喝，只消跑过去就是，羞答答的不去拿的人并不多；接着又开始跳另一只舞，那是一只慢步圆舞，克丽斯发现自己已在牧师的怀里了，牧师能跳得像个打打闹闹的小伙子那样。他一边把她旋来旋去，一边还大张着嘴，叫喊好呀！那个高地人麦克艾弗搂着胖柯斯蒂·斯特罗恩疾驰快旋。也大喊好呀！柯斯蒂真是一脸吓坏了的神气，紧紧搂着麦克艾弗的腰。

查伊和长脚罗布简直不让他们有个喘息的工夫，他们一支舞曲接着一支舞曲奏下去；每当他们停下来喘口气的时候，查伊就打罐里舀一勺酒，并且朝罗布丢个眼色，大声说，你也来一勺，朋友！于是罗布也正儿八经地去舀一勺，说，你也来！接着，提琴和手风琴又弹奏起来，节奏比以往都要快。尤旺跟正儿八经的戈登太太跳着苏格兰慢步圆舞，如果是跳华尔兹，他就在庄园里找个姑娘，找个脸红红，傻乎乎的，说话尖酸刻薄的姑娘，她兴奋得尖声大叫，大家都笑了起来，克丽斯也笑了。她知道有人在注意看她是不是也笑，她听到一阵耳语，她便停了下来，寻找着他，尤旺·塔文达尔，他在姑娘堆里是很

① 圣烛节，苏格兰每年2月2日的一个节日。

粗野的。可是，她不在乎，她知道那是假的，尤旺是她的，她唯一的人儿；不过她希望他会跟她跳舞，调剂一下。

这会儿，他正在起劲地跳《彼特罗涅拉》舞[①]，他并没有喝过酒，在他们在屋里摇来摆去的跳舞闹声中，他悄没声儿地说，好吗，克丽斯？她也悄没声儿地回答，好。他又说，长脚罗布说得对，你是金拉第绝无仅有的最漂亮的人儿。她说他这么想，她很高兴，他在暗头里把她从那些跳舞的人那里叫了出来，急切而又慢吞吞地吻着她，她也不慌不忙，站在那儿接吻真舒心真快活，两人都各自竖起耳朵，听听是否有人发现他们。

果然有人发现他们了，查伊大叫大嚷，新郎新娘到哪儿去啦？混蛋，他们失踪了！他们都走了出来，查伊问，还有会奏手风琴的人没有？小乔克·戈登回答说，行呀，我来。说着便蹒蹒跚跚地跨过地板走来，打酒罐旁边坐了下来，响亮、清晰、美妙地奏起了手风琴。

这时，查伊抓住了克丽斯，他对尤旺说，滚开，你这贪婪的东西，别急，她总会永远都是你的人。他跳得干净利落，你简直想象不到查伊会跳得这么好，他那双灰色的眼睛朝下对你笑着。他一边跳舞，一边突然正儿八经地说，千万不要怀疑你的尤旺，克丽斯，也千万别让他知道你怀疑他。结了婚而要怀疑那是再糟也没有的了。捧捧他，对他说，他真帅，在豪乌山谷里没有人比得上他，他就会紧紧搂抱你，直到他死；到了你五十岁的时候，他一看到你，还是会像现在这样，就脸红起来。她说，我来试试看，谢谢你，查伊。于是他说，好嘞，准是威

① 19世纪苏格兰农村舞蹈。

士忌在叫人了。他把她交给了埃利森，又打戈登手里拿走了手风琴，蹒蹒跚跚地走过去靠在那只挂在乐师位子后面挡风用的大布袋上。大布袋掉了下来，那儿，就在干草堆里呆着牧师和庄园里来的一个闺女，她尖声大叫，双臂抱住他，那个鬈发的大公牛在吻那姑娘，就像一条狗在舐粥那样。

克丽斯的心几乎停止跳动了，可是，查伊抓起了布袋，把它挂在原来的钩里，除了查伊，克丽斯，可能还有长脚罗布，没有人看到这情景。但是罗布可叫人摸不准，他那副神气，严肃得跟座雕像一样，而且继续在弹奏，查伊说，他是在干计件的、不是计时的活儿。

到了八九点钟的时候，梅隆太太来到屋里叫大家吃晚饭，大风雪算是止息了，但是雪片打谷仓门口进来，像只飞翔的海鸥在横梁间飘来飘去。在地上，雪给踩得沙沙作响，已经结起霜了，人们站在室外喘息，笑，你叫我，我叫你，朋友，到明天早上我四肢都要酸痛了！女人们首先跑进屋去梳理头发，尤旺看到大家都进来了，就是看不见古第斯东的芒罗，到处都找不到他。

后来，尤旺经过马厩时，听到一声古怪的呼吸声，他停下脚来，打开门，划了一根火柴，看到了芒罗，穿着最漂亮的衣服，躺在马栏里，在那匹马克莱德的旁边，双臂紧箍着那畜生的颈脖，一点不假！那畜生一副真正厌恶的神色，尤旺摇着他，叫道，芒罗，你不能睡在这里。可是，芒罗却在对着他眨巴着眼睛，傻乎乎的，嘴里叽里咕噜着，为什么不能？接着亚历克·马奇打屋子里出来看看怎么吵吵闹闹的。他和尤旺又劝说匍匐在那里的芒罗起来，可是他就是一动不动。亚历克大声叫嚷，该死，随他去跟那匹雌马呆在一起，或许跟它睡觉不知要比跟他那位鼬鼠太太睡觉轻柔舒服多少呢。

于是他们关上牛栏门，进去吃晚饭；每个人都像喝茶时那样吃得十分尽兴，跳舞和喝酒几乎把他们饿坏了。克丽斯也觉得十分疲劳，直到吃了些东西才好些，感到又跟先前那样有精神了；长脚罗布腰杆最硬，尽管他喝的酒差不多有他们中三个人喝的酒的两倍，可看上去却比任何人更清醒，这时他大声说：谁还想跳舞？梅隆太太又灌了满满一罐热甜酒，他们捧着酒罐再次出去，这次所有的人都去了谷仓，只有芒罗太太没去，不，不，我要收拾桌子。

小埃尔西·埃利森很纳闷这女人为什么要留下来，于是她也留下来，躲在门角里偷看，原来芒罗太太在那儿，手里拿着一只纸袋，把烤饼、饼干以及蛋糕拼命往纸袋里塞，同时像只鼬鼠一样，头扭来扭去地瞅着。这可把埃尔西吓坏了，她一溜烟跑进谷仓，一把拽住她父亲的燕尾服，大声说，古第斯东那婆娘把那些点心都拿回家去了。埃利森一下抬高嗓门说，滚她的吧，这个该死的。

于是他就讲起了这个苏格兰的下贱女人有一次如何冒犯他的事。然后长脚罗布和查伊又弹起了一支舞曲，克丽斯不再去听埃利森的故事了，她和小乔克·戈登跳了一只华尔兹，跳得真像飞一样，乔克的脸激动得发白。在跳第四只舞时，亚历克·马奇这个傻瓜开始在地板上踢踢跶跶地跳起来了，一会儿向前，一会儿朝后，他真是个讨厌的家伙，等到他跳过长脚罗布身边时，罗布大声说，嘘，亚历克老弟，你的步子全错了！同时飞快地用一只脚伸到亚历克的脚中间，把他绊倒了，查伊用一只脚和一只手把他推到那堆麦秸边，同时用另一只脚和另一只手弹奏着，也可能是用一只脚和他的牙齿在弹，查伊真是个有本事的家伙。

马奇太太什么也没说，只是站在一边，大笑着，抽着香烟。尽管在谷仓里男人比女人多，可这时男人都去应付年轻姑娘了，于是不一会克丽斯发现自己同马奇太太跳起舞了，这个随和笨拙的大块头女人，讲起话来又慢又随便，似乎刚睡醒似的。克丽斯闹不清她那对斜视眼看着哪里，可她却说道，结婚了，一切得随便些，克丽斯；不过也别太随便，随便造成了我现在这种下场。尽管老天知道，一百年过去了还是老样子，那时我们都死了。别让尤旺给你背上一大堆孩子的包袱，克丽斯，那会杀了你，使你心都操碎，况且这种事太烦人太肮脏了。别由着他，克丽斯，男人们都一样，你无法不生第一个或第二个孩子，但是你属于你自己，记住这一点。

克丽斯听得一会发热，一会发冷，接着她想问马奇太太一些事，可看看她就知道不能问，她只能自己去找出答案。这时长脚罗布叫老戈登去拉那把小提琴，自己来跟她跳舞了，他问她那个大块头邋遢女人跟她说了些什么？克丽斯说，噢，只是瞎扯。罗布就说，当心，别让那些该死的女人的话来吓着你，克丽斯；那一直使人类遭殃，要听从忠告。克丽斯说，我不是在听你的忠告吗，罗布？他点点头，十分严肃，同时说，呀，你自己头脑要清醒，你会把事情处理得很好的。不过得当心，如果你有事要朋友帮忙，别在金拉第到处去讲这件事，我总是在磨坊那儿准备帮助你的。克丽斯觉得罗布讲这些话真有些傻气，不过他的用意或许是好的，可她已经有了尤旺，她还能要谁呢？

这时娱乐的气氛有点松懈下来了，谷仓里很热，人们在长凳或麦秆上或坐或躺，克丽斯朝四处打量一下，发现牧师不见了，可能他已经走了。她悄悄告诉了查伊，可他却说，担什么心，他准是出去呕了，你没有听见他就像一只喉咙里鲠了一根鱼刺的猫一样吗？的确，他们都听见了，可克丽斯毕竟是对的，他没再回来。或许他很难为情，或许他是晕头转向迷了路，因为第二天上午，有人赌咒说他们瞧见绕着圈子走的很大的脚印，绕了一圈又一圈，这些圈子都经过布拉威里到牧师住宅的园地；如果这些不是牧师的脚印，那就一定是魔鬼的脚印了，随你爱怎么想就怎么想吧。

跳舞停下不久就有人大叫，罗布，再唱支歌怎么样，老兄？罗布说，嗨，好吧，我会唱得很好的。他脱掉上衣，松开领带，唱起了《西班牙的小姐》这支歌；接着他转过身，朝着克丽斯站的地方，——她旁边站着尤旺，又唱起了《为我铺床的姑娘》：

她的头发就像金子般地闪烁，
　她的牙齿就像雪白的象牙，
她的脸颊就像浸在葡萄酒里的百合花，
　这就是为我铺床的姑娘。

她的胸脯就像飘落的雪花，
　两个颤动的丰满的乳房是那么美艳，
她的一双手就像锃亮的大理石，
　这就是为我铺床的姑娘。

我把她吻了又吻，
　她总是不知说什么才好，

我让她躺在我和墙之间，
　直到天明这姑娘什么也不想。

罗布唱歌的时候，大家都瞧着克丽斯，对她点着头，尤旺先是听着，似乎他很喜欢动脑筋似的；然后，他脸红了；可克丽斯只是听着，一点没在意；她觉得这支歌真好，那姑娘挺可爱，她希望自己今晚看起来也同样可爱——或是他们的舞蹈会给人留下这么可爱的形象。于是她为罗布鼓掌，该轮到埃利森了，他站起来，挺了一下他那只大肚子，唱了一支他们都不知道的歌：

她的脸颊就像绽开的玫瑰和百合，
　而她鲜红的嘴唇比花儿更甜美，
吻她吧，亲抚她吧，
　她的吻是那么美好，
让我们沉浸在愉快而温柔的休憩中。

接着又是一位，一个英格兰男人，唱得非常哀怨，是关于一个叫维利金斯的小伙子和一个叫迪娜的姑娘的，歌词的结尾是：

捧一杯冷酒放在地上，
…………
托利—哦利—哦雷利—嗨。

查伊大声说，他们可实在不想听这种东西，太让人伤感了；他说，他们最好别去唱克丽斯，别唱什么她的玫瑰花，嘴唇和双手吧，她把它们保护得很好，也知道该如何使用它们；来一支合时的歌怎么样？他唱了起来，歌词是够合时令的，因为尽管霜冻满地，雪又下起来了：

清早登高不是我的事，
　　清早就去登高，
这时山坡上白雪皑皑，
　　我明白这完全到了冬天！

接下来马奇太太唱起来，这可真出人意外，大伙儿嗤笑起来；可是她跟大多数人一样有一条好嗓子，甚至比有些人更强，她唱的是《埃莱的漂亮房子》，接着又唱了《老罗宾·格雷》，那只眼睛真使克丽斯几乎要哭起来，接着真的哭了起来，而且不光是她一个人哭，罗布的手提琴也拉得如泣如诉，它是那么悲哀，那么苦涩，尽管歌儿很长很长：

羊群在田野里，牛群待在家里，
它们休憩的地方已经消逝了，
我心中的悲伤从眼中滂沱而下，
这时我的丈夫却在我身旁呼呼大睡。

还有关于小杰米出海，据说淹死在一场可怕的大暴雨中的整个情况；他的情人跟老罗宾·格雷结了婚，这时杰米回来了，可却无法从老人那儿夺回他的姑娘，尽管她几乎心都要碎了：

我像一个幽灵般地行走，我不再跳舞，

我不敢思念杰米，因为那是个罪孽，
可我要尽力总是做个好妻子，
因为老罗宾·格雷对我是那么好。

老普蒂在一个角落里睡觉，这时他醒了，他非常想吟诵他的《胆怯的小动物》；可大家把他拉倒，吆喝着要新娘唱一支歌。这时她想到的只是那个来自南方农村的女人晚上在她的好男人身旁哭泣，世界都熟睡了，漆黑一片；她轻声把这支歌告诉了罗布，于是他拉起了小提琴，她唱了起来，她面对着他们，是那么年轻而诚挚，她看见尤旺严肃而骄傲地看着她，她唱的是《森林中的花儿》：

我听见我们挤羊奶时轻柔的歌声，
拂晓前姑娘们在轻声吟唱；
可现在她们在绿茵茵的奶场上伤心地呻吟，
森林中的花儿已凋谢。

命令是那么令人木然悲伤，让可怜的小伙子去戍守边疆！
这一回英格兰人靠诡计赢了，
森林中的花儿永远战斗在最前线，
我们美丽的土地变成了一片枯土。

她一唱完，查伊就跳了起来，他说，该死的，如果我们再听这种令人厌烦的歌，我们可就都要有种种古怪的念头了！难道没谁能来支欢乐的歌？谷仓里的人都嘲笑他，直摇头，克丽斯突然觉得苏格兰歌曲中的那种悲哀真是奇怪，全是灰暗的秋天的傍晚天空和大地的悲哀，这片土地上的男人女人为他们的生活和生命在岁月中消逝而痛哭，晚上和黎明，记起了在羊栏边的这一切而哭泣。已成过眼云烟的喜悦和仁慈，活着的和被遗忘的，以及苏格兰的浓雾、大雨和大海的怒号，所有这一切构成了这些歌——查伊又大声说，好了，那就再跳一支舞吧，差不多十一点三刻了，我们马上就得像一群午夜的小伙子一样散去啦！

这一来大家都想起了午夜意味着什么，查伊和罗布重又操起了风琴和小提琴，弹起了一支八人苏格兰舞曲，每个人都一把拉住了一个舞伴，不管她是谁；麦克艾弗拉住了克丽斯，他和她跳起舞来似乎想把她挤扁，这个大个子红色高地人跳得那么轻盈，就像一颗蓟的种子；一支舞刚跳罢，罗布和查伊又奏起了另一支舞曲，他们发疯似的弹奏，火光伴随着一对对不停地旋转的跳舞者而闪烁跳跃；音乐通过大雪纷扬的夜色传开去；接着查伊取出他的漂亮的银怀表，把它搁在一边，又不停地奏下去。

突然新年到了，舞蹈一下停住，人们纷纷握手，拥上来跟克丽斯和尤旺握手；长脚罗布一下子拉起了甜蜜欢快的《令人怀念的往日》，大家手拉手站成一圈，一起唱了起来，克丽斯想起了远在大海那边的阿根廷的威尔，那儿正是炎热的夜晚。唱完歌，大伙儿都觉得十分疲累，有人开始弄熄谷仓里的火堆，足有半小时之久人们忙乱着穿上各自的上衣，从牛栏的空棚栏里牵出了瑟瑟发抖的马驹，然后又过来同克丽斯和尤旺握手道别，克丽斯的手臂都开始发痛了，接着他们听到最后一辆马车上了布拉威里大路，车轮滚过厚毯般的白雪发出了低沉的辘辘声，经过这么长一段时间的灯火通明、声音喧嚣的欢闹之后，这儿一下子变得格外静谧。梅隆太太来到厨房门口，哈欠连天，大张的嘴足可吞下一匹马，她悄声对克丽斯说，我去睡你的房间了，别忘了，又对他俩大声说，晚安，祝你们俩睡个好觉！说完就上楼去了，楼下就剩下他们两人。

即使到了这时，尤旺看上去仍然毫无倦意，他像只娴静的大猫蹑手蹑脚地关上了所有的门，这时克丽斯温柔地叫他道，嗳，靠着我坐下！于是他走到她坐着的椅子边，把她抱起来，他可真有劲，然后他自己坐下来，仍然抱紧她:好长一段时间，他们盯着那堆火，随后克丽斯的头垂下来了，她不知道自己已经睡着了，等她醒来发现尤旺正在摇她，克丽斯，克丽斯，你太累了，上床去吧。火已熄了，灯里的煤油已烧得差不多了，火苗跳闪着，就在尤旺对它俯下身去吹时，灯噗地一声熄灭了！他们摸黑上了楼，经过一直是克丽斯住的房间，今晚梅隆太太睡在那儿，明天她就要回斯通哈文去了。

克丽斯握着她男人的手走上了楼梯，这时她脑中闪现出一个人来，他有一对可怕的眼睛，戳起的胡须，躺在他们正去的那个房间里，躺在那儿，嘟哝着，咒骂着她。可她驱走了这片回忆，决不会再发生这种令人一想起就悲伤和木然的往事了，她太疲倦了。她的手放在门上时，尤旺在黑暗里亲吻她，他的吻是那么甜美又那么狂野，她根本没料到他竟会这样吻她，他似乎并不是作为一个男人在这种时辰和场合极其需要她，却好像是他想起了他曾听到她唱的那支歌。她仰起脸让他吻，忘却了疲累，她突然非常清醒，好像从来没有这么清醒过，头脑和身体里的睡意全消，寒意，也随着睡意一起消失。尤旺拉住她的手，同时打开了房门。

炉中火光熊熊，原先他们还以为这儿准是又黑又冷，可梅隆太太已经想到了。新床就在那儿，床从墙那儿拖了出来，一片雪白，床单和毯子翻过来了，窗帘也拉拢了。这时他们站在那儿，由于上楼梯而微微喘息着，克丽斯听到雪花打在窗子上的声音，就好像是柔软的手指悄悄地在窗上写字。

随后她又把这忘了，站在火炉旁一件一件地脱去了她的蓝衣服。她发觉这么慢慢地脱衣服很愉快，最后，她和尤旺吹熄灯一起躺下，尤旺吻着她，没什么能阻拦他的吻了，火炉的光焰照在墙上和天花板上。后来她向他转过身去，温柔地悄声对他说，我们真傻，这么一点东西不盖会着凉的！她看见他的脸就在近旁，是那么严肃而奇怪，不过一点不觉得陌生。他把左手放在她的颈下，让她贴近他，他们完全交融为一体；天大亮了她才醒了，一点不觉得冷，他仍然拥着她，于是她又听到了那只冬天的手在窗上写字，她很愉快地听了一会，真愉快，随后又睡着了，一直睡到梅隆太太早上送来了两大杯茶，把尤旺和她唤醒。

这就是她的婚礼，结婚并不像从梦中醒来，却更像进入一个梦中，她吃不太准，好几天她都吃不准，他们梦幻的是什么，又做了些什么梦——她和这个布拉威里的农夫，他会在早晨刺耳的闹钟声中惊醒，从床上爬起来，这只大猫，然后下楼生起火，放上水壶。她从不起得比他晚很多，她甚至很喜欢凛冽的早晨的刺骨寒冷，真是一个奇冷的冬天，这幢老房子的每条裂缝，每个榫头中吹进了股股冷风，穿过了各个房间。她下楼取出麦粥熬上后，就打发尤旺去牛栏马厩，她煮的可是只有布拉威里才有的粥，是那么厚稠，尤旺特别爱吃。她让粥在火上噗噗地滚，然后从牛奶房里取来奶桶，打开厨房通院子的那扇门，凛冽的寒风让人气都喘不过来，她在清晨的曙光中看到了一个灰蒙蒙的世界，牧草地的残茬在院子里飞滚，透过麦草堆隐约可见牛栏、马厩和谷仓中透出的灯笼的光线，那是尤旺在喂牲口，出粪，照料着牛儿马儿。

牛栏里由于牛群呼出的气而让人觉得非常闷滞，当她进去时，它们已经吃罢了萝卜，尤旺在她身后挥动着一大把麦秸，把牛群赶上前来，等她坐下来挤奶时，他会往她的颈脖里搔痒，她叫起来：你的手冷得要死！他就说，算了，婆娘，你还没睡醒。天已经大亮了！然后吹着口哨出了牛栏朝马厩走去，克莱德和贝斯正在那儿跺着蹄子，吃够了玉米后在那儿嬉耍，它们一点都不想干活。大部分早晨都是她自己把牛奶拎回去，再做早饭，不过有时尤旺会跑来帮她，他俩是多么年轻又多么傻乎乎的，两人一起做早饭，紧挨着坐在一起吃早餐，别人看到这种情况准会嘲笑他们的。

吃罢早饭，尤旺会点上烟斗，坐在那儿吸起烟来，她吃得要慢得多；随后他说他得去喂鸡了，她要他别胡说，这事她自己会去干的，这时他会很不高兴地表示不同意，直到她吻吻他，才让他冷静下来。他哈哈一笑，站起身，取下约翰·格思里的枪，跑去沼地，直到十一点才回来，有时他带回满满一袋猎物，克丽斯就把吃不完的野兔卖给逢星期二来的杂货商。

这种天气在布拉威里没什么事可干。尤旺把他们曾在那儿跳舞的谷仓整理干净，打那晚上以来似乎已经过了好多年了，他准备好犁、短袜和犁头，等天气一放晴就可使用。这时他发现那儿大柜子里的玉米粒有点在变坏；这是他打结婚以来第一次外出，克丽斯看着他出去，他坐在带箱子的马车前面，克莱德拉辕，马车装满了玉米，驶往磨坊，到了布拉威里山坡脚下，尤旺转过身来朝她挥挥手。整个下午他都没回来，她焦躁不安地从一个房间走到另一个房间，唉，她真是个傻瓜，他又不会出什么事的！他终于回来了，她朝他奔去，她看到，他在路上的那副样子显得十分担心，以为她病了，等她大声说她一直惦记着他时，他的脸色才由白转红，又显出那副孩子的模样，他忘记卸下克莱德的辕，就让它呆在冷峭的天气里，只顾先去吻克丽斯。说真的！他们俩又不是孩子，本不该这么狂热。

然而，那天晚上有一个念头潜入她的内心，在第二天早晨以及随后的日子里这个念头经常出现，尤旺去了磨坊，不管怎么说，这一来结束了他们那种把自己紧紧地同金拉第和整个世界愚蠢地隔绝开来的状况，只有他们两人，一切快乐由他们两人分享，尤旺渴求着她的热吻，白天晚上他都吻她，这几乎就是她的生活。现在，金拉第重又闯入他们的生活，她重又恢复了她所具有的某种冷静的自信，冬天一点点过去了，二月中旬的时光带来了太阳，五月的好天气也快要来了。

每天早晨，克丽斯都从她的窗户里望出去，她看见房子底下土地上的氤氲气霭，似乎金拉第田野上的泥土团团转悠着进入了太阳这座大熔炉的肚子里，田地在干枯。蜿蜒起伏的山峦在蒸腾起浓稠的雾气，迎接着每一个日出，透过低声细语，日渐苏醒的烟雾缭绕的早晨，传来了托德湾低沉的雾角声，这声音就像一头病得厉害的公牛发出的可怕的低吼，雾角声不断，直到雾气散去还在响着，在炫目的当头日光下，它时起时伏，就好像从大海那儿盘旋着飞来了大群大群的海鸥。他们知道金拉第的土地里发生了什么，克丽斯在忙着日常活儿时听到他们的呼喊声，她望过去，看见尤旺和马匹在牧草地里，他耕出了第一犁；他身子躬在犁辕上，一只脚踩在垄沟里，一只脚踩在垄上，那只崭新的犁头粗糙而又尖利，翻起了深红色的黏土。泥土像一条缎带那样翻转，卷起来又翻倒；大群的海鸥声音尖利地哇哇叫着，追随着尤旺的脚步在垄沟上啄食。

整个金拉第，一对对的马儿都出来了，尽管看来尤旺的马出来得最早，人们吃不准天气究竟如何而有点举棋不定，他们说，他们还有其他的事情要做，他们才不想象年轻的布拉威里人那样炫耀一番。可是等到日头升起，到了九点钟，克丽斯在篮子里放进一只茶壶，又贴着茶壶放进涂满黄油和果酱的甜烙饼，然后提着篮子上正在垄沟那儿翘首期盼的尤旺那儿去。很远处，山下的查伊·斯特罗恩跟在他那对马的后面，躬身俯在他的犁辕上，上山的那大片迤逦直达落叶松林的田苑里也有两对马，那是古第斯东的芒罗的马，人和马的头和背恰好刚从树林和山坡的边缘上露出来，可你猜得到那是他和他的马。

春天来了，田野里一片歌声和潺潺流水声，你倾听着，听到这些声音，这就好像是在倾听着大地刚在苏醒过来，这儿那儿水渠里的溪水解冻了，潺湲流动；牲口因春天到来而撒泼寻欢，为怕它们腿脚闪失，你将它们驱赶出去，它们却傻乎乎地高兴得一蹦老高，它们奔腾，跳跃，一溜烟跑去，克丽斯担心这些牛会折断腿。她想把它们赶到去年的草场去，但是公牛们走散了，沿着大路跑去，看到这情景，尤旺停下犁，把它们赶过园地，他一边奔赶一边恶狠狠地咒骂着；说真的！要不是路那头邮递员正好撞见它们，把它们赶回路这头的话，它们可能还在四处奔跑呢。

克丽斯已经知道在明媚的天气来临之际，要做的事真是千头万绪，房子四处坏得厉害，十分难看，毫无生气，中午尤旺卸犁回来，很费劲地穿过高高地堆着某个房间的家具的厨房，克丽斯看见自己那双颀长的手由于擦洗酸性的老墙而变得又粗又红。尤旺说她真傻，这地方不是挺好的么，她还想怎么样？她说，弄得干净些。或许他喜欢脏，可她却不；他笑着说，唔，或许我是这样，其实我只喜欢让你样样都好！说着搂住她的肩膀，于是他们就站在堆放得杂乱无章的厨房中间接吻——克丽斯说他们这副样子太过分了，他们可能都有点不正常。

到了三月，天变了，瓢泼大雨下起来，如果奔过院子，简直看不清眼前一巴掌远的地方。尤旺坐在谷仓里，不是筛玉米就是绕绳子，要不就抽着烟，对着大雨破口大骂。第二天，查伊·斯特罗恩全身裹着雨布上来聊天了；他跟尤旺一起坐在谷仓里，说起他在阿拉斯加也看到过这么大的雨，融雪时山也移动了。尤旺却说即使阿拉斯加会在一个早上钻到海底去也不关他屁事，他只关心什么时候布拉威里会晴？接着芒罗也来了，随后又是桥头的马奇，他们手头都没什么事可干，只是干瞅着雨，摇晃着脑袋，咒骂说这下他们可全完了。

天终于晴了，足足下了两星期的雨终于停了；那天早上他们醒来，发现天晴了，尤旺打卧室窗口朝田里望了一眼，马上又躺回到床上。该死的布拉威里，一切都完了，今天休息一天吧，克丽斯姑娘。她说，我可不能休息，我要打扫阁楼。尤旺一下发起脾气来，她以前可从来没见他这么发火过，这会儿这个高地人真像个陌生人，像一只猫一样狂叫乱咬。你要把你的时光都花在打扫这些该死的房间上吗？还不等活到二十岁，你就会变得又老又瘪，成了第二个芒罗太太。今天我们休息。

她暗自窃喜，又躺下来，双手搁在脑后，慵懒地躺着，瞧着他，想着他跟那个和她一起到邓诺塔去的小伙子是多么不一样，这会儿她多么了解他，了解他的思想方式，他的爱好，他的好心，轻易不发火，而一旦受到严重的冒犯，他又是如何大光其火！他跟他们结婚以前那些日子她所想象、需要的他是既像又不像。除了他们在一起亲热的时候，尤旺只要看一眼或触碰她一下，自然会脸红耳赤；想到这儿，她就碰了他一下来证实这点，果然他脸红了！他说，放开！你真是个不害羞的不正经女人，要知道，你还不到十九岁。来吧，让我们起床吧，出去逛逛。

于是他们匆匆把早晨的活儿干完，九点钟光景他们已经到了皮西纳普，借了查伊的小马车，查伊一口答应帮他们挤奶，照看布拉威里的牛群。他们驱车走了，朝左一拐通过了金拉第，走上了劳楞西柯克的大路，阳光灿烂，田凫在啼叫，沙锥鸟站在他们经过的一个海湾里，在小驹颠儿颠儿地朝南跑去时，他们见到靠近贝维的北海海水波光粼粼。随着地形逐步升高，你可以看见下面的田苑倾斜着延伸到德鲁姆利希的村庄和尖塔顶那儿，再过去就是巴拉斯山丘了，雷斯克谷地四周全是落叶松林，它的西面就是阿巴思诺特，荒草地和斜坡杂乱地分布着，这时他们前面的地平线上福东迎面而来，很快地他们穿过了它。尤旺说如果他住在福东，他就会把脖子搁在铁路上，任凭苏格兰人飞行快车碾过去，如果让他住在一个像座谷仓，一座给一个只有拇指和两只斜眼的人涂抹过的谷仓这么个地方，他可真会腻闷死的。

可克丽斯喜欢这小地方，以前她从未到过这儿，四周都是富裕的大农庄，乌油油的沃土，跟荒瘠的布拉威里的黏土全然不同。尤旺说，让这儿的人跟他们的好地见鬼去吧，他们不是农民，他们只是懒惰的无赖，只是坐在那儿从他们的雇工身上榨取钱财。他还说他宁可住到一个小镇，系上一条该死的围裙，也比在这种农庄干活好。接下来他们驶近了劳楞西柯克，这一天的天气真是再好也没有了，劳楞西柯克的上午十分喧闹，显得十分气派，有牲口市场和印刷公司，印刷出版《金卡迪纳观察者》周刊，人们简称它《告密者》。劳楞西柯克对斯通哈文总是十分仇视，有人说它应当成为国家的首府，可另一些人说老天帮助了托付给它的首都；还会念出打油诗人托马斯所作的一首小诗，从前罗马如何——

变成一个伟大的帝国的城市，
正如人家告诉我们的，那首先是人民，
依靠海盗、强盗、小偷，还有土匪；
塔玛斯说，“然后劳楞西柯克和罗马平起平坐的
这一天就会到来。”

劳楞西柯克人一听到这诗，就会开怀大笑，他们可不会像德鲁姆利希人，在别人嘲笑他们的尖塔时，会哇哇大叫，也不会像斯通哈文人那样，每当人家议论那儿的落拓浪子时，会故作斯文地苦笑。尤旺说这是个挺不错的城镇，他喜欢劳楞西柯克，他们该停下车，在这儿好好吃顿饭。

他们就这么办了，吃别人烹饪的东西可真不赖。吃完后他们看看天色，时间过得真快，于是他们打算驱车前往埃德兹尔堡——那儿除了石堆的轰轰声响外，没什么可看的，尤旺说，不过，毫无疑问，你肯定会喜欢它们的。

他们就去了，已是下午时光，一片金黄色和碧绿色。他们打德鲁姆托契蒂山下经过，尤旺说到了夏天，这儿石南的紫色

要比苏格兰任何山上的石南都来得更深；可当他们驱车经过时，乌黑的石南毫无生气就像一大片乌云掠地而过。除了他们，石堡里没一个人，他们在残墟里攀上爬下，不断踩碎小石块，墙的拐角处都是黝黑的小房间，很久以前的弓箭手就隐蔽在这里面。尤旺说这些弓箭手一准是一帮不合群的家伙，竟住在这种地方；克丽斯笑起来，古怪而又抱歉地瞧着他，隐隐记起了过去她看过的书上所描写的情景。

她很高兴自己又来到了阳光下面，尽管北面来的乌云正在追逐着太阳，尤旺说，他们不能再浪费时间了。在城堡的园子里，他们悠闲地从一堵墙荡到另一堵墙，看着挂在那儿的正在风化的图画，有园林，玫瑰花，圈圈和圆卡尺，还有无数的传令官的野兽，尤旺说他很高兴，这些野兽都给杀死了。克丽斯没有嘲笑他，她完全知道这种野兽是从来没有的，不过那天她觉得很兴奋，甚至到了外面，看见挺立在阳光下的长长的青草时，她依然感到冷飕飕的，他们去过的这个死气沉沉的庭园里的那些一动不动的石雕野兽真会引起令人反胃的联想。

那些像他们那样年轻、欢快、又有钱又勇敢的人们，曾经在这儿散步，闲聊，取乐，他们的嬉乐已结束，他们也已消逝，他们无名无姓也没可作记忆的东西，即使在冥国之中，他们可能也被忘却了，因为或许死去的又死过一次，重复不断地死去。于是她一副傻样，要把这种古怪的想法告诉尤旺，他却瞪着她，从额上拉下帽子，一副困惑的样子，说了声嗳，心不在焉的；他根本不明白她唠叨些什么。她又笑起来，一扭身离开了他，对自己和自己的这种傻气感到十分恼火；然而她再次感到他俩无法对每一件事都有一致的理解。

一天没下的雨终于又下起来了，是在他们已经要到达劳榜西柯克时追上他们的，他们瞧见那阵暴雨哗哗地越过田野过来了，小马驹低下头迎着这场暴雨，平稳地小跑着，一刹那天就黑了下来，尤旺发现查伊的小马车里一盏灯也没有。他咒骂起查伊来，然后闷头赶车，在他们走在福东的那条长长的无遮无拦的路上时，风开始刮起来了，几乎吹得小马都站不稳了；黑暗中他们听见了托德湾灯塔上雾角的呜呜声。等他们驱车拐进皮西纳普的院子时，他们都成了一对水耗子了，查伊大声招呼他们进去烘干身子，可他们没进去，而是一路跑回布拉威里，湿透了的树木在风中咔咔作响，他们终于到了家门口。

这可是春天的最后一个下雨天了，对克丽斯来说，一星期又一星期，日子就像从行驶在夏日的火车车窗里瞥见的电线杆一样飞快地一掠而过——灯光，阴影和堆了肥的树木，灯光，阴影接着是火车的呜呜声，生活本身就像火车那样，把春天一下子抛在了后面，尤旺把玉米地全都翻耕好，一个人又播下了种，几乎跟那些大庄园一样早；只有在去年收割过的地里，才由克丽斯把玉米种送给他。

她很喜欢这种生活，这跟父亲一起干活时不一样，那时是一种累断筋骨、令人厌倦的劳作；尤旺生气勃勃，欢欣鼓舞，眼中又射出那种闷火，在克丽斯看来，它们在清晰而缓慢地放射出光彩，眼下他已有了自己的家和妻子。接着就该耙田了，克丽斯赶着耙田机，而他把肥料运到萝卜田里，她很高兴自己不必干那种活，却能愉快地跟在马儿后边一步步地走着，身穿折裥短裙，一手拿着一根鞭子，一手拿着缰绳；马儿啪哒啪哒地稳步走着，它们都很熟悉她，她用面包和果酱把它们全惯坏了，因此轮到尤旺自己来驱赶它们时，他就会恼火地大叫，把你的头从我的口袋里伸开，克莱德！你呼—呼—呼地嗅你个鬼啊？

干完后他就上斯通哈文去买回了一架新的播种机，播下了萝卜种；到晚上他干完了，卸了马，回家来吃晚饭，他一再呼喊，可就是看不到克丽斯的人影。她听到他在叫，可不去作答，她正躺在院子里的山毛榉树下，这些山毛榉绿油油的真漂亮，树上春天长出的新叶沙沙作响，在她的头上一刻不停地喁喁低语，她把头埋在草丛中，就这么躺在那儿遐想。一只小虫从她手上爬过，她很恨小虫，不过至少这次它没有打扰她，没什么能使她分心，她那么稳稳地一动不动地躺着，就因为她身上发生的这种变化。

她既不觉得高兴，也不觉得悲伤，只觉得十分茫然，似乎她正跟尤旺在田野里欢奔，一下撞在一块大石头上，身体，两只脚和手臂都撞上了，她浑身擦伤，昏沉沉地躺倒了，这种在甜美的空气中的奔跑和尽兴的大叫仍然在她耳边回响，尤旺仍然无拘无束地奔跑着，一点不知道或注意到她发生了什么。那些相亲相爱的度假般的日子，那么傻气的亲吻——对他来说似乎还在过着那种日子，可对她来说再不是过去那种日子了，梦幻已经结束，日子就这样过去了，虽然仍旧爬山观日落，可她的心或许再也不会这般提上劲了，她渴望着明天，渴望着仍属于她一个人的夜晚。可夜晚再也不属于她了，她的身躯里已经播下了她和尤旺的那场欢乐的种子，它就在她心脏底下的黝黑和温暖中萌芽，生长。克丽斯·格思里从山毛榉树底下爬了出来，可克丽斯·塔文达尔仍躺在那儿，她听到克丽斯·格思里漫步走进了下午的那种期待的宁馨之中，她永远离开了布拉威里。

不过她没有告诉尤旺，当晚没告诉，接下来那一周里也没吭声，随后的数周里也不响，只是以一种神秘而关切的眼光看着自己的身子，忽闪着眼睛看着这件事发生后的标志和印记。她看见自己的乳头已经变得坚挺，然后重又变得柔软，尤旺吻过这对乳房，把它当成上帝创造的奇迹，这是一个姑娘的乳房，但又不再是姑娘的了，它在一种确定的周期性里，并伴随着这种周期的每一个标记的影响和程度而慢慢地改变着，脐眼以下的腹部在一点点变圆，膨胀起来，她照着镜子，看见自己的眼睛也变了，颜色更深了，也更古怪了，眼睛出现了缕缕血丝，闪发出红光。

夜晚，当谷仓旁边的小猫头鹰安静下来时，四下阒无声动，她心底下有什么东西又一次在动弹，蠕动着，好像一个睡着的人在梦中迟缓地蹬踢着；她喘息着叫出声来，接着又不出声地躺着，不去惊醒尤旺，因为她将自己这片未开垦的处女地交付给他，而这就是她的垄沟，得由她自己来照料和收获，就同当年她呆在她母亲的身子里一样。她想到这些，便觉得她模模糊糊地想到以前的事情是多么古怪，对一个姑娘来说，想到这种事情——想到她母亲曾怀着她，就像把一颗种子隐藏在她的肉体深处，让它躁动，结果——这真是难为情，不正派，没教养。

这时她完全醒过来了，躺在那儿思忖着，尤旺仍在她身旁酣睡，她把身子从他身边挪开，想着母亲，觉得似乎根本不是她的母亲，而只是吉英·默多克，只是另一个在晚上面临着这可怕的茫然的女人。她们都在漫漫长夜里毫无睡意地守候着这爱情的结晶，而那位播种者却全然无知地酣睡着，她们是伫立在宁静的黑夜里的植物，寂然不动，而那蜜蜂已嗡嗡叫着离去，回了家，昏昏欲睡地守候着宝藏，准备着他明天又一次的采集。

事情就是如此，那是你无法摧毁的城墙和监狱，毫无办法——没办法，尽管你的心在茫然中怦动起来，突然你不再那么麻木了，可你仍然无法入睡……不过现在这是由于不时有一阵声音在你心里无声地喋喋不休，你的嘴唇惊愕得说不出话来，那是数小时在山坡上，在湖边闲逛时的喋喋不休，是关于皇皇巨著和安然睡眠的唠叨——一个在牢墙外管自呐喊前进的世界在喋喋不休，布拉威里宅院门外仍然有着这种喋喋不休所表达不出的可爱，夜幕中那呼喊已经消失，这种呼喊成为过去和结束了的东西的叫声，被这个世界的幽灵所嘲笑。

然后一切寂然逝去，窗边已出现曙光，她翻了个身又睡着了，精疲力竭地睡着了，等到起床时脸色苍白，拖着迟缓的步子好不容易来到厨房，尤旺急匆匆地跑进来，那天早晨他可真够忙的，第一批萝卜正在垄里伸出它们那薄薄的可爱的绿叶，他得出去看看。该死，克丽斯，你还没睡醒吗？他叫着，半开玩笑半恼火的样子，克丽斯一声不吭，到牛奶房去了，尤旺愣愣地看着，随后不安地迈着迟疑的步子跟在她后面，怎么了，出什么事了。

克丽斯转过身对着他，突然明白她恨他，恨他站在那儿，脸色健康焕发，目光清澈——每天他在他所热爱并日夜牵挂的田苑里，还想着狩猎，把马儿刷洗干净，想到晚上她会温暖他，白天为他准备饭菜，想到这些，他的目光就变得越来越清澈。你脸色怎么这么红？他问，她终于开口了，语气镇静，话儿简洁，看在老天分上，别烦我。你非得老是像个老太婆一样，不管我走到哪都要跟在我屁股后面不可吗？

他像匹背上挨了一鞭的马那样愣缩了一下，眼中怒火一闪，猛一转身离开了她。今天早上你神经搭错了，说着就走了出去。这时她顿觉很抱歉，想唤住他，还想扔下奶桶去追他，可这时他走到院子中央大声叫起来，叫声一下使她打消了这个念头，我可真想在天黑前吃早饭。

她真好像就是干枯的荆豆花，而他的话就像一把火点着了它，她跑到院子里追上他，抓住他的肩膀，一把把他扯转身，他惊讶得几乎摔倒。你就这么跟我讲话？她大声说，难道你认为我是你的仆人吗？你才是我的仆人，记住这一点，你靠我的肉我的奶过活，你这高地穷鬼！……她知道她还说了些别的，可根本记不清说了些什么.她发了一通莫名的火，尤旺一把抓住她的肩，摇撼着她说，你这该死的婊子，竟对我说这种话？对我？……他就像头野兽一样狂怒，接着他似乎一下垮了下来，松开她，呀，你病了，你该到床上躺着去！

他撇下她一人呆在院子里，大步走到谷仓去了，她傻愣愣地站着，眼睛让恼怒和后悔的眼泪蒙住了。等她回到厨房拿着提桶出来时，尤旺已大步走过田野，肩上扛着锄头，很清楚，他不吃早饭就到田里去了。她匆匆挤完奶，心中火气全消了；匆匆做好了早饭，因为他肯定很快就会回来的。

她倒是这么打算的，可尤旺没回来。煮着的粥变得又厚又糊了，抬高的百叶窗外，空气沉闷，有点邪红，热气就像山洪一样从山那儿倾压过来；茶也凉了，她自己也饿极了，几乎绝望地等着，坐立不安，从火旁走到门口，从门口走到桌边；然后她一眼看到了放哨子的食具橱，那是父亲患风瘫躺在床上时放在那儿的，她一把拿出哨子，一下子跑过院子，来到玉米堆后面。

她用手遮住眼睛，看见尤旺就在萝卜地里，一起一落又稳又快地挥动锄头，好一个金拉第最好的锄地能手。她用劲吹起哨子，哨声在早晨听来分外清晰，半个金拉第一定都听到了这哨声，可他毫无反应。她有点绝望了，不再吹哨，而是对他尖声叫起来，尤旺，尤旺！她叫第一声时，他抬起头，放下了锄头——他完全听清了她的哨声，这个倔鬼！她又尖叫一声，他这才跑过田苑朝院子跑来；在他离开不到十码远，她喊了第三声，嗓子火辣辣的，可她显得很镇静，尽管心中怒火仍在翻滚，可她已经冷静了不少。

尤旺说，天哪，克丽斯，你真是完全变傻了吗？你干吗要这么尖叫，你想干什么？他高出她那么一大截，又惊又怒，直到这时她才明白，她是用足了全身力气来作出回答，话儿从嘴中喷泻而出，她说了声干这个！用足全身力气抡臂掮了他一巴掌，她的手指恼人地响了一下，马上就麻了，尤旺脸上赫然印上了一大块红印，这一记响亮的耳光声在布拉威里的屋子里都引起了回声。

她看到也听到了这一下，只不过一会儿，他立时就像只猫一样扑到她身上，揍了她两下，打得她头晕眼花，她拼命想站稳，却没能站住，一下仰倒在草堆上，她一把抓住草堆，恐惧地看着尤旺，眼睛里透出一股疯狂的神色，他又举起拳头，起来，起来！他叫道，该死的，起来！她知道他还会再揍她，她爬起来，用手臂护住自己的脸，一边想咽下到了喉咙口的呜咽，可办不到。迷眩中，她看到他在她眼前晃动，可无法看清，她哭着说，别，别！然后一扭身，跌跌冲冲地跑出了院子，爬上山坡，来到了沼地边。她跑开时，尤旺喊了她两次，第二次叫时，她几乎就要停下来，克丽斯，克丽斯，回来！嗓音就跟她刚才的声音一样嘶哑。可她无法停住脚，就像一只刚挣脱陷阱的兔子。决不，决不，海湾，到海湾去！她一边跑，一边痛楚地哽咽着，那在粗玄岩上拔地而起的石碑平静地在窥视着她。

一刻钟，半小时，她到底昏昏沉沉地躺了多久？仍然是早晨，她浑身都给露水打湿了。她扭过头，半抬起身子，她听到了金雀花的飒飒声，重又躺下来。

那是尤旺到沼地边寻她来了，他停住脚，盯着海湾，在想她想到的事，他没看见她。她叹息了一声。她累极了，活像在湿润的地里干了一整天重活，不过尤旺会照料她的，尤旺会注意到的。

她抬高嗓门喊他，他过来了。

第四章　收　　获

看来从六年多以前那五月的一天，尤旺在火红的不吉利的天气里寻找她那时起，她就根本不可能离开这个地方了。她闭上眼，伸出一只手倚在那些巨大的竖立的石碑上，一阵凛冽的风正从山坡上刮来，纹路粗糙的石头摸上去冰冷。这时她想起了另一件事，她睁开眼四下顾盼；只见他站在那儿，他四平八稳地站着，瞅着她。她大声说，到这儿来，尤旺！他奔过来；她一把攫住他的手，又闭上眼睛，怀着一股狂热的怜悯之情祈求尤旺的手别再离开她的手。

那天，尤旺到这儿来找她时，脸色是那么苍白，冰冷，直到她终于叫唤他时，他的脸色才转过来，变得温柔，焕发光彩了，从那时至今已六年了，六年的春雨和播种，收获，冬天，然后又是春天。那时，在他搀护她下山时，她倚在他的手臂里，哭泣着，哭得又疲又累；他的火气全消了，拥着她走进院子，上了床，拍拍她的手说，好好躺着！然后一溜烟跑下山去。

她晓得他跑了，可那时她不太清楚他是到皮西纳普去了，她渐渐沉入睡乡，睡了好久，直到尤旺和另一个男人进了屋才醒来，那是贝维的麦尔德伦医生。他脱下了戴在颀长白皙的手上的手套，像只母鸡一样，用他那对斜视而锐利的眼睛审视着她。你干了些什么呀，克丽斯·格思里？

他并不等她回答就抓起她的手和手腕，听诊着，仍然像只母鸡一样头歪向一边，这时尤旺脸色忧郁地瞪着他。然后他说，唔，好，很好，再让我们检查一下，年轻的塔文达尔太太。

在他用那一头塞在耳朵里，一头放在她胸上的古怪的玩意儿听诊时，她闭起双眼。她没病，只是昏昏欲睡，她眯起眼从眼缝中看着尤旺，朝他微笑着。随后医生把他的听诊器往下移，这使她裸露的皮肤感到瘙痒，她知道他明白了，只见他直起身子说，请告诉我，你不知道这是怎么回事吗，克丽斯·塔文达尔？

她说，噢，知道。他说，可尤旺不知道吧？她摇摇头，于是他们两人哈哈大笑起来，尤旺站在那儿，瞅瞅这个，瞧瞧那个，乌黑的头发乱蓬蓬的，那天早晨她几乎要杀了他。于是麦尔德伦医生摇晃着他的胳臂说，你要当父亲了，布拉威里人，你觉得怎么样？去给我煮杯茶，克丽斯跟我还要好好谈谈——你不必待在这儿，她跟一个老人在一起不会出什么问题的，尽管她真是个美人儿。

他说这些就像要一壶牛奶一样平静，尤旺激动得张大口想说什么，可又说不出，但他脸上神采奕奕，扭身跑下楼。他们听见他在下面哼唱着，麦尔德伦老先生头侧向一边倾听着，他唱唱歌可真轻松，呃，克丽斯？不过等你的孩子降生人世后，那时你自己也会好好唱唱了。让我们看看一切是否正常。

一切都好。他检查完后把手搁在她肩上，摇了她一下。是个像头牛一样正常而健康的孩子，像一朵玫瑰一样美丽，克丽斯·格思里。不会有什么问题的，别担心。不过得当心身子，多吃蔬菜，怀孕期间仍需要和尤旺好好相处。那样对他对你都有好处。她点头称是，完全清楚这一切，他又摇了她一下就下楼到尤旺那儿去，啜起尤旺煮的茶来；可如果事后你嗅嗅那杯子，真怀疑那是不是茶。

尤旺知道，麦尔德伦也明白，她就像在做梦，梦见一股湍流，一阵风暴突然爆发，冲垮了她赖以躲身的一道堤坝，要遮天盖地淹没她似的。可什么也没发生，玉米生长，红嘴鸥啼鸣，迎来了夏天，每天早晨，她头发蓬松走出去，凝重的浓雾中，尤旺调理得齐齐整整的田里茂盛的玉米上滚动着露珠。什么都不用担心，有许多事要干，最要紧的是要告诉尤旺别担心，她不是个木偶，她就像头母牛一样安然无事，不过她祈求上帝保佑别让她的样子真像头母牛。尤旺说，你气色很好，比以前更漂亮，说得一本正经，他是真心的，她很高兴，独自一人时，她在一面长镜中打量着自己，看着在她的长衣下的肚子和髋部一点点变得圆滚滚的——她真幸运，一点没有某些可怜的女人在怀孕时出现的那种难看相，使她们看来丑极了。

她享受着自身的欢悦，她就跟以前一样，毫无差别，煮饭，烘烤，踩着清晨的曙光跑到田苑去叫尤旺，他会大叫，别跑！她也高声喊道，别胡说！跑到他身边蹲下身子，他正在长长的马铃薯垄里锄草，低矮茁壮的马铃薯枝繁叶茂，这样好的马铃薯丛肯定是个好收成。在他坐着吃饭时，她头枕着他的上衣，摊开手仰面躺在阳光下，休憩一会儿，听着尤旺唠扯庄稼和天气，这天气真是好得令人难以置信，后两个月一定很快会穿插出现一个坏天气的。

他说那是在六月底，整个嶙峋的豪乌山谷阴沉地注视着天空，那儿肯定孕育着什么名堂。因为夜里是需要有点雨的，可不要下得太多，只要不大不小地洒一下，而白天则要阳光灿烂，你不可能指望有比这更好的天气了；可自然的本性终究不会一直这样的。克丽斯梦呓似的说，可能一切会越变越好的。尤旺说，鬼才担心呢！他眼中的光芒逝去了，变得阴沉专注，庄稼和土地就是他的命根子，看看他的脸，她就知道他的心思，尽管她从他的眼神中发现他一心牵挂的就是庄稼和土地，可她既不妒忌，也不奇怪和担忧。这时在炫目的阳光里她合上双眼，四周扑来绿油油的马铃薯蔓丛那刺鼻浓郁却很好闻的气味。她打了一会儿盹，又在令人倦顿的阳光下醒来，尤旺已干了一会了，他没让锄头发出声响，怕吵醒她。

她打定主意要在她自己降生的房间里生下自己的孩子。于是她仔细清理打扫了房间，让它重新焕然一新，又取出床褥，把它们搭在院子里那叶子厚厚实实的山毛榉树丛上吹晒，你简直瞧不清令人目眩的孔雀石般的苍穹；就在她这么看着时，开磨坊的长脚罗布来了，他想跟尤旺清了账目，看到克丽斯，他就倚在樊篱上，没有戴帽子，还是那么长，蓄着浓密的胡须，铁青色的眼睛。

他捡起一根忍冬树枝，放进嘴里嚼着。在给儿子做准备吗，呃，克丽斯？你什么时候生啊？她说，我想在九月底十月初吧。罗布摇摇头，尽管这不是个生孩子的好时候，可她自己对此毫不担心。他倚在那儿想起了什么，笑了起来，随后他把这事告诉了克丽斯，那是关于他母亲的，她是一个住在雷斯克的小佃农的老婆。十六年中她生了十二个孩子，死了九个，罗布是最大的也是仅剩的一个男孩，他看见了他最小的弟弟是怎么生下来的。相信吗？我帮了忙，想得到么，克丽斯姑娘！想到那种情景，她不由得打了个寒颤，罗布又说，真蠢，竟讲起这些来。不过你会一切顺利的，是吗，克丽斯？

很有可能，罗布在回家后讲起了布拉威里发生的事儿；很快金拉第对一切了解得比克丽斯本人都多。没别的，就是出于一种坏风气，人们开始在静寂的晚上跑来串门，他们同尤旺争执起来，一边打眼角边斜睨着克丽斯，等回到家里，他们就说一切全是真的，嗳，很快就要有一个布拉威里式的家庭了，克丽斯准保走第一个女人那样的老路了。不过有些人知道得更清楚，那是马奇和芒罗，传开了一种说法，说她在结婚前就怀孕了，尤旺是在那姑娘威胁说要诉诸法律时才同她结婚的。金拉第喊喊喳喳地传布开了，这种事讲起来真是有滋有味的，这种传言七拐八转地又传到了布拉威里，克丽斯根本不知道她是怎么听说的。可她知道了，尤旺也听说了，他咒骂着说要出去朝马奇和芒罗的屁股踹上一脚，让他们想坐也坐不下来。狂怒之下他就要出去，可克丽斯拽住他，那样做才傻呢，人们更会把这种谰言当成真的；如果他们觉得这么想使他们更愉快，那就让他们想去吧！

看来克丽斯在布拉威里农庄的活动范围开始变得越来越小了，她怀着的那条小生命现在不时躁动着，早先只在她心口底下慢慢动弹，而现在会突然一抽，不时还来上一蹬，因此她只能闭上眼，坐在那儿喘气，在这屋子里，那日子离她慢慢地越来越近了，晚上她做梦梦见的是在阿根廷的威尔，她从布拉威里的房子望去，阿伯丁郡离这儿很远很远，白天或晚上，方圆的群山和树林之外除了阴影几乎没什么东西活动。她脑子里不断出现遐想，又逝去.这些遐想全是很傻的，又紧张又奇怪，她无法使自己不去想，它们总是管自出现又消逝。

有一天晚上，她无法再去调理牛了，尤旺只得自己去挤奶，他弄得手足无措，可她帮不了忙，尽管等到第二天早上，她又嘲笑自己，挤挤奶又有什么可担心的呢？那天，查伊·斯特罗恩的羊给赶到棚子里去阉割，那叫声真弄得她发疯，小羊尖细的咩咩声无休无止，像阵阵悲吟，人们口衔烟斗，挥动刀子，阳光下血水流淌。咩咩声使她眼前显现出了这一切情景，最后她躲到牛奶场去，只有那儿能隔绝那些声响。

可又出现了另一种担忧，这种担忧持续得更长，那就是害怕一切声音都消失，害怕夜里，几乎一点声音都没有；尤旺枕着自己的胳臂睡着了，有时他就是这副睡相，悄没声儿，倒让她以为他死了，她就把他摇醒，他睡意困顿地问，怎么啦？我把毯子都拉过来了吗？她说，是的，羞于让他知道自己的恐惧。

所以在大白天里她觉得很开心，院子里传来母鸡的尖叫声和扒挠声，割草机的响声，那是尤旺赶着马拉割草机在割牧草，还有讨厌的苍蝇叮得牛哞哞直叫，克莱德对一匹走过的牡马嘶鸣。只有在夜里，如果她醒着，四下阒无声动，那才令人害怕；不过即使在最寂静的夜晚，只要她拼命去听，也会听到窗边山毛榉树叶在喁喁低语，这声音使她心定，令她欣慰，也不知什么原因，她总觉得在树枝里勃勃流动的树液似乎就是孕育在她腹中的新生命的血液，她要同外面黑暗中的低喁声共享几个月后即将来临的那一天。

唉，这段时间真太长了！她这时真希望她和尤旺就像马奇说的那样没得到神赐就结合了，那么这时候这个孩子就该出生了，可他并没有降生，还得等到收获，垛起谷堆，把谷堆收进来。可它仍然躺在她身体里那个温暖的藏身之地，和她一起看着秋天玉米生长成熟，一片黄灿灿的，这年收获季节的月亮来得那么早，他们上床时，看见金黄的月儿斜斜地挂在天际，使人感到那是静谧的天空下的另一片土地，另一个世界。

八月中旬的一天晚上，他们正坐着吃饭，门砰然而开，查伊·斯特罗恩闯了进来，手里拿着一张报纸，极其激动，克丽斯听着，但又没听见，一场战争爆发了，英国同德国开战了。不过克丽斯根本没把它放在心上，尤旺也同样，他只担心天气可能会损坏他的场园；于是查伊拿着报纸走了；打那以后，尽管克丽斯有时想起这事，但她对这场战争毫不关心，总有那么些该死的蠢货，为了这为了那而去打仗，就像尤旺说的；天哪！他们可以打得一塌糊涂，可他只关心那片牧草会不会长得更快些，那牧草几乎该割了，可茎秆还是那么短，真让人心焦。

蒙蒙夜色中他走出去，径自走到牧草地，在那儿跌跌冲冲地走着，从一垄走到另一垄，似乎在哄着牧草茎在晚上快快生长，好让他在早晨高兴高兴。克丽斯想的是一个孩子在玩玩具，见她看着他时便笑起来；随后那个时辰到了，她平静地看着尤旺——一个母亲忙着他的孩子，就跟玉米是他的孩子而这是他和她的种子一样，种子萌发，成熟直到收获。

玉米先收获，尤旺驾着他新置的漂亮的割捆机，克莱德和贝斯拉着辕，顺着垄沟来回走着；玉米秆弯下去，被压到飞板上，然后集拢到叉齿上，被割倒，捆起，再一捆捆地吐出来。转臂一上一下移动着，金拉第最好的收获季节来到了，尽管人们说第河那儿在下雨，福尔法尔那儿今年雨水也多。尤旺驾着割捆机收割了一块地又一块地，在他干活时，克丽斯还能为他送饭，可现在她走得很慢，小心翼翼地慢步走着，他会从割捆机上跳下，奔上来接她，他让她在一堆谷物的荫蔽处坐下，自己就站在那儿吃起来，眼睛依然盯着田地和天空，还有不少庄稼得收割。

不过到了九月底终于收割完了，第二天就下起了瓢泼大雨，克丽斯看见那雨倒下来，明媚的夏天过去了，谷垛沉甸甸地高戳在田里。克丽斯感到一阵眩晕，一阵剧痛，胸口和大腿阵阵抽搐，她大叫一声尤旺！几乎跌倒，他朝她跑来。他们互相瞅着对方的脸，听着雨声，接着那剧痛像一把烧红的剑一下一下刺过克丽斯，她咬紧牙关，拼命摇撼尤旺，她知道该做些什么。还早着呐，不过得让查伊赶车去接医生和护士。查伊会从贝维把护士接来的。

尤旺站在那儿，瞪着眼，他的面孔紧张地抽动着，她对他笑笑，现在那剑刺般的剧痛已经过去了，可身体里又像有铁钩在撕扯着，锈钝的铁钩一下一下撕扯着。她仰起脸让他吻，牙齿仍然咬得铁紧，说，快，我还没事！看着他顺大路向纳普跑去。她脸色苍白，在令人眩晕的疼痛中，她开始在厨房里来回走动起来，因为她知道，她得这么做，可快些生产，一切都准备好了，都放在楼上房间里待用。一会阵痛过去了，可她知道很快又会来的。

于是她给自己灌了一壶热水，几乎小跑着上楼，把水壶放在床上，她这么跑是怕半道上又会痛起来，让她昏晕过去。还好没来，她捋平床单，取出她买好的一块橡胶布，把它绑在床单上，橡胶布很结实，绑得又牢，然后把放在垫座上的大盆放到窗边，边捉摸着还有什么要做。她在镜子里打量着自己的脸，脸色绯红、明亮，眼睛火辣辣的；突然她想到如果她死了，一切都会变得不可思议，就像许多在产床上死去的女人一样，不过她觉得自己很好，很强壮，可那些女人也都这么想的；想到有朝一日她的脸成了死人的脸，一动不动，那一定很奇怪，她正在瞧着的这张脸就不再是她的脸了，眼下这可仍然是一张姑娘的脸。

她从窗口看到尤旺跑回来了，等她跑到楼梯脚跟去候他时，那阵痛又来了，她一屁股坐下来。不过这样做很傻，会使阵痛拖得更久，她挣扎着站起来，重又走到厨房；尤旺已经到了过道里，脸上白蒙蒙的，可等她拼命再看时，又什么都没有了。他不住声地说，克丽斯，去躺下吧！她张开嘴喘着气，想告诉他自己很好，却发现自己恶狠狠地咒骂起来，听到自己骂出了自己都想不到的脏话，在她艰难地来回走动时，这些脏话从她嘴里喷泻而出，不过这比尖叫好些，女人都是尖叫的，可她没有。

接着阵痛又过去了，她把厨房整理了一下，又坐下来，看上去尤旺不再似那般白蒙蒙的了，他给她烧了茶。她心中总有那么点担忧——晚上他能吃什么呢？她忘记了自己想说什么了，随后也不再去想了，折磨一点点在临近。给你自己煮个鸡蛋吧，尤旺！她喘息着说，他还闹不明白，以为是她想要吃什么——煮什么？听到这话，一阵激动的狂怒又攫住了她，呸，你高兴就去煮你的脑袋吧！她拖曳着脚走着，挂在壁炉架上的钟一会儿变大，一会儿变小，等她站住脚，钟的指针一会儿暗，一会儿亮，这时她吃准了，她叫道，尤旺，帮我上楼去。因为她知道自己马上要生了。

接下来的事她就什么也不知道了，后来她清醒了一会，发现自己全身赤裸，只穿了一双长袜，她坐在床边，想脱可脱不下，尤旺想帮她脱，这可真滑稽，尽管很痛，她还是咯咯地笑起来。随后她看见了尤旺的脸，可这张脸变成了一张老人的脸，她得躺下去，让他出去。她大声说，去看看炉子，尤旺，那里没木柴了，去劈些柴火。等他出了房间，她能注意自己了，她很烦躁；她捶着床单，蜷缩起身子，阵痛似乎过去一会了，也许她已经把孩子闷死了，她才不在乎呢，她再也受不了了，那不是几小时，也不是几天，到现在已持续了好几星期了，她看到房间暗下了，灯点亮了，夜幕已经降临，她的身子受到尤旺和父亲的折磨，威尔也死了，他们先让他吃尽了苦头。

她大叫一声威尔！张开了眼睛，她睡了有一小时了。贝维来的医生和护士在房间里，麦尔德伦老先生走到她身边，好呀，克丽斯姑娘，你觉得怎样？竟在这样的鬼天气把我们叫来，我们急匆匆赶到这儿，发现你睡得像只小羊羔！这是奥格尔维太太，你听说过她。

克丽斯想说话，尽力想讲，尽管她的身体就像一只炉子，可她还是挣扎着想讲，可讲不清楚，她又试了一下。这时奥格尔维太太拍拍她说，别费心了。你觉得一切都好吗？这时麦尔德伦医生又过来了，好吧，让我们瞧瞧。克丽斯在一阵火辣辣的极度疼痛中挣扎着，这时他们看着她，抚弄着她，把什么陌生的雪白的东西摆正，她记起来了，原来这是她的身子。麦尔德伦说，很好，很好，不要多久了，我在下面等着。他走出去，关上了门，他不喜欢看分娩。奥格尔维太太坐下，过了一会儿又跳起来说，别那样，塔文达尔太太，别绷紧身子！放松些，没事儿，出来吧，漂亮的姑娘！

克丽斯试着这么去做；这真是受刑，那头野兽离开了她的胸口，抓挠着，撕扯着，又来了，这不是一头野兽，是一把火红的钳子在把她撕裂开来。撕呀撕的，她咬紧嘴唇，舌头上都是血，她实在不能再咬了，她听到自己尖叫起来，叫了两次。这时楼梯上传来了脚步声，房间翻转起来，她全身到处有手在抓住她，折磨她，她又大声地深深地叫起来，叫一声又长叹一下，随着这叫声和这一声长叹，小尤旺·塔文达尔降生在布拉威里的这座庄园里。

这一切进行得那么迅速，人们说她真幸运，恰好在午前生下了孩子，小尤旺降生在十二点。奥格尔维太太说有些人会从早折腾到晚，还要再过一天一夜，克丽斯躺着点点头说，是呀，我知道，很快又睡着了，她什么梦也没做！醒来时，发现自己给洗过了，身子也擦干了，穿了件新睡衣，奥格尔维太太在床边打毛线，啊，都过去了！她原本就没梦到什么，也知道不会出什么问题的。她悄声又担心地问，我的孩子呢？奥格尔维太太也悄声说，就在你身边，别压着他。克丽斯扭过头看见紧靠身边有一张脸，那么小，简直就像是用一只苹果雕出来的，小巧完美，一头乌黑的茸发，长长的眼睑上有一抹淡淡的蓝晕，那张嘴活脱是尤旺的，鼻子是她的，她几乎大声叫起来，啊，我的宝贝！

她躺着，遐想着，又几乎叫起来，她伸出手，觉得很有力，敏捷，不过还有些沉重，她用手摸索着包着婴儿的小包裹，那身子就像一只猫那么小而温暖，心儿跳动得那么沉稳有力。婴儿张开了双眼，骨碌碌看着她，打了个哈欠，她看见那条小舌头就像鲜红的小嘴巴里的一条红色小鱼；然后那一对有蓝晕的眼睑又垂下去，小尤旺·塔文达尔进入了睡乡。

就这么一直躺在他身边真令人心醉，她自己也不时睡着了，一醒来就看着孩子，一点不难看，完全出乎她的意料，太可爱了，完美无缺。他动弹起来，不安分地抽咽几声，奥格尔维太太把他从床上抱起来，克丽斯看见他的眼睛又忽闪忽闪地在看她，还张开嘴，像一只小猫一样细声叫起来。奥格尔维太太说，他饿了。克丽斯发现他终于来到了自己的怀里，她第一次紧紧地抱着他，把他凑近自己的乳房。

小嘴盲目地凑上来吻着吸吮着，悲哀地发泄他的不满，小手抓挠着她。接着他的嘴唇找到了她的乳头，乳头有点咬痛了，然后又不痛了，这似乎就像他正在把生命从她身体里抽去，再没有比这样死去更好的了，他是她的心肝，比他的父亲更亲，比以后可能有的任何孩子都亲。她看着他，浮想联翩，还吻着他乌黑的茸发，这么艰辛地降生后，头发还是湿漉漉的；她看见，在饥饿的嘴唇贴近她的乳房时，那对眼睛一眨不眨。他总算吃饱了，这时尤旺上楼来了，先前她睡着时；他就上来过了，他俯下身吻吻她，她大声说，当心孩子！他说，真是的，我会忘了吗？说着擦了擦前额，可怜的尤旺！

一星期后，奥格尔维太太走了，克丽斯感到人挺好，就爬起来走动走动，明明人感到神清气爽却还无精打采而腻味地躺着那可太蠢了。于是她抱着孩子下楼到了厨房，又走进了十月的明亮的阳光里，听到了令查伊·斯特罗恩那么激动的那场战争的种种流言传闻。

战争是在进行，不是胡说的，每个上来看小尤旺的人迟早都会谈到它。查伊来了，瞧瞧小尤旺，舔舔他的小脚趾说道，嗨，男子汉！然后他对他们两人说，他们已经有了这么好的一个孩子，而每个男人都会为孩子和老婆去打仗，直到这场战争结束；他还说，德国人荒淫放浪，真是帮恶魔，他们在比利时到处奸淫妇女，打碎孩子们的脑壳，这真是帮打地狱里释放出来的恶魔。尤旺就问道，那么谁会赢呢？查伊说，如果德国人打赢了，那么永远不会有和平和进步，世界就不得安宁，除非普鲁士人——他们是德国人的一支，头戴有尖顶的大头盔，野蛮极了，也坏透了——被击溃，被赶回他们出来的那个地狱。

这时候，尤旺打了个哈欠，说，噢，让他们和他们的地狱都见鬼去吧，查伊！明早你打算去市场吗?

因为尤旺根本没把战争放在心上；可市场的情况也糟糕透了，人人都在议论战争，古第斯东的芒罗也在那儿，马奇也在，两人已经喝了不少酒了，一边赌咒说如果他们再年轻些，他们肯定能一直喝到明天。没说的，这全是醉话，不过就在第二天，上山的那个叫詹姆士·莱斯利的工头，就是取代了尤旺位置的那个家伙，也去了阿伯丁，在高登斯参了军，他是金拉第第一个走的人，也是最早给打死的人。可人们认为他真太傻了，只为了要显示一番，还想能得到个假期，当此战争很快会结束之际而去加入这种骚乱，那真是毫无意义。因为报纸都说战争很快就会结束的，那些报纸都是十分过激的，汉子，有些个编辑，十足是些野蛮人，即使德国人把手伸到他们头上，上帝也会怜悯德国人的！人们摇摇头，一致同意说报界的那帮家伙神经不正常，都在说反话。

然而德国人才不管这些呢——或许他们并没有看过报纸，开磨坊的长脚罗布说；他们还在强奸妇女，打碎孩子的脑袋，随后有一天晚上查伊·斯特罗恩到布拉威里来了，手里拿了一张报纸，脸上神采奕奕，大声说他一个人去应征入伍了，辛克莱老汉会照顾纳普和柯斯蒂的。尤旺追着他大声说，你在胡说，老兄，你不是当真的吧！可查伊扭头喊道，谁说不是，我是这么干了！他的的确确是这么干了，他走了，到星期六，一封信送到皮西纳普，讲他已经参加了北方高地人兵团，被遣往珀斯。

金拉第久所未闻的传言、久所未见的骚动又来了，糖价飞涨，克丽斯尽其所能从杂货商那儿买进糖，把它贮藏在谷仓里。

尤旺这时听到了很好笑的事，那是关于吉本牧师在上星期日所作布道的事，尽管他从不乐意上教堂，这回也一反常规，到了下个安息日他穿上了最好的衣服，也去做礼拜了。

那儿人头挤挤，比尤旺所说的上个星期日布道时人更多，全都急不可待地要听听吉本牧师传些什么道。牧师登上讲坛时，尤旺觉得他看上去块头更大了，比过去更像头公牛，他唱赞美诗和讲道时跟平常没什么两样。不过接着他又讲了《圣经》的经文，尤旺听不进这些，那是关于巴比伦人的堕落，他们真是十恶不赦。他说，由于人世间的罪孽，上帝派德国人来就是要给人世带来一场天灾，一场瘟疫，世界已经变得邪恶腐败了，要等到了阿提拉①那个时代，上帝的愤怒才会减轻。这场灾难会持续多久，他们得受多深重的惩罚，只有上帝和他的愤怒才知道。不过通过这场血与火的惩罚，各民族将会重新崛起，苏格兰古老的健康和谦恭的美德不会因此而减少，要重新走上追求神佑的道路。

他正讲到这儿，下山的辛克莱老汉站了起来，整座教堂里的人都看着他，他戴上帽子，转过身，一步步迟缓地沿通道走去，他听不下去了，什么这场野蛮的战争竟然要取决于德国坯子和他称之为阿提拉的女仆朋友。他刚起身，马奇也站起身，接着是古第斯东的芒罗，他们都戴上帽子；埃利森刚要站起身，他妻子就把他摁住了，他这时的样子活像一只给卡住脖颈的火鸡，埃拉·怀特可不想让他去为别人挑起的任何战争去充当冲头。不过牧师看见人们纷纷退席，他的脸色由白变红，讲道也变得结结巴巴起来；他的声音一点点低下来，草草结束了

① 阿提拉（Attila，？—453），匈奴王，进攻罗马帝国的最伟大的蛮族统治者之一。

布道，匆匆作了祝福，倒不如说是诅咒。教堂外的院子里，有些年轻人聚在一起，等牧师从教堂里一出来，他们便准备扇他一记耳光，可那儿的老人们劝说年轻人走开；吉本先生像一只灵活的鼬鼠一样挤过人群，朝牧师宅院走去，啪哒一声锁上了大门。

不过尤旺对两边都漠不关心，他就是这么告诉克丽斯的。这位牧师对巴比伦人和那儿的妓女的看法可能对也可能不对，可能一周里的每一个晚上他都会伤感地叨念着阿提拉。布拉威里的庄稼都收进来了，这才是该关心的事儿。克丽斯说，是啊，谈什么战争真是废话连篇，不是吗，尤旺？一边撩逗着躺在她怀里的小尤旺。他格格笑着，踢蹬着，父亲坐下来，一本正经地看着他，说，这孩子真漂亮，你瞧，他不是在看着我吗，克丽斯姑娘？

不管查伊·斯特罗恩的参军在金拉第引起多大的震动，他们就这样很平静、安宁而愉快地在布拉威里生活着。柯斯蒂来访了，她在厨房里的摇篮边一坐下就大哭起来，克丽斯给她斟了茶，可无法劝慰她。她说，她明白查伊不会再回来了，他对德国人充满愤怒而跑到前线去拼去杀，直到他自己被杀死为止。克丽斯说，可能他们并不是像报纸编造的那样坏的人。一听这话，柯斯蒂·斯特罗恩跳起来说道，这么说，你也是该死的亲德分子，是吗？你们这种人在金拉第真太多了。克丽斯惊得目瞪口呆，可柯斯蒂·斯特罗恩直到跑出去时还在哭泣着，好多个星期过去了，他们都没见到她，可能她也为自己这种发作感到不好意思。

不管她讲得对还是不对，对吉本牧师的怀疑再也不存在了。下一个安息日，当另一大批人挤进教堂听他布道时，他们获得了他们想望得到的所有的爱国主义，牧师说恺撒是假基督徒，不把这种恶魔从大地消灭，决不会再有和平和进步。这时他唱了一支赞美诗，是《前进，基督的士兵们》，他放开大公牛般的嗓门领唱起这支歌，他摇身一变又成了一个爱国者，看来很有可能他认为德国人真是一帮坏蛋。可开磨坊的长脚罗布听说了这件事后说，更有可能的是他宁可看到德国人降临也不愿失去他的教堂和财产。

这些话传遍了整个豪乌山谷，竟变成了一件大丑闻，可你无论如何不相信，真太可笑，开磨坊的长脚罗布跟这场战争毫不搭界。他说这些丑闻全是彻头彻尾的废话，那些想打仗的人就是那些下院议员和银行家，还有就是那些编辑和无赖，真该把这些家伙统统关进一个空旷的院子里，用三齿耙把他们的肠子扒出来:这对世界来说毫无损失，而在那些正派的人们看来这是一幅多么好的情景。不过对有头脑的人来说，参加这场混战，为国王和国家大声呐喊那真是歇斯底里；如果比利时受到了侵犯，那也是它活该，管那些刚果人和比利时人什么事呢?不是说德国人不坏，他们实在都是一丘之貉。

话又说回来，尽管人们不像查伊·斯特罗恩那么傻，去当什么爱国者，人们嘲笑他时还看不出这一点，他们完全明白，长脚罗布讲的是实话，这个又瘦又长的家伙绝对不是报纸所称的那种亲德分子。实际上，那时所有的报馆里尽是些亲德分子，不列颠人认为那帮德国恶棍倒是对的；而英格兰人起来砸碎那些亲德分子们的窗户，他们是那么的狂怒，说那些亲德分子实在太卑劣了。不过长脚罗布的窗子不会有被砸烂的危险，除了在珀斯受训的查伊·斯特罗恩外，没什么人敢同这家伙纠缠。

如果吉本牧师不插手这件事的话，这场风波本来会就此太平地过去了，因为罗布是个讨人喜欢的家伙。你本来是不会去在意吉本牧师叨叨些什么的，可他布道时竟讲起流浪汉和卖国贼，还讲了许多关于一个叫雅忆[①]的女人的事，她尽管很虔诚可总让人感到毛骨悚然，她把她所不能容忍的叫西西拉的家伙杀了，因为他亵渎了耶稣。吉本牧师用低沉的声音说她是好样的，是个爱国者，是照射在以色列的一道明光，我们必须效尤她而采取同样的行动，我们中间也有叛徒跟假基督徒站在一起，这真是金拉第的莫大耻辱！

人们倾听着布道，开始激动起来，安息日的正餐后聚集起了一大帮人，有些是金拉第人，可大部分不是，不过上山的那个新工头也在那儿，那是个跟戈登一样的极端的爱国主义者，他们到了磨坊那儿，长脚罗布就坐在门口，抽着烟斗在看一本书，通篇是关于上帝和上帝知道什么的粗俗的废话。上山的工头叫道，这就是恺撒的好朋友，让我们揍这个无赖！一大帮人直奔罗布，七手八脚地揪住他，罗布以为这是在开玩笑，他嘲笑他们，自顾坐着看他的书。可他们很快就让他明白他们是完全当真的，他们对那篇布道领会得十分清楚，长脚罗布就是假基督徒的朋友，于是他们开始把罗布拽到磨坊进水道那儿，山上的大股溪水就是从这儿汹涌地奔泻过来的。

罗布终于明白他们不是在开玩笑，人们说他大吼一声，不全是咒骂也不是叫喊，而是二者合一；正当他们拽他时，他飞起一脚，一副凶神恶煞的样子，一脚踢在上山那个工头的屁股上，这家伙像一头被杀的猪一样尖叫起来；天哪！大家听说了

---

① 雅忆(Jael)为《圣经》中杀死来帐篷避难的迦南王耶宾的将军西西拉(Sisera)的希伯来妇人。见《旧约·士师记》第4章。

这一切后都不禁开怀大笑。好家伙，接着罗布挣出一只手，一把抓住靠近他的一个家伙，那是打大庄园来的一个大汉，朝他的耳朵就是一巴掌，把他揍得直挺挺地倒在地上；这时罗布已完全脱了身，拔腿就朝磨坊奔去，其余的人紧追不放。不过罗布跑得十分自在，一下把那帮人甩在后面，他闪身进了屋子，把门闩上。

于是他们扔石头，还用肩膀撞门，可这时他们也开始为自己闹出的这场骚乱感到有些羞愧，也可能他们知道到了星期一他们会感到自己像群傻瓜了；要不是那个大庄园的大块头，他们倒可能马上就回家了，这个大块头就是被罗布在耳朵上扇了一巴掌倒在地上的人，他爬起来后捡起一块大石头，咔啦一声把它打厨房窗子里扔了进去，顿时屋里发出咣啷砸烂东西的声响！

那扇门轰然一声打开了，他们一转身看见罗布站在那儿，手里端着一支枪，脸色气得发青。有人叫起来，当心，你这家伙，放下枪！尽管这么说，他们还是一步步朝后退去。罗布破口大骂，你们竟敢砸碎我的窗子，啊，你们敢这样，你们这些贱货？他端起枪朝着最近的一个人就开了火，子弹嗖的一声从他头顶上飞过去，这下他对这场战争可领教够了，他转身拔腿就逃，活像只兔子；其他人也四下溃逃，长脚罗布追赶着他们，不断地砰砰开枪！整个金拉第都听见了枪声。

大家都跑到门口，以为德国人已经登陆，正在洗劫缅恩斯呢；克丽斯跑到布拉威里的打谷场，用手搭在眼睛上朝四下望去，她看见了那些奔逃的人影，从远处望去，就像一只只甲虫，他们从磨坊那儿四下溃逃，后面有一个人影，他时不时停下来，每次停下，就看见冒出一缕青烟，随后就听见砰的一响。

雾霭开始降临，遮掩了这块战场，透过雾气，克丽斯自然可见那支进攻的军队溃不成军，消失在进犯来的方向，而长脚罗布仍一边射击，一边飞步追逐他们。

这就是吉本牧师那场传道造成的后果，第二天金拉第给这件新闻闹得沸沸扬扬，都在议论对磨坊的这次进攻，以及罗布是怎样追赶那帮进犯他的人的，事过一星期后还有人无法坐下来，他们的背上中了好多弹丸。也有人说长脚罗布真是个凶狠的吉卜赛野蛮人，如果他喜欢这样在磨坊大打出手，那他真该去法国打仗；而另有一些人，尽管人数不多，其中就有克丽斯和尤旺，却很喜欢长脚罗布，都站在他一边，他们说，如果苏格兰的爱国者们都像那帮家伙那样在磨坊窜逃，那对苏格兰来说真是一场糟透了的表演。这件事发生在星期天，可到了星期三又发生了一件事，要不是那个住在古第斯东的傻子托尼的干预，天知道会闹成什么样子。

这个傻子托尼正沿登伯恩大路飞快地跑着，当他拐了个弯，只见吉本牧师正站在磨坊外面，他的自行车倒在尘土里，长脚罗布揪住了他的衣领，牧师的脸色那么难看，肯定是害怕吃耳光。原来长脚罗布远远看到牧师朝这儿骑来，他认出了他的黑上衣，他停下磨面，跑到路上追问牧师说他是假基督徒的朋友是什么意思，搞什么鬼。吉本牧师恼怒得脸色通红，大声说，别挡住我的道，罗布。罗布也大叫道，你先给我站住，我的大人，我们可有话得讲讲清呢！牧师正想绕过他，罗布抓住车把，狠劲一扭，牧师就像一口袋玉米一样跌下来，正好落在罗布手里。

罗布摇摇他，问道，谁是亲德分子？牧师破口大骂，向罗布扑来，可罗布就像拎一只鼬鼠或一只兔子那样摇晃着他，然后退后一点，紧盯着他的脸，打定主意要在牧师的小鼻子上揍一下，他以前看见人家这么揍过，这肯定会让一个漂亮的男人破相，只要一拳拳击去，直到把那鼻梁骨打歪。

正在罗布想开始收拾牧师这小子时，傻子托尼打路的拐弯那儿尖声古怪地叫着跑过来了，他的叫声活像一只母鸡喉咙里哽了一颗谷粒一样，他跑过来，一把抓住罗布的手臂。他只不过是个笨牧师，罗布，你打他只会弄脏自己的手，他叫道，罗布和牧师两人全愣住了，松开手瞪住了这家伙，这个长着稀稀拉拉的红胡子的邋遢家伙，只是个傻子，就是嘛。可他对牧师点点头，趁一切都好、你的头仍完好无损，快走吧，他说，不管你相信不相信，牧师是跨上了自行车，二话没说骑车就走；这时罗布转过身来问这傻子，这么长时间竟不知道他还有点头脑，他倒是怎么把它们隐蔽起来的，可托尼一动不动地站着，活像一根烂木头，脸上还是那副傻不溜秋的样子。罗布再跟他讲话时，他只是像个傻子那样傻笑着，然后踩着泥尘拖曳着脚走了。

有人说，如果这一切是真的话，那就不存在什么谎言了，可罗布赌咒说是这么回事，他说他一点没夸大他对牧师干下的事，他只是对托尼感到那么惊奇，他把这事告诉大家就是要把托尼这人搞搞清。芒罗发誓说这事是彻头彻尾的谎言，你还能希望从一个该死的亲德分子那儿听到别的么，呸！不过他没把这话讲给罗布听，这家伙腿脚太重，芒罗在罗布那次行动时同别人跑得一样快，不过他不再跟罗布打交道了，他把玉米压碎然后带到蒙丁斯去磨，不久桥头的马奇也这样做了。噢呵，只要他们乐意尽可以这么做，可作为条规律，别人可不会这么傻，为了一个磨坊主说了所有的德国人不可能都是流浪汉就宁可舍近而求远，不到这么个最好的磨坊主那儿去磨面了。你也明白，这人说的话或许倒有些是对的，尽管大多数德国人都是些恶魔。

可克丽斯对这些毫不关心，她坐在布拉威里给小尤旺喂奶，她的男人就在她身边，布拉威里是他们的，今年的谷物卖了个好价钱，更何况小牛仔在市场上卖得也很合算。或许是在打仗，血淋淋的很可怕，不过隔得很远，在你听来它就像早晨听到的北海的吼声，一种吼叫和雷声，日子一周周过去，这吼声也是无休止的，已成了生活的一部分，这种不停息的拍打和喧闹倒也给你的生活范围添了一点色彩。新的一年来临了，克丽斯看着小尤旺变化着，在她怀里成长；他跟他父亲一样脾气暴躁，又像他母亲一样漂亮，她把这告诉了尤旺，尤旺笑了起来，天哪，可能你是对的！你在世上带大了这样的一个孩子以后，你几乎不会犯任何错误了。她笑着说，不过你也多少尽了点力！他又像往常那样脸色绯红，尽管岁月消逝，可他们的挚爱之情仍然那么傻得可爱。

跟他一起生活，一起睡觉，仍有种奇怪、亲切的感觉，每次看见他在地里忙活一天跟在马后面回来，头上挂满汗珠，这时也总有这种感觉；夜里，每当他们欢悦尽兴之后，他很快入睡了，这时听着他悄没声息地睡在她身旁，总让她觉得还是那么奇妙。可她自己在冬去春来的三月天的那些个夜里却无法入睡：她躺着，听着他在她身旁的静静的呼吸声，孩子在旁边摇篮里的急促的呼吸声——她是那么的心满意足，有了他们两个，他们的身体，血液和呼吸，她还再需要什么呢？到了早晨，她起身照料小尤旺，准备早餐，打扫牛栏马厩，一边哼着歌儿：她一干起活儿来就不知疲倦。一天早晨，正当她在出马厩的粪肥时，开磨坊的长脚罗布来到她身旁，大声招呼说，春天的生活来了，嗯，克丽斯姑娘，唱吧，为它欢欣吧，它再也不会来了！

她觉得他瞧上去跟往日的罗布大不一样，可这想法只是一闪而过，她又匆匆准备去看小尤旺。可她停下来，看着他摇摇晃晃地走过田垄，朝正在马边上的尤旺走去，尤旺跟马儿正站在牛栏旁边，人畜都大口大口地喘着粗气。她听见尤旺招呼道，嗳，罗布老兄。罗布也说，嗳，尤旺老弟。彼此非常真诚，在明媚的春光中，看上去两人气色都很好，两人的脚都深深地踩在褐色的泥泞的黏土地里，他们背衬天空稳稳地站在那儿。长时间地盯着他们看，克丽斯觉得眼前的身影晃动起来，似乎他们已从那儿消失了，似乎他们变成了背衬变幻不定的天空的荒寂土地上的奇幻的影子。眼下克丽斯本人驾驭着另两个自我，十分心满意足，这么些日子里无所追索，她摇摇头，直说自己真傻。

那年的收成很不景气，不过玉米的价格也因此而上涨，其他东西的价格也可能会提高，不过庄户人过得还不赖。就这样冬天来了，又到了下一年，那是一九一六年，尤旺收进了一大群爱尔兰阉牛，在肥美的青草地里放牧。牛群很快就长得膘肥体壮，克丽斯一看见它们就感到自豪，布拉威里也有了这么多牲畜。你简直不会相信父亲就是在这块地方苦挣苦干，用他的方式辛勤谋生过；不过那是战前的事了。

战事依然进行着，就像夏天打山那儿传来的隆隆雷声一样传来了关于战争的种种谣传。现在没人知道战争会在何时结束，甚至查伊·斯特罗恩对此也无可奉告，人们称他为一个打老远的前线归来的士兵；他回来时身穿一身邋遢的卡其布军装，手臂上有两条等级标志，他说人家让他当了个下士。到家的那天晚上，他就来到布拉威里，在屋外的擦脚垫上擦擦鞋底就直闯进了厨房，仍是那副老脾气，也不敲门就直接在门外叫道，嗳，伙计们，都在家吗？

那就是查伊，看见他，克丽斯激动得大声喘息起来，真是查伊，真叫人不敢相信那就是查伊本人，瘦瘦的、漂亮的眼睛炯炯有神，不过有点斜视。甚至连他的笑声似乎也变了，听起来就像打心底里发出的，他大声说，天呀，克丽斯，我又不是个幽灵！这时克丽斯和尤旺握着他的手，让他坐下，给他斟上一杯酒，喝完又斟上一杯。小尤旺也跑来瞧热闹了，大声叫道，大兵！查伊一把抓住他，把他一下举起来，叫道，克丽斯的孩子——上帝，真不敢相信，我还记得他生下的那一天，好像就是昨天一样！

小尤旺向来不喜欢陌生人，倒不是害怕，而是从不亲近别人，可他跟查伊却一点都不生分，在克丽斯为他们准备晚饭时，他就坐在查伊的膝上，查伊讲起了大战中的种种见闻，如果没有那么多虱子的话，战争倒也不见得就那么糟。他说那些个虱子简直可怕极了，不过克丽斯不必惊慌，柯斯蒂已经让他站在院子里，脱了个精光，把所有的衣服都扔进了一个大澡盆，这一下他变成了一个新人。就这样他非常干净，天哪！他发现这一来他根本不需要再把手伸到肩膀下去搔那么可怕的咬啮，那样的咬啮简直要从皮肤里把他的生命都给咬啮走了。

他给他们讲罢这一切后，发出一阵爽朗的笑声，还是他过去那种滑稽的一颤一颤的大笑。尤旺问他，他觉得德国人怎么样，他们真的很野蛮吗？查伊回答说如果他知道的话那才该死呢，他还从来没见过一个活的德国人，尽管不时会看见一个尸体什么的，千真万确，喝，桌上的晚餐摆好了！嗨，从那儿来却简直没打过仗，只是躺在那该死的狭小的战壕里，只能看着战壕四周的泥土。老弟，那是种蛮怪的土地，是黏土和一种黝黑的泥灰土，可那帮法国人根本不是好庄稼人，他们只是在很小块的田苑里乱七八糟吊儿郎当地干着活儿，那些地块那么小，简直就像一块你只能用来擤鼻子的手帕。查伊一点不喜欢法国人，他说他们是帮可怜的家伙，可你不得不去为这些下贱鬼作战，那些人那么邋遢，一点不讨人喜欢。

尤旺听着，又问道，那么你认为我不必去参军啰，查伊？克丽斯瞪着他，查伊也瞪眼看着他，小尤旺也瞪着，他们三个人都这么瞪着他，后来查伊气咻咻地说，已经有够多的傻瓜在打仗了。克丽斯觉得自己的喉咙给什么东西堵住了，她抑制不住地咳起来，想讲话却讲不出声，尤旺很羞愧地看着她，绯红着脸说，噢，我只是随便说说。

查伊在这段休假期间走遍了整个金拉第，发现变化之大真令他瞠目结舌，大伙觉得可能他对战争感到腻烦了，那儿除了无所事事地混混，放放枪就没什么事可干了。查伊看见的第一个变化是在第一天早晨，那时他还躺在床上，浑身舒坦，柯斯蒂在为他准备早餐。后来查伊从床上坐起来，伸手去取烟斗，同时从窗子向外眺望，猛然他大吼一声，只穿着衬衣就从床上跳起来，柯斯蒂奔进来大声说，怎么啦，挂伤啦？

可她看见查伊站在窗边，铁青着脸大声咒骂着，然后问道，这种事已经干了多久了？于是斯特罗恩太太顺他瞧的方向看去，她看见使他恼火的是那一长排归皮西纳普的小树林，眼下整座林子几乎全给砍倒了。是的，看出去是大不一样了！可那帮伐木工所干的对金拉第来说却很好，他们曾在纳普投宿，付的膳宿费也很高。可查伊脱口而出，让他们的饭钱见鬼去吧，这些狗杂种，他们在毁掉我的土地，你听见没有！他穿上裤子和靴子，想奔过园子到他们那儿去；可柯斯蒂拉住他的衬衣，把他拽回来，大声说，难道你杀德国人杀得完全疯了吗？

于是他就问她，难道她头上没长眼睛，蠢货，先前为什么不告诉他那块林子给砍了？这一来，纳普东北角那一面完全光秃秃的了，这样，这儿的生计全给绝了。斯特罗恩太太抬高嗓门答道，她才不是个蠢货，他们一点不比其他人更坏，不是吗？金拉第所有的林子都得给砍倒。查伊大喊道，什么，还有其他人？就跑出去瞧个究竟；等他回来后再也不大喊大叫了，他说他在法国总是想起这片林子，它们长得那么茂盛，又稠密又好看，是牛马的一块躲荫的好去处。他再也说不出什么了，柯斯蒂看到他完全安静下来了，而且在整个休假期间他一直很平静，样子也很古怪，真傻，一点点木头就搅得他这么烦恼。

不过，到了假期的最后一晚，他又上了布拉威里，他说他眼前出现的只有那片林子以及它们的可悲命运。在经过大庄园时，他走到那帮伐木工那儿，他们成群结队地在那一长片长满山坡的树林里拼命砍伐着，除了牧师住宅那儿的那片紫杉林外，他们不放过任何树木。在上山那儿，他们已经砍倒了那片落叶松林，普蒂老汉家背面的那片林子也给砍倒了。

人们告诉他庄园代管人已经把树林卖了个好价钱，这些代管人开的价钱高得惊人，需要有飞机这类东西才能上得那么高。查伊又跑到办事机构，找到了经纪人，那家伙透过角质架眼镜瞅着查伊说，等仗打赢后，政府会把树重新种上的。查伊说这倒真令他宽慰万分，千真万确，只是他得有可能活上两百岁，才能看到树木长大成林，为畜生和人们提供遮荫处：可他真怀疑他活不了那么长。这一来经纪人就说，他们大家必须尽力作出一点牺牲，于是查伊又问，告诉我，那么你倒又作了什么牺牲，你这个瘦骨伶仃的下流坯？

或许这样说这个经纪人不太公平，他可是个正派人，不宜和他干仗，可查伊实在气昏了，根本不知道自己说了些什么，也根本管不了那么多。因此当他偶然碰到埃利森老头时，事情就弄得更糟了。因为埃利森心界已经很大，钱包也胀鼓鼓的，人们说他正像屎壳郎滚粪球一样在赚钱；他已经买了一辆汽车，又再买了一架钢琴；这时他说，哦，是你，查伊老弟！你到家多久了？接着他又说，我敢打赌，你又要回前线啦，呃？查伊说，毫无疑问，他这么打赌可打错了！你听说过一个女人想把一个孩子重新放回她的肚子里这种事吗？埃利森傻笑起来说没听说过。查伊就说，我倒也没听说过，你这个长着对傻眼的蠢货，说完就撇下他径自走了；你准会说，这可绝不是句中听的话。

可在整个金拉第，除了到磨坊和他岳父家之外，到处看来都一样；每个人都在赚钱，根本不在乎战争或许会比他们的生命延续得更长；他们也不在乎这片土地上的树木都被砍光后，很快就会变成一个贫瘠之地，原先长着绿油油庄稼的土地变成只有风吹刮着石南丛生的一片荒野。在古第斯东，他碰到了芒罗那一对儿，那一年他们喂养了几百只鸡，再把这些鸡以惊人的高价卖给阿伯丁的医院。他们忙得不可开交，摆弄着他们的孵蛋鸡，根本无暇去搭理他，芒罗太太还是像只鼬鼠一样，吱吱叫地朝他急促地吆喝一下，皱起她那瘦削的长鼻子说，嗳嗨，我们手头忙得实在没空。查伊，你可真不错，成了个大兵，能享受到假期什么的。可我们这些穷光蛋不能不干活啊。

芒罗听到这话，显得有点不好意思，那张丑陋的脸全像着上了颜色一样，可怜虫，就像根木桩一样戳在那儿，不过他根本没时间给查伊倒上杯酒，他慌手慌脚地侍候着一窝新鸡雏。

于是查伊立即离开了他，这地方让他感到不舒服，就在他经过那片田苑时，一头撞上了托尼，笔直地站在萝卜田中央。他的眼睛死盯着地上，天哪！他说不定会就这样一连在那儿站上几天。查伊招呼他说，*嗨，怎么样，托尼老弟*。他并不希望得到回答，没想到托尼抬起头来，又侧到一边说，*嗨，查伊，上帝的磨坊还在磨面吗？*

查伊管自走了，琢磨着他说的话，他先是觉得那句话真是再傻也没有了，可等他爬上了山坡，正巧给厄普拉姆斯的戈登拉住，他搔搔头，这话真那么傻吗？他停住脚，回头看看，山底下远远的，托尼那家伙还站在那儿，死盯着地上，不知怎么的，查伊打了个寒颤，才继续走去。

查伊就这样绕金拉第兜了一圈，这地方变得那么陌生，那么荒寂，成片树林被砍去，变得面目全非。还不止这些，就连这儿的人看上去也不一样了，这场战争已经毒害了他们，他们成了发财狂，要不就是因为某人被杀或被打伤了而悲伤得发疯——比如上山的戈登太太，她的娇气一扫而光，因为她那么喜爱的乔克——人们都叫他约翰，可她把他叫做乔克，——瞎了眼住在英格兰的医院里，这消息是查伊在客厅里和她坐在一起时她告诉他的。

他再也看不见了，这不仅是神经方面的问题或是这类的问题，就在她去看他时，他扯下了绑带，让她看头上的那个通红的伤口；然后他朝她放声大笑，像发了疯似的大叫道，*这下你觉得你儿子怎么样，老太婆？——这不就是你想让他以他的勇*

敢在金拉第为你争个好名声的儿子吗？骄傲吧，骄傲吧，我很快就要回家，在地里爬着，让缅恩斯的每个荡妇都来看我的这些伤口，她们正想找出个英雄来呢。他几乎是对他母亲尖叫着说出这些话来的，这当儿，一个护士跑进来，抚慰他，让他平静下来，她说，他不明白自己在说些什么，可戈登太太对这些话却深信不疑。这会儿她把这些全告诉了查伊，涕泪滂沱，她的勇气和英格兰腔全然不见了；这时戈登走了进来，他看上去也变了，人完全干瘪了，人们说，他已经成了个酒鬼。

于是查伊走出去，经过田苑来到了桥头，并不希望他就此失去了上山。可就在那片落叶松林下最偏僻的地里撞上了小马吉·吉英，就是她，差点没让安第那傻小子欺侮，现在倒已经完全出落成个大姑娘了，真使他几乎认不出了。可她一点没忘了他，爽朗而愉快地朝他笑笑，那不是查伊·斯特罗恩嘛！你当了兵样子真神气，查伊！能给我个纽扣吗？于是他就从军服上割下一个纽扣送她，互相笑起来，然后他走过了这片地，心情也变得轻松些了，她真像一个吃布拉威里的乳汁长大的小家伙，长得那么甜美。

在桥头他发现亚历克不在，他去斯通哈文卖羊去了。不过马奇太太在家，她坐在那儿，抽着烟，告诉他亚历克还是一个热情的爱国者，他已经报名参加了格伦贝维的志愿兵，每隔一天的晚上就要到德鲁姆利希去操练，这帮傻子活像一群拉痢狗那样蹦跳着，看到他们那副样子就叫她想起这个，看了真腻烦。

她问查伊战争什么时候结束，查伊说，只有上帝知道。她又问，难道你还信上帝吗？这下查伊可真感到吃惊了，一个男人或许可以怀疑他的信仰，可女人却不该这样，世上的女人更需要得到支持。眼下他只是独自想到了上帝，可又无法说，法国仇视上帝的可大有人在，这也使他记起该到牧师庄园去看看吉本牧师。可马奇太太说，难道你还没听说吗？吉本牧师走了，现在他是爱丁堡的一个上校随军牧师，或这一类的官儿；他身穿一身相当漂亮的制服，颈脖上围一个黑帕子。他的父亲来这儿接替他，他来自一个古老的望族，用德国人的血和稀饭吃，顺便说，他还能做祷告。

查伊在普蒂的家门口敲了又敲，可没人答应。旁人告诉他这不必奇怪，普蒂老汉近来老把自己锁在里面，他变得越来越古怪，他说，每天晚上，在阴冷的黑夜里，他听到有人在路上大踏步走着，他们偷偷走下大路，爬过篱笆潜入田野中，他知道他们是些什么人，他们是德国佬，就是那帮糟蹋了苏格兰的德国佬，他们死了，离开了大地。即使是在白天，你突然飞快地从树杈缝隙或门栅中看一眼，就会看见一张惨白的德国人的脸，脸上还挂着最后一丝血污，在苏格兰大地上游荡。你会说这纯粹是荒诞的想象。

可查伊对此事一无所知，他几乎要把这幢小屋的门都敲破了，最后他不再敲了，顺路就到长脚罗布家去。一见他走来，罗布马上就停止了磨面，奔出来迎接他，那天剩下的时间里，他俩就坐在那儿，没完没了地争执着，罗布取出酒瓶，两人小酌了一番；接着罗布准备了午饭，又痛饮起来，他们一直争执到很晚。查伊发誓说他还是相信这场战争会给世界带来一个好结果，它将永远消灭军队和战斗，最终社会主义会到来，人民大众已经明白他们的枪有什么用，因此一旦当敌人再来时他们马上就会拿起枪进行战斗。

可罗布说，胡说，全是一派胡说。如果说人民大众不是绵羊，那他们就成了猪，查伊老兄；只有你是个例外，你是只公羊。

哈，跟罗布这么大争一番可真痛快，可等他俩在黑暗中顺大路一起出来时，罗布紧挨着查伊大声说，噢，老兄，明天早晨我跟你一起回去，只要……下面的话似乎哽在他的喉咙里了。查伊就问，只要什么，老弟？罗布答道，只要我想轻松一下——轻松；做个撒谎者就可以了。可我从来没有那么干过，如果我开始为战争出一点力，那我可就该死了！

查伊不太明白他这话是什么意思，他辞别了他，拐到了沼地，迎着初起的月亮朝纳普走去。就在这时，他碰到了一件怪事，要不就是他喝长脚罗布的威士忌喝得太多了，可通常他即使喝上三倍那么多的酒，头脑仍然很清醒。

喏，是这么回事，正当他走过那片大石碑废墟前的空地时，他清清楚楚地看见前面停着一辆马车；从车上出来个男人，在车轴边蹲下来，检查着车轴。查伊想这准是个从下山来的赶车人，抄近路打沼地经过，于是他就走上前去大声招呼说，晚上好。可没有回答，他就又看了看，那儿根本没有马车，只有月光照射下的那些孤寂的石碑反射出的白森森的光，远处田凫在啼叫。查伊吓得毛骨悚然，他这时才明白过来，那辆车根本不是他见过的那种乡村马车，那辆车是用很轻的木头或是什么编织成的，十分陈旧，七扭八弯的，后部很低，有一根车辕，套着两匹矮种马；而那个蹲在车轴边的人的穿着十分古怪，几乎是什么也没穿，头上有什么东西闪闪发光，好像是一顶头盔。

查伊站在那儿咒骂起来，这时有一只野鸡打他脚底下蹦出来，发出一声尖叫，泼剌剌飞走了，消失在蒙蒙夜色中，他浑身冰冷，起了鸡皮疙瘩。可能他看见的是一个过去时代的人，一个经过格劳皮尤斯战斗[1]的卡尔加科斯族人，那时他们曾同南面来的罗马人作战；也可能那不过是长脚罗布的格伦利维酒的魔力。

查伊就这么绕整个乡村兜了一圈，一眨眼他的假期满了，他就要走了，大伙都说原以为军队会把他教得聪明些，可他还是过去那个查伊，老是念叨着什么富人和穷人。可克丽斯仍然赞成查伊，这并不是说她自己关心什么富人和穷人，而是查伊人不错，她本人既不是富人也算不上穷人。那一年庄稼长得那么茂盛，尤旺说他们得雇个帮工，于是他们果真去雇了一个，他是贝维的一个最古老的家族的人，他的名字叫约翰·布雷格森。起初他笨手笨脚的，不过很快就适应了布拉威里，他就睡在克丽斯原先的那个房间，跟小尤旺成了好朋友，他们雇到他运气真是不错。收成好极了，克丽斯想，这可是个给布拉威里再添一个孩子的好时候了。至今为止他们一直很当心，很高兴只有一个孩子，可现在不一样了。尤旺也会高兴再有一个孩子的。

一晚又一晚过去了，她悄悄地对自己说，到春天我就告诉他。新年过去了；这时有消息在整个豪乌山谷沸沸扬扬地传开了，布拉威里也听说了，那就是关于议会通过了征兵法案，这就意味着不管怎么说，每个人都得去打仗，如果谁不去，就枪毙谁。于是似噩耗般地，尤旺很快也收到了通知，他得到阿伯丁去接受体检，尽管以前他由于是个农民而一直免去服兵役。同一天长脚罗布也接到了通知，他放声大笑，说，好极了，我

① 格劳皮尤斯(Graupius)为古苏格兰一座不知位置的山，公元84年由罗马将领阿格里科拉率领的罗马军队在此击败了卡尔加科斯。

倒很乐意去作一次短途旅游。

于是他们都去了阿伯丁，有一大帮人，都挤在一节车厢里；所有的庄稼人都咒骂着说他们才不在乎是否会戴上一颗圆形徽章；尤旺很清楚他们是不会要他的，他们不收那些耕种自己农田的农民；长脚罗布一声不吭，闷头坐在那儿抽烟。他们就这样来到了阿伯丁，到了集合地，坐在一间很长的空荡荡的房间里。一个士兵站在门口，一个接一个地叫他们的名字；长脚罗布仍然一声不吭地坐在那儿抽着他的烟斗。最后，所有的庄稼汉都检查完了，全部通过，成了士兵。叫到长脚罗布了，可他仍然一动不动地坐在那儿抽他的烟斗，连他穿的夹克衫都没动一下。这下可引起了一阵骚动，他们围住他又蹦又跳，咒骂他，可他只是把烟喷在他们的脸上，就像一个人在夏天给一群蚊子围住了却不恼不躁。

他们灰心了，拿他毫无办法，他又回到了豪乌山谷，坐在磨坊里。可接着他被传唤到斯通哈文出庭，设在那儿的豁免委员会专门处理这类案子；罗布骑着自行车抽着烟斗去了那儿。他们报他的名字，他就走进去，主席是个小杂货商，他日夜工作，把其他人都送去同德国人打仗；他问长脚罗布对别人把他叫做懦夫有何想法？长脚罗布回答说，很好，老兄，挺不错。我宁可当个懦夫也不去做具死尸。于是他们告诉他他不能免役，长脚罗布又点燃了烟斗，说这可真太糟了。

他又回到了磨坊，那晚人们看见他在自己的田地里不停转悠，这个老长老长的大个子站在那儿抽着烟，看看自己的地又看看天。那天晚上尤旺很晚才回来，一见他就唤道，嗨，罗布！可这个磨坊主一声不吭，尤旺就回了布拉威里，对这事实在困惑不解。可克丽斯说长脚罗布这是在考虑明天的事，人家命令他到阿伯丁的兵营去报到。

第二天过去了，金拉第所有的人都从各自的农舍中看到罗布在磨坊那儿不停地走进走出，真要命，他就这样走来走去走了一天，盘算着如何对付那道命令。又过了一天，警察带着那道命令来了，他骑着自行车上了磨坊，足足在那儿逗留了两个小时，然后又骑车走了。后来有人说这个警察一直在跟罗布磨嘴皮，千方百计要罗布出发。可罗布说，如果你要抓我，那就带我走吧！一点没错！这警察简直毫无办法，尽管他气得要命，可他总不能那么傻，让罗布坐在他自行车后面带他走啊！

于是这个警察去了斯通哈文。直到很晚才赶着一辆小马车从那儿回来，车上还有两个本地士兵；要想把开磨坊的罗布押去当兵，非得三个人才行。即使到了这种时候，他也不肯动一下，然而他并不挣扎，只是稳稳地坐在那儿抽着烟斗，他们不得不把他抬出来，放到小马车里。他们赶车走了，这就是长脚罗布去当兵的经过情形，以后对他的情况传出了各种说法，有人说他给关进了监狱，有人说他屈从了，也有人说他已经逃跑了，正躲在山里呢:可没人能吃准到底如何。

可在克丽斯看来，查伊走了，罗布走了，眼下他们最好的朋友全离开了金拉第，这都是些亲密无间的朋友，只剩下他们自己了，只剩下尤旺、她和小尤旺了。她离不开他们，为他们操劳，照顾他们；她看着小尤旺一点点长大，越来越壮实，那拔长的身子，白皙的肤色就跟他父亲一样；在给他洗澡时她心里总升腾起一种奇怪而甜蜜的歌声，让她晕晕乎乎的，他站着，显得那么健壮又那么白皙，这时她总是想起她在生下这个躯体时所遭受的苦痛，可这一切都是值得的，再多受些罪也值得。现在她还想要一个孩子，春天正很快地，越来越快地来临，土地上已嗅得出春天的气息，凉爽清新的海风吹来了，带来了春天才有的那种浓郁气息，这时已是一九一七年了。克丽斯告诉自己，到四月，她就怀上他们的孩子了。

那些日子，她在布拉威里的厨房里乐滋滋地哼着歌儿，盘算着，为这事儿忙乎着，她给自己准备了新的亚麻布，新的衣服，她又变得跟结婚前一样，是那么年轻又那么任性，她用神秘的眼光看着尤旺。约翰·布雷格森老汉会嚷嚷着，真的，太太，你的兴致真太好了！

可尤旺什么也没说，样子十分古怪。于是她知道他在为什么事烦心了，也可能病了，却对此只字不提，吃饭时闷声不响，饭后依然一言不发，随着日子的流逝，这种情况越发严重。而且他在望着她时，眼光也变了，变得那么漠然，阴郁，然后又会把脸慢慢扭开。她很困惑，接着感到害怕。一天早晨，她跑到院子里，透过母鸡温柔的咯咯叫声，她听到他抬高嗓门在斥骂布雷格森的声音，他这样子真丢人，这真不像尤旺，竟会做出这种事。接着他急匆匆地从农舍那边过来，经过厨房时，克丽斯大声问，出什么事啦？他咕哝了一句没什么，就上了楼，小尤旺追上他，天真地给他看手中一本书上的图画，可他理都不理。

克丽斯听到他在他们的房间里翻箱倒柜，一会儿他又下了楼，穿戴得齐齐整整，黝黑的脸色比以往更阴沉，也显得更奇怪，克丽斯瞪着他说，你去哪儿？他大声说，你要知道的话，去阿伯丁。说着就出去了。他可从来没这样对她说话过——这就是尤旺，她的尤旺！……她站在窗边，瞅着他的背影，茫然不知所措，她这时的样子一定十分奇怪，因为小尤旺向她跑来，喊着，妈，妈！于是她把他抱起来，抚慰他，他们两人就这么站在那儿，瞧着尤旺·塔文达尔在春光明媚的大路上走出了他们的视线。

在克丽斯看来，尤旺在厨房里瞧着她的那瞬间的神色表明地憎恨她，这使她揪心地捱过了这一天。她告诉布雷格森，她为她男人而羞愧，不过尤旺一直在为自己的事担忧，故而早上他发了脾气，就这样大白天跑到阿伯丁去了。约翰·布雷格森很爽朗地说，别往心里去，太太。等他晚上回来时就雨过天晴了。他帮她把晚餐餐具洗好，然而两人很痛快地长谈了一番。过了一会，他又出去照看牲口了，而克丽斯变得心焦起来，不时看看钟，后来她想起晚些时还有一班火车，就是十点钟的那班火车。于是她安顿小尤旺睡下，去挤了奶，再回到厨房，在那儿等着。约翰·布雷格森已去睡了，布拉威里万籁俱寂，她走出去，在夜晚降临的清新的露水中顺大路走去，去接尤旺——一岁之春多么清新醉人，她本已打算好和尤旺共度如此美好的良宵！

走到皮西纳普附近，一只沙锥鸟叫了起来，她驻足听着，在星光下，她看见了那儿树木的残骸，就是那大片树林曾经挡住了北面刮来的大风。一只野兔惊慌地打路上跑过，春天的水渠里满满的渠水哗哗地流淌着，显得秘不可测；她闻到了耕地上翻转过来的青草气息，在春风的吹拂下她打起了寒颤，尤旺早该在路上出现了。在大路的拐弯处，她停住脚，倾听着他的脚步声，一边想起了孩提时代的一件事：如果把耳朵贴到地面上，就能听到站着时无法听到的老远的脚步声。她感到好笑，竟想起了这个，她轻快敏捷地跪到地上，就像格思里们曾经做过的那样，把耳朵贴到地上，地上很冷，还有易碎的小砂石。

她听到畜群归栏时的轻微声响，时近时远，每个声响都听得清清楚楚，可根本没什么脚步声。

这时在斯通哈文大路上驶来了一辆大卡车，车灯刺穿夜空，顺着山坡忽上忽下，克丽斯站起身，让到路边，看着车子驶过，车里是士兵，她看见方向盘后也是一个兵，他的苏格兰无边圆帽的飘带尾端在飘动，卡车一下驶过去了，消失在黑暗里。她看着它驶去，感到茫然恍惚，又打了一下寒颤。尤旺一定已经爬过山坡到了布拉威里了，还待在这儿真太傻了，他一定为她在担心要出来找她了。

于是她一路跑回布拉威里，等跑到时已经气喘吁吁。不过她心情很轻松，要跟尤旺开个小玩笑，尽量轻手轻脚走近他，突然走进厨房出现在他背后，让他吓一跳。于是她蹑手蹑脚经过院子来到厨房门口，朝里望去，桌上那盏灯仍亮着，灯光下一片寂静。她上楼来到他们的房间，却不见尤旺的影子，小尤旺把脸埋在枕头里睡着了，她把他身子放正，重新下楼来到厨房。她坐在一把扶手椅里，等着，心情越来越沉重，感到十分恐惧，她看见尤旺在街上给一辆汽车撞倒，为什么他们不给她来个电报？

不过可能她想错了，可能他没来得及赶上末班火车，而是坐了到斯通哈文的车，眼下正摸黑往回赶呢。她又往火里添了一些柴，仍然坐下来等着；夜很深了，她一下就睡着了，等醒来时发现灯熄了，窗棚和百叶窗之间的缝隙中闪进了一道惨白的天色，就像死人的手。她挺直身子，觉得又冷又麻，楼上约翰·布雷格森房里的闹钟响了。五点半了，一夜过去了，可仍不见尤旺回来。

第二天他没回来，许多天过去了他仍没回来。一天中午邮差给克丽斯带来一封信，是尤旺写来的，她坐在厨房里看信，可闹不明白是怎么回事，她把嘴唇都咬破了，她用手背去擦，发现手背上有血。小尤旺来到她身旁玩耍，他从她手里拿走了那封信，拿着它跑开了，一边发出稚嫩尖利的笑声，她没去管他仍坐在那儿，他又回来了，朝着她笑，同时很诧异为什么她不跟他玩耍。她把孩子抱在手里，重新要回那封信，还想再看一遍。尤旺写道，人们都嘲笑讥讽他是个懦夫，他为此感到非常伤心，马奇和芒罗老是嘲笑他。因此他就去打仗了，那天他一径参加了北高地人军团，他会让她知道他被遣往何处，不必担心；我是你真诚的尤旺。

等到晚饭时分约翰·布雷格森回来时，他发现克丽斯脸色惨白，像个幽灵，不过她不再显得那么茫然无所措了，那是无济于事的，尤旺走了，不过或许不等他受训完毕，战争就可能已经结束。约翰，布雷格森说，战争当然会结束的，我听说当我们的人上起刺刀，所有前线上的德国人就都吓得脸色发白准备逃命了。小尤旺想知道什么是刺刀，为什么德国人那么害怕它们，于是约翰·布雷格森就讲给他听，克丽斯感到很恶心，赶快跑出去呕吐起来，如果你给一只野兔或一只母鸡剖过膛，那你就想象得到一个人给剖了膛是什么情景，她已经看见尤旺胸膛上戳了一把刺刀。约翰·布雷格森极为不安，他说他根本没想到，不过她不必担心，尤旺一切都会好好的。

啊，那年的春天可真够长的！白天她就到田里去帮助约翰·布雷格森干活，借此减轻自己的忧愁，这时她总把小尤旺带在身边，还带上一块方格呢披肩，这样当他玩倦了就可以让他盖着在篱笆或荆豆花丛荫蔽处睡觉。田里很舒坦，一脚踩去，沃土纷纷碎了，一边往前走一边挥动着三齿耙，把肥料敲碎扒散，云雀在头上啼啭，马儿喷着鼻息沉稳地走过，布雷格森老汉微弓着腰扶着辕。他驾起条播机实在糟糕，不过总比没人驾要好，他总是那么乐呵呵的，真是个挺不错的老家伙，他把大部分该尤旺做的事都干了，也并不为此多要工钱。他不要这些钱也过得蛮好。天气还很冷峭，播种过程中糟蹋了不少玉米。

那年很早，大约是五月左右，就下起雨来，这雨下得似乎无止无尽，户外简直没什么事可干，雨来自东北方，经过金拉第下到这儿，不光是克丽斯注意到这雨下得跟往年不同，在皮西·纳普，斯特罗恩太太苦思冥想要搞清这个变化是怎么回事；后来她想起了查伊曾经说过树木都给砍倒以后会发生什么的话，从前这儿到处绿荫遮蔽，可现在山上全是光秃秃的，听任着暴风雨的摧残。伐木工已经干完了，留下的这片土地就像曾被一支德国军队炮击过似的。看着外面这场五月里的暴风雨，克丽斯简直不敢相信这就是当年他们来到布拉威里的第一天早晨她和威尔从窗口望出去的这片土地了。

就在第二天，她在做黄油，这时小尤旺在楼上玩他的积木和图书，约翰·布雷格森装了一车玉米到蒙丁斯去了，这时，克丽斯听到院子里有脚步声，有人冒着雨急匆匆地跑来。接着门咣地打开了，进来一个士兵，气喘吁吁的，他穿一身极古怪的军服，头戴一顶金饰边的帽子，下身是一条红马裤，打着绑腿，克丽斯盯着那顶帽子，随后又看到了那张脸。士兵高声叫道，嗷，克丽斯，我相信你不认识我了！她这才叫起来，威尔！伸出双臂搂住他，他们就像孩子一样拥抱着，克丽斯哭了，威尔也几乎掉下泪来，他不断拍着克丽斯的肩膀，说着，哦，克丽斯！

随后她把他推开一点，细细端详着他，然后他们又拥抱在一起，威尔拉着她在厨房跳起舞来，小尤旺在楼上听到了声响，赶忙冲了下来，当他看见一个陌生人正搂着他的母亲，他就朝威尔冲过去，拼命捶打他的腿，同声大叫着，滚开，你这家伙！威尔大声说，天啊，你有个怎样的孩子呀，克丽斯？他一下把小尤旺高高举起，瞧着他的脸，摇摇头说，你真是个好小伙子，哎，你身上像你父亲的地方真不少，可又像你母亲一样漂亮！

这话说得并不太对，可听起来很入耳，克丽斯简直什么事也干不成了，甚至连午饭也不去准备，他们经历的事实在太多了，威尔坐下来，抽着烟，他们不时互相打量着，每次威尔都会发出一阵爽朗的大笑，哦，克丽斯，还记得这些……再想想那些……！笑声中夹杂着哽咽，两人都变得很傻。这时约翰·布雷格森老汉回来了，听见院子里车轮的辘辘声，威尔就跑出去帮他一把，这老糊涂赶忙跳下车，操起手边的一把木叉，他把穿着那身古怪制服的威尔当成了德国人。不过等威尔告诉他自己是谁时，他又乐不可支，两人一起进来吃晚饭，威尔坐在桌首，就是尤旺坐的位子。他一边吃一边告诉他们他是怎么参的军，还讲了他和摩丽离开苏格兰后四处漂泊的种种遭遇。

一点不错！正如他已经在信上告诉过克丽斯的，在阿根廷他挣的钱养活他们两人足够有余，他找的第一个工作干了不久就不干了，他和摩丽都学会了西班牙语，然后他又在一个法国人那儿找了份工作，他是个极好的家伙。他非常喜欢威尔，威尔也喜欢他，他把半幢房子让给威尔住，那是个大农场，四周是广袤的乡村田园。他们在那儿住下来，过得很愉快幸福，直到那个法国人不得不去参战为止。威尔不止一次地想自己去参战，可那法国人总是告诉威尔，他真是个傻瓜，他该高兴又不是英国在征兵；况且，总得有人来照管这个农场。

可不到两年，那个法国人回来了，他伤得很厉害，因此在他回来不久，威尔就对他说这次该轮到他了，他也想去领略一下战争的滋味。法国人说他真是个十足的傻瓜，不过他可以给他在法国人那儿找个工作。于是他接二连三地给巴黎打电报，给他找到了一个工作，于是威尔告别了摩丽和那对法国人夫妇，乘船离开布宜诺斯艾丽斯去了瑟堡[①]；到了巴黎，人家对他的情况都了解，他发现自己作为一个军士长给编入了法国外籍军团，他当了一名翻译，因为他通晓三种语言。接着又给了他两周的假期，于是他就到了这儿。

那晚，只剩他和克丽斯两人时，她把尤旺在拉纳克受训的事告诉了他，他说尤旺不是软弱就是愚蠢，或者兼而有之。为什么你跟这么个倔强的鬼东西结婚，克丽斯？是他让你怀上一个孩子还是你想要他干的？克丽斯一点不感到难堪，这正是威尔的脾气，如果她爽气地承认她一年里有一次甚至两次怀上了一个没有父亲的孩子，如果真是这样的话，威尔也会这样问她的。于是她摇摇头，这只是因为他对于我就像摩丽对于你一样。听到这话威尔点点头，嗳，好吧，事情到了这地步我们也没办法。还记得那时你想知道……？

在沉沉的夜晚，他们记起了那一切，就站在那儿开心地笑起来，他们挽着胳臂在路上来回走着，克丽斯全然忘记了自己的忧愁，她记起了她和威尔孩提时在一起的种种情景，那些艰

---

① 法国一港市。

辛而又可爱的日子，这时威尔又问道，你还记得我俩睡在一起的事吗——就是那老头几乎在谷仓里把我打死，我俩最后一次睡在一起的事？这时他的脸色阴沉下来，他仍然无法宽恕，他说那班虐待自己孩子的家伙都该枪毙，在他还是个孩子时，父亲曾那么冷酷无情地折磨他虐待他。不过克丽斯对此什么也没说，她记起了父亲落葬的那一天，她是如何在金拉第的墓地里站在他墓旁痛哭的情景。

不过她也知道她决不可能把这一切告诉威尔，他是决不会理解的，他们又扯起了别的事，威尔讲起了在阿根廷生活的种种情况，讲起了在南十字星座底下那儿和煦的阳光，温暖的天气，各种水果和花卉，生活是丰富多彩的。克丽斯说，可你和摩丽还会回苏格兰生活吗？威尔笑起来，尽管他穿了一身法国军服，可他仍然像个孩子，胡扯，谁还会想回这个国家？它已经死了或正在死去——再说我在那儿还有那么一份好得不能再好的工作呢！

听到这话，克丽斯心头竟莫名其妙地突然升起了一股怒火；她环视着暮色中的金拉第，看到一切是那么宁静，安然，阒无声动，她想到无数的种子从种穴里纷纷破土而出。威尔真该死，竟说出这种话:苏格兰还活着，她决不会死去，这片土地会比他们所有的人，比他们的战争，比他们阿根廷人都会活得更长久，刮过格兰扁的阵风依然挟带着风暴、阵雨和滋润作物的露珠——暮色中那些微不足道的烦恼会死去会消逝，而苏格兰则会永远存在下去。她的思路又转回到了那块墓地，于是她问威尔明天是否高兴去教堂，她自己也有一年未去了。

他听了显得很惊异，接着又大笑起来，你该不会信教了吧，嗯？就好像她学会了酗酒似的。克丽斯说不，随后考虑起宗教的事，这些日子一直十分忙乱，现在，他们上面的布拉威里一片静寂，小尤旺和布雷格森老汉都睡着了，是该想一想宗教的时候了。她又说，我不相信他们曾经信过教，那些苏格兰人，威尔——他们不像爱尔兰人、法国人或所有那些在历史书里讲到的人那样是真正的教徒。他们从来不**信教**。至于教堂么，那只不过是一个让人们聚会，争论，评判上帝的去处。威尔打起了哈欠，他说大概是吧，可他自己对这一切都不感兴趣，在阿根廷，摩丽倒已经加入了那班天主教徒的行列，真的！如果她能从中得到乐趣，那对她倒是不错的。

第二天他们去了教堂，天放晴了，地上湿漉漉的泛射着阳光，金拉第上空出现了彩虹，克丽斯说那是威尔的军服把天空搞混了。不过她为他的一切感到骄傲，在他俩顺教堂的通道走进去时人们是多么惊讶地盯着他们！克丽斯一身蓝，配着她的新短裙，长靴子，威尔穿着他的蓝红相间的军裤，打着绑腿，他的夹克上缀着金绶带，高领，质地很好的软帽上帽檐光闪闪的。取代他儿子来布道的吉本老头一看到威尔几乎从讲坛台阶上滚下来。不过他很快镇定下来，给他们讲起了一篇训诫，大约一年前，就是这篇训诫曾在整个山谷掀起了那么一场轩然大波，他讲起德国野兽们现在是如何去煮他们自己人的尸体，把残骸弄去喂猪，他切齿咒骂着德国人，他们是如此野蛮；他说上帝肯定会惩罚他们的。

可大伙对他和他的愤怒感到腻烦，只有很少几个人在听他讲，布道结束他们走出了教堂，威尔说，不再去闻那家伙的臭气真太好了！这时埃利森认出了威尔，架子十足地走上前来，他的脸色更红了人也更肥了，他大声说，这不是威尔·格思里吗！你好吗？威尔说，很好。看来大多数人看到他都很高兴，甚至连马奇和芒罗也如此，只有芒罗的老婆除外；她尖声尖气地说，你这成了什么样子了，呃，威尔？斯通哈文的电影院里有一个人就穿着这种马裤。威尔说，一点不错，芒罗太太，你可是穿马裤的权威了。我听说你在古第斯东还穿马裤。站在四周的人听到这话发出了一阵窃笑，有这只鼬鼠瞧的了，她这下可碰上了对手。

一转眼威尔的假期满了，开始几天他跑遍了整个豪乌山谷，上了福东，又下了德鲁姆利希，每到一处人们都很尊重他。不过那几天过后，他几乎就一直陪着克丽斯，他帮克丽斯或是布雷格森整理克丽斯为他找出的尤旺的那些旧衣服。他还时常拿起父亲的枪爬到沼地那儿去打猎，听到他的声音和歌声让人很高兴，小尤旺会一摇一摆地出去迎接他。到假期未了那一天，小尤旺上了床，他们坐在火炉旁，六月的夜晚悄悄降临，克丽斯一点不为威尔担心，他头脑清醒，精神愉快，反应敏捷，他不会出什么事的。第二天早晨分别时只有小尤旺一人哭了；威尔走了，尽管他已经走了，可在布拉威里似乎有一种愉快的声音在他们的心里欢快地唱着，为他和他们一起度过的这些日子而歌唱。

山坡依然蜿蜒起伏，不管是阳光明媚的白天和墨黑的夜晚，日子仍在一天天流逝，甚至是一星期一星期地飞快逝去，克丽斯眼看着收获季节临近了，不管天气如何，又一个丰收年来临了；而战争依然没有结束。有时她会收到尤旺从拉纳克寄来的短简或一张明信片，可有时她会一连数周得不到任何讯息，这种时候她异常惊慌。可他只说他根本不可能写，也不知为什么，他们忙得够呛，这时她才又放下心来。

后来有一天，一辆汽车从金拉第方向开来，它拐过十字路口，顺登伯恩一直驶来。车在磨坊停下，人们都跑到自家门口，很纳闷是谁来了，磨坊锁着，一副潦倒的模样。汽车停下后，出来一个男人，后面慢慢地跟着出来一个人，他扶住了前面那人的胳臂，他们像蜗牛似的一步步走近了磨坊，人们就看到这些。不过没过多久，这儿全都知道是怎么回事了，那是长脚罗布回来了，他根本没有屈从，他们就把他送进监狱，费尽心计折磨他；可不管他们怎么弄，他就是不屈服，他当面嘲笑他们，好极了，伙计，好极了。最后他绝食了，这种时候你只有以饿死来对付他们，他人变得越来越衰弱。于是他们把他从监狱里提出来，带他去看医生，医生说再把他关下去也是无济于事的，他是决不会为国王和国家出力的。

就这样他终于回到家里，人们说他简直成了个残废人，他站都站不住，不能走也无法自己去煮饭，天知道他自己是怎么穿上衣服的。马奇和芒罗根本不会接近他，戈登也如此，他们说他这是活该，这个野蛮的亲德分子。当克丽斯听说这事时，她眼中掠过痛楚的神情，她吩咐约翰·布雷格森老汉套好马车，装上玉米，就好像要到罗布那儿去磨一样；克丽斯也坐进了马车，让小尤旺坐在自己膝上，于是他们驶离了布拉威里。到了磨坊那儿，克丽斯叫布雷格森停车，她拎起放在车厢底部的那只篮子，跑过院子来到厨房门口。厨房门半开着，里面一片漆黑，炉子里几乎没一点火星，不过她看到有人坐在里面，她停住脚，看着，那似乎是个老人，脸色苍白灰暗，手抖索着在点烟斗。

她唤道，罗布！那人抬起头来，于是她看见了那对眼睛，眼神真让人觉得可怕，他叫道，克丽斯，天哪，是克丽斯·格思里吗？她握住了他的手和肩膀，关于他的事一齐涌上了心头，她不敢正眼看他，又想起了在她和尤旺结婚后的那些日子里，他曾是他们的一个多好的邻居。她问道，你干嘛这么坐着！你该躺在床上。罗布说，如果我该去躺在床上，我可真要死了，我在床上躺得够长了。我在等那个杂货商，可他到这儿却没停下，尽管他知道我在家里。我猜想他准还是个十分痛恨亲德分子的人。

克丽斯要他别去管那个杂货商，她对他讲话的口气很粗暴，否则看到他这副模样她禁不住就要掉泪了；她要他出去看看约翰·布雷格森。等他拄着拐杖一瘸一拐地出去以后，她马上打量了一下四周，开始打扫起来，然后她生起一堆旺火，煮好了饭，有新鲜的鸡蛋、黄油、燕麦饼、甜烙饼和果酱，她从布拉威里带来了许多食品。等罗布跟布雷格森讲完话进来时，一切都摆在桌上等他享用了，他眼睛发亮，坐下来，低声咕哝了一声，你不必这么做，克丽斯姑娘。可克丽斯什么也没说，只是让他在桌旁坐下，她自己也坐下来，看着他吃；等小尤旺和布雷格森老汉一起进来后，她让他们也坐下吃；接着布雷格森到奥欣布莱的农庄去了，罗布的马和马驹就关在那儿。

等他一走，克丽斯又开始干起活来，她把窗户打开透透空气，清扫了所有的房间，扯下床上那条脏亚麻布床单团成一团，带回去洗。接着她又为罗布烤了燕麦饼，告诉他每天可以从下山拿到一桶牛奶，直到他自己又养起奶牛为止，她已经安排好了。到了晚上，约翰·布雷格森带回了马和小马驹，这时长脚罗布已在椅子里睡着了，他们没唤醒他，只是为他准备好了晚饭，连第二天的早饭也给他准备好了，把灯芯捻得很小放在他旁边，再在他床上放了个热水瓶。然后他们离开他驾车回布拉威里去了，三个人都很疲劳，小尤旺就在克丽斯怀里睡着了，这么抱着他，让他乌黑的头靠着她的胸口睡觉真让人心甜，在夜色映衬下，布雷格森老汉的肩膀看上去就好像一个黝黑宁静的庞然大物。

第二天早晨，他们从布拉威里望下去，看见罗布的马和小马驹正在磨坊的园子里吃草，阳光下的长脚罗布像个小点子，他正慢慢朝自己干了那么久活儿的那块沼地走去。他们这么瞧着他时，听见远远地传来了一阵轻悠的歌声，是《西班牙的姑娘》，金拉第有好久没听见这支歌了。

克丽斯听着这支歌，梦幻着战争或许很快就要结束了，他们全都回到了金拉第，还是他们那些人，查伊，长脚罗布和她的黑小伙子尤旺。那天早晨她一直这么梦想着，在这样的秋天的早晨里，她会长久地沉浸在这种梦想之中。不久这梦真的实现了，一个送电报的小伙子骑着自行车上布拉威里来了。克丽斯读着电报，那是尤旺拍来的，赴法前今晚归家探亲。她看着这封电报又看看那送电报的小伙子，他问，有回电吗？她说，有什么？他又重复了一遍，她说没有，一头跑进厨房，又凝视着电文。他要去法国了。

这件事一直盘桓在她心头，十分沉重，就像一只黑猫爬在一道树篱后面，她看见了它蓬松的茸毛，或许是它那窥探的眼睛，真是只阳光下的粗蛮的不祥之物；可你又不能老是瞟着或看着那眼睛，它们多么炫目。他要到那种地方去了，那儿的天空是个骚乱不安的噩梦，白天黑夜大地都在颤抖，她的尤旺就要到那帮粗野的法国人的国土去了，她的这个有着那么亲切的黝黑脸膛、倏忽会出现高兴的赧红的小伙子。突然间，她心中充满了对他的怜悯的痛楚感情，这种怜悯没给她带来眼泪，当他和她在一起时，决不能让他看见她擦眼泪，他就要到那么灰暗而遥远的国土去了，带着对她和布拉威里的怀念，这是一种多么灿烂美丽而仁慈的怀念。

整个上午她手脚灵便地在一个个房间里忙乎着，把整幢房子都搞得光亮可鉴，她拿出了干净床单和枕头，铺在她曾一个人孤寂地躺着的床上；她让小尤旺出去采来了玫瑰和忍冬花，把它们插进一个长颈瓶里，放在床上面的壁架上。她挂上了窗帘，取出了尤旺的衣服，把它们刷干净，好要他换下他的制服，回家来的男人都穿腻了卡其布军服。接着她又为他烤了许多糕饼，她烤了那么多，连给小尤旺和布雷格森做晚饭都来不及了，可他们也不在乎，他俩也跟她一样兴奋。她知道他会坐哪班火车，是五点半的那班，她又清洗打扫了厨房，为他备好了茶，又在他的椅子里放进一块很大的坐垫，自己换上他喜欢的那身蓝衣服，给小尤旺换上了漂亮的咖啡色灯芯绒衣服。约翰·布雷格森叫起来，等你男人到家这地方就不该是我待的了，我得去贝维过夜。

他走了，克丽斯挥手送这和善的老汉骑车顺布拉威里山坡下去。然后她又跑回来，冲进客厅，又在镜子里打量着自己，在长长的镜子里她的体形仍然是那么漂亮苗条，她想象着他和她睡在一起仍然很舒服——哦，尤旺！她的脸一点没变，脸色红润漂亮，眼睛有些显老了，可依然光彩焕发。她不再看了，又来到院子里，站在小尤旺旁边，他正朝山坡下引颈眺望等待父亲的归来。太阳在布拉威里和东面远远的山毛榉树上投下了长长的影子，它越过东河；在高高的上山的地里，一只走失的绵羊在荆豆花丛里咩咩地叫着。

在他睡着以后，她却躺在那儿久久不能入睡，她简直不能相信这就是他，他打着呼噜，嘟嘟囔囔地说着醉话，摊开手脚，挤得她只睡了那么一点地方，几乎连毯子也盖不到了。她闭起双眼，用力把指节抵在牙齿上，这样，疼痛可以让她不致睡着，而她或许可以知道尤旺还没有回来，就是这个尤旺，是她在岑寂的夜晚独守空房时梦系魂想的。不过他动弹了一下，一只手臂一甩，打到了她脸上，她躺着一动不动，让它压着，一会儿手臂又晃动着移开了。她把指节从嘴里拿出来，这才平静地躺在那儿，现在她不需要再这么咬痛自己了。

他从火车站回来时喝得酩酊大醉，晚到了两个多小时。最后他总算进了厨房，穿着苏格兰短裙，他打量了一下四周，在她向他扑过去时他嘲讽地说，嗨，克丽斯，这地方这么邋遢！他把背包甩到一边，又把帽子甩到另一边，吻了吻她，那副样子就好像她是个吉卜赛人，他的手也像他的吻，那么快地碰了她一下，他的手跟以前全然不同，发烫，令人有点捉摸不定，又像挺有名堂似的。这时她看到了他两眼里火辣辣的闷火，不过他的脸上毫无光彩，他的脸是因为别的什么才赧红的。可她仍然抑制住自己的惊惧，笑着吻了他，又从他手里挣脱出来，大声叫道，尤旺，这是谁！

小尤旺退缩着，一副羞怯的样子，瞪大了眼睛，只说了声是爸爸。看到这情景，这个陌生的、身穿格子花呢短裙的摇摇晃晃的人大笑起来，样子十分粗野，好哇，我们都希望这样的，不是吗，克丽斯？还有晚饭么——难道你们竟觉得如此生疏都忘了准备晚饭了吗？

她简直不相信自己的耳朵了。生疏？哦，尤旺！重又向他扑去，可他一把推开她说，去，好了，我累极了，看在老天分上，让人坐下来吧。他摇摇摆摆地朝她为他准备好的那把扶手椅走去，小尤旺的一本连环画放在那儿，他捡起书，一下把它扔到房间的另一头，然后砰的一下坐进椅子里。见鬼，爬了这么多该死的路竟来到这么个该死的地方。喂，给我倒些茶来。

她在他旁边坐下，服侍他，她知道自己的脸色已经潦白，可她还是沏好茶，摆上了丰盛的晚饭，这顿晚饭是她极为自豪地做的，可它摆在那儿几乎一点没引起他的注意，他就像头畜生在水槽前饮水一样喝了一杯又一杯茶。这时她才把他看得更清楚了，他那乱蓬蓬的头发竖起着，活像剪短的鬃毛，卡其夹克领子里的脖颈气得通红，他的手背上横贯着一道很长的未痊愈的伤疤，有一种溃烂的青色。突然他的眼光落在她身上，哼，该死的，现在你要说的就是我回到家来了是吗？其实我在镇上跟个妓女混一晚更好。

她什么也没说，能说什么呢，她的喉咙哽咽住了，泪珠痛苦而刺心地挂在眼睑上，就要掉下来了，可她本来发誓说在他回家度假期间自己决不掉泪的。因此她不敢抬眼看他，唯恐让他看见，可他偏偏瞅见了，他一把推开椅子，怒气冲冲地站了起来，天晓得，你弄出这么副可怜相干什么？我想，你就老爱做出这么副哭相。他走了出去，小尤旺跑到她身旁，伸开双臂抱住她，妈妈，别哭，我讨厌他，他是个浪荡汉，这个大兵！这时她把眼泪咽回肚里说，嘘，尤旺，别这么说。然后她起身把晚饭拾掇起来，再走到院子里，温柔地喊道，尤旺！

他大声回答说，好啦，好啦！还是气鼓鼓的；听到这样的回答，她心中升起了一股怒火，她不再等他回来，一扭身抱起小尤旺就上楼去了，她安顿小尤旺睡下，小尤旺十分困惑，缠着她，在他睡到床上后他吻着她说，妈妈，今晚跟我一起睡吧。

她朝他笑笑，今晚她得和他父亲一起睡，他要乖乖的，一个人睡，快快睡着，明天早晨跟父亲在一起有许多好玩的。他说，我试试吧，闭起了眼睛，她重新走下楼去，天色越来越黑，已是八点了。她以为尤旺还在外面，可等她点起灯，椅子里有什么东西动了一下，她想一定是只猫，可那正是尤旺。他抓住她，把她拉到自己膝上，说，现在你倒试试，看会不会再那么生疏，我回了家，你到底是怎么想的?

这就好像你被毯子蒙住头，几乎透不过气来时做的一场噩梦，在同什么人拼命搏斗，她这么去想尤旺可真太糟了。可这又不像是尤旺，不是她的尤旺，他的身体里钻进了另一个人，那么粗野、陌生而又强悍地来折磨她。他强扭她坐在椅子里，使劲抱住她，一边大笑着，一边开始给她讲起来了——哦，他喝醉了，根本不知道自己在说些什么，尽是些可怕的、令人作呕的事，他说，当他在拉纳克时，只要高兴就去找女人。他咕哝着把这些女人的事告诉她，呼出的热气直喷她的脸颊，她看见他的白牙一闪一闪的；他还告诉她自己是怎么跟她们睡觉的，又干了些什么。她感到很恶心，又很羞愧，接着感到更难受了，她不再挣扎了，她心底产生了一种既羞愧又焦灼的欲望。他知道了，他立刻就意识到了，他说，好吧，现在你明白你能得到什么了吧!

她从地上爬起来，恍恍惚惚地出去给牛挤奶，丢下他一人待在那儿。等她回来时，他已不在厨房里了，她慢吞吞的滤好牛奶，撇去牛奶上的乳皮，然后上楼进了房间，就是她在早晨一边哼着歌一边整理好了的房间。他已经躺在床上等她了，他从厨房里带了盏灯上来，可原来他们总是摸黑上床的，那时他们觉得在窗外漏进的朦胧夜色中躺在彼此的怀里实在妙不可言。

眼下他却不满地嘟囔着，看在上帝分上，你快点！当她想把灯吹熄时——我要让它点着，来吧！于是她躺到他身旁，他搂住了她。

等他睡着了，她躺在黑暗中想起了他为什么要让灯亮着的原因；一想到那些肮脏事，顿时有什么冰冷而又可鄙的东西就像走马灯似的在她脑子里旋转。因为并不是他那么野蛮粗暴地对待她的举动而是别的什么东西使她恼怒地低声说道，哦，尤旺，把灯熄掉！她永远忘不了他看着她时眼睛里流露出的惊恐神色，这些东西在她脑子里那个不停旋转的走马灯上燃烧着，蹦跳着。

这就是尤旺回家度假的情景，接着的日子就跟那有了预兆的第一天晚上没什么两样。他不是那个尤旺·塔文达尔了，回来的是另一个男人，那么粗野，那么残暴，克丽斯原先充满爱的心田里现在唱的是恨——是从来没有表达出的恨，慢慢地在心里扎了根，不再动摇的根。在尤旺讲述着自己那些最下流的事情时，她总觉得时不时从他的眼睛里看到了一种受尽苦难和折磨的神色，他对布雷格森老头颐指气使，耍弄他，一晚又一晚地喝得烂醉回到布拉威里——令人揪心的是她失去了她与之结婚的那个小伙子。随着这些日子一天天过去，她的憧憬也消失殆尽了。他住了五天，每天在床上用早餐，不到吃午饭的时间不起床；他根本没去过地里，也不去看看牲畜，对小尤旺也置之不理；他终日穿着他的卡其军服和苏格兰短裙，克丽斯要他穿便服他却说——什么，我，穿戴得像一个该死的抵制服兵役的人吗？我把那些留给你的朋友罗布·邓肯吧。

每天他大摇大摆地顺大路走到德鲁姆利希或斯通哈文或福

东去，在那儿大喝一通。走之前他就伸手要钱，克丽斯尽数给他，从不吭一声，可他似乎觉得她很勉强，就嘲笑她。难道他没资格要属于他自己的东西吗？难道她还把他当成过去的那个小傻瓜，只满足于在布拉威里当牛做马吗——没有一点酒怎么去吃那乱糟糟的食物，也没有个女人在晚上引起你的欲望——什么也没有，而自己的妻子却碰都不敢碰，唯恐她怀孕，是吗，克丽斯？

他会在吃晚饭时说出这些话，嘲笑，自吹，布雷格森老汉脸色通红，低头盯着自己的盘子，小尤旺一个劲地盯着他的父亲，直到尤旺说，上帝，这眼光可真该死！跟你母亲的眼睛一模一样，看起人来也是这副模样；他斥骂着这个孩子，听到他说出的这些话真令人羞愧。他竟跟马奇交上了朋友，可先前他对他是理也不理的；每天晚上他跟他一起驾车出去狂饮作乐。等他上了床，约翰·布雷格森老汉就会看着克丽斯，他那对和善的老眼里充满了困扰的神情，可她什么也不敢对他说；在她坐着等待尤旺归来时，布雷格森老汉就会在楼上迟缓地一步步走着，那架蹩脚的闹钟走动的每一下声响都敲击着她的心，她是既恨他回家，又想他回家。

第一夜过后他不再碰她了，她就这么躺在他身边，抖颤着，等待着。可他只是静静地躺着，她知道他没睡着，也知道他晓得她在等什么；他就好像是一只猫在戏弄着一只老鼠，这么过了一会，他就哈哈一笑，然后就顾自睡着了，接下来就是她自己躺在那儿苦熬着。最后一晚她不愿再受这种折磨了，将近三点钟光景她就爬起来，点上火，给自己煮了茶，瞅着曙光慢慢降临山坡——一个晴朗的夏日早晨，那么可爱，一片金黄，碧绿，鸟儿在树丛间鸣啭。这时突然地，就像她心里老是会产生的那种变化一样，她变得十分安宁而自信，把尤旺从心里排挤出去了，她的心扉已紧紧锁上，他不可能再使她感到烦扰了，她跟他的一切都结束了，既没有爱也没有恨。随着这一下的解脱，她站起身，慢慢干起活来，她这时真是如释重负，这天早晨约翰·布雷格森听到她在唱歌，也下了楼，这时他也受到鼓舞，也感到一阵轻松，不过她是为自己得到解脱而歌唱。

九点钟，尤旺从房里大声喊道，什么时候了，还不拿早饭来？她对此不加理睬，不过她让小尤旺出去玩耍，自己仍继续干活。后来她听到楼梯上传来一阵啪哒啪哒的脚步声，接着他站在了厨房门口，怒冲冲地瞪着她，你聋了吗？她抬起头，瞧着他回答道，如果你想吃早饭——自己去拿。

他说，你这母狗！说着便打算扑上来揍她。可她从桌上拿起一把她早已放在附近的刀，他咒骂着缩了回去。她点点头，微笑着，放下刀继续干起活来。

这下他只得自己煮茶，一边嘟囔着诅咒道，男人就要去法国尽责了，这倒是送别他的好方式。克丽斯听着这番牢骚，根本不把它放在心里，她噘着嘴瞅着他，看见她这副样子，他又对她破口大骂起来，可又有点畏缩害怕的样子，现在她总算明白她一直都知道他是个担惊受怕的人。这时她产生了一种古怪冷漠的奇异感觉，本来她得尽心尽力地服侍他，爱他，把一切，从身心到灵魂都奉献给他，作为一种礼物奉献给这么一个农夫出身的醉鬼的身躯。

而眼下，她以一种冷漠的厌恶感看着这个身躯在洗脸，刮胡子，穿衣服，她简直无法再看着他，于是她走出去，在院子里干起活来，阳光灿烂，她把罐子清洗干净，小尤旺平静而又自得地玩着玩具，豪乌山谷上下正是晒干草的时节，鸡围绕在她身边啄食。她听到尤旺在厨房里走来走去的重重的脚步声，他这是想要引起她的注意，跑去帮他收拾东西。她笑起来，十分冷静、自信而又安详，她听到他砰地关上门出来了；不用抬头她就看见了他。他已全部穿戴停当，头戴苏格兰便帽，背着背包，短裙一闪，他已轻快地从她身旁走了过去，不过她知道他在等她拦住他，去追他，张开双臂抱住他:在他经过时她已从他的眼睛里看到了那种唯恐她对此漠然置之的恐惧神色。

她理都不理，什么也没说，身子也不伸直一下，小尤旺停止了玩耍，冷淡地看着他父亲的身影，就像看着一个陌生人从这儿走过。尤旺在走出院子门口并猛一下关上院门后就停住了脚，他弯下身子系袜带，脸色涨得通红，不过还是没朝她看一眼。她也对他毫不理睬。

他把背包甩到肩上，慢吞吞地朝大路转角处走去，她从厨房窗子望去，知道他相信她最后还会叫住他，她冷冷地自信地笑起来，因为她知道他的想法，知道他的每一行动每一想法，也知道他为什么最后在那儿停脚，却并不打算回头看一下。她瞧着他时，他正摸索着掏出火柴，点燃了烟斗；这时一片乌云遮住了太阳，接着赶上了尤旺，尤旺和那块乌云一起顺大路走去，他就在这么一个明媚的阳光投下的光线和乌云的阴影中走出了她的视线，这真奇怪，令人难以置信的奇怪。她长时间地伫立着，盯着他消失的那个地方，胸口下一阵刺痛在撕扯着她的身体，她的心在破碎，她什么也不在乎了！她把那阵刺痛和烦恼抛置一边，他已经对她做了他所能做的一切，这就是他，已经在那块飞离了太阳的乌云的阴影下顺大路走远了。

这时她发现无论如何控制不住了，她的心再也忍受不了这一切了，她伸开双臂趴在厨房的桌上号啕大哭起来，她哭诉着，尤旺再也不会回来了，她让这个令人羞耻，令人痛苦的人带着满不在乎的神情离开了布拉威里，既没吻别也没说一句道别的话。尤旺，尤旺！她的心在撕心裂肺地呼喊着，啊，尤旺，我不是故意的！尤旺——他是她的，不管他干了什么，说了什么，他仍然是她的，她的心碎了，他比她的心更贴近她的躯体了，小尤旺也是他的，啊，上帝啊，她从来没有让他像这样离去过！她一边这么孤苦伶仃地哭泣，一边又祈祷起来，尽管她明白这是无济于事的，可她仍不断地祈求他能回来，在顺那条路走去之前再吻她一次，温柔地拥抱她一次。她痛哭着跑到院子里，约翰·布雷格森站在那儿，她哭叫着，啊，别让他走，去追他，约翰！可他却吓得愣在那儿。

后来他说他实在闹不明白，如果她是要追她的男人，可尤旺顺大路走了足有一个多小时了，而且他早就听见了山那边传来的尤旺坐的那趟火车的汽笛声了。

足足有一个月她没得到他的任何音讯，后来来了一张人们叫作战地明信片的东西，上面草草涂了几笔，是在法国的某个地方写的；只说了他很好，只是轻描淡写地写了他在黑暗的洞子里度过的时日，别无其他，不过这也使她从几个星期来经受的日益麻木的烦虑心情的磨煎中解脱出来了。他们两人全都变了，跟过去完全不同了，不过有朝一日他总会回到她的身边，忘却他们的那些疯狂行径，等战争结束，他还会回到她和小尤旺的身边，回到布拉威里，他们会把这一切一点点忘却，又会忙于迎接新的岁月和季节，他们之间不会再有那种火一样的热情和欢悦，只剩下了在田里的无休止的劳作，眼下，她就将自己的时光在这种劳作中耗尽。

她沉湎在这种劳作中，借此忘却一切，她几乎从早到晚都不归家，忙碌于收获季节的种种农活，跟在约翰·布雷格森的收割机后面来回奔跑着，小尤旺跟在她身边奔跑，欢笑。他觉得很好玩，她那么快地堆垛着，不停地堆垛着，像是在做游戏，她的手机械地动着，长时间地不知疲倦、十分敏捷地不停干着，每天晚上，她还会那么快手快脚地再干上一小时，布雷格森老汉也帮她干，直到她又接近那未收割的田垄为止。玉米和金黄的空心玉米秆编织成了她的生活，编织成她的白天和黑夜的图案，她蹒跚着爬上床，梦中也尽是那无边无头的田垄，手像针扎般的痛，使她在半夜里痛醒。有一回她走进客厅照了照镜子，这才明白为什么布雷格森老汉的眼光中总是流露出那种怜悯的神色，她比以往任何时候都憔悴，脸蛋瘦削，头发一点没了光泽，眼神呆滞，像病人一样瞳孔无光，就像一头母牛的眼睛。

她回到地里，神色黯伤，头晕目眩，她离大地这么近，嗅着它的气味，土地是多么的亲切，它不会发脾气，让你伤心，只要你全身心地侍奉它，为它尽心地干，你就能同它和平相处，它是桀骜不驯的，是一个专制的暴君，可它并不残忍。时常，在晚上堆垛谷物时，约翰·布雷格森就在近旁，在露珠没有濡湿金拉第之前，就在一点点升起的月亮下干活，夜鸟在田里啼叫，多么宁静，多么宁静，她心中由这个丰收季节带来的痛苦也悄悄地消失了，这种时候，她心中总会久久盘桓着一种淡淡的喜悦之情。

后来，开磨坊的长脚罗布上布拉威里来了。那天早晨，正当他们要开始耕作去年的休耕地时，他来了，他走过院子，进了厨房，还是那么副细脚伶仃的样子，他神采奕奕，还是那种眼神，招呼道，怎么样，克丽斯？你老是那么漂亮！他举起小尤旺放在自己肩上，尤旺朝下看着他，又是惊慌又是自豪，十分高兴地笑着，觉得他真不错。

罗布是来帮忙的，他没有东西要收割；克丽斯说不需要，他不能离开磨坊，这时他眨眨眼，摇摇头。克丽斯知道他已亏损了不少，人们都变了，而且还在变，打长脚罗布回来以后，没人赶车拉了玉米上磨坊来磨面了。他没事可干，只得漫无目的地在地里逛来逛去，看看大路，等待着再也不会来的顾客；可如果这会儿有人来那就再好不过了，去让他死等着吧，他已经到布拉威里来堆玉米垛了。

于是他们两人去了地里，小尤旺跟着他们，他们一起垛玉米堆，收成可真不错，罗布就像克丽斯先前看见它一样赞叹不已。不过有时他的眼光会移到山坡上，就好像一个人在寻找一件他从不敢抱奢望的东西，那对铁青色的眼睛里有一道阴影，就像有一个深沉的、宁静的问题会蹦出来似的。或许他又想起了那座监狱，想起了他在那儿受过的折磨，他从来不谈那些事，对战争也只字不提，克丽斯也不响，只顾在休耕地里垛着玉米堆。很奇怪，她以前几乎对他毫不了解，这个开磨坊的长脚罗布，真特别，一点不信神；他只是个磨坊主，长着一对炯炯有神的眼睛，早上他唱歌，晚上吹口哨，讲起马儿的事来就会讲得你头发胀。可这会儿她觉得她一直很了解他，觉得那么亲切，真奇怪；那天晚上在饭桌上，她坐在他旁边，听着他和布雷格森讲话时，她又感到奇怪，似乎有点羞怯。尽管他已让太阳晒成了褐色，可在灯光下她还能看出他从狱中带来的苍白，她也看见了就在她的手旁边的他的手，细长有力，这是磨坊主驯马的手。

那晚由他陪小尤旺睡觉，他跟他玩了一会，再哼着歌儿催他入睡，克丽斯和布雷格森老汉坐在下面厨房里听见他唱着《西班牙女郎》、《有个年轻的农夫》和《蓝色的印第安人越过了边界》。眼下在金拉第几乎没人唱这些歌了，而现在传出窗户的歌声充满了别样韵味，是蒂珀雷里[①]的和粗嗄的英格兰的韵味，又像一只陷在糖浆里的老鼠发出的吱吱叫声，唱的是长长的小径这一类的事。听罗布唱歌总有一种既奇怪又胆怯的感觉，就好像听到了从一个早已消逝的幽谷口里经过多年后才传来的回声。

她从来弄不明白在随后的日子里，她和罗布的关系是什么时候又是如何发生变化的，在她这方面，这些想法是悄悄的，不知不觉产生的，或许也是相当自然地产生的，反正这是他和她都愿意的。晚上，当他们干完了一趟活，在蒙蒙夜色下顺着田间小路和水渠慢慢走回充溢着忍冬树气味的院子时，她不满足于他仅仅用手拍拍她的肩膀，她不满足于他只用他那铁青色的眼睛望着她，神色那么温暖、澄澈而和善，尽管她感到在这种眼光的注视下自己脸都红了，她活到现在才开始明白她需要的是她还从来不了解的东西——一个爱她的男人，不要像尤旺，以前他是个毛头小伙子，现在则已经变成了一个可怜的发狂的畜生。

约翰，布雷格森老汉是不是揣摩出她在心里不知羞耻地嘀咕的这些事情，他决不会流露出任何迹象，他老是那么聪明、愉快而又慈和。如果罗布揣测出来，他也不会透露，在收获临近结束时，罗布老在她身旁晃悠。在收获的最后一天，克丽斯

① 蒂珀雷里(Tipperary)，为爱尔兰一郡。

身子一起一伏，在堆着庄稼垛时，她对着大地和田野祈祷着，祈求这个收获季节不要结束，好让她和长脚罗布一直这样干下去。然而，收割机闪闪发亮的刀片割到了最后长长一垄的尽头，长脚罗布把手搁在她的肩膀上，干完了，克丽斯姑娘，一切都干干净净的了！

那天晚上，她送他到院子门口，他把上衣甩到肩上，唔，唔，克丽斯姑娘，我真喜欢这一切。接着，没有瞧着她又找补了一句，明天一早我要去阿伯丁参军了。

一时间她愣住了，瞪着他，一句话也说不出来，可他已经不再想着她了，他呆呆地瞅着金拉第堆垛整齐的田野。过了一会儿他开始告诉她，在这以前的那些日子里他已经打定主意了，他再也不能游离于这场战争之外，整个世界都变得那么疯狂，他或许应当同其他人在一起，在这儿他没事可干，也得不到信任，要不他就得闲待着直到战争结束——如果这场战争还会结束的话。因此我终于妥协了，我想人家都会这么说的。克丽斯，这就告别了；有时也请费心想到我。

蒙蒙的夜色中她拉住了他的手，他低下头看着她，她咬紧嘴唇忍住眼泪，可他已经看见她眼睛里的泪光了。这时他的神色也一点点在变化着，变得那么温和，接着又闪现了别的什么，他说，怎么啦，姑娘！他的手搭上了她的肩膀把她拉向自己身边，她紧紧地靠在他身上，用力抱住他，她听得到他的心脏的迟缓的搏动，她真想就一直这样，一直安全地待在这双有力的手臂里。后来她想起明天他就要走了，黑夜中传来了田凫的叫声，每一声都叫着，快了，快了！

像一切事情一样，这一切也总要过去，她爱过的一切，她希冀的一切，都在这场疯狂中消失了，这一切就顺着山那边那条不吉利的、就像一条邪恶的白绶带般的道路消失在黑暗之中。这时她用胳臂搂住他的脖子，弯下他的头，吻着他，这样去吻一个男人真奇怪，也真令人难受，她不停地吻着，直到她听到他的呼吸变得十分急促，他紧紧搂住她，恳求说，我们这样真太傻了，克丽斯姑娘，我们不该这样！可这时她知道她已经赢得了他，她搂住他，悄声说，到干草垛那儿去！于是他把她带到那儿，她闻到头底下压碎的三叶草的气味，是那么辛辣而又甜蜜；就这样躺在黑暗中，搂着他，吻着他，她用嘴唇，用四肢，用全身心去寻找着，她真希望就这样同他一起死去。

那阵深沉、狂热的迷蒙过去后，她发现自己还躺在那儿，罗布也躺着，她把他的头搁在自己的胸口上，就这么跟他一起躺着，从围在四周的干草堆下望出去，就看见了收获季节夜晚的那种昏蒙的红色，她终于得到了收获，这收获充溢了她的整个身心。他们就这样躺了好几小时，约翰·布雷格森一直没有出来唤他们；接着她又和罗布一起站在路口，觉得朦朦胧胧的十分宁静和满足。他们互相没有任何许诺，作了最后的吻别，她已经知道他正在一点点离她远去，他的眼光已经落在了山后那片正在召唤的疯狂中去了。接着他走了，她听着他一步一步摇摇晃晃地迈着大步在黑暗中慢慢离去，她再也没看见过他，永远看不见他了。

这种感情曾在她的生命中燃烧过，就像荆豆花丛中燃起的一堆大火，它又熊熊燃烧起来，又熄灭了。第二天她在布拉威里农庄的房子四周忙活着，心底里在吟唱，她是那么宁静，毫无烦恼，照料着鸡群和牛群，照看白天还睡着的小尤旺，晚上在布雷格森老汉回来前为他准备好晚饭。她一点不感到羞愧，所有的担心害怕都一扫而光，她直视着从镜子里照出的、反瞧着她的那对眼睛，她又苏醒过来，生活又开始了。她为自己和长脚罗布一起出去而感到高兴，感到心满意足，就像尤旺和她一样，现在他们是同一个人了。

送电报的小伙子骑着车到布拉威里时，发现她在院子里哼着歌，正在给小尤旺补衣服。她听到院门咔嗒一响，就见那小伙子从袋子里掏出一封电报，递给她，她瞅瞅他又看看自己的手。她的手就像在早降的雨中的灌木叶一样颤抖着，她看到的手似乎有点模糊。她打开电报封口，看起来，然后告诉那小伙子说没有回电，于是他又跨上自行车出了院门，一偏身把门咔嗒一声关上；她听到他为自己动作这么灵巧而朝她发出的高兴的笑声。

她站起身，把手中的活放在晒架木桩上，重新读了一遍电报，她开始念出声来，直到她吓了一大跳，她不再念了。可过会儿她忘了害怕，又念起来，院子里四处奔逐的鸡群停住脚，走到她身边，抬起明亮的眼睛，看着她泣不成声的号啕声，我怎么办——啊，我怎么办？

她感到困惑震惊——这是要她去干什么啊！难道要她去法国，上前线，或许还得走进一间房间，人们给她看躺在那儿已经死了的尤旺，他死得十分平静，脸色苍白，毫无血色，头发濡湿，在战斗中给打死了，这是真的吗？她走出前门，招呼正在收割的人，那是布雷格森、小尤旺，以及他们雇的一个临时工，他们看见了，都盯着她看，她又招了一次手，这时约翰·布雷格森把装了一半的马车撂在一边，趔趔趄趄地跑过田苑，跑得真慢，还问，是在叫我吗，克丽斯？

他的头发湿漉漉的，就跟尤旺一样。她盯住它看，一边把电报递过去，他迟缓地擦擦手，接过电报看起来，这当儿她倚在门柱上，不停地咕哝着，现在我该怎么办，约翰？我得到法国去吗？他终于抬起头来，他脸色困惑，又热又苍老，他慢慢抹去脸上的汗水。天哪，太太，这真是个坏消息，不过他死得像个男子汉，你的尤旺死得了不起。

可她根本不想听这些话，她要知道她该做什么；直到他告诉她说她无能为力，人家决不会让所有的寡妇都去法国，尤旺一定已下葬了，她才不再这么绞扭自己的手，不用无休无止地叨叨了。接着火气又蹿了起来，你先前为什么不告诉我？啊，你这该死的，你就爱折磨我！她一扭身离开他进了屋，跑上楼扑到床上，这就是她和尤旺的床，她躺在床上，用手掩住耳朵，她不想听到在法国那片迷蒙的战场上传来的挣扎的号叫，也不愿去想那曾经躺在她身旁的身子，那身子是那么无拘无束，和善而又年轻，可现在被撕裂了，死去了，黯无光泽一动不动，鲜血在那身体上流淌，这决不是尤旺，鲜血淋漓，可怕极了，而布拉威里的土地正迎来丰收的季节，沙锥鸟在海湾啼叫，山毛榉树在沙沙低吟，就在这种时候，他竟一动不动地死去了。**她知道这不是真的！**

他没死，他决不可能就这么远离她在大洋彼岸死去，或者莫名其妙地被杀死，他们的战争，他们打的仗，他们的国王和他们的国家跟他又有什么相干？金拉第才是他的故土，布拉威里才是他的，他决不会为那些跟他毫无关系的事而死去，他有庄稼要收，要灌水，要回来和她在一起。这封电报跟尤旺没关系。他们只是要折磨她，这班懦夫，撒谎者，残酷的家伙，这班英格兰绅士们以及跟他们一样的在伦敦的货色。她可无法忍受这一切，她要用法律来惩处他们，这帮懦夫和撒谎的人，她知道他们就是这种人！

这时她才知道她在痛苦地呻吟，听上去可怕极了；外面的人都听到了，约翰·布雷格森听到了，他几乎也要犯傻了，他抓住小尤旺，跟他一起奔进厨房，又来到楼梯脚；他叮嘱小尤旺上去看看妈妈，她正需要他呢。小尤旺上来了，他的手扯着她的裙子，把她从发出呻吟的昏迷中拉醒过来，他没有哭，尽管她的呻吟令他很害怕，他脸色潦白，但十分坚毅，妈妈，妈妈！她把他抱起来，紧紧搂住他，一看到他的脸蛋，看到他那副惘然的样子和那对闷闷燃烧的眼睛，就勾起她一阵困扰的绝望心情，哦，尤旺，你爸爸死了！她把那个全世界都相信的谎言告诉他。她终于哭出声来，神志恍惚地木然地哭了一会儿，布雷格森老汉说多亏了这孩子，她才算没发疯。

不过这消息还是悄悄地在金拉第传开，说她发疯了，她男人的死真让她精神失常了。因为她仍然赌咒说那是个谎言，尤旺没死，他不可能就这么莫名其妙地死去。柯斯蒂·斯特罗恩和芒罗太太来看她，她们摇着头，说他死得光彩，他是为他的祖国和他的国王而死的，小尤旺长大了也会为他的父亲而骄傲。她们坐在那儿啜着茶，拉长着脸，对她这么说着，克丽斯听了哈哈大笑起来，听到这笑声，她们打起了寒战，不再说了。

为祖国和国王？你们在胡说，全都是胡说！他们关我的尤旺什么事，国王跟他有什么关系，他们那该死的国家跟他又有什么关系？布拉威里才是他的家乡，别人要打仗这根本就不关他的事！

一看见她们脸上露出的怜悯的神情，她怒火顿起，失去了理智。到了这时，只有到了这个时候，她用气得发昏的眼光恍恍惚惚地看着她们，她才终于明白她是在一个发了疯的世界上过着梦一般的生活。尤旺死了，他们都晓得，她自己也知道；他莫名其妙地死了，什么名堂也没有，他受伤了，给谋害了，或许还呼喊着她，他给杀死得太没名堂了；而这帮母狗竟坐着，谈论什么他们的国王和国家……

她们跑出屋子，走下山去，她站在那儿，满怀痛楚地朝着她们的背影放声叫骂。她这般举止毫无疑问会成为第二天金拉第的谈资，再也没人来看她了。但她也叫够了，一点点平静下来。她看着一天天早晨的来临，总想起了她让他离去的那天早晨的情景，她不可能再把他叫回来了。一个个晴天过去了，雨又落到了豪乌山谷里，她看见生活里的残忍和痛苦，就好像流逝的时光中贯织着道道血红的虹线。一个个夜晚降临在金拉第的田野里，那么悄无声息，阴郁而又岑寂，现在夜晚对她来说既无恐惧也无希望。她得生活在一道明智冷静的高墙后面，与生活的谎言隔绝，远离那毫没道理地谋害了她的男人的世界，因为夜里可以听到大山后面传来的一个疯子的胡言乱语。

后来查伊·斯特罗恩总算又回来度假了，他一到家马上就来到了布拉威里。她跑出厨房去迎接他，他已当了中士了，人更瘦也更高了，他停住脚，看着她那冷峭的脸。然后等她的手从他的手里落下后，他从她身旁走过，短裙一晃就进了厨房，他坐下来，摘下便帽。*克丽斯，我是来告诉你尤旺的事的。*

她死死盯住他，清醒了，一线希望像一只鸟在她心中扑棱。*尤旺？查伊——查伊，他莫不是还活着？*他摇摇头，顿时她的心又像掉进冰窖一样。*尤旺已经死了，别再为那无谓的希望而折磨自己了。他们并没怎么伤害他，也不可能伤害他，尽管我*

曾发誓我什么也不告诉你。不过我又完全明白你应该知道，克丽斯。尤旺是作为一个懦夫和逃兵在法国给枪毙的。

*　　*　　*

查伊曾到尤旺附近的一个军营里去过，偶然听说了这件事，他在张贴出来的告示上看到了尤旺的名字。在尤旺被枪决的前一晚，他去了那儿，他们让他去见了尤旺，这样他就了解了全部真相，眼下他正把这一切告诉克丽斯——与其让谎言悄悄地莫名其妙地扎下根来，不如了解事情的真相要更好些，克丽斯姑娘。你还年轻，你还刚开始你的生活，我发誓说我一定要把这一切都告诉你，这样在以后的岁月中你就不会让一些扭曲了真相的事来烦扰自己了。尤旺是作为一个逃兵被枪毙的，这样做十分公正，他是从前线的战壕里临阵脱逃的。

那时前线正不停地下着瓢泼大雨，他是趁一天雨停的间隙逃跑的。他告诉查伊他逃得很快，很轻易，他只是转过身去，一走了之。而碰到他的士兵都以为他是个通信兵，或是个伤员，再不就是休假去的，没人查问他；他是上午十点钟离开的，到了下午，他已离开前线十英里或更远些了。这时宪兵撞到了他，把他抓住了，又把他遣送回去，送交军事法庭，给他定了罪。

查伊和他一起待在他等待枪决的早晨来临的屋子里，查伊对他说，可你为什么这样干呢，尤旺？你应该清楚地知道你是根本走不脱的啊。尤旺瞧着他，摇摇头，一阵风吹过，太阳露出来了，这时我想起了布拉威里，我似乎猛醒过来，闻到了那儿的气息。我无法相信我这是待在战壕里，待在这儿真太傻了。于是我转身离开了战壕。

这时他眼中闪烁了一下，开始醒悟过来，他太蠢，真是个傻瓜，竟来到这儿；就好像一个人想起了他在噩梦般的状况下所干的一切，这使他想起了在布拉威里的克丽斯，以及他最后在那儿的那些日子，那时他真是疯了，疯得无以复加，他竟像一个魔鬼那样对待她，试图伤害她，虐待她，他挣扎着想从噩梦中醒来，想让她唤醒他；这时在炫目的阳光下他又看见了她的脸，就好像他最后看见她颤抖着不睬他的辱骂时的那副神色。他明白自己已经失去了她，她再也不会属于他了，就在这一刹那，他明白了这一点，于是他爬出了战壕；尽管毫无希望了，可如果他不再作一次努力的话，那他就是个懦夫。

他就是怀着这想法才离开的，他心里惦念着克丽斯，想回到她的身边，可当他走了一英里又一英里后，他明白他再也得不到她了。可他以前答应过她，决不会辜负她，那是在很久以前，那时她是个那么漂亮、温柔的姑娘，而他也是那么年轻，充满渴望而又温顺，就在那个晚上他把她抱在怀里对她作出了许诺。他就这么一英里一英里地走在法国的泥泞的道路上，想着:他失去了她，可这样想无济于事，他得尽力重新回到她的身边，再看到她，他要告诉她，他对她说过的都不是真的，那全是他在一场昏梦中说出的胡言乱语。这时他也想起了小尤旺，他更有那么多关于他的话要告诉她，只要他能回到布拉威里，他有那么多话要说，有那么多事要做……

后来宪兵抓住了他，他听见他们在说话，随后的日子里他也听到别人在说话，他只是听着，可什么也没听进去，他是那么忧郁而又平静。噢，*我变得那么忧郁可我终于醒悟过来了，查伊，我什么也不在乎，明天他们完全可以把我拉出去枪毙，我很高兴有这样的结局，由于我的粗蛮愚蠢，我已失去了克丽*

斯。她甚至没上来和我吻别，查伊，我们根本没说一声再见；可我忘不了她站在院子里，低垂着她那漂亮的头的情景。她永远不会知道，我亲爱的姑娘，这样的结局最好——他们对被他们枪杀的人从来不讲出真情，这样她就会认为我是同其他人一样死去的；你也别告诉她。

说完，他沉默了好久，查伊也没什么可说，他明白自己无论如何是无法去争取缓刑的，他只是个中士，甚至没有理由跟这囚犯一起待在这间临时营房里。突如其来地，尤旺又开了口，真让查伊吃了一惊，还记得四月早晨田里的肥料味吗，查伊？记得那飞过田垄的田凫吗？今晚金拉第一定很美，田凫飞翔着，克丽斯睡着了，所有的山谷都笼罩在一片迷蒙中。查伊说他不必再去牵挂那些了，他只是担心早晨临近了，这时尤旺应当想想别的事情，他见过牧师没有？尤旺说有一个老家伙来扯过一通了，那是个军官，可他根本没去听，这跟他毫无关系。就在尤旺这么说话时，远远地从前线那儿传来了一阵猛烈的枪炮声，大约在四英里以外，不会再远了；查伊想到了急匆匆进入岗位的哨兵，想到了维雷那儿熊熊的火光，想到了泥泞的掩体里的机枪发出的噼啪声，他自己不会再听多久了:而今晚一过，尤旺更是一点儿也听不见了。

查伊看到，尤旺看上去毫无惧色，他坐在那儿，身穿苏格兰短裙和衬衣，他看上去还是那么个年轻的小伙子，他两手捧着头，看上去根本没去考虑那马上就要临近的早晨。因为他又开始讲起了布拉威里，讲起了那些本该由他去灌溉的庄园，然而他想到那片土地没了树木去遮蔽会干死的。查伊说他也想到了这一点，在他们回去时，那儿会发生多么凄惨的变化；可这时他想起尤旺再也回不去了，真恨不能把自己的舌头咬断，不过尤旺根本没留意，他又讲起了他的那些马儿，克莱德，还有老贝斯，多好的畜生，多好的畜生啊——查伊还记得那雷电大作的夜晚他们找到正在四处寻找那两匹马的克丽斯的情景吗？正是在那个晚上他知道了克丽斯是多么喜欢他——什么也比不上那个晚上，她是多么敏捷泼辣，查伊老兄，她就像一个住在宫殿里的姑娘那样护卫着自己，从那时起直到我们结婚的那晚，她和我彼此之间是那么坦诚。还记得吗——那一片欢歌笑语，查伊？那晚克丽斯唱了支什么歌？

尤旺绞尽脑汁想了一会儿，实在记不起来，接着他就把这忘了，静静地坐在那座临时营房里，这时曙光初露，他站起身走到窗口说，只有一刻钟了，查伊，你该回去了。

于是他们握握手，哨兵为查伊打开门，他费力地说了他能想出的几句安慰话，黎明的曙光照在尤旺年轻的眼睛里显得那么奇怪，那么可怕，他真不能把手抽回来。尤旺只说，噢，老兄，再等你听到田凫飞越布拉威里时别忘了我——等再见到我的姑娘时为我好好看看她，为了我再也无法给她的吻，仔仔细细地看看她。说完他转身回进临时营房，他既不害怕也没喊叫，显得十分安宁平静；查伊走出了密集的临时营房区，这儿也曾是个农庄，他上了正等着他的卡车，一边咒骂一边哭泣起来，司机还以为他发疯了，可他根本不知道当时他是什么样子。卡车开走了，泥泞的田野一点点在湿漉漉的早晨中显现出来，查伊就此再也没见到尤旺，那天早晨他们把他枪毙了。

*　　*　　*

这就是查伊和克丽斯一起坐在布拉威里的厨房里时他告诉她的整个故事。后来他动了一下身子，站起来，她也站了起来，整个这段时间她什么也没看见，只听到黑暗中发出的声音，这时她才看见了他的脸，就像从一个遥远黑暗的国度里走了出来。她终于讲出话来，最好，最好就是永远别把这事告诉我，让我烦扰！

等他走了以后，她爬上楼，进了他们的房间，打开衣橱，尤旺的衣服都在那儿，她吻着这些衣服，把它们紧紧贴在胸前，这都是他穿过的衣服，就好像现在他又回到了她的身边。四下一片静寂，她喃喃自语着，只有那些山毛榉在听着，哦，尤旺，尤旺，你现在定心地入睡吧，好小伙子，我理解你！你那样做是为了我，我很骄傲，这是我和布拉威里的骄傲，我亲爱的，亲爱的——放心大胆地安睡吧，我理解你了！

山毛榉听着，发出了沙沙低语声，不停地低语着，听着。克丽斯·塔文达尔侧耳倾听，她觉得身体里有一种奇怪的强烈的欲望和冲动。她跑下楼去，找到了小尤旺，吻着他说，让我们去爬山吧。

他们脚下是金拉第；头上，是山；秋天的阳光下海湾正静静地休憩着；小尤旺站在她脚边；豪乌山谷底下田凫在啼鸣。

她长长地叹息了一声，把手从石碑上抽回来。迷蒙的记忆飘散开去，那种痛苦的冲动又出现了——为什么，为什么？太阳，天空，孤寂的群山一起发出回声——为什么？

这时什么东西使她抬起眼来，她僵立在那儿，他就在前面，正顺着山道穿过金雀花丛走上来了。他的制服上泥泞不堪，他的脸色苍白，随着他一步步走上来，那个褐红色的巨大的枪伤口越来越大。从金雀花丛中望去：她看到他脚下的青草轻拂着，她的男人，他的眼里还是那种看见她总会发出的光亮。

沙锥鸟停止了啼叫，一朵乌云遮住了太阳。现在他走近她了，她向他伸出双手，眼睛让亮闪闪的泪花弄模糊了，太阳照得他们脸上光彩照人，她声音尖厉地提了一个问题，她听到在飒飒作响的落叶松林边传来了他的回答，他的无声的脚步把他越带越近，送进了她的拥抱和热吻中。

噢，姑娘，我回来了！他说道，走进了永远属于他的那颗心里。

尾　声

平坦的土地

人们说，那年冬天，那场战争给桥头的马奇带来了很大的好处。尽管他自己大吹大擂，可金钱确实就像流到他的腰包里去一样，又滚进了粪堆，这可没假！最终没什么区别。他用钱全部买进了爱尔兰公牛，就是这个马奇，很快地买进卖出，牛价开得令人咋舌，他从中获得了丰厚的利润。更有甚者，在把牛赶上市场前两天的早晨，先用草和水把这些畜生塞得饱饱的，这一来它们看上去真是膘肥体壮。可有时候，贝维的艾特肯老头，一个狡猾的老畜生，会在一头牛犊的肚子上用力打一下，肚子就会像风箱一样呼地打出呃来，这时艾特肯就说，嗳，马奇，我知道了，这风还是刮得跟以前一样，这个艾特肯老爱这么引用上一句他的诗。

可尽管战争还在进行，马奇就已经在桥头赚了大钱，他吃得那么多，那对通红的大耳朵更垂下来。这一来他和他一家可以从早到晚拼命吃，杂货商每周去他家三次，亚历克和他的太太走出来，孩子们跟在他们屁股后面，他们买下火腿、饼干、奶酪、香肠，各种各样的罐头，人们说，东西之多足以喂饱那支德国军队——据说这帮家伙肌肠辘辘，连自己人的尸体都吃掉了，呸！

真是一点不假！马奇他们在桥头也差不多连自己的尸体都吃了。他们大吃大喝，有什么没吃过呀，随后他们又转向了喝，等到战争结束时，亚历克已经买了一辆汽车，尽管只是一辆福特牌车，可他买下的第一周，每天这辆汽车却噗噗噗地开过来，朝德鲁姆利希开去，等开回桥头时，车上满满地装着成箱的啤酒，一瓶瓶的威士忌，像喝醉了酒似的在车厢里晃来晃去。亚历克还是那样大吹大擂，他说桥头真是个好地方，能让他那么轻松地喝喝酒——这就是你们种田需要的小窍门，就是这么一回事。

那天马奇刚起来，迷迷糊糊地走出来，接过了邮差给他送来的一封金拉第议会的信件。他看了一遍信，又看了一遍，然后他大声对他老婆说，九百镑——**你**有九百镑吗？她十分轻快冷静地回答他，不，从我嫁给你以后，我从没有过这么多钱，也没想到能有这么多钱。你干嘛要九百镑？于是亚历克把那封信给她看，信很长，写得又啰嗦，她就这么看下去；总算弄明白信的要点就是那些委托管理人准备把金拉第卖掉；而那些需要的农夫可以买下他们自己的地方；如果桥头的马奇不准备放弃桥头的话，他就得付九百镑。

马奇一家就这样离开了金拉第，他们只字未提想买下这块地方，亚历克悄悄地卖掉了他的牲畜，趁一天夜里搬走了；有人说那晚听到那辆福特车噗噗噗地朝劳楞西柯克开去，另一些人则赌咒说马奇到北面的阿伯丁去了，并在那儿的一家酒吧里找了份挺不错的工作。可不管别人看到他到北面还是南面，这事都无关紧要；新年还未过，上山的戈登老头不光买下了自己那块地方还买下了桥头，他说他要用拖拉机来耕这儿的地。可天晓得哪里看到有什么拖拉机，他却在地里放养了羊群，有时羊倌会逛进马奇家原先的厨房，马奇的灰眼婆娘曾坐在那儿抽烟；羊倌说那儿仍然还闻得到那该死的烟味，马奇这一家子在改变穿的裙子这件事上，就同普蒂老汉一样，非常古怪。

普蒂老汉曾经以那么奇怪的方式对待他所谓的那帮德国人，那班幽灵和流言蜚语。战争还未结束，他已经不去做补鞋生意了，他不让杂货商走近家门，尖声叫着要他就站在路边讲那些消息。最后，就像有人会说的，他轻手轻脚地走出大门，把他的驴子牵进厨房，跟他待在一起，星期六晚上骑车出游的农家小伙子经过那儿时，可以听到他俩在一起聊天，他们听到普蒂老汉正在回忆起旧日参加过的这种那种音乐会，拔高嗓门结结巴巴地背诵着他的《有趣的小动物》。接着又听到他啪地打了一下那头驴子，你这该死的！该打，你这畜生！他大声说着；这可真是个好消遣。

可到最后，情况变得叫人无法忍受了，大约就是受托人寄来那些信的那个月，人们说普蒂家传出的声音实在太可怕了，这家伙肯定发疯了。可大家对此束手无策，直到最后老戈登出来干预了，他带着工头坐上了他的汽车来了，这是晚上，他们离普蒂家越近，那声音就越响。那头驴子狂野地扯开嗓子拼命嚎着，他们想从窗子往里瞧，可窗上遮着一块厚皮子，什么也看不见。于是工头就想撞门，可撞不开，而那头驴子的嚎声变得越来越撕人心肺；这工头个头很大，他退了几步再朝门猛力冲撞过去，把它撞开了，可他看到的景象真叫他恶心得连晚饭都要呕出来了，这野蛮的老家伙正在用一根烧红的拨火棍胡乱地折磨着那头驴子，他把这头驴子当作一个德国人，拼命咒骂着，于是他们把他绑了起来。

工头回去取枪，同时派人去叫警察；第二天警察来时，那头驴子已经被枪打死了，有人说本当让普蒂老头也吃一枪。不过他们把这老家伙送进了疯人院，这一下可就摆脱了金拉第的一个包袱。过了一段时间就传说上山的那个工头住进了普蒂的屋子，他打算要结婚了，而这地方不错，离他工作场所又近。可工头说如果想喂养一窝猪的话，这地方倒还真不错；不过他自己可不是头公猪，他的姑娘也不是一头母猪。

这样这块地方一点点荒芜了，屋顶倾圮了，这一来人畜都不能住了，院子里长满了蓟和各种野草，如果普蒂老头还在，他就会看到，这些野草真会让他的驴子大为高兴的。晚上你经过那儿真会觉得它是那么凄凉荒芜，几乎就跟那座老磨坊一样，那么孤凄，一点没什么用了。那座磨坊你毕竟还可以带着你的姑娘去去，你可以把自行车靠在墙上，从厨房窗里瞧瞧里面；你们两人走进去，坐在老磨坊里；你的姑娘会说，别这样！然后抚平她的短裙；她告诉你，如果你参加了福东的舞会，跳上两支舞，那就算是幸运了，记住，约翰·爱德华打算带她坐在他那辆摩托车的边斗里去那儿玩。

长脚罗布再也没回磨坊。他赌咒发誓决不参加战争，还说无论是苏格兰人还是德国人都是一个模子里出来的，可他竟会去参军，去打仗，这真令人摸不透。有人说他这样真是傻得没法说，根本不需要他去当兵的嘛；不过古第斯东的芒罗上了布拉威里，把这话告诉了克丽斯·塔文达尔，这时她说，单罗布的小手指里的智慧和理智就抵得上打创世记的大洪水以来死去的人中繁衍下来的芒罗们的智慧和理智。对一个年纪跟你父亲相当的人这样说话，实在不礼貌，这表明你克丽斯·塔文达尔是个什么样的人，人们摇着头，又记起了她的男人被打死以后她几乎发疯的情景；就好像只有他一个人死了似的！还有她的哥哥，就是那个叫威尔的，竟穿着那么一套古怪的军装从前线回来，他说这是法国军装；但是那些对各种军装了如指掌的人却不这么肯定，德国枪骑兵穿的就是这种制服。

你想起了，在战争开始时，早就有了他们那帮德国骑兵，你摇摇头，又想起了长脚罗布，他在去年四月的一次战斗中给打死了。他就是那批急忙遣往法国去的士兵中的一个，当时德国人看来就要打垮我们了，他就此再也没回金拉第来过，只发来过一封通知他死讯的短简，以及不久报纸上登过那么一则消息。你看到这则消息几乎不敢相信自己的眼睛，他是个这么爱好和平的人，可他却在一次撤退时给打死了，在苏格兰军队撤退时，他和其他两三个士兵死死顶住了德国人，击退了他们；他们在其他人撤退后坚持了好久，为此还授给他一枚勋章。可他并没得到它，就是这么回事！他死了，过了好久那些英格兰人找到他的尸体，只是表明一种敬意而已。

你永远忘不了长脚罗布，这个长手长脚的男人，有一对闪烁有神的眼睛和一把大胡子，想起了他跟你讲的那些故事，尽是些关于马儿的故事，真要命！他脑子里只有马。还有他议论宗教的那些大不敬的话，那一度成了豪乌山谷中的一桩丑闻，可不管怎么说，罗布他可是个好小伙子，你又想起了早晨他在那儿哼着歌的情景——可你记不起是什么歌了，还是孩子可能会来告诉你，他们在上学路上经常听到，啊，对了，是《西班牙女郎》。现在你几乎听不到这种老歌了，不好听又不合时，人们说现在有一些很不错的新歌，全是从美国传来的，都是些关于生在那儿的一些奇怪的蓝色的孩子的歌，他们可真是聪明的小子，这些美国人。

唉，磨坊就此成了这种样子，再也没生意了，老戈登花了两三镑钱买下了磨坊的地，把它并到了上山的土地里去。乔克·戈登从战场上回来了，他的眼睛瞎了，人们说在眼睛刚瞎时他几乎发了疯。不过老戈登不择手段地赚钱，他就像用奶头喂养一头小猪一样精心照顾乔克，而小乔克也像那些小畜生一样，心满意足地生活下去了，身边堆满了抽的烟喝的酒，他的母亲恨不得去舔他的靴子。现时戈登这一家子可变得那么斯文，离上山还有一里路远你就可以听见唧唧呱呱在讲英语，讲得那么好，咬文嚼字的；他们家的庄稼汉都发疯似的涌到德鲁姆利希大旅馆去喝酒，总有人站起来问他们，上山那儿的人都骂你们是白公驴，说你们都得进大学好好学学，这是真的吗？

老戈登是破坏了农民协会的人中的一个，他自己为此也很自豪；真的，那家伙准没错，谁听说过这种蠢话，还有为农民的协会？可他为此还是受到了惩罚，真的！因为在大选时竟推选了农庄雇工协会的秘书作为缅恩斯的一个候选人；整个苏格兰到处涌来了一大帮社会主义者支持他，他们穿着古怪的大方格布的宽大的裤子和长袜。

喏，他们中有一个是医生，他来到上山，好像是来拉选票的，其时老戈登和他老婆子正努力要给联盟提供帮助。马吉·吉英开的门，她出落得那么美丽，真像春天里的一朵花，好一个漂亮的姑娘，又温柔又善良，她倒一点没有英格兰人的派头。真要命，这两个人，医生和她，一下子似乎都愣住了，医生竟忘记自己是到这儿游说拉选票的，马吉·吉英让他进来喝茶，然后他们谈论起政治了，谈个没完没了，这是那个年轻女仆讲出来的，她说没谈别的尽讲些政治问题；这倒真稀奇，令人不可思议。

接着，老戈登发现他的雇工们都给拉去投工党的票了，是他的女儿马吉·吉英逼着他们去的，这下弄得他大发雷霆，他的瞎眼儿子也怒不可遏。可马吉·吉英毫不在乎，那位医生已彻底给她洗了脑子；等选举结束后，工党代表遭到惨败，这时她告诉她父亲，她不再上大学了，她打算和她那位工党党员医生结婚了。戈登说他决不同意这事，她根本不到结婚的年纪，他要阻止这桩婚事。可马吉·吉英搂住他的脖子说，我明白，可你不会喜欢让人家戳着你的脊梁说，"你们听说了老戈登有了个非婚生的外孙的事吗?"人们说，听到这话老戈登一下软了下来，哦，我的姑娘，我的马吉·吉英，你还没干过那种事吧！作为回答，马吉·吉英只是站在那儿，嘻嘻笑着，一副不好意思的样子，尽管戈登太太听说了这事，跑来动手打了这姑娘，可这时马吉·吉英冷若冰霜，好极了，那么，妈妈，我听说在斯通哈文的济贫院有一张挺好的床位，女人可以在那儿生小孩。

这样终于还是她赢了，可以肯定，戈登一家子都为筹备婚礼而忙得不亦乐乎，医生和马吉·吉英时不时地互相眉来眼去，响亮地笑出声来，他们可一点不感到害臊或觉得丢脸。等婚礼结束，戈登太太说，我真高兴你们要离开金拉第到爱丁堡去了，在那儿你们未婚先孕的孩子可不会让我丢脸。马吉·吉英说，什么孩子呀，妈妈？你得明白，我根本还没怀孕呢，除非乔治和我今晚过分狂热才会有。这下可弄得戈登太太目瞪口呆，她气咻咻地说，可你说过你怀上了孩子的呀！马吉·吉英摇摇头大笑起来。哦，不，我只是问爸爸他是否想当外公罢了。我想他是不愿当的。这几年里我可没时间要孩子呢，妈妈，我要帮助把雇工们组织起来！

人们都说，这下那个小女儿内莉可没什么机会了，不管是合法的还是非法的结婚；她也成人了，又乖戾又干瘪，活像一只僵马铃薯，就是为了要成为一个英格兰人，她就得凄冷地睡着而没人爱抚，毕生当个老姑娘。不过说真的！在这个世界上你什么也别太肯定，不是谁也没能猜到那个又老又蠢的女人萨拉·辛克莱竟会结婚吗？这都是战争和下山的那场骚乱促成的，当时辛克莱老汉一下子就把纳普连同他自己那点地方都买下了。不久人家就听说萨拉走到他那儿说，你为柯斯蒂做得够多了，她不再需要纳普了，这下你可以很爽气地让我待在那儿！

辛克莱老汉差不多要九十岁了，眼也差不多瞎了，他盯着她，就像一头小牛犊盯着一条小狗，然后大声唤来了自己的老婆。于是萨拉告诉他们她的话是什么意思，那是说只要能把皮西纳普给了戈登的儿子戴夫·布朗，他就会同她结婚。

于是她得到了她想要的，可土地没给她，辛克莱老头在那儿牧羊，戴夫住在那儿就像是一个下山雇工。萨拉到底嫁出去了，就住在曾属于她姐姐的那幢房子里。没多久，她就完全把她的男人捏在手心里，就是这个萨拉，人们说第一天晚上她要扯着他的耳朵才把他拉上床，不过总会有一帮粗野坯子津津乐道于这种事。如果过了一年她还没生下个孩子，一个漂亮健壮的女孩，那可真够糟的啦，不过总算有了一个。尽管算不了什么，可总算有了一个孩子，当辛克莱老头听说了这事，可把他给搅糊涂了，当时他躺在床上，衰弱得很快，他以为他们谈的是柯斯蒂的第一个孩子，他就一直不停地念叨着查伊！他想起了他的好女婿查伊，那是很久以前就娶了柯斯蒂的。

可查伊已经离开这儿很久了，他在停战日那天的第一场战斗中给打死了，离停火只有一小时。你还能清晰地想起他，想起他同开磨坊的长脚罗布的争执；他一直热衷于当个工党候选人，鼓吹富人和穷人应当平等，可怜的查伊。唉，他也去了，真给你当头一棒，他是个多好的人哪，尽管你曾在背后嘲笑他有点傻气。

人们说，在他最后那次休假期间，他变得格外宁静，可能他已经清楚他再也不会回来了，大多数时间里，他在田苑里走来走去，念叨着那些被砍去的树林，这片土地上再也不会有成片的树林了。当他跟柯斯蒂告别时，他并不像通常那样拍拍她的肩膀说一声好了，我走了！他抱住她，吻她，这是人们在火车站看到的，他还说，好好照顾孩子，太太。而柯斯蒂，这个窝窝囊囊的大块头，在火车开走后只会站在那儿哭泣，你不禁要想，在众目睽睽之下她倒也该有点理智啊。你知道，这就是查伊最后留下的形象了，到了一九一八年十一月，他的笔记本、手巾和一些东西给送了回来；它们都洗得干干净净的，可笔记本上还有黝黑的、淡淡的血迹，柯斯蒂一看见血迹，惨叫一声就昏过去了。

女人几乎都没什么胆量，除了极个别的一两个，古第斯东的芒罗这么说，好像他在战争期间每天都杀死一个德国人当早餐似的。或许他在追赶着鸡群，拧断它们的脖颈去卖给医院时，他就喜欢这么想想而已，要不就是为这为那咒骂那个托尼傻子时想着的。可托尼对此毫不在乎，他老是那副样子站着，死瞅着地上，等芒罗太太打发他去降低某只孵蛋箱的温度或升高另一只的温度时，他真会让她气昏头。因为这蠢东西干的更有可能是跟关照他做的恰恰相反，然后他就整个下午站在那儿，死瞅着地上，等别人出去找他，这时才发现总不外乎每只蛋要不是他妈的煮熟了就是冷得像块石头。有人说他并非那么傻，他是出于恶意这么干的，可又不能相信一个傻子竟还有头脑这么干。

然而没人能否认，芒罗这一家是发起来了，他们只留了一块地种种马铃薯，其余的都圈养了一群群的鸡，而他们就靠养鸡赚了一大笔钱。每当夜幕降临，他们关上了古第斯东所有的鸡圈门后，就会传出人们从未听到过的那种尖利的叫声，这是芒罗太太在这只圈里抓起一只小公鸡，那只圈里抓出一只老母鸡，一眨眼工夫就拧断了它们的脖颈，然后坐下来拔毛，一直拔到半夜。他们几乎顾不上好好在屋里吃上一顿饭，可如果他们吃得越少，他们的银行存折就会越丰实，而这一来或许倒也安慰了他们的肚子呢。不过埃利森说他们这种干法真让他要昏过去了，这真是他碰到过的最卑劣的苏格兰人，如果他们再不为所有那些无牵无挂的人补偿损失，那他们真太该死了。

尽管你从一个爱尔兰人那儿别指望听到别的话，他还是讲得煞有介事，人也变得越来越肥，他的肚子沉沉的几乎垂到膝盖，裤子的腰身也大得吓人。当托管人送来收买通知单时，大家都在想这下他会怎么办，这下埃利森可熬到头了，人们说。可他们发现自己有些失算了，他买下了缅恩斯，包括牲畜等一切，他买下了已成为一片废墟的金拉第济贫院，布拉威里没人投标，因此他把它买下了，只花了不到两百镑。可除非是偷，他从哪儿搞来这么多钱？

他把自己全然视为金拉第的头号大人物了，就是这么回事！人们嘲笑他，把他叫做当侍者的地主，杀死了鹫头飞狮的科斯帕特里克看见他也会大吃一惊的。他夸夸其谈地说什么要用拖拉机来耕田，可等到价格暴跌时，他就利用这个机会发了一笔，他买了羊群在布拉威里放养而不去买拖拉机。这就是山坡上这块古老的土地所面临的最终结局，就在昔日茂盛的玉米棵翻腾起伏的田地里，如今是羊群的咩咩叫声，咔嚓咔嚓的咀嚼声，人们说这儿再也不会长玉米了，因为树木全给砍光了。新来的牧师在作首次布道时大声疾呼说，他们造出了一片荒漠，可他们竟把这叫作和平。尽管有人不喜欢这家伙所讲的，可上帝啊！他的话里包含有真理。

由于吉本牧师已经离开了金拉第，人们说那儿地方更大了而气味更少了，斯图尔特·吉本再也没从战场上回来，重新站在他父亲站的那个讲坛上。这并不是说他已经给打死了，不，不，你满可以相信，这个鬈发的大公牛头脑里的理智不少，决不至于落到这种下场。只是因为爱丁堡的绅士们十分喜欢他穿着那身随军教士的制服，再加后来他同掌握了纽约一座教堂的几个美国人搞到一起去了，他们问起他是否喜欢主持这座教堂，所有富裕的苏格兰人都上这座教堂，他立时接受了这建议，一转眼他就带着他那位细瘦的英国老婆以及他们的小女儿去了美国。唔，不错，他给自己安排得很好，这是明摆着的；毫无疑问那班美国人会喜欢他的，美国人做什么事都十分特别，他们的肠胃就非常厉害，各种各样的罐头中的那些难吃的东西都能对付下去。

至于他的父亲，就是那个对德国人如此切齿的老人已经变得那么虚弱，无法布道，必须退休了；说真的！如果说英国军队用枪打死了一半德国人，那么他早就该在战争结束之前用他的嘴把德国人驱除干净了。可到末了他走了，只有两个牧师想谋求这个位置，两个都是年轻人，一个是刚从阿伯丁毕业的学生，而另一个刚离开军队。要从这两个人中选择可真是不那么容易，两人都没有布道的嗓子，不过人们倒认为应把这个机会让给军队来的那个小子。

那都是因为在候选人名单上他占先，他叫卡珲，到处传说他就是战前想到金拉第来尝试一下结果比不过吉本牧师的那个班夫的老牧师的儿子。还记得他吧，对不？——他曾经讲过野蛮人和黄金时代，那时还有恐龙存在，可一旦它们死了，黄金时代又会到来。是吧！你或许会说，简直没一点讲道的味道。不过，那是他，可现在这位是他的儿子，长得又瘦又高，一张脸刮得干干净净，他讲了一个问题，又写下另一个问题，到任还不到一个月就搞得到处遭到反对。因为他跟雇工们搞得火热，他还自己赶马车，又从来不戴在背后打结的领圈，当人们称呼他尊敬的牧师时，他厉声制止他们——对我表示尊敬就行了，别这么叫，我的朋友。星期天外出散步时竟吹着口哨，他会为农民们付钱给他而对他们大发脾气，此外他还帮助雇工们的协会；他布道时也大肆煽动组织协会的事，话中的意思似乎是说基督也提到金拉第似的，这都使人们感到非常不舒服。

你不能把他完全叫作亲德分子，因为他作为一个普通的士兵参加了整个战争。人们真感到大失所望，竟没有一个可以安到他头上的合适的称呼，后来埃利森说他是个布尔什维克，是一个可怕的东西，是些野蛮的流浪汉，就是他们这帮家伙把俄国搞得一塌糊涂。他们枪毙了自己的国王，就是他们称做沙皇的，人们说他们到处能睡觉，一个人回到家里，会发现自己的老婆随时都会给人召去，和列宁还有托洛茨基睡觉。埃利森说，如果让卡珲先生按他那套去干，金拉第也会发生同样的事；或许埃利森在为自己的太太担忧，尽管上帝知道她根本不会有给召去的危险，即使列宁和托洛茨基想这么干的话，他们也会大失所望的。

且看，这就是你们的新牧师；接着，关于他和克丽斯·塔文达尔来往密切的丑闻就传开了。人们传说，那个星期几乎每个晚上他都驾车上布拉威里，在那儿待一个晚上或差不多如此。而他跟寡妇塔文达尔这样一个普通女人待在一起想干什么呢？只要牧师们不耍花招的话，他们倒是可以同女士们交往的。不过当芒罗对布雷格森老汉讲起这事时，这老头大发脾气；他说打战争爆发以来，金拉第有伤风化的事出得太多了，可现在倒绝无仅有的发生了一件正派事，就是这个新来的牧师干的。

唔，好吧，或许是这么回事，也可能并非如此；可有一天晚上，戴夫·布朗从纳普走上山去看望布雷格森老汉，想跟他谈谈买马的事，他听到有人在厨房里聊天，他从门缝里窥看了一眼。只见火炉边站着克丽斯，卡琿牧师站在她面前，她仰头瞧着牧师的脸，而他则握住她两只手。哦，亲爱的，或许这是第二个克丽斯，也可能是第三个，可第一个永远是属于尤旺的！她说着，不知她这话究竟是什么意思；就在戴夫还在窥视时，牧师弯下身子，这傻瓜，竟吻了她。

大家说，这充分证明先前那些传言都是真的，可就在下一个星期天，这位牧师站在讲坛上，跟以往一样镇静，宣读着上山的工头和他那来自福东的姑娘的结婚预告，接着又读了另一份结婚预告，罗伯特·卡琿，此教区的未婚男子，克丽斯·塔文达尔，寡妇，属同一教区。

这时，静得连一根针掉在地上都听得见，教堂里，悄无声息，人们目瞪口呆地坐在那里。过去在金拉第可从来没有这种情况，当弥撒做完，人群散去以后，顿时议论纷起——嗳，克丽斯·塔文达尔从来没把她的窝装点得如此漂亮过，这个圆滑漂亮的家伙，谁想得到她竟会这么干呢?

这件事使这个牧师更其不受金拉第的新绅士们欢迎了，对此你可以深信不疑。然而更糟的还在后头呢；大家都把钱交给了这个牧师，准备为金拉第那些在战争中死去的人建造一座纪念碑。大家认为他应该造一座天使石像，身披一件夜礼服，竖在金拉第的十字路口。可他却打发人召来了一个石匠，要他把布拉威里海湾那些旧石碑像竖起来，清洗干净，各就其位，那都是些异教徒模样的石像，还在四周围起了围栏。就在那个星期天，他宣读完他的结婚公告后，他又宣布金拉第纪念碑将于下一个星期天在布拉威里山谷揭幕，他希望大家届时前往，风雨无阻——有关人士在坏天气也务请光临。

对一月份的那个星期六来说，天气好极了，尽管很冷可阳光灿烂，你能看到北面飘来的乌云，遮住了太阳，接着又飘走了。但是不远处下起了雨，海鸥啼叫着飞进了内陆；沙锥鸟静默不响了。从下午开始几乎金拉第所有的人都陆续爬上了布拉威里的山坡，院子里喧闹不已，马儿和其他家畜全赶出去了，到时候克丽斯也要离开了。她很快就要搬到牧师住宅去，毫无疑问她会成为一个志满意得的人。

瞧，有一大群人顺着金雀花丛中的小路走上山坡，埃利森也在其中，还有他太太，戈登一家和绅士们也大都来了，此外还有一大批雇工和姑娘，他们躺在草地里，窃笑着。那儿就是一大圈石像，当中一个蒙上了一块布，你不禁要猜测那下面是什么，那位石匠又干了些什么名堂。这儿地势很高，坐在草地上往下俯瞰，整个金拉第尽收眼底，你脚下的半个豪乌山谷在阳光下显得金光闪闪，走出世界就进入了布拉威里，老话就是这么说的。这话可错不了！这块土地显得神秘却又多灾多难，所有的树木都给砍光了，即使阳光十分微弱，纳普和布拉威里所有的田野都罩上了一层冷凄的闪烁不定的光，人们说这片土地已经没落了，全部归进了大庄园。

就在遥远的荒漠的山坡那儿，格兰扁正飘舞着雪花，闪闪发亮，天马上就要黑了。不久牧师出来了，身披一件几乎从未穿过的长袍，克丽斯·塔文达尔在他旁边走着，跟在后面的第三个人没人认识，那是一个身穿苏格兰短裙的高地人，肩上扛着长笛，这人个头魁伟，满头红发，他是谁？这时埃利森想起来了，他说这就是当年年轻的尤旺·塔文达尔的好友，也就是尤旺的男傧相，名叫麦克艾弗。

牧师为克丽斯打开门，她打门里走出来，一身着黑，紧紧攥着小尤旺的手，这孩子长得活脱像他父亲，冷漠而又严肃。克丽斯脸色苍白，十分严肃，只有在牧师打开门她瞧着他时脸才放开些。她瞧着他的那副样子实在称不上正派，他们本当在只有他们两人时才可这么亲昵。人们大声叫起来，嗳，牧师！他兴奋地回答他们，然后大步朝那旧石像群走去，约翰·布雷格森正站在那儿，手里牵着一根系在那块布上的绳子。

牧师宣布，祈祷吧，大家都脱下帽子，头一下子感到很冷。太阳钻进了云朵里，山谷寂静无声，人们看见年轻的克丽斯俯视着金拉第，牵着她孩子的手。接着主祷文念完了，牧师讲话也很一般，他说他们在此纪念那些给战争夺去生命的人们，而这块清洗干净的古址或许就是死去的人喜欢的最好的纪念地。他朝布雷格森老头点头示意，绳子一拉，那块布落了下来，石像上刻着的深灰色的字显了出来，十分朴素简洁：

谨此：纪念查尔斯·斯特罗恩，詹姆士·莱斯利，罗伯特·邓肯，尤旺·塔文达尔，他们离开了这片土地，为这场伟大的战争而献身于法国，天启《圣经》第二章二十八节。

等到夜色在布拉威里山坡上一点点显露，太阳只在那陡峭的山崖上露出一点点时，牧师又开始演讲起来，他的短发随风拂动，他的声音并不悦耳，只是像个教士一样不经意地滔滔不绝地讲着，不过他的声音在整个海湾上空回响：

我谨将这颗晨星献给你们

在一个时代和纪元的结束之际，我们谨将此呈献给那些有资格享有的人作为墓志铭。他们平静而勇敢地离开了这块他们热爱的土地，尽管他们几乎没用言语来表达出他们这种热爱之情，也没有对生存和居住的这片土地讲述过他们企盼生活和他们那刻骨铭心的爱。那么又有谁能知道，死于法国的那四个人最后留下的是什么样的回忆？是曾经也是属于他们的这片土地的春天和冬天、所有的声音和气息，还是他们的气质和精神的深切的感情？我们或许可以说，和他们一起死去的是比他们自身更古老些的东西，这就是上一代农民，最后的古老的苏格兰人。新的一代又诞生了，这新的一代将不了解他们，只有在一支歌中还留下对他们的怀念；他们经历了对他们来说是多么美好的事情，这些事情饱含着爱情、追求，而这一切在以后的日子中会变得日益暗淡和陌生。这也就是古老的苏格兰的消逝，我们可以相信，再也没有那旧日的传说，旧日的歌谣，旧日的诅咒和旧日的祝福，涌到我们嘴边的将是用截然不同的努力赢得的东西。

那旧日的一切，将随着大家熟识的这四个上一代的农民一起，进入他的沉睡在那儿的那片黑暗而宁静的世界。这片土地变了，他们的田苑和房屋变成了一片荒原，羊儿在那儿放牧，我们获知，庞大的机器很快就会出现在这片土地上，了不起的牧人会来饲养它，那些小佃农，那些拥有自己的房屋住宅和比他们血肉还亲的土地的小佃农消失了。常言说，一切皆假唯有变化是真，没有什么东西是永存的，而在金拉第，我们看着在小农庄的废墟上一点点建起了引以自豪的建筑物，和那积累起来的一点点财富，我们必须注意，这一切也不是永存的，伴随着那更了不起的牧人和了不起的机器而来的是一种新的精神。那四个人几乎从来没想要贪婪地追求地盘、财产和大庄园，他们只需要朋友间的友谊，辛劳的奋斗和宁静的休息——他们对上帝和人们并没有过多的索求，可他们承担得却不少。

那么，我们不会为他们感到羞愧，让我们相信，新的压迫和愚昧的贪求就跟那一闪而过的薄雾一样。这些人为了一个过去的世界而牺牲，然而他们并没有为那些得由我们来承继的一切而死。在那一切和我们之外，一个更伟大的希望和一个崭新的世界正光芒四射，喷薄欲出，而那是他们四位死者所无法梦见的。可如果他们今天还活着，我们还需要怀疑他们将站在这场战斗的哪一边吗，我们还需怀疑他们这四位就在此刻从太阳消失的地方大声向我们作出的回答吗？

这时，人们木然地站着，很清楚，他谈的纯属政治；这时那个高地人麦克艾弗举起他的长笛，开始慢慢地绕着布拉威里海湾的那圈石像走起来，他走得十分缓慢，平静，人们瞧着他，当他吹奏起《森林中的花儿》时，一片沉重的气氛使人们毛发竖立，使人觉得阴森可怕，毛骨悚然：

笛声悠悠，如泣如诉，它在为那些阵亡的人们哀泣，这时柯斯蒂。斯特罗恩不出声地哭泣着，其他人也跟她一样抹起了眼泪，年轻的庄稼汉们阴沉着脸站着，脸色苍白，他们不太理解，也不太在意，只感到这情景令人困惑而又抑郁，它属于一个他们毫不了解的时代。

长笛手吹得可真不错，他边走边吹，令你心碎，吹奏的音调传过那片沼地，在海湾边引起回响，人们说只有克丽斯·塔文达尔一个人没掉泪，她寂寥地伫立着，牵着她孩子的手，俯视着布拉威里的田野，就这么一直到吹奏结束。这时人们看见黑暗已经降临，并一点点笼罩了山坡，她一个人滞留在那儿，有人还吃不大准，又扭头望去。然而他们看见牧师站在她身后，等着她，最后一丝日光罩在他们身上，或许他们并不需要那光，或者根本没注意到它，你没有这光也可以，只要你心中有一盏灯，静静地照亮你的心。

第　二　部

云　雾　山　谷

献给

乔治·马尔科姆·汤姆森

序　言

谢格特镇坐落在蒙斯山的南麓，缅恩斯山谷里，距福东较近，离德鲁姆利希更近。当薄雾降临时，你可隐约地看到劳楞西柯克夜晚闪烁的灯火。假如你攀登上山麓小丘，凯姆斯城堡的废墟就映入了眼帘。城堡建成时，谢格特还只是一个拓居地，当时的居民在其四周围以土墙和石坝。他们死后他们的营地都湮没在荆草中——你如在冬天的清晨登上凯姆斯城堡的残垣断壁向东望去，屏着气，你可能会听到拂晓时分传来海的呼啸声，它似乎在叹息，当一列从斯通哈文驶来的火车穿过树林呼啸而过时，你也许会看到团团火星。火车很少在谢格特镇停留，火车司机常会清清喉咙，吐口痰，车站警卫恨得龇牙咧嘴：这挺像是一件趣事。

但是只有上帝才知道你在凯姆斯城堡的废墟上想要得到些什么，别人早就去过，试图挖到金银财宝，可是他们除了一些锈蚀的宝剑外，什么也没有挖到，这些宝剑很像在战争中使用过的。那时国王肯尼思三世到这儿来旅行打猎，缅恩斯郡郡长的夫人菲尼拉设下了埋伏，因为肯尼思国王曾杀了她的儿子，菲尼拉发誓要记下这笔血债；他们说，那是在一个冬天，国王在森林密布的山谷里行猎，缓慢地行进着。在那久远的年代里，道路崎岖，绕过冰坑、泥潭蜿蜒向前，马匹行进时泥水溅到它们拖着长尾巴的臀部。菲尼拉的人听到国王走近了，正如那个不屑一提的温唐①牧师在他的传记中描述的：

一天国王骑马
　经过缅恩斯时
突然从他自己的卫队中
　一些卫士对他进行袭击
他们在费瑟克恩镇
　和国王厮杀
国王勇敢地和他们进行了战斗
　但他最后倒于他们的刀下

肯尼思国王死了，此后就发生了战争。菲尼拉的人修建了凯姆斯城堡，在山下修筑了长长的城垛，城垛中部有座塔建造的时间更久远，那是皮克特人时代的遗迹；他们据守在那儿，长年累月地抵挡了为肯尼思国王之死而来报仇的人；他们不分白天黑夜地等待着，战斗着，受尽了各种困苦。

福东·德·约汉尼斯曾描述说，凯姆斯城堡已空无一物，只剩残垣断壁，约汉尼斯是个福东人，如果他有点头脑的话，他本该把这些隐瞒下来，不让它流传出去才是。他是个牧师，那时布鲁斯②刚把英国人赶出苏格兰，而在约汉尼斯为自己取名福东之前，福东还是默默无闻的。在约汉尼斯那个时代，凯

① 温唐，指温唐的安德鲁(Andrew of Wyntoun，约 1350—约 1423)，苏格兰编年史学家，所作《最初时期编年史》是有关 14 世纪末，15 世纪初历史的主要来源，也是仅有的几部中期苏格兰语大作品之一。全书用散文体的八音节对句写成。

② 布鲁斯(Bruce， 1274—1329)，苏格兰国王，伟大的民族英雄。

姆斯城堡还在那儿。一天晚上，苏格兰人在向北进发去参加巴拉之战时，曾在凯姆斯城堡停留过；苏格兰人中有个伦巴底族人①，那天早晨他负责瞭望，这时山下士兵都已起身，军号吹响了，他看见清晨的雾气在他脚下慢慢飘过，不一会儿晨曦照射到了山腰，照到了有一条小溪流经的那片已成废墟的营地。这使他很有感触，他觉得这是一个预兆，因为在他自己遥远的国土上也有像这样的营地；他发誓假如他在战斗中没有阵亡，他将再回到这儿，并要求把这片土地授予他。

这个伦巴底人名叫休·蒙特·奥托。他在巴拉打得很好，战争结束后，布鲁斯当了国王，于是他向布鲁斯索要凯姆斯城堡下那片终日大风呼啸的豪乌山谷里的土地。这些土地原为马叟斯人占有，他们已和爱德华一世②讲和，并在他游览北方在缅恩斯停留时接待了他，为他准备了下榻的房屋。布鲁斯把这片土地从马叟斯人那儿拿来交给了休，尽管休为自己并非出身于显贵之家而闷闷不乐，然而这一来也够他心满意足的了。他挑派了一个没用的老人到马叟斯领主那里去探问他可有一位成年女儿可以和休成亲；他之所以选派一个老人是因为万一马叟斯人把他杀了也无妨。

马叟斯人很高傲，好像上帝用不同于凡人的材料造就了他们的肉体；不过当时他们正为费特坎建造的古城堡的毁坏而悲伤，那儿挂着格里格国王的盔甲，是他首先让马叟斯人定居在那里，并把他们中间为首的一个名叫梅尼厄·德柯里的人选为缅恩斯这片土地的首领。因此，马叟斯老领主没有杀死休派去的人，并回话说他的女儿不止一个，伦巴底人休尽可以来挑选

① 伦巴底族是6世纪时征服意大利的日耳曼民族。

② 爱德华一世(Edward I， 1239—1307)，英国国王。

他喜欢的姑娘。于是休骑马到了那儿，挑选了领主的一位女儿，成了亲。

但他快乐的时日不长，英格兰人又打到北方来了。苏格兰人在布鲁斯率领下聚集在一条狭窄地带，那儿有一条黑水溪流过，这就是班诺克溪关口。休英勇善战，他骑着他那浑身是汗的战马进入营地，罗伯特·布鲁斯国王叫他挖坑，把三角尖钉放在里面，上面用土覆盖，为英格兰进攻的马匹设下陷阱。他执行了命令，等到次日英国人猛冲，结果都掉进了陷阱。休没披盔甲，就骑马去看他设的陷阱，结果被英国人的一支箭射死。

在他骑马到南方之前，他在古老的凯姆斯城堡的城墙内修筑了一个城堡，并从他遥远的伦巴底家乡带来了一些同族的纺织工人。他们在凯姆斯城堡下面古代营地的绿色围墙圈内盖了房屋，以后他们又把这块未开化地方的围墙拆了，在谢格特镇的小溪旁修了街道，利用溪水推动织机，尽管这地方陌生，不开化，但他们十分满足，不过缅恩斯城阴郁寡欢的皮克特人并不欢迎他们。随着时间的推移，不同的民族通婚了，为了纪念在溪旁阵亡的休，谢格特镇升格为自治市。

于是蒙特·奥托族的人又出了个叫莫瓦特的，并和马叟斯人通婚，任何故事都传说他和马叟斯人相处得很好，马叟斯与三个领主联合起来反对麦尔维尔领主。因为这个缅恩斯郡长把他们压迫得很厉害。他们四人一次又一次地向国王抱怨；国王很烦恼，他捋捋胡须说，如果把这个郡长浸到水中那可太不幸——让他浸透了喝个够！国王在忿怒中讲了这些话，没有经过思考，以后他就忘了；可是这四个领主却记住了他的话，骑马去了豪乌山谷。

这四个凶狠的领主，阿布斯诺特、皮他罗和劳里斯特，以及马叟斯，按计划好的和郡长一起去山谷打猎；他们把他捉住，捆起来，带到加伏克，在两块大石之间吊起一口大锅；然后他们剥光他的衣服，把他扔在锅里。锅里是马上就要沸腾的水；他在越来越烫的水中像狼一样地嚎叫，过了一会儿又像一个小孩得了瘟疫一样透不过气来，而他们在一边看着郡长慢慢停止了尖叫，他的身体膨胀起来，红得像黏土，后来肉和骨头分离了；这四个领主从他们的腰带里取出牛骨汤匙，啜饮郡长的肉汤，实现了国王讲的话。

法庭和教会拼命追捕他们，马叟斯逃到凯姆斯城堡躲起来，他的亲戚莫瓦特关紧城门，不让国王的人进来。他们就把凯姆斯城堡包围起来；可是谢格特城的自由民通过一条绕过几座小山的秘密通道把肉食送到了城堡里；最后国王给马叟斯下了赦免令，军队撤走了，马叟斯露了面，并发誓说假如他这一生再喝人肉汤，然后躲藏起来，任何人都可以把他对麦尔维尔郡长所施的毒刑施加于他。

又过了很多年，谢格特城的传说渐渐被人遗忘了，此后便是残害无辜的年代，彭斯父子彼得和詹姆斯被带到爱丁堡并被控告说他们可能会发誓摒弃圣约和上帝。彼得年老体弱，受折磨后身体更虚弱，在他近旁，他的儿子詹姆斯躺在拉肢刑架上。尽管彼得手指剧痛，他仍开口讲了话，发誓否认他有罪，他儿子在他面前高唱圣歌，淹没了彼得的话音；老人死了，可詹姆斯还拖着没死，于是他们把他投入牢房，他被打得皮开肉绽，牢房里的老鼠也乘机出来咬他，可他仍然没死；在遥远的谢格特可能有好人，但像他这样意志坚强的人却很少。

彼得去世时詹姆斯还只是一个男孩，他的父亲在莫瓦特的领地上给他留下一个小农场。但他却搬到了格伦贝维，并在那儿站住了脚。他的后人也饱尝了人生的沉浮，这样一直到罗伯特·彭斯的父亲长大成人，他在那儿呆腻了，又搬到了艾尔郡；他搞的女人和所罗门[①]一样多，当然并不是同时搞的，在那里他得子罗伯特·彭斯[②]。

有些彭斯家族的后裔仍住在谢格特。在威廉国王统治的头几年，他们中的一员西蒙领导谢格特人和莫瓦特人争斗。因为莫瓦特人仍占据着谢格特的大部分，当时，莫瓦特家族里有个弯腰曲背的老妇人，她的几个儿子在与法国人的战争中先后阵亡了；她已不能审事，她很少洗脸，肮脏不堪，臭不可闻。西蒙·彭斯和谢格特的牧师指使谢格特人反对她，织布工人也不付房租，在他们看到这位长鼻子的老妇人乘马车外出时也不向她行礼。

后来，有一天晚上，一些住在离谢格特很远的人突然看到山上升起了火光；在黑暗的夜空，火光闪烁着，天快亮时，远近的老乡一群一群地走上大路，来看山里出了什么神仙。他们看到的是正在冒烟的凯姆斯城堡，夜里一场大火把这座古老的城堡烧为灰烬，连大石块也烧松散了，谢格特人发誓说他们都睡得很熟，等他们醒来，城堡已经烧光了。也可能真是如此，远在老王后去世前的好多年里，纺纱织布早已赚不了钱，人们纷纷离开了缅恩斯，织布工人住的房子里有几只大钟，床上有几床大床罩，一直拖到地板上；而那只用来唤醒织布工人的摇铃就是一度曾放在凯姆斯山上莫瓦特人造的大厅里的那只大手摇铃。

有个莫瓦特人的后裔是凯姆斯城堡的继承人，他看着这堆

① 所罗门(Solomon，约公元前986—前932)，古代以色列王大卫之子。

② 彭斯(Robert Burns， 1759—1796)，苏格兰大诗人。

废墟，知道城堡已无法修复，只能让它留在那里，听凭风吹雨淋；他在山坡上紫杉树丛中盖了一间房子，山下就是谢格特，他弄来几条猎狗，让它们在附近溜达，他对于夜晚从谢格特镇升起的无关紧要的烟火也很警惕，不抱侥幸心理。不过织布工人这时都改行了，有的做了锻工，有的当木匠，有的开起了小店，为周围农庄的农夫服务。莫瓦特人看着谢格特的溪水向西流入贝维河，白白地流走了，这使他们心中感到很不高兴。

不过这情况并没持续很久，黄麻业兴盛起来，铁路也修到了这里，在镇南靠近火车站的地方，建造了两座麻纺厂，它们以小河河水为动力。谢格特人不善于纺织，莫瓦特人只得到贝维去找纺织工人，招来了很多像乞丐似的人，他们在谢格特镇又跳舞又打架，喧闹异常。谢格特看上去像是一个人身上长满了虱子；镇上的老住户纷纷搬走了。他们沿着东街造了房子，把它称为新镇，对西街附近的老镇上挤满了的低贱的纺织工人嗤之以鼻。

纺织工人的到来使镇上的商业兴隆起来，但谢格特镇上其他的人们想使人相信这些人，这些围着围巾和披巾、口吐秽语的流浪汉是靠了他们才得以在此地待下来的；他们认为女工不算更坏些，也和男工一样坏，她们常在谢格特广场上大声嬉笑并寻衅逗乐；假如她们碰上一位穿着整齐、十分自得地赶车到谢格特镇来买东西的农妇，她们就会大声尖叫，滚回去，你这个乡下母牛！

可莫瓦特家族赚了大钱。旧教堂倒塌了，他们就造了一座新教堂，虽然新教堂没有尖塔，但却是那么漂亮、宽敞；他们居住在那里，在那里谋生，也从那里升天；麻纺厂机器的轰鸣声一直持续到第一次世界大战的爆发；大战中谢格特人经受了各种艰难困苦，但他们坚持下来了，尽管有个蹩脚的纺织工人写了这样一首打油诗：

哦，谢格特是个脏地方呀，
　有一座教堂可缺尖塔，
家家门口堆垃圾呀，
　人人口中吐脏话。

第一章　卷　　云

当克丽斯·卡珲从牧师家里出来，沿着卵石小路走来时，谢格特镇已开始苏醒了。天快破晓，欧椋鸟在粗壮的紫杉树丛中吱吱地叫着；等你走到门口，你可以看到在朦胧中谢格特镇上纺织工人街区各家各户已经有灯火在闪烁，空气中弥漫着尿布和稀粥的气味。但克丽斯对这些毫不在意，她快步走着，不时地眺望东方的天空，五月的春风吹得她脸上暖暖的，她向北拐，走到了梅克尔勃格斯街。这条街被马车压得坑坑洼洼，肮脏不堪，因此在谢格特镇流行着一句话：一条路通天堂，一条路通地狱，但到梅克尔勃格斯的路最糟糕。

但这对她无关紧要，她不上那儿，不多一会儿她拐上了一条黑黝黝的、弯弯曲曲的小路，草丛中有一条细水流淌着，经过一些台阶小路通往那边的山里。等她缓缓朝山坡上爬去时，她突然没来由地回想起金拉第农场周围的群山，想起她有时爬到那些古老的特鲁伊特石像那儿，站在那儿凝视山下的世界，回想往事，回想过去的岁月，回忆她曾遇到过的各种有趣和可怕的事情。这是不是她昨天在谢格特时，一整天脑子里老想着凯姆斯城堡的原因？

现在她站在这古老的凯姆斯城堡最低的台阶上，古城堡无声地躺在黑暗中，它已毁坏，剩下的只是一堆坍圮的砖墙，过去曾构成城堡的大厅和设防的房间的石块已被厚厚的泥土盖没。在不远的一个角落里长着几棵低矮的紫杉树，它们在摆动，好像它们听到了克丽斯的到来。她独自在黑暗中不感到害怕，因为她是在乡下长大的，她若有所失地徘徊了一会儿，笑了起来，她是在笑她自己，周围又安静了下来。也许这儿的山石树木同罗伯特·卡珲一样爱听克丽斯的笑声。

想到这里，她的脸涨红了，头有点晕，她在想她脸上的血在怎样慢慢地流动，脸一点点变红，她过去有一二次曾仔细地端详过自己的脸，黝黑的脸蛋，颧骨高高的，长着一双金灰色的和蔼的眼睛，她记得她是多么希望自己的眼睛是蓝色的！她用手摸了摸自己的头发，感到头发湿漉漉的，像是沾有露水，她估计那是黑暗中她在牧师房前的树旁碰到的，她的头发卷曲在她两耳的上方，这样的发型她已梳了两年多了。

她转过身来，俯视着谢格特，天快破晓，火油灯闪烁着，小镇已开始活跃起来。初升太阳的光芒使东方天空变白，镇上的煤油灯火一盏一盏地熄灭了，在后面的山中，一只麻鹬在尖叫——大地苏醒了，而她却在这儿臆想着，在山下的牧师宅邸里，罗伯特在床上翻了个身，也许他正伸出一只手来抚摸她，像他两年前婚后的第一个早晨曾抚摸过她那样，他的抚摸好像把她从死亡中唤醒过来了……

真奇怪，那天早晨她好像躺了很长时间，罗伯特的手碰到了她，令她心里有点胆怯。他在熟睡中身体动了动，呼吸很急促，后来手又收回去了，她在黑暗中伸手去摸他的手，并把它握住，她心里有点害羞。那是个冬天的早晨，新婚之夜后，他们俩都迟迟未起；冬天灰暗的晨光，透进了金拉第镇牧师住宅中最好的卧室，克丽斯·卡珲曾嫁给尤旺，在那之前她叫克丽斯·格思里，眼下她躺在床上思索着，把过去的事在头脑里理清楚，就像一个孩子刚从梦中醒来揉搓着双眼一样……现在一个新的生活又开始了，她过去的生活已经结束，她曾把她所有的爱都给了尤旺，可他死了，在遥远的法国失踪了，被人遗忘了；她父亲葬在老教堂的院子里；这是她遇到的荒唐离奇的遭遇，这是大战带来的倒数第二的后果，而她和另外一个人——但她不愿意再想下去了，那是过去痛苦迷梦的一部分，已经了结了。那个人到底记得不记得发生的这些事？他的最后一小时是在佛兰德①的一个战壕里度过的。

她觉得可能他根本没有记住，你曾做过这件事，又做过那件事，后来你如下地狱一般生下了你的儿子，对于你的小孩来说，从你的子宫里出来时他是无关紧要的，你赋予男人们你心底的爱。他们既可亲又可怕，要把你的心拧干，直到最后一滴血，不论他们有什么借口，而在他们的灵魂深处，他们已和你玩过了。他们知道这是一场戏，然而新生命就等在近旁。

那天早晨她就这样躺着、想着，后来她身子扭动了一下，在她新婚的早晨想这些事，她握着以前从未那样握过的他的手！她借着窗外透进来的光凝视着他的脸，他淡黄色的头发散在枕头边上，淡得几乎像白色，他的皮肤白得像象牙似的，她看到他睡梦中乌黑的眉毛，嘴像一条线似的。她喜欢他的嘴和下巴，也喜欢他那向后翻的小耳朵，也喜欢他在睡梦中攥紧的手——哦！还不止这些，他的一切你都很喜欢，还有在刚刚过去的那个夜晚他的接吻，以及在他眼中闪现的隐隐不快：就要睡

---

① 佛兰德，法国北部一地区。

觉吗，可我还不想睡。她也就笑起来，不那么害羞了，罗伯特，作为金拉第的牧师，讲这种话可不应该！他说，牧师就不能做那种事吗？她温柔地看看他，又赶快把眼光移开。或许行吧，让我们试试，果然他们已经试过了。

她轻轻地把身子伸直，记起了这一切，在暖和的被子里她感到很奇怪，她自己的身子好像刚刚接受了赐福而充满了活力，想到这里她微笑了，她想到自己已同一位牧师结为夫妇了！想想真有趣，她和一位牧师结了婚，这是牧师的住房，而她是这里的女主人——哦！生活就像一阵疾风，吹得一个鸡棚的门在晚上砰砰地响，你飞到这儿，又飞到那儿，今晚你呆在鸡棚，明晚会不会栖身于粪堆旁，这一切你都没法预卜。

她很快起身，利落地穿好衣服，没有扭头望一下，如果牧师们吃起来同他们爱恋时一样的有味道，罗伯特醒来时一定会感到很饿了。在楼下厨房里她碰到了埃尔斯·奎因，她正咧开大嘴在打呵欠，这是牧师屋里的新女仆，一个端庄的女孩，她停止了哈欠说了声喂！克丽斯听了感到耳朵发热，她一眼看透了这个大笨蛋头脑里的货色。埃尔斯，你得明白，你要叫我卡珲夫人。你早晨倒也起得很早，不然我们要另找一个女仆了。

听了这话埃尔斯吓得脸色发白，闭拢了嘴。接着赶紧说：是的，太太，对不起。克丽斯觉得这女仆真是个笨蛋，但她没有把这个想法表露出来，这种事总得想个办法加以解决。我的名字不叫太太，我叫卡珲夫人。把水烧开，我们得准备早餐了。我们用的是什么炉灶？

就这样，克丽斯在金拉第的牧师宅邸里和大个子埃尔斯·奎因相处得很好，然而闲话传出去了，说这个新牧师的新老婆克丽斯·塔文达尔很傲慢，她竟然吩咐她的女仆每次在楼梯上碰到她时都要叫她一声太太！可怜的埃尔斯·奎因真是受尽了折磨，这说明一个人在世上地位稍有提高就会做出什么事来。她究竟是什么人物会那样神气活现——她不就是一个微不足道的农夫的女儿吗？是那个不久前阵亡的男人的老婆而已。唉，假如她们真爱她们先前的男人，那就不会在丈夫死后赶紧重婚，这个新婚的卡珲夫人头脑里尽想着牧师的房子和金钱了。

在以后的几个星期里克丽斯听到了这些流言蜚语，你如果住在金拉第就会有人讲你闲话——你真得是个穿着裤子的天使，那就没人说你了，可说真的！即便那样，他们还会说你裤子底下有异物——尽管有了圣十字架，可他们照样嗤笑你，谣言无孔不入。不过克丽斯对这些闲话毫不在意，她很欢乐，很愉快，庆幸自己有了罗伯特；一天晚上他们围坐在火炉旁，克丽斯和小尤旺都依在罗伯特身边，外面风雨大作，把大树刮倒在山谷里。你可以感到山在震撼，罗伯特抬起头笑着，深邃的眼睛里那种不快又一闪，说道，克丽斯汀，上帝的脚踩在山上了！

小尤旺昂首望着远山，惊愕而又沉稳地问道，上帝是什么人？罗伯特放下他手上的厚书，眼睛看着炉火，回答说，小尤旺，这是一道难题。上帝肯定是有的，他是我们的父母，是我们一切行为的源泉和归宿。

听到这里，小尤旺的眼睛睁得大大的，说道，我的妈妈在这儿，我的爸爸已经死了。罗伯特大笑起来，并把小尤旺的椅子弄翻，说道：你是一个天生的怀疑论者——别坐着了，你们这种人太多了，你们老爱坐在大人物的宝座上！

接着父子两人假装成老虎和狮子在地板上爬呀，叫呀，小尤旺把他的冷静和严肃的性格全忘光了，罗伯特闹得比一个顽童还要糟糕，克丽斯坐在那儿，手里拿了一本书，看他们闹，有时她补补衣服，结结毛线，但她针线活做得不多。她坐着织补时，罗伯特常常会生气，责备她说，怎么，难道你快死了吗？你不要做我的奴隶，我亲爱的！她反问说，可是你不会喜欢袜子底下有洞吧？他笑着说道，有了洞我们可以买新袜子。出去走走吧，暴风雨过去了。

小尤旺睡了，他们俩就出去散步了。夜空漆黑，他们在走出牧师住宅时树林里风声飒飒，他们从大庄园旁走过，空气中弥漫着热烘烘的牛栏里传出的牛粪味，和烟筒里冒出的木柴的焦味。周围什么也看不清，什么也听不到，只有你们俩在黑暗中晃晃悠悠地向山上走去，直走到山腰某一隆起地段，大风直往你们喉咙里灌。

在他们近旁，干瘪的荆豆在风中嗖嗖地响，黑暗中飞岩怪石忽隐忽现，罗伯特有时停下弄弄她的衣领，假装他这样做是怕她着凉。可她已十分了解他，知道他这时需要什么，她用手臂紧紧搂着他的头颈，有点羞怯地紧紧拥抱他，她仍然摆脱不了害羞。他曾告诉过她这一点，闹得克丽斯也不好意思，那时她躺在他怀里，突然用嘴唇亲他，心中迸发出了炽烈的感情，这是她在未婚的年月里积累起来的感情；罗伯特有点气喘。她笑着说，你说这是害羞吧？她有点难为情，可十分高兴，此后他们睡着了，一直睡到次日清晨，他们两人醒来时，相互看着对方，他说她脸红了，她捂着脸说他们两个总有一个是笨蛋。

在她记忆中的所有那些夜间散步中，要数他们第一次夜晚散步上山岗最为愉快，那是一个激动人心的十二月末的夜晚。他们上了山，爬到布拉威里的山腰，喘得厉害，他们俯视着山风劲吹的缅恩斯，东面的灯火闪烁处是贝维镇，劳楞西柯克闪耀的灯火就像散开的点点余火，谢格特的灯光像模糊的星星，是那里的麻纺厂的灯光。金拉第就在他们脚下，人们已进入梦乡，他们站了很长时间，俯视着山下；罗伯特像往常一样又如做梦似的沉思起来，思想飞入他乡。克丽斯没有吱声，她偷偷地看了他一动不动的样子，尽管她感到很冷，心中却是快活的。她有一种奇怪的感觉，怎么跟他一起爬到了布拉威里山的山坡上，这原是她去的地方，假如他们下山，越过那个山肩，他们就可看到那个海湾和那些大石碑，她小时候挨骂时常常逃到这里来寻求安宁和慰藉……

她能闻到冬天泥土的气息和眼下放牧在布拉威里山上的羊群的气味，在附近园子里曾长满了尤旺播种的、后来她和尤旺一起收割的茂盛的谷物，他们的牛、马畜群也曾在那儿放牧。她还记得在大战年代的那些夜晚，那时她躺在床上，思量着重度旧日——尤旺回来了，又像以前一样生活，他们如何扶养小尤旺，买下布拉威里，一起白头到老，永远快活。

而现在她站在另一个人的身旁，她已和他同居，相互爱慕。她更贴近他的心，要比已静静地躺倒在法国的尤旺更贴近，她的接吻曾使尤旺动心，她拥抱他时他是多么激动，她目光盯着他时他是多么开心，他耕耘布拉威里山腰坡地时曾汗流如注，干完活大步归来时，他常面露笑容，他做事笨手笨脚的，遇到不好意思开口的事他就用眼神欢快地表达出来。她曾把自己和他在一起的一生都安排好了，可是他无声无息地死了，甚至尸体都已化为了灰烬。

十年以后会怎么样呢？也许她还站在这座小山上，也许已入了土，这毫无关系，世界还将继续存在，也许小尤旺也像他父亲一样死了，或是离开了金拉第这块出生之地；她记得有一次她就在这些园地里发现了一条真理，也是唯一的一条真理：只有天空和四季是永恒的，它们变化很慢，例如刮风下雨，冬夜微弱的月光下荆草的沙沙声——

突然她发现她傻乎乎地不出声地哭泣起来，她以为她没有哭出声，但罗伯特已知道她在哭。他用手臂搂住她。

在想尤旺了吧？哦，克丽斯，他不会恨我们的！

是在想尤旺吗？她是看到了时间老人，正以不停顿的步履跟随着他们的足迹。

春天来临了。你从牧师的住处朝山上看，可以看到山峦每天都在变化，冬季暗淡的景色和冰雪几乎完全消失了。远处的山巅迅速地变绿，炫目的积雪越来越少，燕子在牧师宅院的树丛中盘旋，在大庄园的田野里，你可以听到拖拉机开动的声音，远处传来了上山羊群的咩咩叫声，它们现在桥头放牧。最初几天克丽斯只料理家务，其他什么事都没做，却已感到很累，田里的活还等着她呢，要她帮助播种、撒粪，清晨要把牛群赶出去，母鸡拼命叫着要吃食，还有布拉威里场院里的许多活计。她望着这里的田野觉得很陌生，又是拖拉机，又是羊群，她几乎想离开这儿。过去的生活对她来说已经结束，她现在要做的是：看书，照顾好她的罗伯特，教小尤旺念书，在牧师宅子的饭桌上铺一块平整的桌布；在罗伯特不看见时躲在屋顶的小屋里替他补袜子。

他在外面做教区的工作：帮助这家办婚事，协助那家办丧事，为新生的小孩命名，让他们完满地度过一生等等。他一天工作后回到家是筋疲力尽了，克丽斯常听到他把他的手杖往门厅里一扔，叫道，埃尔斯，替我放一盆洗澡水好吗？克丽斯知道他心境不好，因此她很少在楼梯口迎接他，她要等他情绪恢复正常，那时他会来找她，把当天的新鲜事告诉她，看到小尤旺坐在窗边小凳子上看书，他会把书从尤旺手中夺走。书呆子！罗伯特大声叫道，一面把书扔到房间的另一头；小尤旺则暗暗地在笑，过了一会儿他忍不住大笑起来，父子俩便打闹成一团，在这当儿克丽斯下楼去把茶点端了上来。

你如俯首窗外，白天可以看到金拉第的全貌，晚上可以看到镇上闪烁的灯光；罗伯特坐定下来，看了看克丽斯，随即目光转向窗外的金拉第，长叹一声。她问道，累了吧？他回答说，天哪，累极了。他皱皱眉头，然后笑着说，到处都可以看到使人不愉快的脸色！但我的职责是行使牧师的职务，尽管金拉第教堂像它顶部一样越来越显得空荡荡的，我还是照旧要履行牧师的职责。他思忖了片刻又接着说，教堂已几乎没人去了。

确实如此！没有什么奇怪的，在缅恩斯地区没有一个教堂不是空荡荡的，大战已使人们不再喜欢教堂了。这点你和其他牧师一样明白。年纪轻轻干吗要在教堂里浪费时光呢？青春对人来说只有一次，在邓东有电影院，有舞厅，还有各种寻欢作乐的场所；你可以找找女朋友，听她抱怨说你还没带她到福东的舞厅去跳过舞呢。你只能吆喝你的马，看到牧师戴着平顶小帽飞快地骑着自行车经过，衣裾在风中飞扬，这时你朝他笑笑；而到了晚上，一些小伙子在棚屋里模仿牧师的讲话和动作来取乐。让牧师和像他那样的花花公子见鬼去吧，你们都知道，他们从来就是农夫的朋友。

金拉第的农夫个子都很高大，正如他们不喜欢他们的棚屋，他们也一点不喜欢卡珲牧师和他的布道，有谁愿意在安息日到教堂静坐着，听人讲污辱自己的话呢？你到教堂听人讲关于保罗和他写的科林斯人的事，这些人早已太太平平地死了；但金拉第的牧师却设法向你证明，出生于福东的诚实人家，也和科林斯人一样压迫穷苦的人们，他是指那些偷懒的粗俗的人，那些庄稼汉。不，不，你才不会那么傻去听这种讲道，你不如带了情妇去旅游，在下个星期天或再下个星期天去山谷布雷钦她堂兄家去玩，他还没有看到你买的新汽车呢；要不你就躺在床上，早餐后读读英国人和他们的妻子离婚的报道——该死，老兄！那些英国人日子过得还是不错的！你不要去多想教堂的事，卡珲之类的牧师见鬼去吧，他们一直是庄稼人的朋友，这你是知道的。

克丽斯在教会合唱队里唱歌，有时看着手里的歌本，头脑里却在回想她在布拉威里的日子，那时她从不考虑教堂的事，只忙于过她的日子，而眼下却在为将来的生活而烦心。合唱队的其他队员没赶上祈祷，羞怯地笑着对她说，卡珲夫人，对不起我迟到了。克丽斯叫她们不必烦恼，假如她用苏格兰语回答，这个女人就会想，她不也就是牧师家里的那个贱女人吗？假如她用英语回答，又会传出闲话说牧师的老婆神气活现。

罗伯特的薪金正好是三百英镑，他第一次讲给她听时，她觉得他薪水很高，并对他收入那么多深为不满，因为在田野里扎实干活的人收入还不及他的三分之一，而家庭人口却比他多三倍。但不久她发现钱都不翼而飞了，他们除了自己开销外，还要雇一个女佣人，碰到这样那样的救济，镇上的人不但盼着他给钱，还要他带头多给点。乡亲们也没白盼，若不是克丽斯阻止，他早把身上穿的衬衣也捐了，以前他就捐过背心。当他听人说哪个佃农陷入困境或害了病，他就会把他的旧自行车推出去，飞快地在路上骑起来，车上的刹车很旧，有时刹不住，他就用脚当刹车，他飞快地在尘土路上骑车时思路早飞得很远了，他没有摔断脖子算是幸运的。这是他的为人，克丽斯也正喜欢他这一点，要不是在教堂附近旧塔处摔了一跤，她差不多也想这样骑快车了，不过想想还是脚踩实地的好。

喏，他就总是这样神采奕奕地来到了病人家门口，敲敲门叫道，喂，有人吗？随即走了进去。他在病人的床边坐下，先讲一个故事把他逗乐，他从来不提上帝的事，除非病人问他，病人也很少问起上帝之事，如你所知，假如你提起上帝，病人就会脸红。因此罗伯特只谈庄稼和封地的事，他问病人，你的女儿眼下在哪儿工作？你妻子看上去身体不错。我该走了。他走之前总要把一英镑钱塞到病人手中；病人收下时，红着脸说声谢谢。罗伯特走后他们说，一个英镑算得了什么？他的收入足够他出这点钱。

克丽斯知道他们讲了这些话，那是她同埃尔斯在厨房里干活时埃尔斯告诉她的，她也知道牧师家里的点滴细事是怎么传出去的——如她儿子尤旺穿什么衣服，说了些什么；还有他们讲了些什么，唱什么歌，吃多少，想喝什么；什么时候就寝，什么时候起身；牧师如何不知羞耻地当着女仆的面吻他的老婆——克丽斯大部分都知道，其余的她也猜得着，她和罗伯特怎样在床上拥抱金拉第人人皆知，并且比她自己知道得更多，他们以轻蔑的眼光注视着她是否有怀孕的迹象……毕竟你也会因此而恨这班人。

你是知道这类事的，为这些事生气是太笨了，要想叫一个女仆成为圣人是不可能的，特别是从佃农家来的女佣，况且埃尔斯并不比其他女仆差。所以后来你对这一切也习惯了——假如你变更一下发式，或严厉责备尤旺，或晚上换件上衣——不多久金拉第镇上的人就全知道了，还要添油加醋听起来津津有味。假如你偶尔有一段时间感到不舒服，一点不会错！消息马上传遍整个豪乌山谷，说你快生孩子了，他们还能讲出日期，你在教堂合唱队唱歌时，他们都想看你一眼，看你这一星期肚子是否大了一点；并急于把消息传出去，对此念念不忘，活像狗等着啃骨头似的。

可是克丽斯照样烹饪，打扫卫生，埃尔斯·奎因相帮着她做，尽管埃尔斯在外面说闲话，克丽斯还是越来越喜欢她，自从那次她第一次责备了埃尔斯以来，她尽力不摆出一点架子。埃尔斯更乐于叫她太太。克丽斯也无意阻止她这样称呼她，因为她知道那样做会使埃尔斯失望的。

在其他雇用女仆的人家，女主人都喜欢听小道消息，爱听外面发生的这样那样的事情，诸如关于山谷远近有钱人的饶舌，或是起风天斯通海夫的穷人的穿着，凡此种种都可以从女仆那儿直接听到。但卡珲夫人只是听听，或是很有礼貌地点点头，从不表示赞成或反对。起初姑娘觉得牧师夫人装作绅士的派头，但后来你发觉她根本不管这里或那里发生了什么事，谁婚谁亡，接吻还是拥抱，打还是骂，哪个小伙子跑了，哪个农夫破了产；某个农夫对他老婆讲了些什么，他老婆用什么东西砸他等等。这真使人吃惊，实在太反常了。你下决心要辞去这儿的工作，到一个不让你觉得孤独的人家去做。

假如不是尤旺的话你早就走了。小尤旺是她与前夫生的孩子，他是那样的文静，那样的有趣，真是个好孩子，他有时走下楼来坐在厨房看你削土豆，讲给你听他从书里看到的事，并问你，公主是什么模样——埃尔斯，就像你吗？当你笑着回答说，哦，比我美多了。他皱起眉头说，我不是这个意思，我是说她穿了你的衣服是不是像你？

听到这话你脸红了。我想她像你。说完他那么冷静地望着你。唔，那实在太好了，我敢肯定——他是那么懂礼节，你真想搂住他，你真的搂了他，他站着不动让你抱他，然后他转身出去，突然他变得疯疯傻傻的，又吹口哨又顿脚，像匹小马似的走上楼梯，声音响得把人耳朵也要震聋了，不过这样也挺好，你喜欢有小孩在玩耍的地方；虽然你不喜欢小孩大吵大闹。

夏天慢慢地过去了，你就这样生活在牧师家里，你觉得这个地方也不错，有时——那是在出去或回家住一天的时候——你不再去传播牧师家里这样那样的事，并觉得你先前不应该讲这些事。你父亲嗓门很高地问，唉，后来怎么啦？你回答说，哦，没有什么。样子活像个傻瓜，令每个正听着的人都感到非常失望。但女主人的面容或是小尤旺的小脸蛋会突然浮现在你眼前，小尤旺的面容是那样的和蔼，他认为你长得很美；再讲他们的闲话是不公平的。

八月里你得了重病，他们没有像大部分主人那样把你送回谢格特镇让你的家属照料你。真的！你真没料想到女主人会端药给你吃，把你的枕头弄得鼓鼓的，为你送来早餐、午餐和下午的茶点，她十分乐意地揽下了所有的活儿，她冲洗楼梯时你还听到她在唱歌，门半开着，你听到牧师也去帮厨了，听到女主人向他泼水后的笑声，和他追她时飞快的脚步声。次日午餐时牧师亲自把菜盘端来，他的衬衫袖子向上翻卷着，你脸红了，想把睡衣穿好。他说道，埃尔斯，没事，你不要害羞。尽管你很漂亮，可我已上了年纪，已经结过婚了。

然而无论如何你才不会再到外面去嚼舌头了，要不人家就会说他跟你睡在一起。你躺在床上得到了很好的休息，但他们硬要你看书，并在你床边放了大堆大堆的书，他们的关心实在是给你添了麻烦，女主人或牧师把小段故事念给你听，有时他们俩一起来，可是你这世对书本从未有过耐心。虽然你皱起眉头很努力地听，你还是听不懂他们念的东西或难的词语，好像有什么东西牢牢地堵在那儿。

拿起书来才一分钟你就把该死的书扔了，去听树林里的鸟叫声，夜晚一点点降临，鸟儿啁啾着入睡了，在大庄园的牧地里，牛群在哞哞地叫，从竖铰链窗望出去，可以看到山上荆草燃烧的火光，——你用全身心闻着——分辨着正在收获的土地的种种声动。你感到很疲倦，迷迷糊糊地躺着，脑子里在想不知今晚查利在做什么，他是带了别的女孩出去看电影了，还是坐在茅屋里烤火？他会像他信里写的那样来看你吗？

那个星期天他来了，女主人亲自把他带上楼来，他手里拿着帽子站在那儿，脸红了，你也脸红了，可女主人不动声色。坐下吧，谈谈，我替你们两位端茶来。于是她走了，你那时和以往一样觉得克丽斯有一种朦胧的说不出的美。她的头发暗红色，鬈曲着，她的眼睛那么清澈，她有一个像男人般的嘴，但长得却比男人的嘴好看，她走了以后你两眼还盯着门看，后来查利低声说：你知道她还会来吗？你答道，不会来的，你这个呆子。同时不声不响地偷看了他一眼，他像头猪似的慢吞吞地环视了一下，然后就很快把你搂住了，这有多好啊，有一会儿你曾想在他的怀里哭泣，因为你有病，身体虚弱，人也昏昏沉沉的。你关照自己，又把他推开，他捋捋头发说道，你真美。你说，别胡说八道。他答应道，噢，我不说了。

女主人和尤旺把茶端上来后又走了，让你们俩有充分的时间在一起好好亲热亲热。你看着查利，他安详地坐在那儿，讲述他工作的地方和他干的重活，他要跳一场快步舞心里才快活。你就像个傻子，不爱听他讲这些，当然你是怕他出事，他起码得弄清自己要干什么，尽管男人要跳舞是很自然的，特别是像他所说的你长得很美。后来他走了，女主人进来了，你突然感到自己很笨，便哭了起来，女主人用手臂搂住你，这一来你又感到心定了，感到很瞌睡，很疲乏。她说，好了，埃尔斯，睡吧，你会好的。你现在疲倦了，你和你的小伙子已谈了这么长时间了。

不过你从她的眼神中知道她了解得远不止这些，她了解你头脑里在想什么；那天晚上她走后，你自言自语地说，以后我如果再听到人家说卡珲夫妇的坏话，我就——，我就……而早先你还决心要把他们的眼眶打青或叫他们身败名裂，或两者皆施呢，你进入了梦乡。

有时候罗伯特心境不好人会变得很怪，他会长时间地把自己锁在屋里，对上帝、克丽斯、他自己以及所有人发火，把他的信仰看作一场幻梦；他会看到阴间没有皮肉的骷髅和无眼珠的眼窝在露齿而笑。如果在楼梯上碰到克丽斯，他会拧着脸向她投以冷漠的眼光，或以刀割似的口气质问她，难道你不能让我清静些，你非盯着我不可吗？

他第一次发脾气时克丽斯气得心也几乎停止了跳动，后来她做家务时只觉得头昏眼花。不久罗伯特情绪好转，又来找她赔不是，因为刚才有只黑色怪兽把他缠住了。他说这是他过去肉体上受伤的反映，叫克丽斯不要着急；她后来知道在大战结束前，不久他中了德国人的毒气，几个月以后，飘浮在空中的可怕的毒烟才消散掉，他才能正常呼吸。有时候那段时期可怖的阴影还会重现，尽管他的肺已经好了，在他受折磨的日子里，他的痛苦给他留下了一个痛苦而确信不疑的信念：在人们的灵魂里永远有一个受折磨的上帝，通过笃诚的人们的良心和双手可以建立一个天堂。

可克丽斯同样也发现，罗伯特觉得，在一个没有生气的乡村他是无所作为的。一天晚上他瞅着克丽斯说，天哪！克丽斯汀，都是为了你啊，我到这里来实在太傻了。我要到其他地方去办教堂，市镇上工作有的是。他手撑着头想了一会儿，然后说，你愿意到镇上去吗？

克丽斯说，哦，好啊。同时让人宽慰地笑笑，但他看到她在咬嘴唇，知道她心里在想什么，便说道，好吧，那就不到镇上去，我来找一个不大不小的地方。

不到一个月他就找到了一个去处，谢格特镇传出消息说镇上的牧师去世了，罗伯特把这条消息带回家，说，我得试试到他的教堂去工作。克丽斯问，是谢格特吗？罗伯特说，是的。克丽斯就把那首打油诗念了出来，有人说那是某个谢格特人编的：

哦，谢格特是个脏地方呀，
　有一座教堂可缺尖塔，
家家门口堆垃圾呀，
　人人口中吐脏话。

罗伯特笑了，我们将使他们变得既文明又清洁。克丽斯说，但是你还没有弄到这个教堂呢。他说，等着吧，我很快就可以把它弄到手。

三周后他们出发到谢格特镇，罗伯特准备在那儿讲道，克丽斯想去听，那是四月，田野里静静的，一片土黄色。在雾气笼罩下显得很沉寂，而一当太阳升起后雾气就清了，只有山顶上还缠绕着羽毛似的缕缕白云，克丽斯问这云的名称，罗伯特说，这叫卷云。有卷云就有好天气，它常停留不动。今天高空没有风。

克丽斯骑着自行车突然感觉自己年轻了，比她多年来的自我感觉年轻得多，罗伯特和她并排，骑着他那辆破旧的自行车，行进时咔嚓咔嚓地像架打谷机，这个院子或那个院子跑出长毛狗对着他们汪汪叫，罗伯特不理它们继续向前骑着，他沉着脸，无疑又在默默地反省了。不过有一回他绕了回来说，克丽斯，我是不是骑得太快了？克丽斯答道，快？像送葬似的慢。他从沉思中醒来，笑道，哦，克丽斯，不要改变我们的生活习惯，不要去学英格兰人的那套礼仪！我们在谢格特牧师住宅安顿下来以后也不要改！

他这话刚说罢不久，他们就骑过了蒙丁斯。谢格特突然就呈现在眼前。你记得耶稣是如何受到魔鬼引诱的？在你刚才讲话之前，我也受到了引诱，我决定在我布道时讨好魔鬼——这样做只是为了能有机会离开金拉第到谢格特镇来住，并进行工作。唔，我不能失去这个机会……我肯定要向他们讲道的！

那个老牧师是因酗酒而去世的，人们说他到头来烂醉了；传说他的临终遗言是：今天恐惧值多少钱啊？无疑这是谎话，可是说真的，就他的薪水而言，他也够吝啬的！他的脸长长的，脸色灰白，眼睛看东西已模糊不清，他在街上或在阿姆斯旅店附近和别人讲话时，声音低沉得好像他在教堂布道坛上布道那样，他问道，上一个安息日我在教堂里怎么没有见到你啊？如果这个年轻人是新镇上的人，他会脸红害臊，不好意思地笑一笑，眼睛看看这里，望望那里。但他更可能是一个纺织工人，他会以难听的土话回答说，可能是因为我不在那儿吧！然后径直走开，让老格雷格自找烦恼去。他始终没有搞懂为什么这些纺织工人对教堂和教堂里的各种活动一点也不感兴趣。

他去世后有两三个人想来填补他的位子，更确切地说是来争他的薪水，先来了两个老头，每人都对谢格特大大的赞赏一番，他们这番胡言乱语真让人觉得米迦勒天使长也会降临谢格特，还会买下一爿商店，悠然自得地坐在柜台后面把沙子掺在食糖里。人们不太相信他们这番喋喋不休的话语，此后又来了第三个人，还传来了有关他的一些传说，这人就是金拉第的罗伯特·卡珲牧师，他在金拉第只呆了两年，去教堂做礼拜的人就少了一半，他们哪儿都愿意去就是不愿听他讲道，他老是干预别人的事，别人没做错事，他也老是喋喋不休地劝诫，他为什么不能由他们去呢？他还娶了本教区的一个姑娘为妻，如果要找一件比牧师娶一个认识本教区乡亲的妇女为妻更坏的事，那就只有在他应该安静地做祈祷时人家却认为他在布道坛下吃起糖果来。

乡亲们说卡珲先生没有吃糖果，但其他的事他几乎全做了，虽然谢格特的乡亲们都来听他讲道，但大多数人无意选他。

可等人们看见他大步走上布道坛，身子靠在布道坛的栏杆上布道时，上了年纪的教徒一上来就被他的气派所打动，接着他们也很欣赏他讲道的内容，和你常听到的那种空洞浮浅的讲道不同，他的布道是有血有肉的，非常有力量，并充满了激情——真不简单！他还能在布道时讲一点寓言故事！

他讲道的内容选自《士师记》中的一章，他讲了关于盖斯①的故事，讲了犹太公子萨姆森做的事，以及最后这个巨人如何被捆在一根柱子上，后来他从昏迷中醒来，向四周看了一下，便叫腓力斯人替他松绑；可他们狂欢痛饮，根本不理他，他们已陷入罪恶的泥潭。他们的神都是些黄铜和金子做的偶像，他们靠人们的血汗为生，他们互相大声叫嚷，瞧，我们多么伟大，我们是不朽的，大地本身也没那么可靠。欢乐是属于我们的，我们可以享受奢欲，我们喝的是美酒，我们手中有权。奴隶们的背已累弯，打在他们背上的鞭笞声已经听到，腓力斯人对他们的亲属和朋友也都不宽恕。

萨姆森醒来了，又朝四下看了一眼，他被裸体绑在那儿，头发已被剪掉。在火炬的照耀下可以看到他身系锁链，受着折磨。突然腓力斯人感到墙在摇撼。他们环视四周，看见低低的火焰在微风中波动，火舌鲜明；他们四周的大厅又一次发出了沉重的响声，萨姆森把支撑房顶的柱子拉倒了，屋顶倒塌了，把他和腓力斯人都压死了……我们看到萨姆森又站起来了，他威胁要进行破坏，除非我们从此悔过，把他和囚犯们都放出来，他们都被上了镣铐，锁在我们秘密心房中零乱的大厅里。

也许是春天的缘故，太阳向教堂射进了一道道长长的、使人瞌睡的光线，人们听到卡珲牧师的讲话声犹如山下的风声，乡亲们在下面听起来，这声音是那么动听，令人放心，萨姆森

① 地中海东岸古国腓力斯坦的五个邦联城市之一，是哥力斯巨人的家乡。

除了是指他们以外还能指谁呢？他们不得不向莫瓦特人缴付地租，这使他们备受压榨。也许是因为这个，也许是因为谢格特人一直以不重视别人讲的话为荣，因此他们像小牛舔母牛奶似的慢慢听完了布道；不少人是来观看罗伯特·卡琿和他夫人的，他夫人看上去很正派，很安详，他们骑上自行车返回金拉第去了。

罗伯特对克丽斯说，我已尽了自己最大的努力了。不过我很高兴我按我所感受的和所想的布了道。可克丽斯比他看得更清楚，她答道，他们喜欢你的讲道，而且我认为他们也很喜欢你。可是他们听不懂你布的道——什么腓力斯人，什么萨姆森等等。

罗伯特愣住了。他说，可我已讲得很通俗了。克丽斯笑着说，对你自己来说是通俗了，不管怎样，我们等着瞧吧。他们骑车回到了金拉第，日子一天一天地过去了，罗伯特认为自己在候选人名单上不会名列榜首。但他为了好玩，从报纸上，从各种报表和旧书刊里，以及从埃尔斯那里搜集了很多材料，了解了很多关于谢格特镇的情况，谢格特镇不满一千人，假如你相信埃尔斯的话，那么大部分人已死了。

谢格特镇有一半人在工厂干活——其余的谢格特人叫他们纺织工人；剩下的人有的开店铺，有的是细木工人，有的是铁匠木匠，有的在铁路上干活，还有耕地的，修路的，或在谢格特府花园里当园丁。罗伯特找到了一张谢格特镇的旧地图，把它修补好，好像一个男孩玩一座玩具城似的把玩着它。

克丽斯身子靠在他椅子上，从他肩上看着地图，他那灵巧的手指指着新镇(纺织工人来后老居民都搬走了)，老镇及其弯弯曲曲的、像迷魂阵似的小巷，这些小巷都集中在西街周围。南面是阿姆斯旅馆，坐落在谢格特广场上，东街上有一个细木工铺，一所小学校，一爿裁缝店，一爿杂货店；一个殡仪馆——天晓得还有什么店，罗伯特边说边用钢笔从东街向下划到了谢格特广场，然后转弯又划到了大场院，再到邮局一杂货铺一商店连了起来，再点出谢格特镇的铁匠铺，然后到贫民窟为止……克丽斯看到在谢格特镇的北郊有两个小点代表牧师住宅和没有尖塔的教堂，在西面还有一个点代表谢格特府，那是莫瓦特人的住宅，埃尔斯说纺织厂老厂主最近去世了，他儿子小斯蒂芬在英格兰上大学。

罗伯特看地图时嘴里还吹着口哨——有小莫瓦特和学校众人的帮助，一个牧师在谢格特还有什么事做不到啊？殡葬承办人是无神论者，肯定有办法，所有无神论者都特别相信宗教。和村社合作可以做出大事来……

说罢他笑了。尤旺，你怎么只玩搭积木啊！你小时玩的那些玩具呢？

谢格特的一个老者把罗伯特在选举中名列榜首的消息告诉了他，埃尔斯为这个老人开的门，她跟他很熟，但她没跟别人说过。这个老人叫小彼得·皮特，是谢格特的裁缝，他的店在东街的中部，店后面是他的住房，他觉得他的房子像座城堡。他讲话时气很粗，你还没跨进他的门廊，他就会告诉你，你如是个好人，他就做你的好邻居，成为他最好的朋友，不管上帝要可怜和他闹别扭的人，只要他受了损伤，他是绝不会宽恕损害他的人，决不。他是谢格特镇最有势力的托利党人，是谢格特保守党支部的负责人，他也是个令人崇敬的爱国者，对本家族的人很热心；但一听到他老伴走进店来，他就吓得要死，不敢多说了，他老伴叫梅格·皮特，看上去性子很慢，很和蔼，她叫道，皮特，我出去一会儿，看着火，把茶准备好。他吓得像一只挨了脚踢的狗，颤抖地答道，嗳，梅格。可等她一走，他又像原先一样凶狠了，好像要把你杀了吃了一样，他用皮尺在你身上比划着，好像要把你的内脏掏出来似的。

他现在正站在门口，面孔凶得像只黄鼠狼，问道，卡珲牧师在家吗？埃尔斯答道，我去看看；请问你贵姓？他说，去告诉他，彼得·皮特来了。

埃尔斯在书房里找到了牧师，牧师问，哪个皮特？并把目光转向女主人；克丽斯没吱声，只是面带微笑地摇了摇头，牧师也摇了摇头。他接着说，管他是谁，我想最好还是去看一看！

埃尔斯走下楼梯来到彼得跟前对他说，进来吧，在蹭鞋垫上把鞋底擦一下。他那副模样就好像要在她身上擦鞋底似的，他进了屋，身高足有五英尺二，面露凶相，牧师见他来了就站了起来。我是从谢格特镇来的，埃尔斯听到他在说，她关门时牧师回答说，哦，是吗？皮特先生，请坐下好吗？

约半小时以后，克丽斯听到关前门的声音，接着又听到楼梯上跳跳蹦蹦的脚步声，她以为这是尤旺从外面玩耍后回来了。结果不是尤旺而是罗伯特，他冲进房间，脸上容光焕发，一把抓住她的手臂，把她从椅子上拉起来，和她在装着大玻璃窗的房间里跳起舞来。她上气不接下气地问，怎么回事啊？他说，还能有什么？当然是彼得·皮特，谢格特的裁缝啰。他一屁股坐在刚才她坐的椅子上，仍然拉着她的手，喘着气说道，克丽斯汀，你现在看到的是谢格特的牧师。他已许了诺言，只要他还活着，他会为任何人但绝不为威尔士王子祈祷！

罗伯特把他从彼得那儿听来的故事讲了一遍，后来克丽斯又听埃尔斯补充了一点，说那是警告站在讲坛上的人讲话必须坦诚直率。小彼得·皮特是教会里的长者，他非常虔诚，每个星期天他要到教堂去两次，手里拿一个大布袋，来回穿梭于教堂里各排座位上的人们之间，用凶狠的目光盯着你，看你向布袋里投进了什么。有一次他对梅克尔勃格斯的戴尔齐尔嚷了起来，戴尔齐尔钱多得已经发臭了，但他非常吝啬。彼得对他说，我一分钱也不要你的！戴尔齐尔脸红得像一头得了皮疹的猪，在紧张之中他把半克朗错投到了袋里，他急得要死并当众出了丑。这是很久以前的事了，是上一任牧师的前任老尼科尔斯时的事，老尼科尔斯傲慢势利得像一头雄火鸡，他从未学会正确地讲英语；他最初的几次布道把皮特弄得莫名其妙。因为当他讲到王位时，他竭力为这一重任祈祷，并以让我们向除了威尔士王子以外的所有人祈祷结束了他的讲道。

皮特是托利党人，他喜欢王子。他回家见到他妻子时心里很不愉快，说道，我倒想知道威尔士王子到底有什么事和他过不去，以至于他向众人祈祷时就是不向王子祈祷？后来他和老尼科尔斯就此事进行了接触，这个老牧师咻咻笑着说，他讲阿伯特时苏格兰人听起来像除某人外的所有人①。他话讲得很慢，并带有讥笑的口气，似乎他觉得苏格兰人的耳朵很差劲，极需要清清视听——可待他一摆出这副样子，彼得·皮特说他甚至都不愿待在那儿听他讲下去了。

往谢格特搬家的那天早晨克丽斯醒来时吓了一跳，她以为

---

① 阿伯特英文为 Albert，“除某人外的所有人”英文为 All but，读音相近。

睡过头了。时值五月，清晨五点左右天已亮了，金黄耀眼的阳光已洒在了她很熟悉的田园里，她刚眨了一次眼就立即起身了。罗伯特打了个呵欠，坐起身来，想到要搬家，赶紧穿衣，她告诉他今天早晨不洗澡了，每人的衣服将就穿一天吧。他答道，好的，我不太脏。她觉得他讲得有趣就格格地笑了起来，她头发和衣服缠住了；他说，我来帮你解开。他插手反而更碍事，这只是他抓住她和她接吻的一个借口，他总是这样的！

她总算把他推开了，他吹着口哨，两级一跨走下了楼梯，克丽斯已听到埃尔斯的声音，她在厨房忙乎着，等克丽斯下去时早饭已快做好了，埃尔斯十分兴奋，小尤旺也起身了，慌忙中他把灯笼裤都穿反了。她得替他重穿，并回答他的问题。她又跑过去帮罗伯特整理最后一个装满书之类东西的箱子；他咒骂着，克丽斯坐到箱盖上，尤旺也站上来用力蹦着，砰的一声总算关上了，三个人都乐坏了。

他们早已饿了，就坐下来进早餐。忽然埃尔斯跑进来说，太太，天开始下雨了！从她的脸色看好像下的是墨水，极不错的浓浓的墨水。克丽斯叫她不要太激动，并照料尤旺吃早点，而罗伯特也同埃尔斯一样激动。此后他们听到了运货卡车的喇叭声，埃尔斯又跑来说，梅尔文从谢格特来了。

不错，他们雇他来帮忙搬家的，过去曾听到埃尔斯讲起过他的性格特点。谢格特镇上独一无二的旅馆是他开的，就是在谢格特广场上的阿姆斯旅馆，而西街尽头的一爿小旅馆已关闭了，因为那儿实行了地方人民选择权。威尔·梅尔文对此很高兴，他说假如他们是为了禁酒，他也完全赞同。他的脸像只猫，两眼隔得很开，他一说话就会像猫一样地吐唾沫；他头颈上老是戴着高高的硬领，上身穿一件皮马甲，下身穿一条马裤，腿上包着护腿，他在谢格特有两辆出租汽车，为大家运煤，在酒吧间里的服务员吉姆，当地人叫索洛克的因胃部剧痛而病倒后，梅尔文又亲自照料酒吧间。

威尔·梅尔文结婚时年纪已很大了，他娶了一位阿伯丁郡的妇女，这位妇人很瘦，很精明，她对酒吧间看得很紧，对放钱的抽屉更是眼睛盯着不放。假如她听到一个小伙子骂街，而骂人的多半是纺织工人或佃农，不是谢格特人，她就会用尖细的阿伯丁口音嚷道，不准你在这儿大声叫骂。因此当地人叫她炮筒子，如果思想都会着火的话，那她准需要参加防火灾的人寿保险了。

现在威尔·梅尔文坐在厨房间，克丽斯进来时他站了起来，说了声太太，早安。克丽斯也说了声早安，他问，是不是现在把她装起来？克丽斯知道他指的是那辆货车而不是说她自己。他说他有个掘墓人缪尔做帮手，克丽斯把罗伯特叫了过来，罗伯特皱着眉头过来了，因为他在想着别的事。他说，你们好，大家都准备好了吗？动手搬家前先喝一杯怎么样？威尔·梅尔文客气地说，一点点就够了。本来他想坐下来等喝酒了，但克丽斯问道，你不是说还有一个人吗？

于是，坐在货车里的约翰·缪尔也给请了进来。他是个身强力壮的大个子，谢格特的修路工人，两个人就喝起酒来，这时约翰·缪尔向他们讲述了他有一次在掘墓时碰到的可怕的事。他最怕碰到未亡先葬的墓穴，这种墓穴是极少的，当你把古人的棺材挖掘出来后，棺木已歪斜断裂。有时你透过裹尸布可以看到扭曲凸出的尸骨，这表明这些人下葬时并没有死，他们在棺材里挣扎着要呼吸……

他说在一个隆冬的夜晚，刮着凛冽的寒风，他到教堂附近去掘一个新墓，头脑里不时地想着这些事。他刚刚挖好墓穴，转过身想直直腰，忽然他脚下的土陷下去了，他的脚也跟着陷了下去。接着他头朝下跌进了一个红土坑里，一直跌到他挖的这个坟墓的底部，他的头一半压在他的肩膀下。这一下几乎把他吓昏了，此后他就放开嗓门大叫救命。可是他一直没有听到有人应他，他设法抬起头来瞧瞧，这是一个冬天的夜晚，山上的灯光越来越暗，他知道不用多久他就要完蛋了。他又嚎叫起来，碰巧老牧师听到了他的叫声，就小心翼翼地走到他掉进去的坑边，看见他躺在坑底便问他，你是什么人？约翰·缪尔非常恼火，嚷道，噢，我们相互认识，不要来客套——该死的，快拿梯子来！

克丽斯想可能这就是他为什么有点斜视和走起路来身子有点扭曲的原因；不过罗伯特只是笑笑，看了看表说道，这是搬家，不是送葬。约翰·缪尔放下酒杯，面露笑容，斜着眼说道，好了，时间差不多了，我们就喝到这儿。他这副样子不禁使人以为他的肚子出了点毛病。可他兴冲冲地斜睨着克丽斯的样子活像鸡埘里的一只公鸡，接着他和梅尔文起劲地干了起来，他们把桌子、椅子、衣橱、柜子、床、几箱碟子和盘子都搬了出去，一个摞一个地把车子压得吱嘎直响。威尔·梅尔文同样像一只受了惊的猫一样发出呼噜呼噜的叫声。后来车开走了，罗伯特随车一起去帮忙，埃尔斯也坐在货车后面，手里抱着一套最好的茶具，开车时她还向小尤旺摆了摆手。

雨停了，太阳洒下了金色的光芒，克丽斯看着货车沿着梅因斯山颠颠簸簸地驶去，他们搬家时总算天晴了。她喜欢约翰·缪尔，或许更喜欢梅尔文；但初次见面就对人作出判断是不明智的。小尤旺奔过来吵着要吃东西，他们一起坐在杂乱的房间里吃了一点饼干，彼此看着对方，一只苍蝇在窗玻璃上嗡嗡飞着。尤旺问他们为什么要搬到谢格特去。克丽斯尽力对他解释了搬家的原因，他很文静地听着，此后他走出房间躺在草地上打盹，不久，他听到传来了货车从谢格特镇驶回的声音。

他们把剩余的家具装了车，约翰·缪尔爬上车，蹲在家具中间，克丽斯把门锁了，把钥匙藏在墙边上的一个小洞里，这样大庄园的乡亲们上来时可以找得到。然后她走到车边，梅尔文正等着她，小尤旺站在他旁边，他们也爬上了车；货车穿过紫杉丛，在紫杉弯曲的枝条中绕道而行，很久很久以前在和英国人作战时，英国人到处搜捕华莱士骑士，他就躲在这儿的紫杉树丛中。

货车经过大庄院时，他们一个人影也没有见到，后来车子拐弯向南驶去；克丽斯回过头来最后一次注视着沐浴在阳光下的金拉第以及那片荒原，荒原的一端较平坦，和查伊·斯特罗恩当年耕种过的农场相连接，她还看到了纳普，山上成片的树林已消失，高高的上山似乎在冒着热气，还有古第斯东，下山——最后她看到了位于古老山岗上的布拉威里，那里山高人静，空气清新，对你来说，那一切都结束了；突然间，木木然的，你好像觉得什么也看不到了。

不过克丽斯很高兴这一切都已成为了过去；货车顺着像条带子似的公路驶过古镇科尔第斯，那里大多是茅屋，克丽斯又看到了山谷，它像一张地图似的展现在她眼前，谷底是德鲁姆利希镇，又一个谢格特镇，不过有更多的尖顶。在贝维河畔坐落着蒙丁斯城，车子又驶过费特坎，在那里菲尼拉寡妇的士兵曾埋伏过并刺死了肯尼思国王。所有的田园里都有人们在锄草，四个或五个一组顺着弯弯曲曲的垄沟锄着草，看到货车来了，他们中最后一个停下手中的活，慢慢直起腰，手搭在后腰处，看着货车——那是谁呀？这时所有一排人都慢慢直起腰来，朝穿蓝衣的克丽斯和黑头发的小尤旺看去。

车子拐过梅克尔勃格斯农场后就看到了右边的群山，最后就是谢格特镇，看到了镇上成簇成堆的白房子，谢格特河边冒着烟的黄麻工厂，树丛中露出了没有尖塔的教堂，左边倾斜而下的是麻纺工人的宿舍，不过这时克丽斯并不知道这就是他们的房屋。货车叶叶驶到镇的边缘就到了那幢老牧师住宅，克丽斯看到家具都乱七八糟地堆在草地上。她跳下车来，站在紫杉树荫下眺望了一会儿，热气熏染下的草地似乎都变成了蓝色。

梅尔文倒了车，尤旺奔过草坪跑到房门口，罗伯特开门出来，看见克丽斯来了，向她招手致意，高兴得好像他们已离别了一年似的，他扔下了他正抬着的柜子的一头，柜子掉下来几乎压在缪尔的脚上(可他兴冲冲地斜睨着它好像那是一口棺材)，他招呼克丽斯，快来看新书房。好像非得克丽斯过去看看他才满意似的，只剩下梅尔文在后面怒视着这对傻瓜。

有两人向牧师住宅的车道走来，他们是梅克尔勃格斯的戴尔齐尔和他的一个帮手，罗伯特迎上去看看那是谁，戴尔齐尔笑着说，啊，你要做这儿的牧师啦？他极需要刮刮胡须，中等身材，肩很宽，看上去显得很矮，手掌粗大得像块火腿；红红的脸上已有了皱纹，他笑得很尴尬，有点不好意思，他说他看到货车开过去就知道是搬家，而搬家这活儿如果人手不够，是很够呛的，他就赶来了。他面带笑容不好意思地一直看着克丽斯，活像一头苏格兰高地的公牛，竖起毛发，竖起双角还有什么别的:他的这种羞怯使克丽斯感到战栗。站在他旁边的罗伯特看上去好像是个学生，瘦瘦高高的个子，长着一张瘦长的脸；埃尔斯站在罗伯特的后面瞧着，她个子很大，长得很结实，头依然按她的方式向后仰着，脸上露出的那种表情似乎要说，天啊，到我们这儿来的是个什么东西？

接着大家动手把家具往牧师屋里搬。克丽斯把房子各处都看了看，这是个很大的空房子，总是显得不太对劲，她发现有的楼梯只有几级，坏了的梯级黑黝黝地通向一个从未使用过的地窖。有时你觉得你会走到一个房间去，结果却没有，猛可间你闯进了另一个房间，窗都紧闭着，十分闷热。克丽斯告诉众人东西该放在哪儿，怎么安放，梅克尔勃格斯的戴尔齐尔和埃尔斯把几张床抬了上来，并一一放好。克丽斯听到埃尔斯吩咐着，而戴尔齐尔应答着，还十分害羞地问埃尔斯，你是不是要在这儿做女佣人啊？埃尔斯答道，我是只配做个**女佣人**呀！其余的话克丽斯没有听到，但也估摸出一些。

约翰·缪尔问克丽斯一个衣橱、一张床和其他一些东西放在哪儿，这些东西是她第一次搬家时从布拉威里带来的。一间间屋那么多她也拿不定主意，缪尔说，也许你喜欢把这些家具放在一起吧？她答道，我正是这样想的，放在一间小房间里好了。于是他把床搬到楼上，又往后搬到一间要再上三段楼梯的高屋里。这间屋这样偏僻，清洁工也把它忘了，墙上蜘蛛网结得有麻绳那么粗。但是当你把窗打开，你可看到群山就在眼前，往下看是逶迤起伏的土丘，上面长满了草。约翰·缪尔砰的一声把床放下了，这张又大又重的床以前是克丽斯的父亲用的。克丽斯问他山上那堆废墟是什么，他回答说，你听说过谢格特的凯姆斯城堡吗？

克丽斯倚着窗子向西望，又问道，左面是什么，那一片是什么房子？——他告诉她，那是纺织工人住的房子。她惊异地看着，她还以为是些废弃不用的牛舍或猪圈呢。可是缪尔只是斜着眼睛看着并说道这些房子是不错的——让这些脏人住是够好的了。假如把好房子给像他们这样的脏人住，不消多久他们就会把房子弄得像猪圈一样脏。这些纺织工人根本就不是谢格特人。

克丽斯说了声哦！并无声地看了他一眼，此后他们下楼把其他东西搬了上来。在楼梯上他们遇到戴尔齐尔，他正含羞地向那个傻里傻气的女仆微笑。约翰·缪尔心里想，你还以为他现在该安分点了。一个男子，快到六十岁了，见到女人还黏黏糊糊的，应该给阉割掉并用绳子拴在牛棚里。

十二点钟左右他们已把大部分家具搬进来了，除了一张从北面弄来的长桌，这张桌子过去是放在罗伯特·卡琫年迈父亲的牧师宅邸里的，桌子很坚固，是用橡木制的，重得要死。此后埃尔斯叫道午饭准备好了。克丽斯说他们都得留下来吃午饭。罗伯特说，咱们就在外面这张长桌子上用餐吧。

因此埃尔斯在紫杉树的树荫下替他们摆好了餐具和食品，摆好后她自己也坐下了，戴尔齐尔正等着看她坐在哪里，此刻他带着含羞的笑脸在她身旁坐下了。罗伯特走出屋，穿上外衣，在桌子的一端站了一会儿，他低下头，在明亮的阳光下他的脸色显得很苍白，他做了感恩祷告，他诵读的是供小孩讲的祷告词；除了小尤旺以外其他人都低下头听着：

上帝赐予我们食物，
　并使我们完美无缺。
看在耶稣基督的面上，

宽恕我们所有的罪孽吧。

此后缪尔、梅尔文和戴尔齐尔都用了午餐，还有那个雇来的人，他是那么羞怯，不去看他脸也绯红。克丽斯最喜欢这个人，她看到像他这样的人时总会产生一种突如其来的怜悯心——产生一种信念，认为他和像他这样的人是真正的人，是高尚的人。埃尔斯问到有没有调羹时，克丽斯听到他含羞地说，嗳，我有一只调羹。从他把调羹放入嘴里的方式克丽斯知道他和她自己一样是北方人。果然不错！他是从北方来的，并像她一样都是从埃希特来的。他很熟悉克丽斯过去曾住过的这个地方，在巴梅金山麓的凯恩杜。这时他已能自制，不感到羞怯了，说道，哦，这样说来你是格思里家里的人啰？她说是的。他说他们还记得她父亲约翰·格思里早先在北方埃希特种地时，庄稼种得很整齐；她听了很高兴，脸红润起来，她的父亲种地比谁都种得好！

在听他们谈话的当儿，她进入了梦幻之中，白嘴鸦在紫杉树丛中呱呱地叫着。你在想它们已怎样美化了你的生活方式——鸟儿，以及随风飘动的树叶：你小时候和你哥哥威尔在埃希特田野里看到的田凫，耸立在昏暗的小树林中的云杉，那片小树林从山坡一直延伸到巴梅金山泉；还想起了在宁静的夜晚你睡在尤旺身边，觉得不舒适，翻了身，这时听到布拉威里海湾传来鹬的喃喃低语，听到外面树篱旁山毛榉树的沙沙声；现在停在门前的白嘴鸦和在房屋附近的紫杉树，它们好像想窥视牧师住宅的这些转弯抹角的房间。多久以后你还能认识这些鸟儿，再听到它们的鸣叫，再看到它们么？在晚上还是在白天的什么时候，还是在除了眼前这一太阳当空、紫杉树一动不动的时刻外的任何时刻，再看到它们，你会怀有什么心情？

她抖动了一下身子，从梦幻中苏醒过来，又面对餐桌，阳光仍照在草地上，夜间在矮树丛中徘徊是愚蠢的，在那里已铸成的伤心事都存于月宫。太阳就在这儿，她的儿子，尤旺和上帝的同志罗伯特都在跟前，还有那些她需认识的谢格特的乡亲也在跟前，所有的明天都在这里等待着她。

那天晚上她睡下后时常惊醒，在那间陌生、宁静的屋里她很早就醒了。罗伯特在她身旁却睡得很熟。黎明时她看到东方天空呈灰白色，她突然想起要到凯姆斯城堡去看看。

灰白的天空，如此灰白：此刻天色变红，天空突然出现了条条红光，光柱的顶端也是红色的，好像死去的人们都在天上，太阳是从他们的血海中升起来的，他们是在法国身亡的上百万的基督徒，有一次她听到罗伯特是这样布道的。她摇晃了一下脑袋，这个怪念头消失了，她又想到罗伯特——他的梦想只是一场梦吗？是不是一个新的时代已经降临人世，在这个时代里小孩夜里不再啼哭，妇女不会像她母亲那样变得弯腰曲背，男人不会像她父亲那样，变成一头受尽折磨的畜生，或者像尤旺那样，变成一具被子弹射穿的尸体？在这个新时代里，谢格特的乡亲会不会如罗伯特所说的那样，和普天下所有的人们一样成为上帝的伙伴，一起去从事一项可怕的冒险事业？谢格特：约翰·缪尔，威尔·梅尔文，埃尔斯·奎因以及住在西街破烂棚舍里的人……

已是早晨了，突然，远处，从镇的那一边，传来了尖锐刺耳的声音，这声音像是一头挨饿的野兽的呻吟。这是谢格特麻纺厂的汽笛声。

第二章　积　　云

克丽斯在黑暗中越过了山腰的峭壁，踏上了蜿蜒曲折的山间小道，在十一月的蒙蒙细雨中低着头从谢格特的牧师住宅走到了凯姆斯城堡。她记得凯姆斯还有一段没有倒塌的砖墙，就赶紧沿小道跑去，以便站在它的背风处。她到那里以后站着喘了一会儿气。从上次她来到这个城堡至今过去了六个月——只有六个月，她几乎不能相信！

她在金拉第作为一个农夫的妻子，忙碌操劳，这些好像是多年前的事了——很久很久以前的事了。那时，她在小农庄上辛勤地劳动，雨点打在她的脸上，从那时以来有好多年了。她得到的有多少，她失去的有多少？——她除了还有一口气以外，几乎失去了一切！

她用手摸了摸墙，把长外套裹裹紧，然后把身子靠在墙上，两眼注视着在雨中闪烁着昏暗油灯光的谢格特。这次回家无论如何是平安的……当她想起上次她爬上凯姆斯城堡的事，不觉感到好笑，谢格特有人看见她回家——（根据他们的传说谢格特的所有居民）都看见她了，大家都吃惊得瞠目相视，把它当作一件丑闻……

其实，那天早晨只有阿格·莫尔特里厄看见她回家了，这事真不巧。阿格这么一早出去是到学校里去打扫卫生的，她去的时候还没睡醒，张大嘴巴不停地打着呵欠，虽然这点她没说，你是可以想象到的。当地人很了解她，也很了解莫尔特里厄家里所有的人。罗布·莫尔特里厄曾是谢格特卖马鞍子的人。他的店在广场的边上。他虽已七十，快进棺材了，但他仍是你能碰到的有数几个粗暴残忍的人之一。眼下这个马具店也只是挂挂名而已，多年来早就不卖马具了。店里还有一两根缰绳和多年前罗布·莫尔特里厄还能干活时制作的一副上好的辔头。他的行当已过时，他已不想干什么活，他在镇上从来不受人欢迎。他说他不愿意看到绅士，不能容忍这班人的派头，因此他仍是一名激进分子。

假如他沿着大路散步时，听到他身后有辆汽车嘟嘟地按喇叭，他会让路吗？他是不会让道的，他还是照旧在路中间行走，哪个该死的汽车司机敢把他压死。所以有时他以轻快的步伐沿着大路散步回谢格特，常有两三辆汽车苦苦地紧跟在他后面。汽车司机气得涨红了脸，像疯了似的不停地按喇叭。莫尔特里厄太太在窗口看见后就大声喊叫起来，喂，罗布，你要给压死的，他停下脚步，抬起带麻点的老脸怒视着她，他长着一双黄鼠狼似的闪烁着红光的眼睛，这个老家伙还会以不堪入耳的话来奚落人。啊，很好啊——无疑你又在玩弄你的老把戏了。滚开！接着他提起手杖，也许还不止做这些，蹒跚地走到扶手椅跟前坐下，注视着壁炉里的火或者翻阅他那本老《圣经》。

他一辈子也不会宽恕杰斯·莫尔特里厄，四十多年前他遇见她并和她结婚时，她肚里已有小孩。她结婚前跟他讲明了事情的原委，他狠狠地对她说，我是最大的笨蛋。但我愿意娶你并承受你的耻辱。这样他娶了她，小阿格生下了，以后她没再生育，也许这就是他为何仍奚落他老婆的原因所在。她不作声，很有耐心，背有点驼，她的脸如同一个棕色的放赌金的盘，毫无表情；她一句话也不说，埋头做家务，她做好晚饭，让阿格回来吃。

阿格打扫学校教室、会议厅等地方，冬天她为学校做肉汤，做得乱七八糟，比什么都难吃。她看上去像一匹卸了犁的马，她讲起话来也像马嘶，在老罗布面前，她总尽力护着她妈妈。她常嚷道，不要对我妈妈那样说话！他两眼狠狠地盯着她，说道，当然啰，她在你眼里是个宝，这是毫无疑问的。你只有一个妈妈，可你有三个或四个爸爸。阿格听了这话后免不了要哭一场，她哪是这个脾气乖戾的老家伙的对手呢，尽管她足以对付其他很多人。有一点是确实无疑的，她爱传播各种可怕的消息。艾克·奥格尔维称她为谢格特的快报。谢格特发生的事她全知道，她还知道很多并未发生的事，但她最爱谈论生育、丧葬之类的事；以及这个或那个死者的女儿刚一看到死者就哭了起来——她看见他在那儿也会嚎啕大哭的。因此人们简称她为好哭娃。

这就是她，好了，我们把故事再讲下去。在五月的那个早晨，她眼睛一眨一眨地走着，忽然她看见一位妇人从凯姆斯城堡的山上往下走，她吃惊地停止了脚步:她会是谁呢?

阿格确是受惊了，因为凯姆斯城堡是纺织工人、乞丐这类人在安息日夜晚常去的地方，他们躺在那里的草地上，格格地嬉笑，抽烟，或干些更坏的事——正如老牧师说的，他们干了这些坏事下了地狱后他们要给烧成灰的。因此正派人晚上是不上那儿去的，这个女人一定是个流浪汉。阿格打了一个喷嚏，出于好奇心，她悄悄地沿着分隔男女学生操场的界墙慢慢地走去。她等在那儿让这个女人走过去，这位妇人显得很匆忙，头上什么也没戴，她跨着大步，大摇大摆地走着，活像个乡下人。此后阿格·莫尔特里厄高兴得几乎晕倒了，虽然她跟你讲起这件事时没有讲这点，阿格看清了这位妇人就是卡珲太太，谢格特新任牧师的夫人。

还没等早市开始，谢格特城已传遍了这样的消息：阿格·莫尔特里厄看见新牧师的夫人在凯姆斯城堡上，她整夜在那里和一个纺织工人在一起，阿格看见他们在草地上相互拥抱。乡亲们说，天哪，她干这样的事毫不拖拉；你看那个纺织工人会是谁啊？老莱斯利在他的铁匠铺听到这事后说简直坏透了。此刻他想起当他年轻时在北面加伏克——为了把犁刀磨得锋利些累得汗流浃背，接着他又结结巴巴地讲起某个他认识的牧师的事，从九点几乎不停地讲到中午休息的时候；你如听他讲下去，即使真有其事，你也搞不清他讲的事是在哪儿发生的，为什么会发生，以及究竟发生了什么事；只有当你无法脱身时，才会听他唠叨下去。

老莱斯利也许是一个不错的铁匠，他肯定也是谢格特最会说别人闲话的人。你一跨进他的铁匠铺，他就会开始跟你闲扯，他会问你老婆孩子都怎么样啦，问你在南面邓东的兄弟乔克，问你在病中的妹妹吉英，问你因胃痛之类的病痛而病倒的父亲，还会问起你五十年前故世的祖父。

接着他又会问起你的堂兄弟们，他们怎么样啦，还有你的舅父们与舅母们，他们的子女，他们的女仆以及所有住在他们家里的人；当你想到自己有那么多亲戚时，头发也要烦白了，头脑也要开始发晕了。他打铁时汗流满面，就像一个滴水的龙头，就这样他还会向你结结巴巴地唠叨他年轻时在北面加伏克所做过的、看到的或感受到的事，白昼慢慢过去，夜幕慢慢降临，星星开始闪烁，他本可把你所有的马都钉了蹄铁，为你装好所有的犁刀，你因没吃饭几乎要饿死了；可那该死的故事还没有讲完，他还会继续讲下去，毫无结束的迹象，下次他看到你或听到你来了，他还会讲下去，尽管你已远在十英亩田地的另一端了——你逃走了。

他的儿子西姆·莱斯利，谢格特的警察，大概是唯一对此无动于衷的人。他当警察后被派回到谢格特，仍和他父亲住在一起，他听惯了他爸爸的大话和谎话；乡亲们说假如他二十年来一直仔细听的话，他至少可以知道在他父亲还是一个小孩时北面加伏克确实发生了些什么事。乡亲们给西姆·莱斯利警察起了一个绰号，叫他费特[①]，因为他脚长得特别大，几乎不会跌倒，有一次他在铁匠铺替一匹马上蹄铁，一个梅克尔勃格斯来的恶棍径直向他袭来，照着他胸部猛击一拳，一般人早给打倒在地了，但年轻的西姆·莱斯利只是稍微晃了一下，他的脚稳稳地站在苏格兰的土地上。

费特和他父亲一起进餐时，从他父亲那里听到了关于卡珲夫人的谣传。他很少这样高兴过，这里面有文章，也许到头来还有提升的机会。因此他找到了阿格·莫尔特里厄这个小丑，他用他那粗大的红手指取出笔记本，问她是否能肯定那人就是牧师的夫人？阿格说没错。费特记下了；他好像没什么话可说了，又问，你能保证没看错？阿格回答说当然啰，这是千真万确的。费特又记了下来，他搔搔头皮，他穿着大黑靴，身子摆动了一下。真是她吗？阿格说是的；这时费特确信那个人是卡

① “费特”英文为 Feet，意为“脚”。

珲夫人，决不是旁人。阿格心里很苦恼，她对乡亲说她实在无意诋毁一个灵魂，上帝明白我不是讲人闲话的人；她说那天费特问完问题后她回到家，坐在椅子上大哭起来，她实在对不起这位新牧师。她还可以告诉你这个女人什么模样，她红光满面，走路轻快富有弹性；假如你已婚配，你完全能猜出为什么会这样——他妈的，这确实是一条颇有回味的消息！

那天晚上费特手里拿着牛眼灯，来到牧师住宅并在其周围徘徊，他得得的脚步声活像一匹强劲的挽马在行进。他并不很清楚他为何上那儿去，如果卡珲夫人看到了他，他也不知该说什么；可是他非常想被提升。他说他善于做侦察工作，假如真本事能得到好报的话，他们早就会让他做一名真正的侦探了。艾克·奥格尔维不懂这词的意义，说道，你是说做一个有缺陷[1]的人吗？天啊，是啊，已经经过诊断了的！

费特走到了牧师住宅的背面，他停下来搔了搔头皮；突然他上方的窗子打开了。他还没来得及走开，一满桶水已从窗口倒了下来，倒在他背上。他又打喷嚏又咳嗽，灯也给浇灭了，当他弄明白是怎么一回事时，他已在不住地颤抖了，牧师屋里却像坟墓那样寂静。他曾想把这帮人抓起来——对，他明天早晨来抓；他转身奔回家换衬衣，以免穿着湿衣服着凉。

你能相信吗，次日，他坐在办公室里写报告时，他母亲来说，有个女人要见你。费特抬起头来，他认识这个女孩，是埃尔斯·奎因，牧师家的那个女仆；听人说她从小在谢格特长大，虽然在她小时候她父亲已搬到福东去了，眼下她已是个个大如牛的悍妇，长着一双红眼睛，披着长长的红头发，两颊也

① “侦探”英文为 detective，“有缺陷”英文为 defective，艾克把它听混了。

是红通通的。她开始说话了，你叫费特吗？费特被问得脸红了起来，答道，我叫西姆·莱斯利，是谢格特的警察。——哦，我就是昨晚把你浇个透湿的人；我现在告诉你，你如果还想再挨一顿水浇，你就再拣这样的时刻到牧师屋旁来溜达好了。

埃尔斯不只警告费特。她还到阿格·莫尔特里厄家里去讲了同样的话，她本打算革掉她在学校里的职位的；阿格控制不住自己的感情，大哭起来，她说她从不说别人坏话，可是牧师夫人到凯姆斯城堡上去干嘛？你这个笨蛋，她在观看山村景色和日出。你难道从未听说过上山观日出的事吗？阿格说她从未听说过；谁听说过这种事呢？乡亲们听到这事也直摇头，牧师家里的那个女人如果不是淫妇的话，他妈的！你只能认为她是一个疯子。

戴特·皮特听了这段趣闻后觉得费特很可笑，取笑他说，怎么，你在兵营也呆过，邓东也呆过，连一个女人也对付不了？他在阿姆斯旅馆讲了他自己碰到的事，有一次他从前线度假来到了伦敦，在靠近滑铁卢街区的地方租了一间房子。——老莱斯利正站在旁边听他讲，问道，啊？是不是发生那场战斗的地方？戴特·皮特说，哦，见鬼去吧，对一个老人这样说话是粗鲁的。——戴特在他伦敦的这间屋子里住下后，发现女房东是个姑娘，很年轻，长得很标致，她的男人在前线。戴特用了各种办法设法接近她，他很想女人，但他不像某些从前线回来度假的士兵那样笨；他们把钱全花在嫖妓女上了，戴特不这样干，他要找机会不花一文钱就搂住这位漂亮的女房东。

他等了几天，他曾想在夜里搞这个女人，她只不过是个英格兰人，英格兰人从骨子里讲都是些浪荡鬼，她看上去不像是个正派的苏格兰女子。可是她每天晚上把门锁上，很早就睡觉了，直到有一天晚上，他听到她在大声啼哭。他从床上一跃而起，跑到门外看见她穿着睡衣站在下面大厅里，面色苍白。她手里拿着一份电报，像头母牛被缅恩斯的芜菁甘蓝茎秆卡着了喉咙一样咯咯地叫。戴特对她叫道，你出了什么事了？她抬头看见他以后笑个不停，她很年轻，长着一个孩子似的小白脸蛋，傻乎乎的，头脑空空；像一个英格兰的小姑娘。她说，哦，没有什么，我丈夫死了。她又笑个不停，戴特舔舔嘴唇，想这确是一个好机会，他看到了并抓住了这个机会。

她长得并不很难看，只是太瘦了；天啊！她的痴笑使人厌恶，她笑笑停停，停停笑笑，像个白痴，他想大概英格兰人在高兴时是这样的。因此他打了她一个耳光叫她规矩点，这下让她安静下来了。哦，是的，她的举止还是挺高雅的。

阿姆斯旅馆里有人问后来怎么样了，他是不是在那儿住了很久？戴特说，该死的，我怕了。第二天早晨她还没醒我就溜了。她会盯着我要我娶她的。他接着说英国人都是些什么样的无赖，只要有机会他们是什么都要抢的。他是不会给他们任何机会的，但是有一次在法国……

这确实是一件令人厌恶的事，你放下酒杯，或把酒喝完，站起身来，走出了店门；威尔·梅尔文看上去气得神魂颠倒，戴特坐在那儿讲了一件这样的事，使顾客厌恶得酒也不喝就走了。但你对像戴特这样的年轻人也没什么办法，他发起脾气来是很危险的。他看上去像个乞丐，可他还开了一爿店，他和他哥哥，当裁缝的小彼得，多年来互不理睬，尽管他们是邻居。他的父亲在去世前一直和戴特住在一起，戴特料理了那场丧事，有人说是他促使他父亲死的。

这个老人原是一名修路工人，他和老史密斯、那个笨蛋约翰·缪尔曾在一起工作，周末他拿了工资回家，也许他本想用一个先令买烟草的。戴特·皮特一看到老人要花钱，就会大发雷霆，他多半会用皮带抽老人的脸，让他饿着肚子睡觉；当老人躺在床上生命垂危时，他哭着要见他另外一个儿子，裁缝小彼得。但是戴特厉声说道，安静些，你这该死的还提什么要求。你很快就会在地狱里见到他的。

你怎么能这样跟你父亲讲话呢，他是快死的人了；乡亲们，纺织工人等都不到他的店里去买东西，他们纷纷说应该把戴特枪毙了；一天晚上他们聚集在他窗下谈论着把他揪出来用皮带抽一顿。谁知那叫费特的警察来了并吆喝道，你们不要站在这儿，快走开。于是纺织工人把收拾戴特的事先放在一边，而来对付这个警察，他们抬着他顺着德鲁姆利希大道走去，剥了他的马裤，用威士忌酒把他灌饱；让他醉醺醺地躺在水沟里；此后他们又到阿姆斯旅馆的酒吧间里喧闹了一阵，骂人大王梅尔文夫人为了赶他们出去几乎把喉咙也叫得沙哑了，纺织工人最近增加了工资。

戴特·皮特就这样逃脱了惩罚，纺织工人等人眼下不会去买他的东西，尽管大部分居民不那么傻。你还像以前一样生活，等待着他和艾克·奥格尔维两人厮杀搏斗。艾克恨戴特·皮特犹如狗恨耗子似的。

克丽斯发觉她花了两周时间才在新居安顿下来，因为整个牧师住宅都需要擦洗，她和埃尔斯·奎因整天在打扫，罗伯特看了好笑，他把自己关在自己的屋子里。他有时出来帮助装装窗帘，他和埃尔斯都是高个子，手脚也灵巧，有一个下午他们像苍蝇给胶水粘住似的贴在墙上干活；克丽斯递给他们吊窗帘的杆子、窗帘以及画框子、铁锤和钉子等物；埃尔斯和罗伯特则紧靠在墙上干活，有时候他们的眉毛也碰到了墙壁，或看起来快要碰到了，他们推啊，拉啊，锤啊，气喘吁吁地干活。埃尔斯有力气，很喜欢干这样的活，她不时地靠在壁炉台边上大声问，太太，这样挂行吗？她为了要看画挂得好不好几乎要把头颈从肩膀上拧下来了。克丽斯叫道，小心点！埃尔斯回话，哦，我很好！她几乎要从她站的壁架上跌下来，在下面观看的小尤旺兴致勃勃地叫了一声。

后来一切都弄好了，房间收拾得很整齐。那天晚上尤旺洗了澡就去睡了，克丽斯看到埃尔斯在打呵欠，嘴张得有开启的门那样大，就打发她去休息了。克丽斯坐在罗伯特房间里的一把椅子上也感到累得要死；罗伯特知道她很累，走过来亲亲她；这挺好，她觉得好多了。在宁静的夜晚，你可以看到下面的市镇随着镇上升起的蓝烟在飘动，好像是市镇在移动，而不是烟在飘动。罗伯特穿着衬衫坐着，抽着烟斗，如克丽斯想象的，他在谋划如何征服谢格特，可是她闭上了眼睛。过了片刻她站起身要去睡觉了。

罗伯特蓦地站起来，随手拿起他的外衣。我懂了！咱们去瞧瞧谢格特的夜景吧。

克丽斯想假如我没有爱着他——天哪，我能和他走多远！但她对此没有吐露一个字，而是下了楼，罗伯特在黑暗中摸索着，找到了她的外衣，她则找到了他的外套，接着他们出了门走上了卵石小路，圆卵石在他们脚底下嘎吱嘎吱地响着。月亮出来了，像一朵丁香花浮游在空中，月光很亮，他们回过头去，清楚地看到牧师宅邸，看到了像在墨水里浸过的紫杉树，在它们的那一边是那座没有尖塔的教堂，以及教堂附近一排一排无声的坟墓，枯萎的野草又显出绿色的生机，模糊不清的长草簇在风中沙沙作响，犹如鬼鸣。有一只小猫头鹰在山上鸣叫，在周围寂静的夜空中还传来了低沉的嗡嗡声，这声音没有结束之时，也无开始之时，持续不断，这是镇上的嗡嗡声——这很怪，大多数居民已入睡了！克丽斯头脑里产生了一个念头，然而她又把它打消了——一个令人敬畏的妇女竟然跟一个牧师结了婚！

此后她用手臂轻轻地钩住罗伯特的胳膊，谢格特沉浸在月光下，谢格特的房子像小孩搭成的积木。他们在没铺石子的街上静静地走着，他们闻到了木柴燃烧的焦味，罗伯特突然提高嗓门说道，这好像是在月光下走过一座被人早已遗忘的死城，一座坍圮的古城。你可以想象在遥远的将来的某个夜晚，人们也会出来散步，也许和我们一样，一个小伙子和他的情侣，捉摸着谢格特和他们在谢格特的那些小屋里做过的事，讲过的话，信仰过的东西，这一切你能想象吗？也是在这样的月色下看着周围的群山。

克丽斯觉得很可能他们能欣赏巍巍的群山和皎洁的月色，不会去管什么谢格特呀，什么未来的那个小伙子和他的情侣等等。因此他们静悄悄地穿过了弯曲的东街，向右拐，走到了纺织工人住的条条小巷，在靠近大道的月光背阴处他们看到了学校和围以土墙的校舍。他们走过了左边的一家木匠铺，克丽斯注意到门上的姓名是亚历克·奥格尔维，此后他们来到了一个商店林立的地方，有家杂货店的窗台上写着戴·皮特，一家鞋店上面用粗体字写着——霍格；一扇小门上涂写了彼得·皮特几个字。再往前走，向右拐，有一条小巷弯弯曲曲地通到麦克多格尔·布朗开的邮局，克丽斯曾听人说起过，可她还不曾来过。

东街的左面已没有什么房子了，围墙里是格兰特花园。有一次他们听到夜色里传出一阵啼哭声，某个小孩在黑夜里受了惊或是醒了，接着又听到哄他再入睡的话语，这一切都发生在昏昏欲睡的寂静的夜晚。他们走到广场靠近马具店的地方，附近有忍冬花的香味，克丽斯停脚嗅着说道，就在那爿卖蜂蜜的小店附近！

罗伯特也站住了，但他不是为了闻花的香味，他说道，天哪，好一个胖小子！克丽斯也看到了他注视着的东西，那是谢格特镇的战争纪念碑，一个天使站立在一块大石头上，它祥和、美丽，身着石雕的睡衣，它的眼睛斯文地避开了阿姆斯旅馆，似乎在说不论你给多少钱它也不愿屈尊相信竟然还有呷一口酒来驱寒的乡亲……

克丽斯觉得这个雕像很好，它是一个美丽的小女孩的形象。可是她看着看着头脑里产生了思虑，这个纪念碑是为了纪念那些已经牺牲了的谢格特人，她觉得这些死者跟她过去认识的金拉第乡亲是一样的人，他们都有睡眠和醒来的时候，他们都发过誓，身边都躺着女人，都曾因病痛而卧床不起，都在来自蒙斯山的呼啸的暴风雪中行走过，他们都曾有过欢乐的时刻和疯狂的时刻，都干过见不得人的愚蠢的事情，都曾因失败而沮丧，他们都很温柔、和蔼，都具有深藏于阴郁的苏格兰人血脉中的仁慈之心。他们都是她的自己人，他们已在世界某些不知名的、陌生的地方安息了，而谢格特人却树起了**这么个东西**来纪念**他们**——这个，这个小女孩活像一只呆头呆脑的小牛犊！

罗伯特说，愿上帝宽恕他们，树立了一个这样难看的东西！

你看它那根魔杖上的小星。但它毕竟还是颗星星，不能把它看作是一串葡萄。我们如做些改动，乡亲们会认为这是在开玩笑，他们用石块在这里树立起来的是个虚有其表的废物！

他依然梦想他能改变这儿的现状！罗伯特，你想进行什么变革？你能做些什么？这里的一切和过去一样；大战没有使乡亲们的境遇有所好转，也没有使他们的生活变得更差。他们还是在散布各种流言蜚语，他们中有好人，也有坏人，都生活在一起，不分高下都混在一起了。这个安分的谢格特人的团体——谁愿意参加这个谢格特人的团体，又有谁想知道你想干什么，有什么意图？

他身子靠在天使塑像下，面带微笑地看着克丽斯，十分冷静，似乎对他今晚的幻想很有把握。克丽斯，假如我们万一有了一个小孩，你和我，他长大后觉得那是对的——你讲的话是对的——那么我希望他将和尤旺以及和他们那一代人到这里来把这个纪念碑砸碎，因为我们使他们失望，并且没有考虑上帝的意志。要进行变革吗？人们必须进行变革，不然就要在这里、在谢格特，像在全世界一样灭亡。需要就是动力，警察就是来制止过去那种争吵不休的愚蠢行为的……

这时他笑了起来。怎么，你那么困呀？咱们回去吧。

那年夏天费特警察手头有很多事要做，渐渐秋天到了。首先是筑路工人那里出了麻烦，老史密斯晚上用车子把他从油菜地里割的干草运回家喂他的牛。他的房子和约翰·缪尔的房子紧挨着，都在教堂和牧师宅邸的后面，他们的后门外便是田地，一直向东延伸，经过险峻的群山和梅克尔勃格斯人耕种的土地相连接。缪尔不养奶牛，他买牛奶喝。老史密斯每天黎明即起，总要先到牛舍去看看，那里他养了几头奶牛和两头小牛，谁也不知道他喂牛的饲料是从哪儿买的；这也没有什么好奇怪的，这些该死的饲料全是他偷来的。

他老是东张西望、探头探脑的。他长着一脸浓胡子，活像只杂种狗的脸，瘦长、难看；他能轻巧机灵地翻过篱笆，把别人的干草捆扎起来；在下一辆汽车在路上出现之前，他已经和平时一样回家砸石子了。到了晚上，他就去把捆好的干草放在自行车上，不点车灯，飞快地骑过谢格特的街道，阿姆斯旅馆的酒吧间还开着，人们都到里面喝酒去了，没人会出来张望；他把干草运回家时，母牛早已饿得像鹰似的哞哞直叫，老史密斯也会跟着哞哞地叫几声，他用干草把牛喂饱，傻子似的拍拍牛的肩部，他可以说爱牛如命，他说他爱闻牛的气味。

乡亲们说对奶牛不能那么特殊，这样下去它们定会厌恶他的气味。因为他爱喝酒，他喜欢喝什么酒就喝什么酒(虽然他家的房子和家具都是他的)，晚上他还没到门口张一张，他的女儿就会叫起来，老家伙回来了！她的几个小孩，也就是搬运工布鲁斯的几个小孩，就会讥笑他，高兴怎么骂就怎么骂他。而他只是站在那儿笑笑，嘴里咕哝几句，虽然他并不是一般人认为的傻子；听了这些话，他面带愠色地走到阿姆斯酒吧并发誓说，在明晚到来之前他要把布鲁斯和他的行李扔出他的大门，假如他再容忍他们的侮辱，他就不是人。

乡亲们每次听到老史密斯怒气冲冲地讲这些话时就感到好笑，因为他仍让布鲁斯他们住在他家，所以他不是人。乡亲们说他们同意他的看法，并说要一个谢格特人忍受他遭到的待遇是一种耻辱；阿姆斯酒吧打烊时他们跟到他家，站在门口听他们怎么争吵。但他们听到的只是他那胖得像头快生小牛的母牛的女儿埃伦的叫骂声，呸，你这个老畜生，你上哪儿去了，史密斯只咕哝几声就睡觉去了。

他还有一个女儿，也跟埃伦一个样，他曾拼死拼活地干，挣了钱让她去读书；他也真把她培养成了一名教师。她住在邓东，可是她从来不到南方来看他。史密斯说他为她吃尽了苦头，受尽了劳累，而从她那儿得到的唯一一件东西是一支香烟：并且是一支点不着的香烟。

在七月一个星期六下午，老史密斯敲石子敲得疲惫不堪，他没有像以前那样在远处偷了干草捆在自行车上弄回家，而是把车子骑到离家不远的地方，他来到了梅克尔勃格斯新割的干草堆前。老史密斯下了车，点了烟斗，装着好像他下车就是为了点烟斗。周围没有人影，这块园子很隐蔽，他很快跑过去抓了几把干草，又赶紧跑回来把干草捆在车上——他动作之快让人看了觉得他的灯芯绒裤子没有着火真是个奇迹。他刚骑车走，戴尔齐尔就跃身而出。他刚才一直藏身于油菜堆后，这时他奔到场院，骑上自行车，跟上了老史密斯，一直追到他家门口。然后他到镇上叫了费特，他们来到老史密斯家时，他正走进牛舍，手里捧着那一大捆偷来的干草。

费特警察大声嚷道，史密斯先生，我要逮捕你。老史密斯回头一看，差一点把手里的这捆干草也丢了。啊，要抓我？他颤抖地说，接着这个满脸连鬓胡子的老家伙变得疯狂起来，他把干草朝戴尔齐尔脸上一扔，嚷道，把你这些该死的东西拿去吧，我才不要用这样的脏东西毒死我的牛呢！

费特说，我怀疑这个案子是否能成立，老史密斯这时比先前更疯狂了。他说道，你们两个都不是好东西。都见鬼去吧！说罢他大步走进他的屋子。多年来他从未这样迈着大步走进自己的房间。

他的女儿，那个蠢货布鲁斯太太，听到他砰地把门关上便跳了起来，嚷道，你这个讨厌的老坏蛋，砸什么门啊？那时老史密斯正怒气冲冲，他说，埃伦，你知道你在跟谁说话啊？她回话说，嗨，你干的好事，你给谢格特丢了脸。听了这话老史密斯没等她眨一下眼就一把把她悬空抱起，她吓得不知所措。她尖叫起来，想挣脱又不成，她长得太胖了，老史密斯力气很大。该死的，看他不把她的气焰压下去！他掐得她痛得像小孩似的大哭起来，她的几个小孩都来打老史密斯，用脚踢他，可是他不住手，只管用皮鞭抽他女儿，抽得他自己的手也疼了才罢手，当然不如她屁股疼得厉害。史密斯说，这是给你的一个教训，你这个大饼脸的坏女人。他让她躺在地上大哭，顾自跑到阿姆斯酒吧，碰到的第一个人就是布鲁斯，此刻老史密斯像只好斗的公鸡。

布鲁斯肤色很黑，脸上一副凶相。老史密斯一拳打在他下巴上，他顿时凶相毕露，嚷道，这是干嘛？史密斯说住口，紧接着他像只老疯狗似的又向布鲁斯打去。你不能设想布鲁斯不会被激怒，梅尔文夫人冲进酒吧时他正在那里追打着史密斯。她用她那微弱的阿伯丁郡的口音叫道，这是在干什么？不许在这里骂街。布鲁斯说，我没有骂过一句。她接着说，够了，够了。你们这些无赖到外面去打去，别把这里弄得都是血污。假如你跟你们亲戚要解决什么争端，出去，到人们看不到的地方去解决。

布鲁斯说，好吧。他旋即把老史密斯拉出去痛打了一顿。这向你表明偷东西的人的下场，小偷小摸和被人发现后像小丑似的出丑是不一样的。

到了下一个安息日，邮政局长麦克多格尔·布朗来到广场，虔诚地劝诫人们不要偷窃，你绝对不会想到他和他老婆晚上不睡觉忙着在糖里掺沙子，在火油里掺水——乡亲们是这么说的，但他们也会说谎。麦克多格尔可能已有五十岁了，他曾是一个歌唱家，也是一个传教士，这是真的！虽然有人说他唱歌时的嗓音更像切干酪。第一次世界大战期间他是一名爱国者，他不曾参加过战斗，但是嗨！他唱得有多好啊！在战争年代举行的第一次音乐会上，他向谢格特的乡亲们演唱了“蒂帕雷里”这支歌①。演唱时他红光满面，像只正在熏烤的火腿，他唱得很好，一直唱到歌词中说他的心就在那儿的地方。这是确实的，往后麦克多格尔唱得有点乱，手的位置放得也不对，竟放在了肚子上。坐在演出厅前排的艾克·奥格尔维偷偷地沙声笑了一笑，这引起哄堂大笑；麦克多格尔为此永远也不会宽恕艾克。

他在邮局工作得很顺利。他的儿子约翰尼脑子有点笨，麦克多格尔叫他送送信，他自己保管钱财，由于他儿子傻，在他身上花的钱很少。除了小乔克②外，他还有两个女儿，大女儿西斯长得很漂亮，脸蛋庄重而和蔼。她上大学，但她不骄傲，她是一个很好的姑娘，谢格特人都很喜欢她。

麦克多格尔信仰他自己的一种特别的宗教，他不属于老的天主教，也不属于独立教会，他甚至不是主教派教会的成员，而是属于救世军，或和该死的救世军很相似的教派。在安息日的早晨，他来到广场在天使像下传教，他认为上天堂是解决问题的办法。他在谢格特时使两三个人改变了信仰，他们会站起

① 蒂帕雷里是爱尔兰一地名，第一次世界大战时该地出征军人爱唱此歌。
② 约翰尼的昵称。

来讲述上帝做了些什么，在他们遇见上帝之前他们怎样沦入迷途、成为濒临毁灭的人。现在上帝又使他们成了新人。真的！假如情况是如此，你会认为上帝亲手做的事，如同其他一切事一样，都是不会成功的。

那个星期天史密斯家里大吵以后，麦克多格尔和他夫人到了天使像那儿，他已秃顶，他的夫人身体肥大笨头笨脑的，她是南方人。艾克·奥格尔维说她讲话时嘴张得像大像的屁股那么大。她一点也不关心聪明伶俐的西斯，可是非常关怀她的小女儿，大家都叫她梅布尔①——除了她母亲，她叫她梅贝尔。两个女儿都在那儿，傻儿子乔克斜视着天使像，口角上淌着口水，还有两三个人，花匠格兰特夫妇，火车站站长纽伦兹和夫人都在；耸立在上的天使的睡衣向后翻起，很灵巧，好像怕碰到麦克多格尔·布朗的光头似的。布朗太太把他们带来的口琴打开并吹奏起来。此后他们就唱起那支与众不同的圣歌，纽伦兹在他站立的地方声音沙哑地歌唱，麦克多格尔唱得像切干酪。

唱完圣歌麦克多格尔开始布道，他从《旧约·利未记》中选了一段，告诫人们不要偷窃，老史密斯的事促使他讲这个内容；此后他们唱了另一支圣歌，唱的是他们在羊羔的血水中沐浴，这羊羔就是耶稣基督，麦克多格尔说他非常喜欢贯穿着血的圣歌，尽管有一次戴特·皮特来帮他杀猪，叫他把猪按倒，他吓得面色苍白如纸。

他们唱得不错，有血气，好像真在血水中游泳一样，唱到后面麦克多格尔发现他们唱错了，歌词都搞混了，他听不清他们唱些什么。后来他的夫人也听出他们唱错了，她回过头来

① 梅贝尔英文为Maybel，被人故意念成梅布尔(May-bull)，即为5月的公牛，这是人们故意取笑。

说，你们在唱什么啊？她看见麦克多格尔脸红得像大黄，他不唱了。其他人也停了下来，因为这时有一群纺织工人走了过来，为首的是那个穷光蛋乔克·克朗宁，跟往常一样，他们的歌唱得又快又响，淹没了麦克多格尔的声音，这是对麦克多格尔圣歌的粗暴嘲弄：

比墙上刷的白石灰——还要洁白！
比墙上刷的白石灰——还要洁白！
　哦——让我在你
　洗你脏女儿的水里洗个澡。
我就会比墙上刷的白石灰还要洁白！

等他们唱完后，麦克多格尔对克朗宁嚷道，你怎么一点也不尊重？——你，约翰·克朗宁——上帝的安息日？这个无赖说，该死的，你也没有丝毫尊重呀。麦克多格尔听到他这么说几乎气炸了，他一生从未和《圣经》分过手。约翰·克朗宁接着说，《圣经》里讲的东西你全相信？麦克多格尔·布朗说，是的，我相信。这时他已上了克朗宁的圈套，克朗宁说，《圣经》里说假如你信仰《圣经》，你就能搬动一座大山。这是信仰《圣经》的证据。那你现在当着我们的面把这座蒙斯山向后移一点！

和他一起来的那帮纺织工人全是帮无赖，这时一齐起哄，是啊，麦克多格尔，来吧！搬山吧——你是惯常于搬砂子的！麦克多格尔结巴了，脸涨得比什么时候都红，他叫道，现在我们唱《古代的石头》这首歌。乔克·克朗宁叫道，你信仰的石头在哪里？麦克多格尔和他的信徒一开始唱，纺织工人们就像刚才那样也唱起他们的歌，他们唱着比墙上刷的白石灰还要洁白，唱着麦克多格尔的肮脏女儿；安息日在谢格特广场从来没有听到过这样的吵闹声。

老莱斯利走过广场听到了吵声，他了解麦克多格尔，真为他感到惋惜。当他走过来想干预时，乔克·克朗宁嚷道，天啊！又来了一个撒谎的人！老莱斯利忿忿地走开了，他到了牧师住宅抱怨他们的无理。

他到牧师家时，牧师刚从教堂做完早祈祷回到家，午饭时间已过。老莱斯利说现在这帮人待人这样坏，真可恨。在他年轻的时候，假如一个年轻人像克朗宁那样辱骂别人，他早就要给拎出去，把手脚斩掉了。唉！他回想起他小时候在加伏克的事……

可是这个新牧师站起身来说道，行啦，我以后再听你说，我现在没空。一副怒气冲冲的样子好像要把你杀了似的。老莱斯利还没搞清是怎么一回事，牧师已经走到门口，把门砰地一关出去了。

克丽斯听到关门声，也看到了老莱斯利慢慢地转身沿着小路走去，脚下踩着卵石发出嘎吱嘎吱的响声；突然你看到这个人年纪已那么老，他的背已驼，弯成那种奇怪的形状，因此这么把他撵走是太无人性，太不像话了，你突然想哭，可你咬住了嘴唇没有哭出来，目送着他离去。你知道他只是一个疲惫的老笨蛋，今天他找到罗伯特，正碰上他情绪极坏。然而——

你常在毫无思想准备的情况下一再碰到这样的事，心情很紧张——半小时之前罗伯特很疲劳，他两手撑着头，说道，这有什么用呢？他向他的那个上帝祈祷，可是你又不信他的上帝，虽然你掩盖了这一事实。你们将永远生活在一起，为什么要用你和他都无法改变的东西来伤他的感情呢?

在最异乎寻常的时刻，你情绪激动，一刹那间，你似乎看到了你内心深处使你悲痛的景象，你似乎看到了埃尔斯弯曲的身躯，有时弯着身子是一种享受，有时却因疼痛而弯腰曲背。你会看到——在谢格特宁静、黑暗的夜晚，那边草坪上传来紫杉的簌簌声，你如用心去想，会觉得那些事实在可怕——所有想争取做到的事，所有的希望都已是毫无希望的蠢行。突然，也许是在谢格特的一爿店里，你似乎看到一个酷像你父亲的脸庞，它好像就在眼前，活生生的连长了胡子的嘴唇也清晰可见，你会想起你故世多年的父亲，他的尸骨已在金拉第的教堂墓地与肉体分离——在他漫长的一生中，他曾希望做成这件事，也曾努力争取做到那件事，但生活究竟带给了他什么?他在一间简陋的屋子里离开了人世，去世时他仍只是一个粗手粗脚的农夫，他早已被埋葬在土里，早被人们遗忘了，如同你的痛苦和泪水早被上帝遗忘了一样，你很清楚，那个上帝是根本不存在的……

只有当你和尤旺在一起时，你才不会回顾一生中这些变换无定的岁月，他虽然是一个小孩，但他具有某种像岩石一般坚硬、闪光和不可折断的品质，好像他体内有一片花岗石似的。真奇怪，当你还是个姑娘时，他的身体就从你的身体里出来了，真是不可想象，因为他和大地靠得那么紧密，和大地的气息和感觉那么接近，他差不多就是来自大地本身!

你听罗伯特说过，我们都来自大地，但你知道那时更荒漠，更奇怪;在大地形成的时候你自己就来到这儿了，在世界的初期，一阵大风吹来了尘埃，出现了大地、树根和昆虫的翅膀，那时蛟龙还在漫游世界——你现在身上的每一粒原子，就在这里，那就是你，它使你心脏跳动，它形成你洁白的躯体并赋予你力量，赋予你轻捷的步伐，晚上你和你的罗伯特接吻时赋予你胸中的爱——这些都已在那里，这些都只是形式的变换，一支歌曲里的不同节奏。

你又想到很久很久以前和你哥哥威尔在一起的事，那次他从法国回到家，在他返回法国并被杀死前，你说过苏格兰人从来不笃信宗教，从来不像其他人那样相信宗教；这是千真万确的，不仅对你是这样，对在广场天使像旁像驴似的叫唤的麦克多格尔也是这样，对于星期天到教堂去的乡亲，对于罗伯特他自己——甚至对于罗伯特他本人也是这样！

这里缺少了某件东西或增添了某件东西，那是这片土地上某样已和你的躯体融合为一的东西——哦，可能那样东西就是上帝——这是些使乡亲们微笑着接受的故事，这些故事把众神、天堂和地狱，把后世、前世、人间天堂、变革的可能性，把拯救人类的希望和信仰——都当作他们将参加演出的一出戏中的一个神话故事，但是他们始终知道他们只是演员，他们明了，苏格兰人的躯体并没有死，他们在心地里深刻而又真实地了解这点，他们也知道在这里他们终于面对了实实在在的东西，既不是天堂，也不是地狱，而是红色的土地，是你对耕耘过的土地的依恋，脚依然踩在土地上，依然是那样的时光：冬季暴风雪席卷山谷，狂风大作，尘埃飞扬；春天的早晨，某个男子汉牵马犁地，扬起了尘土；鸟儿们在树丛中啄食、吱吱地鸣叫，树木在萌发的春季换了新装。

你了解这些，你也明白他们也知道——甚至罗伯特，也懂得这些事，他在最困难的时刻总是念念不忘上帝的，他信仰的这个上帝是人类之父，富有同情心。他有慈悲心，是我们的朋友，在某个方面甚至和人一样不能自助，但是他和蔼，有勇气，他征服了阴间所有的鬼神。因此罗伯特信仰这个上帝：现在当你听到罗伯特下楼时急促的脚步声，他的心情重又忧郁低落，你明白他知道他追随的只是场梦，面临现实他情绪低落，而他的希望只是一团迷雾。

克丽斯还记得她自己的那个梦——她简直有点神魂颠倒了！她一面在回想往事，一面在为下周的家务奔忙。要做果酱，她觉得很有趣，埃尔斯也有同感，她们煮了一锅又一锅，把所有的罐子都装满了，甚至都忘了煮晚饭。罗伯特从花园进来，满头是汗，叫道，克丽斯汀，你上哪儿去了？我以为你要出来帮忙的。出了什么事——你没出什么事，是吗，我亲爱的？克丽斯说，只是有点饿。他说没有爱情吗？他们俩在一起胡闹了一会儿，直到听到了埃尔斯端盘子进来的脚步声才罢。他们随即各人找了一把椅子坐下，装着严肃的样子。可有一次他们胡闹时给埃尔斯看到了，她对牧师说，说实在的，我并不感到惊奇！她又看看克丽斯；克丽斯觉得这是她见到她的最美好的时刻。

尤旺成了个野孩子了，整个夏天克丽斯很少见到他，他时常出去玩，在谢格特兜马路，克丽斯起初害怕——怕他被马车、汽车或驶往邓东的公共汽车撞倒。她设法叮嘱他外出游玩时要当心一点，以后她也不多说了，让他在世上听任命运的摆布吧。

有一个星期六她和罗伯特在花园干活时，抬起头来看见了尤旺，他手插在口袋里，头上帽子也不戴，黑头发在阳光下几乎成了蓝色，他逛出了牧师院子的大门，在梅克尔勃格斯转了弯，向凯姆斯城堡走去，克丽斯不知道他上那儿去干吗？

罗伯特说，他已开始在寻找高的职位了，并笑了起来，他继续翻土，克丽斯也一样，心里甜滋滋的，忘掉了土地的芳香，你用铁锹铲土，身体也随着弯下，铲着铲着一条垄沟也修成了。过了一会儿，白嘴鸦呱呱地叫着飞来了，在附近盘旋，他们俩都抬起头从谢格特向蒙斯山望去，雨点正哗哗地落在远处的山坳里，牛群甩动着尾巴，散布在石南丛生的荒地上。克丽斯问特拉斯大山那儿天上的云叫什么云，它们像圆屋顶似的一个叠在一个上面，好像是一座飘浮在云海中的城市的无数屋顶。罗伯特说，那叫积云；这只不过是夏季的雨；过了一分钟——看，积云飘过来了！

克丽斯看着它像一群飞翔着的白嘴鸦盘旋着飘过来，忽又从高空猛降下来，她又向左看，透过一片浓烟她也看到了积云，烟气滞留了一会儿，等待着雨的降临，谢格特人都抬头仰望着阴雨的天空。此后罗伯特在紫杉树荫下跑了起来，克丽斯也跑了起来。雨已嗒嗒地打在树叶上。他们站在树下喘着气，看着雨水很快地流进了垄沟，不一会儿灌满了垄沟，又溢了出来。马铃薯的茎在大雨中弯了下来，嗒嗒的雨点像小冰雹似的，以后只听到营营响，犹如早晨在金拉第听到的大海的声音，荒芜的花园里已尽是雨水。不久雨停了，烈日又普照大地，克丽斯清晰地听到远处的鸟鸣声，好像这鸣叫声从未停止过；那是山中的一只鹬鸟在鸣叫。

中午时分他们看见一个被雨淋得浑身湿透的人向他们走来。克丽斯听到埃尔斯的喊声，你湿透了吧！尤旺答道，是啊；可我弄干了。他手里拿着什么东西。他把它反过来，走到罗伯特跟前。看，我在凯姆斯城堡找到了这个。

克丽斯也停了下来看这东西，他们三个人站在雨后的阳光下，罗伯特把这器具反过来看，这是一只生了锈的断裂的矛头。尤旺想知道这是什么东西，他问，古人是不是用它来耕地？罗伯特说，不，他们用它来杀戮，这是矛头，尤旺，这是愚昧的古代遗留下来的。

此后埃尔斯叫他们进去吃饭，他们像饥饿的老鹰一样很快进了屋。尤旺为了获得更多关于矛的知识，真奇怪他竟问了他想问的所有问题，饭他也吃了，吃饭、问问题两者他都办到了；罗伯特说他脑子里有一个大问号！

可是他把大部分问题放在晚上克丽斯替他洗了澡，并把他带到他楼上房间里时提出。为什么楼梯是弯曲的？为什么楼梯不是直的？他长大成人要很长时间吗？耶稣基督现在在哪儿？罗伯特碰见过他吗？那是一只猫头鹰，为什么猫头鹰不在白昼飞行？为什么我睡觉时你不睡觉？埃尔斯很喜欢梅克尔勃格斯的戴尔齐尔吗？我喜欢莱斯利老先生的铁匠铺，他说他小时候在北面加伏克时，从不让他走近铁匠铺，他如不从，他妈妈要打他屁股的；她不喜欢铁匠铺吗？我看见霍格先生，他说，“你叫什么名字？”为什么他鼻子里长出毛来？霍格太太很胖，她是不是快要生小孩了？妈妈，她生小孩时是不是要把衣服脱掉？妈妈，你的肚脐眼跟我的是不是一样的？你看我的肚脐眼，瞧，在这儿，好玩吗——我不困，咱们来唱一会儿歌。为什么——

这是一个安静的星期六傍晚，太阳还没落山，尤旺终于睡着了。克丽斯拿了一把椅子走到花园里，靠在椅子上坐着，两臂垂在后面，看着黄昏的到来，她也有点睡意。罗伯特在他屋里写布道稿，他想到一个题目时就把它写了下来——他会突然想到一个主题并为身边没有笔记本而咒骂起来。

这天下午他突然想起一件事。我知道了！尤旺拣来的那只矛头——他究竟把它藏到哪儿去了？

星期日早晨十点半，克丽斯听见约翰·缪尔的声音，她朝外望了望，看见他从教堂方向走来，他穿着他最好的服装，他的肩膀有点斜。今天去做礼拜的人很多；夫人，你在这儿过得怎么样？

克丽斯说她过得很好，他斜着眼对她笑笑。你看上去确实不错，你住在谢格特挺好的。好，好，假如牧师没有其他吩咐，我就回去拉响教堂的大钟了。

不一会儿克丽斯听到了教堂大钟的当当声。这钟声打破了周围的宁静。她自己也该做好准备去做礼拜了。她把圣歌歌本、手帕和《圣经》找出来，检查了一下尤旺的衣着，抻了抻他的衣领。于是他们俩就匆匆地穿过花园的花丛，从土墙边的小门走了出去，又走进教堂后面的一间小屋。在那里钟声响得震耳欲聋。克丽斯把尤旺的衣服拍了拍，就带他进了教堂，让他在做礼拜的靠背长凳上坐好，她自己走到里屋教堂合唱队坐的地方，小学校长的妻子盖狄斯夫人已在那儿，她面露微笑，身上散发着科隆香水的扑鼻香味。早，今天天气多好啊，你说呢，真可惜来听上帝声音的人这么少，她低声以神圣的声调耳语道。

克丽斯答道，哦，是呀。并在她旁边坐下，又向周围看了一下，人们正缓慢地走进教堂。市长哈里·霍格和他的夫人吉英在他们的位子上扑通一声坐下来，哈里环视了一下四周，然后像一头吃饱草的母牛合上了眼睛。接着进来的是约翰·缪尔的妻子和两个女儿，关于他们家的事埃尔斯已向克丽斯讲了很多。埃尔斯说她可发誓证明缪尔那次掉入坟墓里去以后，曾讲过他倒愿意呆在那里。

缪尔的妻子是米尔顿家族的人，他们大多在格伦贝维山腰种地，她从早到晚喋喋不休地叫缪尔辞去现职，一个普通的筑路工人，她要他到世上去闯，她炫耀她的妹妹马杰特·安，她和一个农夫结了婚。但是约翰·缪尔却说，该死的，我们的结局还不是一个样——挖一个坑，尸骨变臭，最后虫子来吃掉。他的太太则厉声说，是的，可能我们的结局相同，但要看怎么个死法，有流芳百世的，也有臭名昭彰的。至于发臭，那是讲你自己。她心里很烦，就打了托伊一巴掌。托伊是她大女儿，呆头呆脑的，小特德看见她姐姐托伊哭了，她也哭了起来，她妈又打了小特德一巴掌，约翰·缪尔站起身来，默默地走了出去。他又找了一个坟墓掘了起来，借以换换脑筋。

接着克丽斯看到搬运工布鲁斯来了，他下巴上有块疤痕，这是他教父打的；铁匠莱斯利也来了，他满面汗水，坐下时把拐杖咔嗒一放。此后，克丽斯看见小学校长盖狄斯板着脸在一排长凳的中间坐了下来，他的无边眼镜紧搁在他的鼻梁上，他似乎疲惫不堪。罗伯特本想和他合作的，可是他对罗伯特说，不要做傻瓜，让这些猪猡去自作自受吧——他讲的猪猡就是指谢格特的乡亲。他站着唱圣歌时，手插在口袋里拨弄钥匙，有时抬起头打个呵欠。

莫尔特里厄支着拐杖瞪着眼嗒嗒地慢慢走来了，在半路他停了一会儿，他的妻子杰斯·莫尔特里厄在他身后等着，她的一只手轻轻地搭在他手臂上，默不作声。他再向前走时，把她的手甩开。克丽斯听说过他的事，也听说过她的事，以及他如何为她女儿阿格的事而从不宽恕她，人们把他女儿叫作好哭娃。

又来了一些人，他们是一起来的，有些人是克丽斯不认识的，有些人她也说不准，她认出有一个人是木工艾克·奥格尔维；有少数几人是从附近农场上来的，还有一两个纺织工人，他们人数都很少，梅克尔勃格斯的戴尔齐尔也来了，他红着脸，有点害臊，令人费解的是为什么人们一点也不能容忍他。

约翰·缪尔打完钟后迈着八字脚斜着肩膀一步一步走来，他穿过教堂走进教堂后面的小屋。罗伯特已在小屋里，缪尔帮他披上法衣。过了一会儿小屋的门打开了，约翰·缪尔走了出来，他歪着身子，欢快地斜视着布道坛，他把上布道坛的门打开，站在后面等着。罗伯特走上了布道坛，他的头发刚梳过，他的眼睛凝视着远方，随后他坐下祈祷，静默，整个教堂也静默一分钟，此刻克丽斯低下头看着她的手。

此后，罗伯特在讲坛上站了起来，用强有力的、毫不含糊的声调发出上帝这个词的准确读音，而不是用土音来称呼上帝。我们开始做礼拜，请唱圣歌第一百四十首。“我们的庇护者和保护人，古代时光，一片光辉，满载赞誉”，请唱圣歌第一百四十首。

人们沙沙地翻着歌本，有些人找不到这支圣歌在发急，他们的妻子帮他们找到了；管风琴开始奏出低沉的曲调，教堂里还可听到人们穿着的星期日盛装碰擦时发出的沙沙声，除了小尤旺斜靠在长凳上和盖狄斯校长把手插在口袋里以外，其他会众都笔直站着，认真地唱起圣歌来。

克丽斯和罗伯特一样也很喜欢唱这支圣歌，大多数人在唱到“一片光辉”时唱不下去了，罗伯特用低音唱了下去，克丽斯用高音和他伴和着，盖狄斯太太的女低音如诉如泣地随和着。唱罢，他们都坐了下来。罗伯特说，让我们来祈祷。

克丽斯不知道罗伯特今天准备讲什么，从他写的讲稿中看不出任何线索。乡亲们坐在座位上，脚开始在地上前后滑动着，他们轻声咳嗽或用手帕捂着嘴把糖果塞进嘴里；克丽斯有时也想这样吃糖果，但想到自己是牧师夫人，觉得不太合适。做礼拜的人都睁大了眼睛看着罗伯特，他把法衣肩部往后一翻，开始很慢很仔细地念他的讲稿；他念了没多久就把讲稿放在一边，讲起小尤旺·塔文达尔在凯姆斯城堡发现的那枚矛头。他已把矛头带到讲坛上。乡亲们目瞪口呆地凝视着，嘴里的糖果也不吃了。

罗伯特讲述了在现已成为废墟的凯姆斯城堡的勇士们手中的长矛曾经有过的用途；讲了围困城堡的情况和以后的战斗，描述了守卫城堡的那个人，当肯尼思国王的士兵攻进城堡时，他在熊熊大火中拼死抵抗，他还讲了那时的人们笃信这样一种信念，坚信这种信念直至世界末日也将持续下去并始终是正确的，以及人们为了这种信念在这枚残存的矛头上流的血；他们认为自己是在为这一永恒的信念而战斗，并将永远被看作是英雄和胜利者。现在他们早已不存在了，连他们的名字也无从查考了，他们的生与死都是愚蠢可笑的，他们喧嚷的都是一些小事。

将来的人们回顾现时的而不是古代的谢格特时，也会有这样的看法，他们会把我们这些破旧街道的生活看作是夜幕降临时一群猿猴在争吵。世界迫切地等待着变革，因为善良而具有坚定信仰的人们过去一直没能更新这个世界。过去的历史都只不过是记叙了一群掉入陷阱的猿猴的哀叫声。让我们把谢格特的阴暗角落弄得干净点，这里有仇恨、恐惧和不愉快的事，酒鬼在街上吵闹，小学校难以维持；住房破旧不堪——这些我们都能加以改变，我们**现在**就动手改造谢格特，不要等待外界的援助。

罗伯特发动了改革谢格特的运动。

那次讲道在镇上引起了议论。他们一出来彼得·皮特就说，真是的！他们弄来这么个人真是个错误。你要听的布道是讲某个人的事，地狱等待着有罪之人，他们在凯姆斯城堡上和未婚姑娘躺在一起，他们拖欠各种应付的账款。他说谢格特是个肮脏破烂的地方，这话到底是什么意思？谢格特和过去一样是座清洁的小镇。没有，根本没有人认为在这里需要进行任何改革。

老莱斯利说简直糟透了，他想起了他小时候在加伏克的事情……

罗布·莫尔特里厄说，那么你能盼些什么呢？他是绅士，梳着平头，很卑鄙；他和上帝讲话好比和邻居讲话一样——这个邻居还是个穷邻居。唉，他是个没用的托利党人，我敢担保他准要干预我们每家每户的事和镇上的事务。

威尔·梅尔文说，你没听他布道时反对乡亲们偶尔喝一两口酒吗？他讲了那么多关于他的矛头、他的星辰、他的猿人和其他一些莫名其妙的话，如果不是他喝醉了酒，那只能怪我神经出了问题。

听了这话，哈里·霍格活跃起来了。他嚷道，唉，讲猿人干什么？他像只恶猫似的两眼直瞪着我。假如他自己是从猴子变来的，让他说他自己好了。不要来嘲弄我们良家出身的人。

乡亲们走时听了这话都暗暗地在笑——该死的牧师，这下他该倒霉了！不到天黑谣言又传开了，说牧师说的——你好像听到他说的——哈里·霍格准是一只猴子。

你听了这谣言感到好笑。尽管把老哈里·霍格市长说成猴子是不好的。说实在的，他的脸长得也确实像只猴子，他除了做市长外还是谢格特的殡仪馆老板。他已当了多年市长，可是没人知道他为什么和怎样当上市长的；除了听哈里讲讲彭斯的故事外，没人知道市议会是怎么回事，也不知道市议会会做些什么。因为哈里声称他是彭斯的后代，根据他所讲的，你会以为他小时候拉比曾摇他入睡。他的妻子以前曾在格伦贝维府做客厅女仆，那时她非常斯文有礼；可是和老霍格生活了三十多年，她的斯文、文雅的性格已荡然无存，她现在已和荆豆丛一样普通，一样粗俗，她在教堂里祈祷时会大声咳起嗽来，惹得小孩们都格格地笑个不停，老霍格则说咳得够响了，布道坛那儿也听得到了，安静点，安静点，来之前先清清喉咙。

他们回家以后，她要他为讲了这些废话而后悔，她是没有时间讲废话的，她的女儿吉英在伦敦当护士，她的儿子亚历克在爱丁堡当店员。老霍格常像拉风箱似的吹捧吉英，以及她的护理工作。有一次国王咳嗽，约二十四名护士欢快地跑到国王的床边，她是其中之一，她拿了一块也许是手帕之类的东西。要是你听老哈里讲起这件事，你会以为是他女儿治好了国王的病，并为此得了两三千元赏钱呢。可是霍格夫人说她女儿的工钱只是几个该死的便士；你能盼她得到什么呢？绅士们总是既吝啬又卑鄙，此外，国王不是德国人吗？

眼下小霍格在家度假，他打算参观谢格特集市。你看到这个家伙穿着灯笼裤，这儿扯扯，那儿说说，此外他说他已加入了法西斯党。乡亲们问他法西斯党徒是些什么人，他说他们都是好人，像保守党人，但要比保守党人好得多；他们有意使英国变为像意大利那样的国家。老霍格恼怒了，嚷道，天哪！你现在不打算丢掉你的好职位，去卖冰淇淋吧？亚历克答道，父亲，请你不要这么笨。老霍格愤怒地说，住口！人家都说你是改不了了，你这样的人，穿这种马裤，尽干些叫人讨厌的事，你只能卖卖冰淇淋了是吗？

亚历克没有答理他，只是看着他的女朋友，两人对老人的话都嗤之以鼻，她和亚历克一样也在爱丁堡当店员，但她很傲慢。他趁放假把她带到谢格特来玩。他称呼她未婚妻，而不只是叫她女朋友；她没法呆到集市开幕的那天，如有人认为这是一件憾事，他却设法很好地控制了他自己。他们第一次在霍格家喝茶时，亚历克喝完了茶向桌子周围看了看。妈妈，倒茶脚的盆子放在哪儿了？他问道，以便向他的女友显示他的高雅。可是他的母亲看到他那副架子十分厌恶。她站起来厉声说道，倒到你自己的嘴里去吧！在这儿少来你那套爱丁堡的礼仪！

谢格特集市在一块空地上举行，这块空地是梅克尔勃格斯的戴尔齐尔借给镇里使用的。哈里·霍格上他那儿去问他借用时，他红着脸羞怯地说，好的，你借去用吧。这是一大片休耕地，周围有树篱，后面依着山，左面是觊姆斯古城堡；在谢格特集市开幕的前一天傍晚，人们在场地上作记号，标明这个那个，标明一行行的帐篷和货物等的位置，划出小孩赛跑的圆形跑道，划出成人掷链球的地方，他们可以站在那里显示他们的肌肉是由什么东西造成的。参加谢格特集市的人来自四面八方，他们是从福东、劳楞西柯克、斯凯特、阿尔布斯诺特等地来的乡亲。星期六天刚破晓，谢格特人就被驶过东街的乡下来的马车吵醒了，一辆一辆的马车经过牧师宅邸到达集市的场地，马车上装着蔬菜、卷心菜和燕麦饼，干净的草窝里装着鸡鸭，有的马车上装着一桶一桶的供展览的大麦烤饼等食品。天知道还有什么东西他们不打算拿来在谢格特集市上争取获奖。

早晨下着小雨，人们探出头来看看天，见有雨，咒骂起来，但到中午时分雨停了，一行行的人流从谢格特延伸出去，这时来了一阵热浪，男人们解开了马甲，有些人解掉了衣领，付了几先令，从大门走了进去，可是一群纺织工人则不然。他们突然闯到大帐篷附近，西姆·莱斯利，人们叫他费特的，走了过去，用严厉的目光看着这群人，他没有看见他们付过门票钱。但他也无意引起一场纠纷，他只是对他们板起了面孔；纺织工人都笑了起来。

裁判开始评选时人们都拥了过来，一名裁判是哈里·霍格，另一名是牧师，第三名是梅克尔勃格斯的戴尔齐尔。他们评选的第一个项目是鸡，邮局的麦克多格尔·布朗运来了很多鸡。他傲气十足地站在一旁，多年来他的来克亨鸡一直得一等奖。所以，这次当他得了一张绿条子，也就是说只得了个二等奖，而不是红条子的一等奖时，他几乎要晕倒了；他向站在近旁听的人说这是那个牧师对他搞的花样，因为麦克多格尔把在老教堂听布道和谎言的人们引出去，这种做法使牧师大为震惊。可是说句实话，他的来克亨鸡看上去确实不怎么样，他一直在饲料里掺石灰，他的鸡看上去都想躺倒，肚子好像要胀开似的。可是麦克多格尔的两眼盯着这些鸡，它们又不敢躺下，全呆呆地站着，发出粗粝的叫声，好像它们看到它们只得了个二等奖后感到很泄气。

这时裁判已评选过了鸡和鸭，有个从蒙丁斯附近的一个农场里来的人夺走了大部分奖品。此后裁判又到大帐篷那儿去评选烘烤食品、花卉等。他们走进帐篷时，牧师在讲话；哈里·霍格转过身来想听听他在讲些什么；他的胳臂把梅尔文太太盛满糕点的盘子打翻了。这位阿姆斯酒吧的老板娘两眼瞪着这位市长，好像她准备用一个瓶子猛击他的头颅，并用玻璃瓶的碎片慢慢地划破他的皮；可是当她看清他是市长后，她什么话也没敢说，他已让梅尔文夫妇备办集市的餐点。

因此这个骂骂咧咧的妇人只是斯文地笑了笑，她低下身子，把糕点从草地上拣起来，牧师也笑嘻嘻地弯下身子帮她拣；(这个家伙在笑什么?)哈里·霍格开腔了，讲得让大帐篷里的人都能听到，我来评判时大家要把东西放好，不要塞到我鼻子底下来。他讲话的口气好像他就是全能的上帝，糕点等都是上帝的最后审判日受审的罪人。

评选到薄煎饼时，他们不能做出决定，有两大盘煎饼都很好，一盘圆煎饼切得很整齐，是你见到过的煎饼中的上乘物，另一盘饼外形不甚好，但烙得很好、很香，裁判们停了下来，每人都品尝了一些，先品尝了刀功整齐的圆饼，味道不错，但不如它的外形那么好。接着他们又尝了切得欠佳的那盘饼，这饼几乎可以说一进口就溶化了，牧师只花了一分钟就吃了一片，梅克尔勃格斯的戴尔齐尔点了点头，哈里·霍格也点了点头，卡珲牧师先生也点了点头，表示赞许。

这样老杰斯·莫尔特里厄得了一等奖，说实在的，这对展出切得整齐的圆薄饼的盖狄斯太太来说就像是一记响亮的耳光，她在农村妇女联谊会里常常信口开河地作讲演。盖狄斯太太热衷于农村妇女联谊会的事，她说像谢格特这样的村镇里的乡亲都想找点乐趣解解闷。因此她和另外一些妇女办起了这个联谊会，她们不间断地把这里的妇女召集起来，跟她们讲焙制面包和看管小孩的好办法；教她们如何用旧沙发脚做风笛；让她们听关于攀登阿尔卑斯山的伴有幻灯片的讲座。该死的！她得自己去爬爬山，她才能学会烘制莫尔特里厄夫人做的那种煎饼。

到下午三点钟光景，集市上的物品几乎都已评选完毕了，大部分乡亲都已走散，他们到竞技场去看表演了，竞技场的圆棚是艾克·奥格尔维前一天晚上义务搭起来的。他可能是无报酬地干的，他实在干得太少了，你没法走近他的木工铺，因为铺子周围乱七八糟地堆了很多马车，有些还未装配完毕，有些已坏得差不多了，还堆着半只黄油搅拌筒，一只鸡笼子等等。天知道还堆了些什么废物——全堆在外面任凭日晒雨淋，而奥格尔维却安然地坐在屋里的板凳上抄写他那蹩脚的诗句和其他乱七八糟的东西——他以为他可以成为罗伯特·彭斯第二呢。

奥格尔维胸宽个大，身体很结实，很奇怪，像他这样的强壮汉子竟然不去想法赚点钱，他是这里剩下的最后一个木匠。他反而会向你讲述不同的诗篇，这些诗写得都很粗糙、庸俗，一点也不细腻文雅。他很妒忌真正会写作的人，如安妮·斯·斯旺和戴维·莱尔；他们写的东西你读起来都很有滋味，他们写得很明白、很好，不使你感到厌恶，他们不写妇女临产时的尖叫，也不写老人黑夜在山上死去，也不描写屠夫走来时羊的恐惧等。艾克·奥格尔维就老爱写这些事，谁想知道这些事？你看点书是为了使自己从日常生活琐事中解脱出来。

艾克·奥格尔维，这个写不值钱的诗的人现在站在圆棚的边上。在圆棚里面，链球四周，站着准备扔链球的人。费特叫道，往后站，让出一条道来。他走过去把站在圆棚那一边的小孩赶走；在圆棚周围有很多人围着看比赛，老莱斯利和梅尔文是这里的裁判。

第一个掷链球的是从卡特克莱格来的一个人，名字叫查利什么的，他慢慢地平稳地转动他的身体，接着他吸足气，向上猛地一跳，一个急转身，在他脚着地的当儿，他放开手让链球飞了出去，球在空中飞掠而过，旋转着落了下来——啊，扔得真漂亮，观众都向他喝彩。可是他用劲过猛，把他吊带裤上的一根背带弄断了，众目睽睽下他红着脸穿上了上衣。

接下去掷链球的是一个农夫，链球从他手里滑掉了，他不在意地笑着似乎说他参加比赛是为了鼓励别人也来参加比赛。人们看到第三个掷链球的是那个无赖乔克·克朗宁，他是属于纺织工人一类的，他拣起链球，停了片刻，然后转身，猛地一跳，结果球飞得比前几个人的着地点要远整整一英尺。假如克朗宁获胜，大家都会深感不快。他的朋友们都嚷了起来，乔克，太棒了！他们为他们的带头人的投球而高兴，为他们拥有十分漂亮的表链、为他们下流的玩笑而高兴，一般的纺织工人对于礼貌的了解就如一只黄鼠狼不知臭味一般。

乡亲们说他们这批人中最坏、最可鄙的是克朗宁一家人，他们住在西街，这是一伙卑鄙之徒。老克朗宁曾是一名纺织厂的工头，后来他的手给机器压坏了。他们说他吃了不少苦头，此后他读起有关劳工、社会主义之类的最狂热的书籍。你如问老克朗宁，假如不是资本的缘故，你会待在什么地方？他回答说：在街上——资本家们自己也待在马路上，你这个笨蛋。我们要消灭的是资本家。至于资本，我们自己也要想法获得。他为纺织工人组织了一个工会，只要纺织厂里发生了争执，你可打赌克朗宁家总有人在场，他们要设法证明纺织工人享有各种权利，他们应该受到像绅士一样的待遇。天哪！

他们一家人中最坏的是小乔克·克朗宁，就是刚才掷链球的那个人。他们家只有他不是纺织工人，他在车站当搬运工，乡亲们说只要他胆敢用他的社会主义粗鲁地取笑圣灵感孕①；或者嘲笑鲸鱼肚里的约拿②；或者散布言论说对付托利党人的最好办法是朝他屁股猛踢一脚，他就不会动弹了；只要他胆敢这样做，车站站长纽伦兹就会马上把他解雇掉。可是乔克·克朗宁这个狡猾、粗暴的恶棍会胡扯也会干活，站长没法解雇他；现在他站在圆棚里，脸上的表情似乎是在说，这是社会主义者扔出的球！

接下来扔链球的是车站站长纽伦兹。你希望他能扔得比这个搬运工远。可是事实是他没有超过乔克，他的动作过于慢了，可能是这个原因，或者是因他在麦克多格尔·布朗的布道会上唱歌太多，消耗了他的力气，链球在空中摇晃了一下就扑通一声坠落下来，假如他们在第二和第三轮比赛中仍扔不出好成绩，那么搬运工克朗宁就要夺走一等奖了。

观众看见卡珲牧师先生被他的夫人推进圆棚又欢呼起来。他有意取得好成绩，你鼓了掌等着看牧师的动作。牧师脱掉外衣和帽子，对持球的裁判笑了笑，他接过链球，身体转动起来，观众惊呼了一声，他把球扔得几乎和克朗宁扔的一般远。

在第二轮比赛中，牧师扔的球比乔克·克朗宁的远得多。很明显，要在这个纺织工人和他之间进行较量了，纺织工人们停止了欢笑，他们嚷道：乔克，加油呀！你总不见得让一个讨厌的牧师把你击败吧？卡珲牧师看着他们，笑了起来，然后和克朗宁寒暄了几句。他也笑了起来，不像一般人那样注意礼仪，低声细语地和牧师讲话，他和牧师讲话时粗声粗气的，满嘴粗话，可是他却希望乡亲们觉得他的人品跟天下的牧师一样是完

① 圣灵感孕，认为耶稣由童贞女马利亚神奇地怀孕而生的唯心说法。
② 约拿，《圣经·旧约》中的先知。

美无缺的。接着，系背带的人又扔了一次，他因老想着刚才背带断裂和脸红的事，结果扔得很近，他走出了赛场。牧师家的女仆埃尔斯·奎因是他的女朋友，她大笑起来；这样做当然是不好的。

下面轮到艾克·奥格尔维扔球——他扔得不错，但比克朗宁要近，艾克投球时轻蔑地一笑。接下来又轮到克朗宁扔球。他使出全力把链球甩出去。球落地了，太好了！只比他自己第一次扔的成绩少一英尺。牧师站了起来，卷起衣袖，露出了手臂，场上的人清楚地知道他扔不了那么远；大家也知道他不准备试投，可能他自己也觉得一个牧师去赢这场比赛不太像样，他开始挥动链球，以便球能有力地飞出去，但不要把球抛得和乔克·克朗宁的球一样远。

这时纺织工人们拥进了圆棚，这群人在圆棚的另一端；当牧师拣起链球准备旋转身子时其中一个人叫道，——你也不知道那是谁——耶稣肚子也正不好受呢。

牧师吃了一惊，你一时以为牧师不准备扔球了。可是他突然转动身体，旋转一圈后把球甩了出去，他动作之快使你几乎看不清他是怎么把球甩出去的。链球嗖的一声像弹弓弹出的石子，又像飞翔中的野鸡，在空中掠过，着地点比克朗宁达到的最远的着地点还要远三英尺多:球落在那里的一块大石头上，球和球链弹跳着旋转着，球链先弹到站在那里的纺织工人中间。

他们赶紧跳起来跑开，链球不动了，周围看到的人都忍不住大笑起来。欢笑声、喊叫声之大足可以震聋你的耳朵。牧师的脸涨得通红，他脸上的静脉血管一根根地都显了出来；过了一会儿他的脸色又恢复到了原来的白色，他穿上外衣，走出了圆棚，乡亲们夸奖他说，牧师，你扔得真好。但他一言未发，和他夫人一起走了。

克丽斯问道，你怎么了？他把捂住他嘴唇的手帕拿下来，这时她看到手帕上有一团鲜红的颜色。罗伯特说，哦，没有关系。我想大概是气胸的缘故。要出风头，结果这样，真是活该。

克丽斯说，你并没有想表现自己；我本以为你身体很好呢。罗伯特说，恐怕并不好，我只是个傻子。克丽斯汀，我好了，不要着急。来，我们还得去看尤旺赛跑。

下一个确定项目是男孩赛跑。克丽斯看到尤旺和其他男孩排在一起，小学校长盖狄斯负责这批小孩，看上去他厌恶这项工作。他们在场子当中划出了跑道，约翰，缪尔站在跑道的那一端，男孩子们必须跑到他跟前，然后折回来。克丽斯两眼盯着尤旺，他嘴里含着糖果，很镇静，他后脑壳上蓬乱的头发在阳光下呈蓝色，他的眼睛望着老师，毫不介意地站在队伍里。可是当盖狄斯叫了声跑！他已出发，他迈开两条短腿，像鹿似的飞奔起来，其他男孩都落在他后面，他第一个跑到缪尔跟前，绕过他，转身时碰到了约翰·缪尔的裤子；当他跑到克丽斯站的地方，他望着她，仍然是那样平静地向他妈妈笑了笑，把糖果移到嘴的另一边。他往回看了看，脚步慢了下来，他不需要急奔就能获胜。他以小跑步的速度第一个跑到老师跟前，近旁的乡亲们问这小孩是谁。他浑身黑黝黝的，他一定是个外国小孩吧？

有个人明白了，他看见克丽斯站在近旁，便叫道安静点！但克丽斯没有理会；她注视着尤旺，看见他领了奖，并说了声谢谢，他仍很镇静并把奖给他的一先令往口袋里一塞，随即走过来找他妈妈，他严肃地站在她面前，她把他的衣领弄弄平整。罗伯特和他握握手，他笑了笑（这微笑有时曾使你如此动心，这微笑你曾在他父亲的嘴唇上看到)。接着罗伯特说道，既然我们都已得了奖，让我们到帐篷里去吃点茶点吧。

他们三个人走过短草地，穿过东一堆西一堆的人群和聚在一起的乡亲，集市确是一个传播闲话的地方，一个爱讲闲话的人碰到了她的同类，她们自从上次集市以来还未曾见过面，一个开了腔，这是麦克塔维雪太太吧！麦克塔维雪太太也叫出了她的名字，她们相互握手致意，摇头晃脑地把在心里郁积了十二个月的闲言碎语一股脑儿倾吐出来，山谷的名声好像被置于一台轧液机中，等它从滚轴里出来时已被绞得不像样子，破碎无存了。

他们走到了吃茶点的那个帐篷，那里很拥挤，梅尔文见他们来了赶紧跑过来替他们找了一张桌子，周围的乡亲嘁嘁喳喳地讲起话来，他们向牧师点头致意，表现得彬彬有礼，当他们以为牧师看着他们时，他们脸红了起来，他们偷偷地看看克丽斯穿的衣服——说实话！这裙子牧师夫人穿着实在太短了。霍格夫人和她儿子坐在一张桌子旁，她说她儿子吃起东西来贪婪得像往肚子里灌似的，他的女友已回去了，乡亲们看到这个该死的家伙试图吸引牧师的注意。但是卡珲牧师先生没有看到你存有两种心情：一是由于骄傲而蔑视牧师宅邸，一是由于看到霍格夫妇脸上挨了一巴掌而十分高兴。

乐队开始演奏的时间到了，乡亲们已吃过点心和茶水，他们鱼贯而出，兴致勃勃地去看表演；但他们不是傻瓜，他们都不走近约翰·缪尔和史密斯站立的木板戏台，这两人在台上喊叫着，来吧乡亲们，跳舞吧？在他们身后，谢格特乐队已开始演奏。艾克·奥格尔维很自负，他站在乐队最显眼的地方，和他站在一起的是吉姆，他在阿姆斯旅馆的酒吧服务，由于他的脸形，人们叫他索洛克，他嘟嘟地吹着长笛，有点像鸭子的气管受到了阻塞时的叫声，车站站长纽伦兹握着他的小提琴比抱着他的夫人还要紧，要不然她早就会有孩子了——你也不要怪他，他老婆的脸像阴沟，而且还是一只臭阴沟，尽管你拥抱的并不是脸。费特也在乐队里，他吹奏巴松管，他坐在很后面，这样他有地方伸腿，他的脸红得像一只发了惊厥的公鸡。天啊！如能走近戏台看看这支可笑的乐队也是值得的。

可是没有一个小伙子或小姑娘敢走上戏台，后来人们看见乔克·克朗宁，这个纺织工人出身的乞丐似的搬运工，拉了一个姑娘到台上。这个姑娘嬉笑着，后来把脸转了过来，乡亲们认出她时都吃了一惊，原来她是珍妮·格兰特小姐，一位女教师，她准备和一个搬运工人干什么，嗯？——况且这个搬运工是个穷光蛋，他自称是个社会主义者，并说乡亲们应始终投工党的票，上帝明白你不投工党的票收入也很多。

社会主义者和姑娘们在一起——好在你知道他们做了些什么，他们不相信要有家庭和小孩，他们要把所有的孩子都关在养育院里；这些畜生还说结婚是件蠢事——读了这些字句真使人气死了，人们不禁要问婚姻有什么不好？……你不往下读了并对你妻子说，看在上帝的面上，女人，叫孩子们安静些。你以为我想住在一个动物园里吗？她反驳说，从你脸的长相，我一直认为你就是从动物园里来的。她又开始述说她没有安静的时候，她不能像男人一样懒散，要休息就休息一会儿；你的工资什么时候能增加？你勃然大怒，大步走出家门，在阿姆斯旅馆的酒吧读完了那些歪曲婚姻的不足取的文章——为什么他们不应该结婚呢？

乔克·克朗宁和珍妮·格兰特小姐此刻站在戏台上以笑脸

面对着台下的乡亲。过了一会儿一些纺织工人也厚着脸皮上了戏台，格格地傻笑，后来又上去一个庄稼汉，接着市长的儿子亚历克·霍格也上去了，他把上大学的西斯·布朗也弄上了台，她纤细、温柔，是个很漂亮的姑娘，看上去她很害羞，能拥抱她真是件美事。至此台上的人已多得够跳一场舞了，艾克挥动手臂，乐队奏起了波尔卡舞曲。当跳第二支舞时，台上已有一大群人，你摸摸你背后的钮扣，看它们是否扣好并注意周围有哪一位姑娘可以和你一起跳舞:姑娘们傻里傻气地看着你，笑声不止，你大胆地邀请一位姑娘和你跳舞，她说，好。

从卡特克莱格来的查利走到牧师家的女仆埃尔斯跟前说，你跳舞吗？她说你会跳吗？他红着脸答道，会跳。埃尔斯很想跳舞，她和戴尔齐尔分了手，他像头害臊的小公牛羞怯地盯着她看，她在台上旋转舞蹈，十分美丽。上帝，你过去很少看到她像现在这样，姑娘们都长得像木叉柄一般细，一般硬，跳舞时抓不住她们；你简直没法想象她们怎么能结婚养孩子，哪一个有理智的男人愿意和一堆骨头和一些香粉一起睡觉呢？

埃尔斯又站了起来准备和这位卡特克莱格来的年轻人跳舞，乐队奏起了《几滴白兰地》这支曲子，人们排成了行，埃尔斯看见了牧师，他笑得像个小孩似的和他夫人一起站在行列的末尾。艾克挥动手臂，跳舞开始了，起初舞步和滑行都很缓慢，不一会儿人们旋转起来，当白兰地酒滴果真洒向天空时，戏台上的舞蹈者和乐队都活跃起来，人们都像疯了似的；埃尔斯带头起舞时她发现在跳舞的人中牧师是最狂热的，他推动她身子使她多转了一圈并叫道酒！人们都笑了——觉得这个新牧师像个年轻人似的，可是他已招惹了人，有个星期天他讲道，内容离奇，说老哈里·霍格是猴子的后代……那么，他是否讲了这样的话？是的，他是讲过的，老哈里本人向你讲了这事，对市长怎能讲这样的话，尽管这家伙是有点像猴子……

正当埃尔斯跳在最前面，在她那位卡特克莱格的年轻人的胳膊下飞快地转圈圈时，他喘起气来，一只手按在他的马甲上，埃尔斯惊叫道，怎么啦？他放开了埃尔斯，用手抓住他的马裤，原来他另一根背带也断了，他红着脸，悄悄地从戏台上溜了下来，当晚他很早就独自回家去了，没敢逗留下来送埃尔斯·奎因回家。

吃茶点的时间已过，梅尔文掀开了一个帐篷卖起酒来，乡亲们漫步走到柜台边，喝了一点酒，谈谈集市上的趣闻，有的人向外看——张望着戏台，已是黄昏时分，山还是绿茵茵的，山上有一大片石南花呈紫色。阵阵山风吹拂在舞蹈者红润的脸颊上，你喝完酒，感到很兴奋；你走出帐篷，像只野兔似的朝戏台奔去，该死的！你可能已老了，但你还能跳舞，你希望你的夫人早已回家了。

老史密斯也在那儿，他已喝了不少威士忌酒了。他为每一场舞喝彩，后来在跳肖蒂什轮舞①时他简直给迷住了，他欢呼喝彩时间之长你会以为这个老糊涂要一直叫下去呢，他的连鬓胡子像绒毛似的长满了两颊，好像是他偷来的一捆干草。他喊累了，停下喘口气，忽然目光落到了他的女婿布鲁斯身上，他说道，你这个粗暴的乞丐，你究竟什么意思，你住在我家，吃在我家，别人讲话时你就像匹蠢驴似的怪叫？

布鲁斯用凶狠低沉的语调回答道，安静点吧，你这个老笨蛋。史密斯听了这话火了。老天爷作证，究竟谁是笨蛋。看我

① 肖蒂会轮舞(Schottische)，苏格兰慢步圆舞曲。

下来找你算账——他威胁地把脚移动了一步，可是他因太靠近戏台的边缘而无法威胁别人，相反，紧接着他人摔了下来，并正好摔在爱德·布鲁斯身上，乡亲们看到了都很吃惊，他们围拢来，看着这两个蠢货，老史密斯和布鲁斯两人在草地上翻滚着，相互用皮带抽打对方，众人看了暗中感到好笑。这时牧师跳下台来，忿怒地把人群推开，大家的目光都转向了牧师。他嚷道，起来！你们这两个混蛋！说罢，他一只手抓起了老史密斯，另一只手把布鲁斯抓住，并把他们两人都摇撼了一下。难道你们就不能比两个小孩表示出更多的理智！相互握握手，不许多说！

他们两个果真这样做了，可是不到天黑缅恩斯山谷已传遍了这样的谣言:谢格特的新牧师从戏台上跳下来后猛击爱德·布鲁斯的脸部，后来又打了史密斯，打完后又一口气骂了他们十分钟。于是下一个星期天很多从前不去教堂的乡亲都到教堂去了，他们只是为了去看看牧师是否因粗暴地骂了人而感到害臊，此后，他们再也不去教堂了。

这就是谢格特集市及其文娱节目，到晚上八、九点钟，老年人相互告别，回家去了，坐在双轮马车上的农夫们策马前进，经过梅克尔勃格斯路回去了，谢格特的乡亲们在月光下没精打采地溜达着回家，月光洒在大地上像海水溅起的泡沫，很柔和，蓝莹莹的犹如徐徐移动的迷雾，一轮半月静静地悬在群山之上，俯视着戏台，年轻人还在那儿跳舞。埃尔斯找到了女主人——她是否该带尤旺回家了？女主人摇摇头说，我来带他回家。你还年轻，跳舞去吧，不过不要跳得太晚了。她以她独有的和蔼的眼神对埃尔斯投以微笑，她看上去很健美，她的脸阴郁而温柔，两条大辫子卷在她头上，暗赭色的头发到发梢已变成金黄色，埃尔斯在想，假如我是一个男子，我也许比牧师更坏——我恐怕每分钟都要拥抱克丽斯一次！

小尤旺在她身旁吃巧克力，埃尔斯清楚地知道他吃得如此之多，即使是一条小狗也会感到吃腻了，可是这个有趣的小鬼好像没事似的，他说，埃尔斯，晚安。梅克尔勃格斯的戴尔齐尔先生会在我窗下搂住你吗？埃尔斯感到她的脸像火似的红了起来，假如我让他抱我的话，也许他会的。尤旺说，哦，那就让他抱吧。本来他还要往下说，现在男孩子真不得了，可是牧师已抓住了他的手臂——走吧，不然我就要把你抓痛。埃尔斯，晚安。

他们三人穿过夜晚宁静的田苑走回家去，罗伯特和克丽斯是上了年纪的人中最晚离开的。克丽斯和尤旺手挽着手迈步在草地上，她突然感觉他们都已如此——老了，可她还没过三十岁呢！老了，可你仍然多么想在明亮的月光下跳舞啊，把紧紧缠住你的东西都扔掉，把罗伯特、尤旺以及牧师宅邸——甚至克丽斯你自己——都扔掉，你渴望青春，让男人把你搂住，让他们觉得你很美丽，你偷偷地看男人的脸。也不知道一小时后谁会送你回家，谁会跟你接吻，他们会做些什么……好像你从未度过青年时代，你已被时代的车轮拖住碾碎，你被禁锢在这阴郁狭小的山谷里，整天辛辛苦苦地操劳家务，你已错过了很多事，你已错过了很多事！书本中讲到的人们的很多趣事你都错过了——欢乐吧，你年轻时代的风还在你鬓发里吹拂，夜晚进入梦乡，人生一世犹如一首歌。青春啊！你再也不能重度青春的年华了。

你的一生如同大海一样，一直没有平静过，你听到过一两次远处激浪的轰鸣声，也看到过汹涌澎湃的波涛和墨绿色、带咸味的海水，狂风把它高高抛起。在阳光照耀下，浪花在欢笑，随着潮流匆匆南下。青春啊，我要青春……

在凯姆斯城堡上空，两只鸟平稳地比翼飞向西方夜空。克丽斯看着它们越飞越远，在天空变成两个小点。

牧师一走，四下响起了嘁喳声，庄稼汉和纺织工人喜出望外，随手拥抱了他们身边的姑娘；有些乡亲戴着领结感到太热了就把这该死的东西拉下，扔进了树篱。在威尔·梅尔文的酒吧里，生意很兴隆，老哈里·霍格的儿子和戴特·皮特也在那儿。他俩都在谈山海经，你可以猜到亚历克·霍格在讲他在爱丁堡看到的事，戴特·皮特在讲他在伦敦干的事。天哪！真可惜，他们又都回来了。九点光景戴尔齐尔走进了小酒吧，乡亲们问，喝酒吗？他机灵地回答说，哦，好啊；喝一杯吧。实际上他喝了两三杯，他看上去比平时更腼腆。戴特·皮特大声说道，你肚里灌了几杯酒，这下你有力气去拥抱牧师家那个姑娘了吧。戴尔齐尔显得比以前更害羞一点，他笑了笑答道，是啊。

从舞会开始起埃尔斯是有舞必跳，一场不落。卡特克莱格的查利这个笨蛋走了以后，亚历克·霍格跟她跳了一会儿，埃尔斯有点喜欢他，也有点不喜欢他，他看上去像个正经的男子汉，但讲起话来却像个纨绔子弟。他问话很简短，你是奎因小姐吗？好像他以为名字叫错了。埃尔斯不在意地答道，哦，是呀，我听人这么叫我。你是市长老哈里·霍格的儿子吧？他笑得像只猫似的。我母亲是这么说的。埃尔斯感到很吃惊，一个男子不应取笑他自己的母亲。因此，没过多久她就把这个家伙甩了。下一个舞她是和木工奥格尔维跳的，他让费特指挥乐队，自己伴随着华尔兹舞曲带着她一圈一圈地转着，他的眼睛几乎一直眯缝着。倘若他觉得你的脸难看，他为什么还要邀你上来跳舞呢？

费特叫道，这是最后一支舞曲。还没等别人走近埃尔斯，约翰·缪尔已把她抓住，他跳得很好，埃尔斯在他身旁显得很兴奋，他叫道，酒！她也这样叫了一声，假如约翰·缪尔挖坟墓能挖得和他跳舞一般好，他早该在公共墓地找到一份工作了。埃尔斯在跳旋转舞蹈时，看到自谢格特升起的淡蓝色炊烟，薄暮降临了，天气很暖和，天空呈青灰色，她闻到了干草的气味；月亮也已挂在天空，她在想谁会送她回家？

她个子太大，把身材瘦小的男人都吓跑了；但有一两个她认识的年轻朋友很乐意慢步送她回到谢格特的牧师住处。但他们看到等在一旁的戴尔齐尔后，都转身走开了，留下埃尔斯一个人。这个老蠢货含羞地笑着说，埃尔斯姑娘，我送你回家好吗？

埃尔斯答道，可以呀，既然你已把其他人都吓跑了！他像以前一样狡猾地笑着说是啊。她已生气了，可他好像一点也不在意。舞会结束时，夜幕已经降临了，乡亲们纷纷走出集市，取道回家，乐队队员把乐器装进盒子，有女儿的他们的女儿等在一旁。有妻室的他们的妻子在家准备了茶水等他们回去喝茶润喉。他们在那天下午为谢格特乡亲作了出色的表演。在集市的场地上，有些人在打架，乡亲们视而不见，只是笑笑就走开了，集市总是这样收场的，假如没有一个年轻人的鼻梁骨给打坏，像刚宰杀的猪那样流着鲜血，那倒奇怪了。

乔克·克朗宁和他的纺织工人们跟梅克尔勃格斯来的三个农场职员发生了争执。乔克·克朗宁说庄稼汉应感到害臊，他们跟其他人一样原来有一个工会，可是他们心肠太软弱，没有坚持工会的原则，他们在农场主的威吓下退出了工会，他们都是些没头脑的乡巴佬。乔治·桑德是梅克尔勃格斯农场的工头，他身材高大，蓄着长胡子，加上他的头，活像一匹强健的挽马。他说，纺织工人的生活到底有什么改善？他们倒为工会做了很多事。我能吃上好肉，而这些贱货却在挨饿。另一个梅克尔勃格斯的人讲了同样的话。是啊，再说车站的搬运工，你的工会究竟为你做了些什么？告诉你吧，我的先生，现在我钱袋里的钱比你一生中挣到的还要多。我可以马上给你们看一张五英镑的、一张十英镑的和一张二十英镑的钞票。

乔克·克朗宁冷笑着说，你拿得出？你能掏出五个先令来给我看看吗？这人脸红了，此刻他身上连这点钱都没有，他刚才只是在讲空话，他这样出了丑简直要疯了。因此他朝乔克·克朗宁的下巴上砰的打了一拳，这声音真像是世界末日的霹雳。乔克·克朗宁摇摇晃晃地退回到纺织工人中间。纺织工人和农民立即一哄而上，大打出手。你一生在谢格特集市上还没有看到过这样厉害的殴斗。你和你的女友正静悄悄地离开谢格特集市，忽然你看到有人打起架来，你跑过去问是怎么回事，你无意停下来听他们细说，因为那样很容易给卷进去；可是不知怎么搞的，你还是给卷了进去，你飞起脚来朝近处一个人的屁股猛踢过去，一个暴徒马上照准你的脸就是一拳，你也回他一拳，其他人奔来参战；有个人跑到梅尔文的帐篷里把费特叫来制止殴斗。

那时费特已喝了不少酒，身上的警察制服脱得剩下不多了。他赶紧奔到打架的人跟前，叫道，住手！你们这样大吵大闹做什么？别再打了，都回家去。

谁知暴徒却转向了可怜的费特，那天晚上他从水沟里爬出来时已经很晚了，他眨眨眼睛，摸摸头，月亮挂在夜空，万里无云，田野里早无人影了，只有一只麻鹬在鸣叫。

乡亲们早就回家了，就是最年轻、劲头最足的青年男女也成双成对地离开了谢格特集市，漫步在归途中，那时在通往劳楞西柯克的路上也有行人，一个小伙子和他的女友骑着自行车呼的一声过去了，田凫在月光下鸣叫着，小伙子的手臂搭在姑娘的肩膀上，在他们的脚下传出了车轮的呼呼声，姑娘的脸颊依附在那只害羞地搂着她肩膀的手上，他们的家在前方，可是还很遥远；夜幕降临了，他们消失在黑暗之中，他们将在一起度过很多个明天，度过漫长的岁月。

有些青年路途不远，可是搞得更热乎。次日清晨，在靠近斯凯特的地方有个农夫走出家门到他的谷仓去，他看到什么啦？两个小伙子和两个小姑娘睡在他的干草堆上。他大为震惊，并立即回去叫他妻子来看，他妻子看到后也很吃惊，假如他们有照相机的话，他们定会把它拍摄下来的，他们旋即发现这两个姑娘很面熟，他们更感到惊喜了，只要他们活在世上，他们将年复一年地把这件事作为趣闻讲给大家听；以后下了地狱他们也要把它当作一件解人烦闷的趣事。

西斯·布朗曾问她父亲麦克多格尔她可否在舞会上多待一会儿；西斯是他最喜爱的女儿，他说她可以多待一会儿；因此西斯跳得很晚，在舞会结束时她红着脸，看了看周围的年轻人，不知谁愿意陪她走回谢格特？她在想对她来讲处理这种事是太年轻了，她还是个大学生，要上课，还有一番事业要做，不应在男孩子身上浪费她的时间。她又想她最好不那么年轻，这时她抬头看见一个年轻的纺织工人站在她身旁。她觉得这个男孩跟她年龄相仿。他长得很高，像头小公牛，身体消瘦，很腼腆，他看看她，但没有特别看她——你回家吗？

她说她是要回家了，她讲这话时心里在想，这些纺织工人讲话真土！她和一个男孩一起回家总觉得有点害臊。他们避开了打架的人群，默默地走过草地。这个小伙子咳了一声说道，你急着要回家吗？西斯答道，不，我不太急。他又说，我们沿着梅克尔勃格斯的燕麦地走，过了荒地，就可以踏上去谢格特的大道往家走了。

她就跟着他沿着田苑边缘默默地走着，路太窄了，他走在她前面，月亮高挂在他们后面的蒙斯山上空，地面上有麦秸的气味，对谢格特来的姑娘来说这味儿太浓烈了，很不习惯，黑暗中她弯下身子拣起一根麦秸，用手指一点一点地把它掐断，她又看了看这个男孩子。远处集市的喧闹声渐渐地听不见了：只有燕麦的沙沙声不时地传入耳中。

走了一阵，小路变宽了，他们俩并排走着，他突然小声问道，你是麦克多格尔邮局里的西斯·布朗，对吗？西斯答道，是的。但她没问他的姓名，假如他高兴他本可把他的姓名告诉她，可是她没问，他也就没讲，只是在她身旁慢慢地走着，她感到他的腿很长，像只鹿的腿，或像只小牛的腿，他的腿长而美，很敏捷，步子很轻。他们在那凉爽宁静的时刻向前行进时，听到荒原上传来了斑鸡扒土的声音，随着一阵很响的马蹄声，在黑暗中一个模糊的影子惊恐地从篱笆边奔离，这是梅克尔勃格斯的一匹马听到他们的脚步声后受惊逃走了。

不久，他们走到了荒原的尽头，仍是一片漆黑，月光穿过金雀花的枝条，荆豆秸把你的腿搞得痒痒的，西斯一时不知道该怎么走，小伙子说，等一等。我知道这个地方，我常来此地；他的手摸着了她的手，她可以感觉得出他手掌上被纺锤磨起的老茧，像纺织厂的其他工人一样，他身上也有一股黄麻的气味。

一池清水在月光下闪烁着。西斯停下来喘了口气，这个男孩也停下来稍事休息，借着月光她看见他身子侧了过来，她突然感到很害怕，怕会出什么事——有一会儿她很怕，又有点好奇，神经立即紧张起来，他想干什么？

然而他什么也没干，什么话也没说，只是又握着她的手，他们走过荒原，突然看到了山下谢格特的炊烟，也看到了谢格特蜿蜒的街道。她把手从他的手中挣脱出来。他们走过纪念碑，穿过通道到了麦克多格尔·布朗的家门口；西斯停止了脚步，小伙子也站住了，她认识他，也记得他，他的名字叫多德·克朗宁。他看着她，随即又把目光转开了；又像刚才在荒原上那样，她心里翻腾起一种奇怪而又甜蜜的感觉，她过去从未因另一人而产生过这种感觉——这是友情和害羞混合在一起的一种感觉，她才十六岁，他的年龄也相仿，产生这种感觉是很可笑的！他用手顺着她的光胳膊慢慢摸上去，他也感到害羞，他咕哝了几句，她没听清他说了些什么。因为她没有回答，她看到他脸红了。这个像只长腿鹿似的男孩显得有点胆怯！

她马上领会了他要她做的事。她伸手握住那只按着她胳膊的手，接着她感到有两片和她一样害羞和不老练的嘴唇和她接吻了。一分钟以后她已走进麦克多格尔的店门，把门关上了，她独自站在黑暗中不住地哆嗦，想笑又想哭，希望这一时刻一直延续下去。

牧师家的埃尔斯·奎因和戴尔齐尔同路回家。他们走了一段路以后，他转过身来，朝人们打架的地方机灵地看了一下后说，你是否愿意顺便到我家喝点茶？埃尔斯还在生气，她不知道自己为何生气，跟谁生气，怎么开始生气的，因此她厉声答道，我不想喝。你知道现在几点钟了？戴尔齐尔害羞了——她知道他脸红了，她能猜得出他那柔和的面部表情，她几乎有点想要打他一巴掌——他说道，哦，是啊，但我刚才以为也许你跳舞以后想解解渴。

她想不妨按这个老笨蛋讲的去做，尽管当下在梅克尔勃格斯他家里没有别人。她在谢格特曾听到关于他和他众多的女管家的流言蜚语，虽然现在大伙都知道他是自己烧饭做菜了，据说有两个女管家没住过第一夜就走了，另外两个女管家独身来到梅克尔勃格斯，她们在适当的时候走了，各人都抱了一个小孩，这是害羞的戴尔齐尔送她们的一点礼品。然而，这些闲话并没有使埃尔斯感到担心，她认为这些都是谎话，老戴尔齐尔——他太怕羞了，他连女人是什么模样都不知道，除非也许是在画册中看到过女人:就那样看到了美女他也会羞得连剩下的几根头发都掉光了。即便谢格特的谣传有些是真有其事，她也要亲自看看这个老家伙怎么调戏她——就让他捉弄她吧。

因此，她点点头，好，我来喝杯茶。戴尔齐尔说，那太好了。他们两人继续走着，月亮在他们身后，在他们前面的牧草地里牧草散发着香气，长得很高，那年他们的牧草收获不错。他们走近梅克尔勃格斯的家门时听到一阵很响的狗吠声，他家的大牧羊犬跑了出来，戴尔齐尔吆喝道，回去！这条狗缩了回去，他们走过院子时，这条狗呜呜地哼着并用鼻子嗅了嗅。厨房间又暗又闷像个小山洞，窗闩得紧紧的，残火呈暗红色。戴尔齐尔点了一支蜡烛，说道，埃尔斯，坐下，好吗？我来把火吹旺，烧一壶水。

他弄火时，埃尔斯脱了帽子，坐下来看了看这积满灰尘的老式厨房，地上铺着水泥，墙上挂着一台八日钟，嘀嗒嘀嗒艰难地走着；壁炉的上方挂着大家都知道的基钦纳爵爷①的照片，面容很严肃。这张照片是戴尔齐尔在战争年代得到的，在那时，有个星期天他骑自行车到班奇利他的一个堂姐家里，她已是一个老妇人；在他去的前不久她在一爿店里买了这张照片。戴尔齐尔看了很喜欢，他觉得照片里的人很健美，他反复讲了多次，堂姐后来答应让他拿去。可是照片太大了，口袋里放不进去，傍晚时天又下起雨来。这没有难倒他，确实没有！他把夹克衫脱下，用一根麻绳把这该死的东西扎在他的肩膀上；然后把他的夹克衫盖在照片上。堂姐看着点点头说，唉，这个老家伙到过很多奇怪的地方。但我觉得这是他待过的最离奇的地方。

碗橱上的灰尘厚得像沙漠，在烛光下埃尔斯弯下身子在橱顶上写下了她的名字，戴尔齐尔含羞地笑着说，你从那钩子上取下两只杯子好吗？

埃尔斯取下了两只杯子，还拿了两个茶托，他斜视着茶托说道，其实，我并不用茶托。我不是绅士。埃尔斯说，哦，你不是吗？我可是绅士。

他沏了茶，坐下喝起来。欸，他发现茶托另有一个好用处。他把茶倒在茶托里，这样他喝的时候可以不时地偷看埃尔斯，他好像一只耗子，而她好比一块乳酪。她倒并不介意，她有点累，身子靠在椅子上，她很奇怪，自己不知怎么搞的会跟着这

① 基钦纳(Herbert Kitchener, 1850—1916)，英国陆军元帅。

个样子可笑的傻老头子到这儿来；她也不明白为什么查利会出这样的洋相。戴尔齐尔又看了她一眼，她发觉后也看着他，于是他就把目光转向窗外，过了一会儿，他小心地把一只手放在她的膝盖上。

他不只是把手放在她的膝盖上，一会儿，他像只野兽似的扑在她身上，他身上都是毛，老皮像鳞片似的；他像只黑色的老猴子；她猛地一巴掌正打在他的眼睛上，可是只打了一下，随后他把她按住。她原先以为她力气很大，其实不然，不一会儿他们已扭打到离大方床不远的地方。在烛光中她曾看到他的脸，这使她差一点感到恶心，她手放松了，他看上去和平时一样机灵和害羞，可他的手却像铁钳一样抓住她。她叫道，你要把我上衣撕破了。他这才松了一点手，看上去他还是那么害羞，可是他气喘得像只野兽。

好啦，埃尔斯，我们把这事忘了吧。

罗伯特已回屋去认真准备他的布道稿了:克丽斯听到楼上门砰的一下关上了。尤旺已上床，早已熟睡，她想还要过几小时罗伯特才会下楼来。厨房由于擦洗得很干净，在月光的照射下好像亮晶晶的，炉子里还剩一团红火。她看着炉火，又瞧瞧她自己，她感到她所希望的事还看不到一点眉目，由于她去集市玩过了，身上黏糊糊的，她睡觉之前要洗一个澡。

她打开烟道，把余火耙了耙，又放了几根木柴，顿时炉子里火星闪烁起来；她又加了些煤，把烟道关好。过了一会儿她听到木柴的爆裂声。她上楼到自己和罗伯特的屋里，脱掉衣裙和鞋子，没有点灯；月光已够亮了。在月光下红木家具把屋子四周映成红色。床像一片白色的海，她坐在床边，望着窗外的谢格特镇，这时它像鬼一样的寂静，唯一能听到的声音是当阿姆斯酒吧的门开启和关闭时由风传过来的阵阵欢笑声。在遥远的西方，由于月光，天空呈灰白色，有一颗星星在闪烁，她不知道那是什么星。

她站起身来走到镜子跟前看看自己，突然她打了一阵寒颤，她跳舞以后感觉冷了；她把窗帘拉好，点了灯，在镜中看着她的那个人面前脱了衣服，并在镜子可以看到的范围内转了转身子。她看到她自己个子很高，好像比以前高了点。身体还是那样娇嫩苗条，褐色的V形凹槽一直向下延伸到乳房。她可用手指摸出V字的线条。她又在镜子里看到自己的脸。古铜色的脸，颧骨隆起着，岁月的流逝使她的脸显得平静、安详，她的嘴巴是太大了，但她喜欢自己的一副牙齿，当她想到自己的大嘴巴而微笑时她看到了自己的牙齿！她把头发夹子取下，她的长头发披散到她的膝盖，弄得她肩膀也痒痒的，说实话！这比碰到马的鬃毛或毛毯更痒，假如罗伯特同意的话，她就把它剪掉。她把头发梳到一边，突然她想起了一样她已遗忘了的东西，已遗忘多年了，她寻找起她曾有过的那个酒窝，她找到了，酒窝还在那儿，在两年前那第一个夜晚她被告知她有一个酒窝，现在她居然还能想起这事，她看到她的脸有点泛红——

你跟一个男人生活在一起，这是多么有趣和新奇的事啊！你做这做那，你和他睡在一张床上，你的事他没有一件不知道的。他的事你也全知道，从第一件事开始直至今日。你可以和他讲这些事，你感到喜悦，感到欣慰，你活着并成为他的妻子，你睡觉时头可以放在他的肩下，你知道你用你的头发逗痒了他的下巴——这些你都可以做，可是当你想起新婚之夜你讲的那句傻话，你还感到脸红呢！

这时她想起她想洗个澡。她刚才好像站在那儿做了好几小时白日梦，她找到了她的睡衣和拖鞋，走下楼去，拧开水龙。热水汩汩地流出，冒着热气，她在剃须镜里看到自己的脸，她凝视了一会儿——今晚会出什么事吗？

她往身上泼了一点水，头脑里还想着会有什么意外，起初水泼在她身上的瞬间有点刺痛的感觉；她看到她自己的身子变小了，很虚弱，但还很美，她是这样认为的——假如她是个男人的话，她也会这样想的！她举起一个手臂，水从手臂上流下来，小水珠积在她的脸颊下；这时她想起了她要做的事。是的，这事她就是要在这个晚上做的！……因为这事不容多想，她又朝身上泼了点水，然后走出澡盆，一团水汽已把罗伯特的影像变得模糊不清了。她打开浴室的门，听了一会儿，当下没听到人声，也没看到有旁人，她于是拿起她洗澡的东西快步走上楼梯，犹如从高处的山墙窗里射进来的不断移动的月光，忽然她感到有一只手放在她的肩膀上，她吓得叫了起来，这只手臂把她紧紧地搂住了，吻了她一下。罗伯特下楼时看到她打开浴室的门时射出的灯光。

她挣脱了，*我没穿衣服！*

他说他对她讲的不能全信，他逗了她一会儿后，就让她走了。他又说他要下楼去准备晚餐，随即他像个小伙子似的轻快地走下楼去，此刻克丽斯一动不动地站在那儿，她朝楼梯下望着，她的心在她胸口急促地跳动着。不管他曾跟她讲过什么，教过她什么，她要做这件事，就在这个晚上她要做这件事！

她穿好衣服走下楼来，走过寂静的房间，罗伯特突然从门边伸出他那好看的头来，*是在厨房进便餐还是到饭厅去吃顿考*

究的晚餐？她说就在厨房吃吧，边讲边把他推到一张椅子旁让他坐下，解下他裤子上围着的埃尔斯的围裙，她随即自己做起晚餐来。他叹了一口气，伸了伸懒腰，点着了烟斗，抽起烟来，他眼睛望着窗外。黑夜里出了什么事了——要不是你出了什么事了？他站起身来，走到窗台边凝视了一会儿，又走回来看着克丽斯，然后把一个手指放在她的前臂上。想想多有趣，这上面以前长的是猴毛！

她说不是猴毛，不论他的祖先是什么，她的祖先是有体面的人，如同哈里·霍格的祖先一样（他们都听到过这个故事）。罗伯特坐下时听到这话他笑了，到现在为止他讲道的唯一后果是污损了市长的名誉。毫无办法，市长和其他大部分人，盖狄斯，这可怜的家伙，把他讲道的主要内容给丢了；然而罗伯特又组织了一个谢格特人联谊会，准备迎接年轻的斯蒂芬·莫瓦特返回谢格特。

克丽斯问莫瓦特什么时候回来，罗伯特不知道，他想大概很快就要回来了，接着他又变得迷惑起来。真有趣，确实是出了什么事了。克丽斯说，也许是出了事了。罗伯特坐在那儿迷惑不解，她偷偷地看了他一眼并控制着自己，没有感情冲动，傻乎乎地去把他紧紧搂住。当她敞开厨房的窗子时，微风送来了花园里长寿花和金盏花的阵阵幽香，在月光下花朵鲜艳的颜色变淡变灰。

克丽斯摆好餐桌后他们俩坐下就餐，她喜欢在厨房里自由自在地准备饭菜，尽管一般来说埃尔斯做的菜还是不错的，假如牧师的寓所不是那么大，他们不雇女仆也可以弄得很好。她向罗伯特讲过这话，罗伯特说，是的，我知道，我自己也有这样的感觉——今晚就有这样的感觉！似乎我一个人就能把我们的谢格特变化成奥古斯丁[①]的黄金之城……黑夜里有某种东西使我们变成这样的，他停止了话语，并把目光转向克丽斯，怎么，克丽斯，你看上去有点不一样了！

她说他很可笑——可能是因为洗了澡的缘故！他还盯着她看，她不觉害羞起来。他摇摇头说，一个不寻常的澡！——是在思想上洗了一个澡吗？这在谢格特是很少见的。

他说这是我第一次听到你说你感到痛苦。她说她并不感到痛苦，她感觉很好；在宁静的月光下，他们一起把盘碟洗净揩干，觉得很称心，并且不止于感到称心如意，当他来回走着把碟子盘子放到碗橱里时，有一回他擦到了她的肩膀；他停了下来，瞪眼怒视着她，对她大惑不解，肯定是那猴毛，碰到了像触电似的！

他们收拾完毕，克丽斯兴致来了，咱们到花园里去走走。他们俩一齐出了屋，在树篱投下的如蜂蜜般乌黑的阴影里走着，天气很暖和，一股雾气从谢格特方向升起，在布网的草莓地里，草莓已成熟，枝头垂了下来，克丽斯蹲在一块草莓圃里，拣了一颗大的草莓，她自己吃了一半，罗伯特看到她把另一半衔在她嘴唇边，便过去把它吃了。他为此笑了起来，并和她接了吻。正在这当儿，有样东西惊得他们俩都默不作声，呆呆地站在草莓圃边。他们在紫杉树下走过，向有树丛遮盖的土墙走去时，树上的白嘴鸦无精打采地叫着，墙脚下黑种草和勿忘草在夜晚仍开着蓝色的柔和的花朵，这墙很低，一直延伸到教堂的墓地，克丽斯可以望见墙那边的东西。

因此，她停下来张望了一会儿，这第三个克丽斯用手支撑

① 奥古斯丁，基督教初期的圣僧(354—430)。

着身子，多么奇怪呀，她会站在罗伯特的身旁，她与他靠得那么近，以至于她可以从罗伯特的体温中感到温暖——在不久的将来，她将在那里的一片土地上倒下死去，被人遗忘。他们都将无声无息地死去，乡亲们来哀悼、恸哭，然后又各奔他乡，他们将平静地离开人世，一切都将结束，都将终止，一切都将消失，他们闻到的勿忘草的香味；他们当晚吃的那颗草莓的滋味；接吻时那硬实而温和的嘴唇；男人们使他们相互爱慕的思想，使他们疑惑的思想以及信仰上帝的思想，全都会消失。

这一切都已成为过去，现在在月光下可以看到谢格特腐朽的尸体之上长出了青草，在凯姆斯古城堡里麻鹬在鸣叫，干草摊晒在田园里芳香的草茬上，黑夜过去了，白昼又来了，在上千户人家，人们在睡眠时，血液在循环，流入另一生命体内，而对于应尽的恩惠全然无知。他们什么也没有留下，他们像尘埃一样从黑暗中来，在金色的阳光下飘浮着过来，他们像飘浮的灰尘那样离去，走向黑暗；就这样了结了，你也知道是这样了结的，你最终也会这样了结的。然而——然而——你无法相信这点！

罗伯特寻起开心来。找到一个地方埋葬你的棺材了吗？克丽斯答道，就那儿好了，但不要埋得太深。罗伯特的语调突然莫名其妙地变得恐惧起来，让克丽斯吓了一跳，回首看着，他说道，上帝，我多么不愿意被埋在土里！克丽斯汀，假如我比你先死，一定把我运到火葬场焚化了。我死了以后不要别人来纪念我。克丽斯头脑里一闪念，想到万一他有个三长两短的，她如按他的要求替他筹办丧事，谢格特镇上的人们会怎样对待这件事，他们很可能会说是我把你，罗伯特，毒死的，因而想焚尸灭证了，你懂吗。他笑了，他们会这样说的！他又笑了起来，克丽斯觉得这第二次笑使人意气消沉。天哪，还有像苏格兰人那样的人吗！不但他们——你和我也同样的坏。恶毒的流言蜚语像基督教福音似的被传颂，尽管谎言的制造者和听众都知道它们是谎话。地主们、太太们或者大庄园的普通人乔克·缪克——就是耶稣基督来了，他们也会把他的五脏六腑都拿出来议论一番，当他被重新钉在他的十字架上时，他们会说这是推广木材的妙计！

克丽斯说，是这样的，但也许事实不是这样。耶稣饥饿时，他们会给他食物，会看护他伤痛之处，毫不考虑他们这样关心他会得到什么报酬。善良，他们是如此善良……然而他们仍要散布耶稣降临的谎言，编造故事叙说耶稣受伤的经过……

然而你是不信上帝的。我也从未要求你信仰上帝。克丽斯，你现在相信上帝吗？

她低下了头回答说，我不信上帝，她没有朝他看；罗伯特和气地笑了笑说，你有时会相信上帝的，不管怎样你会发现他的。

他看了看表，已快半夜了；突然克丽斯把这些不愉快的事都忘了。她从他身边溜走了，他来追她，两人像傻孩子似的在月光下玩捉迷藏，克丽斯跑得上气不接下气，终于被他抓住了。她突然打了一个呵欠，他说，是睡觉时间了。这时克丽斯想起了她计划要做的事，她在他后面徘徊了一会儿，她觉得自己是个新娘，跟他一起走路怪不好意思的。

房间里很暗，因为月亮已转过去了，罗伯特轻轻地走过去，点了灯。他修短了的头发平整光滑，他脱衣时头发给弄乱了。他望着克丽斯说道，我一点也不困。他接着用他以前用过的那种口气说道，克丽斯汀，你今晚看上去可爱极了，你知道吗？

她伸手把灯熄灭了，在黑暗中换了衣服，罗伯特笑了起来，问她为什么这样做。她没有答理他，她钻进凉被窝，睡在他身边，一动不动地躺着，她听到自己的心在嘣嘣跳。

他也静静地躺着，窗帘在微风中飘动并被风吹得鼓了起来，你看见了他脸上的微笑，那像是一个幻影，他的脸转向你，你也转向他；过了一会儿，他严肃地说，嗨，克丽斯汀！他的手紧紧地握住了你的下巴，板着脸和你接了吻。你知道你正站在海边，这大海既没有海图，也未被男人探测过，只有妇女了解这海岸的情况，这大海一片漆黑，只有在暴风雨中用以辨别方向的红灯亮着，只有妇女在这海岸上走过，她们在这片荒芜的海滩上采集果实时，大海的怒吼声在她们的耳中回响……

他的嘴唇紧贴着你的嘴唇，接着它们又作了变换，多年来你没有那么开心过，你的胳膊很快搂着他光光的肩膀……突然你直直地躺着，像死了似的僵直。罗伯特说，克丽斯汀，你终究感到累了吧？

几个月以后她仍记得那一时刻，一时间她没有作声；过了一会儿她答道，有一点点累，她听到他的呼吸声，她又温柔地说，罗伯特，我不太累。此后她的嘴紧闭了很久。大海的怒吼声被一垛墙挡住了，如同她自己被垛火墙挡住了那样；但她对这些一言未发，她拨开散在他眉毛上的头发；他把头倚在她的胸脯上睡着了，屋里安静了下来。

她自己很快也要入睡了，她曾梦见过和罗伯特生了一个男孩，她不愿意想这该死的梦——她现在不和他生孩子，也许永远不和他一起生孩子，她今晚睡不着，她一直想着她身边这个活人肩上的伤痕，这是被弹片划破的——再低一点，就要把他的身体撕裂，血肉模糊，筋骨断裂，鲜血涌出，就会像一个动物似的扭曲着脸，哼叫起来，痛苦万分。她决定生一个孩子——为来临的下一次大战再生一个孩子，就像那样被撕裂，生下这个和尤旺一样用血和肉做成的孩子——哦，尤旺，尤旺，你曾是我的男人，曾睡在这个陌生人今晚睡的地方，我还没有忘记，我还没有忘记你，你有一个克丽斯，她和你一起躺倒在法国，她一定不再让她的子宫孕育出一个孩子免得他像你那样去为疯子的胡言而丧生……

轻轻地，哦，轻轻地，低声地哭泣吧，别把罗伯特惊醒，他是多么的和蔼可亲，他现在和你相距如此之远。你将永远不会和他生孩子而使自己的身心受折磨，在停战纪念日①，那些留在家里的乡亲们将走出家门来颂扬死者，那些纪念碑和乡下佬喋喋不休的议论将是对你的嘲讽。

那年在谢格特除了停战纪念日以外还有更多值得纪念的事。在停战纪念日前夕，吉姆·索洛克干的事中有不少是引入发笑的。吉姆常常肚子不好受，他递酒给你喝时，常常歪脸扭嘴的，你看到他这副样子简直不知道是怎么回事——是因为你刚才给他的先令是假的，还是什么别的事得罪了他？他用手慢慢抚摸着他的肚子，说道，我胸口又痛了；他说有时候他肚子痛得厉害，好像有一条大毛虫在肚子里爬，在蠕动。乡亲们说他的确已尽了最大努力去把虫淹死，天哪！这是真事，这个可恶的家伙每晚回家几乎总是醉得像个花花公子，一头躺倒在床上，躺在他妻子身旁，她骂道，你这个畜生，你又喝醉了。而他只会把手放在肚子上，嘴里哼哼地呻吟，毛毛虫好像变成了

① 即11月11日，为纪念第一次世界大战阵亡将士的纪念日。

一条该死的海蛇，在他肚子里扭动。

索洛克和他的太太养了一头猪，十一月十日晚上戴特·皮特关了店门后来替他们宰猪。戴特是杀猪的老手，他来时，猪抬头看着猪圈外的动静。它好像清楚地知道刀和斧的用处。因此，它开始尖声嚎叫起来，戴特看着这头畜生感到好笑，等一等吧，让它叫吧。站在一旁的索洛克夫人觉得戴特的容貌很怪，她猜想他大概是个穷光蛋，但他会杀猪，不像吉姆这个笨蛋一点事都不会做。

因此在戴特动手杀猪前她请他进屋喝杯酒，他就坐下吃起饼、喝起酒来，他像小牛吃奶似的把一杯酒一饮而尽，随后又像条饿狗似的把那块饼吃得一干二净。吃喝完了他说今晚宰猪太晚了，他明天早晨来杀，停战纪念日是屠宰牲口的好日子——他说，太太，我曾看到人像猪似的被宰杀，像肉铺里卖的一块一块的牛肉，看上去还很不错，所以我常想对于那些吃人肉的人就没有什么可见怪的了……

索洛克的妻子问他是不是要叫她恶心，戴特回答说，你要恶心就恶心吧，我不在乎；你是一个酒吧服务员的老婆，你的肚子是不会好受的。她听了这话伤心得哭了起来，说她怎么那么傻会和吉姆这样的人结婚，她曾是一位体面的客厅女仆，有自己的工钱，有漂亮的新衣服，那时吉姆曾发誓说他将很节俭，而今他却酗酒无度，身上一股酒味，即使哪天晚上他回来看见她死在床上，他也不会管她的。戴特想，天哪，假如吉姆聪明点，他会高兴得手舞足蹈！这话他没说出口。他才不管索洛克的妻子或索洛克的事呢，关心过你的事的人太少了，为什么你要去关心别人的事呢——你无求于人，你自己可以把事情办好。

他站起身来说道，好了，我出去看看圈里的那头猪。

索洛克夫人问他一个人宰猪行吗，她晚上要到福东她妹妹家去，不一会儿她替索洛克准备好了晚饭，这并不是说她认为这个酒鬼会回来吃晚饭。他回家后很可能会跟往常一样朝床上一躺。戴特说他一个人能行，他出去了，过了一会儿索洛克的妻子听到猪的哼叫声变成了尖叫声，十分难听，后来又成了刺耳的嘶叫，她戴上帽子，拿着她的包出了门，沿着猪圈走去，她并不想观看戴特杀猪，为冬季准备菜肴。可是她被猪圈里的场面吸引住了，戴特冲过去抓猪时滑了一跤，身上沾满了猪粪，他已把这头畜生逼到猪圈后面。猪大张着嘴，鬃毛竖得笔直，它嘴里发出的尖叫声犹如谢格特车站火车引擎喷出的蒸汽声。

她没有久看，匆匆地往前走了，她记得那是一头好猪，她替它刷洗背部和耳朵上的鬃毛时，它会站在饲料槽里发出得意的呼噜声，它确是一只懂事的畜生，它怕老鼠，有一次她站在猪圈里，差一点给它绊倒，她以为这只畜生是对着她冲来了:其实是因为它看到了一只耗子，只想逃到她身后躲避起来。她走到莫尔特里厄的店门附近转弯时，又听到了北面谢格特传来的猪的尖叫声，她咳了一声，像个傻孩子似的发现鼻子里有鼻涕——她的手帕在哪里？她忽然觉得戴特·皮特就是一只老鼠，是一只下颌突出、两眼凶相毕露的大老鼠，现在正爬在那只害怕老鼠的猪的背上，这只猪有一次曾吓得躲在她身后——哦，她究竟是傻还是心肠软弱，还是既傻又心肠软弱，该死的！她怎么找不到她的手帕。

戴特终于把吉姆的猪逼到了一个角落，它一转头，他看到猪的位置正好，他挥起斧子劈下去，猪又尖叫一声，倒在他脚下，嘴里流出血来，脚在粪土里乱动着。戴特又用斧子把这个畜生慢慢地翻过身来，取出刀来，慢慢地把它的喉咙割断，并把它的喉咙敞开，让血流尽。此后他把猪扛在肩上，拿到厨房里，把它挂在一个钩子上，让它滴血。

他把这个畜生扛起时天已很晚，它的身体还是热的，这使他想起在大战期间一颗炮弹会把有粪土气味的人肉噗的一声甩在你脸上——他很喜欢这种经历；没有别的东西比血和出自恐惧的嚎叫更能使人感到兴奋了。他让那只猪挂在黑暗里滴血，它的肌肉松弛时，身子又抽动了一下，戴特笑了笑，打了它一巴掌。

他慢慢走回索洛克的屋子时已近十点，天已开始下雨。雨点淅沥淅沥地落在谢格特的土地上，落在整个昏暗的豪乌山谷中，已是深秋，作物已收获，在红土垄上土豆秸滴着雨水。戴特把帽舌拉得低一些，拨开门闩走进吉姆·索洛克的屋子。他划着一根火柴，看了看那头猪，很好，它已不再滴血了，他要让它挂到明天晚上。这时——他戴特·皮特一向是个粗鲁而不讲理的人，你听了下面这桩事也只能付之一笑——他突然想出一个绝妙的主意，他坐下，把办法全想好，而后笑了起来，他把他杀的猪从钩子上卸下，把它扛在肩上，走到内屋索洛克夫妇睡的那张大方床边，这张床一半有布帘遮着。

戴特把毯子掀开，把猪放在床上靠近索洛克妻子睡觉的那一边——谢格特的妇人们都睡在床的外侧，女人总是睡在床的外侧，这样她起床时可以比男人快，这是常识，以便于她早晨起床生火做早饭，或像女人在怀孕时感到不适在夜里起来时不至影响她男人的休息。

戴特把猪往床上砰的一扔，仔细地把它盖好。此后他到谢格特街上去溜达了一会儿，如他所说的，在晚上恢复恢复精神；不久他就回家了，因为他已很累。

过了一个多小时索洛克才回家，他在阿姆斯旅馆必须打扫酒吧，负责锁门，并把钱交给掌柜的，还要为一位住在阿姆斯旅馆最好的客房里的旅客生好火。那天晚上一半是由于他喝了酒，一半是由于阿姆斯旅馆里太热了，吉姆在谢格特街上往家走时有点头昏眼花。他走过广场时抬头看看天使像，该死的！怎么有两个天使，他盯着他们看了一会儿；天使们那样地拥抱在一起很不正派。这时他知道自己已烂醉，他摇摇头再看，上面还是两个天使，此后他蹒跚地走过好像是晃晃悠悠的东街。

他在阵阵小雨中行走着，最后终于到了家，此刻在谢格特已看不到一盏灯，各家各户的人们都已上床睡觉，爷们对着墙壁睡，太太们因整天照料小孩和说闲话而精疲力竭，小孩子们三四个躺在一张床上，在纺织工人家里，一张床上要睡五到六个小孩，她们像生虱子似的养小孩，小孩也像虱子似的睡在床上，艾克·奥格尔维说——他是个爱讲闲话的人，男人简直没法避免生小孩，有时候女人只是这样一种人，只要你和她一拥抱，她就会怀上孩子，下一个女人更精明:你简直无法预料。

到目前为止吉姆·索洛克还算运气好的，这是一件大好事，索洛克有一个女人就够了；他现在没在想这些事或其他什么事，起初他摸不到门闩。后来他总算摸到了，打开门进了屋，在门边的椅子上坐下了，他哀叹了一声，用手抚摸着他的肚子。

过了一会儿，他把靴子脱了，他没点灯，他明白他最好别去点灯，动了火他可能会把这该死的房子烧掉的；他把靴子脱了以后，朝地上一扔，手扶着墙，径直向卧室走去，即使在睡梦里他也能走到床边。可是没走几步就出了事，他的膝盖撞到一个大盆的边上；他身子一半跌进了这个大盆，盆底是些黏糊糊的东西，索洛克骂了几句，然后摇摇晃晃地站起来，在裤子后面擦了擦手，他以为他老婆洗衣洗得很晚——这个粗心的女人怎么把盆子放在这儿！

他绕过盆子，走到卧室的门口，他晃悠着进去后大声抱怨道，嗳，太太，你差一点把我命送了，你知道吗？

他的妻子没有回话，这也没有什么奇怪的，她离这儿有五英里之遥呢。可是索洛克把这事全忘了，他在屋里摇摇晃晃地走着，把裤子和袜子脱了，身上没什么衣服了，他爱穿着内裤睡觉，觉得这样睡暖和舒服。他走到床边，一脚跨到床上，左手放在一块隆起的东西上，他以为是他妻子呢。他把毯子推开，睡了下去，他用脚探了一会儿，以便把脚放到他妻子的身上，好把脚焐焐暖。可是这天晚上他的脚怎么也焐不暖和，因此他伸出手来推推她——吉英，你醒着吗？

然而，这堆隆起的东西还是不作声，这时索洛克的头脑由于他刚才跌到盆里，而有点清醒了。他气愤之极——嗳，回我话呀，你为什么不答理我？今天晚上你怎么啦？他把手伸到毯子里去一摸，他几乎跳下了床。吉英——天哪！吉英。你怎么是冰凉的！

她还是一言不发，他突然感到不好受。他再伸手一摸，发觉她已冷得像块石头——更糟的是她的头发已和她的皮冻结在一起了，这时他口流涎水哭诉起来。吉英，吉英，你醒醒吧；你已几乎冻僵了！到最后他实在不能再跟这东西睡在一起了，就起身找了一根火柴划着了，他拉开毛毯。在火柴光下他看见一个被刀割开的大喉咙，火柴灭了，可能是他的惊叫把它弄灭的。

以上这些是他要跟乡亲们讲的。其后的事你推测是他镇定了下来，出去请人叫医生来:他可能还有一点醉意，但他知道该做什么，并尽力保持镇静，或者说他郑重表示要保持镇静。这也许是事实，也许不是，假如他觉得自己很镇静，这是很奇怪的，彼得·皮特听见吼叫声并听见有人在敲他的门，好像是最后审判日上帝派来的天使——彼得从床上爬起来，向窗外望去，没看到天使，却看到了穿着衬衣的吉姆·索洛克，他马裤和靴子都没穿，脸上和头颈上都沾了血。在彼得·皮特的烛灯下索洛克叫道，彼得·皮特，让我进来吧。哦，上帝，让我进来吧！

可是彼得不是这样笨的人，会让他进来。他答道，回去睡觉去吧，别叫了。这是打扰别人的时间吗？回去睡在你老婆身边吧——他不能多说，他知道索洛克这家伙会发疯的，因为刚才他叫喊的声音就像一条狗被人猛踢了一脚以后的叫声，过了一会儿彼得·皮特不见他的身影；彼得把窗子关了，愉快地回到卧室，睡在他肥胖的妻子身边，用乡亲的话来说好比是一头小牛抱着一堆干草。

这时索洛克已有点发狂了，他又去敲老哈里·霍格的门，市长走下楼来，斯文地从信箱的投信口望出去。索洛克叫喊道，让我进来吧，哦，我害怕。老哈里说，进来？你这个酒鬼，到你自己的脏屋去吧！你真是苏格兰和谢格特的耻辱。规规矩矩地回家和你妻子去睡吧。话音刚落，索洛克的身影就消失了，市长确信他顺从了——唉，彭斯家族出身的人毕竟还是有能力统治的。

你知道吉姆最后在哪儿找到了归宿？在麦克多格尔·布朗

家。麦克多格尔让他进了屋，听他讲了家里发生的事情。西斯从床上起来，下楼来听吉姆的讲述。麦克多格尔大声叫她上去睡觉，但她不愿意，她说，好，我不看他。——一个少女看着一个没穿马裤的男子是不好的，除非她已结过婚了。艾克·奥格尔维说索洛克的马裤是便宜货中最好的，发明这种裤子的西袭恩人①是人类最大的恩人。

西斯煮了一点水让索洛克洗脸，麦克多格尔想索洛克妻子之死一定使他很悲痛，就替他沏了茶，索洛克一口把茶喝了，这次他的胃没有反。他觉得好点后就洗了自己的脏头颈，向他们讲述他妻子躺在床上喉咙被割开的情形。麦克多格尔说，唉，她已见了上帝，正如你有朝一日也要去见上帝的。忏悔吧，回到耶稣的怀抱里来。——你明白他一直劝导人们这样做的。索洛克说他是要这样做的，他即刻起就要规规矩矩地做人；麦克多格尔非常高兴，差点要亲他，麦克多格尔梦寐以求的是让人们的灵魂归顺于上帝，假如谁不到他的店里而到别人的店里去买东西，他就要以下地狱的种种痛苦来威胁。

他借给索洛克一条裤子，他俩一起出了门，机警地走到索洛克家里，麦克多格尔提着他点的灯走进躺着那具红色尸体的内屋。他把灯提起来，灯光照亮躺在索洛克床上的东西，他嚷道，啐！老兄，这根本不是你太太嘛。他把毯子拉开，吉姆看到了死猪。索洛克怒视着说，我真该死，可它看上去真像她。

这时已是停战纪念日了，可麦克多格尔和索洛克却顾不了这些，他们把猪搬走后各自睡觉去了。雨下了一夜，早晨田里

---

① 西袭恩人，古时候黑海北岸的居民。

都成了烂泥潭，红色的泥水染红了谢格特，从海岸传来了海鸥的尖叫声，假如你那天驱车到谢格特来，你会看到到处都是泥水坑，这将使你相信人们讲的那个故事:不到收获完毕，付清账单，他们是不会来打扫谢格特的。你知道这不过是街头巷尾的一种议论而已，可是对谢格特人却是一种绝妙的讽刺，他们为他们的自治市、凯姆斯城堡和没有尖塔的新教堂而感到如此骄傲，而对于谢格特的麻纺厂和占人口大部分的纺织工人他们是不以为然的。无疑，停战纪念日过后谢格特的纺织工人更不受人重视了。

十一点钟时天晴了，人们纷纷走到谢格特广场，聚集在美丽的天使像周围。人越聚越多，艾克·奥格尔维说这场面很感人——可是人多了气味难闻。他这个粗人专讲这样一些俏皮话，为什么他不能随他们去？你可以看到他在人群中，他在背心上别了很多奖章，两手插在口袋里，抬头仰望着天使像。他那副样子似乎是天使要下来钻进他的被窝里，可他不愿意和这个姑娘睡在一起似的。

西姆·莱斯利警察，就是被乡亲们叫做费特的，想把人群围成一个半圆形的圈子，市长站在右边，他浓眉大胡，眼珠凸出，他的祖辈是彭斯，他在向人们讲述彭斯是怎样的一位爱国者，他在世时随时准备为祖国流血捐躯。艾克·奥格尔维说，是的。他杀死了很多法国人——不过是用他的嘴杀的。他奸污女仆的本事要比用滑膛枪打敌人的本事大。哈里·霍格认为这是无耻的诽谤，奥格尔维这人妒忌别人简直到了失去理智的程度，和吟游诗人相比，他写的东西是屁都不值；艾克·奥格尔维则又说他宁可做尘土也不做粪堆上的烂泥，把自己打扮成一朵花；爱丁堡来的小亚历克·霍格大声说道，你就不能少管点我父亲的事？

艾克冷冷地上下打量了他一番，我除了用粪耙外是从不碰粪肥的，这事不要你多嘴，不然我也要破例了。亚历克·霍格嚷道，你试试看呀！眼看在谢格特广场天使像旁，一场殴斗马上就要发生，围观的群众面色都很紧张，他们围拢来以便看得更清楚些，正在这时他们看到牧师从东街走来，教堂合唱队也一起来了；乡亲们叫道，安静！

是牧师想出这个主意，让大伙今天都来到广场，他的前任老格雷格根本不愿费心去做什么礼拜，他怕在广场着了凉。可是卡珲牧师先生很起劲。他要求大家把店门关了，要求工厂也停止生产，他是个说干就干的人，有些人说他不止是个实干家。他还没有真正干预公众事务呢。那次在教堂里布道时他提出这样那样狂妄的改革计划，早已遭到会众的反对；他把哈里·霍格纠缠得几乎不知所措——或者说把这位老市长弄得差一点神经错乱——向他提出各种关于镇议会的问题，诸如：在哪儿召开会议、会议要解决什么问题、哪些人做议员、为什么谢格特晚上没有路灯、官员们知道西街的下水道很糟糕吗、什么时候视察工厂、怎样进行视察？等等等等。乡亲们说再下去他恐怕要想法把凯姆斯城堡搬到他家院子里去了，唉，假如他以这样的速度进行改革，不消多久，他就要和所有的谢格特人为敌了。

一阵阴冷的风从豪乌山谷吹来，吹过广场，牧师在讲道，他的法衣在风中飘拂，他布道时脸向下倾，面容消瘦，脸色苍白，嗓音平淡。他这样布道，这样和上帝谈话，使人听起来有一种不安的感觉——他跟其他牧师布道时的话音全然不同，他们讲起来好像一口饭只咽下去一半，另一半还残留在喉咙里似的。

不，不，卡珲牧师讲得很通俗易懂，有些人喜欢听他的布道，要是你喜欢，你就不是人:他请求上帝宽恕这个世界上的人们，他们似乎还未从过去的夜晚中惊醒过来。他说上帝在人类历史上既没有创造夜晚，也没有创造白昼，上帝让人类自己来创造白昼和黑夜，上帝只助以一臂之力，他只是人类的一分子，他和人一样也和邪恶作斗争，上帝也受伤，也流血，在那场大屠杀中也战死在法国的战场上。但他又复活了，人也会复活的，他和上帝一样是不会死亡的——只要他有在上帝赋予他的这个星球上继续生活下去的意志和途径。白天可以看到一团圆柱似的云，夜晚可以看到一团圆柱似的火——自从有了人类，它们就高悬在天空，这是上帝放置在那里的，作为人类的行为准则，作为云和雨的光辉准则，日月星辰作为我们夜晚的行为准则……一只喇叭吹响了，使我们聆听到了声音；是否需要闪电来使我们的眼睛豁然明亮?

过了一会儿你不去听这些布道，你对布道这类事也不甚了解，可一个牧师是不是应该这样布道呢?假如你有这样的看法，那你就错了:他的讲道听起来很像异教的布道。你仔细地环视了听他讲道的谢格特群众——其中几乎没有一个是纺织工人，这些贱人上哪儿去了？不管怎么说，卡珲夫人总还在。她还有几分姿色，绷着脸，牧师和她结婚时，她不过是一个普通的女子。在金拉第认识她的人说她过去是个性情欢乐的漂亮姑娘；现在她完全变了，倘若他们再遇见她，跟她讲话，叫她克丽斯！她还会笑着跟他们交谈，很够朋友，但不知怎么的她变了——唉，她已变得很骄傲。

她在那儿，她儿子也在那儿，这是你听说过的她和第一个男人的儿子，这孩子脸色黝黑冷漠，不过是个不错的小男孩。

他旁边是市长，市长的旁边是他的儿子费休，他穿着宽松下垂的灯笼裤。麦克多格尔·布朗站在很前面，这并不是因为他参加过第一次世界大战，而是因为他在大战时唱过歌；裁缝彼得·皮特也在，他是个了不起的爱国者；还有戴特这个无赖；还有盖狄斯老师和另外三位女教师；火车站上的搬运工和站长史密斯和艾克也在。你可以看到威尔·梅尔文站在靠近火车站上的人站立的地方，他们是约翰·缪尔，布鲁斯和一帮像他们那样的人。此后牧师举起手来，示意叫人们安静下来，你知道那时已是十一点钟了。

说真的，人们本可以肃静下来，可是一辆从南面来的大汽车嗖地驶入广场，又转弯驶向东街。乡亲们本来像玉米秸似的一动不动地站着，汽车开来时他们让了路，并看着汽车开走——只有牧师去却像块石头似的站在那儿纹丝不动。过了片刻，他用低沉、清楚的语调说道，我们现在唱圣歌:《我们的上帝，你在过去援助了我们》。

你清了清嗓子，向左右两边瞥了一眼，觉得不好意思，一个人站在那儿没有管风琴伴奏自己唱起歌来真是够傻的；起初杂乱的歌声听起来犹如在吼叫，后来听到了牧师的歌唱声。正当乡亲们跟着唱得起劲时，低贱的纺织工人来到了广场。

他们这二十或三十个来路不明的人从西街的一个通道大步走来，他们没有戴像样的硬领，而是在头颈上围了条围巾，在他们苍白的脸上微露出了欢笑，他们四人一排地阔步走着。走在最前面的是那个浪荡汉乔克·克朗宁，他肩上扛着一面红旗，跟在他后面的纺织工人又笑又乐，他们中间有两三个妇女，都是些不要脸的说闲话的人。喝，你张大了嘴巴，该死的，谁见此情景都会这样的，在谢格特你还从未见到过这样的情景；你停止了歌唱，还有些人也不唱圣歌了，后来又有些人停止了歌唱，最后唱圣歌的只剩下卡琿牧师、他妻子、西斯·布朗和那个傻瓜埃尔斯·奎因。刚才一直没唱圣歌的艾克·奥格尔维向四周望了望后开始拉开嗓门唱起圣歌来，好像他刚睡醒似的；他和往常一样总是与众不同。

乡亲们还没来得及再吹起管乐为圣歌伴奏，这批纺织工人已走近了，乔克·克朗宁叫道站住！他们在他两旁散开，站成一个圆圈。接着他们尽量放大嗓门唱起歌来，把圣歌的声音全淹没了，他们唱的歌大意是:用红布把死者覆盖，他们的四肢已僵硬冰凉；只有上帝知道他们在唱些什么。

纪念仪式总算结束了。牧师的脸色苍白如纸，他和他妻子都唱完了圣歌，人群中不时地传出对纺织工人的吆喝和斥责，你们怎么不注意礼貌？——费特警察走到工人面前说道，你们在制造混乱。他对这句话特别感到自豪，这是他从一本警察用语的书中学来的。可是工人们对他的话不予理会，还是站在圈子里唱歌，于是他推开围绕那个浪荡汉约翰·克朗宁的圈子；这时工人们停止了歌唱，克朗宁说，费特，想怎么样？

费特有点激动。他是个爱国的青年，他没有去参加过大战，乡亲们说他脚那么大，会把战壕堵住的，因此没有让他去参军。可是他当时一直在为战争工作，他不愿意让自己对于大战的回忆被这帮不戴硬领的粗人玷污——被他们唱的歌儿扰乱，他们的歌曲号召人们回避和蔑视罪恶的行为准则，天知道这是指什么。谁听说过什么罪恶的行为准则？——这只不过是这些穷光蛋说他们的上司残忍的一种说法……因此他对乔克·克朗宁说，你扰乱在战争纪念碑前举行的礼拜难道不感到害臊吗？乔克·克朗宁说，不，我们不感到害臊，费特，你看我们都尝到过大战的滋味。看一看我们的胸膛，我的孩子费特，然后再看看你自己的胸膛，看看那上面有没有我们胸膛上的那些伤痕！

这样你就明白他和所有纺织工人的意图了，他们大步走入广场，上衣或背心上佩戴着大战纪念章，除了那三个妇女外，他们全都参加过大战：三个妇女佩戴着她们的亲属去世后授予她们的纪念章。这倒使费特有点不知所措，你为他感到遗憾，特别是因为你自己也没有纪念章，你没能参加大战，那些年头你过于忙店里的事务，或是为了使阿姆斯旅馆生意兴隆而整天忙碌，或者是在谢格特担任着车站站长的职务。然而你可确信，假如国王事先知道这些纺织工人是怎样的贱货，他就不会这样随意散发纪念章了。

乔克·克朗宁推开人群，在费特面前走过，他跳上天使像下的基座，大声嚷道，同志们——不只是工厂里的师傅们，还有我看到的下面的其他人们：**我们**参加过大战，我们知道这场战争是怎么回事，我们得和虱子、污垢打交道，过着地狱般的生活：到头来我们得到的是什么呢？不足温饱的工资，英雄们无家可归，资本家还像过去一样紧紧地掐着我们的脖子。他们现在还在解雇纺织厂的工人，让他们加入挨饿的人群——这些就是我们的报酬，也许也是你们的报酬。这是我们今天必须记住的事。我们到此地来，不是为了纪念死者。他们已找到了自己的归宿，我们有朝一日也要和他们相会的，他们和住在谢格特的某些吃得比畜生还要差的人相比，境遇可能还要好一点。我们关心的是活着的人，是你们。来吧，加入我们的队伍吧，加入工党吧。你带个头，站在那儿的卡珲先生，你是有理智的。

这个厚颜无耻的家伙讲话结束后，向卡珲牧师挥手致意，此后是一片肃静，这肃穆的气氛似乎把周围的空气也凝固了。你几乎可以用刀把它切成小块，吃下肚去，乡亲们都目不转睛地看着。过了片刻，牧师转过身来，毫无表情地对他妻子说，克丽斯，我想，我们回家吧。她点点头，没有言语，他俩都很冷静。看到他们那样温顺，简直要把人气炸了，该死的！假如你是一个牧师，你会忍受那样的侮辱吗？不，你绝不会；即使在大战以前也没有一个牧师会忍受这样的凌辱，这场战争简直是一切祸害的根源，它让像克朗宁这样的浪荡汉知道，他们的上司和他们一样是要吃要喝的。

接着，差一点发生一场殴斗。艾克·奥格尔维向乔克·克朗宁嚷道，喂，大战中**你**究竟在哪里服过役啦？乔克·克朗宁答道，小伙子，我在前线，而不是和皇家陆军工兵一起躲在后方。——艾克·奥格尔维说，你这个可怜的笨蛋，我看你还没有本事跟他们一起工作呢。假如牧师没有转过身来叫了声奥格尔维！他可能还要往下讲呢。艾克走了，纺织工人都嘲笑他。有些人站在近处，想听听他们在说些什么，大多数规规矩矩的人走到阿姆斯酒吧，谈论着假如他们待在谢格特广场，他们会如何处置这些纺织工人。

克丽斯从广场上几乎是不停地往回跑，盖狄斯先生和他的教师要到她家吃午饭(他们是这样说的，但他们是以正餐来吃的)；牧师家的炉子上炖着肉。你可以看到埃尔斯在前面飞奔着，她和你一样着急，你把罗伯特拉下了，他觉得好笑，脚步慢了下来，点着了他的烟斗。你跑过紫杉树丛，跑进了牧师宅邸的前门，并径直跑到厨房，在那儿你见到了埃尔斯，她的脸红得像一团火，她靠在厨房后门上喘着气，敞开的炉子上冒出东西燃烧的气味。埃尔斯大声说道，喔哟，我正好赶到！她指着已烧成黑炭的鸡，它的最上部分刚开始燃烧。你说道，很好，埃尔斯，你真好。坐下休息一会儿吧。埃尔斯照了一下镜子，说道，我的脸有点像纺织工人扛的红旗了。你看到过像纺织工人那样令人厌恶的人吗？

克丽斯说她认为他们没什么礼貌可言。在此之前，她从未见到人们举那样的旗子，也没听人唱过关于红旗的歌——这歌曲调忧伤，但不知怎么地这歌打动了你，你知道这歌包含了一点真实的东西，它的真实在于它把你的思想引回到你年轻的时代，那时有个叫查伊·斯特罗恩的人曾说过：老百姓的使命就是去死，并以他们永恒的死来给别人以生命……你觉得这在某些方面有点像罗伯特的上帝。

也许这是罗伯特自己的想法，克丽斯在会客室遇见他时，他正站着，奇怪地凝视着谢格特，天空是耀眼的蓝色，大雨刚冲刷过，雾气甚浓，已是中午时分。克丽斯把手搭到他的肩膀上，不感觉烦恼吧？礼拜做得很好，我喜欢听你布道。罗伯特捏紧她的手，我因自负而感到烦恼。我想只是这些而已，那些纺织工人——克丽斯汀，假如他们讲的话是对的，那真是活见鬼了。克丽斯说，怎么是对的？他说，他们的信仰——阶级斗争能为战争带来好处。克丽斯汀，你记得那天我在谢格特教堂讲道时提到了的那个萨姆森吗？我觉得今天我们在广场看到了他，他面容消瘦，好像是个饿痞，头颈上围着围巾。如果他的上司无法纠正当今世界的弊端，他大概有能力办到！

罗伯特的目光又转向室内，天哪，他们来了、他的上司们——好，好，他们就在门口。

克丽斯自己去开了门，盖狄斯太太一步跨过蹭鞋垫，很快进了屋，走在她后面的是说话尖刻的梅斯克尔小姐，她是谢格特小学的另一名教师。她像一只雪貂似的上下打量了一下克丽斯后说道，卡珲夫人，你好吗？广场上发生的事真是大煞风景！克丽斯曾听到埃尔斯说起过梅斯克尔小姐的事，说她长得像根柱子，溜光笔直，她梳两条大辫子，前刘海一直垂到她的眉毛，使她看上去像只一头钻在干草堆里的小牛犊；只要她看到镇上来了一个过去没有来过的小伙子，她就要一直盯着他看，直到把小伙子羞得满脸通红为止。然后她又嗤之以鼻(埃尔斯是这么说的)，就像在说，什么，跟你结婚？没门！

可真该死，至今没有一个人提出要跟她结婚。哪怕只跟她住一夜，艾克·奥格尔维说他宁愿跟苏格兰高地的小公牛在荆豆地里过夜，也不去找梅斯克尔小姐。克丽斯尽量不去想这些，如果想起这些事，她会笑出声的，所以克丽斯没有跟梅斯克尔小姐握手，而是和后面的弗格森小姐握了手。在谢格特人们叫她小红脸。这时她的脸蛋已开始红起来，好像谁把一瓶红墨水倒在她脸上了，这个姑娘的脸越来越红，克丽斯感到很过意不去，她自己的脸也红了起来。后面来的是珍妮·格兰特小姐，她衣着整齐，脸色洁白，气色很好，她说，卡珲太太；你好！你觉得广场上发生的事有趣吗？最后来的是盖狄斯先生，他板着脸瞧着你，好像他认为你和大多数人一样也是个庸人，他无精打采地和你握了握手，随后他把手插在口袋里，跟在别人后面，向门厅移动着脚步，在门厅里，他不小心给尤旺的一个玩具绊了一下，那是一匹木马，木马咔哒一声翻倒在地上，尤旺忙跑过来看怎么了。

盖狄斯先生刚才差一点给木马绊倒。现在他把木马拣起来。木马边上一大片木板掉了下来。尤旺责备道，你这家伙真笨，你为什么走路时不看着点？克丽斯喝道，尤旺！盖狄斯先生咧嘴而笑，他讲得很对。我觉得我是一个笨蛋，年轻人，对不起呀。尤旺说，我也对不起你。

克丽斯想笑，可她又没有笑出来，相反，她脸色变得严肃起来，好像参加葬礼一样——如你把约翰·缪尔主持的葬礼算在里面，那她已参加过两次葬礼；她怕出事，把盖狄斯教师和尤旺两人分开；叫盖狄斯先生跟着他妻子走进了内屋。

罗伯特站在那儿，向他们表示欢迎。他手里拿着一只细颈雪利酒瓶。盖狄斯先生刚才见到尤旺时露出的笑容现在已消失了，像从冻了冰的田野里拔起的最后一株芜菁甘蓝，他很不高兴地说，卡珲，喝一口就够了，他随即坐下，向房间四周环顾了一下，好像他没有想到屋里的其他东西。

过了一会儿，尤旺在门外唱起歌来，屋里的客人正在啜饮着雪利酒；梅斯克尔小姐差一点把她的酒杯摔了。克丽斯站起身来，感到脸有点红，她觉得尤旺这样唱歌太傻了，便叫道，尤旺！他答应着说，在这儿呢！并把门打开。克丽斯感到他太笨了。这时屋里的人都看着她。你刚才为什么唱那支歌？

尤旺很有礼貌地回答说，妈妈，我喜欢这支歌。我觉得这支歌太好了，你说呢？

和往常一样，埃尔斯又使气氛得到了缓和。他们听到她在大厅里的脚步声，不一会儿，尤旺溜了出去，门咔嗒一声给闩上了。梅斯克尔小姐说，可怕，太可怕了，那些纺织工人把小孩也教坏了。难道卡珲太太不认为当局应采取措施制止它吗？

珍妮·格兰特小姐坐在罗伯特旁边，她的腿在衣襟外面露出一大截，她的腿很美，她问梅斯克尔小姐，“它”指什么？你的意思是不是说应该禁止唱《红旗歌》呀？梅斯克尔小姐答道，是的，那是应禁止的一件事，还有很多应禁止的事——那些受人雇用的煽动者的所作所为都应禁止。珍妮·格兰特小姐说，我也是一名鼓动者，可是我没有得到什么报酬。其他鼓动者是从哪儿得到报酬的？我倒想去申请了！梅斯克尔小姐狠狠地看了她一眼，使人惊奇的是她并不就此认输。她欢快地向克丽斯眨了眨眼，把她杯中的雪利酒一饮而尽，然后又斟了一杯。

此后他们都谈论起谢格特发生的事，盖狄斯痛心地说这些纺织工人正是做了你预料这些卑鄙的人会做的事，与其他苏格兰人相比既不是更好些，也不是更糟些。苏格兰人都一个样，他们是地球上最令人厌恶的种族。哦不，他不再感到痛心，他已从中解脱出来，由于生活在他们之中，他甚至不再受他们的流言蜚语所困扰，他们的流言蜚语比阴沟里的脏水还要令人作呕，在谢格特这样的小镇，在说人闲话方面，没有一个人不比杀人凶手还要厉害十倍——在行动上他们就没有足够的勇气这样厉害了。纺织工人不比其他人更坏，或者说不比其他人坏多少。至于讲到谢格特人联合会，盖狄斯在联合会中每次都投托利党的票，没有一个联合会能长期保持非政治性的。他的忠告是:卡珲不要去管这些事，如说猪有什么可恨的事，那就是要他去把它的圈打扫干净。

罗伯特问弗格森小姐她是怎么想的，弗格森小姐脸红了起来，克丽斯怕再过一会儿她的背心、内衣裤都要着火了。弗格森小姐结结巴巴地说她也讲不准，她说有些纺织工人的小孩很坏，他们把一个女孩弄到操场去寻她开心，或做些更坏的事——弗格森小姐脸更红了，感情很冲动，弄得克丽斯很可怜她，移开了自己的眼光，她想起了自己学生年代的情景，想起了她遇到过的**更坏**的事，那是在一个夏天，天气闷热，操场上热气逼人。一群男孩把你团团围住，笑呀、闹呀，他们长着明亮、闪光的眼睛，金黄色的头发剪得短短的，他们手舞足蹈地向你逼来……可是她并不介意，她在那时已能照看她自己，她头脑需要突然一转才能想到尤旺，她怕尤旺也去干这种事，也会站在某个女孩身边，打听这、打听那，叫人感到讨厌……

她又去听他们谈话，眼下盖狄斯太太一人在讲，很明显，这三位教师除了注意听盖狄斯太太讲话外，也没有什么其他事可干。盖狄斯太太说，真正的错误——就谢格特的全体居民而言，不仅仅是纺织工人——在于**拒绝**在参加社团方面进行**合作**。农村妇女联谊会要与这种思想行为作斗争，她确实认为谢格特人联合会是不必要的。农村妇女联谊会要组织联欢会，要教母亲们做各种新鲜事——如编篮子等。这能引起妇女们的兴趣……她红光满面，摇晃着身子好像一团刚从模子里倒出来的果子冻，盖狄斯越发显示出蔑视的神色。

珍妮·格兰特小姐放下了她的酒杯。*我看你们的谢格特人联合会什么事也干不了。可是工党在谢格特能有所作为，只要我们把支部弄得坚强起来。*她讲这席话时脸蛋甜蜜得像只苹果，她年轻、热情，克丽斯有些喜欢这个姑娘，看着她，克丽斯好像站在山巅俯视着一个青春时代的克丽斯正开始向山上爬着，她对自己的自信有些感到高兴，同时又对自己的盲目性感到惋惜。她头脑里一直不停地在想着那个问题(自从她来到谢格特后她想得更多了)：她的年纪比她碰到的大多数人要大，甚至比罗伯特的年纪还要大——除了她自己的儿子尤旺外，她比所有人的年纪都要大！

他们听到埃尔斯在大厅里沉重的脚步声，她按了铃，他们进餐厅就餐，当然，盖狄斯夫人称之为午餐，她是这样的斯文，以致克丽斯看到她居然也张大着嘴巴在进食，真感到十分惊奇。可盖狄斯夫人很快吃完了一大盘菜，还要，因为鸡烧得太好吃了，煮得恰到好处，罗伯特坐下用刀割着肉，他嘴里在做感恩祷告，克丽斯觉得祷告词很幼稚，很亲切：

上帝赐予我们食物，
　并使我们完美无缺。
看在耶稣基督的面上，
　宽恕我们所有的罪孽吧。

梅斯克尔小姐尖声问克丽斯，卡珲夫人，你喜欢做社会工作吗？克丽斯答道，假如你是指走访教堂会众，那我不怎么喜欢。梅斯克尔小姐皱起了眉头，像一只小鸡在琢磨地上的某个东西是一个空壳呢还是别的什么有趣的东西。盖狄斯夫人说她很失望，她本来希望他们会有卡珲夫人来帮忙的——她意思是协助农村妇女联谊会的工作；为什么卡珲夫人不爱做走访工作呢？

克丽斯突然理解了她的意图，并产生了对盖狄斯夫人的恶感——她了解这类人，哦，很了解，了解得很透彻！因此她反而向盖狄斯夫人露出了甜蜜的微笑，说道，哦，你知道吗，我并不一直是牧师的妻子。我是在一个小农庄上长大的，在小农庄上结的婚。我记得有些人来串门，打听这，打听那，讲些关于联谊会的事，做一切对我们有帮助的事，或者他们认为对我们有帮助的事，但是到外面地里去帮助我们干活要除外——我们觉得他们很讨厌。

罗伯特的脸变得很尴尬，似笑非笑，双眉紧锁。可是珍妮·格兰特小姐却很高兴，她说道，不要给家务事缠住，你肯定可以参加一些社会活动！你和我一样都是社会主义者，你知道吗？克丽斯摇摇头，她对此一无所知，她对刚才她讲的话已感到遗憾，一时盖狄斯夫人气得脸也变白了，克丽斯知道她已在谢格特结了一个冤家。盖狄斯看着他的菜盘冷冷一笑；梅斯克尔小组皱起眉头看着罗伯特；弗格森小姐看着她的菜盘，脸红了起来；只有尤旺和往常一样在安静地吃着，他只讲了一句话，我现在可以走了吗？

尤旺走后，克丽斯与梅斯克尔小姐的目光相遇，小姐的眼神明显是在说，这个小孩给宠坏了。你觉得真是如此，她看到的是真实情况，她还没有小孩，她不懂得什么把你和尤旺连结在一起，好像他的脐带仍和你连在一起，他在你身体里使劲扭动，触及你的心脏和子宫，有时简直弄得你痛得要死，而你却在安慰他。可这些你绝不可以对一个没有生育过的妇女讲，不能对一个你认为还没跟男人同居过的妇女讲，她从未体验过婚姻带来的耻辱、荣耀、痛苦和怨恨，看着对方的脸犹如爱的眼睛一样甜蜜和没有辨别力，从你体内新生一个小孩，这些都引起更大的痛苦和惊喜……克丽斯抖擞了一下精神，盖狄斯先生——吃布丁吗？

罗伯特想使谈话继续下去，可是有件事把饭桌上的谈话中断了——克丽斯想大概是因为她讲了真话。她想道，她们不过是些女仆，只受过一点点教育，没有多少理智——罗伯特曾认为这些人能挽救谢格特！眼下他很可能不这么想了；他准备怎么处置他的联合会和他的改革方案？是不是还要等小斯蒂芬·莫瓦特回家呢？

突然在这过程中——在她现在使用的语言，她所想的问题，她所穿的衣服，她所吃的东西中——克丽斯可以见到她父亲多年前的面容浮现在她的眼前，他的胡子向前翘起，嘴唇有点向上撅起——姑娘，从你那种低劣的绅士风度中解脱出来！因为她知道在某种意义上讲这是对的，有一点绅士的味道，她在跟别人谈话的过程中，在和家人外出散步时，在进餐时有时会停下来，会愣住，两眼凝视着远方许久，这时罗伯特会说，我们又把她丢了！尤旺，快把你妈带回来！

那天晚些时候斯蒂芬·莫瓦特到牧师家来吃茶点时，克丽斯又神志恍惚起来。当时没人想到莫瓦特会到牧师家来，他的汽车在十一点光景驶过谢格特广场做礼拜的人群；他的车子到达谢格特旅馆之前消息已传遍全城，说小斯蒂芬·莫瓦特离开了他求学的英国大学，周游了异国他乡后最后又回到了他的家乡。他的司机讲他们驱车驶过广场时，小莫瓦特看到了天使像，他大声叹息道，上帝哪，连在这儿——也站着一个穿法兰绒衬衫的女人！司机说他们上周从英格兰驶来时看到了很多姑娘的塑像，有用铜铸的，有用大理石或花岗石雕制成的，在基座上姑娘的塑像雕制成各种舞姿，他觉得她们都很美丽，斯蒂芬先生却不以为然，他认为不列颠已变得妓女成风，到处竖立着美女的塑像，无疑是为了纪念法国的妓院。

司机说小斯蒂芬·莫瓦特应该知道些女孩子的事，他半年前离开大学时已结识了不少女友。无疑他不久就要请她们到谢格特他的公馆里来，他准备住在那儿，雇很多人，在镇上恢复旧时的好时光。他准备自己去经营纺织厂以及地产，只有上帝知道他还要经营些什么。

学校里的人走了以后克丽斯到厨房去相帮时，从埃尔斯那里听到这些情况。埃尔斯不需要别人帮忙，当下她有一个客人，那人就是梅克尔勃格斯的戴尔齐尔。他看见克丽斯走进厨房，就害羞地笑着站了起来，克丽斯叫他坐下，埃尔斯滔滔不绝地把刚才听到的话告诉了克丽斯。克丽斯并没有感到激动，她想假如罗伯特知道了他可能会激动的。好啊，这对谢格特来说无疑将是件好事。哦，吃茶点的糕点做好了没有？埃尔斯说还没做好，不过快了。戴尔齐尔，不要挡道！她把他推到一张椅子里坐下，他就安静地坐着看她烘饼，帽子握在手中。克丽斯回屋把听到的事告诉了罗伯特。

他说，莫瓦特回来了？这是祈祷的回音呀。正如我刚才听到那条黑狗在吠叫！让我们来庆祝庆祝！他兴奋地把克丽斯搂住，在屋里旋转着跳起舞来。因此他们没有听到敲门声，埃尔斯听到有人敲门就去把门打开，迎来了斯蒂芬·莫瓦特。他们两人一直走到客厅门口，看罗伯特夫妇跳舞，直到克丽斯看见他们来了，就停止了舞步，罗伯特也停了下来。埃尔斯说道，太太，这是莫瓦特先生。说完就走开了。

莫瓦特的长相使克丽斯想起了青蛙的头和嘴的模样；他比她要年轻很多，他的阔鼻梁上架着一副牛角框眼镜，他的两眼炯炯有神，没过几天，他讲话的腔调就使谢格特人为之震惊。他的眉梢有点卷曲。你觉得他的容貌像王子一样迷人，很可能王子也很少有这样迷人的；他说他很高兴能回到谢格特来，他看着克丽斯，好像是为了她才回来的，克丽斯从未遇到过像他这样的人，她站定了看着他，平静而又惊喜，她个子比他高些，他后来说他感到好像整个苏格兰都在盯着他看。

有一次在他喝醉时，他对市长说克丽斯没法和她的血缘和家族分开，她像所有该死的乡下佬一样骄傲，她心里还认为他们是社会的中坚，并把地主的子孙八代看作是虱子的子孙八代。他说如是四百年以前他早就在他床上把她的傲气很快消除掉了，也许在他床上她也能缓解些她那愠怒的脸色。霍格市长夸口说那是毫无疑问的；并开始谈论起他的祖先彭斯。莫瓦特问道，谁啊？哦，是罗比·彭斯吗？真可惜，他不会写诗歌。市长感到不悦，可他知道莫瓦特只是在说笑话；他也是一个地主。

克丽斯是在后来听到这些闲言碎语的，她本该再见他一面，以了解这些闲话，不过这是将来的事了；她说她乐意见到他，她既不欢乐也不悲哀，他也不是一个有趣的小东西，难道罗伯特就依靠这样的人？真有趣，多年来他这种人竟然靠像她这样的人缴的地租过日子。此后克丽斯又到厨房里去看饼做得如何，饼已烤。好，放在桌上，黄澄澄的并在冒着热气，戴尔齐尔像头狡诈的大公牛害羞地坐在水斗旁吃着一块饼。她无法接受他的意见，他要她去更衣，克丽斯对他笑笑，并表现得特别有礼貌，她希望他待着和埃尔斯一起进茶点，她帮埃尔斯把东西叠在茶盘上；她们把茶盘端来，看到罗伯特和莫瓦特早在深入地谈论着罗伯特首次看到谢格特时计划要做的事。

莫瓦特先生的英语讲得像驴叫似的，非常有趣，埃尔斯一笑几乎把菜盘摔落在地上。这人是不是外国人？克丽斯说，不是的。埃尔斯没有再提出什么问题，一本正经地走了进去，只是朝他看了一两眼，他人个子很小，穿着一条宽松下垂的灯笼裤。他说，哦，谢谢！又说，唷！还说多开心呀！埃尔斯差一点又笑了，可是她没有笑出来，她回到厨房，戴尔齐尔在那儿，她碰了他一下，喂，多么开心呀！你这个老家伙，我有一个奉承这个地主的好主意，嗳，你说说看，你准备做些什么？

戴尔齐尔狡诈地笑了笑说他要想办法的，埃尔斯盯着他看了一会儿，不知道为什么她会让这个老家伙来到她身边，因为举行集市的那天晚上，她已在他床上哭过；她认为她还没有搞清这个老家伙是不是像他们讲的那么粗鲁。

克丽斯坐在客厅听莫瓦特讲话，递给他茶，他说他回来是为了经营好纺织厂和照看好谢格特的一些事，他认为当前社会的祸根就是因为地主不来经营自己的农庄，而不是社会条件或其他不安定因素造成的。他确信他能把这个小镇搞得生气勃勃——难道卡珲夫人现在不同意这样搞吗？他很想得到她的支持。他知道自己有一口好牙齿。他向她投以微笑，露出了洁白的牙齿；克丽斯说，我不知道，我要等着瞧瞧这个振兴计划到底包含些什么内容。我父亲是个小农场的佃户，他过去常说只有当你能摆脱地主的控制时，你才能相信他讲的话。

斯蒂芬·莫瓦特说他觉得卡珲夫人的父亲人品很好，他媚人地斜视着，克丽斯没有再和他说下去，她收拾了茶具后又回来听他们讲话。那时好像罗伯特已谈完了他的计划，正坐着倾听莫瓦特的回话。他的回答是，现在各处需要的是纪律、秩序这样的东西。需要雇主的掌管——需要过去的老一套办法。过去几个月他在意大利看到不少新鲜事，那个国家在觉醒，在复活，意大利过去的领导人又重新执政——增加了一两个新人物。纪律，怎么样？还有秩序和等级制度——是治国所必需的东西。为什么只能在意大利这么做；为什么不能在苏格兰也这样做呢？他还遇见新近从大学里来的其他一些人，他们跟他一样也回到了自己的庄园。苏格兰有着她自己古老的文明和文化，苏格兰应成为一个国家——这就是目标。怎么样？卡珲先生难道不同意吗？

刚才克丽斯一直在听着，现在她要讲她的意见了，她刚才一边听一边力图思考出一些问题，这样做很费劲，可突然话就到了嘴边，她开始讲话时，罗伯特和莫瓦特都吃惊地转过身来。

莫瓦特先生，如果让你和像你这样的人和过去一样重新统治我们，情况会如何？会出现一个你祈祷的那样的苏格兰吗？——在那里，人们生活愉快，自由自在，食物营养丰富，教堂里秩序井然，布道坛上的牧师都彬彬有礼，绅士们都能成就大事业是吗？这只是些空谈，我离开学校后未曾读过历史，但是我清楚地记得过去苏格兰是怎么样的。我到邓诺塔城堡去过，看到过那儿的绅士们过去是怎样维持秩序的。假如到了紧急关头要在你和纺织工人之间进行选择，我想我将投纺织工人一票。

莫瓦特说，真的吗？他两眼盯着克丽斯，罗伯特也瞪眼望着她那低垂着的脸——在这多风的缅恩斯山谷，有史以来历史上所有的著名事件忽然一幕一幕地重现在她眼前，而她都没有讲：古代用屠宰牲口作为祭祀和赎罪的仪式，在这种仪式上直立着的大石碑好比是那些死去的国王；首领和领袖们干的丑事和残酷的行为；乡亲们——她的乡亲——他们过着这样的生活——夜晚在土屋里冻得奄奄一息，他们为了填饱肚子从黎明起就要拼死拼活地干，农奴和雇工受着莫瓦特地主的践踏，受着军队的蹂躏，遭到帝王们的鄙视，在国民契约时期他们曾奋起造反，却遭到绅士们的镇压，他们遭受的统治和他们的痛苦生活使他们成为可怜的、爱说闲话的小人，这在他们恐惧的心灵上又加了一种令人厌恶的脾性，他们和蔼的灵魂被人歪曲了，被蒙上一层卑劣的色彩；这个操着英格兰口音的花花公子模样的小人物会把事情弄得更糟，却竟来求援于她！

幻象消失了，她忽然又冷静下来。这只是说说而已，只是一派胡言乱语，不论谢格特发生了什么事，苏格兰发生了什么事——稀奇古怪的事总会发生的——摧残和她一样的普通人的黑暗的旧时代绝不会重返。罗伯特磕磕烟斗，讲起话来：

恐怕我妻子和我的想法是一样的——正如所有正直的苏格兰人都会这样想的。变化即将来临——我们是逃避不了的——我曾以为有些文化的人会有所帮助。看来他们不会有什么帮助——中产阶级的人们和上层阶级的人们以及所有依附于他们的穷鬼们；他们认为我们能像现在这样坚持下去——或者走回头路——他们无时不知他们脑子里尽是谎言。但是上帝并没有等待，上帝的各种手段也没有等待；假如谢格特在工厂的人们手中，不论他们持什么信念，我将和他们站在一起。

克丽斯的身子动弹了一下，并走动起来，她身子倚在这儿几乎冻僵了，夜越来越深了，她觉得应该下楼去睡觉了。雨停了，星星又隐约可见。早霜已出现——俯视谢格特，一片灰白，白霜已遍布大地，像盐似的撒在屋顶的斜面上。在屋顶后面远处，可以看到一片红光，这是夜晚工厂锅炉里的火光。

她跺跺脚，翻起衣领，俯视着下面越积越多的白霜。她很想独自去观察一下黑夜的景物！她让罗伯特一人留在他的书房工作，尤旺已入睡，小莫瓦特已走了，她独自走出门外在雨中散步，停战纪念日即将过去，阴雨潮湿，如同她迎来纪念日的情景一样。可能要过很久她才能再上这儿来，她忙于生活琐事，无暇站在这儿观察生活，尤旺要上学，而罗伯特为了上帝、为了实现他自己的梦想已发动了征服谢格特的运动。

白天可以看到一团圆柱似的云，夜晚可以看到一团圆柱似的火。

她抬起头来向西方望去，白霜覆盖着大地，夜晚的星空告诉她已是半夜，催促她走上归途。

第三章　层　　云

这是一个六月的上午，想想她上一次登上凯姆斯城堡至今已有多久倒很有趣，这里是一片淹没在石南丛中的断瓦颓垣，一只乌鸫在紫杉树上歌唱，她慢慢转过身来，看见各家各户的灯火在山上山下波动，犹如晶亮的流水，山下的谢格特好像淹没在海洋中，如尤旺所说，以前整个山谷都沉浸在海水里。克丽斯身体还很虚弱，她停止了脚步，在断墙上坐了下来，两手垫在下面，眺望着谢格特，她伸出双手，发现自己的手瘦得几乎可以看到骨头了，她又用手抚摸自己的脸颊，发现她早先滑嫩的皮肉下弯曲的颧骨如今好像两块凸出的石头——她知道需要很长时间她的容貌才会像以前那样标致！

她把头在自己的手上伏了一会儿，等待下面的小山头停止旋转——也许这是因为她起身过早，埃尔斯关照过她叫她不要走得太远。克丽斯已吃了几星期的药，她发高烧，浑身酸痛，疼痛传遍了她每一块肌肉和每一根骨头。可现在她感到好像凯姆斯城堡在召唤她，所以她又来到了这里，现在太阳已升起，约有一小时光景，她置身于这一切之外，置身于闪耀的日光之外，她坐在这高地俯视着大地，正如过去基督为了求得魔鬼指点曾坐在高岗上眺望远方一样。

她想起这件事时，笑了起来——这是由于她是牧师的妻子而引起的。那时魔鬼向基督讲了些什么？也许是你尽管休息。好好地休息，安静地生活。不要让他们以怨恨、焦虑和爱慕把你撕成碎片。远远地离开他们，好好休息去！

是的，他是这样说的，这是没有疑问的，正如他现在正站在她身旁叫她去休息，这是自从那天晚上她爬上凯姆斯城堡以来，他第一次叫她去休息，叫她去休息并让他们去，不要为罗伯特担忧，不要再为另一个说要来可从未来过的人担忧——不要再为那个第三者，那个陌生人担忧，这些年来她和这人慢慢已有点相识。如同一个旅行者在一个夏天的夜晚，在一条没有行人的道路上凭着一颗正在坠落的星星的光芒隐约地辨认出另一个人的脸……假如谢格特人听到她说那个陌生人心心念念的就是她自己的儿子尤旺，他们会怎样讥笑她！

尤旺·塔文达尔幼年时并不一直是很开心的，你清晨六点半就得起身，从你睡觉的那间小屋可以俯视谢格特。这是一个好房间，是牧师家中最好的一个房间，傍晚你可以看到白嘴鸦在树上筑窝，它们相互争斗，找配偶，乱七八糟的，真是热闹非凡。有一次两只白嘴鸦忙个不停——在交尾，你想知道它们是怎么搞的，你差一点从窗口跌下去。这是很久以前的事了，那时你还是个小孩，现在你全明白了，不论是人还是白嘴鸦，母亲还是罗伯特，这里没有什么秘密，可西街纺织工人的孩子却觉得这很神秘。查利·克朗宁在小学厕所里画图，这个笨驴什么也不会画。因此你画了几张图给他看那是怎么回事。他看你画得那么清楚他脸也红了，尤旺，你画的东西实在太下流了！其实这有什么下流的？

你会在某个清晨躺在床上，想起这些事，眼睛盯着天花板，两耳听着白嘴鸦——在寒风中来回走动，啁啾和相互叫骂——天越来越亮了，它们叫骂得有多凶啊！有时你也想要骂人，你小时候也试过一两次，可是好像这样做太笨了，因此你就没再骂人。你没法从这种骂人的废话中找到什么有意义的东西，正如讲苏格兰语而不讲英语是没有意义的，母亲有时是讲英语的，罗伯特也讲英语，埃尔斯也讲英语(她是不得不讲)。苏格兰语都是些废话，包含的都是些无关紧要的词汇，就是在学校的操场上你也不讲苏格兰语。小学生们起先会嘲笑你，但他们不会一直讥笑你的。

以前是克丽斯(有一次是埃尔斯)早晨替你穿衣，现在你自己穿衣了，你已快十二岁了。你看着嘀嗒嘀嗒疾走的时钟，想到该起身了，你脱了睡衣，查利·克朗宁是穿着衬衫睡觉的，他说只有绅士才穿睡衣这样的东西。你感到很荣耀，你已是绅士了，衬衫穿在身上黏糊糊的。你听到楼下的钟响了，新来的一个女仆睡在楼下，她很害羞，常说，啊？是个十足的笨蛋，在她刚来不久的一个夏天的早晨，她几乎晕倒了。当时你本想赶在罗伯特或克丽斯之前下楼洗个澡。所以你光着身子飞快地跑下楼梯，你洗完澡出来时，她也正巧从屋里出来，她像只受惊的小母鸡尖叫起来，好像她从未见过光着身子的人。查利·克朗宁说他的父亲老乔治脱起衣服来很慢，从上衣脱起，一件一件地脱。脱完了把身子遮起来，然后脱下面的，把下身也遮起来——你可以想见梅第她自己也是这样脱衣服的，她是个傻子，也许她看到自己光着身子也会吃惊的。

此后你向克丽斯许诺，说以后走出房间时要穿些衣服；她说她自己倒无所谓——你说，是的，妈妈，我知道你不介意。有一次我看见你光着身子走上楼梯——那是很久以前的一个晚上，我还很小。我记得那是谢格特举行集市的一个晚上。

克丽斯听了这话也脸红了，她这么做好像跟其他人几乎一样坏，其实不然：你很高兴你的妈妈是克丽斯。她不知道你叫她克丽斯。那是你自己心里在说，没有叫出声来，叫出声时你叫她妈妈。但对罗伯特，你只叫他罗伯特，他不是你的父亲。罗伯特不工作时是很有情趣的，这里是指教堂里的事，或是纺织工人的事或是他的工党的计划——夏天他会邀你和克丽斯一起骑自行车到远处的山谷去旅行，到埃德兹尔、布雷钦、加伏克山——在那山上他们曾把一个郡长煮成了肉汤，而没有把铁匠莱斯利煮成肉汤——你问罗伯特他讲这个故事是什么意思，他和克丽斯笑得像一对傻子似的。

出去野餐时罗伯特会变得年轻起来，他会教你掷石子、跳高和拳击，他跳得很高很猛。这些事谢格特人人都知道，起初他们不了解，特别是纺织工人。过去他们都嘲笑他。后来他教育他们要有礼貌。查利·克朗宁曾妒忌他，也妒忌你，那是当初你刚上学的时候，你上学的第一天他大摇大摆地走来，说道，哦，你是牧师家的贱货，对吗？你答道，我不是贱货，我是尤旺·塔文达尔。他不断地讥讽你，后来你打了他一拳，正好打在他的鼻梁上，他鼻子不住地流血，虽然这一拳只是一个小孩打的，你们两人都还只是小孩。你还是打赢了，盖狄斯先生在窗口看到你们打架的全过程；他到牧师家告诉了克丽斯；那天晚上她问道，尤旺，他伤着你没有？你说，所有的小孩都说嗳；克丽斯说，哦，尤旺，那真像你父亲！父亲是在法国被德国人杀死的。

是进早餐的时候了，罗伯特忙于整理信件，克丽斯面容和蔼。她一直如此，即使她生气时也无怒容，她几乎什么都会做，能回答你的任何问题，她也许没有你跑得快，对于燧石之类她是一窍不通的，可是她一直讲真话，大多数成年人有一半时间都在说谎。你自己不说谎，说了谎话再进行解释，再加以纠正是很麻烦的。

克丽斯提醒你说，快到上学的时候了。你一看钟知道是该上学了，罗伯特说，他还想着玩燧石呢！可是你没在想，你只是在想克丽斯，不知什么原因，她最近脸色跟以前有些不一样。假如是谢格特的其他妇女你会知道缘由的——克丽斯面容变化的原因却不易搞清！这事好像是把凉水灌进了你的嘴里，觉得你好像快要病倒了。克丽斯问，你怎么啦？你这样望着我倒挺有趣的。你答道，哦，没有什么。我要走了。

你每天早晨和克丽斯亲一次嘴，每天接一次吻；以前接吻都很随便，这一次不然——这次接吻时你好像品尝到了山上蜂蜜的味道，蜂蜜在夏日的南风轻拂下是那么清澈。罗伯特叫道，再会！你也说了声再会，走到门厅，你看到梅第在那里，她尖声说着话，心里又着急起来，不知早餐是否已经吃好了。自从她那次在楼梯上尖叫以后，你几乎没有理睬过她。她叫道，尤旺少爷，早餐都吃好了没有？你说我不知道，并随她去喊喊喳喳地讲——谁愿意被管得像学校点名册里的儿童？

你从家中出来，沿着圆卵石路走去，不时地踢着路上的石子，有时脚拖着走，穿过紫杉树时，白嘴鸦都已惊醒，在尖声鸣叫或已飞走——只有小白嘴鸦留在树上，啄着玩耍或在东张西望。假如是夏天，你得走快一点，因为这些鸟儿会在你不注意时突然拉下屎来，有一次谢格特市长来看望罗伯特，白嘴鸦把屎拉在他帽子上，他走回家时帽子上一块白的，路上人们见了都笑了，他发觉后差一点大发雷霆。

他看到行人在笑他，感到十分不安，大多数人会有这样的感觉，而你对这些讥笑丝毫不加注意，即使他们笑你笑得脸色变紫，你还是你自己——这有什么关系呢?

在晨曦中，你看到了田野，看到了城镇，谢格特沉浸在微蓝的炊烟中，你离家很早，因此你有时间在镇上兜了一圈，然后再去学校。你停下脚步，把长统袜拉到膝盖，你穿着短裤、衬衫，系着克丽斯替你打的领结，你还没有学会打领结的窍门，她会说，哦，尤旺，你把打领结的方法全忘光啦！你回答说，我忘了。她用手抚摸你的头发，说道，我想你大概又在想你的燧石了吧？她和罗伯特常以燧石来开玩笑，有意叫错燧石的名称，觉得这样很有趣。

在梅克尔勃格斯农场附近，几只麻鹬在鸣叫，你听到它们的鸣叫声高于麻纺厂机器低沉的轰鸣声，有一次罗伯特就这声音说过——声音之神的两个孪生女儿。你无意弄清他这句话的含义，虽然你对很多事都要追根刨底，你常想搞清为什么这件东西是这样，那件东西是那样的，为什么轮子会转，为什么有些星星在闪烁，很多星星又不发光，为什么人们没穿衣服时被人看见了会难为情，为什么人们不喜欢女孩子深夜外出，为什么人们，如果他们是纺织工人，恨资本家，为什么人们，如果他们是新镇的人，又恨纺织工人。

麻鹬在鸣叫，你又停下听了一会儿，埃尔斯在梅克尔勃格斯也会听到麻鹬叫的，你很喜欢埃尔斯，虽然不是在每件事上都喜欢她。在某一个收获季节，她深夜来到你屋里；衣服很邋遢，她走上前来和你接吻，你不喜欢邋里邋遢的人，便抓起一本书向她扔去。书砸在她的身上，她向你瞪了一眼，你心里感到有点对不起她。

在那根柱子上停了一只海鸥，你想用石子扔它——差一点击中了它的尾巴！——艾克·奥格尔维开的店在柱子的那一边。大多数早晨你常在他的店里闲逛，他手里拿着指南针，身子靠在店门口。大声说道，那么，彭斯的诗歌你学了没有？这是他在跟你说笑话。彭斯的诗歌都是些用苏格兰语写成的乱七八糟的东西，讲的是关于佃农、女人、爱情以及圣灵之类的无稽之谈。艾克会向你背诵一些他自己写的诗句，他的一双绿眼睛炯炯有神，他的眉毛也闪着光泽，他的头发上、眉毛上散落着一层锯木屑，他嘴上的长胡子一翘一翘的，你凝视着他，听他背诗，他的诗比彭斯的乱七八糟的东西要好多了。诗歌都是些废话，男人和女人接吻或者女人有小孩，为什么不把这些事讲得明白点？

你走过了吉姆·索洛克的家门，这里多年来道路一直高低不平，下雨时积水很深，形成一个小水潭，你常大步在水潭里走过，你两脚并拢，看着积水从鞋带孔里渗入鞋子，感到水流到你的脚趾间:做这些事时你还只是一个小孩。索洛克太太从窗口探出头来看到了，她嚷道她要告诉牧师家里的太太，她是指克丽斯，而你却不介意。她没有必要过于激动，因为你喜欢涉水，特别是由于她自己如此傲慢，以至于她的丈夫索洛克那次在床上发现了一头死猪，受了惊吓后，现在除了水以外，他什么也不敢喝。每礼拜天他都要到广场去参加麦克多格尔·布朗的礼拜仪式，唱关于血气的歌曲，你觉得这很有趣，他那天晚上看到猪的血受惊不小。你有一次从教堂溜出来去看麦克多格尔·布朗祈祷，他张开嘴巴，看上去好像是个瞎子，他的眼睛像是玻璃做的，他的牙齿全已变黑，可能是因为他不敢到牙科医生那儿去。

有位牙科医生每周到谢格特来两次，他在戴特·皮特房子的后面租了一间屋。他第一次来时，查利·克朗宁躲在窗下听拔牙时病人的叫声。第一个来看病的是老霍格太太，她像克伦威尔[①]一样鼻子上也长了一个肉赘，肉赘上还长有毛发，查利说。她就诊时叫得可响呢。看完病她问医生，要付多少钱？医生说半个克朗[②]。霍格太太说，什么？只拔了一个牙齿就要半个克朗？嗨，那边铁匠铺的老铁匠莱斯利过去用他的铁钳替我拔过好几颗牙，可他从来没问我要过一文钱。

不过你喜欢霍格太太，你路过她家时她会向你打招呼，你好，小尤旺，有什么新鲜玩艺儿吗？你会把你弄到的最新的燧石给她看，她不只是笑笑，或像谢格特人那样胡扯些关于督伊德人的事，而是要询问寻找这些东西的人是如何处置这些东西的，她说像你这样年轻有学问是很了不起的。霍格太太比她儿子有头脑，她儿子有时在家度假；他英语讲得很差，常穿着旧裤子，他见到你时拍拍你的头，叫你“小人”，或想拍拍你，你总设法避开他。

有时走过彼得·皮特的店铺时，你爱往店堂里张望，你常看到他坐在桌子旁缝制衣服，他如果看到你在张望，就会皱起眉头，示意叫你走开，他每礼拜天到教堂去做礼拜，可是他不爱听罗伯特讲道，也不喜欢罗伯特本人。有一个礼拜天你听见他对市长说，这个牧师只不过是一个布尔什维克，和那个穷搬运工约翰·克朗宁一样坏。你知道布尔什维克分子生活在俄国，他们封闭了所有的教堂，他们都一起干活，没有国王；这

---

① 克伦威尔(Oliver Cromwell，1599—1658)，英国将领、政治家，1653—1658年任英国首相。

② 克朗，英国旧制5先令硬币。

倒不错。

现在你走到了东街的尽头，走到了矗立着战争纪念碑的广场，纪念碑上的天使看上去像梅斯克尔小姐，这位小姐看到石板上画有下流的东西时，她的眼睛会向上瞪起来。在一个冬天的早晨，东街有一半结了冰，你从彼得·皮特的店门起跑了很长一段路，又顺着冰道在东街上跑，这冰道是谢格特下水道的水漏出来形成的。跑到莫尔特里厄店门前时你不得不转个弯，不然你就会撞到他的墙上，你在谢格特的第二个冬天你曾撞到他墙上，当时好像整个谢格特都压在你身上，你坐在地上，你的脸好像换了地方，你感觉好像脸没有了，你到处摸，哦，脸还在那儿，变得比以前大了，好像越来越肿大了。

你坐在那儿，血从嘴唇边，一滴滴地流下来，你用舌头舔着血，血有点咸味，老莫尔特里厄太太走出来，看到了你，她听到你撞在墙上时砰的一声，她把你带回家时，她对克丽斯说她以为是马车撞了你。尽管她向克丽斯告了密你仍喜欢她，她的脸已变成黄褐色，显得很衰老，很疲惫，她不声不响地替你洗去污垢，好像你是一个婴儿，你后来坐起来说道，我好了，多谢你的帮助。老莫尔特里厄坐在角落里瞪眼读着《圣经》，你招呼他，你好。

在这之前他一点也没有注意到你，他仍瞪着眼，对此你并不介意，他头发披散，戴着角质眼镜，你发现其实他是非常腼腆的，因此当莫尔特里厄太太出去取手巾时，你对老头说道，你喜欢《圣经》吗?《圣经》里有很多废话。他站起身来，浑身颤抖着，看上去很有趣，他问道，你是不是就是牧师的儿子?你摇摇头答道，哦，不是，我不是他的儿子。罗伯特只是我的继父，你不知道吗?我父亲是金拉第的一个佃农。我觉得佃农比牧师要好得多。

很有趣，这以后他变得很友好，并开始向你讲述谢格特的往事，过去街上没有那么多绅士整天驱车驶来驶去。你很有礼貌地听他的讲述，因为他已很老、很可怜。此外，他是那样地害羞。莫尔特里厄太太对克丽斯说这些年来你是他在谢格特唯一以礼相待的人。

你走到了阿姆斯旅馆，这里没什么可看的，你对着广场上的一只猫扔了一块石头，看着一只小狗面对着天使像蹲着，真有趣，狗儿竟然如此喜欢天使。其实小狗不会喜欢天使像的。每天你走到广场，以便走到通入院子的通道时都会看到纽伦兹的那只小狗蹲在纪念碑前，有一次你把这事告诉了罗伯特，他笑个不停，说这只小狗可能是个和平主义者。一天早晨，你站在广场想看看那只小狗怎么动作，没错，它又跑来了，在天使像前停了下来，撒了一泡尿；对面阿姆斯酒吧的门开着，梅尔文太太走了出来，说你是个小下流坯，站在这儿看小狗撒尿——你怎么不感到害臊？她性情温柔，你为什么要感到害臊呢？也许她喝醉了，你没有答理她，只是把她从头至脚打量了一番，看她喝醉了没有，酒醉后跌倒过没有。此后你扬了扬帽子，继续向学校走去。

你已能看到在田野那一边的麻纺厂了，在阳光下透过大玻璃窗你可以看到飞转的机器轮子，纺织工人在工作，周围充满着尘埃和难闻的气味；尽管这样，你还是喜欢麻纺厂，你和查利到工厂去过两次，他说新镇的人很笨，他们把工厂里的人都说成是纺织工人，其实工厂里有工头，有织布工人；还有很多其他的人；他们看上去都像纺织工人。

向右看去，在春季和一年中大部分时间里，当你走过那个院子时，可以看到牧地里麦克多格尔·布朗饲养的那头驴子。你如果从喉咙里高声发出一声口哨声，你会发现那头驴子也会叫一声。因此每天你经过那儿时，你几乎都要吹一声口哨，那头驴子也照例要叫一声，你笑了起来，那头驴子就会再叫几声，并快步走来，用它的长鼻子顶篱笆，嗅嗅这里，嗅嗅那里，它从未咬过你，可有一次这头驴子咬了梅布尔·布朗。布朗太太讲起来很有趣，她叫她女儿五月的公牛，她女儿有一次到牧地去玩，后来被这头驴子咬了一口，这件事讲起来话长了。

前面是铁匠铺，以前这儿可好玩了，你小时候爱把身子靠在门口，看老莱斯利用皮老虎鼓风，他听到门口有人，便回过头来，他满头汗水，喂，伙计，是你呀？他叫你伙计，接着他胡扯了一通，你没注意听他讲的话——好像是讲克丽斯，你说克丽斯最近是不是病了？牧师很喜欢她吧？你还记得战死在法国的你自己的父亲吗？你对这些问题一无所知，因为你对这些事不感兴趣，他又说，伙计，我父亲死时我曾嚎啕大哭——唉，孩子，我有一颗心呀。你问他，你像莫尔特里厄小姐那样大声啼哭？他听到这话后不言语了，两眼直盯着你，嘴巴张开咕哝着说:你是个不要脸的兔崽子。

你沿着西街走过老镇，那儿的白色房屋都快倒塌了，到处晾晒着衣服，那里老是晾着很多衣服，好像永远不会干似的。你认识西街的很多小孩，他们刚吃完粥，正在穿鞋，他们叫道，尤旺，等一等！可你除了小克朗宁外谁也不等。他懒懒散散地走出家门，叫声，喂，尤旺。你答一声，查利，你好。两人默默地走着，过了一会儿他问，算术做好了没有？他总是这样问你的。你从他的问话中知道他还没有做好，你就把你的本子取出来让他抄。

真有趣，他不会做算术，而你几乎闭着眼睛也做得出来，你靠在椅子上，头脑里想着燧石之类的东西，而其他同学都在忙着做算术题；梅斯克尔小姐大声说道，尤旺！你已做完啦？把你做的算术题拿给我看看。你就把你做的题递给了她，她站在你身边，一只手臂搂住你肩膀，你设法避开她的手臂，尽管你是一点一点地、慢慢地避开她；她在给牧师写的报告中说你太好了，可是你对这不感兴趣；因为你不喜欢别人搂住你。

小学一二年级时不是这样的，珍妮·格兰特小姐负责最低的班级，格兰特小姐长得很美，她常对你也对别人微笑，她还喜欢抱查利的弟弟，这也许是你的想象。不久她就要和乔克·克朗宁结婚，可克朗宁只是一个车站搬运工，克丽斯说这份工作和其他工作一样好。但你觉得克朗宁这人不怎么样，他对他自己讲的话也似信非信的，他只管讲述他的意见，然后设法相信自己讲的话——你很了解他，你常看到他和罗伯特坐在牧师家的一间屋里谈论着谢格特的问题和即将来临的社会主义——这些都是奇谈怪论，他也知道这些都是空谈，为什么他不把他真正的想法谈出来？

你把你的想法告诉了克丽斯，她把手放在你的肩膀上，摇摇头，用奇异的目光看着你，说道，哦，尤旺，你很坚强，很冷静像——一块灰色的花岗石！等你长大了，你会碰到很多事情——你也会去做完全不符合事实的事。她还讲了些别的，什么一根云柱等等，她突然生气地说，不要这样盯着我！你说了声对不起。她又摇了摇你的身子。尤旺，我也对不起你——哦，你这么冷静啊！

你觉得没有什么能使你感到兴奋，除了有时弄到一块大一点的燧石。读历史倒很有意思，它能使你了解那些做出燧石的人和很久以前他们的生活方式。虽然历史书里大部分内容都非常枯燥无味，讲的都是帝王、战争、年代之类的事，你还是想知道在那些年代里人们是怎么生活的。你特别想知道史前时代的人是怎么生活的，你把牧师住宅里能找到的书全看过了，还向克丽斯要钱买了一些其他的书，关于史前人的生活，以及在来缅恩斯以前的事，小克朗宁听了后说，看这些书有什么用？爸爸说我们唯一应该学的是怎么和资本家作斗争。你不了解资本家，你问他们是些什么人，查利说，就是那些像莫瓦特那样的人。

莫瓦特先生有时住在谢格特他的公馆里，但他大部分时间消磨在伦敦，和妓女同居，这是查利·克朗宁说的。你问妓女是些什么人，他就讲给你听妓女干些什么，她们为了挣钱怎么和男人睡在一起。你说你不明白她们为什么不应该这样干，查利说你的思想很下流，不消多久你也会干和莫瓦特一样的坏事。这些都是胡说八道，你根本不喜欢女孩子。她们只会嬉笑，把双臂交叉在胸前，在街上逛来逛去，莫明其妙地尖声叫唤。要么在她们自己的操场上玩些不太激烈的游戏，有一次你跑到她们的操场上去拣一个板球，大一些的女孩子在做一种游戏，叫做我心中的人儿什么时候才会渡海而来；这些傻子把你拉到她们中间，一个接一个地吻你，对你发泄感情，你尽量忍受着，后来你把她们推开，你并不想伤害她们，也没有伤害着她们；但她们把你弄得很难受。

你把这件事告诉了克丽斯，她听了以后笑着说，并不是所有的姑娘都是傻子，我相信她们认为你是个漂亮的小伙子。你说你才不在乎呢，现在你能到凯姆斯城堡再去弄一块燧石吗？

你常到凯姆斯城堡去找燧石，他们发掘凯姆斯时常常掘得很深，挖掘到古代人居住的地方，燧石常和造屋的泥土混杂在一起。你已有将近三十块燧石标本了，都做了标签放在你屋里的一个柜子里，每一块燧石旁都有一张标签说明。你还做了一份很完整的目录，有纹路、折皱裂痕、卵圆形叶子等的图解，还有一块最好的燧石的图案，那是从利其山麓找到的一块燧石，它的中心有一个乌龟壳的图形。大部分标本都是青铜时代晚期的，那时的苏格兰狩猎者们仍只有燧石。

你抄近路回家去吃午饭，路上看到白嘴鸦时你停下用石子掷它们。有时罗伯特也回来吃午饭，有时他到缅恩斯去为矿工们募捐，他说，他常常一无所获，气倒受了不少。克丽斯在午餐时刻从不跟他一起出去，她待在家里帮助梅第准备饭菜，梅第对于煮饭是一窍不通。

有时克丽斯晚上不在家，你从学校回来要吃点心。梅第含羞地弄点心给你吃，你吃了点心，帮她收拾盘碟，她说，哦，尤旺少爷，我自己来。你不管她说些什么继续干下去，你也不听她的唠叨，说什么你该做功课去。再笨的人也可以在十分钟内把功课做完。此后你就上楼到自己的屋里，看看你柜里的东西，撢掉上面的灰尘，把那块中心有乌龟形图案的燧石和你从布雷钦附近找到的圆锥形燧石取出来，小心地察看它们，窗外天色越来越暗，太阳已从山谷的坡边西下。有时你抬起头来，看见太阳好像静止在蒙斯山诸峰上，你曾在峡谷里，在河边的低洼草地里寻找过燧石，想起古代制作燧石的人们，他们曾在这片荒原上狩猎，在阳光照射的山坡上裸体疾跑，追逐着猎物，如能生活在那个时代，和当时的人们攀谈该是多么有趣啊。罗伯特说他们绝不是野蛮人，而是古代黄金时代的非凡的猎手。

在一个夏天的夜晚，在睡觉前，你站在那儿观察你新发现的一块波纹岩片，克丽斯来了，你为了凉爽，衣服已全脱了，你站在窗前，设法看清那把红黄间色的古代斧上的纹路。克丽斯把门打开，你感到晚风阵阵吹来，你转过身来看着她，她一动不动地站在那儿。你问她有什么不舒服吗，她说，没有什么不舒服。嘴边露出一丝笑容，似乎刚醒过来似的。只是我觉得你倒像是一个在久远的黄金时代掉队迷了路的猎人！

埃尔斯走过，向屋里张了张，她脸突然红了起来，随即跑上楼梯，那是她离开牧师家的前一个星期。

那个粗俗的女仆埃尔斯从牧师家被解雇了，一点不假！这事引起了轰动。它向你显示了世道的去向，肮脏的麻纺工人和你顶嘴，这么辛苦一场，却招来一顿臭骂——牧师们管不住他们的女仆。乡亲们说埃尔斯和梅克尔勃格斯的戴尔齐尔已在一起鬼混了一年半了，早在七月的那个安息日晚上，卡珲先生在他厨房里碰上他们两人以前就这么搞了。戴尔齐尔的行为你是可以料到的，埃尔斯·奎因则做了良家姑娘们不应做的事，她身边有她脱下的两三件衣服。牧师说，埃尔斯，这样干不行。他随即对老戴尔齐尔大发雷霆，因为牧师他自己已和他的女佣人同居过，他很小气，不愿让别人来玩弄这个姑娘。

有些人说这全是该死的谎言，牧师和这个姑娘毫无关系，她是自愿离开牧师家的，即使是天堂里降下的天使罗伯特·卡珲牧师先生也不会跟她睡觉，更别说和他家一个红脸的女佣人了，他为人非常正派，喜欢自己的妻子。你听了这话后摇摇头，觉得这分明是把一则精彩故事的主要情节抽掉了。假如他不是那种和任何姑娘都可以睡觉的人，那么他为什么又当了像克朗宁那样的社会主义者的头头呢？这帮社会主义者认为你爱住在哪儿就可以住在哪儿。他们不遵循道德规范或婚姻关系。

如果有人认为这不是真实情况，你就很清楚这人在说谎，你在《人民周刊》里已经看到了全部报道，叙述这些粗鲁的穷光蛋在俄国是怎么对待妇女的——那儿男人跟女人可真是混得不赖，你觉得在那儿找工作容易吗？

不论在牧师家里发生了什么事，你可能会指责这不只是祈祷的问题——尤其是对那个怒目而视的畜生，牧师本人来说，还有他那个骄傲的妻子，她的神态使人敬而远之，还有那个大个子红发坏女人埃尔斯——然而，不管发生了些什么，埃尔斯已离开了牧师的家，并在梅克尔勃格斯家里拿工钱了。晚上只有他们两人在屋子里，他们把窗帘拉下后干了些什么你完全可以猜得着，尽管你没有问。只有戴特·皮特是个例外，一天晚上，戴尔齐尔走进阿姆斯酒吧，他未剃须的脸上带着害羞的微笑，脚上穿着做家务的黄靴子，戴特·皮特说道，嗳，戴尔齐尔，你现在睡觉暖和多了吧。我想，埃尔斯·奎因准是个穿着讲究的姑娘。戴尔齐尔没有言语，只是像傻子似的笑了笑，他喝了一杯酒，后来又喝了一杯，他既不说是也不说不是，这说明他是个粗鲁的老坏蛋，你知道这些事时肚子也几乎要气炸了。

有些人说他们不相信有这样的事，他们认为梅克尔勃格斯的戴尔齐尔是一个正派的人，他还是谢格特教堂的一名长老呢。他肯定是正派的，可你了解男人的本性，他时常需要有一个女人——不，不，你不能过于责怪他，而埃尔斯·奎因肯定是个坏蛋。下一次你碰见她时，你仔细端详一下，她从你身边走过，丝毫没有害羞的样子，只大声说，唉，老呆子，是你啊？然后她就一扭一扭地走开了。她那肥大的臀部扭动得像大风中的干草垛，她身肥体胖，面孔红润，看了叫人恶心，你觉得你会变得像在梅克尔勃格斯寻找配偶的杂种狗一样疯狂，并能体验到他的无耻罪孽。

说实话！你不论到哪儿，看到的都一样。乡亲们说公馆里的莫瓦特先生这次从伦敦游览回来时带来两个涂脂抹粉的女郎，你可以听到公馆里全是她们的尖叫声；有一天早晨，佣人进屋后你知道他看见谁睡在床上？小莫瓦特睡在两个姑娘中间，他已和这两个女郎睡过，看上去他神志恍惚，仆人目瞪口呆地看着他们时，这两个淫妇只是痴笑。其中一个姑娘打了莫瓦特一下，叫道，嗨，所罗门，太监头子来了！

你无法相信你听到的这些谣传。小莫瓦特先生是位不错的绅士。你如在外面遇见他，你会觉得他是个很好的人，讲话彬彬有礼；他会说他很高兴见到你。他可能对苏格兰等不甚了了，对于历史和文化讲了很多不该讲的话。但是难道一个绅士就不能从他自己的爱好中找点乐趣吗？这使他生活不感到厌倦，也不会对别人造成什么损害。有一次厂里存货过多，工厂关闭了两周，他说他很对不起这些麻纺工人——他不能讲得比这更好了，你说是吗？因此你不能相信关于这两个姑娘的事，即使真有其事，这两者也是不同的——不是吗？——一位绅士可以有他自己的爱好，有他自己取乐的事，这和像梅克尔勃格斯的那个老色鬼拥抱一个只有他一半年纪的姑娘是不同的。

这一年还没有过去，把戴尔齐尔看作是一个清白无辜的人的那些人们就已大为吃惊。埃尔斯到了这新的人家里里外外都得干，她得卷起裙子(如果需要卷的话——她穿的那种短上衣需要卷起衣裙的情况很少)到地里帮助撒粪肥，锄萝卜地，以及干其他一些活，她干的活值她自己的工钱外加一个乡巴佬的工钱。

不久收获季节来到了，活很重，埃尔斯帮助把秸秆整理成堆，捆好。那是九月里的一天，风很大，其他人都在地里干活，埃尔斯和戴尔齐尔驾着一辆马车到了田里。戴尔齐尔把一大捆一大捆的麦秸叉到埃尔斯·奎因的手臂里，她把它们垛在马车的板架上。垛得有四捆麦秸那么高时戴尔齐尔就把这匹杂色马吉姆牵回家，这是一头温顺的老畜生。他们往家走着，马车的铁轮碾过地面，灰尘扬起，和蒙斯山麓淡蓝色的雾气掺和在一起，戴尔齐尔不时地回头张望，看看麦秸是否扎牢了，也顺眼看看埃尔斯，她平躺在麦秸上，双目紧闭，她是个不幸的女子。

戴尔齐尔牵着这匹杂色马吉姆走到梅克尔勃格斯道口，绕到梅克尔勃格斯谷仓后面，在谷仓的后墙高处有一扇窗，他盘算着把这批麦秸叉进窗子，以便送到他的新油坊早日打谷脱粒。他让马站住，再让它慢慢地后退一点，这匹杂色马是一匹老马，它哼叫了一声，戴尔齐尔就朝它嘴上抽了一皮鞭，这头畜生大声呻吟起来，真会让人以为它受到了虐待，这匹杂色马看上去很吃惊，好像它什么也没干似的；戴尔齐尔对埃尔斯嚷道，来吧，你到马车上来干点活。

她大声说道，我马上就来，你这个没用的老家伙。她当面用最恶毒的话骂了他，他所能做的只是含羞地笑了笑，捋捋下巴上的胡须，他的胡须好像剃过了，又像没有剃过。他用手抓住谷仓的前部，两脚分开，爬了进去，爬到谷仓的上面一层，从窗口偷看埃尔斯，埃尔斯·奎因此时正站在麦秸上，手里拿着叉子准备叉麦秸。她又大声说道你老得只剩骨头了！她随手向谷仓里扔进一捆麦秸，差一点砸着他的脸，他笑了一笑，没吭声，两人开始干起来，埃尔斯干得非常敏捷，很讨人喜欢，戴尔齐尔在谷仓里把麦秸堆整齐，准备在这里打第一场谷，阳光照在谷仓外的马车上。有一次戴尔齐尔朝外偷看时，他看到埃尔斯汗流如注，她的眼睛看上去有些呆滞，她这样干下去人会变瘦的。

接着发生了埃尔斯·奎因早已预料到的事，艾克·奥格尔维说除非她像伊丽莎白女王一世一样贞节，可是他怀疑她是否会那么清白无辜。彭斯已故世百年，埃尔斯也不再贞节了，——乡亲们说这是什么意思？艾克感到有点吃惊——他们肯定已听到过他们自己的大诗人的故事了吗？他死后升了天堂，拼命敲打天堂里镶有珍珠的大门。圣彼得从边门伸出头来问道，你是谁啊？这样猛敲大门。彭斯答道，老兄，我是罗伯特·彭斯，是苏格兰的民族诗人，那就是你问的人。圣彼得看了一下那天钉在门卫室墙上的指令；他说道，我已知道了你的情况。你须在门外略等片刻。

罗比[1]就这样坐在通向天堂的楼梯的最高一级的风口处空等着，他等了又等，身体几乎冻僵了；后来大门总算开了，他被带了进去。那时彭斯已很气忿，责问道，你就如此接待名人的到来吗？圣彼得答道不是的，我不是这个意思。可刚才我得到了关于你的特殊指令，我在设法把伊丽莎白女王一世藏起来。——讲这样的故事确实很不雅，这向你表明艾克·奥格尔维是个怎样的无赖汉，他把在梅克尔勃格斯发生的真正有趣的事给打断了。

据说他们把麦秸叉完后，戴尔齐尔向谷仓四周看了看，他需要一个人来帮他把谷仓弄干净。他随即向下叫道，你从马车

① 罗伯特的昵称。

上下来，到我这儿来，我需要你到谷仓顶层上来帮我个忙。埃尔斯大声回话说：废话！你以为我不能跳上来？她把叉子的一端顶在一块突出于谷仓墙外壁的石头上，把叉子的夹头顶在她的手臂下，接着她像鸟一样在空中荡过去，落在戴尔齐尔身边。忽然她脸色变白，一下又变成红色，戴尔齐尔想起他刚才听到的呻吟声，原来那不是杂色马吉姆的叫声，而是埃尔斯的呻吟声，就像她现在在呻吟那样。他腼腆地站在那儿，埃尔斯坐在麦秸上，她痛得嘴脸开始扭曲起来，汗流满面，她说，我感到很不好，叫医生来。随后她就分娩了，在梅克尔勃格斯田地里干活的雇农们听到了她的哭叫声，奔过来看出了什么事。他们来时事情已快了结了，婴儿已在谷仓里生了下来，戴尔齐尔羞得要命，骑上自行车去请医生来。

说实在的，在这件事中他至多做这点事。他不会把这个小孩登记为他的小孩；当年轻医生麦考马克来时，埃尔斯已被抬到她自己的房间里，麦考马克问，这小孩是你的吗？戴尔齐尔害羞地笑着说，不，我不这样认为。麦考马克说，那么这小孩是谁的？戴尔齐尔不作答，只是用目光扫视了一下医生，害羞地、狡诈地笑了笑；医生说道嘿——又是无沾成胎①啰。大概梅克尔勃格斯的空气中有什么东西会使女仆怀胎。你先前的一些女管家也都有过同样的遭遇。

这一丑闻很快传遍了村村舍舍，谢格特最会吵闹的阿格·莫尔特里厄对于谷仓里发生的每一件该死的事都了解得一清二楚，这真不是一个未婚妇女所应探究的，她说这小孩是戴尔齐尔的模样，眼睛、鼻子都像他——艾克·奥格尔维插嘴说，

① 无沾成胎即宗教中的无沾成胎说。天主教认为圣母马利亚在其母腹成胎以及耶稣在她腹中成胎时，因蒙受天恩而未沾染原罪。

啊，真的！我敢说还有他的连鬓胡子。阿格对他说假如他无礼，不好好听，她就不准备再讲下去了；艾克回答说，你认为我不听就会倒霉吗？——一个妇女想告诉你一些新闻让你乐一乐，你这样回答她是很不友好的。

不久埃尔斯又能到处走动了，她生的是个男孩，这小孩要和他父亲戴尔齐尔算账，假如戴尔齐尔是他父亲的话。他的喊叫声足以把屋顶掀掉，埃尔斯让他去嚎叫，她还是下田去劳动；季节慢慢地过去，天气好的时候，她就把小家伙带到地里，到喂奶的时候，就在马铃薯堆上让他吃奶。雇农们看了不觉脸红害臊起来，她就说，有什么好脸红的？在你喝啤酒之前不是也吃过奶吗？她已变得十分粗鲁庸俗，你绝不会想到她曾在牧师家工作过。戴尔齐尔只是听着，脸上露出害羞的笑容，对于她嘲笑、挖苦的话既不表示同意也不表示反对，她生气时就把他痛骂一顿，使用最下流的话来骂他。但工头说她还是在他床上睡觉，或者他睡到她床上——唉，真是怪事！

这样一直延续到杂色马吉姆死去。

这事发生在次年冬末，戴尔齐尔把粮食用马车运到车站，高价卖出后，让一个叫辛克莱的年轻雇农把老杂色马吉姆拉的这辆马车赶回农庄。这匹杂色老马倒还很听使唤，它上山岗时气喘得厉害，对面过来的人没见到马车时还会以为这里有什么蒸汽机或打谷机在运转呢。可它从不止步，身子摇晃着行进，它那宽阔的臀部一扭一扭地摆动着，它伸腿自如，它没有被拴得很紧，它还能拉些东西。

大地一片雪白，结着冰霜。地面像铁一样坚硬，一样寒冷，每天清晨要增加一层霜，你在路上碰到的大多数人的鼻子如果不是青筋暴露，就是冻得通红，梅尔文的阿姆斯酒店生意很兴隆，牧师家的水管结了冰，周围所有农夫们的马匹都被牵到铁匠铺，在马蹄上装上防滑齿。

可是戴尔齐尔太忙了，没有时间把马牵去装防滑齿，最糟的是星期一早晨，他送辛克莱上路，运走最后一车粮食；没走多远，辛克莱已浑身是汗，他觉得这工作是个苦差事，老杂色马吉姆拉车行走时，脚一直在打滑，这辆满载粮食的马车摇晃着前进，不时地听到撞击声。辛克莱设法让这匹老马在路边枯草上走；这样使这畜生轻松了一会儿，马车从东街的一头弯进了谢格特。路边长着一点点草，在艾克·奥格尔维家门附近，地面结了冰，像玻璃似的，那天早晨牧师家里的小尤旺·塔文达尔已在冰上滑了半个多小时。

当杂色马吉姆拉着马车走到那块冰上时，它的脚也像牧师家的小孩那样——打滑起来，大车和马像流星一般从艾克家门前滑下去——艾克·奥格尔维是这么说的，听起来很可笑。马车和马在索洛克家门口停住了，老马受了惊，但它没有摔倒；马具也奇迹般地一点也没有折断。年轻的辛克莱大为骇怕，他用缰绳抽打老吉姆的头，用脚猛踢它的肚子，叫这头老畜生以后当心点。

彼得·皮特探出头来看了看，他点头说道，应该这样，马和人都要守纪律，没有什么比这更重要了。他满脸凶相，好像要把老吉姆吃了，老马被打得低下了头——唉，彼得真是个凶狠的人。辛克莱这傻小子说，我要教会这只老得没有用的家伙怎么溜冰。接着他又向老马踢了一脚，他把马稳住，套上车，他上车坐在一袋谷物上，对老马叫道，走吧，你这老家伙！

老吉姆小心翼翼地继续向前走，它的大脚谨慎地跨下每一步，满载粮食的大车晃悠着前进，地面像玻璃一样滑。这段路程老马走得很平稳，一直走到东街尽头，路面向下倾斜了，在莫尔特里厄的店门前转了个弯，那儿他们发现——又有一段很滑的路面！前一天晚上，谢格特镇上的男孩女孩都带着小雪橇、冰鞋到这里来滑冰，他们叫啊，喊啊，顺着斜坡滑下来，有时站着，有时躺着滑下来，脑袋几乎要撞到莫尔特里厄房子的墙上，他们中间数小尤旺·塔文达尔最顽皮——他虽小可也会滑冰，他长着蓝黑色的头发，眼睛显得冷静，在一帮小孩中他总是溜在最前面，他会像一只小鸟般地转圈圈而不会撞到墙上去，那墙正等着他去撞碎他的脑袋。

小塔文达尔会溜冰，老马吉姆可不会溜冰，它的大光蹄子刚踩到冰上就跟先前一样站不住了。它的脚开始左右滑动，马车跟着它滑来滑去，车上载着重负马车几乎转了过来，后又颠簸着在园丁格兰特家的墙边经过，此后老马就蹲下了，用脚刹住，这也没起什么作用。辛克莱从马车上跳下来，跌倒在地。他爬起来时听到车杠的断裂声和随之而来的尖叫声，他勉强挺直了身子，向马车下滑的方向看去；其状惨不忍睹，老杂色马吉姆径直撞到莫尔特里厄的墙上，马车的一根车辕折了，它折回来正好刺到老马的肚子里，这头老畜生好像是火刑柱上的一只老鼠。它弯着躯体躺在那儿，马车被撞坏，倒在它身后，小辛克莱看到这惨状哭了起来:乡亲们听到马车的撞击声都跑了过来。

不一会儿就聚集了很多人，老莫尔特里厄拄着手杖一瘸一拐地走出家门，嚷道，你干吗用马车撞我的房子？杰斯·莫尔特里厄探出头来一看，她的脸唰的一下变白了，她感到恶心；阿格也走了出来，可是她立即退了回去，无疑她要回去大哭大叫了。威尔·梅尔文把辛克莱带到阿姆斯酒吧，不到一眨眼的工夫，他已让辛克莱喝下了一杯酒；小辛克莱不再为马车出事哭鼻子了，他刚才哭是怕戴尔齐尔为这个事故把他解雇了。他说道:假如我丢了这份工作，当下冬季活刚做了一半，我到哪儿去找工作呀？我就只得挨饿了。在这隆冬季节，你是无论如何不会受雇的，不会的。戴尔齐尔那个老家伙——梅尔文太太走进了酒吧，打断了他的话，嚷道，不准你在这里发牢骚、说怪话。年轻人，要骂到外面去骂。

辛克莱走了出去，他目瞪口呆地望着过来看老吉姆的乡亲们，他的样子活像个傻瓜。这匹老马躺倒在地上，眼睛半闭着，它也不再试图站起来了，车辕的一端深深地扎在它的肚子里，创口散发着臭味，麻纺工人闻了也会受不了的；乡亲们仔细地看过后都不声不响地走开了，你没有时间老站在那儿看着，你如果老站在那儿看，别人会叫你帮忙的，让戴尔齐尔自己去照看他的老马吧。西姆·莱斯利，就是人们称他为费特的那个警察，也来到了这里，他取出笔记本，询问小辛克莱车祸的全过程，并记了下来；他皱起眉头看了看老吉姆，又写了些什么——无疑他写的是这匹老马的犯罪事实。他说他要骑车去告诉戴尔齐尔，他果真去了，当戴尔齐尔听到车祸的消息后，他含羞地微微一笑，骑上自行车，向谢格特骑来，察看车祸的现场。

他来到出事地点时，已快到晌午了。艾克·奥格尔维拿着枪也到了那里，很多人在围观，他们等着看艾克打死这头老畜生；可是戴尔齐尔不愿把它打死，他说道，不要开枪，你等一等。杀死这头畜生是得不到保险金的。艾克·奥格尔维答道，你没看到它已快断气了？车辕已经扎进它的肚子里了。戴尔齐尔只是含羞地笑笑，没有回话，他只对费特说——这匹马是他的财产，他要他监护着不要让人杀了。费特说道，喂，奥格尔维先生，你听到了吗？你最好把你那支枪带回家去。艾克·奥格尔维站在那儿，把他们两人都骂了一通，乡亲们听了他骂的话后大为吃惊，他骂戴尔齐尔是个老不要脸的东西，一心只想得到保险金。

老杂色马在那儿躺了一下午，它还没有死，那块地方已弄得很脏。远近的乡亲都来看侧身躺在地上的老杂色马吉姆，下午晚些时候老马稍动了动，深深扎入它肚子的车辕和它皮肤接触处的血已开始凝固。也许是因为人群大量的拥来，一群麻纺工人从纺织厂赶来，小学生四点放学，因此这匹老马身上溅得尽是泥浆，到此时它身子已不再抽动。戴尔齐尔发了一份电报到斯通海夫，询问索取保险金的事，可是没有得到答复，他也知道对方不会回复他的，假如老马是自然死亡，他就可以得到保险金。他把粮食装到另一辆马车上，驶回了梅克尔勃格斯，带着含羞的微笑继续了他的工作。

杰斯·莫尔特里厄端了水桶到老马跟前，让它喝水，吃蜜糖。它很爱喝温水，很爱吃蜜糖，吃罢它的头就垂在水桶里，杰西把它的头抬离水桶；在做这些事时她的脸难看得像死人的脸，她伤心得几乎要为老马啼哭了，倘若她不忍目睹这一惨状，为什么她要走近吉姆呢？

到天黑时这匹老马已像一堆脏土，艾克·奥格尔维找牧师找了大半天，牧师到山谷去了，总算找到了他，并把这件事告诉了他。乡亲们说卡珲牧师骂得可难听了——该死的猪猡，该死的猪猡！——用这话骂那匹老马倒真奇怪。可艾克·奥格尔维说牧师骂的不是那匹老马而是谢格特的众乡亲。如果艾克的话是对的，那简直是疯狂的——卡珲先生真是骂了众乡亲，他把正直的人们说成那样真是太粗暴了，乡亲们谁也没有亏待过他。这向你表明他是什么货色，他的工党、社会主义都是些什么货色。

卡珲对艾克·奥格尔维说，把你的枪拿出来。艾克提着枪和卡珲一起走到老马跟前。这时天色已晚，老马躺在泥潭里，它身后是那辆砸坏的马车。人群已经稀疏，这匹杂色马好像知道艾克的意图，它抬起头来，嘶叫了一声。牧师的脸变得像白雪似的苍白，他喊道，往后站，——该死的，往后站！艾克，瞄准。艾克没有言语，他走近这匹杂色马，乡亲们把头转了过去，接着，他们听到了枪声。

很快戴尔齐尔自己也知道了发生的事，他是在不到一小时的时间内听到的，他决定去见牧师，他脸上胡子也没刮干净，嘴角露出含羞的微笑。卡珲先生，他们告诉我，你叫人把我的马在东街枪杀了，他责问道。牧师说，他们告诉你啦？那他们是向你讲了真话。戴尔齐尔说他要为这事告他，牧师说他可以去控告，可是被判罪的将是他自己——我告诉你我准备做的一件事——我将立即向法院报告你对畜生的残忍。你这类恶棍在苏格兰到处可见。听了这话，戴尔齐尔脸上含羞的笑容消失了。牧师，把你刚才讲的话再讲一遍！注意，有一个证人听着。他是指在客厅里的梅第，卡珲先生勃然大怒。他说道，你给我滚出去，不然我就把你扔出去。他随即向戴尔齐尔冲去，戴尔齐尔蹒跚地走了出去，他不是个笨蛋，他不会去和一个疯子对峙，这家伙为了一匹马已变得相当疯狂了。

他那天的麻烦事没有到此了结，在他回到家之前埃尔斯已经知道了发生的事，戴尔齐尔回来时她正在厨房里等着。他含羞地对她笑着说，你没事干啦？呆站在那儿？快把晚饭准备好，不然我去找个新管家。工头已随着戴尔齐尔进了屋，他听到他们俩的全部对话。埃尔斯说，我听到的关于那匹杂色马的事是真的吗？戴尔齐尔说，喂，你替我准备晚餐好吗？埃尔斯说，不，我要辞职了。戴尔齐尔，我上了你的当了。我受你骗这么长久，我简直要疯了。我这就走。在你家我一宿也不住了。戴尔齐尔含羞地笑了。噢，那好吧，你走吧——带着你那个没爹的儿子一起走吧。埃尔斯说她要带小孩一起走的，这小孩是有爹的，上帝可怜这小孩，他是有爸爸的。

她哭了起来，她曾很喜欢那匹杂色马。她一点也不像工头心目中的埃尔斯，一头红发，脾气暴躁，开口骂人，她两眼盯着戴尔齐尔，好像刚从一场噩梦中惊醒过来似的；她把她的衣物包扎起来，用布把小孩裹好。

工头在外面院子里碰到她，问她准备在哪儿过夜，他想拥抱她，也许他希望她愿意和他睡一宿，因为她已像一个无家可归的乞丐，他身强力壮。没想到她用箱子朝他腿上一砸，几乎把他打倒在院里的粪堆上。她穿过谢格特，一直走到火车站，搭上晚班火车到福东她爸爸家——乡亲们说她是个坏女人，说她为了一匹老马就这样连招呼也不打就撇下了戴尔齐尔。

假如卡珲先生能把自家的事管好，就不会发生那么大的骚乱。别人的事让他们自己去处理，他料理好他自己家里的事就行，比如把他那继子管好——难道不是他带领其他小孩做了那块溜冰场，把那匹老马害苦了？乡亲们说他带领孩子们做了不少有害的事，尽管有些事你以前一点也没有听到过。据说他常偷偷地跑到女孩子的游戏场里，和正在做游戏的小女孩拥抱、接吻。这么小就做这些坏事。唉，卡珲先生应多管教小尤旺·塔文达尔，而不是去干预梅克尔勃格斯的戴尔齐尔那样一个文静的好人。

老莱斯利说，就是嘛——这是在阿姆斯酒吧里——也不要去弄一个骄气十足的、有小孩的女人做妻子——该死的！这是给别人的榜样吗？结婚五年了，还没有一个孩子？当我小时候在加伏克时……乡亲们高声谈论起来，他们抬头看着屋顶，喉咙里猛烈地干咳起来，你听不清这老头在讲些什么，这倒是件好事，这个笨老头有时可以把一条狗恼得生病。尽管如此，他讲的话还有些道理，其他人有了小孩，这些小孩是随时节而生的，这是逃避不了的，不论你是结了婚的或同居的。

可是戴特·皮特说，现在仍逃避不了吗？让我来告诉你们——他讲了在伦敦那个肮脏、阴暗角落里的一些店铺，那儿出售男人用的东西，很方便，后来发生了什么？你决不会成为一家之父，不会的，你可以尽情地过罪恶的生活而不花分文。戴特说他认为牧师家的那一对过的也是这种生活，这就是卡珲太太出出进进老像个姑娘似的原因，她的皮肤白嫩得犹如雪花膏，体形又那么标致，她毫无心事；在她这种年纪她并没有长得腰肥体胖，而是看上去精力很充沛。该死的，女人活在世上干什么，啊？——还不就是替你煮粥，跟你睡在一起，尽量多养小孩，以便在你年老体弱时服侍你？并不是说伦敦供人享乐的场所对于到那儿去度假的人来说还不够好。问题是这些人也给家务事缠住了，天哪，他得照看他怀孕的妻子——每年她分娩时，总要大声尖叫，这常使人不知所措。

这些事讲起来很难听，假如你爱听的话。乡亲们东张张，西望望，吉姆·索洛克现在已变得很虔诚，他的眼睛向上瞧着，由于麦克多格尔的祈祷会，他已变得如此圣洁，他把厕所称为W.C.，妇女颈骨下一英寸处胸部露出他就看不惯。哈里·霍格早就坐在酒吧间里了，乡亲们喊道，喂，市长，你想讲些什么？哈里说他认为苏格兰在某些方面是美丽的。假如彭斯回来了，他也会这样想的；他们在谢格特办的最糟的事就是推选了卡珲牧师来布道——他和他的工党根本看不起乡亲们，该死的！他说过我们都是猿猴，不是人。

酒吧里有些人听了这话只是暗地里笑笑，这件事在谢格特已成了老生常谈，可是这位市长从不宽恕这个牧师。哈里说他研究人们的表现已整整五十年了，他认为——注意，他已不是傻瓜——他认为牧师已和别的女人有关系。人们说埃尔斯·奎因的小孩的爹是梅克尔勃格斯的老戴尔齐尔，可是他，哈里·霍格，对此有异议。这个牧师曾经和这个姑娘出去过吗？没有，他在外面遇见她时，总是热情地和她打招呼，好像什么事也没有发生过似的。假如牧师不能为他的主妇生一个孩子，那可能是因为他在其他地方花了功夫。

该死的，这件事现在听人讲起来很有趣，你没有想到会出这种事倒是奇怪的。那天天还没黑，消息就传遍了谢格特的大街小巷，说卡珲牧师先生是那个姑娘，埃尔斯·奎因，生的小孩的父亲，市长看见他们俩在一起，牧师对这个少女非常亲热。

艾克·奥格尔维从裁缝那儿听到这一传闻，他说道：都是些胡说，即便是真的，这事和老霍格有什么相干？看来他自己除了在他的妻子身边躺下外还干了些别的——或者他把那个傻瓜当儿子，其实不是他的。

艾克·奥格尔维讲话就是这样粗鲁，他常诋毁那些不在场、无法为自己申辩的人。彼得·皮特说道，对于我的朋友来说，我是他们的朋友，但是如果有谁得罪了我——此时他凶相毕露，足以吓走一条鲨鱼；可是艾克·奥格尔维笑着问道，卡珲做了些什么事？彼得·皮特答道，他做了些什么？他是谢格特的耻辱，他应该是一个好的保守党人。可他成了什么了？——成了一名工党，成了一个无赖汉。艾克·奥格尔维只是说，让他们的政治见鬼去吧，即使他想恢复詹姆斯二世的帝制，我也不管这些呢，他和小莫瓦特一样都是些微不足道的人。

彼得不忍听到这位绅士被人辱骂，他说莫瓦特会醒悟过来，担负起他应做的工作。你们等着瞧吧——他会成为保守党谢格特支部的领导人。艾克说，假如他喜欢，他可以在粪堆上就职——他会发现他们的气味是差不多的。彼得问同什么东西的气味差不多，艾克答道当然是托利党人和粪堆啰。彼得·皮特狠狠地看了他一眼后走了；这将给这个来路不明的细木工一个教训。

消息又传到了西街老克朗宁的耳中，他一向是传播社会主义学说的；他认为这些消息都是无稽之谈，散布这些谣言的目的是为了诋毁谢格特的社会主义者。乔克·克朗宁在火车站听到这一消息时，他不假思索地说道，卡珲是不错的。让你知道他和牧师一家人关系很亲密，有人说他们连喝麦片粥也共用一个碗。

阿格·莫尔特里厄，简称好哭娃，把消息传给了谢格特公馆里的仆人们；这消息在那儿传开了，当小莫瓦特先生从邓东旅游回来时，他大声笑了起来。有些人运气特别好。但是假如卡珲太太想要一个小孩，我愿拿出半年的红利让她得到一个小孩。

你对这位绅士的玩笑只得付之一笑。

那年除夕罗伯特离开谢格特到阿伯丁去了，他没有说明去的原因；但克丽斯可以猜出他为什么上那儿去，并觉得他的行为很可笑。注意，不要买贵重的东西。他反问道，什么？不要在喝酒上花太多钱吗？我准备住在一爿小酒店里，让谢格特那些不怀好意的人不知是怎么回事！克丽斯希望这不是讲讲玩的，她知道他真会这样去做的；他和她接吻后沿着圆卵石小路大步走去，在紫杉树边回过头来向她摆摆手，她站在那里，嘴唇上还能感到他接的吻，还有一点嗡嗡声，像只蜜蜂叮在一朵花上似的。

随着时日的推移，天气渐渐变得寒冷起来，天空和大地铁灰色的轮廓分明，见不到太阳，到处是一片灰暗，克丽斯在梅第帮助下煮了午饭，她想起了埃尔斯，她如在的话会给她更多的帮助。梅第还是像一只受惊的老鼠声声称呼夫人，有一次在她们头顶上发出一声巨响，好像一垛墙倒了，她吓得几乎跳了起来。克丽斯说这是尤旺，他在搬他的柜。梅第说，哦，我吓了一大跳！她看上去好像魂不附体了。克丽斯从她身边走开，上楼走到尤旺的房间，敲敲门，尤旺叫她进来。屋里灰灰的一片，到处都是灰尘。克丽斯透过这层灰色的烟雾看见尤旺站在窗台边上，他正弯着腰在看他刚才搬动的柜子，柜子里放着他搜集的各种珍贵的燧石。

克丽斯问他今天打算怎样整理房间？他说他每件家具都要换一个地方，说着他动手去拉床，克丽斯坐着，没有去帮他忙。他用力拉床时头发散了开来，遮着了他的眼睛，克丽斯看了很有趣，想到他曾是你怀中的婴儿，曾是你的，曾是你身体的一部分，甚至比一部分还少，真有趣——现在他已长得很结实健美，肩膀结实，滚圆，从你身上得到了暗金色的皮肤，头发长得像他父亲。过了一会儿他停下来走到她跟前说，暂且就这样摆吧。吃过饭以后我来掸灰。

他们两人下楼去吃饭。尤旺说在新年到来之前，他要把他房间里的每一件东西都换一个位置，克丽斯问他为什么要这样做。他说，哦，我喜欢每件东西都要有一个新的角度。他接着说，妈妈，你觉得好笑吗，你在笑什么？克丽斯说我是在笑你。你人还小，讲话倒像大人似的。

他没再多说，继续吃他盘中的肉，就餐前罗伯特不在他们就不做祷告，想到这点你就感到好笑，罗伯特知道这事，而且他明白你也知道他知道这事。可他非常相信他自己，相信他的上帝和他的信仰，他太相信自己了，因此对他们不做饭前祈祷也并不恼火，除非是当他心情非常不愉快的时候——这在过去三年中是很少有的。有一次罗伯特用激烈的言词谈论了宗教信仰问题——苏格兰人懂得什么宗教？他们中间有一半人把上帝看作是一个意志软弱的苏格兰人，一个崇拜彭斯的人。另一半人低劣得简直不要上帝存在。我想你自己明白你属于那一类人。他是在戴尔齐尔的老马被枪杀后的第二天说这番话的，说话时面带怒色。克丽斯以冷漠的眼光看着他，这是她和他相处多年学得的，罗伯特把门砰的一关走了，约一小时以后他又回来了，神态恢复了正常。克丽斯汀？我脾气多么暴躁！我看你要比我多活一千年！

这会儿克丽斯突然想起一件事，她说，尤旺，你想过信教的事吗？

尤旺回话时从不说什么？或像他同年龄的其他男孩那样重复你最后一句问话；他眼睛看着上方，摇摇头说，现在不想信教。她问他什么时候想过。尤旺回答说那是很久以前的事了，那时他还很小，不懂事，罗伯特布道时他总是坐立不安。克丽斯说，可他从来没想要吓你。尤旺摇摇头，哦，不是的，我不是说他要吓唬我。想到上帝在那儿，每分钟都盯着我，我感到很不乐意。我过去一直设法让自己属于我自己，现在我做到了；对我来说，上帝已无关紧要。她很明白他的意思，他的性格有时候是多么像她，有时候又和她迥然不同！尤旺，那么你认为上帝无关紧要啰？她儿子答道，我认为不必在上帝身上费什么脑筋。上帝不可能对世界作什么变更——如果可能，我觉得他早就该对世界作些变更了。

不到下午四点夜幕已降临，在蒙斯山上雪已积得很厚，覆盖了一个山头又一个山头，大风呼啸着穿过河边低洼草地，把雪花吹得到处飞舞。暴风雪从谢格特镇北面飞过，松软地落在地上，风雪经过时，克丽斯在厨房向外望去，她正在做着糕点，准备着次日的早点，梅第像只小鸟似的尖声尖气地说道，啊，太太，油水很重啊，糕点这样做很好吃！

那你就多吃点，克丽斯答道，你到这儿来这些日子人还很瘦。你有把握说自己没有病吗？梅第回答说，我身体很好。她红着脸像只精瘦的小鸟似的站在那儿，克丽斯静静地望着这个瘦小的姑娘——她在想些什么？她独自一人时在做什么？她有男朋友吗？她被人吻过吗？——或比这更甚，像人们在榭格特说的那样？她生活的路程还没有可怜的埃尔斯走过的一半那么长。今天埃尔斯·奎因会在做什么？

天黑了。克丽斯和尤旺在一起喝了一会儿茶，百叶窗敞开着，他们可以看到室外的夜色变得明显起来，白昼快过去，天色奇怪地变得明亮起来，像白羽毛似的寒霜很快布满了谢格特。

此后尤旺到炉前地毯上坐下烤火，他长着蓝发的头低着在看书，克丽斯眼睛盯着炉火看了一会儿，看厌了，她把茶喝了，又在房间里踱来踱去；她走到窗子跟前，看着夜空。然后她又看了看钟。她得去接罗伯特了。

她向房门走去，尤旺听到声音从地毯上站了起来，克丽斯对他说她只是去散个步，叫他不要管她。他不在意地说，你出去时穿暖和点，说罢，他的目光又落到了他的书上。

克丽斯出门时把外衣衣领翻起，没有戴帽，在牧师宅邸门口，她遇上一阵凛冽的寒风，如同刀割，在这初冬季节，她周围的世界都已沉睡，夏日的花园已被寒风包围，花园里的小径已覆盖着白霜，她沿着小径走去，踩得地下的白霜吱吱作响，整个谢格特好像都是霜的世界。她突然产生一个怪念头，回忆起了什么，她不再向大门走去，而是掉转身来沿着牧师宅邸往回走，经过花园，那儿草莓圃深埋在粪肥和草料之下，她走到围绕教堂墓地的墙脚下。

在牧师宅邸的背阴处，风比较小，她伸出一只手来轻轻地摸了摸围墙顶端的白霜，感到像盐一般柔软，可是冷得像钢铁一般；她一动不动地站在那里，用大写字母写了克丽斯汀和卡珲两个名字，当时太暗了，她自己也看不清她写的字。她记得四、五年前在一次谢格特集市后，她曾和罗伯特一起站在这里，当时她曾想到安息在墓地里的乡亲，盘算过何时把自己的名字加到那些已逝的乡亲的名字之中。战争给罗伯特带来了创伤，同时战争的创伤好像一把火把她的这个计划烙在她脑子里了……

那个夜晚好像是很久以前的事了，如同她在布拉威里做少女时梦想过的事那样遥远，那时她还是个姑娘，不知道男人的事，不知道男孩爱玩些什么；她没想到现在又有了身孕，肯定，这将是她和罗伯特的小孩。

在这冰冷无声的夜晚，她身子靠在那儿，不觉寒冷，她的头发暴露在严寒之中，她觉得很奇怪，怎么那段生活现在离她那么遥远了，甚至她有好长时间没想到用小孩这个词称呼躺在她心脏下面的这个小东西了，这个词在英语中是指婴儿——这是她从她看的书和在牧师家里的生活中得知的。她此刻好像是站在教堂墓地的边缘，回首眺望着铭刻着年月的石碑，有多少位克丽斯已经死去，埋葬于此——她继续往后望去，墓地越来越模糊不清，她回忆起往事，她的思路越过了过去那些未能实现的期望和未能尽情欢乐的时光，飞到了那个已有了孩子的克丽斯，那个自己还是小孩，或比小孩稍大一些的克丽斯，那时她已经历了那个克丽斯经受过的恐惧与欢乐，那时她年轻，没经验，古怪而又逗人喜爱，你现在也觉得她如此——那个克丽斯在那已流逝的久远的岁月里，每当夜幕降临后她恐惧地躺着，知道在她肚子里蠕动的东西，这是她和与她成亲的男子的爱情的果实，尤旺曾那么安详地熟睡在她的床上。这些事太遥远了，几乎不能相信她就是你自己！

天空还是那样昏暗，四周还是那样寂静，她用手指在教堂墓地的土墙上写了另一个名字，就写在自己名字的上面，在她动手写的时候，耳边似乎回响起远处凯姆斯山上一只田凫的鸣叫声——也许是因为她想起了在金拉第度过的岁月中的一件往事，那只田凫了解那时的克丽斯！她听到在土墙外银白色的高草丛中几只家兔或野兔的厮打声，这使她心跳；慢慢地她感觉到她的手指抹掉了她写在土墙霜上的名字——她记得乡亲们曾说过，在霜上写名字是不吉利的。

一个多月以前她已确切地知道她不宜外出走动，她对这第二次不能外出苦思了多日。罗伯特曾皱着眉头问她，到底出了什么岔子？他笑了，她也笑了，她一个人在屋里时常常会呆呆地想得出神。有时她会在一些最奇怪的地方神魂颠倒起来，有一次她站在麦克多格尔·布朗的店里，麦克多格尔问了她三遍她要买什么——夫人，你说吧——而她说——我真要买东西吗？他用鳕鱼似的眼睛盯着她时，她的神志又恢复了正常。她把购物单递给他后便走出店门回家去了，她想麦克多格尔会把她的举止看作是她自负的又一证据！——由于某种原因谢格特人都认为她骄傲，这也许是因为她爱好思考，不像书中描述的姑娘或一位身居小屋的姑娘能年复一年地静静地待着。

有一回斯蒂芬·莫瓦特来看罗伯特，她为他们准备了晚餐，并坐在一旁听他们谈话，莫瓦特停下了和罗伯特的谈话，对她说，卡珲太太，讲笑话给我们听听吧！她问，什么笑话？莫瓦特说，就是使你笑得非常动人的那个笑话。她说，哦，我觉得我晚饭吃得很饱了！他说他认为在开玩笑时，一件不真实的事可以被描绘成一头集市上的猪。

后来她终于知道自己是有喜了，一天早晨她睡醒了，躺在床上胡思乱想；罗伯特已起身——身体感觉很好吧？——她说，很好。罗伯特，我们快要有小孩了。他两眼盯着她——我们？——这事使他感到震惊，她躺在床上，两眼看着他，她心里有些感动，她为他欢笑，为他感到一种说不出的惋惜——哦，男人们都很可笑，都是些受人怜悯的孩子。她说，我快要生小孩了，小孩生下后你也有一份。

他披着衣服站在那儿，淡色的头发惊喜得几乎都竖了起来，他在床边坐下两眼盯着她，脸颊慢慢地露出了笑容，眼角上的皱纹更明显了，她第一次见到他时就喜欢他眼角上的皱纹。真的吗？对上帝说真话，我们真要有小孩了吗？她说这是确实无疑的，怎么会有小孩的？可是罗伯特说他以前一点也没想到，他们感到很有趣，夫妻俩像小孩似的格格欢笑起来；接着罗伯特神志恍惚起来。又做白日梦啦？克丽斯说道。他说，克丽斯汀！一个小孩——老天爷，我希望是个女孩！你感觉如何——感到讨厌了，了不得，还是很可怕？克丽斯说它使你不时地感到恶心，罗伯特听了这话笑了起来，他不像莫瓦特那样容易受骗。哦，克丽斯·卡列多尼亚①，我娶的是一个民族呀！

现在，天色昏暗，她站在土墙边上，想起她确实掩盖过一些事，你想，苏格兰人经常这样做的——以防在空荡荡的神殿里变得一无所见，如同罗伯特的伟大的上帝显灵时在场的人们什么也看不到一样——罗伯特仍坚定地信奉着他的上帝，结果反使他的上帝更不为人们所爱，他在谢格特布道时讲的全是矿工的事。如果他们的工资得不到提高，他们就要在五月里进行罢工。罗伯特说矿工的这场斗争将是一个验证，它将表明是贪婪取胜还是上帝取胜。

由于克丽斯心头有一种说不出的疑虑，她对矿工的事几乎没有想过——世界正等待着改变，可她对试图改变世界的人们和他们将采用的变革方式存有疑问，——改变像谢格特这种稀奇古怪、无所不有的地方？这里商业萧条，工厂时常停工。工人们在领救济金的屋子里转来转去，焦急地等着一名小职员给他们发放救济金。他们闲得无事可做，每当女人经过时就取笑一番，他们打着呵欠，每个人的脸上都显得疲惫不堪；他们抽

---

① 卡列多尼亚(Caledonia)，为女孩名，又意为苏格兰。

抽烟，有时吹吹口哨，打打呵欠。有一次克丽斯走过那儿，听到有几个人在大声争吵，她以为他们一定是在为什么政治问题而争论不休；其实不然，他们在为一场足球赛的输赢争吵！她向罗伯特讲了这件事，他听了以后笑笑，答道，老百姓嘛！难道你不知道这些人是那样的吗？可到了五月，我们要把这些事永远改变过来。

五月到了，可是小孩要到七月才出世，真是婴儿出世的绝好月份，然而罗伯特说假如他们有所计划的话，他们肯定会安排得更好些。七月份可能太热了，会感到不舒适。但他没有在她面前多说什么，他靠后站开，他知道这是她的事，他无从帮忙——哦，他和以前的尤旺大不相同，尤旺为她生小孩的事曾经大惊小怪——他们曾那么厉害地争吵过，小孩出世时他们曾如何哭啊笑的，这个小孩现在在牧师家里——一个男孩，现已长大，那些事已是遥远的过去，他现在有自己的书，自己的燧石，他早已不是个小小孩了，在某些方面他自己也像是一块燧石了，是块形状和纹理都很好的燧石，从表及里都是坚硬的灰色花岗石，小尤旺有燧石的光泽，铁灰色冷冷的皮肤，发亮的皮肤上闪着条纹。她和罗伯特的小孩可能就不是这样的……

在黑暗中她听到罗伯特的脚步声，他正沿着卵石走来。她跺跺脚使自己从梦幻中惊醒过来。

次日晨，罗伯特提议说：咱们出去到山上走走——你乐意吗？克丽斯说她很乐意，八点不到他们就走了，离家之前他们在大厅里碰到尤旺，他没有说要跟他们一起去，在他们不想带他去的时候，他总能感觉得出。克丽斯亲了亲他，说他们要回来吃午饭的；此后她和罗伯特上了凯姆斯山，尤旺站在下面看着他们——你几乎不能相信克丽斯已这样老了。

那是元旦，太阳冉冉升起，看上去犹如山谷里升起了一轮红色的火球，脚下的霜仍结得很硬实，霜好像把柱子、树篱等涂了一层白色，为教堂土围墙镶了一道白边，在远处的蒙斯山上，薄雾缠绕着山岗，不时地，雾气被吹散，你可以看到山下粗犷的原野，在远处石南丛中，你可以看到牧羊人的小屋，高高的屋顶上的点点红色隐约可见。罗伯特走得很快，一时克丽斯几乎跟不上他，她干脆慢慢走，感到挺自在，他们走过了凯姆斯城堡，在城堡的上方，山路通过荒原参差不齐的边缘延伸出去，荒原俯视着谢格特，如同一只脏猫盯着门外一个盘子似的，周围的乡村都被山丘和山丘的伴侣荒原包围着了，山丘和荒原伏在阳光下睡着，打着呵欠，看着山下忙碌着的山谷。

他们经过一个小湖，湖水已结了冰，湖面明亮，克丽斯用拐杖试了试湖边的冰，冰被击碎了，一时间她看到了她自己，湖水映出了她黄黄的两颊、梳成环形的头发、高领紧腰身的皮夹克、短裙子、毛皮手套以及手中的拐杖。她向水中自己的倒影微笑起来。罗伯特停下脚步往回看了看，他不知道是怎么回事，便走过来站在她身旁，低下头来看到了冰水中模糊地向他微笑的克丽斯。是啊，一点也不孬。看到她身边的男子了吗？你觉得他们俩应正当地成亲吗？

克丽斯说她认为他俩不应成亲，他们两人的眼睛里好像流露出各自的想法——罗伯特随即和她接了吻。他接吻快而有力，他的吻如铁一般硬，这是一种除了接吻外还包含着其他感情的男子的吻：他俩站在已封冻的荒原上，这是一个多么美好的时刻，她把头靠在他肩上，让他吻她，后来他们分开了，罗伯特有点气喘，他们的目光都看着别处；以后他们又手拉手地继续向前走了一会儿，觉得累了，便用起拐杖来。

罗伯特在前面走，他身着牧师的黑衣服，没戴帽，用口哨吹着从海洋到天空这支歌的曲调，他的口哨声欢快而嘹亮，他们继续向前走着，沿着牧羊人走的小道蜿蜒而上，这里格兰扁山的山路越来越狭，使山下的人们难以上山。

到十一点钟他们已登上了科尔第斯荒原，在金雀花丛中他们蜿蜒地爬上曲折的山坡，花的枝条上结着厚实的霜，因为太阳已躲入云层，往下望去，山谷中一片雾气，呈灰白色，他们向上攀登，雾气却向下降到了河边的低洼草地，利其山高高地耸立着，它的崴岩看上去好像是一顶女人用丝网罩着的帽子。特拉斯塔大山向西倾斜一千英尺，好像是为了避开劲风的吹袭，山上的荒坡好比是披在它肩上的一块破围巾，河边低地形成时，特拉斯大山已耸立于此，年复一年地俯瞰着山谷中的雾气和来回奔波的乡亲，他们来到这里，盖了房子，他们相爱过，憎恨过，最后亡故了，他们不是一群蠓，借着温暖的太阳兴高采烈地飞舞一番。特拉斯大山的群峰好像年复一年地在收短它们的外衣，佃户开垦新的荒原好比是在剪短它们的外衣。

有一次克丽斯和罗伯特来到一块开阔的地方，这儿风很大，地上有一层羊粪，一些古代遗留下的石块围成圆圈，在西部远处的金拉第也见到过这样的古代石块，这些都是古人遗留下的，这使人回想起一场早被人遗忘的梦，回想起神奇的古人的希望与恐惧。

罗伯特说那时古代人的恐惧来自东方，那是在毕西亚斯①乘船沿着海岸来到都里②之前。在那以前的黄金时代里猎

① 西亚斯(Pytheas)，罗马传说中之人物。

② 都里，古代苏格兰的设得兰群岛等地。

人们踏遍了这些荒山秃岭，他们无所畏惧，也无所渴求，无所恨也无所爱，他们居住在高山上与风雨共存，走过了人生的历程，他们生养后代和鸟兽一样简单，丧事的处理也很简单，尤旺在搜索这些荒原时会发现这些古代人的狩猎武器。克丽斯坐在一块倾倒的石头上听罗伯特的讲述，冬日微弱的阳光照在她身上，云的阴影在山谷中掠过；克丽斯问他那是多久以前的事？罗伯特说，还不到四千年。对于克丽斯来说这是一段很长的时间——四千年中会产生多少帝王，有多少神祇，人们自从离开了洞穴不再从事猎鹿以来，曾经有过多少蒙昧的痴望——生命的光辉犹如一支歌曲，一阵和风。

当她看着阴云遮盖的山谷，看着山中层层云雾和柱状水汽经过利其荒原向西飘去，她想到人们曾像在高山中迷了路的人那样追随着这些飞腾的云柱。随着山头云柱的回旋升起，人们追随着，进行了战斗，耕种了田地，云雾在白天能使人意气消沉——忠诚，效忠，爱国主义，爱情，过去在石块围成的圈子内人们礼拜已亡故的众神时低沉的圣歌声，基督教，社会主义，民族主义——所有这一切——飞越全球山谷的云雾，人们把它们当作神；它们只是云雾，飘过山谷以后就消失了，溶化了，结束了，除了上帝和永不消亡的群山以外，其他东西都已不复存在了。

罗伯特摇摇她的手臂，她不再胡思乱想下去。克丽斯，你要冻坏的，咱们爬到山上的营地去。有一次他和尤旺到这里来过，她没有来；山上的荒原成斜坡平坦地延伸到山顶，他们正爬着，克丽斯看到山坡两侧有新筑的两排篱笆，篱笆在山巅相会，合而为一，到此为止。

两排篱笆在山顶合拢前都穿过了古代营地的圆形石墙，草皮和石块都被抛在一旁。罗伯特告诉她这座小山和山两边的土地最近给卖了，两个地主买了这座山并竖起了篱笆以显示他们的所有权——古代野蛮人建造的堡垒，可这样的垃圾对他们来讲有什么意义呢？罗伯特说这些小丑就是我们时代及其统治者的象征，一种新的文化亟待产生——它到来时，首先要清除掉这个世界的废物！

接着他谈到了矿工的事，工党的事，以及五月里即将进行的斗争，他希望并相信这场斗争是人类最终获得自由的时代的起点，人类是属于上帝的，他们将过上极为幸福的生活。当基督说他是人类的儿子，当他向天国祈祷时，他没有其他意图——他只希望在人间有这样的天国。基督不是一个小神祇，而是一个领导人，一个英雄……

罗伯特把克丽斯忘了，独自在山坡上大步地走着，在他那严厉而又和蔼的眼睛里露出了激动的神色。克丽斯站在那儿，把拐杖放在身后，双手握着，看着他，没有跟他说话，而是听着和看着他和群山，以及他和山峰发出的歌声。当她看到罗伯特的身后高山耸立，下面是深深的峡谷时，突然间，她感到很害怕——这是愚蠢的。

她伸出手来，一把把他抓住，他转过身来，她脸上的表情使他无法发问，她眼里露出了怜惜与恐惧的神色。他用手臂搂住她，可没有吻她，他们默默地看着对方很久，在克丽斯的记忆中，他们过去从未这样亲热地待在一起，她看到她自己被热切地拥抱着，微微地笑了，在灰色的深渊中，看到罗伯特被深沉的灰色阴影所遮掩，她的嘴唇颤抖着——即便罗伯特是属于她的，他也从未长久地属于她，在白天他是飞云不倦的追逐者。过去世上的人们，她曾认识的人们，他们固着于大地，他们的目光注视着大地——他们都是飞云的追逐者，如同罗伯特那样的人:各人的行为有多少是对的，有多少是错的？是否还可能有第三条生活的道路？人们还没有猜想过吧？人们还没有欢呼过它的到来吧？人们还从未梦想过吧？

罗伯特说，现在我们肯定是相互了解了。她不再思索，笑着答道，如果我们不了解对方，我们肯定已做了可耻的事了！他俩坐在石南丛生的土墙脚下，吃着罗伯特衣袋里的巧克力糖，不一会儿克丽斯坐着睡着了，她醒来时看见罗伯特静静地坐着，他怕惊醒她，用一只手搂着她，手放在她心窝下，可是他的头脑却在想着离她很远的事，他看着冬天的景物，新年在等待着他们，等待他们从山上下来，来到谢格特的街区，而他的思绪已飞到了这新的一年里去了。

克丽斯看着春天来到了谢格特，她的兴趣奇怪地转向了他们自己，好像她在重新过很久以前的那个克丽斯的生活，与取代她的这个克丽斯大为不同，这个克丽斯常去教堂，罗伯特整天捧着书本——春意盎然，山上、高原牧地都变了样，他们却隐居在家，牧师家有间屋子陈设着约翰·缪尔从布拉威里弄来的家具，从这间屋的窗子里望出去，你可以看到梅克尔勃格斯的田野在变化。你打算在这间屋子生养这个小孩，罗伯特笑着说这是不明智的并帮你改变主意。

随着春天的到来，罗伯特似乎也变了，他很少或已不再发脾气，他发脾气时涨红着脸的怪声咳嗽也再没听到过。早晨你常可以听到他吹着口哨从紫杉树下经过，去办教会的事，他心情愉快，好像世界已获得了新生。他发生了那么大的变化，他眼睛闪着光芒，并不只是因为婴儿快要出世，全国各地都在谣传着，五月里要出事，矿工和其他人威胁着要罢工。罗伯特说恐怕不只是罢工，领导者已计划在五月夺取政权。

已犁过的红土在阳光下冒着热气，梅克尔勃格斯的农夫们赶着牲口在热气腾腾的田地里慢悠悠地走着，春季大地充满了希望，白嘴鸦停在他们后面，克丽斯站在那儿看他们干，她想起了怎么犁地，她把手放在自己心窝上，然后往下放在肚子上，放在臀部:她觉得肚子里的那个东西在她手下慢慢地动着，五月结束了，七月也越来越近了，她感觉身体很好，一切都很称心，心境也很平和。

尤旺也知道他妈妈的事了，有天早晨他两眼盯着克丽斯；然后问她是不是快要生小孩了。克丽斯答道，是的，你很介意吗？他说不介意，不过那天早晨尤旺没有吻她，她憋着气看他走开。可是到了晚上他好像已把这事忘了，她坐下喝茶时，他小心地一本正经地把垫子放在她背后，罗伯特向她眨了眨眼。尤旺看到罗伯特使眼色，他冷冷地笑了笑；他们都静静地坐在炉火前，炉火发出暗红的颜色，他们不需要讲话。

梅第常看见克丽斯在家干活，后来她也知道克丽斯怀孕了，便尖声尖气地把这消息告诉了外面的一个姑娘，这个姑娘吃惊地说，绝不可能！而后这个姑娘在街上碰到了好哭娃阿格·莫尔特里厄，向她讲了这件事。阿格听了觉得十分可笑，那天不到天黑，谢格特的两个镇上几乎没有一个人不知道牧师的夫人终于有喜了——从她面容来看，她已受了不少痛苦，莫尔特里厄姑娘是这样说的。你会问阿格可曾见到过她？她会告诉你，是的，她已见到过克丽斯，其实卡琿夫人已当面把这事告诉了阿格·莫尔特里厄；她讲完以后就扑在阿格的肩上大哭起来。

老莱斯利说这简直太糟了，你本以为一位牧师应很有理智。他从不认为一个牧师向他的教区表明他干了那一种事是正派的；他回想起他小时候在加伏克的事——离铁匠铺门最近的人赶紧跑开，在慌乱中艾克·奥格尔维几乎给撞死了，他见老莱斯利在打马蹄铁，嘴里咕里咕噜地在自言自语，思绪已远远飞到了加伏克。艾克·奥格尔维问道，莱斯利，出了什么事了？莱斯利答道，什么？你还不知道这件新鲜事吗？接着，他就把牧师家发生的事讲给他听了，本来他还要向艾克讲加伏克的事，但是粗鲁的艾克说道，这有什么可奇怪的？你的父亲就不和你母亲睡在一起吗——这个可怜的被引入歧途的家伙？

说罢，他大摇大摆地走了出去，路上他遇到了约翰·缪尔，他问缪尔是否听到了诽谤者的谗言？缪尔眼睛一眯，说他听到了，这种事使他有点恶心，艾克说他听了也感到不是味道，他们两人都是笨蛋，对于趣闻都一点也不感兴趣。

约翰·缪尔回家后没有把这事讲给他妻子听，她是三天以后自己听到的；为此她十分恼火，恨她丈夫消息这么不灵通。她问约翰，你知道卡珲夫人的事吗？约翰把眼睛一眯，说他知道。她不满地说她整天在家做饭、洗衣和缝补，服侍他和两个个头很大的懒女儿，忙得不可开交，他就不能跟她讲一点外面发生的事情？约翰说，卡珲夫人怀孕与否与我无关——就我所知，我又不是小孩的父亲。

缪尔夫人脸红了起来。在姑娘们面前这样讲话你不感到害臊吗。托伊站在他们面前大口喝着水，她嘴还未合拢，她妈妈就打了她一记嘴巴。托伊哭了起来，特德在花园里听到哭声后，和往常一样冲进屋也哭了起来，和托伊作伴；约翰·缪尔拿了烟斗和报纸站了起来，走出了房门到墓地里，他坐在一块石头上，看了很久报纸:死者都是些正直的人。

在阿姆斯酒吧里，戴特·皮特说，等小孩生出来再说。她这种女人有了喜身上就会感到不好受——她长得太苗条，生小孩时要遭罪的。我可以担保医生接生时要动刀子的。乡亲们议论说他怎么讲这种话，戴特·皮特的思想象粪堆一样肮脏:不管皮特说了些什么，到下一个安息日你到教堂时偷偷地看了看卡珲夫人——啊，上帝！她腰身是很窄，她的身材不像个成年妇女倒像个小姑娘，她脸绷着，骄气十足，头发梳得很整齐，她分娩时样子不会太好看的。

哈里·霍格听到这消息时，他想起了莫瓦特先生讲过的他愿意给什么——只要能和牧师的妻子一起生个小孩。你完全可以认为这不仅仅是讲讲而已。乡亲们早忘了这话，现在他们都想起来了，在谢格特，人们都说这小孩十之八九根本不是牧师的，人们听小莫瓦特先生说过，如能和那位高贵的卡珲太太睡一觉，他愿拿出全年红利的一半。麦克多格尔·布朗说这是件最大的丑闻，下一个安息日他在广场布了道，讲的是淫荡牧师的可耻生活；大家都知道他是指谁，他的儿子乔克两眼转来转去，布朗太太身子来回摇摆像一块肥肉；只有西斯感到害臊，她脸红了起来，把头转了过去，朝别处望去，脑子里想着多德·克朗宁，他的手和嘴唇。

纺织工人们听到这消息时他们并不关心，尽管教堂里最近来了一些过去从不来做礼拜的奇怪的人群，他们大多是些身体衰弱、穿着很差的老年人，他们脸色苍白，鬓发零乱，满脸胡子，活像些衰老的浪子，他们带着老伴一起到教堂里来——这位牧师是他们特别喜爱的人。他可能是这样的，因为他总是站在这些贱人一边，支持克朗宁这些人宣扬的工党理论；他曾两次干涉了工厂的事务，并强迫莫瓦特先生清理工棚。可是年轻的纺织工人从不去教堂做礼拜，在安息日只是东游西逛，嘲笑从他们身边走过的正直的人们，只要春天的阳光晒干了草地上的露水，他们就会带着他们的女郎到凯姆斯山上去。

克丽斯听到或知道了大部分闲言碎语，可她不在乎，她觉得老百姓是那样的，她认为如果你既没有书本，又不信上帝，不爱好音乐，又没有爱与恨作为你的精神支柱，没有柱状的飞云来引导你前进，你就会像乡下和镇上的人那样——去讲你近邻的坏话。把他们说成是魔鬼，要不就把他们说成是英雄，或是圣人，以便使你日子过得生动有趣，有几分激动。上帝知道他们尽可以从她身上获取趣闻，而她却更喜欢他们了，她对于每一个熟悉的面庞都产生了新的兴趣，她在谢格特的街上看到很多这样的面孔——她看到像耗子似的小彼得·皮特，看到老秃头麦克多格尔，还看到像壁虎似的莫瓦特——突然想到，他从前也是一个小孩！有时候小孩会使你扫兴；你又会感到这是一件奇怪的憾事，你走过哈里·霍格家门时，他走进屋对他妻子说——那个卡琿夫人在我面前走过时暗暗地笑我！他的妻子骂道，该死的，你要她走过你面前时痛哭流涕吗？

已到了四月，在梅克尔勃格斯农庄的田野里，垄沟冒着水汽，粪堆散发着臭味；在谢格特各家各户的后院里，一群群小鸡小鸭叽叽喳喳地抢着吃食，铁匠铺叮叮当当的锤击声通过宁静的空间传到牧师家——远处还传来了纺织厂机器不停的隆隆声。小莫瓦特先生收到了新的订货单，大部分纺织工人又上班工作了。那星期早些时候斯蒂芬·莫瓦特神气活现地来到了牧师家，手里拿着一张名单。他要求罗伯特在这张名单上签个名，参加一个全国范围的志愿组织。这个组织在矿工罢工期间要支持国家。莫瓦特说他和卡珲看法不总是一致的，但是这是一件严肃的事:你总不能让这帮矿工来命令国家该做什么。他说罗伯特必须参加，卡珲夫人如愿意的话也可以参加；他向她投以媚人的微笑，他微笑时牙齿全露了出来。

罗伯特说，克丽斯汀，你觉得怎么样？克丽斯对参加这个组织不感兴趣，因为她不抱很大希望。她目光转向莫瓦特，他高雅、整洁，穿着伦敦式的衣服，头发梳得很整齐，样子很媚人；他眼睛下的皮肉有些松垂。她似乎看到的不只是莫瓦特，她也看到了构成谢格特人的阶级，他们是过去和现在众多受饥饿折磨的人——由于贪得无厌和彻头彻尾的欺骗使他们变得这样。你对矿工和像罗伯特这样的工党领导人能做些什么不能寄以希望，但他们也干不了，虽然他们试图比莫瓦特之流干得更糟，这是你知道的。因此你说了个不字；罗伯特对莫瓦特笑了笑。这就是克丽斯的回答，粗鲁了一点。而我也无法帮助这个组织——你知道我另有一个计划正在进行之中。莫瓦特问是什么计划？罗伯特答道，我将竭尽全力来阻挠任何企图干涉罢工的志愿组织或类似的恶棍的工作。

克丽斯从来没有像这次这样喜欢斯蒂芬·莫瓦特，他听了罗伯特的回话没有生气，还是那样媚人，那样彬彬有礼，她和罗伯特目送着他走出房门，从紫杉树下走去，后来他们听说他到市长那儿，得到了他的支持，他还得到了盖狄斯和开酒吧的梅尔文的协助。除了纺织工人，牧师一家和艾克·奥格尔维，几乎所有有地位的人都愿意协助他——艾克对莫瓦特先生说，尽管他做了工作，罢工者和政府还是会相互损害对方的。麦克多格尔·布朗也不愿写下他的名字，他说他要依靠纺织工人生活的:假如世界上人人都不做罪恶之事，世界上的麻烦明天就会终止。

他在讲这席话时，自己却在柜台下小心翼翼地把木屑掺入一袋粮食中。

克丽斯忙于做小孩的衣服，忙于独自出去远足，把这事早已置之脑后，四月的最后一天，她带着尤旺，翻过蒙丁斯山后看到远处山上金拉第镇的层层房屋。他们坐下休息时，克丽斯把她头脑里想的事讲了出来，十二年前你出生在那里。尤旺手臂支在膝盖上，两手撑着头，蓝黑色的头发蓬乱地向后披着，天空映着太阳的红霞。他答道，是的，我知道。他突然看着她——嗳！我过去从未真正想过这事……或者说从未像我刚才那样想过。她问他是怎么想的，他头低下看着山谷。我在想我曾是你的一部分；虽然我知道小孩是怎么出世的。

多年来他第一次显出忧虑的神情，她的男孩，她自己产的果实，他是那样冷静，那么和蔼，见解是那样地分明，他的忧虑来自一种突如其来的、奇怪的怜悯心。妈妈！尤旺看着他妈妈，此后目光又移开了，他走到她身旁，紧紧地拥抱她一会儿，他的手臂搂住她脖子，她几乎透不过气来：可是她身子没有动，对于尤旺这样奇怪的拥抱她没有吭一声。

五月，也就是明天，等待着他们，他们悄悄地沿着通向谢格特的道路往回走着。

五月的一个晚上，尤旺已上了床；克丽斯在起居室里踱来踱去，不时地看着窗外越来越浓的雾气。紫杉树、树篱等已看不清了：她只能看到离窗不远的一小块地方，这块地方被一颗朦胧不清的星星折射着，远处谢格特公馆的灯亮着。

罗伯特现在怎样了——他及时赶到了没有？

后来，她实在等不住了，走出起居室到门厅里，她匆匆地穿上外衣，开门出去，沿着泥泞的卵石小道嘎吱嘎吱地慢慢走去，因有雾气，到处都湿漉漉的。约翰·缪尔家透出暗暗的灯光，老史密斯的棚屋里有条狗听到她的脚步声后大声吠叫起来，她在雾中行走，雾气向她脸上扑来，她伸手揩掉眼睫毛上的小水珠，然后停下脚步，倾听了一会儿。什么也没有听到，迷雾好像是一层毯子，罗伯特是否已及时赶上了纺织工人？

在这之前，约翰·克朗宁曾气喘吁吁地跑到牧师家告诉罗伯特，一群纺织工人和一个搬运工已去炸谢格特高桥——他们已去炸桥，以便阻止工贼驾驶的火车驶过大桥，或是从南面邓东驶来的火车。罗伯特猛地站了起来——他们什么时候走的？克朗宁回答说，十分钟以前，我在老镇刚听到这件事，这意味着我们都要被警察逮捕了。罗伯特说，哦，该死的这些笨蛋，干这等蠢事——要炸桥！好，我和你一起去制止他们。他外衣也没穿，告诉克丽斯不要着急并吻了她，然后沿着卵石小路大步跑了出去，克朗宁紧跟在他后面跑，外面雾气已经下降。

他们现在在哪里？桥那边发生了什么事了？

她继续向前赶路，她的担心促使她这样——也许出来找罗伯特是不明智的，也许他会错过她。迷雾那样浓，她几乎看不清街对面的任何东西，她沿着左边的墙低着头走着，走过了小彼得·皮特已关闭的店门，市长的店门也早已关闭了，戴特·皮特的店也关了，莫瓦特召集他们三人为临时纠察，帮助西蒙·莱斯利。罗伯特跟她讲过车站里的人和纺织工人都已离开了工作岗位，谢格特和全国一样在坚持着罢工。

罗伯特和克朗宁及时赶到大桥没有？

她知道她现在到了广场，阿姆斯酒吧的灯光透过迷雾照射出来，酒吧里和往常一样挤满了纺织工人，他们中间很少有人知道大桥那里的事，约翰·克朗宁说去炸桥的不过是些年轻人，他们从夸尔斯的采石场弄来了或者说偷到了炸药，这真是疯狂之举。

克丽斯走过广场时在迷雾中遇见两个人，他们正向东街走去，一人是西蒙·莱斯利，另一佩戴臂章的人是临时纠察队员，看上去像戴特·皮特。他们盯着她的脸看，西蒙·莱斯利假装咳嗽了一声，那个戴臂章的家伙奸笑了一声。听到这奸笑声克丽斯感到她的血也变凉了。在她匆匆地往通向车站的那条路走去时，还听到他们在嘁嘁细语。

那条路上路灯亮着，但周围像坟地一样肃静，她停了下来，向前望去，她的心噗噗直跳。她站着时，感到在心下方肚里的婴儿在慢慢地无声地动着。她有点喘气，必须再走慢一点，她根本不应在这种迷雾天里出来。罗伯特和克朗宁肯定已及时赶上了他们。

尽管她这样想，她还是不愿意往回走。她站在雾中听着，听见在她依着的墙的那一边，水珠落在草地上、篱笆上——水珠轻轻地、像羽毛似的落下，把其他声音从她耳边隔开。她应该回家去了，但她对罗伯特目前的情况一点也不清楚，她怎么能回家呢？

正在这时，南方远处的迷雾突然散开，天变成了红色，她目不转睛地望着：火焰从地面升起，冲破了大雾。紧接着她听到了像她以前在蒙斯山腰夸尔斯采石场听到的那种爆炸声。她知道这意味着什么；她拔脚就跑。

在铁路线的那一边有一条小路沿着铁路线一直延伸到谢格

特大桥。她顺着这条小路向前跑，山楂树上的刺划破了她的脸，地上的湿草鞭打着她的脚，她忍受着，尽量不去理会这些，她要尽快地跑到桥那边——罗伯特在那里——哦，还有那些笨蛋也一定在那里！

当晚发生了第二次爆炸，像一只巨手震撼了迷雾。不一会儿又安静下来了，克丽斯看到夜晚已经降临，黑夜像打翻的墨水透过纸张那样透过了迷雾，她现在没法再奔跑了，只能步行，有时还会给绊倒，似乎有一小时光景她没有听到什么响声。

后来在她身后远处，她听到一声哨音，接着远处夜空中传来了一阵延续时间较长的爆炸声。

她又停住脚，转过身来，荆豆枝碰到了她的面颊，她站在那儿倾听和观察了一下四周有什么动静。忽然她看到在北方远处蒙斯山边有一排明亮的灯光在徐徐移动着，过了一会儿，闪烁的灯光慢慢地停了下来。

她把握紧的手放在脖子上，因为这样好像好些，她喘着气，凝视着这停下的一串东西——那是一列从邓东驶来的火车，现已停在卡蒙特，五分钟以后它将驶抵谢格特，大桥已坠入水中，火车司机还不知道呢——

她又跑了起来。她感到身体在慢慢变化，她感到可怕，不好受，她顺小路行走时两臂向外伸开，她对子宫里未出世的东西叫道，还没到时间呢，还没到时间呢。它又动了。在铁路线的北端，她听到火车起动时发出的尖锐的汽笛声，火车窗子里的灯光又闪烁起来，它呜呜地驶进树林后就看不到了——尽管她试图让火车停止前进，可是这是她永远也办不到的事！

后来她又继续奔跑；跑上了大路，车站在下方。那里灯火穿梭，在大路上她听到身后有急促的脚步声。她回过头来，看到一群人匆匆赶来，她似乎认出了其中的一个，她叫了起来，罗伯特！

夜空又安静下来，她隐约地看到好多张面孔和一盏灯，并听到罗伯特的话音。这是后来克丽斯想起的，以后几小时如同用望远镜看东西一样，一下子拉近，很快过去了。她用牙齿咬住嘴唇站在那儿，倾听着罗伯特讲述他怎么及时地赶到了大桥，工人们只是试验了一下炸药，他和克朗宁已阻止他们再做试验；没过多久，她和罗伯特回到了家里。她站在门厅里，他把门关了，她突然感到门厅升高了，并围绕着她的头旋转了两圈，她定神看着门厅里的落地大座钟，一时间她不能呼吸也不能动弹。突然她感到什么东西冲到了她的嘴里，她用手帕来吐掉它——红的，罗伯特跃身过来把她扶住，罗伯特受惊的愁容是她看到的最后一个形象；以后罗伯特的形象便从她的眼前消失了。

她再睁开眼睛时人已在床上，她感到身体很虚弱，很不舒服，五月的阳光充满了卧室，有一个她不认识的人走近了她的病床。此后这人转过身看了看，克丽斯认识她，她低声说道，是埃尔斯！埃尔斯答道，嘘！太太，你不能动。接着埃尔斯皱起了脸，好像要哭了。克丽斯的身体如果不是这样虚弱，她会笑她的，她又把眼睛闭上休息了，也许她睡了一天，也许只睡了一会儿，等她醒来时，外面天已黑了，她听到了白嘴鸦在紫杉树中的啼叫声。

她向周围看了一下，看到了罗伯特和尤旺，罗伯特身子依在窗台上，双肩拱起，她看到了他的头和肩的黑色弯曲背影，尤旺坐在她床边，一只手放在膝盖上，低头看着他手中的一小块燧石。她咳嗽了一声；听到咳嗽声他们两人同时转过头来，她又咳了一声，有一小块东西从她嘴里溅到床单上，她看了感到惊奇，那块东西不是红色的，而是棕色的，她突然清楚地看到罗伯特脸上的恐惧神色。

*　　　*　　　*

夜晚，在一个五月的黑夜，天空布满星星，她知道那还是五月。细雨淅沥淅沥地洒落在屋顶上，除了低低的雨声外，整幢房子鸦雀无声。她躺在床上，突然她感到自己要分娩了，屋顶上的雨声听不到了，连听是什么也不知道了，好像世界与她隔绝了，她感到自由和轻松些了，夜晚在一点一点地过去，她等了又等，等得已很不耐烦——她做好准备，等着，她几乎要哭了，因为到头来这东西没出来。她已很疲劳，又睡着了；这东西又缩了回去。

天哪，克丽斯，你搞得我们好苦啊！

她躺在床上，两眼看着他，突然她明白过来了，她完全醒了，她问道，我的小孩怎么啦？罗伯特说，这你不要担心，亲爱的，把你自己的身体弄好，——他瘦得像草耙子一样，几乎和草耙子一样不修边幅，他的头发都向上竖着，她又问罗伯特梅第是不是在给他和尤旺准备饭菜——尤旺在哪儿？他说，是医生说她好多了，尤旺今天上学去了。至于梅第，她没有什么用处，他已叫埃尔斯来了，埃尔斯干得不错……

克丽斯躺在那儿并不像做梦似的，时间的流动她都明白，罗伯特出去后埃尔斯走了进来；后来医生又来了，大家七嘴八舌地谈论着她的病情；在被子里她感到身子很平坦，被压平了，肚子里空得有点痛；她的乳房很痛，后来他们注意到了，当她知道出了什么事时，她一点也没有哭，他们来看她乳房时，一时间她几乎有点绝望了。但这是愚蠢的，她说她已给他们增加了很多麻烦，克丽斯已经受住了她遇到的所有的事情。因此她无声地忍受着，他们的治疗终于结束了，她一直睡到尤旺放学回来，尤旺吃过点心后来看她。他探头进来，笑了笑。

喂，妈妈，好点吗？

他走到床边突然搂住她；他的头压在她胸脯上，她感到很痛，可她还是用手臂搂住他。接着，她感到什么热乎乎的东西流到她胸脯上，她知道这是什么——尤旺哭了！这真糟糕。但他只是在她搂住他时哭了一会儿，他松开了她，取出手帕擦擦眼睛，安静地坐了下来，可她并不介意，伸出手来抚摸他的手。真有趣，她居然会害怕她会失去他，她早已失去了他，他已不再是一个幼儿，他的事在她思想中已很久远，他也很少想到她。眼下他比任何人都亲近！她说，尤旺，你一定要告诉我是怎么回事，小孩是什么时候出生的？是不是一个死胎？

他告诉她，小孩是在纺织工人准备去炸桥后的那天早晨生的。罗伯特去请医生，尤旺待在家里设法照料她，他不太知道该干些什么:至于梅第，这个姑娘是个十足的笨蛋。后来罗伯特伴着医生来了。罗伯特还给福东的埃尔斯打了一份电报。他们叫尤旺到另一间屋去——他高兴地走了；尽管是克丽斯生病，可他头也痛得厉害。他听人说婴儿是在那时生的，生出来时还没有死，可过后不久就夭折了，埃尔斯说是个小男孩，像罗伯特，可是尤旺没有见到这个婴儿:那是几天以前的事，约在罢工结束前两三天。

克丽斯想起了，怎么，罢工结束了吗？谁获胜了？尤旺告诉她政府胜了，罗伯特骂了那些背叛罢工的领导人，这些人怕被监禁，出卖了这场罢工以保全他们自己。消息传来时罗伯特不相信，那是在克丽斯身体很不好的那个早晨，父子两人都坐在她的病房里——

克丽斯一动也不动地躺着，只说了声尤旺，谢谢你，心里微微一笑，她知道在他头脑里他叫她克丽斯，她认为他是这样叫的；由于她很累，不久又入睡了，一直睡到进晚餐的时候，埃尔斯把一个盘子，热水瓶以及所有需用的东西都拿了上来，她高兴地大声说道，太太，你又好了？克丽斯说她是好些了，她得为此感谢埃尔斯和其他人。

埃尔斯说，谢什么——只要你能宽恕一个人在牧师家讲起梅克尔勃格斯的亲戚，我愿意上这儿来，而不愿意住在福东，那个老头子整天对我和小孩皱着眉头。克丽斯问小孩怎样了，埃尔斯高兴地说，太太，小孩长得很好，你应看到他怎么长大的。突然她停止了这个话题，她把枕头拍得鼓起来，粗手粗脚地让克丽斯坐起来，然后她就像一台突然发了疯的留声机那样开始唠叨起来，她的两耳绯红，脸转了过去。

克丽斯知道她为什么这样做，她这是想到了不久前她从这间屋里取走的一个死婴，她怕如果讲的话使克丽斯想起了婴儿，她会再发病的。然而克丽斯至多不过哭哭而已，她担心的是罗伯特可能的遭遇，而不是她自己的遭遇。

埃尔斯告诉她谢格特的罢工是怎样结束的，乡亲们说那天晚上出去企图炸桥的纺织工人将被监禁。但是没有证据，只有谣言和诽谤，以及桥边被烧毁的野草。西姆·莱斯利，就是被人们叫做费特的，来到了牧师家，像头大母猪来找食来了，可牧师用简短而尖锐的话语对付了他，他像一条挨人踢了几脚的杂种狗走回了家。

纺织工人和火车站里的职工听说罢工结束了都不敢相信，

他们说这消息是他妈的谎言，约翰·克朗宁也这样说，他们不愿复工，他和牧师不让他们复工，直到后来他们从伦敦收到了更多的电报。卡珲先生、木工艾克·奥格尔维、约翰·缪尔和一些纺织工人组织了纠察，不让莫瓦特的人进入纺织厂。后来，罢工领导人怕被监禁等事工人们也知道了，谢格特的罢工完全失败了。那天晚上，一些纺织工人走到西街，砸碎了克朗宁家的玻璃窗，他们又成群地朝牧师家走来，他们认为是牧师煽动他们去罢工的，他自己该死的工作倒很稳当，他们要用对待克朗宁家的办法来对待牧师家。

可是他们在半路上碰到了艾克·奥格尔维，乡亲们说他把他们痛骂了一通；他告诉他们克丽斯生了多重的病，卡珲先生如和绅士们搞在一起，生活不更舒适吗？他何苦非要冒着生命危险去为纺织工人的事奔波呢？纺织工人们都讥讽艾克，他却坚定地站在路中间，不让他们走，他们只得掉转头走开了。三分之一的人又回去工作了，在火车站工作的乔克·克朗宁被解雇了，珍妮·格兰特小姐九天里一直在帮助纺织工人，没有到学校去。她回学校时盖狄斯先生说，不要来了。人们说她也要被解雇的。

克丽斯说，埃尔斯，罢工就这样结束了？——我的小孩是不是生下来就是死的？是个男孩吗？埃尔斯听了这话面色变白，掉了几滴眼泪，克丽斯躺在床上两眼盯着她，埃尔斯偷看了她几眼，心里有点怕，她头上披着鬈曲的青铜色头发使她看上去好像没病似的，她的脸阴郁、消瘦，但还和蔼可亲，显得很自信。埃尔斯说不是的，婴儿活了半小时，牧师来了，替他做了洗礼，并给他取名迈克尔，他是个可爱的小孩，身体长得很小，很安详，他打了个呵欠，眨了一会儿眼睛——哦，太太，我不应该向你讲这些的！

克丽斯说，你应该告诉我的。小孩葬在哪里了？埃尔斯说葬在教堂老墓地里，下葬时只有牧师、缪尔和她三人在场，牧师把棺材捧到墓地，念了祈祷词，他做得很好，只是那个笨蛋约翰·缪尔太差劲了，他站在一旁擤鼻子，声音响得像在吹喇叭。后来牧师讲到了复活的事——我记不得他讲了些什么——

克丽斯说，我还记得。她听到她自己讲述的声音，埃尔斯差一点又要哭了：我是耶稣，我就是生命。信奉我的人，虽死犹生。

埃尔斯吞声饮泣，点了点头。罗伯特讲完话以后——太太，他并不清楚自己讲了些什么，因为当时他的新生婴儿刚刚夭折，罢工也刚失败——他说**谁能相信呢**？他讲得很轻，神经好像不很正常……我不应该向你讲这些的，哦！你得为了罗伯特尽快恢复健康！

克丽斯不再回想过去年月的事，她移动了一下身子，向窗外望去，看着沐浴在六月阳光下的宁静的谢格特，这是休·蒙地·阿尔特在巴拉战役前的那天早晨看到的同样的土地和阳光。你现在也是战前的休整：所有的休整都是这样的，你是这样想的，假如你不是疲惫得无法思考的话，你会这样想的。

这段时间会很快过去，你会很快恢复健康的——为了罗伯特尽快康复。身体好了，把他从自我中解脱出来，尤旺也会来帮助的，也许谢格特还会太平无事……

她慢慢地站了起来，她笑她自己，因为她站起来时，一直感到很虚弱，六月的天气使人昏昏欲睡，一时间她感到眼睛里有一些飘浮的黑点，眼睛有点模糊。迎面吹来一阵凉风，她的眼睛又清楚了，她抬起头来，看到乌云遮天，谢格特的上空已布满了雨云。

第四章　雨　　云

天快破晓，照在谢格特各家屋顶上的星光很明亮，但已不会持久，克丽斯看到白霜覆盖着大地，如同一块不平静的地毯在风中波动，这寒风是从海边和金内夫山的方向刮来的。在她脚下，黑暗的地面发出噼啪的响声，好像踩在干草上，在她走过凯姆斯城堡的最后一座门时——在远处高空，在越来越暗淡的星光中，一道很长的闪光从天而降，一瞬间，出现一片短暂的白光，群山一时被映成灰白色。此后她看到天色又暗下来了，这道白光不见了：昏暗过后，早晨到来了。

她加快步伐，好让脚暖和些，因为她为进行这项活动剩下的时间不多了，她爬到凯姆斯城堡后停了下来，她看了一下——不是看城堡，而是抬头望着群山的山巅，在黎明时分，它们仍在昏睡。她听不到一点鸟鸣声，看不到有什么动静，因为太早了，在远处隐蔽的低洼地里有一只田凫，她记得她曾怎样到过这里——差不多也是在这个时刻来的——那是她在谢格特睡的第一个夜晚。十年来她来攀登过无数次，在她内心深处她还是克丽斯，什么也没有变，只是时间、空间还有她曾经认为是永恒的、确定无疑的东西发生了变化——她曾以为这些东西赋予她生命，创造了她！可是它们并没有，在永恒的东西以外还有某种东西，她还没有为这东西想出恰当的名称。

她伸手摸了摸她沾有露水的头发，她这次爬上凯姆斯城堡没有戴帽子，昨晚她看到自己头上有些灰白头发。然而这仍是她自己的头发，如同她感到她还是她自己，不论她的外貌有什么变化，她的本质没有变化。现在想到这些是很奇怪的，也是很可怕的——随着你生命的延续，万物都在行进，但你过去对这些小事没加注意。

风向南刮，又向北转，不住的旋转，而且返回转行原道。

她记得这是《传道书》[①]中的一段；山头上仍是一片肃静；晨曦照在她鬈曲的青铜色的头发上。

在山下谢格特镇上一只雄鸡在尖声啼鸣，她转过头来遥望山下晶莹的白霜，它反射出微弱的白光，同时它在渐渐地变化着，好像时间又退回去了，退回到她青年和成年时期，退回到上一次她攀登凯姆斯山的时候，她的小孩刚死，她自己在活受罪……

克丽斯没有因小孩的夭折表现出多少痛苦，她只是感到怨恨。她向罗伯特谈吐了自己的心境，他却笑着说，你很像阿伯丁笑话里的女人。他的眼睛里有怒气。夭折？天哪，你以为就这样啦？

他从她身边扭身就走，他走到窗前，在窗外可以闻到在梅克尔勃格斯的戴尔齐尔沉睡着的园地里堆放的干草气味。然后他突然转过身来——克丽斯汀，我对不起你。可我也确实很疲劳，咱们不谈这事了。

她也就不提这件事了，此后罗伯特又孤僻地陷入自我的圈

① 《旧约·传道书》第1章第6节。

子里；他长时间独居孤室，无心获取她的帮助或同情。克丽斯则整天忙于家务，借以为她的无知找到安慰，她的点滴知识和罗伯特满脑袋的模糊希望、上帝之类的东西相比是微不足道的。现在她也和他一样脾气变得古怪起来，不爱理睬人……

这样做一点也不费劲，他们在楼梯上相遇只是相互点点头，晚上睡觉时间各不相同；然而有时候克丽斯看着罗伯特默默地坐着用餐，她心里会感到难受，有时她夜里醒来，看到他在酣睡，她会感到有嘴唇在她乳房上吮吸，会感到她空空的子宫疼痛不已——无声的紫杉树在黑夜中留神倾听着。

五月的第一个星期天谢格特人挤满了教堂，大罢工没能坚持到底，人们都想听听那个戴着平顶帽子的卡珲现在该如何称颂他的那种无赖社会主义者。可是他布道时根本没有提这些人，他讲的道你听了简直要发疯，他说当今世界没有出现什么新事物:这向你表明他是一个多么奸诈的人。市长哈里·霍格走出教堂时说卡珲在侮辱他们，这个牧师很狡猾，他企图证明他们为了击败那些粗鲁的工党党徒所做的工作是徒劳的。跟他说的相反，罢工中止得这样好，你很快就会看到情况的好转，再不会有工会来扰乱人们经商，和平繁荣的景象又会再次出现:外国制造的皮靴可能还要增加进口税。

那年时日一天天地过去了，可是你没有看到情况有什么好转的迹象，第二年来到了，纺织厂还是很不景气，有时开工，有时停工，小莫瓦特先生到伦敦去了，从那儿他乘船去旅行了，年轻的绅士应该如此生活；他心地肯定很善良，因为他来信说他很快就要回家，要设法促进谢格特的贸易，这意味着要雇用更多的人——可是不雇用工会会员。

尽管纺织工人怨声载道，可他不能提供工作，并不是他的过错。虽然他们的工会完了，他们还在发牢骚——说实话！这也真有趣，因为你从报上得知假如不是工会的话，工人的生活会好些——托利党人得知工会压迫工人的事以后，他们几乎要哭了。克朗宁一家人都被工厂解雇了，星期天你再也不会听到他们布道讲社会主义的来临了，粗鲁的乞丐，如像那个乔克·克朗宁，过去曾是火车站的搬运工，现在在格拉斯哥沿街流浪，除掉这个畜生真好。乡亲们说那个珍妮·格兰特小姐和他一起去了，有人在那里的市场上见到了她，她涂脂抹粉，已沦为妓女，她供养着乔克·克朗宁，他依靠她挣的钱为生。唉，社会主义者和贱人也只能做出这类事，他们专讲他们老板的坏话，他们自己却装扮成绅士。

小多德·克朗宁还是个孩子，他在福东工作，他听到罢工失败的消息后走到铁匠铺来质问老莱斯利，老铁匠布满皱纹的老脸颊上汗水如注。多德质问道，你讲我哥哥什么啦？老莱斯利问道，什么？年轻人，你是谁？多德说你还不知道我是谁。假如我再听到你散布关于我哥哥和珍妮·格兰特小姐的闲话，我就要用你的锄头砸烂你这张老脸。

老莱斯利敏捷地退到铁砧后面说道，注意点，说话注意点！告诉你，你别惹我生气。他后来说他一生中从来没有人对他这样无礼——这简直太可恨了。要他不好好揍那个克朗宁孩儿一顿是很难做到的。当他自己还是个小孩在加伏克的时候——你没有再听下去，因为你看了看表，说你该走了，说罢，你快步走开了；他还在那里结结巴巴地讲着，他干得两手皮肤粗糙，汗流浃背。

小多德为这事几乎变成了个狂人，他到牧师家去询问卡珲；当时埃尔斯·奎因又回到牧师家做女仆，她跟多德说卡珲近来心情很不好，他能做些什么呢？小克朗宁不要着急，污水沟总是有臭味的。

埃尔斯说牧师这话是指莱斯利，乡亲们听到这话都很愤怒。他算什么人，一个坐在牧师屋里的该死的家伙，把一个老实人说成是一条污水沟？老莱斯利没有什么不对的地方，他从不做坏事，他总是规规矩矩、有说有笑的，虽然他那没完没了的故事和啰嗦的闲话足可以把一头母牛烦出病来。

老铁匠对他的身体一直很注意，确实的，他越活身体越好。新年里他散步到镇上，走进麦克多格尔·布朗的店里；那时已很晚，布朗只得请老铁匠到里屋去喝点酒——当然不是喝威士忌，麦克多格尔家里是没有这种酒的，他们喝的是橘子酒，或这类饮料，喝这种酒显得有绅士风度，虽然喝起来有一股怪味，好像有头迷途的小猪在酒里小过便了。莱斯利进里屋时看到麦克多格尔的肥胖妻子、那位漂亮姑娘西斯，还有另一位乡亲们逗乐称之为梅布尔的姑娘坐在那儿。布朗太太很客气，斟了酒，还从橱里取出一盘糕，盘里有大半块糕，她斯文地切了一小片，连同盘中的糕一齐端给铁匠。

铁匠没拿小片的糕，而是挑了大块的，他手里拿着糕坐在那儿，嘴里结结巴巴地唠叨着，浑身是汗，像头老饿牛似的大口吃起麦克多格尔家的糕来，麦克多格尔看着他这样狼吞虎咽地往嘴里塞非常生气——他说要用耶稣的血来浸洗，看上去他似乎真要用铁匠的血来洗个澡。

老莱斯利总算吃完了，站了起来，然而他关于加伏克的故事还远没有讲完，他也永远讲不完，尽管你在过去五十年中对他很了解。这时天色已晚，他想他最好慢慢地走回家，布朗太太已去睡觉了，梅布尔和那个漂亮姑娘西斯也去睡了。麦克多格尔送他到门口，说了声晚安，把门砰地关上；老莱斯利还站在那里舔食一只老牙齿空洞里的一点蛋糕屑，忽然他看到麦克多格尔商店后面的土墙尽头有个人影在黑暗中翻墙过来了。

老莱斯利想这会是谁呢？他在黑暗中悄悄地走到土墙下。在靠近土墙尽头处他弯下身子，停了下来，他听到近旁有人在低声谈话。他听出了一方的嗓音，可听不出另一方是谁，他听出的是西斯·布朗的嗓音，他听到她说，今晚不行——今晚梅布尔和我一起睡觉。铁匠没法听出的那人的声音说，该死的，她为什么不跟那头蠢驴一起睡呢？西斯笑了起来，叹了一口气，接着莱斯利听到接吻的声音，真恶心，他结婚至今还从未亲过他老夫人的脸呢：有一回他老夫人看见他没穿衬衣，他正在炉火边不经心地换衣服，她几乎晕了过去，他也几乎晕了过去，他们从来没有粗鲁到看着对方这样不顾羞耻地光着身子呢……

西斯的故事他讲到哪儿了？——哦，她正在土墙旁跟她的情人大动感情。过了一会儿他们又开始低语，老铁匠尽量想听到他们说些什么，他们讲得太轻，他们都是些贱货，老铁匠要想听到他们的窃窃私语除非把他的头颈从他劳累过度的肩上拉下来。这完了以后莱斯利又听到脚步声，他们俩走到了邮局门口黑暗的门洞里。原来翻过土墙和西斯·布朗接吻的竟是辱骂他的那个贱人多德·克朗宁！

但乡亲们说这只是一个该死的谎言，他们说西斯·布朗是你在整个谢格特镇能找到的一个和蔼可亲的姑娘——老莱斯利在阿姆斯酒吧里讲这件事时脑袋差一点给戴特·皮特打碎。戴特说这老头就爱说谎，就像他爱玩女人那样，特别是玩弄一个他无权玩弄的女人，他肯定不曾听到西斯·布朗讲那样的话，假如他听到了，他真该死。其他人嚷道，是啊，说得对，说得对！费特警察对他父亲说，你最好回家去吧。老铁匠，这个粗鲁的老笨蛋，走出酒吧时嘴里还在咕哝着他的谎言，并发誓说他看见多德·克朗宁和那个漂亮姑娘西斯在一起。

克丽斯也听到了这件事，可是她不爱管这些闲事，经过几个月的休息，她体力恢复了，现在春天来了，她每天黎明即起，到门前花园里去掘地除草。想起来也有趣，她肚里怀着孩子在这花园里散步至今已近一年，那时她常站在那儿眺望着教堂墓地，想到那些故世的人们过去也曾是小孩，以后死了，什么也没有留下。她现在已行走自如，感到和以前一样年轻苗条，她的脸瘦了点，但仍和以前一样热情和蔼，因为她身上的血是热的，假如她看着她的手不再紧握着三齿叉的柄，她可以看到她身上的热血上升变为青紫色，她那曾一度死去的头发又恢复了光泽，她晚上梳理后头发柔顺光亮，她的长发仍垂到她的膝盖。可她去年生的那个小孩——

但她不愿想这事，不愿大白天在这里想这事，白嘴鸦呱呱叫着在紫杉树上空飞翔，使阳光忽明忽暗，又如太阳上的黑点，云雾随风穿过山谷，整个山谷在他们的下方苏醒了，听着春泉的潺潺声。天气变得暖和起来，克丽斯也更忙了，她现在在花园里可以得到她多年前在布拉威里多风的山地里得到的那种自在、休憩和劳动的欢乐，她很少见到或根本见不到罗伯特——这对他没有什么损害，他整天愁眉苦脸的，对她也无损害，他们各干各的。

尤旺像棵落叶松似的笔直往上长，身体细长，皮肤黝黑，目光冷静、安详，脸上很少露出笑容，如果他果真笑了——埃尔斯说那微笑可以温暖她的手。他整天在外玩燧石，他为了找燧石已跑遍了半个山谷；他到过布雷钦、福尔法尔等地。在有些克丽斯从未去过的地方他也出了名，这个谢格特牧师家的黑脸男孩会请你让他看看你的田地，他会让你看古时候猎人们在狩猎时使用过的箭之类的东西。农夫们说，你爱看就看吧。尤旺谢谢他们。他看上去很可爱，很冷静，可有的乡亲不很礼貌，说他很古怪，头脑不正常。

有时在春日黄昏时分，他从学校回来，找点面包、牛奶，拿到花园里去吃，吃完了把东西放在花圃边或者垄沟上，然后从克丽斯手中接过锄或叉，敏捷而不急不慢地干起活来，松软的细发垂到脸颊，克丽斯两手夹住双膝坐在一边看着他，他那光润黝黑的皮肤在颤动着，他那长长的眼睫毛黑而略微弯曲。他像干其他事一样，冷静地、全神贯注地掘着土。克丽斯就在这么一个四月的夜晚问他长大后准备干什么。

他在一条垄沟的尽头停了下来，看着他妈妈，他快要毕业了，在夏季的学期里他就要到邓东去上大学。他说，我想成为一名考古学家，但我觉得自己不一定能行。克丽斯问，为什么不行？他说如果没有很多钱，你就不可能实现自己的目标。他只得像他们一样面对现实，眼下就业机会太少，整个世界已陷入一片混乱。

克丽斯不知道尤旺对乱世有什么想法，牧师家的书他几乎全看过了，克丽斯问他关于社会主义的书他看过没有？他漫不经心地说他看过一本拉姆齐·麦克唐纳①写的书，通篇全是胡

---

① 拉姆齐·麦克唐纳(Ramsay MacDonald, 1866—1937)，英国第一个工党首相，1924年和1929—1931年领导工党政府，1931—1935年领导联合政府。

说和废话。查理·克朗宁已经毕业了，他和麦克唐纳一样都是社会主义者，头脑都很糊涂，他们讲话没有证据，做事没有计划，一切出于怨恨、愤怒：或者因为他们很恐惧。

克丽斯抬头看到仙女羽毛似的白云随着山谷里吹来的疾风向南飘去，绿色的树篱的风中发出低低的颤声，你可以感到身上的血液在流动，正如树液在树篱里轻快地流动那样。春天，是年轻人的时光和进入梦境的时候，随着云柱在山谷里飘动！……也许尤旺什么也不想干，因为他不愿随着云雾漂流，他不愿过梦幻似的生活。

克丽斯问尤旺，你准备如何对待世上的混乱现象？他放下杯子答道，哦，我不准备做什么。他开始除草莓地里的野草：除非我非做不可。他嘴里吹着口哨，镇静自若，他的脸黝黑冷漠，他在傍晚的天色下吹着口哨，锄着地。克丽斯感到他还很幼弱，这不仅仅是因为她是他的母亲，还因为他象征着在一个春天的傍晚所有年轻的生命——认为尘世万物不敢打扰他们的生活和年月，而只能往后站着，弯腰曲背，走到一边，让他们通过……她伸出一只手——儿子，扶我起来，我腿僵了。我想这是因为我已上了年纪的缘故。尤旺停了下来，微笑着看着她，他严肃的表情顿时消失了。我刚才感到你看上去像个小女孩。在学校里有些女孩看上去比你老。

他把手伸给她，她一跳站起身来，觉得身子仍很轻快，母子俩相互看着对方；克丽斯用手搂着他的脖子，假装他颈部有颗钮子需要重新缝一下，其实，这颗钮子并不需要缝，她只想摸摸他那冰凉的头颈。他静静地、警觉地站在那儿让她抚摸，像是一头她曾见到过的冬季从河边草地走来的梅花鹿——他不害怕也不害羞，冷静、敏捷并充满生气，她替他系衣领时她的手指可以感到他的血管在跳动，尤旺说了声谢谢，继续去锄草了，克丽斯走进屋，看了看钟，接着就替罗伯特准备茶点。

罗伯特到斯通哈文去参加一个牧师的会议，讨论为什么到山谷所有教堂去做礼拜的人越来越少了，有时一个牧师星期天到一座可容纳两百人的教堂去布道，却只有十名教徒来听。那天清晨，太阳在云中隐约可见，罗伯特把自行车推出时把这情况告诉了克丽斯；克丽斯回答说，他们肯定知道为什么，何必去开会找原因呢？

罗伯特以冷漠的眼光看着她，他的眼里蕴育着愤怒。你知道是什么原因？克丽斯答道，是的，我知道，原因就是时代变了。

他那不合时宜的怒气消了下去，天哪，他冷笑着问，变化深刻吗？克丽斯涨红了脸，本想气愤地反驳他几句；但她没有说出口，她经常这样的；当他把车推到街上，克丽斯就转身进了屋——她觉得她刚才讲那些话太蠢了！好像是对一个生了气的瞎子说他是瞎子……她不想和别人多啰嗦，她不愿做任何人的奴隶。

有时她也希望看到和蔼的脸色，握到温暖的手。一天晚上，她转过身来对着他，和他接吻，他却缩缩身子避开了她——别，克丽斯，现在别这样。她心里很不好受，答道，也许不会再和你接吻了——即使你想再接吻时。她转过身去，装做睡着了，其实她在掉眼泪，像个傻瓜似的。春天已经到了，她认为要想得到一件无人能给予的东西，那是痴想，这样的东西只有渴望赐物于人的人才能提供。

晚上她做了烙饼等罗伯特回来，他们俩像穷朋友似的生活在一起，把爱情和奢望放在一边，她仍吃着他的饭，她靠他生活。埃尔斯那天请假到福东，她的小孩由外祖母照看着。克丽斯在凉快的厨房站了一会儿，她看着尤旺跪着玩弄一根扔掉的野草，并看见他无情地把野草团作一团；她叹了一口气，又觉得自己叹气好笑。假如她像尤旺那样，对自己充满信心，她可以按她自己的方式生活，不去管别人的事，她想要男人时就跟他们一起睡觉，（这种情况肯定极少！）把该她做的事全都做好，然后整天整天地藏身于蒙斯山山脚下的草丛里——一片宁静，间或可以听到山雀的鸣叫声，无需为任何人烦恼，抬头仰望白云，一朵接一朵地飘过山谷，飘过世界之谷，从不间断；——或者坐在火炉旁唱唱歌，自得其乐；或者洗洗衣服，干些农活，像她年轻时那样，在家门口的那块小田地里辛勤劳动着——克丽斯曾独自一人干过无数的活计，全凭克丽斯她自己，因为克丽斯·格思里，克丽斯·塔文达尔和克丽斯·卡珲都已亡故了！

她听到罗伯特回来了，就把灯点亮，并提着灯走到门厅，好让他把外衣和帽子挂好。他说，克丽斯汀，你拿着灯看上去很可爱。他连人带灯地把她搂了一会儿，克丽斯心里感到高兴——可是一会儿，不知怎地，她又觉得有点不好受……

他松开了她并跟她一起进了屋，他不声不响地藏身于木柴火光的背阴处，她把灯放下，又看了看他。觉得他与平时完全不一样——她觉得他好像是沾染上了某种邪恶的东西，她惊吓地颤抖了一下。他说，你不冷吗？并和蔼地对她笑了笑——罗伯特有着一双像乳牛的眼睛，那样的温和！

她昏头昏脑地走去把茶端了进来，他们俩在敞开的窗前坐下喝茶，外面都已安静下来，天色越来越暗，只能听到尤旺在教堂墓地墙边整理和安放他的工具时发出的刺耳的咔嗒声、刮擦声和一些柔和的声音。克丽斯又看了罗伯特一眼。她身子又战栗了一下——罗伯特，你碰到了什么啦——罗伯特，出了什么事了？

他抬起头来，她看到他的双眼微露笑意。你听我说了以后一定会感到我有点神经错乱了……

接着他就把发生的事讲给她听了，在斯通哈文召开的牧师会议结束后，他骑着自行车经过邓诺塔树林时，他朝树林望了一两次，看到四月的树林已一片葱绿，那时已近黄昏，太阳已落山——克丽斯，非常安静。他骑到一个陡坡前，这辆旧车几乎不能再骑了:正当他到达树林边缘处，他下了车并回头看了看斯通哈文。他停车的地方因为有一排树挡着，阳光照射不到，光线比较暗，是个隐蔽的地方。当他站在那儿并打算在这安静的去处歇一口气，忽然他看到有个人影慢慢从路那边走来。

他从路边过来，走得那么轻，罗伯特没有听到他过来或走过，后来他抬起头来，看见他已很近，样子很疲惫，他脸色苍白，面容奇特，他不是鬼，因为他的头发从他头上吹散后，他伸出手来把头发理齐了。这时罗伯特看到了这人的手和被刺穿的手掌，罗伯特惊呆了，一动不动地站在那里，这人影继续向前走着，穿过静静的邓诺塔树林，一直走到夕阳西下的安静的地方，一只斑尾林鸽在远处的树上低声鸣叫着，罗伯特听到斯通哈文的火车声，他站在那儿又凝视了一会儿，然后他身体靠在自行车上颤抖起来，突然他双手捂着脸哭了。

次日，风很大，天很快亮了，树在风中摇晃，疾风在阳光下劲吹着，克丽斯到她屋里，穿上了短裙，这服装她曾一度穿过——这似乎是多年前的事了——那天她和罗伯特一起爬上蒙斯山。今天她已毫无爬山的兴致，她找到一根拐杖，沿着卵石小路走去，走到紫杉树时回头瞧了瞧。尤旺站在他房间的窗前，手里玩着一块耐久的燧石。她向他招招手，可是他没有看到，在土墙拐弯处，大风吹得她透不过气来，吹散了她的头发，吹得她衣裙飘扬。

艾克·奥格尔维看见她走过他的店门，向她招手致意，随后他伏在书桌上，可能又要写诗了，罗伯特曾说他的诗很糟，是一个天生失明的诗人的愤怒的讥讽……可是克丽斯没去多想他的这种说法，她挥动着拐杖，迎着风，匆匆向前走去，索洛克的妻子看见克丽斯走过去，盯着她看了一会儿。她心想这个卡珲太太怎么苗条得像个小姑娘似的，不像个正派的妇女，她有过两个小孩，一个夭折了，另一个已几乎长大成人。索洛克夫人后来说她受到极大的侮辱，当卡珲太太走到街拐弯的地方，大风掀起了她的短裙，她没有尖叫，脸也没有红到她的脚底——可她本该为此脸红的——而只是用手把短裙往下按了按，然后继续匆忙地向前走去——她头上帽子也没戴，下面只穿了一条薄绸裤，其他什么也没穿，她到底忙着上哪儿去?

(乡亲们说什么?她下身其他什么都没穿?索洛克夫人说，她一点衣服也没穿，半裸着身子，纯粹是为了引诱男人，更不必说是为了想染上感冒找死去。)

克丽斯已走过了戴特·皮特的店门和哈里·霍格的家门，市长的儿子亚历克站在那儿，他失去了在爱丁堡的工作，此刻克雨斯比第一次见到他时更喜欢他了，她叫道，你好吗?他用手抬了抬帽檐;克丽斯继续匆忙地向前走，那天晚上亚历克来看望埃尔斯时说卡珲夫人看上去更像一个男孩而不像一个已有一个好儿子的成年妇女。埃尔斯说，她两者都像，我的小伙计，并且是这样的人。不论她这样意味着什么，恐怕只有她自己知道；不过埃尔斯和他保持一拳的距离。

克丽斯走到莫尔特里厄开的商店附近，杂色马吉姆就是在这儿死的，克丽斯发现自己已走到了土墙下，土墙那一边就是园林工人格兰特的田地。就在这儿克丽斯几乎和奔跑过来的西斯·布朗撞个满怀，她面容庄重，头发棕黄，克丽斯抓住了她，并且笑了起来，她们让自己站稳，克丽斯问她，大学里怎么样？西斯脸色红润，逗人喜爱，她说不错。她犹豫了一会儿，克丽斯从她的脸色上发现她好像有心事。

某件事(克丽斯和这些事有什么关系?)促使她说我今天很烦躁，我要到下面山谷里去远足，你愿意跟我一起去吗？

那天中午她们在雷斯克山上一个小农场上歇了脚，山上有三棵山毛榉树，它们顶着贝维山山腰刮来的呼呼大风。她们在那儿喝了些牛奶，吃了些刚烤好的饼，并休息了一会儿，克丽斯觉得休息得很好，西斯躺在椅子上，因一路走来，面颊红通通的。她们从谢格特的河边草地走进山谷，经过卡特克莱格，走上了通往福东的路，福东村在北面，黑压压阴沉沉的一片，因此她们转向南，经过蒙丁斯，金拉第就在左面，她们一直走到大桥，克丽斯在桥上停止了脚步，凝视着桥下的河水，她想起多年前的一个夏天她也曾这样看着桥下，她看见小学生在背阴的浅水处泼水玩，他们光着身子，浑身都是水。现在河水在脚下自由自在地流过，平静无波，向东蜿蜒流向贝维河口，西斯依着桥栏杆站在她旁边，也凝视着下面的河水，过了一会儿她对克丽斯说，我有点事要跟你说。

克丽斯轻轻地答道，我想我已知道了。西斯脸红了一阵，咬咬嘴唇，克丽斯知道她并不害怕，只是感到苦恼。于是她说，我们继续走吧，我想是向右拐。她们拐过弯，爬上山腰，到了格里荒原，从那儿往回看，看到冒着汗的牛儿拉着犁在田地里慢慢地行走着，把红土划成条条红色长垄。山上雾气已下降，她们看到一团雨云从蒙斯山向德鲁姆利希的房屋顶飘去，在往南去的路上可以看到白茫茫的一片。往后，再往后，群山一排接一排地隆起，好像是守卫缅恩斯山谷的城墙，克丽斯望着重重的山峦想到她从小到大还从未越过那些山岗呢。田凫在田野里飞翔，从东面吹来的风中有刺鼻的荆豆味，在格里荒原上荆豆长得像一片黑色的小树林。

克丽斯说她们可以取道格里荒原，西斯说，这条路安全吗？她听说这条路上因有泥潭，马车也会陷进去，几乎是不可通行的，她们坐在一个高处向荒原深处望去，棕黄色的荒原上夹杂着块块绿茵，春天已来到了荒原。西斯已不再感到羞怯和拘束，她很镇静，很年轻，她们相互微笑着，克丽斯突然说道，哦，我们真笨——我们女人，西斯，你不觉得我们笨吗？整天在为男人和他们的事烦恼，为他们在干些什么在想些什么而烦恼。

西斯说，可是还有什么别的可干呢？他们那么重要——她坐着，严肃地思考起来，她很胆怯，很可爱，像只用翅膀平衡着的鸟。也许他们不像他们自己认为的那样重要，但是没有他们就不会有小孩，对吗？克丽斯对她的话感到好笑，并从高地上跳了下来。我想是不会有的，然而——咱们还是试试看！走荒原这条路吧。因此她们走了这条路。

在荒原上她们看到杯形的山谷和巴拉斯山的山坡连接起来

了，山坡一直延伸到右边丛林覆盖的金内夫，阿巴思诺特卧伏在贝维河岸边，树木丛生，透过树丛可以看到在阳光下迎风拉犁的马匹肩上擦亮了的马具、马勒等的闪光。克丽斯感到好像回到了青年时代，想到这些她叹了一口气，西斯问她为什么叹气，克丽斯说，因为我变得这么老了。西斯说，太可笑了，我有时觉得你是谢格特所有居民中最年轻的一个。她又害羞起来，请你不要再把你的头发剪短，尽管我已剪短了自己的头发，你的头发很美。

克丽斯说她认为这样并不坏，这时她们来到了荒原上一小块光秃秃的平地，那里的荆豆无声地竖立着，把她们的裙子钩到一边，平地中央有一块大石头，可能是古代留下的，克丽斯坐在大石上，两手扣着双膝，西斯看着她，坐在了她的脚前，克丽斯闭上了她那金黄色的眼睛，沐浴在阳光中，微风飘拂着她的头发，阳光照在她的脸上：此刻她可以聆听到风声，她远离尘世，很自信，不为世事所动。她问西斯，你的男朋友是不是叫多德·克朗宁？

她听任风吹日晒，坐在那儿，两手扣着双膝，听到了一切，听到一则那么古老的故事——哦，这故事犹如山谷那样古老，几乎像花岗岩的山头那样永恒，它把男人和女人结合在一起，带来新的生命，盼得新生儿，自从世界形成至今，这一过程一直没有间断过。克丽斯感到她当时听到的不只是西斯的故事——而是无数这样的故事：接吻，相亲相爱，恋爱的痛苦、辛辣和甜蜜，恐惧，黑暗，男子手掌具有的放荡、奇特的美，还有他们的嘴唇，愿望得到满足后的睡眠，当女人知道她们怀着什么东西，单独一人时意识到的隐晦的、奇异的蠕动，神秘莫测地，在她们体内有了生命，新的生命再来补足大地，出生在这多风的山谷，那里云船驶向尚未发现的南方。她进入了梦乡，梦中她远离了西斯，抬头看着蒙斯山山腰的田地，那儿人们耕作缓慢，看着飘浮而去的云雾，在牧地和云雾的那边是人们活动的世界，再回到那些行进中的云雾，可怕，阴沉，云柱仍向南飘去。白天可以看到一团圆柱似的云，夜晚可以看到一团圆柱似的火。

克丽斯说，我必须思考，我要叫罗伯特来帮助我回忆。西斯问道，是牧师吗？她看上去越发烦恼。哦，卡珲太太，这事和男人有什么关系？这不是他们的事，他们不懂这些，多德也不懂——他给吓坏了——为我和为他自己的事，可他不懂得这些，这一切是多么的奇怪，令人厌恶和美妙——也许讲这些事我自己也感到厌恶？

克丽斯说她觉得西斯的话讲得很亲切，她用手臂搂住西斯的肩膀，西斯抬起头来，她的嘴唇碰到了克丽斯的嘴唇；当时克丽斯心里在想男人们是不会接吻的，——他们应接吻时他们不接吻，他们不会想到接吻……哦男人，他们从穿上裤子的那天起到最后一次脱掉裤子始终是很蠢的！

风变大了，卷走了被吹断的金雀花枝，不多久听到了大风的吼声，荒原似乎也在呼啸的大风中颤抖起来。云雾山谷里不是风，就是雨，要不就充满着阳光！克丽斯在想，不论你在地球的什么地方、什么山谷，用这种办法或另一种办法进餐、搭铺就寝都没有什么区别，对山谷来说迷惑不解的是男人，他们像云雾一样无休止地走动着：但现实是在地下，没被人动过，没被人碰过，当然假如那不是一场梦的话。

罗伯特前天晚上梦见了他在树林里看到的那个人影。克丽斯听他讲述时头低着，她明白她是在听疯子讲梦中的事。罗伯特居然会做这样的梦！他过去做梦时只感到风在吹动他的头发，没有梦见自己陷入恐惧或沉湎于对旧时光的幻想。不过克丽斯清楚地察觉到罗伯特讲述时他内心的恐惧，这种恐惧自大战以来一直萦绕于他的心头。他怕他不能再跟随着云雾去到处漂流，他怕他在白天会孤单单地独身守屋，站在那里看着他自己光光的身子。随着所有希望和计划的破灭，他转而设法躲避恐惧，使自己的生活蒙上一层梦幻的色彩，如同现在那张忧伤的脸又在他的梦幻中浮现出来……这令人作呕的东西又引起克丽斯一阵寒颤，当她听到罗伯特的嗓音变得嘶哑时她不朝他看，他在说他那天几乎可以触摸到的那个人影是上帝，克丽斯，那人影就是上帝，我从未想到是他！我以为**他**只是一个领袖，一个凡人，可是，克丽斯——我看到了上帝的颜面……

克丽斯静静地坐着，一言不发，除非她非说不可，因此她安静地坐着，接着她抬起眼，两眼因怜悯和厌恶而模糊了。罗伯特轻轻地说，你不信上帝吗？克丽斯说，我不知道，我不知道——哦，我可以试一试！她紧紧地抓住他的手，他无法再提什么问题了——

克丽斯突然从她在荒原上坐的地方站了起来——快，我饿极了！她们两人穿过荆豆丛，云彩从她们头上飞驰而过，强烈的阳光炙烤着她们的脸面，有一只鹬在韦尔兹河边鸣叫着，这时她们来到了雷斯克山边被搞得光光的田地里，都是因战争而被搞光的。她们向上攀登，来到有三棵山毛榉的那个农场，在地平线的那一边波光粼粼，那是翻腾的大海。

她们喝完牛奶，吃完饼以后，克丽斯准备付钱。但是农夫的妻子摇了摇头，她不想收钱，她说她听她儿子说起过克丽斯，她儿子住在伦敦，写了些很吓人的书:他和克丽斯在一起读过大学。可是克丽斯已想不起来了，她想他们可能见过几次面，但她没有跟这位农夫的妻子讲，她和西斯谢过这农妇后就上路了，已是下午，一轮红日已快下西山了。

在阿巴思诺特她们搭公共汽车到了贝维，那座古老的桥悬在那儿，低地里坐落着一些纺织厂，冒出的烟懒洋洋地缭绕在大桥附近——像在谢格特的纺织厂一样，这些纺织厂也一半闲置着，在它们的上方高地上有一些零乱的建筑物，那就是贝维。她们下了车，逛逛商店，然后沿着一条弯弯曲曲的小路走到海边，海浪拍打着海湾的岩石，因为礁石林立，岸边没有船只——海水像打好了的鸡蛋似的形成无数泡沫，在东方海面上驶过一艘渔船，不久它消失在古敦的迷雾里。克丽斯坐在一块岩石上，精神抖擞地眺望着大海，而西斯却在阳光下睡着了，后来克丽斯把她叫醒，她们又回到贝维，乘上另一辆公共汽车到了斯通哈文，再由那儿换车往回走，驶过长长的道路，回到披上了绿色春装的谢格特。

因此到傍晚时分她们回来了；克丽斯已很疲劳，但她已拿定了主意。即使是为了罗伯特她也不能再去改变或装出什么，尽管如此只要她做得到，她决不会去说一句伤害他的话。她已在荒原上、阳光里、大海里找到了她不可动摇的信念，她可能走入迷途，但她绝不追随飞云，不论这些云彩是有名称的还是没有名称的。

在下一个安息日罗伯特又出现在布道坛上，这次他讲的是关于谢格特山的故事，他说耶稣基督还在大地上行走、给人们带来了唯一不会消逝的信息——虽然其他的信息都已被人们忘怀，这一信息是永恒的，每一个人都必须亲自去寻找基督，在他们自己身上去寻觅已为世界所摒弃的东西，寻找上帝的爱和人与人之间的友情。

乡亲们听了罗伯特的布道觉得这人确实讨厌，该死的！人们希望看到一个有胆识的牧师，卡珲这人究竟怎么搞的，讲话低声低气的像头刚被阉过的羊？有一次他布道时对去做礼拜的人怒目而视，好像是要把他们吃了，他大声吼叫着讲述他的政治观点，你听了只觉得好笑，因为他讲的没有一句话是令人信服的。这个星期天他没完没了地胡扯云啊雾的，乡亲们感到非常失望，纷纷退出了教堂，回家去了，他们还记得他曾在布道坛上说哈里·霍格是只猴子——该死的！此后霍格在教堂很少露面。

到教堂来的有限的几个纺织工人还记得他们很久以前称呼罗伯特的名字，他们说怯懦的耶稣又回来了，说他怕绅士，这和其他人相仿。老克朗宁也说这样的话，所谓其他人他是指他自己的儿子乔克，两年前乔克曾领导过一场罢工，乡亲们认为他粗野得像头畜生，他父亲过去曾把他看作是宝贝疙瘩。后来乔克在格拉斯哥混得不错，在那里他和珍妮·格兰特小姐姘居，他在那里的一个工会里找到一份工作，他穿起一套质地很好的新西服，戴着圆顶礼帽，套着鞋罩，很整齐，脚上穿着光亮的黄皮靴，一会儿在这里作讲演，一会儿又到别处去胡说八道。三周前他和格兰特小姐结了婚，在格拉斯哥山上弄了一幢漂亮的房子；不论他上哪儿，乔克·克朗宁都要号召雇主和雇员结成联盟，叫来听他讲演的人们不要罢工，而要依靠他们的上司——就是像他这样的人；说着他沾沾自喜地看了看他的鞋罩。

老克朗宁知道他儿子的这些情况后狠狠地咒骂了他，他说他万万没有想到他居然做了一个犹大①的父亲，他出卖了工人——不仅仅为了钱，为了填饱肚子，而且为了一副鞋罩，为了在格拉斯哥山上弄幢房子，为了让一个长着两条白腿的姑娘和他同居。

乡亲们听到这事都感到好笑，他们说乔克·克朗宁现在有点头脑了，他已有了转变，过去他曾无理地扰乱过麦克多格尔·布朗的布道会。后来麦克多格尔他自己也迷惑不解，谢格特人都迷惑不解；他们感到吃惊。老莱斯利讲的事有道理，尽管你听了不会再相信它——这全是该死的谎言，西斯是一个好姑娘。

当你在街上碰到她时，你看看她，你听到牧师家传出的消息说她和多德·克朗宁一周后要结婚了——你的喉咙感到很干，你就走进阿姆斯酒吧里喝了点酒，咒骂这个坏女人，人们都说她是个坏蛋，但他们说这话时是有保留的，过去人们都曾为西斯感到骄傲，整个谢格特都曾为她感到骄傲，现在她却变成这样了，不比牧师家的那个贱货埃尔斯好多少。

艾克·奥格尔维说这是很自然的，西斯或者埃尔斯或者其他姑娘都会变坏，他说使谢格特的乡亲们心情不安的是他们过去看到的西斯是像他们可以做到的那样——穿着很整洁——他们喜欢她的正是他们已失去的品质。他把这些事告诉了筑路工约翰·缪尔，缪尔斜着眼睛笑了笑，他琢磨了一下，觉得这事没什么意思，艾克讲不出什么正经事。

晚饭后缪尔出去掘了一会儿坟墓，月亮已在蒙斯山的上空露了头，日落还早，虽然阳光已成长线，斜射到夏天的干草地

① 犹大，耶稣门徒，后来出卖了耶稣。

里，谢格特镇各家各户屋顶上弥漫着炊烟。在教堂墓地摊着他割倒的野草，他从草上走过，有些是三叶草，由于有死人的养分，长得茁壮、芳香。他走到墓地的一角，停了下来，点着了他的烟斗，朝手掌上吐了一口唾沫，开始挖起墓来，那是西街一个老纺织工人妻子的墓。

这一带地里有很多古墓，缪尔挖了不多一会儿就需停下来，把尸骨用小车运到一个坑里埋起来，以便腾出地方埋葬今后亡故的谢格特人，他们饮食、睡眠、发挥作用，最终都发臭化为尘土。缪尔向下斜视着坟墓，掘了起来，他想起了西斯和关于她的流言蜚语，多德·克朗宁在邓东找到了一份工作，他和西斯要搬到那儿去住，这是他们摆脱耻辱的最好的办法。上帝明白他们的结合没有什么羞愧，和一个姑娘同居的事是被大大夸张了——你为他们俩的事把自己弄得很激动，可是你什么也没得到，已讲了那么多，已做了那么多，这事怎么了结？不论你是有钱人还是穷光蛋，是像西斯这样的未婚姑娘还是像卡珲太太这样漂亮的妇女，或是像小莫瓦特先生带到他府里去的那种放荡的女人，你都得葬身于此，坟地上则是青草一片。

小莫瓦特在女人中简直是个魔王，彼得·皮特说绅士都这样；可是小莫瓦特还是找到了时间，勇敢地在谢格特安顿下来，并自然地占据了它的最高职位：保守党谢格特支部的领导人。也许他占有的姑娘比他应有的要多，可是你可以看到他准备勇敢地定居下来。艾克·奥格尔维说，毫无疑问——定居在他的粪堆里。这是你能料到的下贱话，艾克对绅士嫉妒得要命，几乎和莫尔特里厄那家伙一样坏，莫尔特里厄现在四肢已很不灵便，他连爬也爬不出来。

尽管小莫瓦特已从国外旅游归来，可有一爿纺织厂已经有几个月没开工了。他刚回来，纺织工人的一个代表团就到他府上。代表团到那里以后，仆人把他们带到门厅，他们站在门厅里很不自在，手里捏着他们的帽子，突然他们听到瓶子落地的破裂声，接着又听到女人的尖叫声、笑声，好像把疯子放了出来；这时从边门跑出来一个一丝不挂的姑娘，她只傻笑了一下，回过头来对追出来的小莫瓦特笑着，长着一个小蛙脸的小莫瓦特嬉皮笑脸地追逐着她跑上了楼。

代表团的成员为他们感到害臊之极。他们中间年纪最大的一位技工说，我们在工厂创造的钱财就这样给他们花掉了。他们的目光转向自己的工友，他们都是些挨饿的老工人，有些工友生活很痛苦，大多数工友在接受失业救济，生活在饥饿的边缘；他们现在站在富丽堂皇的、温暖的门厅里，他们看到壁炉里烧着木柴，炉前放着厚厚的小地毯，饰有花纹的墙上挂着几只鹿头，隐隐发亮。代表团的其他成员听了老技工讲的话没有吭声，他们知道抱怨是无济于事的，试图开始实行过去克朗宁他们在工厂里宣扬的那种社会主义货色也是行不通的，这在罢工的失败中已可清楚地看到，现在只有小莫瓦特才是工厂的唯一希望。

莫瓦特最后总算下了楼，他很媚人，彬彬有礼，他说他很愿意再见到他们。他背对着火炉站着说道，怎么样？并向他们念了一篇关于艰难时势的讲演，他说税收正在扼杀着他们的国家，在即将举行的大选中他们所能希望的是保守党人能再次获胜，获得更大的权利，占据更显赫的地位，减轻对他这样的人的赋税。那时他将设法让工厂开工。他戴着一副角质架眼镜，媚人地对他们笑了笑，但他没有请他们喝酒，而只是按了下铃，仆人走了进来，引他们出去；小莫瓦特说他很高兴；这表明他心地是善良的。

这是彼得·皮特首次听到关于小莫瓦特先生的事和他希望托利党人能继续执政，他们过去执政只有五年，还来不及把事情弄好，他们忙于解决罢工之类的事，劝说工人脱离工会，努力建设一支真正强大的海军，设法使粗鲁的外国佬裁减军备，他们的军备对欧洲来说是一种危险……彼得·皮特掌握了这些事实后到莫瓦特先生府上去见他，要求得到一张加入保守党谢格特支部的申请书。莫瓦特先生说他很乐意见到他，非常乐意，他呷了一点酒，他身旁那姑娘也呷了一点酒，她光着大腿坐在他的椅子背上，突然咯咯地笑起来。

不错，莫瓦特先生认为政府应下放权力给苏格兰，而不是实行眼下盛行的疯狂的民族主义，只有统一党才能使苏格兰最终得到她应该享有的东西。他向彼得讲了很多关于粗鲁的新民族主义者的事，说他们不再像过去那样是本国绅士中的杰出人物，苏格兰又一次失去了她的机会，这些新的领导人是一帮社会主义者、天主教徒和长发诗人，例如：格里夫①、麦肯齐②和格恩③，他们都是些歇斯底里的高地人。还算好，不久他就和他们断绝了来往，他乐意在将来给统一党谢格特支部一笔捐款。

彼得·皮特听了很高兴——唉，旧日的血脉在这位绅士的血管中流动了。

---

① 格里夫(Grieve，又名 Hugh MacDiarmid， 1892—1978)，苏格兰诗人，文艺评论家。

② 麦肯齐(Compton Mackenzie， 1883—1972)，英国多产作家。强烈的苏格兰民族主义者，1928 年后定居苏格兰，协助建立苏格兰国民党。

③ 格恩(Neil M.Gunn， 1891—1973)，苏格兰小说家。

秋天到了，谢格特人对选举结果感到迷惑不解，以那个粗鲁的笨蛋拉姆齐·麦克唐纳为首的工党无赖们掌了权。你还记得他吗？还记得在很久以前的大战期间他讲的话吗？——他说我们不应该和德国人作战，不，不，让他们去，他们太强大了。是的，那是他说过的话，现在他在这里，成为国家的头头，神气活现的，也许他对国王也不会说声先生的。不过有些人说这家伙现在很会说大话，会叫国王封他为贵族，或者公爵，或者其他什么的:艾克·奥格尔维说他已听说麦克唐纳得到了洛赛勋爵的称号。

那只是他不怀好意的讲话中的一次，该死的！他这么大吵大闹地要选举自由党人，而不像其他人那样选举正直的托利党人，他是不是也反对现政府？纺织工人几乎都没有参加选举，他们嘴里叼着他们的低级香烟到处闲逛，或者在自己的花园里翻土种些什么，或者用他们的饥饿的目光注视着工厂。艾克·奥格尔维说他选自由党人，并在谢格特游说，为自由党人争取选票，使他自己得到一个不好的形象，他说工党也好，托利党也好，自由党也好，或者其他什么党派也好，它们没有一个好的:而托利党名声不好。它是靠那些不会经营企业的蠢人的钱包和势力过活的；他知道自由党也并不好多少，但他们名声好，值得投他们一票。

几乎没有人听艾克的胡说，人们只是对他笑笑，说道，好，咱们等着瞧。他们做好准备，等待选举日的到来，他们可乘坐托利党人的汽车到劳楞西柯克。艾克·奥格尔维借了一辆自由党人的汽车和一名司机，汽车停在谢格特广场；托利党人的汽车里黑压压地坐满了人。他们去投票选举那些答应他们减税的绅士；没有一个人来到奥格尔维的汽车旁，他坐在汽车里，脸上露出轻蔑的微笑。这时莫尔特里厄的店门砰的一声被打开，出来的不是别人，正是那个脾气乖戾的老家伙罗布·莫尔特里厄，他手里撑着拐杖，身子靠着他老伴干咳着，缓慢费力地走了出来，他一瘸一拐地走到汽车跟前，几乎是弓着身子，杰斯·莫尔特里厄站在他旁边。艾克急忙从汽车里出来，扶他们两人进了汽车。他站在车门旁苦笑着说——支持自由党的就**只有**这些人吗？

还有第四个人：艾克已等得不耐烦了，他大声对司机说他们还是走吧，就在这时他听到有人叫他，他回头一看，原来是牧师家的卡珲太太，她像个男孩似的从广场那边跑来，在她暗黑、柔软的皮肤上泛出了血色。她说，*艾克，对不起我来晚了*。随即匆忙地钻进汽车；艾克也挤了进来，他几乎要搂住她了。

然而自由党人得票很少，假如全国其他地方做出的努力有谢格特镇一半那样多，托利党人就会当选了，这你是知道的。这些社会主义的无赖们会上哪里去？他们只能在伦敦街头买卖火柴或出售那个粗鲁的笨蛋拉姆齐·麦克唐纳的宣传小册子。市长在谢格特的阿姆斯酒吧里说选举日是苏格兰不幸的日子。诗人罗伯特·彭斯曾写过些什么？他是霍格他家的祖先，拉比·彭斯。他写道，*不管怎么说，人总是人*。他意思是说像他们那样的穷人应避开绅士等人，根本不要学绅士的样，让他们去办理国家的事务。

那一年慢慢地过去了，罗伯特设法避开了教区的活动，他根本没有去参加选举，他把自己长时间地关在屋里，看看书，做做白日梦，或者只是静静地坐着。他和克丽斯不来往，对她来说，他简直就成了他在邓诺塔阴暗的树林里梦见过的那个人影。

那也不是他见到的唯一的一个人影，还有其他人影跟踪过他，有时候他觉得在他的房间里就有人影，有一次他在布道时停了下来，他没有盯着看什么，也不是目无边际，教堂里的人都看着他，他看着门，两眼慢慢移动着，好像看见一个人影从通道上走去；人们转过头去，照他两眼注视的方向看去，他们除了看到冰冷的教堂地面冬季的微弱反光，和远处的着色玻璃窗，窗外的树枝上下摆动着，其他什么也没有看到。在肃静中，克丽斯从她座位上似站非站地立了起来，她看到在罗伯特无表情的脸上明亮的汗珠。过了一会儿，他的眼睛不再盯着通道，他擦了擦他的前额，用平淡的语调继续他的布道。

他平时很少说话，态度很和蔼，可是克丽斯不喜欢他的温顺和气——因为他性格不是这样的。这是从他邪恶的梦中仿效来的，完全不是罗伯特的脾性，这是一种假面具，一种姿态，这是他为了一种急迫的要求而胆怯地模仿的一种仁爱行为。克丽斯感到极为孤独，她痛恨他跟随着云雾，她痛恨那来自旧时代的愁容满面的人影，它把平原和山区众多的人引向这种结局。是耶稣基督吗？也许他真的在世上生活过，后来真的死了，耶稣自己就是云雾的追随者。

克丽斯在念书的时候就记得有这么个人影，那时候她就不曾为之感动，这好像是在疯狂的、悲哀的年代里的一则悲哀的故事，这事已成为过去:她没有受到什么影响。眼下她仍未受到影响，这只是一个梦，它不可能对世事作任何改变……哦，为什么罗伯特不像其他牧师那样？——平易近人、热情、真诚、能说会道，他们没有那么多的宗教胡言，他们过着富足的生活，享受着佳肴，他们过日子如同他们知道时日的到来，他们不让他们的妻子胡思乱想，也不会在这安静的地方在黑暗中像个小孩似的哭泣，有时还会像个小孩似的害怕黑暗。

克丽斯还得面对自己的生活：她的生活仍然是她的。那年秋季她一直在花园里干活直至大地几乎不让她翻动，她微笑着想了一下，她欢迎冬季的到来。除夕那天谢格特狂风大作，大雪纷飞，天还大亮着就下起了雨夹雪，约翰·缪尔星期天来时，对克丽斯说老镇上有些纺织工人在挨饿。他说又有二十人被解雇了，很可能又有一家纺织厂要倒闭。

罗伯特也知道了这事，他听缪尔讲时没有言语，如果在过去，他听到这事早就要大骂这些人残酷无情了。可是他现在站在布道坛上布道，讲稿中就有耶稣基督的话：喂好我的羊羔等等。克丽斯坐在教堂里听着他慢条斯理地布道，她哆嗦起来，好像碰到了一件令人作呕的事。她默默地环视了听他布道的人——她看到市长霍格的脸色很沉重，约翰·缪尔一双斜眼里流露出了迷惑不解的神情，裁缝彼得·皮特两眼通红，像只耗子，酒店老板梅尔文面孔瘦长，看上去就很吝啬。恳求这些人给予帮助有什么希望？——仅有一线希望，至少罗伯特已把他的灵魂献给了那个幻影以换些什么。他们过去对罗伯特的那个满口斗争词语的上帝的凶狠威吓不曾放在心上，如今他们对他的基督的哀诉也不加理睬。

那个元旦夜晚克丽斯在黑暗中静静地躺在罗伯特身旁，她又害怕起来，她害怕新年的到来，她怕如此安详地睡在她身旁的这个人翻过身去，她摸不到了，炉格里的煤烧得差不多了，还剩一点红光，她看着煤火沉下，变暗，变成灰色，此时天已破晓，朦胧的晨光下是白色笼罩的世界；紫杉树上几只受了冻的白嘴鸦在活动；埃尔斯·奎因在厨房里忙碌，她也冷得很。

那一年埃尔斯发生了很大变化，新年伊始就流传着关于她的谣言，一天早晨，阿格·莫尔特里厄走过牧师家，她看见厨房门开着，亚历克·霍格像只歪路弄来的猫似的不声不响地走了出来。接着他又转过身去向厨房里点了点头，埃尔斯·奎因向外张了一张，几乎看见了阿格，阿格灵巧地卧倒在灌木丛里，看着他们两人分手，她感到害臊——她在想象市长这样的人的儿子居然会找一个妓女。她越想越感到害臊，后来她竟然伤心得大哭了起来。

她把消息传给邻居，乡亲们都感到很震惊，暗暗地嘲笑市长——这好比是照着老哈里·霍格的脸狠狠地打了一记耳光：他听到这消息没有？当人们发现他还不知道这事时，有六个人跑去向他报告，你差一点给人群挤死，从来没有那么多人要去修靴子的，戴特·皮特穿着一双靴子进了屋，还有他兄弟，还有筑路工布鲁斯，以后威尔·梅尔文也去了。老哈里像只猴子似的坐着，他正在吹嘘他多么会补鞋，戴特·皮特说，是啊，我们听说不久你就要操办一场婚事。也许那是一个洗礼仪式吧？他们都滑头滑脑地望着市长；他咆哮起来，说道，什么？大家就把他儿子的事告诉了他。

他不能相信亚历克会做这种事，这男孩可能有点笨，失去了在爱丁堡的一个办公室职位，这不能怪他，因为那个部门关闭了：但他不至于笨到去找一个曾为那个浪荡子戴尔齐尔焐被子的姑娘。小亚历克在外面找到一些园艺活，那天他刚回家，市长就嚷道，到店里来。接着便把在谢格特流传的粗鲁的话告诉了他。亚历克·霍格说，他们没有讲错。我很喜欢埃尔斯，我有意娶她为妻。老哈里听了他儿子的话差一点大发雷霆，他问亚历克·霍格他是不是打算让他们这样受人尊敬的人带着耻辱进入坟墓？亚历克说不会这样的，他认为不是这么一回事，他只想请埃尔斯来喝点茶。市长说假如他让埃尔斯来，他就死给他看。

他们父子的争吵传出去后乡亲们感到好笑——老头子真有点骨气！这出戏肯定很有趣，埃尔斯·奎因跨过老哈里·霍格的躯体时，不论这个老猴子是死的还是活的，你可发誓他定会睁眼窥视。自那以后埃尔斯和亚历克受到了严密的监视，那年春天一个三月的星期天，刮着风，他们上凯姆斯城堡去散步，随后找了个背阴处坐下谈心，几乎有十来个人随着他们的足迹也上了城堡，阿格·莫尔特里厄，这个谢格特的好哭娃，在小学校屋顶上用她飞速借来的望远镜看着他们俩。爬到凯姆斯城堡上来看他们的人们差一点给冻死了，因为他们不敢走动，亚历克和埃尔斯一件不好的事也没做，他们待在那儿那么长时间，甚至连嘴也没有亲；你有充分理由认为，他们那时不接吻只是因为他们俩的爱情已到了这样的程度以至于接吻和拥抱都不能使他们满足。

然而亚历克眼下不能结婚，他没有积蓄，埃尔斯的工资都用于养活她的小孩，梅克尔勃格斯的戴尔齐尔一分钱也不肯出。埃尔斯写信给他问他要钱，他只是羞怯地一笑，随即把信撕掉。事情本可以就这样了，可是长着连鬓胡子的谢格特老修路工史密斯家里又闹翻了。

老史密斯的样子好像一点没有变，只是他的络腮胡子看上去更像他从农庄上拣来的一捆捆的干草。他仍和他的女儿、女婿布鲁斯住在一起，乡亲们说尽管房子、屋内所有的家具、牛棚里的奶牛、作坊里的乳酪都是他的，他却过着地狱般的生活。他晚上干活回来除了奶牛外没人会向他致以友好的问候，只有他给他们带来食物时他们才致问候：不然的话，他们都绷着脸。在他屋里他的女儿见了他说，哦，是你啊？快把你的大脏脚在垫子上擦干净。老史密斯一言不发，只是对她怒目而视，这个老家伙已多年没发脾气了。

四月的一个星期六下午，老史密斯在修理通向斯通海夫的道路，他停了下来，擦了擦他的络腮胡子并向四周环视了一下，他看见有辆卡车驶来，车子忽然一斜，差一点翻到西边的沟里。卡车司机像个无赖似的大骂起来，这没什么大惊小怪的，他很可能就是一个无赖，他叫老史密斯帮他推汽车。他们两人吃力地推着卡车，喘着气，司机还在不停地骂卡车，这样整整花了一小时。司机告诉史密斯，卡车上装的是整箱整箱的威士忌酒和啤酒，准备运往北面的邓东。他说他希望如果谁吃了一滴酒，他的肚肠就要烂掉。

最后他们总算把车轮从沟里推了出来，卡车司机说他十分感激史密斯。他看了看表说他得马上走，说着他把手伸到一只小箱子里。喂，我私拿了两瓶酒，你拿一瓶去喝，这酒很好。他还讲了一些其他的话，此后他把车开走了，老史密斯手里拿着那瓶酒。

他把手中的酒瓶端详了一番，这瓶子鼓鼓的，样子很奇特；他去了瓶塞，舔了一舔。味道和瓶子一样怪，甜的，老史密斯想，该死的，他肯定把我当成一个小孩了，这是瓶本尼·迪克·泰恩牌子的柠檬水。

他把瓶子放在嘴边吸了一口，柠檬水汩汩地下了肚子。他擦擦长胡子，翘翘鼻子——呸！这水一点也不好吃；可是他实在口渴，便喝了半瓶柠檬水，然后把瓶子盖好，放到他的衣袋里，骑上自行车回谢格特去了。

天晓得从那儿到谢格特的路上发生了什么，他高速度地骑过广场，差一点在阿姆斯酒吧对面撞倒梅尔文。当时他嘴里唱着他的心儿在高原不在这儿的歌，威尔·梅尔文看到他这个样子心里恼火极了，假如这个粗鲁的老家伙要喝醉为什么不到阿姆斯酒吧来喝个醉？威尔·梅尔文叫道，嗨！并像一头山羊似的跳开了，史密斯也嚷道，我希望这是对你的一个教训，不要挡路，你这个喝了威士忌酒的老妇人！此后史密斯转了个弯，又像一阵风似的骑着自行车到了东街，差一点没有撞到土坝上，他把自行车一转，骑到路的对面，又差一点压死一只小鸡；在人们一阵叫骂声中，他穿过谢格特骑得无影无踪了，留下威尔·梅尔文和那位天使惊得目瞪口呆。

艾克·奥格尔维说他看见史密斯骑自行车过去，就像瓦尔基娅[①]踏着风暴之翼飞驰而过——不论那个愚蠢的细木工是什么意思。接着发生的肯定是史密斯在他自己家门口下了车，走了进去。他的女婿布鲁斯安详地坐在壁炉旁，听到史密斯的脚步声连头也不抬。史密斯骂道，你这个懒猪，你等着吧，我马上来处置你！布鲁斯回头一看，看见老史密斯正仰面用瓶子拼命往嘴里灌着。这个疯狂的老家伙吸完后把外衣一扔，就向布鲁斯冲去，几乎把他的头撞到正在炉旁温着保暖的晚餐里。布鲁斯站了起来，他可以马上了结这场战斗，他的妻子，也就是老史密斯的女儿，叫道，打他的下巴——不要饶恕这个老叫花子！

① 瓦尔基娅(Valkyr)，战神奥丁之一婢女。

上帝啊！接着发生的殴斗差一点把他女儿吓死。老史密斯突然变得疯狂起来，他毫不理会布鲁斯的拳击，只顾用皮带猛抽布鲁斯的脸，几乎把他抽倒在地，接着又用脚猛踢布鲁斯，布鲁斯呻吟了一声，把身体缩了起来，老史密斯趁布鲁斯弯着身子的当儿，用一只后跟带钉的靴子猛踢他的脸，在这场殴斗后的几星期里，布鲁斯脸上绷着的东西看上去与其说是脸，倒不如说是肉店里的大杂烩。布鲁斯的眼睛被血弄得模糊不清，他哀叫道，住手——我眼睛看不见了！可是老史密斯因他受的委屈和喝下的本尼·迪克·泰恩已变得很疯狂。哦，你看不见啦？那么你可以很好地感受一番！他抓住布鲁斯，把他摔出了门，还朝他的屁股猛踢一脚，紧接着他又抓起一把椅子朝布鲁斯扔去，布鲁斯被打得够呛，他像只野兔似的逃走了，尽管他已半瞎了；缪尔一家人，缪尔太太、托伊和特德，都站在家门口目瞪口呆地看着，就缺约翰，他坐在家里，斜着眼睛看着壁炉上的烟道。

缪尔一家人接着又看到布鲁斯太太，她自己像她男人一样被踢出了门，像她男人一样逃走了，以后又看到他们的小孩逃了出来，以后他们听到房间里好像有只发了狂的野兽。老史密斯把他女儿和女婿布鲁斯的东西都扔了出来，有一台缝纫机，几只箱子，他们的衣服等一大堆东西，都扔在门外的泥地上。布鲁斯那时已把眼睛揩干净，又回来了，老史密斯看见他后抓起一把切面包的刀又把他撵走，这个老头子走回来，在这堆东西上乱踩乱跳，艾克说他活像魔王他本人了，艾克是来看看他们为何争吵打架的——你能否想象这个长着连鬓胡子的恶棍吵闹得比谢格特一般人的争吵更凶。

老史密斯把门关了，过了一会儿几个乡亲去敲门，他们没有听到回音，他们就在门口等布鲁斯，他到铁匠铺去借斧子了。他回来时身后跟了一大群人，费特警察也跟他一起来了，正当他们开始砸门时，艾克·奥格尔维叫道，不能砸，该死的！不能这样干。他对布鲁斯说，这是你的房子还是他的房子？布鲁斯叫他少管闲事，他举起斧子正要向门砍去时，艾克·奥格尔维说，好，好，费特，这要看你了。你应该在谢格特维护法律与秩序。现在有一个人，他把自己锁在自己的屋里，你却站在一旁支持一个企图破门而入的强盗。

这样的事过去乡亲不受感动，现在他们受了感动，他们大声说，是的，说得对。布鲁斯怒视了一下周围的人群；费特用手搔搔头，取出了他的笔记本。他对布鲁斯说他最好等一会儿，让他亲自吁请老史密斯改变态度，以法律的名义叫他把门打开。可是费特喊话以后，众人听到的是老史密斯的打鼾声，他正睡得香呢。

老史密斯直到星期天中午才出来喂他的奶牛。但他每次离家，总把门锁着，布鲁斯夫妇也不想再住进去，他们说他们不能忍受这个老畜生和他的臭味，他们迁到了福东，布鲁斯在那里的铁路上找了一份工作；老史密斯终于把自己的房子收归己有，这多亏那个卡车司机的一瓶本尼·迪克·泰恩。

经过这场恶斗，亚历克·霍格倒得到了原来布鲁斯干的修路工作，并且可以舒适地坐在老史密斯家中壁炉前原来布鲁斯坐的椅子上。因为小亚历克·霍格有技能，会讨好人，很机灵，他不再注意礼貌，他用人们习惯的叫法把三齿叉说成三齿叉。至于说到这些日子寻找倒茶脚的盆的事，他情愿像只驯服的野兔把茶叶吃掉，并且还是很满意地用力咀嚼，把茶叶吃掉。

他在修路时对老史密斯说，没有什么比饥饿的好滋味更能使你放弃原来的打算，他在南方失业后曾挨过饿，他设法回到谢格特后又差一点挨饿，他每吃一口饭，他父亲，这个粗俗的老家伙，都要对他皱眉和瞪眼——因为他父亲的双手从未白拿过面包。他的父亲，这个像猴子似的粗人，在饭桌上会嘲笑他。你的好朋友，那些法西斯分子，为你做了什么好事？事实是他们什么好事也没有做；至于法西斯主义对苏格兰和对青年所散布的幻想——你肚子挨的饿使你更明白这些事。为了他所关心的事，苏格兰和它的青年都可以坠入漆黑一团的地狱。

老史密斯觉得这话有道理，约翰·缪尔也有同感，他们三人坐在路边闲扯，看着车辆驶往邓东，小汽车里坐的是绅士，公共汽车里坐的是老乡。约翰·缪尔斜着眼说，上帝，这还差不多。有一阵子我心里也感到不安——我也偏向于工党的观点，去他妈的吧。穷人还像过去一样生老病死，我们最终都要化为尸骨，变臭……我们仍像笨蛋似的继续拥抱，生出更多的坟墓葬品。因为我听说你在追求埃尔斯·奎因是吗，亚历克？

亚历克的脸有些泛红，他说也许是如此；约翰·缪尔说，好，他可能搞得更糟，因为日后你总得跟一些女人睡觉。缪尔问埃尔斯和亚历克什么时候结婚，亚历克说，基督，我也不知道——我们还没有找到住处呢，虽然我们明天结婚。

这时老史密斯说，你没有地方住吗？你很正派，我喜欢你。你和你妻子就到我这里来住吧。

埃尔斯跟克丽斯讲了这事。克丽斯说她听了很高兴——我知道你会幸福的。埃尔斯昂起头说，上帝明白。有些人比亚历克坏——至少我听到的是如此。至于讲到幸福——现在没人幸福！

克丽斯听了笑了起来，说这样讲不对，但在这初春季节她对此也感到困惑，也许埃尔斯有这样的感觉——不再寻求幸福，疯狂，欢乐——在她和戴尔齐尔同居以后，她已把这些置之脑后；只想到干活、过日子、吃饭、睡觉、黎明即起，没有考虑其他的事，晚上天黑时感到很累——克丽斯自己在牧师家也是这样过日子的。她想到这里抬起了头，听到一只乌鸫在尖叫，随后看见它拍动着美丽的黑翅膀飞过了高草丛:在牧师宅邸的墙上反映着蓝色日光平静的波纹。她感到这才是真正幸福的事物——如果你找到了秘诀，这些就是幸福。她自己已经失去了幸福，在这方面她不是唯一的，世界上大多数人也把它丢失了。

克丽斯在花园修整一棵苹果树，平整土地，伸手抓着泥土，这时她想起了罗伯特多年前讲过的一句话，那天他为坐落在布拉威里海湾旁的一块新雕的石碑揭幕——他说我们在大地上已看到夕阳西下，而这就是农民时代的终结。但是她觉得我们看到的不止这些——我们还看到人们追随与信奉的教义、信条、希望和信仰永远消失了:它们是宗教、上帝、社会主义与民族主义——它们犹如云彩在夜空中飘流得无影无踪了。别的信条、主义还会产生，但这些是一去不复返了，在人们眼中它们只不过是云雾，终于懂得了它们的价值，人们的视线从美丽的群山转向山谷——克丽斯认为世界各地的老百姓都在这样做，他们从壮丽的白云缭绕的群山，从他们过去一直追随并认为是永恒的希望转向隐蔽的去处，图求安逸、懒散，或辛勤地工作，或寻求贪欲的庇护所。克丽斯认为她没有这样做。她只是目睹了这些转变。她不能肯定:在云雾和山谷之间是不是就没有其他东西了?

她现在的生活是不会持久的，她看了她周围的情况后，对这一点是明白的，不论她的生活怎么了结，她不会再过这样的生活；在谢格特的这些年月里，她一直待在这里，等待着那从容不迫的步履声，等待着那不知名的东西，后来它终于到来了。于是——

她停下了手里的活，目光投向她自己的胸脯，在她薄薄的棕色连衫裙的边缘处，她的棕色皮肤变成了白色，她乳房之间凹下去的地方是白色的，除了有蓝色静脉血管通过的地方；想到一生中有两个小孩在她肚里长大，她自己也发生了很大变化，来等候小孩的生长，她觉得很有趣，而她觉得她看上去还是像个姑娘，她喜欢自己的胸脯，自己的臀部，自己的腿，当她蹲下来除草时看着自己的腿，自己的体形，开心得笑了起来，尽管她的脸显得阴郁，她还是很惹人喜欢的！

假如她曾生活在黄金时代，那时的猎人在特拉斯塔大荒原旁的山中狩猎，她认为那就会有无数次拥抱，欢乐，痛苦，刺骨的风，晚上在石南丛生的山洞里长时间地睡眠，当晨曦照到山坡上时，你的男人把你摇醒，你凝视着他的脸，他光着身子睡在你身旁，你也赤裸裸地躺着，太阳从一个陌生的海边升起，下面山谷中的雾气渐渐消失了——这是个无名山谷，山谷里石南丛生，橡树成林，早晨渐渐过去，赤鹿在林中鸣叫，贝维河在阳光照耀下晶莹明亮；在山谷的远处山坡上，你可以看到烟柱从另一个山洞里升起，你知道你最近的朋友离你有一天的路程；你在世上没有一文钱，也没有一丝牵挂，只有生命，敏捷地，在昏睡中，周围一片寂静，一只手臂搂住你，生命如一支曲子。在生命的终了就是死亡，它的到来像生命一样迅速——只需经过一小时或一天的痛苦，已生育了一个孩子的女人还怕什么死？你还会在河边冲积地里生育出更多的孩子，为他们出生的那天而高兴，你没有梦想到山谷黑暗的明天，它们将随着南方驶来的帆船一起来……

克丽斯跪在地上切断了一棵长得太大的墙花草，想起她曾和埃尔斯谈起过人类本身对于它占有的土地来说生育过度的事，她暗自笑了起来。埃尔斯当时站在她面前，听她讲的时候耳朵也红了，她结巴起来，脸也红了，这既有趣又可悲，克丽斯知道埃尔斯心里是怎么想的，因为克丽斯过去也曾有同样的感受。埃尔斯说，哦，太太，但我不能那样做——做那样的事是不对的！克丽斯说，那样做肯定要比你生了孩子而无力把孩子抚养大要好吧？埃尔斯摇了摇头说，孩子会出世的，我们会有办法的。我不能对自己做那样的事。

罗伯特轻轻地从楼梯上走下来时，在厨房门口听到克丽斯讲的话。后来他和克丽斯单独在一起时，他说，克丽斯汀，你不该讲那些话。他的语调柔和，平静。克丽斯颤抖了一下，身子缩开了一些。她问道，为什么不可以讲？他答道，因为我们无权就这些事发表意见。事实上，我们对于自己的生活已花了很多精力。孩子出世那是上帝的事。

一时间，克丽斯几乎不能相信这话是出于罗伯特之口，她两眼盯着他，看着他那张虚伪的脸；他们自己已做了他谴责的事……

次日下午克丽斯在谢格特的阿姆斯酒吧似乎听到了关于婚礼的谣传。天气变得晴朗起来，她在苗圃除草时发现泥土结得很硬，在土坝下面长着一簇一簇的秋海棠，在她家的后面缪尔的小鸡昏昏欲睡，有的在尖叫，喂养得很好。克丽斯走到墙边去看，她看了好笑，一只体形很小的公鸡找配偶时装出一副害臊的样子，它似乎觉得交尾是件坏事，可它还是很想试试。有很多人也跟这只小公鸡相似！

罗伯特和尤旺都参加了婚礼，罗伯特待了不大一会儿就回家了，克丽斯听到他上楼走进他的房间。婚礼上的欢笑声持续到深夜，快到星期天早晨时，克丽斯在睡梦中动了动，她听到了尤旺轻轻的脚步声走过。次日早晨他房间里没有动静，克丽斯端了一杯茶到他房间，敲敲门走了进去，他还直挺挺地躺在床上，睡得很熟。他的黑头发浓得像拖把，她站在他面前看着他，并逗他手臂发痒，他和平时一样一下就醒了。哦，是你啊，克丽斯！他对着她看了一会儿，妈妈，对不起！

她说，哦，我想我也叫克丽斯。她坐在他床边，等他把茶喝完，窗外阳光已照到紫杉树上，预示着这一天夏日的阳光又要照射到长满着常春藤的牧师宅邸的墙上。她问他婚礼进行得怎样，他打了个呵欠，他已很成熟，伸伸胳膊，她把杯子抓住；他说婚礼进行得很好，只是乡亲们都有点怕罗伯特，他变了很多，脸上从无笑容。尤旺说他还听到戴特·皮特讲罗伯特的闲话——

克丽斯问，哦，他讲罗伯特什么啦？尤旺躺在床上，平静地看着她。过了一会儿他说，皮特说罗伯特和埃尔斯在一起睡过，他一看，就知道一个男人的这种可耻行为。

克丽斯说，你不信他的话，是吗？尤旺又打了个呵欠，回答说，我不知道；也许他和埃尔斯睡过。虽然我认为这是不可能的，因为他可以和你睡在一起；我觉得你是很可爱的。

克丽斯感到热血在她两颊迅速地流动着，一时间她感到非常恐惧；过了一会儿恐惧的心理过去了，她和他一样诚实。

她说，哦，我觉得和我睡在一起是挺不错的。你必须非常喜欢一个人才能和他睡在一起——区别全在于此，这你以后会明白的。

他很有礼貌地说，是的，我想是这样的。他对这类事根本不感兴趣；又讲了些婚礼上的趣事，市长和麦克多格尔·布朗都唱了歌，市长摇摇摆摆地唱着男低音，麦克多格尔擅长于唱耶稣的血。很多人跳了舞。婚礼上吃的东西也很多，尤旺和大部分妇女跳了舞，很有趣，虽然她们大多臀部太肥了，他发现臀部是很关键的。他对埃尔斯讲了这点，她很吃惊，他根本没想到她会这么吃惊。

后来艾克·奥格尔维和戴特·皮特发生了口角，看来他们相互记仇已有数年，早已互不理睬，他们两人谁也没有取胜的把握。事情是在傍晚七点钟光景发生的；他们跑到阿姆斯酒吧后面打了起来，尤旺起先没听到他们打架，打架快结束时他出去看见戴特·皮特闭着眼睛躺在草地上，身上弄得一团糟，有人在帮艾克·奥格尔维穿外衣，擦去鼻子上的血。尤旺有点为戴特感到遗憾——天晓得为什么，这只最肮脏的耗子。

克丽斯问尤旺什么时候回来的，他说，今天凌晨快两点了才回来。我送埃尔斯的一个朋友到弗雷林，她是那儿一个牧师家的女佣。克丽斯问他这个姑娘好吗，他耸耸肩膀。我觉得她很讨厌，她要我同她谈情说爱——我想是要我喜欢她到某种程度，我不知道。克丽斯问，那你喜欢她吗？尤旺说，我不喜欢她，但我认为我应设法让她得个教训。你知道我手腕很有力吗？——这是你给我的——我用一只手抓住她，用另一只手打了她几下，然后再轻轻拍拍她，让她走进弗雷林的牧师宅邸大门，然后我就回来睡觉：我感到有点累了。

乡亲们说牧师家那个小尤旺·塔文达尔是个很自强、很有主意的孩子，他每天到邓东大学去读书，你见他不慌不忙、轻松地走过去，不论是烈日当空还是下着冻雨，他从不戴帽子，乡亲们说他很骄傲:为什么呢？他只是一个佃农的儿子，他父亲死于大战。他母亲改嫁给一个牧师，这只是他的运气。他走路时从不像其他小孩那样耷拉着脑袋，如在广场碰到一群女孩子，他耳朵也不红——该死的，你完全可以认为他与众不同，是个狡猾的小畜生。不论他们说了什么，他在大学里成绩不错吧？无疑这是由于他的继父，卡珲牧师，替他做了所有的功课，而他赢得了荣誉。

后来从弗雷林的牧师宅邸传出了谣言，说尤旺在埃尔斯的婚礼上带走了一个姑娘，就是那个懒惰的珍妮·雷，也许她以为可以和尤旺玩玩——她常和男孩玩，弄得他们神魂颠倒地追求她，以后又抛弃了他们，让他们像傻子似的瞠目结舌。可是尤旺使她大为失望，这个粗鲁的小畜生打了她，弄得她站在牧师家门口的蹭鞋垫上哭哭啼啼的。她把这事讲给弗雷林的一个密友听，这个朋友听了笑了起来并把这事传开了，这消息又传到了好哭娃阿格·莫尔特里厄的耳中，她顿时又羞又喜。她碰到尤旺时嚷道，嗨，尤旺，我听说你和珍妮·雷那姑娘在弗雷林的牧师家门口，是怎么回事啊？尤旺说，对不起，我不知道你听到了些什么，莫尔特里厄小姐，但无疑谢格特人很快会知道的。早安。他很有礼貌地笑了笑，继续往前走，一点也不感到难为情。弄得阿格无话可说。不仅如此，她还感到有点害怕，一个男孩会这样，真是不可思议。

接着一件更离奇的事发生了，阿格的父亲，罗布·莫尔特里厄病危了，他曾说过他不是她的父亲，这个粗鲁的老畜生仍然用言语折磨他的妻子，说阿格不是他的女儿。现在他终于躺倒了，并已濒于死亡，这个暴躁的老无赖快完蛋了。在快断气前，他已很虚弱，他说要见一见牧师家里那个叫尤旺什么的年轻人，他想见他，别人都不想见。阿格坐在他床边，她听到他的胡言乱语，安慰他说，你神志有点不清了。牧师家那个年轻人不认识你。可是罗布·莫尔特里厄说，你这个眼珠突出的呆子，你不是能说会道吗，快去把他叫来。他与我的关系要比你与我的关系更亲。你有半打父亲或者更多一些。

于是杰斯·莫尔特里厄吃力地穿过谢格特的大街小巷，走到牧师家，转达了罗布·莫尔特里厄的话，小尤旺来了，坐在老莫尔特里厄的床边，虽然尤旺身边躺着的是个奄奄一息的老头，他一点也不怕，仍和平时一样冷静，好像没事似的。门外的乡亲听不清他们两人的谈话，他们只听到尤旺·塔文达尔讲的一句话，是的，我注意到了这点，和是的，这是应该知道的。最后他起身告别时，只是和罗布握握手，没有像其他人那样说些希望老罗布早日康复之类的话，而只是握握手和他告别，他走的时候和来的时候一样镇定自若——唉，要说有冷酷无情的年轻人，那就是这个兔崽子了，莫尔特里厄怎么会有求于他呢?

罗布在牧师到来之前就呜呼了，像他这样虔诚的信徒，常常爱不释手地捧着自己的《圣经》，临终前牧师祈祷也没做实在是件怪事。阿格哭诉着说她父亲没给赐福就与世长辞了；他死了以后她号啕大哭起来。

安葬那天天气很热，他们悄悄地把这个粗鲁的老家伙埋葬了，卡珲先生比过去更瘦，更沉默寡言:可是他念悼词时嗓音很好，比他以前的嗓音要低沉些，更温和些，卡珲确实已很少讲话。乡亲们说在某一次安葬仪式上牧师讲得好像死人哪一天还会再站起来，重新欢度余年，这使你听了毛骨悚然——无疑，这些都取材于《圣经》，听听不错，但你知道这些都是些莫名其妙的话。当他们把老莫尔特里厄的遗体葬入土中时，牧师讲话很稳重，语调很低，你听到了一种持续的哀诉声，罗布一生做了不少坏事，他品德恶劣，仇恨绅士，虐待杰斯。这就是他的归宿，人们不因他的死而感到悲哀，唯有约翰·缪尔是个例外，他后来对艾克·奥格尔维讲了他的心事。

乡亲们走了以后，他突然感到好像他一个人在宁静的墓地工作，他看着卡珲的人影离去了，这表明在谢格特又有什么人找到了他的归宿，这不止是老莫尔特里厄，还有比他更老朽的东西。他心中产生了一种奇怪的疑虑，他坐在阳光下眯着眼睛做起梦来，他觉得教堂、牧师以及铭刻着牧师对死者的挽词的石碑，古代的生活方式和信仰，似乎都只是他见到的在烈日下的阴影，都是些瞬息即逝的虚无的东西——只不过是一个小孩看到山上变换着的图形所产生的怪念头而已。

眼下变化实在太多，乡亲们看到在谢格特事态都向坏的方向变化，没有一个人不或多或少地受到打击，你在花钱之前必须点一点钱，物价昂贵，纺织工人，这些贱人，根本没钱到店里去买东西。莫瓦特有一爿纺织厂还在开工，这样拖到秋天，你看到它烟囱里冒出的烟如同一条懒惰的蛇徐徐上升。但这爿厂也不景气，火车站站长纽伦兹说现在铁路上行驶的火车很少，黄麻到货也很少，他怀疑麻纺厂能否再继续开工生产:他想叫纺织工人去干他干过的事，祈祷以便成为麦克多格尔的耶稣的门徒；他无疑是一个虔诚的人，然而你也思量过:祈祷成为门徒并不能使麻纺厂开工。

谢格特的街上到处都是纺织工人，这些贱人在阳光下懒散地闲逛，你在咒骂这些畜生懒惰，靠像你这样的人养活之余，还不住地哀叹，你店里的东西他们一件也不来买了。戴特·皮特首先感觉到了这点，自从他多年前亏待了他父亲以来，他一直没有从纺织工人那里赚到什么钱。这期间他靠和谢格特新镇的其他人，主要靠和周围村子里的乡下人做生意来维持生计。可是他现在发现乡下人也靠不住了，佃户们从大路上的货车上买到了肉，眼下农夫们都备有汽车，他们可以到斯通哈文或者甚至到邓东去买东西；后来戴特·皮特只得把他的小店拍卖了。戴特的财物一件件地给卖掉，他站在一旁看着，好不热闹，他那次和谢格特的那个细木工打架后脸上的伤痕还在。

乡亲们不知道他今后会怎么样，据说他身无分文:虽然他假装还开着店，乡亲们对他和他的玩笑已感到厌倦，他们不是笨蛋，不论他上哪儿，他都碰到冷面孔。一天晚上他在谢格特阿姆斯酒吧开始胡扯时，亚历克·霍格正在场，他说道，住口，我们听够了，你干的事，我们也看够了——你怎么没能把你头顶上的商店屋顶保住呢？戴特像条狗似的把他那黄褐色的蛀牙露了出来，可其他人都嚷了起来，对啊。他这才没敢攻击小霍格。这个坏蛋在谢格特混不下去了，他跑到梅克尔勃格斯的农场，要求给他一份工作，人们说戴尔齐尔只给他很少钱——戴尔齐尔的新管家是按老办法行事的；说真的！戴特·皮特到了梅克尔勃格斯，将来的父权问题要比以前更复杂。

因为小孩接二连三地生了出来，乡亲们除了购置摇篮外，节省了其他的各种开支，在老镇婴儿哇哇地出世，住在早已十分拥挤的屋里。越是没有事干，小孩生得越多，老莱斯利说他们把小孩养得很糟，这说明他们是怎样的贱货，四五个人挤在一间屋，这种房子连作猪圈还嫌太差呢。简直是地狱；人们应该得到解放，他自己小时候在加伏克时——

他的铁匠铺也没生意，尽管他吹牛的本领不减当年，打铁声时常中断，铁砧闲置着，你探头进去，常可看到老莱斯利垂头坐在那儿，凝视着他的烟斗，看到他你会有一种不舒服的感觉。纺织厂交给他的活计很少，镇外农场交来的活计更少，他们使用的新式犁杖不需要犁刀，他们的犁杖如果损坏了，他们查阅一本书并把它送到制造厂去修理。而在过去金拉第和阿巴思诺特的佃农、谢格特和福东之间半数的山地农民以及湮没无闻的小农场上的人骑马送来很多需要修补的小农具。

收获季节结束时天气变得阴沉起来，云彩在山谷上慢慢飘过，看来在谢格特唯独经营阿姆斯酒吧的威尔·梅尔文生意兴隆，他和他那个说话尖刻的坏老婆经营着这酒吧，纺织工人常到他的酒吧去喝个酩酊大醉，他们不愿老老实实地待在家里过那悲惨的日子，或像某些老实人那样割喉自尽。

莫瓦特先生突然回到了谢格特，并把他在公馆里碰到的仆人全解雇了；他声称他是被迫这样做的，没有别的选择，工党那些人征税征得他没有活路了。此后他进了教堂，这是多年来的第一次，他坐下听了一场令人厌烦的讲道——上帝啊！卡珲怎么变了。乡亲们说莫瓦特先生在教堂听布道时眼睛没有对着牧师而是盯着卡珲夫人，她傲气十足地坐在教堂合唱队里，她的头发梳成一束一束的，是的，她有很美的头发，她眼睛一直盯着布道坛，好像她没有察觉莫瓦特先生的目光——正如她不晓得莫瓦特先生是她三四年前夭折的那个婴儿的父亲，而这在谢格特是人人皆知的事。

莫瓦特先生现在从不走近牧师的宅邸，自从大罢工以来，他就没走近过牧师的家，也没有走近盖狄斯的家，因为卡珲夫人在农村妇女联谊会上和别人发生过争执。你知道为何争执吗?有一个来自邓东的社会主义者提出要做一个关于节育的报告，乡亲们立即反对，只有一人除外，这人就是牧师娶的那个坏女人……你会问节育指什么!?乡亲们会告诉你:在你小孩还没出世前就把他扼杀了，很有可能她自己就是那样干的。

眼下卡珲夫人自己料理家务，牧师夫妇也不得不在花钱方面有所克制，埃尔斯走后没有雇用别的女佣人。索洛克的妻子知道后很高兴，她说她敢担保，趴在地上擦地板对卡珲太太穿的那条漂亮的真丝短衬裤肯定是不妙的。索洛克的妻子一直没有宽恕牧师妻子穿的那种内衣裤，以及她在大选中投票的事。

以后又传来消息说工党政府终于倒台了，这引起了一些震惊，那个漂亮的拉姆齐·麦克唐纳开始和托利党人相处得很好。有无线电收音机的人家收听了他的讲话，他讲话时语调庄重，但听起来又咩咩的像头羊叫，当然是一头圣羊啰，他说国家还可得救:他就是准备去拯救他的国家的。他已变成一个很有胆识的好人，你很乐意听他咩咩地讲下去，他现在已经站到绅士这一边。毫无疑问，谢格特将向好的方向转变。

可是克丽斯却忧心忡忡地注视着谢格特的事态发展。一天晚上她走到尤旺的后房间里，尤旺正坐在一张小书桌旁读书，手撑着头。她进来时尤旺站了起来，很有礼貌地替她找了一把椅子，尽管他在看书，态度较冷淡，她问尤旺在读什么书。他告诉她他在看一本地质学的书，他在研究很久很久以前苏格兰进入上一次冰河时期的岩层，那时冰山漂流而下，经过邓东，人们从高山上的住所里望出去，看到冰山和冰川的流动。克丽斯坐着，两手扣着双膝，听着他的讲述，在灯光下，她看着尤旺的头，平滑、墨黑，然而闪着金光，这是由于灰白色的灯光照在他的头发上——如同上面是灰色的花岗石，下面也是灰色的花岗石。

她的思想旋又转向尤旺正在述说的事，她在想冰河时期又来临了——冰河正向全世界蔓延，这不是终止黄金时代的冰河时期，而是贫困与恐惧的冰河，它的冰山在白天高高耸立于天空，在夜晚天空闪烁着它凛冽的光彩，人们看到它惊奇得不知所措，它阴湿寒冷，晚风在呼啸，当冬季的霜和雾来临时，人们已无处可去，无处可以寻求救援，什么都无法获得，只有伴随着风暴的黑色阴云……

尤旺转过身来，尖叫了一声妈妈！随即一跃而起，冲到她身边，用手摇了她几下。克丽斯惊醒了，两眼盯着他。她问，出什么事了？他说，你刚才好像——脱离了人世，到了另一个世界。

她很少听到尤旺在讲话中用苏格兰的词语，他平时不用苏格兰的语汇是因为他觉得这些词语犹如陈旧的钝器，他刚才用了苏格兰的词汇好像很突然，是因为他找不到恰当的英语词汇。克丽斯笑了笑说道，是吗？她用手弄弄他的头发，他安详地对她笑笑，他性子急，但不害怕——尤旺这一世还要做一些不寻常的事，他还没有他的上帝，还没有一种信仰，他对世事还没有成见。她用手搂住他(他很有礼貌，没有挣脱)，心里在想他是可能挽救时势的少数几个人中的一个，他能用冷静的目光毫不惊慌、毫不害怕地注视着冰川和寒冬的到来。

她想到这里微笑起来，笑她自傲地梦想着她自己子宫里生出的小孩，一个无所事事的女人的自傲:她对尤旺说了声晚安就下楼到厨房，把东西整理好，准备明天做早餐。这时有人敲门，埃尔斯·奎因，现在叫埃尔斯·霍格，拿着她每周为牧师家洗好的衣服走了进来，她大声说，太太，你听到那条新闻了吗？

克丽斯问，什么新闻？埃尔斯坐下后气吁吁地说，我当然要跑来告诉你啰。是关于莫瓦特先生的事——你肯定已经听到了吧？

她说这消息已传遍了谢格特，莫瓦特先生破产了，他身上连一分钱也没有，整个谢格特都给抵押了。上次他从伦敦回来，曾设法不惜任何代价借一笔款子；他到邓东银行去试了试，他们说必须看到他厂里的黄麻库存。因此他们派了一个人到谢格特，莫瓦特先生在公馆里接见了他，并请他吃饭喝酒，这使他剩下的唯一的男仆老辛克莱想起了过去的好日子，那时小莫瓦特从伦敦回来时，汽车里要带上好几个妓女。银行里派来的这个人很机警，他怀疑莫瓦特在搞鬼，所以他酒喝得很少；而莫瓦特却像一条离了水的干鱼狂饮了一通，喝过酒莫瓦特说道，好，咱们到厂里去看看。

厂里有两个主要的货栈，小莫瓦特先生说一个货栈几乎是空的，另一个货栈堆满了大包大包的新黄麻。莫瓦特先生给他看第一个货栈，里面只有一两包黄麻，他们来看第二个货栈时，滑门推开后又弹了回来，货栈里的大包黄麻堆到了屋顶，多得几乎鼓到门外来了。莫瓦特先生说，你看，我们厂里黄麻库存很多吧。银行里的人同意了。

银行里的人回到邓东并作了汇报，银行同意贷给莫瓦特先生五百英镑。莫瓦特收款后不久就失踪了，谁也不知道他上哪里去了；上星期银行怀疑有问题。昨天他们又派了一个人到谢格特，他在工厂那似乎是堆满了的货栈里看到了什么？只有像窗帘似的一层包堆到了货栈一端的屋顶，货栈的其他部分和你的圆顶帽一样空。莫瓦特先生欺骗了银行:银行里的人把工厂接管了。

克丽斯问埃尔斯接管是什么意思，埃尔斯说她也不知道，她只知道留在厂里的人当晚都给解雇了，工厂都关了门。乡亲们说工厂不会再开工了，生意那么差，开工不合算；谁也不知道等了多年工作的纺织工人该怎么办。

冬季即将来临。在老镇人们都无精打采，对即将举行的选举毫不关心，克丽斯也不准备去投票——究竟工党是骗子还是托利党是骗子？他们都营私舞弊肥了自己，他们的说教从头至尾都是谎言。

十一月末阴雨连绵，她看见戴尔齐尔水汪汪的农庄在冰冷的雾气下好像升高了，移动了，这雾气在蒙斯山山脚下浮游飘动，凯姆斯城堡上的麻鹬不再鸣叫，晚上远处传来低沉的火车声。夜晚有照明的大型公共汽车的车灯会突然照亮克丽斯卧室的墙壁，她躺在罗伯特的身边还没入睡，罗伯特睡得这样熟，有时真好像死过去了。在黑暗中你头脑里老想着谢格特人的困境，怎么能安心睡觉呢？怎么能入睡呢？

他们采用了一种新办法，叫作家庭经济情况调查，长期领取救济金的纺织工人今后的生活要由他们的亲属负担。克丽斯走到艾克·奥格尔维的店门口时，他告诉她老镇的情况已很糟糕，威尔逊家的救济金已给停了，因为他们的老祖母在领养老金——他家三口人每周生活费只有十个先令。他们拿什么来付房钱呢？

莫瓦特的债主接管了工厂以后就强迫住在那里的人付高额房租，他们当着费特的面把两三户人家逐出他们居住的房子，假如你能把它们称作房子的话——它们臭得像猪圈。老克朗宁也被辞退了，因为小查利在弗雷林找到了工作，并能待在家里照顾他的父亲：父子俩怎么能只靠小儿子的一点收入维持生活呢？比这更糟的事例还有的是，要糟糕得多，该死的！你过去并不喜欢纺织工人；可如今发生的事几乎使你恶心，这好比是在踢穷人的脸，目的只是为了听听他们骨头的碎裂声来寻寻开心。

克丽斯说，他们不会忍受下去的，会引起革命的。艾克冷笑着说，革命？他们只会忍饥挨饿，默默地忍受着。或者“按我的脸色行事，我就投你一票！”

后来传出消息说老克朗宁死了，他的小儿子查伊发现他死在床上，查伊哭着说他父亲曾多日没有取暖的柴火，吃的东西除了一锅土豆外其他什么都没有。乡亲们根本不信这些胡言，认为这不可能是事实，因为它使你颤抖——不，不，这只是另一个该死的谎言，谢格特从来没有发生过这样的事。你会在缅恩斯县长那儿听到这种事吗？——当然不会，因此你知道这不会是真的，县长说一周以来我们这儿不错，苏格兰仍是英国的支柱，古敦高地人虽然工资被减少了，可是他们毫不在乎，仍过着欢乐的生活。革新主义者是世界上最卑贱的人，他们计划把小孩迁出贫民窟，送他们到没有上帝的公社去培养，有一个叫内奥米·米切森[①]的粗鲁的妇女，在她写的书中没有提到耶稣基督一个字……缅恩斯县长一直是消息很灵通的，他会给你看一张麦克塔维雪夫人在除夕舞会上得布丁奖的照片。

乡亲们说老克朗宁的儿子，其名叫乔克，（你肯定记得他在

---

① 内奥米·米切森(Naomi Mitchison，1897—?)，英国作家。

谢格特时的情形吧?)为他自己干得不错。他现在是全国劳工组织的支持者，是拉姆齐在格拉斯哥的一个新助手，不久他就可以进入议会:他现在正在作巡回演说——题目是:国家居先，党派居后。这里他当然是指政党[1]而不是指那种在他格拉斯哥家里举行的社交宴会——他的讲话、举止活像一个绅士。

查利说他的老父亲得知乔克在做巡回演说也束手无策；只得让他去。查利最后一次见到他父亲时，他已语无伦次，只是喃喃自语地讲述着一本拉姆齐·麦克唐纳写的关于社会主义的书。以后灯光越来越暗，他没法再往下读了。

查利到牧师家来安排在谢格特教堂墓地安葬他父亲的灵柩的事宜时，对尤旺讲了这些事，他和尤旺很久没见面了，尽管他们上的是同一个中学。查利害羞地对尤旺说，我听说，尤旺先生，你在学院是个聪明的学生。他站着，把他那双沾了泥污的大靴子在地上滑来滑去，他沉重的双手长满了老茧，冰凉，拿着一顶制作粗陋的帽子。尤旺说，还可以，请坐。喝点茶吗?他来到厨房，看见克丽斯在做蛋糕。妈妈，小查利·克朗宁来了。他还没有吃饭。克丽斯说她待会儿用盘子送点吃的来，尤旺说，不要用盘子送，那样他会觉得我知道他肚子饿，他会不开心的。我拿一点糕进去，我们两人一起吃。

他这样做了，虽然他刚吃过午饭，克丽斯偷偷地看了他们两人，他们坐在屋里边吃边谈，她为尤旺表现出几分自豪和惊异，为他的朋友感到怜悯，他长着一张害臊的红脸和一双笨拙的手。此后她又去做她的事，他们在吃；查利·克朗宁走了以后，她听到尤旺奔到浴室，他突然感到很不舒服。克丽斯给他

---

① 原文 party，一指政党，另一意思即是指社交宴会。

喝了一杯水。他笑了，喝了以后说好一点了:他脸色苍白，黑头发，身上仍是冰凉的。克丽斯当时以为他不舒服是因为他陪克朗宁时吃的东西引起的；后来她又不能确信是这样的，因为她发觉查利跟他讲了很多发生在老镇的坏事。

那天晚上她到他屋里，看见尤旺手撑着头，凝视着窗外的冻雨，在黑暗中，冻雨下得很密，发出嘶嘶声，他没像平时那样在看书。她轻轻地碰了他一下。他一惊。

哦，没有什么，他说，我很好，不要着急，我是在回忆老克朗宁的面庞。

此刻他开始面向现实生活。

那是星期天的事；星期一乡亲们醒来时谢格特镇大雨倾盆，大雨也降落在冒着雾气的山峪里，那里被雨水冲刷的地上形成很多泥潭，山头上乌云翻滚。罗伯特一清早就到他房间里去了，克丽斯在厨房里烧饭时约翰·缪尔来了。约翰·缪尔比她以前看到的样子要怪，他忘了叫她太太。他说昨晚发生了一件怪事，他斜着眼睛看着她，并怪声怪气地咳了一声。

克丽斯问，出了什么事？坐下，你看上去脸色不对。于是他坐下来向她讲了一件怪事。

她听到过金特尼斯夫妇吗？他们住在谢格特老镇。至少三天前他们还住在那儿，乡亲们说金特尼斯不务正业，常干坏事，他已经有好几个星期没付房租了。他的妻子是金拉第人，她有一个小孩，生下来才三个星期，可是房东不管这些，把他们赶出了屋。她几乎气疯了。西姆·莱斯利赶到现场时他们已被逐出，他觉得这没有什么，对于这种事现在他已习惯了。

他们人被赶出，家具被抛在街上，你记得那个星期六满地是冻雨，他们住的房子是在谢格特镇的边缘处，当时很少人看到发生的事，在那种天气很少人愿意出来的，金特尼斯本人也是个很凶蛮的畜生，他弄来一些大袋子，把他大部分家具遮好，他为了找一个住处，在谢格特兜了几小时。可是人家不认识他，也不喜欢这个粗鲁的家伙，他回到他妻儿身边时已快半夜，妻子怀里抱着小孩一直站在冻雨里等他，差一点冻死了，他砸碎了一间屋的窗子把他妻子弄了进去。那晚她在厨房里坐了一夜，金特尼斯自己找来了一把椅子，可是他无法入睡，又出去兜了许久。

到了星期天早晨情况变得更糟；西姆·莱斯利，人们叫他费特的那个警察，大早走来诬说他们是乞丐，并把金特尼斯的名字记在他的小本子上，好像他不认识他似的，他说法庭要处理这事。接着他把他们从屋里撵了出去，在窗上钉了木板，弄完后他就管自走了，附近一家人家把母子俩接进屋待了一会儿。可是她家房间狭窄，居住得十分拥挤，几乎无插锥之地，到了晚上金特尼斯回来了，他说他找到了一个住处，他没有多说话，他是个蛮横的人。

他的妻子冒着冻雨跟着他一直走到老镇的尽头。那里有一个旧的被遗弃的猪圈。那是在麻纺厂建立之前，麻纺工人还没来的时候谢格特人养猪用的。你要弯下腰爬着才能进去，金特尼斯在里面铺了一块垫子，放了一支蜡烛和他们的一些东西。黑夜好像过得很慢，金特尼斯夫人害怕黑暗，也怕这个破旧的猪圈发出的声音，后来他们倦了，吹灭了烛火，在雨声中睡着了。

他们醒来时天快亮了，金特尼斯夫人被她小孩的尖叫声惊醒了，这不只是一个婴儿感到不舒服时的啼哭，而是尖声大哭，几乎把她吓死了。她想尽办法来哄他，后来光线渐渐射进猪圈，他们终于明白小孩大哭的原因，老鼠在夜里把小孩的大拇指咬掉了。

约翰·缪尔叫道，*太太，不要那么激动！*他抓住克丽斯的胳膊让她在一把椅子里坐下。他直起身子时，看见牧师站在门口，他刚才悄悄地走了下来，这些日子他走路一直静悄悄的，他的样子跟克丽斯差不多，他已听到了一切。但他只说了一句，*约翰，金特尼斯一家现在在哪儿？*

缪尔斜视着说他也不太清楚。听说乡亲已送了一些食物到猪圈，金特尼斯已去请医生，据说，他一直要走到斯通海夫。罗伯特惊奇地问，*走去的？*——他的脸看上去很不自然——**走去的**？*克丽斯，我要去看看他们。你能在我回来前腾出一间房子吗？*

他走了出去，外面下着大雨，克丽斯很快把房间腾了出来。罗伯特回来时已近中午，那个女人瘦小得像个小姑娘，罗伯特抱着她的小孩。他已不再大声哭叫，只是像只小猫似的在轻轻啜泣。那女人站在那里，不好意思地看着克丽斯，那双奇怪的眼睛像只受惊的动物，克丽斯紧紧地握着她的手，嗓音沙哑地告诉她她的房间在哪里，并叫她不要哭。克丽斯接过小孩，替他洗被咬烂的拇指，尽管她清洗时感到很恶心；这孩子像只受伤的小猫啜泣着。洗完后她把小孩送到他妈妈怀里，她正等在腾出的炉火很旺的卧室里。

克丽斯让他们在那里待着，她下楼来，看见约翰·缪尔把金特尼斯的家具运来了。他告诉她牧师已骑车到斯通哈文去了，他想赶上金特尼斯，自己去把医生请来。

金特尼斯约在三点回到了牧师家，约一小时以后罗伯特和麦考马克也赶到了，罗伯特在雨中骑车，衣服全淋湿了，冷得直打哆嗦。医生上楼去，待了很久才下来到大厅里克丽斯跟前。他摇摇头，关上了药包。

我来得太晚了。小孩已中毒休克。虽然小孩在这女人身边，她并不知道。这个婴儿是在一小时前或更早一些时候死的。

三天后的一个深夜，克丽斯醒了，她是突然醒的。罗伯特在她的身边不停地咳嗽。她起身，轻轻地走到大床他睡的一边，他不知道她温暖的身子已经离去，他全身都很烫；凭借窗外的微光，他看出了她的身影。他说，我很好，你睡去吧。说罢，他又咳起来。

克丽斯穿了一件睡衣走下楼去，冲了一杯热的柠檬水拿上来给他喝，他喝了并谢谢她的好意，喝罢，她关了灯，躺在他身旁，她感到他身体仍旧很热。但不久咳嗽止住了，她睡着了，她一觉睡到天亮，罗伯特的咳嗽声和外面的风声把她吵醒了，风卷着白雪飞向谢格特，堆积起来，另一个新年又要来了。

天亮后风越刮越大，窗子被刮得格格响，在旧屋顶下可以听到犹如风笛的声音，在长而弯曲的烟囱里，风呼啸而下:罗伯特还躺在床上，克丽斯不让他起来，几乎是强迫的，他突然笑了——这一笑让她干涸的心田又充满了怜悯，已经消失的旧日的恋情之火又燃起来了。罗伯特说，假如我身体好了，我要把你抓住，你这样训斥我，真坏！克丽斯说，你爱怎么弄我就怎么弄我——等你咳嗽好一些以后，可是现在不行。他用手抚摸了她的手臂，他的眼中又燃烧起火焰，克丽斯，你还是那么健康、标致——我对你太不关心了！他又咳嗽了几声，他平静下来以后便静静地躺着，倾听着时间分分秒秒地过去。

金特尼斯夫妇住到了邓东朋友家，他们没有留下纪念物，他们留下的只是一个白雪覆盖的坟墓，罗伯特喉咙里咳嗽还没好，一到夜晚你还会想起老鼠吃婴儿肉的可悲事件。人们信仰过上帝，信仰过基督，信仰过人的仁爱之心，人们曾经以为这种秩序会永恒地保持下去，因为它是真理，它对人是公正的……罗伯特熟睡在你身旁，在睡梦中他动了一动，嘴里喃喃自语。他说，哦，我不能，我不能——哦，我的上帝啊！克丽斯替他把被子盖好，让他再睡，次日清晨，他又咳醒了，克丽斯看见他枕头上有一摊血。

她说，罗伯特，我必须请个医生来。她心里很害怕，可她讲话时没有流露出来。他摇摇头，他的目光变得淡漠了。我会好的，我会照看好自己。他后来吃了一片烤面包，喝了一些茶，没再咳了。他向克丽斯要了一些纸，一支铅笔，他想把他明天的布道词写好。

克丽斯知道他明天不可能去布道，至少要一个星期以后他才能离开病床；可是她还是替他取来了纸和铅笔，让他安静下来，她在床边站了一会儿，后来他抬起头——怎么啦，克丽斯汀？他的目光又转向了远方，因此她去做她自己的事时，心里隐隐地感到痛苦，她感到，再去想那一切还会返回是愚蠢的。

那天早晨，尤旺帮助他妈妈擦地板、运煤，外面北风呼啸，冻雨不止；不久地面上结了冰。下午克丽斯想到罗伯特的房间里去，门起先推不开，推开后，一股寒气刺激着她的面孔。她一看原来窗大开着，房间里冰凉，罗伯特半裸着身子躺在床上睡着了。她进来时他醒了，尽管房间里很冷，他的两颊还是绯红的，他说他想睡可是睡不着，感到胸闷，因此把窗打开，这才睡着了。他布道用的本子上哪儿去了？

克丽斯下楼去叫尤旺打电话请医生来。晚上医生来了，罗伯特静静地躺着，眼睛望着远方，医生听了罗伯特的肺以后感到有问题，可是医生还是谈笑风生。后来他下楼来对克丽斯说，卡珲先生的肺音很不正常——哦，不会的，他受的风寒还没染到肺上。你知道他在大战中中过毒气吗？他两张肺叶上部都有异常的挛缩。明天一早我就来，让他睡在床上别起来，盖得暖和些。

尤旺六点钟左右上楼去看了看，下来时说罗伯特睡着了，可是枕头上又有鲜血。克丽斯要上楼去换，可她四肢疼痛，尤旺说他已换好了，罗伯特没有被惊醒。你坐下休息，他强迫她坐下，他们俩看着火坐了很久，听着大风在谢格特上空咆哮。约八九点钟他们睡觉时外面的风似乎停了，只有紫杉树里还有点风声，尤旺走到窗前并叫克丽斯来看。她走过去，在黑暗中站在他身旁，仰望着黑灰色的天空，空中布满了银白色的星星，没有一点动静，没有生命，紫杉树伫立在花园的后方，花园里的树篱无声地挺立着，好像也在凝视着微弱的星光……尤旺说，你要着凉的。随手关上了百叶窗，这时他们又听到上面罗伯特的咳嗽声。

次日清晨，约翰·缪尔很早来到了牧师家，他说他要在教堂宣布今天没有布道会了；克丽斯同意了。就在他们两人站在门厅里谈话时，他们听到楼上的房门开了，抬头一看，克丽斯惊叫起来，罗伯特！他正手扶着栏杆慢慢地走下来，他说，我好了；我**一定**要去布道。他是用一块手帕捂住嘴说话的，这时又停下来，咳嗽起来，克丽斯扭着自己的手。罗伯特，回去睡在床上——你一定得躺着。

他摇摇头，他已穿戴整齐并已剃了胡须，我要和平时一样去布道。咳嗽怎么能阻止我去呢？**我要和乡亲们讲些事。**

克丽斯已够坚决的了，这时她明白假如她这次不能说服他，那以后她再也无法说服他了。她说，罗伯特，这是为了我。我从未提出过过高的要求——为了我，今后我再也不提其他要求：请你回去好吗？

尤旺已从他的房间里走了出来，向下望着，他看到罗伯特的脸一时间扭曲着，好像他很痛苦，过了一会儿，他的脸又变了，又恢复到他们熟悉的、黑黑的、睡梦般的样子。克丽斯，要我回到你身边还是回到教堂去。我是教会的人。

一时间克丽斯感到心里不好受，她非常滑稽地冷笑了一下，她肚子痛，喉咙也痛。这以后她突然镇定下来，她听到自己说，好，就这样吧，这是你的外衣。她在大厅里替他找了一件外衣和一条围巾，并把围巾给他围好，她做完这些以后，他用一种奇怪的目光看着她，他死板的脸上微露笑容。他脱口而出地叫了声，克丽斯——我最亲爱的克丽斯！他没有当着约翰·缪尔的面，没有用嘴唇而是用他这种神色吻了她，克丽斯也对他笑了一笑，她脸色苍白。然后他便只身走了出去，踏着冰冷的路面，迎着寒风，向教堂走去。克丽斯抓住尤旺的胳膊，摇了摇——陪他一起去！我穿好衣服马上就来。

她慌慌张张地上楼去换了衣服，下来后赶紧出门，走过白雪覆盖的花园，这时突然响起的教堂的钟声还在寒风中回响。她匆忙走过教堂院子时抬头看见了蒙斯山，那高山好像突然伫立在那儿，俯视着谢格特，远处的山峰挺立在云彩之下，近处的山峰光秃秃的，她只看到从利其沼泽地里拔地而起的一座雪柱似的山峰，寒风在它周围回旋。

乡亲们说现在谢格特的教堂是个睡觉的好地方，卡珲牧师布道时讲话轻得像头母牛，他讲的耶稣、兄弟情谊、爱，以及上帝为人类感到悲痛等等都是些胡说。他布道时你嘴里可以嚼块糖什么的，或打打鼾；甚至哈里·霍格也承认他讲话声音很轻，卡珲好像给驯服了，他曾说霍格是从猴子变来的，而实际上他们都是彭斯的后代。艾克·奥格尔维说，行，我来做猴子的后代好了！

那个星期天艾克和市长都在教堂，霍格夫人也来了，她的身体比以前差一点，但说话还是那样尖刻。她儿子和埃尔斯·奎因结婚的那天，她对她儿子说——你为了得到一只碗也顾不得水脏了。做礼拜时她坐在她男人旁边。埃尔斯和亚历克坐在他们近旁，使你感到好笑的是戴尔齐尔——就坐在他们后面，他满脸胡子，面带羞容，卡珲讲道声音低沉下去以后，他也常到教堂来做礼拜。

教堂里的人多一点了，老莱斯利进来了，他看上去很消瘦，当你看着他从通道走过时，你心里在想他永远也讲不完关于他在加伏克的故事。该死的！你几乎为这事感到遗憾。要说比老莱斯利更坏的人，他的儿子西姆就可算一个，现在他得到了提升，要离开谢格特了，假如他没有像他现在那样的脚，你会说他长得太大了，靴子也穿不下了。

缪尔煽起了一阵很大的喧闹。威尔·梅尔文在钟声中走进了教堂，他像只鼓着肚子的猫，他的瘦女人跟在后面，乡亲们说他们赚钱如铲土。从土到土，人人如此，这是艾克·奥格尔维的逻辑——始终如此，他不管谢格特的好人坏人都要骂，在一个尽做坏事的畜生，像那个贱人戴特·皮特，和他的弟弟，自己开店的彼得之间，艾克根本看不出有什么不同。

小彼得·皮特站在靠近教堂合唱队的地方，他凶狠地向周围看了看，叫人们安静下来，他的夫人站在他旁边，索洛克夫人和索洛克本人将去谢格特广场，在麦克多格尔的合唱队里演唱关于血气的歌曲——他永远也不会忘记戴特·皮特把他杀死的一头猪放在他床上的事。

上帝啊！霜天寒风把人们都赶进了教堂；你移动了一下身子，让一个人进来:他就是从弗雷林牧师宅邸里来的小克朗宁，他是唯一来教堂做礼拜的麻纺工人；这些粗人对宗教从来不感兴趣。查理·克朗宁像鸭子下蛋似的坐下了，在众人面前他脸红了，显得有点腼腆，他一本正经地翻开了《圣经》；你心里在想盖狄斯校长应该向他学习，盖狄斯四肢伸开躺在座位上，很不庄重，很不像样；他这样伸着四肢躺着时，脸上还露出阴险的冷笑。

接着合唱队的人一个一个地来了，第一个来的是弗格森小姐；天哪！她的脸多红啊。艾克·奥格尔维说，即使以后有朝一日人们从她棺材里把她的尸体掘出来，她脸还会红的。梅斯克尔小姐在她身旁猛地一坐，这对梅斯克尔小姐的脊骨不会有好处的，对此你是会想到的，特别是因为座位看上去没有垫好。她还没有找到男人，看来在目前情况下这种机会很少——该死的，谢格特的事情已相当糟，你只能希望在谢格特崩溃前国民政府能改变局面。拉姆齐·麦克唐纳说假如我们都变得穷些，吃得少些，多花些钱，情况会改变——唉，真是个好人，头脑很清楚。英格兰人很清楚他们不会在英格兰扶植像拉姆齐那样的人:艾克·奥格尔维说他们一出世就会被英国人掐死的。但这只是他的不值钱的讲法，英国人总是需要苏格兰人作头头，既圣洁又精明能干。

约翰·缪尔终于打完了钟，和以前一样眯着眼睛侧身走过了通道，把牧师引了进来。确实，牧师脸色苍白，人们听说他曾生过病，得了感冒什么的，这无关紧要。他走上布道坛，咳了一阵，坐下后俯视了台下的会众——该死的，他样子很古怪，他布道时要讲的跟他很久以前热切地要改变世界时布道的内容相仿。

后来你发现你搞错了，他的头低垂到他的手中，他在祈祷；你觉得看到他这样好一些，他很正直、和蔼，一个牧师应该这样——不是像他过去那样企图改变事物——究竟谁要在谢格特进行变革？乡亲们很好，假如不然，那就没人干活了，食品是有点短缺，你全然不知你的孩子长大后在世上能找到什么样的工作，因为那时到处都是纺织工人非法生下的小孩等人。他们只得在基督教会的帮助下走自己的路。

小尤旺·塔文达尔走进教堂坐了下来，环视了一下四周，又抬头看着布道坛，好像这教堂和布道坛都是属于他的，他两者都不怕——是这样，乡亲们讲得对，他是一点不懂礼貌，对上帝、对凡人一点也不尊重。当教堂的管风琴停止演奏时，远处一扇门打开了，卡珲夫人匆忙地走了进来，去到合唱队就座，她脸色很白，很骄傲，仍像一个骄傲的姑娘。在半道上，她站住了，抬头看着她的男人，罗伯特静静地坐在布道坛上——乡亲们看到她在看她的男人觉得很有趣，心里都在想：他们两人会不会在家里顶过嘴？

牧师吟诵了圣诗，他念得那么轻，你几乎听不清他念了些什么；你花了那么长时间寻找他吟诵的诗文，以至于他吟诵完了你还没有找到他是在念哪一篇诗。接着牧师祈祷了，你低下头，他是一个令人厌烦的祈祷者，他讲的话只有一半被人听到。可在他祈祷结束后发表他的布道时，乡亲们几乎跳了起来，他的嗓音洪亮，像一口钟突然敲响了：

我的讲道选自《路加福音》第二十三章第四十二节：**就说，耶稣啊，你得国降临的时候，求你记念我。**

听到耶稣出世的哭声至今已有一千九百多年了，人世间天主教创立至今也有一千六百多年了。在耶稣基督逝世后最初的时日里，人们无时不在等待着他的归来——他有限的几个追随者满怀信心地期待着他在几个月内，至多几年后就会归来，他们确信他会重返大地，铲除曾谋害他的人间罪恶。岁月在流逝：他仍没有归来。然而正是对耶稣的希望和对于美好未来的憧憬，使基督教最终在罗马、在全欧洲获得了胜利；并使基督教的地位得到了提高。耶稣基督仍迟迟没有归来，人世依然如故。

耶稣啊，你得国降临的时候求你记念我。

一周前的今夜，在谢格特这一信奉基督教的村镇，一个男人和一个妇女被逐出家门，无处安息。夜里一只饥饿的老鼠咬伤了他们的小孩，吃了他的肉——

耶稣啊，你得国降临的时候求你记念我。

在大战结束后的年代里，世界似乎从它的睡梦中苏醒过来了，世界各国都在寻求新的发展，基督的承诺已逐渐被人类实现——它是在对穷人的同情和对未来的希望的运动中实现的，这些运动人们赋予很多名称，意义是相同的。为了反对可耻的压迫和暴政，老百姓最后联合起来了——怀着基督般的莫大的同情心保卫他们在矿井中的兄弟们，矿工们流血流汗给我们大家送来了温暖、光明和安逸。在充满基督的忿怒与怜悯的伟大的九日运动中，运动领导人把货币兑换商从宗教法庭里赶了出去，这九日运动的领袖们扪心自问，他们感到内心的恐惧，他们听到钉子钉进基督蜷缩着的手掌的声音。他们为了各自能得到三十块银币的赏钱又把基督出卖了，出卖了他对人类的承诺。

耶稣啊，你得国降临的时候求你记念我。

今年，当饥饿与贫困席卷大地时，我国的参事顾问们提请我们注意还会发生更多的饥荒与贫困，在这信仰基督的国度里，在基督去世并进入教会宣布的灵魂的王国后的一千九百多年时，统治者以法律、秩序与完美政府的名义把更多的人投入了监狱——

耶稣啊，你得国降临的时候求你记念我。

那时没有午正，遍地都黑暗了，直到申初，日头变黑了。殿里的幔子从当中裂为两半。[①]

当我们看到太阳已经昏暗，看到教堂的帷幕已被撕裂，我

---

① 《圣经·新约·路加福音》第23章44、45节。

们似乎看到了人类在西方的末日，看到了人们所做的最奇怪的迷梦的终止——这是关于上帝和基督的梦，基督赐予这个世界以希望，这一希望像风似的到处飘流，它又像风似的返回，一事无成。这个世界已毫无希望——就我，作为基督的最后一名追随者，看是这样——除非人们能忘却基督的迷梦，忘掉他们在对上帝的信仰动摇时，对着基督却背着自己伪造的教义——并转而用明亮的眼睛去寻觅，不是去寻找饥民挨饿、小孩在无尽头的黑夜中的啼哭、人被野兽吞食时的嚎叫等悲惨的景象……要有一种绝对肯定的信条，它将像一把刀，一把外科医生的手术刀，切除疑团和疾病——目光敏锐的人们或许能找到它，在遥远的将来，人们在地球上过着和平、欢乐的生活时，基督会回来的——

讲到这里时，罗伯特的嗓音几乎已降低到了耳语，坐在教堂后面的会众已听不清他的布道，人们都静静地坐着，凝视着布道坛。过了一会儿，他用清楚的语调慢慢地说道，听起来很可怕，犹如一个人从他的灵魂深处在呼唤一个朋友，但这朋友已走远无法给予帮助：

耶稣啊，你得国降临的时候求你记念我！

克丽斯不能确切地知道接着要发生什么事。她从合唱队坐的地方站了起来，沿着通道奔来，禁锢着她的呆滞状态消失了——她的这些动作都是在罗伯特停止布道后不到一秒钟的时间内完成的，罗伯特的脸上露出了一种很不自然的表情。他俯视教堂，好像看到有个人站在那里。就在这时他嘴边流出一团鲜红色的东西，坐在教堂后面座位上的一个青年看到后尖叫了起来。

约翰·缪尔也和克丽斯一样快地跑到了布道坛，克丽斯看见尤旺站了起来，他黑黑的皮肤，动作很敏捷。艾克·奥格尔维也站了起来，其他的会众都一动不动、无声地注视着，从他们跟前一直看到讲台上那个不作声的人。克丽斯跑上布道坛的阶梯，打开门，看到罗伯特的头已向前倾倒在他自己的手上，她看见，他手下的《圣经》的每一页纸上都沾满了从他嘴唇里流出的血。

她知道这没有什么关系，她伸出手来，轻轻地把他的头发从前额向后理了理；然后看着会众的脸。她润湿了嘴唇，准备讲话，她努力使自己镇静下来，并告诉他们，牧师已经死了，礼拜到此结束，请他们走好吗？最后她听到她自己讲话了，这话语不是她自己的话，很怪，却是从她的嘴唇自己吐出的：

礼拜结束了。

天已大亮，她可以看到蒙斯山的山峰一个接一个地出现在晨曦之中，灰暗的山峰好像骑着朝阳向山谷延伸下去。首先进入眼帘的是特拉斯大峰，山脉向北延伸，阳光洒在山谷之中，山谷的一天开始了，这是她在谢格特的最后一天。她要到其他地方去了，去开始一个新的生活，她无法预料会发生什么变化。在她身边，新的一年开始了，她看见耕畜在起劲地犁地，一只麻鹬在金雀花丛中鸣叫。

她疲惫地走动着，伸了伸胳膊，这是你在早晨完全醒来前的一阵倦意，她这样站在那里，想起了罗伯特在安息日是怎样为谢格特的乡亲们祝福的。她的双手也奇怪地做了祝福的姿势。炊烟缭绕，谢格特人起身了，群山在后面，时日在前面。

这一切都过去了；她慢慢地走下山腰，她只回首眺望了一次这险峻的群山，它们的雄姿使她屏息惊叹，她第一次看到一直笼罩着山巅的云雾消失了，只有一缕淡淡的云彩向南飘去，变得无影无踪，光秃、静肃的山石直插苍穹。

第　三　部

灰色的花岗岩

献给

休·麦克迪尔米德

第一章　绿　帘　石[①]

克丽斯·卡珲走到加洛门那儿时，她四周的街墙在雾中正湿漉漉地淌下水滴，黄色的雾给她的眼睑蒙上了一层薄霭，濡湿了她的眉毛，同时使她的喉咙里有一股陈旧的烟气的苦辣味。一路滑溜溜的人行道到这儿拐了个弯，她知道，它一直向上通往温德米尔高地，很快，透过这一片黄蒙蒙的雾，她看见了那条装有铁扶手的台阶路，宛如一条饥乏的蛇疲惫地蠕行而来。她伸手搭在那温润湿腻的铁扶手上，先歇一歇，准备去爬那段费劲的上坡路，她深深地呼吸着，能听见自己的心跳。满满一袋菜蔬吊得她的手臂发痛——透过濡湿的眼睫毛，她打量着这些东西——似乎作痛的是这只袋子而不是她的手臂……

这样伫立着透了一会儿气，突然她察觉到底下是那么寂静——似乎整个雾蒙蒙的镇子也静立在那儿一动不动，并在雾的环绕中深深地呼吸了一会儿——蠕行着的电车，皇家购物城的公共汽车发出的低低的轰鸣声，格兰德中枢站的蜿蜒爬行的火车的鸣笛声，以及在福西河大水中的拖轮悠长浑厚的鸣叫声都静了下来——一切都停滞了，人们抹去眼睛上的雾气，不慌不忙地斜睨着四周——

真傻，她对自己说，开始沿台阶向上爬去。走了四十级到中途时，一盏灯映入了眼帘，最后，灯光闪闪亮，好似向她伸出了一只长长的脏手臂来帮她一把。灯光照在她脸上，惊奇地闪烁着，似乎并没意想到会照到她的脸庞或是头部或是堆满在头上、脸上的光闪闪的褐色鬈发上——鬈鬈的头发掩在两个耳朵上，蒙上了一层雾气闪发出光泽。克丽斯在这盏灯底下又停住脚，她已经三十八岁了，无力一口气爬完所有的台阶，僵硬得就像蒙斯山路上的一匹老马。

三十八岁就老了吗？到了五十岁你就需要一张轮椅了。等到了六十岁——真要命，他们在谢格特就说过，就该用车送你上乳品商店去了！

她在路灯下微微喘息着，嘲笑着关于邓凯恩[②]火葬场的那个可笑故事——即使在罗伯特火化之后，听到这个可笑的故事仍使她乐不可支……啊，生活本身就是混杂奇怪的大杂烩，每一年你自己都在一点点慢慢地死去，很早以前就随着那个忧郁的小伙子尤旺在一点点死去，在谢格特的教堂里，当你的手触摸到死去的罗伯特的出血的嘴唇而变红时，你就在死去——然而在这些渺小的死亡之中想到一个可笑的故事，这时死亡也变得那么可笑。

又蠢又衰老，她对自己说，一边带着那么一种宽容的心情从挂在台阶朝西转角处的那面镜子中瞧着那一级级的踏脚，镜子挂在这儿是给那些早晨匆匆忙忙跑去上学的小家伙显示脚下

---

① 矿石名，绿色或黄绿色，具有玻璃光泽，常见于变质岩(绿片岩)和接触交代矿床中，在热液蚀变的基性火成岩中分布也很广。

② 本卷中的“邓凯恩”(Duncairn)原本是“邓东”(Dundon)，不幸的是几本英文杂志在本书的出版预告中把我构想出的城市说成是丹地(苏格兰东部的一个海港)，还有两份苏格兰报纸则认定它是阿伯丁，而至少有一家美国报纸显然走得更远，宣称它就是爱丁堡——稍稍加了矫饰而已。

恰恰相反，它只不过是缅恩斯的居民们(并非预见到我完成我的这个三部曲的需要)迄今未能建立起来的那座城市。——作者原注

的危险的。她看见了一个女人，三十八岁了，可瞧上去要年轻些，尽管她的鬈曲的古铜色的头发中掺杂着一些小小的银灰色的发卷，忧郁的嘴边有了皱纹，那对眼睛也显得比面孔更苍老些，可她觉得她看上去还似乎只有三十五岁。面孔显得比以往更瘦削，更平板也更生疏，似乎一张又一张的面具要把这张脸的真面目全部遮掩掉似的，——她想，只有脑壳最终是真实的。

真滑稽，她竟站在这儿，直面着这一切，并不感到头晕，只是有那么点儿惊讶！一度这一切是连想一想都会感到惧怕的——那种从忍耐的骨头上取走了忘却的肌肉而感到的恐惧，生活中的面具和面纱取走了，只剩下了冷酷的内核。眼下，瞧着那对在柔和的宽颧骨上的忧郁的金色眼睛很快地眨动着，她发现，这一切留给她的已不再是昏晕和遗憾。再也没了悲伤，只是对一个胡思乱想的、正在温德米尔山坡台阶上歇息的中年妇女开了个小小的傻乎乎的玩笑。

下面，一辆电车正从灯光明亮的皇家购物城开往在星期六显得那么安静的加洛门，电车的吱嘎吱嘎声打破了四下的静谧。克丽斯转身望去，透过雾气，她先看见了电火花的闪烁，不久就看见了那辆驶行着的粗糙的晃动的黄玉般的电车，它正蜿蜒地用它那疲累的轮子向阿尔巴街的车库驶去。电车一路驶去似乎在雾中燃起了一堆火，一阵微风吹来，吹散了雾气，那儿又看见了格兰德中枢站的火车的烟气。这会儿，透过渐次淡逝的雾气，克丽斯突然看见了大约一里路开外的汤姆森塔的灯光，灯光照亮了塔楼外面的高低不平的灰色花岗石面。

九点钟。

她放下网袋，张开手臂，挺直身子边转边照着镜子，她看见自已的身影还十分苗条，曲线颀长，她下意识地想，还算可以。她把手搭在铁栏上，握住它，今晚可以不必那么匆忙了，克莱格霍恩大妈会照顾他们吃晚饭的——九点钟按她所说正是忙得马不停蹄的时候。不必匆忙，不就是这么一次在令人难受的迷雾中离开福西享受一下宁静，邓凯恩镇上可没有人会在这个时候到这个神圣的被遗弃了的温德米尔台阶上来的。就在这宁静的雾天中稍息片刻——要是没有这股难闻的气味，这时可是真正的宁静了。

眼下的这股味儿，就跟六个月前他们把罗伯特的尸体搬去的那个静悄悄的地方的那股气味差不多，淡淡的，十分难闻。

在令谢格特镇如此震惊的罗伯特的葬礼之后，她几乎想不出她该做些什么，她已经一丝不苟地执行了遗嘱的要求，然后带了尤旺回到空荡荡的牧师住宅，尤旺给她准备了茶，照顾她——他只有十八岁，但已很冷静，办事很敏捷，就像他已经超过了二十八岁——当他在宁静的下午把茶点送到起居室时，她告诉他，在一些特别的时候，他的举止简直就像是八十二岁了。

他很快地龇牙一笑，那副样子活脱正是个孩子模样，同时在屋子里走动了一下，他长得又高又黑，一副本本分分的样子，这当儿她则啜着茶。他自己可一点不爱喝茶，却依然十分孩子气地只喜欢孩子吃的东西——早晨和午餐，尤旺只要有牛奶和燕麦饼就十分满足了，再加些别的就可对付一顿晚饭。在这下午逐渐减弱的光线中，克丽斯能看到窗外格兰扁那儿傍晚的冷峭的反光，十分柔和，微微晃动着，反衬出尤旺的肩膀和漂亮的黝黑的头影……随后他在窗户那儿转过身来，妈，我找到了一份工作。

打从那天在邓凯恩办完丧礼回来起，她就一直处于一种极其痛楚和疲倦交织而成的浑浑噩噩的状态中，听到他的说话声，她木愣愣地回过神来，只听到半句，她问，一份工作？——给谁的？

他回答说，怎么啦，就是给小尤旺一个人干的。不过你得先在这份文件上签字。

——可那样干太傻了，尤旺，你还没念完高等学校呢，接下来还要念大学！

他摇摇那漂亮的脑袋说，大学可不是为我设的。我对高等学校已经感到腻味了，我也不打算靠你过活。想了一下他又以一种沉静的神态说，更何况你也没有太多钱可维持生活。

接下来就是那么回事了，他取出文件，克丽斯坐着，看了那些令人惊愕的乏味冗长的条款，这份学徒文书注明，得为邓凯恩的高恩斯-格洛格公司当四年学徒，是在冶炼厂和钢铁厂干活——可是，尤旺，你去干这种活不是太傻了嘛。

他说他得去试试，不会那么可怕的，尤其是这是他能找到的最好的工作了——我可以在周末回来，时常来看看你。邓凯恩离这儿只有二十英里。

——那你认为我该待在哪儿呢？

他用冷漠疏远的眼光奇怪地打量着她，黑色跟她不太相配，可他的头发和皮肤却太黑了。怎么？哦，你不就待在谢格特？罗伯特去世前你就已经习惯了这儿。

体味一下他讲到罗伯特时的那种神态，倒并不是毫无感情的，只不过还有一种漠然无衷的味道，就像在讲述一件不太相干的事似的，难道现在带一点神圣的哽咽就能有助于罗伯特吗？有一种十分奇怪的好奇心促使克丽斯问道，难道你对什么都无动于衷吗，尤旺？

噢，不，有许多。在我要离开时，你待在哪儿就是我关心的一件事。

他已经从那个沉井中摆脱了，克丽斯深深地蜷缩在扶手椅里，低垂着头寻思着，他用手指顺着她的头颈抚摸着，怀着一种冷静的怜爱之情，最后，她抬起头说道：

我要跟你一起住到邓凯恩去。

等他们卖掉了家具，偿还了欠债后就只剩下一百五十镑了，谢格特镇是通过阿姆斯酒吧了解到此事的，尽管克丽斯和尤旺对此事一直是秘而不宣，从不让其走漏一点风声，可这事还是四下传开了。即使你们待在山里，方圆十里没一个活人，等到夜深人静之时你们悄悄而语，可在谢格特自然会有人偷听到你们在说些什么。耶稣啊，它是如此津津乐道于这类事啊！对牧师住宅里的这个阴郁而傲慢的不要脸的女人来说，这件事真是给她的脸上大添光彩，这个女人身穿漂亮的衣服，一副盛气凌人的样子，当她的男人在讲坛上死去后，她从不跟人打招呼，她是那么冷漠，似乎她的男人是她的一个包袱，甚至就如有人传说的，当人们在邓凯恩把尸体火化时，她都不跟人打招呼。一个牧师竟受到这般葬礼，在一家奶酪厂给火化！

而谢格特的市长，鞋匠哈里·霍格说，这件事是对这一对粗鲁坯的一次判决，他是从来不对死者妄加訾议的，他不说，可他的祖先，诗人彭斯是怎么说的呢？——

细木匠艾克·奥格尔维喝了一点酒，他真是十分粗鲁地讥讽说，你和你的彭斯见鬼去吧！那些傻瓜在把他埋入地里之前先胡吹了一通，并且把方圆一英里的小人们都灌得酩酊大醉；

就像帕迪集市上东游西逛的流浪汉一样。不过如果他有一条像你那样的舌头我可就该遭诅咒了。我倒真想知道，到底罗伯特·卡珲有什么地方触犯了你——要不就是他的太太，难道他们不把你当人看待？——天哪，他们在这儿表现得够温和的啦！

市长的儿子亚历克来了，他喝了一点酒，想同艾克·奥格尔维干上一架，因为这个粗蛮的细木匠竟这样诅咒像他的父亲，市长大人这样一个老迈可怜的人。然而酒店老板娘正在柜台后面，人们都简称她做“高尔夫球棍”和“毁谤者”，她总是极力反对别人撒野：她就像一头刚阉割过的母牛一样揭了亚历克的短。你们谁也轮不到在这儿咒天骂地，她叫道，我不允许有人亵渎上帝。亚历克发誓说他一点不想冒犯上帝，他所指的粗蛮人并不是指上帝，而是别人——他变得非常慌乱，在“高尔夫球棍”的怒视下惶惶不安。大伙儿都认为她是个爱管闲事的老太婆，唉，上帝！她会发现她的顾客都走了。

这一来，酒店里大部分顾客手里拿着各自的酒走到门口，坐在台阶上，仰望着天空，这是个春天的夜晚，群山显得那么美，七点钟的钟声在谢格特镇的高桥那儿回响，鼬鼠在缓缓上升与山连接的平坦的田野里出没。大伙儿想起了卡珲，他就在那些山峦间徘徊，生灵们把这些山峦称作神的庙宇，他是在布道时死于圣坛上——这真是个十足的异教徒，唉，这是上帝的裁决。人们说，现时，他那纤瘦的妻子名下只剩下不到两百镑，住在那儿的一个房间里，只剩下她孤零零的一个人了，她的那个儿子尤旺(唉，是她同头一个男人生的)已经到邓凯恩去工作了。这正表明，那种傲慢下贱的东西是什么个下场，她本打算让她的儿子去读书，或许能得以在圣坛上过上一种像样的生活，只需在人前人后唠叨、瞪眼，别的什么也不用干：可到头来他只不过当了个普通的工人。

艾克·奥格尔维刚好出来，听到了小彼得·皮特的话尾。哼，天哪，**你们**实在是太俗气了，他说，然而你们谋求的是该死的微不足道的工作。说完以后，他昂首走过广场，经过那座纪念大战的天使塑像，那是一个臀部饱满的优美的少女像，艾克真是个浪荡子，他粗鲁地朝少女像啐了一口，虽然你总是支持工人，或许你自己就是个工人，然而你总不会傻到去支持那些粗蛮的家伙。

不一会，那个费特警察晃晃悠悠地走了过来，他就要离任赴邓凯恩去干事了，大伙儿恭恭敬敬地大声招呼道，嗳，莱斯利先生，晚上好。因为他肯定会发迹的。他把拇指插入皮带里，应了一声嗳，一副高贵的样子，活像一头患有晕倒症的公牛，同时叉开那双大脚，仰望着那座天使塑像，似乎在琢磨她把她的胸衣忘丢在什么地方了。

不久人们看到他已经获得了警官的头衔，他这是出来炫耀一番，他说一星期后他就要到邓凯恩去了，你们这才得知，他已经很荣幸地被授权和其他一些老手一起负责这个镇子，或者至少管辖人们称之为福特福西的这块地方，那儿有不少工厂以及许多咋咋呼呼的工人，却是一帮卑小粗野的人，或者也可说他们的名声糟透了，全靠着布鲁和拉姆齐·麦克唐纳为生，把这个国家和拉姆齐都榨干了。可这样他们就满足了吗？——不，简直一点都不满足，他们受了那些难对付的坏蛋，那些社会主义者的挑动，老是不是为了这就是为了那而寻衅骚动……费特说他将采取有力的手腕来对付这些人，天哪，你不禁想到，如果他连那双脚也一齐用上，那邓凯恩就连一个社会主义者也不会剩下，这事看起来可不像是处理那种跟吵吵嚷嚷的妓女有关的那种意外事件。天哪，这个粗手大脚的魔鬼什么事干不出啊！

人们听了一会就开始要走散了，可一听到暗示说又有一些十分有味的消息时便停下脚步，大声叫嚷说，老兄，是真的吗？又吵吵嚷嚷地折回身来。天哪！是怎么回事？费特挺起胸，又重新开始讲述他的故事。

原来是这么回事，西姆·莱斯利警官就在那天上午吧，因公来到邓凯恩——与其他警方头目碰了头，并且了解了他所要接手的工作。喏，他已完成了这桩公务，便去寻找一个住处，邓凯恩的生活费用实在高，非得有像他那样高的薪水才可过得下去。他看的第二个地方是一幢位于温德米尔山坡的供租宿的房子，外面看去房子不错，一幢坐落在高耸于邓凯恩之上的山上的小巧漂亮的房屋。房钱远远不像他原先担心的那样几乎令人难以接受，他跟房子的女主人进了一个房间，这是个个子挺大的名叫克莱格霍恩的女人。

好了，等他租下了这个房间后，他们闲谈了一会儿，她告诉费特，一副颇有许多新闻的样子，她说，最近她将这所房子全部装修了一下，费用大得她独自无法负担，不过她登广告寻求一个合伙人，出一笔钱作为投资，并留在这儿帮忙照顾房客。费特就说，是吗？接着又说，唔，那倒挺不错。在她提到那位合伙人的名字以前，他是一副毫不在意的样子。

可等他听到**那名字**时，费特猛地警觉起来，就好像眼下每个阿姆斯酒吧的人一样：是卡珲太太？她是从哪儿来的？克莱格霍恩说，从谢格特来。她男人是那儿的牧师，我真该遭骂，她看上去是一个敏捷漂亮的女人，随时都可以去打扫干净一个牛栏，决不亚于唱一首赞美诗。听到这话，可怜的费特大吃一惊，他从来就无法容忍待在牧师住宅的这个傲慢的坏女人；可他为租下房子已经花了一笔钱，又不能把钱要回来。因此他只得回家，准备行装——说真的，你听说过这种事吗？

一夜还未过去，整个谢格特都听说了这事儿，第二天，半数的缅恩斯人也听说了，邮递员跑了一个又一个庄园，传播着这个新闻，老霍格竟在一双鞋上一连打了四个鞋掌，他实在憋闷得慌，要把这件事一吐为快。后来卡珲太太挺直身子，冷漠地走到了车站，她把耳朵两边的头发盘卷起来，样子十分古怪，可有些人却认为这样很漂亮，如果你梳了这样的发式你就会给咒死——这时谢格特一半的居民都从各自的窗户里向外窥视着，捉摸着她的举止，她打算怎么办，她正转着什么念头，她穿得怎样，前一天晚上她洗过澡没有，她是否想有个男人一起睡觉，她的臀围有多少，如果她高兴的话她会同人打招呼吗，她脾性如何，那一百五十镑钱还剩下多少，那是她的儿子尤旺吗，他是否就像他瞧上去那么倔强，他会进监狱还是能过得下去？

五点半，时钟会在你为自己挑选的这间狭长的房间里敲响，你会突然醒来，发现你摊手摊脚困顿地躺在这张宽大的床上，早春的这种时分还是一片黑暗，温德米尔山坡这儿听不到一声鸟的啁啾，这只钟敲响时发出粗嗄刺耳的声响；你伸手摸到响铃，把它弄停，把双手垫在脖颈下的发髻下，静静地躺了一会儿，你的手指十分粗糙，摩挲着你的皮肤。这时你在毯子下挺直身子，让全身的肌肉，从腿上到臂部再到肋部的肌肉全绷紧，真值得庆幸，你的体形还算不错。

过了一会儿，你掀掉毯子下了床，光脚踩在地板上，觉得地板漆布就像一个基督徒的心一样冰冷冰冷——你脱下睡衣，又挺了一下身子，往窗外看去，天色开始发白，晨曦慢慢地悄没声儿地降临在邓凯恩的一片屋顶上。你也匆匆忙忙地穿上胸衣、长袜和内裤，再穿上外衣，尽管地板还是冰冷，外面的灰色花岗石不时闪发出冷峭的寒光，可你觉得很暖和了。你打开房门走下楼去，迅速地把头发在后面挽起，走进了像牢房般冰凉的厨房，厨房一股味儿，你赶紧打开窗，新鲜空气涌了进来，还有一种你切鲇鱼时也可闻到的味儿，一开始这股味儿真要让你头晕，连乔克这只洁净的家猫也受不了这股味儿，可你现在根本没时间去顾什么头晕了，你点起厨房的煤气灶，忙着煮茶煎东西，眼睛盯着时钟，耳朵竖起，倾听着在清晨的死寂中传来的生活的第一阵骚动。

到六点钟，你就端着一杯茶上楼到了克莱格霍恩大妈的房门口，敲敲她的门然后走了进去，拉开窗帘，砰的一声打开百叶窗！她醒来了，叹息一声说，是你吗，克丽斯姑娘？唉，你真要把我养娇了。她是说帮她送茶来，你回答说，哦，别胡说。她说的是邓凯恩的方言，你也得说同样的语言。这时克莱格霍恩大妈又叹息一声，喝完茶，从床上跳下来，她倒还像你一样轻捷，仅仅在一分钟前还是个老迈的妇人，可喝了茶马上就精力充沛忙乎开了，那些坏蛋马上就会大吵大闹要吃饭了。我究竟是为了什么要办这么个寄宿舍呢？

你说，是**一座供膳的宿舍**，克莱格霍恩太太。这是你们两人都喜欢开的一个玩笑，大妈的大鼻子会重重地哼一声：供给膳宿？上帝啊，他们需要的是一顿鞭子。我连一条灯笼裤也没有，这可实在让人难以忍受。好在我还有一些别的东西，而你却没有，摆脱掉那该死的习惯吧，姑娘，在你向我学习之前先脱掉你穿的那种怪模怪样的衣服，换上那条灯笼裤吧——老天保佑，穿这种衣服会让你冻死的。你的两条腿还没冻僵吗？

你回答说，没有，它们还挺好看呢。大妈一边抖抖索索地穿上她的上衣一边说，你真不害臊。谁告诉你说你的大腿好看的？你说，噢，是男人们。她颔首同意这话，而她那张大脸蛋会一直红到灰白色的头发根那儿，就像一匹从以赛亚[①]那儿跑出来的战马的脸一样（这使你又一次回忆起几个月以前罗伯特在谢格特念《圣经》时的情景）。哦，男人们无疑都是这样的，他们非常喜欢大腿漂亮的女人。如果你给了他们机会，他们一准还会来的。

不一会你就得赶紧回到厨房去，以免错过从默盖特洛依德小姐房里传出的铃声，这个可怜的老小姐正眼巴巴地等着她的茶哩，你板着脸把茶送到她的房间，这是整幢房子最好的一间，一周房钱要三个畿尼呢。她头上戴着一顶有缎带的睡帽，颤悠悠地说，是你吗，卡珲太太？你把我的茶拿来了吗？呀，那真是太好啦。她总是客气得过分，这个可怜的靠养老金生活的老处女，浑浑噩噩地打发着光阴，她在世上简直没个贴心人，而她那干瘪的双脚、抖索的双手和谦卑宁静的眼睛也不能使人对她表示尊重，就像个美国新教圣公会教徒，在工联俱乐部为那些打惠斯特牌的人伺候茶水……

看到她走上街，克莱格霍恩大妈就会问，以上帝的名义，谁想成为一个老处女呢？她老是要想到她的吉姆在世的时候，他从鱼市场回来时身上那股浓烈的腥味儿，以至在他的衣服洗好晾出去后，方圆数里的猫儿都会给引来——她也老是想到，

① 以赛亚为公元七、八世纪希伯来大预言家。

我真希望我是个单身女子，一个人过得好不快活，没有牵挂，没人相烦，也不会有什么孩子！唉，等他死去后，她却悲痛欲绝，一夜又一夜疯了似的想着他，尽管他搂抱着她时，他身上发出的味儿就像一条错放到水沟里去的腌鲑鱼，呸！他们都是这么糟糕，这就是男人，然而，等你一眼看到默盖特洛伊德这样的可怜虫时，你就会感到心酸，眼泪夺眶而出，这时你简直就会一把抓住你遇上的第一个穿短裤的男人——六点半了，克丽斯；你叫醒尤旺了吗？

他就睡在楼上那两间房间的一间，另一间空着，晚上，从他房间的窗子朝下望去，就看见福特福西的闪光，这种闪光随着熔铁炉喷射的淡黄色的光芒而变幻，跳跃不定，把天际照得几如白昼般明亮。你要他搬到另一间房去住，他倒问你为什么，你就告诉他，他肯定会让这种闪光弄得头晕的——白天就在那儿工作，晚上又整夜瞧见它。可尤旺却摇摇他那刚毅漂亮的脑袋，他十分讲求实际，从无一句妄言：你知道，克丽斯，这不过是天上的一种闪光而已，它无碍我的入睡也不会弄醒我……你扭动他的房门把手走了进去，迎面吹来一股凛冽的海风，窗户洞开，窗帘上下翻卷。在晨曦中依稀可见尤旺的身影，他躺着一动不动，他睡着时总是那么一动不动的，每天早晨你几乎总会感到惊吓，那么安静，真让你担心他躺在那儿死了，你摇摇他的肩膀，当你俯下身捡起他掀掉的毯子时，从他敞开到腰际的睡衣里，可以看到一个小伙子胸部鬈曲的黑毛。

想想也怪，这就是你的尤旺，一度是你的一部分，跟你那么贴近，又是那样的小巧玲珑，那样的弱小，没有性别，从一个婴儿却已长得同你一般高，比你更瘦，却比你更强健，令人感到神秘又陌生，这就是你的一颗种子开花结了果……你怀着一种奇怪的怜悯之情瞧着，把他摇醒：尤旺，该醒了！

他立时不动声色地醒来了，活像一只猫，用他那双既不是灰色也不是绿色而是灰花岗岩色的深邃的目光冷冷地瞧着你。好极了，谢谢。不，我不要茶。妈，我要一个苹果。**妈妈**！我说了我自己去拿！他跳下床，还没等你走近那儿，他已抢先把手伸到盘子里拿了一个苹果。即使不来服侍我你也够忙的了。

可我喜欢服侍你。你不会服侍我吧？

如果你病了或是疯了我想我是会服侍你的。什么时候了？他半裸着身子从窗边探出身去，眼光从邓凯恩一直扫到汤姆森灯塔。妙极了，我还来得及到福西洗个澡。

等你听到厨房里一阵锅盆的乒乒乓乓声时，他已出了门，克莱格霍恩大妈在煮麦片粥，煎咸肉和香肠，煮咖啡、可可和茶，一边大声咒骂着年轻的女仆麦格，她是睡在考盖特自己家里的，每天早晨七点钟就应当来到这儿。你说现在是七点？——那你简直瞎了，就像一口井干涸了。把炉子照顾好，要勤快些。卡珲太太，你把桌子摆一下好吗？

当麦格在场的时候，你就老是被称作卡珲太太，按克莱格霍恩大妈自己的话来说，出于遵守教规之格，她在这种场合总是跟你保持一定的距离，表现得彬彬有礼。在这么一大间内室中，你已经能十分熟练地将餐桌摆好，手指动作之迅速，连自己的眼睛都跟不上，盛了麦片粥的盘子是给西姆·莱斯利(他是从谢格特来的，在那儿人们叫他费特)和乔治·皮德尔先生的，他是《竞赛者》杂志的记者，长得很瘦，一副贼忒兮兮的样子，头发脱落，这一来他就可以削尖脑袋去钻觅新闻了。为默盖特洛伊德小姐和尼尔·夸里奇先生准备的是咸肉，夸里奇先生也在《竞赛者》杂志工作，是个副编辑，老是看书，第二天又在《竞赛者》上把它们批驳得一钱不值。可你倒比较喜欢这个小个的黑貂似的男人，红眼睛、红头发、红鼻子，令人不舒服的下颌上长着一丛乱糟糟的胡子，尤旺说他是因为看那些荒唐无稽的书，而不是因为喝大量的格伦利维威士忌而变得那么稀里糊涂的……

为厄娜·莱昂小姐准备的是杂烤肉，她是个打字员，浓妆艳抹极为时髦，眼睛底下有点松弛，讲话的声气活像一只遭袭击的雌孔雀，真是个可怜的女人。给年轻的克利尔蒙特先生准备的也是麦片粥，他是个不错的小伙子，正在上大学，对音乐入迷又爱开玩笑，尽管他讲话时神采焕发，真诚而又切中要害——只要有这么个要害问题存在，可总是那么嘻嘻哈哈的，让你真有点摸不着头脑。克莱格霍恩大妈不太把他放在眼里，她说，就算他头脑里有那么点思想，可一讲出来却是那么简单，他讲的那讨厌的东西听起来就像一块石头在铁罐中叮当作响一样。可你觉得，她对这小伙子上大学、读书、接受教育有那么点儿妒忌……年轻的约翰·库辛尼要的是咸肉，这个全身红色的拉吉·罗伯特森的服装仓库的办事员有点阴沉又夹着点羞怯，在头颈里打一条花领带就得花上半小时，他跟阿尔奇·克利尔蒙特合住一个房间，仅此而已，其他什么来往都没有……等到了八点钟，你敲一下锣，早餐已在餐桌上摆放停当。

他们蜂拥而下，团团坐定，默盖特洛伊德端坐在那儿，打扮得十分简洁，活像一枚别针，真妙，吃起葡萄干来就像一只麻雀在啄一小堆粪(你大笑起来，可有时候你也希望大妈不要老是这么对人们说三道四的:不管真实还是不真实，这是一幅令人不快的画像，而且你再也没看到有这么酷似的情景了)；西姆·莱斯利警官小口小口地喝着麦片粥，硬领上的那对眼睛直瞪瞪地瞧着你；尤旺吃得又快又干净，对周围一切毫不关心，只顾闷头想着什么或专注于一本书中那些曲曲弯弯的线条、数字和图形；厄娜·莱昂小姐吃起来从容不迫，边吃着咸肉边和克利尔蒙特闲聊，前一晚他去听了一场音乐会，莱昂小姐就说她也挺喜欢音乐——也喜欢引人入胜的有声电影。

可怜的皮德尔先生长着一个又长又细的脖子和长而瘦削的脑袋，光溜溜的活像一只萝卜，或形状跟萝卜差不多的东西，他总是急急忙忙地吃早餐，急于开路去为《竞赛者日报》搜罗新闻，这是一份出色的大报，也是邓凯恩的骄傲，把它摆在你的书架上是极其有用的；红耳朵，正在学讲英格兰语的库辛尼直起打着起皱领带的脖子叫道，请把调味瓶给我好吗？我来不及了。我跟罗伯逊先生要去参加春季大拍卖。尼尔·夸里奇先生则喝光了他杯中之物，说，卡珲太太，能再给我一杯吗？跟往常一样，他对早餐碰也不碰。

克莱格霍恩大妈总是坐在餐桌的上首，她昂起她那红色的大脸庞，显得那么温和而又刚毅。第一眼瞧见她就会打心眼里喜欢上她，在她面前，你就会觉得无法装假，生活中的怪事你已经看得太多了，因而就想用一副现成的假面具将自己的真实面目掩盖起来，或是求助于工联俱乐部现成的道德说教，要不就是从《竞赛者日报》上看来的那些现成的恐惧、激动和害怕来掩饰自己的真实感情……你端坐着，只盯着自己盛粥的盘子，直到大妈唤起来，请把这些杯子斟满好吗？

到十点钟这伙子人就各自散去了，或坐电车或坐公共汽车，或走或奔；默盖特洛伊德小姐就像一只麻雀似的一跳一跳地走了；皮德尔先生蹬着他的自行车一溜烟地走了，就像一条蛇飞快地游回动物园去；厄娜·莱昂小姐走起路来把脚抬得高高的，肩膀垂下来，臀部撅起，真是风流极了；尤旺身穿粗布工作服，光着脑袋，腋下夹着书本，头发黝黑几乎发蓝，双手插在口袋里，一步两级快步走下温德米尔山坡的台阶……他们一走整幢房子真正开始忙乎起来了。

你和克莱格霍恩大妈抽不出多少空来帮助麦格，她只好独自在厨房里洗刷碗碟，大妈负责打扫一层楼以及餐厅和客厅，掸去灰尘，掀起小地毯，走到后院去把它们挂在绳子上拼命拍打，扬起了一阵灰尘。你整理所有的卧室，大妈问你是否注意到——毯子里有一股臭鼬窝的恶臭味。你说你不在乎，有时我们自己也会有股臭味的。这时大妈直点头，说，是那么回事。不过我想你是故意这么说的——你是个要同大臣结婚的料！

你一边想着她的话，一边整理着房间，把垫子收起来，拉开窗帘，打开窗户，叠好被褥，把每个房间打扫得干干净净，把污水倒掉又把盛器带到楼下冲洗干净，又把盥洗间里的剃刀架擦干净，把沾着皂沫和发须的纸片以及其他一些默盖特洛伊德小姐想要藏起来的东西——莱昂小姐也同样如此，只是方式不同罢了——清扫掉……嫁给一个大臣——嫁给罗伯特:那已是随岁月的流逝而消失的往事了，尽管就在去年春天你还住在谢格特，在那些个凛冽的寒夜里你睡在他身边，冰冷的时光随着夜幕而降临，把你同他分隔开来，罗伯特睡得十分香甜而你却醒着，听着格兰扁洼地那儿传来的瑟瑟的风雨声。

一切都结束了，搁到一边去了，罗伯特也仅剩下了一个名字而已，你爱他爱得那么深，因而他死去的那天，你身体里的什么东西也给打碎了，并不是心碎了，心还是好好地在那儿，是你的腹部里有什么东西麻木了，毫无动静就此毫无反应了……可事情又是那么奇怪！现在你几乎忘记了他的脸是什么样子了——他的眼睛究竟是灰色的还是蓝色的？——噢，上帝啊！——有时你会木然地想到你的记忆消退得真快，不由感到一阵难受，就好像你赤裸着身子站在那儿，周围狂风暴雨大作，你的睡衣一小片一小片地给刮走了，到后来就一丝不挂地站在那儿——在那一大片笼罩着云雾山谷——那世界之谷——的无边无际的乌云底下，爱情，怜悯，渴望，希冀与仇恨都被抛诸一空。

你颤抖一下，又回过神来，到楼下打来一桶水，拿了一把板刷，开始洗刷起来，你常常这么洗啊、洗啊，洗得你在谢格特的那几年里那么光滑、圆润的指甲现在又变得凹凸不平了，手指也留下了块块伤痕，晚上当你辗转反侧时，你的粗糙的手指会钩住毯子，手也会感到一阵刺痛。真怪，你就在这种梦幻般的状况下干着活儿，用出了全身力气，直到浑身酸痛乏力，等到你擦完了楼上的地板以后，你的臀部感到针刺般的难受，并向全身扩散，就好像不断有蜜蜂在蜇似的，又好像生孩子般的痛苦，鼻翼两边汗水淌个不停——你觉得自己就像块油腻的洗碗布，正准备给绞干晾起来晒干似的。等最后你回到厨房以后，克莱格霍恩从眼镜上方斜瞅着你，哎呀，姑娘，你把这些脏活干得挺不错。来杯茶怎么样？——嗳，把这些篮子给我，你休息一会，我来把它们拿出去。你说，让我自己来弄吧，我没事的。她严厉地瞧着你说，那就该轮到送你的葬了，可是要死也要到那种容易处理尸体的地方去死。

不过等你干完回来后坐下来喝一杯大妈煮的茶，这个时刻真是舒服极了。茶煮得很浓，热腾腾的。大妈坐在桌子另一边也在喝茶，麦格仍然在厨房水斗边忙乎着。你感到从喉咙一直到胃，周身舒坦极了——没有比这更舒服的了。（你肯定默盖将洛伊德小姐可从来没体味过这种滋味，而克莱格霍恩大妈正相反，很少会兴致更高些。）坐下喝茶的当儿，你从挂在厨房炉灶上方的镜子里审视了一下自己，从头，头发，脸直到胸脯，你的脸通红，但不美，它可从来不是那样的；阴郁的眼睛，以及那张在你一生中男人总那么喜欢的嘴——那可是很久以前的事了，那时你还没变老，也不会干这些擦擦洗洗的工作！……喝完茶你站起来准备再去干完剩下的活儿，接着回到厨房帮大妈安排那顿给回家来的人吃的饭——上大学的克利尔蒙特先生是回来的，尤旺偶尔也回来，有时还有皮德尔先生，夸里奇先生和厄娜·莱昂小姐从不回来吃饭，而约翰·库辛尼只要拉吉的破烂货生意允许的话总是回来的，西姆·莱斯利警长则准时回来吃饭。

大妈自己有一本很大的烹饪书，是从报上剪下那些烹调介绍粘制成的，有些菜很差有些却很好，还有些则简直是糟透了，大妈说，能吃下照报上办法做出来的差劲菜的人，那胃口才叫棒呢！不过她的菜烧得可真是不赖，能超过你，猫儿乔克总是蹲在闪发着红光的炉灶下面喵喵叫着，打从这畜生生下来以后就总是煨在这儿取暖，它挺喜欢这儿；大妈说它这样烘着简直舒服极了。她用她那只吓人的大脚把它撩到一边，一副很不耐烦的样子，猫老是喵喵叫着，不管是它蹲在这只大脚上面，还是它窜过来时，抑或是砰然一声窜到水斗下面时，它都这么叫着。麦格会发出一声恐惧的尖叫，很有可能会失手掉下一个盘子，跌得粉碎。

一开始的那些日子里，看到克莱格霍恩大妈如此蔑视这个女仆，欺凌她，嘲笑她，你会感到很同情她，上帝竟造出这么一个没心肝的人来欺压正派的人，真太不应该了。后来你看到瘦小而精力充沛的麦格对刺伤毫不在乎，总是打眼角偷偷地打量着大妈，留神着她的一举一动，露出一种并不害怕而是谄媚和羞怯的神情。大妈能用她那根舌头活活地扒下一个人的皮，把里面的私货抖落在光天化日之下，却不会在下雨天打发麦格出去跑个腿儿，每次饭后总有大堆的碗碟让她洗，而在看到这个小女仆干得受不了时，大妈就会一边诅咒她，一边赶紧跑去帮助她……

因此你也就不去管她们的事，只顾干自己的活儿，那活就够多的了——起先每到吃晚饭前你就难受得要命，有一种在牧师宅院时从没有的饥饿感，可吃饭却得跟其他人一样斯斯文文的，眼下你走起路来总是迈着快速匆忙的步子而不是你往日那样的大步行走，你的脸色也变了，往日在谢格特的紫杉树下昏昏欲睡的脸色不见了——那时你深陷在一张椅子里，瞌睡蒙眬地等梅第把茶送到草坪上来，凤头麦鸡在谢格特上空的蓝色烟霭中飞翔，很久以前，阳光下的烟雾是令人窒息的；罗伯特大步穿过草坪走过来了，嘴里吹着口哨——你凝视着，可他的脸已经看不见了……

有一回，你站在那儿抽咽着，眼泪早已哭干了，这时大妈走来，她瞪眼瞧着，明白是怎么回事，她摇撼你，又紧紧地抱住你，用伤感的声音说，别哭，不值得这样，没什么了不得的事，克丽斯，犯不着为一个男人这样！你立时停住了这种可笑的举动，为打扰了大妈而感到羞愧，你真像个傻瓜，竟为了一件普通小事而哭泣，世界上不是还有成千的比你更苦的寡妇，可她们不是也没有像小孩似的哭泣吗？你从大妈怀中挣脱出来，尽量温柔地说，我知道，我只是有点不痛快。我父亲如在的话就会说我需要点刺激。

开饭了，每一张脸都在吃饭，一想到人生一张脸主要是为了吃饭就感到可笑；饭后又出去买明天早上要吃的肉食。在蔚蓝的春光下你沿温德米尔台阶走下去，周围是高高的灰色花岗岩石墙，如果天气很好，俯瞰下去，邓凯恩就像一幅地图呈现在你眼底，远远的，东北处的林斯那一片起伏翻滚的绿原以远就是熠熠闪光的海滩，而在多克斯那边的福特福西被一层烟雾罩住了，还可看见鱼市场和拖网渔船的帆，层层船帆让福西隐隐闪烁。掠过杂乱的住宅区和小巷就是皇家购物城，它像一把直刺向南的剑，左面是埃克尔斯却奇的新住宅，有市镇厅，院子和汤姆森灯塔，还有给坦格利的那片树丛隐没的大学，绅士居住区和时髦的克雷格纽克斯——左边杂乱分布着的是格兰德枢纽站、考盖特、加洛门和帕尔迪教区，从福特福西再往西就是打鱼人住的叫作基里本的小镇。

你在温德米尔台阶等电车，它驶来了，又当当响着驶离了车站，它就像菜园子里的一条绿色的蛞蝓，你上了车，坐了下来，闭上眼拼命想着该订购的东西，去什么地方买最好。鱼、牛肉、蛋、奶油，得去责骂那个杂货商，还有，洗衣房还没把床单送来，克莱格霍恩大妈还需要清扫烟囱的人，尽管你得买一件新上衣却又得克制一下……你在皇家购物城下了车——爱德华国王的雕像一动不动地竖立在那儿，他的脑袋就像只火鸡一样光秃秃的，连面孔也同火鸡差不多，准备去吞下大堆的灰色花岗岩石。雕像基座周围的凳子上坐满了失业者，垂头丧气地打着呵欠，他们都穿着平底靴，脸上胡子拉碴的，他们瞧着熙熙攘攘的场面时大喊大叫，要不就是对过路的姑娘口吐秽言，偶尔他们也这样对你。你根本不去搭理他们，你想，如果你困顿乏力、半饥半饱，无所事事，那你会干出比朝着过路姑娘口吐秽言更坏的事。

只有一次你碰到过更坏的事儿。有一天晚上你跑下购物城的台阶，走上了那条通往加洛门的小路到一个出售好鸡蛋的牛奶场去。动身时还挺早，可到那儿天黑下来了，在你看来四周似乎阒无一人，只有你一个人急匆匆地走着，这时你看见了一个男人。他正倚在一间空仓库的大门上，听到你的脚步声他抬起头迎上来，等你走近他时他拦住了你：我快饿死了，太太，请给我点钱。

他面黄肌瘦，十分邋遢，光身穿着件夹克衫，发出一股难闻的味儿，手指骨节粗大，你该叫喊吗？可一想这样太蠢了，你就说，好吧，尽管我也没什么多余的钱。说完你就打开手提包，心怦怦直跳，如果他一把抢走所有的钱逃之夭夭那怎么办？幸亏他没这么干，只是等在那儿，脸上带着羞赧的神色。你给了他一个六便士硬币，他点点头，也没说声谢谢，只是把头别开了。你急忙顺小路朝牛奶场走去，突然你浑身颤抖，嘴唇也湿了。

你拎着满满一袋鸡蛋回来了，正赶上喝茶，在别人还没来之前，你先喝了第一杯，阿尔奇·克利尔蒙特第一个回来，把楼梯踩得咚咚直响，看见你他笑了，说，喂，卡珲太太。那真是件漂亮的衣服。你揶揄他说，衣服里可是个漂亮女人呢。他的脸红了，真是个单纯的男孩，我知道。如果尤旺能像他那么单纯就好了！……皮德尔先生急匆匆地下班回来了，所有的人都一窝蜂似的去车站赶六点半去邓尼丁的那班火车。可他得发出邓凯恩的最后新闻，这样可从印出的《托利·皮克特人》报按行数赚到一笔外快，这一来他就没赶上那班火车，嗨——嗨！……厄娜·莱昂小姐半死不活地拖着脚下班回来了，口红几乎也没了，剩下的只是嘴唇上的一些红点，活像疹块似的，她怪声怪气地谈着公司里的可怕的事，老板简直就是个十足的二流子……最后才是尤旺从高恩斯-格洛格的厂里回来，满身黑污，头发也乌蓬蓬的，却依然是那么冷静和镇定，就像当年他在山谷中寻找古代人用的燧石时一模一样。

不停地干清扫整理的活儿，再加又是准备晚饭，然后又是吃饭，清扫饭桌——随着你为房客们准备饭菜次数的增多，这种活儿真要让人几乎一见到食物就讨厌。幸好你正相反，一整天都感到很饿，九点钟时你吃了许多东西，看看活儿都干得差不多了，便打了个哈欠，然后坐到客厅里听听大妈的收音机，除了你之外，这儿大部分夜晚都阒无一人。收音机里谈到了道德，鸡尾酒会，还有如何去科特达祖尔①旅行，如何照顾婴儿，再有什么柳絮花的受精，雅可布·P. 哈肯施米特对苏格兰及女皇古老的国土的观感等等；你把收音机关了，不去听这些，真宁愿出钱买一张许可证让这东西安静下来，还是打打瞌睡，想想农村的生活更好，这种晚上黏土地里的玉米在一点点转绿，跟很久以前你在金拉第时的情景一样，那时你还是个姑娘，刚跟尤旺结婚不久——眼下你在等待另一个尤旺的脚步声了。

六月来到了帕尔迪教区，带来了一阵热浪。这阵热浪经过一半被堵塞的排水渠道吹起了阵阵热风，热风通过破碎的门吹进了院子，令人感到闷热难当，烦躁不安。到得晚上，男人傍着他的妻子躺下时，他简直热得连件衬衫都穿不住了，小孩也

① 特达祖尔（Côte d'Azur），法国东南部沿地中海一地区，为假日游憩胜地。

在窗下临时搭的地铺上呜呜哭泣，转侧，抓挠个不停——真让人觉得就像在炉门半开的熔炉前焖烤着。有个人从帕尔迪的住家出发一路走到西区中心去，到处都是一片枯萎，真让人受不了，心中恶气顿生，天哪，这种地方如何生活下去。大战以后，在布鲁要养活五个小孩，又失业在家——唉，你活着又是为了什么呀？——没有片刻的安宁，耳边整日响着的是妻子问你要钱的叨叨声，孩子们半赤着脚，整日半饥半饱的，除此之外，什么也没有。

这人的妻子听到他回来翻个身，醒了过来，躺在床上盘算着早晨该怎么办——拿什么给孩子吃，又拿什么给男人吃，在他上街去找寻一直没找到的工作前，总得让他吃点东西——他还从来没找到一件你熟悉的工作。真不敢相信你同这么个男人结了婚，可他以前一直是个那么有生气的人，真诚达观，非常喜欢你，可就是这个人，这个残忍的家伙在小酒店喝得醉醺醺回来，动手揍了你——女人是无法走开，借酒浇愁，以此忘却一切烦恼和苦闷的，哦，不行，她只得忍受下去直到倒下为止，小孩在尖声哭号，像那些流浪汉似的变得越来越瘦，到处都听到不堪入耳的污言秽语，还有街上那个最年长的妓女是个十足的贱坯，一个轻佻的女人——天哪，这一切真要把人搞垮。

而这个女人躺在姐妹们旁边辗转反侧，看着黎明的微光，闻着帕尔迪酷热中的难闻气味——难道她就永远摆脱不了这一切了吗？她就不能找个工作，离开这儿了吗？她就永远不能寻求衣食之乐了吗？如果父母不能把孩子们体面地抚养成人，那他们又为什么要把他们生下呢？这些孩子不停地老是受到责骂，骂这骂那，骂你走路的样子，骂你的举止（当心别让那些妓女来招惹你），骂你说话的腔调——一切都让这些老糊涂们看不顺眼，不管你带什么回来，他们认为都该属于他们，你做的一切没一样是为自己的，周围老是闻到考盖特排水沟的恶臭，就这样直到你死去，被埋葬，变得臭不可闻。天啊，如果一个女人什么也干不了，那她只能到多蒂公园去散散步，那真是个好地方，尽管那儿有不少赤色分子，都是些十足的傻子，还有那些最坏的共产主义分子，老是在这儿举行会议，高声叫骂，要工人们都去参加他们的工会，为自己的权利而斗争，打倒上层阶级。

不过正派女人都不会去听他们的，因为她们都知道这些共产主义者都是些可怕的浪荡汉，他们想要取消家庭。

每天，麦格在破晓的鸟叫声中起床时，考盖特也骚动起来了。她要照顾小杰西和乔迪上学，准备好早餐，再很快回到老母亲床边服侍好她，她父亲，这可恶的老家伙还躺在床上打盹，不到十点不会去码头。他咒骂着隔壁那个拖网渔船船主，这个老家伙虔信宗教，还爱好呷一口，几乎每天晚上都要痛打一顿自己的老妻，一边还拼命哼着圣歌，害得他简直无法入睡。尽管这老船主一边在床下一巴掌一巴掌地打着他的老婆子，一边吼叫着永久的磐石①，保佑我破浪前进，可这并不影响别人睡觉，为什么偏偏父亲会睡不着呢？

麦格的兄弟艾利克穿好衣服，跟往常一样，一看早餐只有稀粥便不满地嘟嘟囔囔起来。他年龄跟麦格几乎差不多，在福特福西的高恩斯-格洛格公司当学徒。看来挺不错的，开始有了一个工作，可这得等他学徒期满才行——哼，谁都知道当学徒

① 永久的磐石(the Rock of Ages)，原为基督教会一首赞美诗的题目，现指耶稣基督。

会有什么个结果。当需要支付他们成人的工资时，他们就会遭到解雇，艾利克跟其他人的命运差不多，也会给撵回布鲁的。

这天早晨，麦格又拿此事来嘲笑艾利克，他答道，唉，或许我也会跟别人差不多的，可那些从高等学校出来的下流崽子就不一样啰。他说高恩斯现在都录用这些学校出来的学生，他们另有一套学徒要求，简直再容易不过了，前六个月在熔铁炉前干，这跟别的学徒一样，可接下来怎么样呢？他们进了办公室，穿上干净的衬衫，指手画脚，真是帮该死的花花公子，可他们并不比你我好多少。最近两年，他们中就有两位作为经理加以培养，这些人不会遭到解雇，而别的人等到最后一部分机器装运到工厂时就会被解雇，因为机器可以做所有的事。还有些加油的活儿得有人干，厂里就会让这些宠儿来干。又有一个这种人到这儿干了两个月了——是个黑发的坏种吉卜赛人，傲慢而又势利，对像艾利克这样的小伙子来说，这样描述他是太过客气了，艾利克准会在这个家伙的脸上揍一下的。

麦格说，别胡吹了，你没那份能耐；你是妒忌他有知识而你却没有，就这么回事。艾利克恼怒地说，知识？他有什么知识？他只不过是出出风头罢了，可我和高炉那儿的其他伙伴正准备让这位了不起的尤旺·塔文达尔先生小小的吃一惊呢。

——谁？

艾利克说，听听清楚，你想知道的话，我说的是尤旺·塔文达尔。好了，让开，让我穿上鞋子，汽笛马上要拉响了。

这么说她的儿子也在那儿工作的了？她又凭什么如此自以为了不起呢？一个女人完全可以容忍克莱格霍恩大妈的，尽管她是个古怪的老泼妇，但心底并不坏。不过卡珲太太那种行事的方式，冷眼瞧人的样子真让人感到厌恶。可她是个什么人？

只不过是靠办膳宿公寓谋生，凭什么架子十足？况且她的儿子也不过是个跟艾利克一样的学徒。

麦格抓起自己的帽子，动身上温德米尔，考盖特慢慢在释放出它的闷热的烟气，各种货车慢吞吞地沿公路朝皇家购物城开去，帕尔迪教区的房门全给小孩弄得杂乱不堪，这些孩子穿得破破烂烂，令人讨厌；孩子们走出家门上学去，一路在人行道上涂画着下流的东西；有的把脏东西四处乱扔，厚着脸皮讪笑一个女人……她一定得离开这个地方，到唐格尔哈或埃克斯格雷格去找个安身之处。

没想到她在考盖特小巷往上通往纷乱熙攘的购物城的地方，竟碰上了大个杰姆·特雷斯，这个红脸膛精力充沛的汉子是个共产党人，人人都十分熟悉他，在警察不注意时都叫他杰姆。不过麦格对这班粗俗野蛮的赤色分子毫无好感，尽管这些人能对付那些上等人，弄得她干不成活。当大个杰姆满脸堆笑，用那对像猪一样的小眼珠瞪着她时，她摆出一副旁若无人的样子与他擦身而过。他旁边有一个麦格不认识的人，瘦瘦的，褐色皮肤，穿着破烂，一张没刮干净的脸；这时杰姆叫起来，麦格，我一直在找你。你家大妈那张空床位还准备出租吗？

麦格怒冲冲地说，我想你们不是可以去问她吗？大个杰姆友好地对她笑笑，十分干脆地回答她，是啊，我们会的。多谢了，麦格。尽管这家伙是个赤色分子，麦格不禁也感到有点羞愧。

你相信这话吗？——如果让一个赤色分子登堂入室，到了半夜他可能会强奸你，还会抢你的钱财，就跟那些粗野的浪荡汉在可怕的俄罗斯所干的一样，他们不停地夜复一夜做着这种勾当。大妈如果心肠硬的话，她就会闩紧大门……真要命，去温德米尔的电车来了！

很幸运，她乘上了电车，到温德米尔山脚下了车，沿上山的台阶跑上去，迎面来了小尤旺·塔文达尔——他往下跑，一步就跨过三个台阶，光着头，身穿夹克衫，两手插在衣兜里，腋下夹着两本书，眼光根本没在她身上停一下，他有什么值得如此傲慢？他这副模样不由使人想起了那些赤色分子，真该把他逼到墙角开枪打死他。

早上好，麦格，他说，刚才没注意到是你。同时就像一个孩子似的甜甜地对你笑了笑。唉，怎么搞的，你干吗老去想着他！

你又想起了艾利克说过的他们今天打算干的事——

高恩斯-格洛格公司制作金属容器，螺栓，桁架和金属栈架，此外还有质量上乘的机器零件铸件；一千名工人在很大的格格发响的工棚里干活，这些棚子造得足可容纳三千人干活，人声鼎沸，喧嚣异常，一派红红火火的景象。尤旺·塔文达尔不时想到，高恩斯是大战后才发起来的，所有的人都得到高工资和奖金，可这都是在拉拢蒙骗无产阶级。真奇怪他们用这么多的钱去干什么？——不就是去干那些二流子干的事，赛狗，赛马，跟妓女睡觉，这帮可怜虫——可这一切跟他毫不相干。

这一切跟其他人也没什么关系。他只管光着膀子给高炉添料，他的肤色是棕色的，跟他母亲一样；他紧紧腰带，操起铲子，装满手推车，然后把渣块倒掉，又装满一车矿料，把它抛进熊熊的火焰中；随着早晨的来临，工厂喧闹起来，不时有这个炉子或那个炉子的火头减弱下来，这时铃就拼命响起了。不过一小时光景，尤旺就大汗淋漓，不停地到后面的水龙头那儿喝水，然后喝下的水又从体内挤出来，生命简直就像一块海绵，实在可笑极了。其他的学徒都是一帮流里流气的家伙，看上去根本不想好来好往，谢天谢地，这倒正好让他有时间好好看看那些贸易和冶金的专业书，这些书远比燧石方面的书好看得多。他把这些书同上衣一起放在工棚里，等到吃午饭时，他去冲洗了身体，穿上外衣，带上书，拿起一块三明治，走到码头那儿啃起那些铸件书来。其他的那些学徒仍留在那儿，待在盥洗室里大声说笑，真是些精神错乱的人，他才不愿搭理这些家伙呢。

不过这天午前时分是他在炼铁炉那儿碰到的最糟的时候，一连数小时闷热难当，气喘得就像在拉风箱，工头达拉斯咒骂着走过来，他是在骂炉温不够，不是尤旺的那只炉子，它烧得正红火呢。工头瞧着尤旺，对他点点头，说道，放松一点，塔文达尔先生。你的炉子挺不错。我是在说其他那些蠢坯的炉火。等他刚走上台阶到了机器间那儿，那个满脸疱痘的无赖艾利克·沃特森就叫起他那一伙中的一个人来，尤旺不知道这家伙的名字，艾利克叫道，你知道今天早晨的诗歌吗，诺曼？

嗳，真是一首挺不错的诗呢。你们都听说了吗？——

曾经有一位绅士塔文达尔
(哦—啦啦—这种胡诌令我害怕！)
　　这是位男妓，傻瓜一个，
　　全然是个肮脏的小粗坯——
他的名字我已说过，就叫塔文达尔。

……哼，这时髦的杂种听得十分清楚，可他假装没听见，只是继续干自己的活儿，所有人全都大笑起来，都知道他没胆量。这时诺曼·克鲁克香克唱起了另一首歌，你们都笑得喘不过气来，诺曼这坏家伙真是有趣极了，他唱的是这个时髦的蠢货的不要脸的母亲。诺曼一边说，一边扔下了铁铲，准备好等他扑上来打架了。因为任何人听到别人这么说自己的母亲，都会这么干的。他确实听得一清二楚，并且朝诺曼看了一眼，该死的，这家伙真让人发疯，在他的眼光中就好像诺曼是个下流坯，是一堆令人毫无兴趣的臭狗屎，接着又镇静自若地继续将渣块扒出来。可是只见艾利克正在撺掇他，而且你们都给他激起来了，让他领教领教地狱的快活滋味吧，揍他个血淋淋给他个应得的报应。趁他没注意的当儿，小乔迪·布鲁斯翻倒了他的手推车，诺曼飞快转身拎来了便桶，倒在了这个坏蛋花花公子的炉子里，这下真让你们几乎笑死，那花花公子得重新把炉子点起来了。

等到汽笛声起的时候，他才刚把活儿干完，而艾利克·沃特森已经争取到了一点时间，搞了你们都觉得有兴趣的恶作剧。在你们其余人都走上了楼梯后，他才刚从那间大伙放外衣和零碎物件的盥洗室出来。他眨眨眼，于是大伙知道他已经搞好了什么名堂，都咧嘴嬉笑着，等着瞧塔文达尔的好戏。

尤旺进去了，冲洗毕取下夹克衫，穿上身，然后把手插进了口袋……足足有一分钟，他知道自己会晕过去了，真伤脑筋，然后他咽了一口口水，他洗手时根本没想到，他捏紧了夹克衫。真讨厌——这下把大部分磷青铜标本都弄丢了。

那五个无赖正等着他出来，他们捏着鼻子，嘻嘻哈哈开着玩笑，尤旺想，真是帮坏透了的无赖。他静静地走到五个人站的地方。艾利克这家伙瘦削阴沉的脸上的那对眼睛转都不转，露出了一种文绉绉的嘲笑意味，双手插在口袋里。尤旺朝他猛击过去，觉得自己的手臂也麻了，同时心里对自己说道，真恬不知耻，他再也不能这么笑了。

这一下揍得艾利克就像一块从弩弓里射出去的石块，足足摔过了半个院子，哗啦一声掉进了一个石灰桶里。尤旺知道他立时就会反扑过来，而这帮人中另一个危险的家伙就是那个叫诺曼的，是一只肮脏的小猪——他要比你高三英寸——但照样是只小猪。他狠命抡起左手，正打在无赖身上，打得他的身子旋转了一圈，砰然摔在泥污中；尤旺突然感到一时间似乎什么都清晰地呈现在眼前，邓凯恩也变得清晰了，那么明亮，棱角分明，似乎伸手就可触碰到，他从来不曾感到生命有这么美好，他又是多么渴望活下去，他大笑起来；艾利克·沃特森低着头朝他走来。

工头和另一个人听到了工棚后的这场殴斗声，便跑过来看是怎么回事。同工头一起来的那人不满地哼哼着说，是他呀，又是个文绉绉的学徒崽子。可工头达拉斯有自己的偏爱，他大声叫道，住手，塔文达尔！尤旺就像头半死的猪一样淌着血，不过他自己并不知道，仍然不肯住手，他们两人都遍身血污，伤痕累累，扭打在一起，艾利克想踢他，尤旺感到一阵刀扎般的疼痛，他松开了手，艾利克也挣开身去——盯着，抡起手臂又一下击在尤旺的脖颈上，他发出一声奇怪的哼哼声，扭曲起身子，殴斗停止了，他对艾利克这么沉寂感到奇怪，工棚这般摇摇晃晃的样子也真奇怪。

翌晨，克丽斯醒来首先想到的就是尤旺。她没有像往常那样躺在床上，伸伸懒腰，而是马上爬起来，穿好衣服，下楼进了厨房。外面，天开始一点点放亮，邓凯恩那些灰色的花岗岩建筑物也一点点显现出来，东方蒙蒙亮了，鸟儿还没啼叫，下面的市镇开始苏醒过来。乔克跑进来，围着她的脚转悠，一边喵喵叫着，呼呼出声嗅闻着，可她根本没睬它，她把大妈的茶送上去，接着又是默盖特洛伊德小姐的，最后她拿了茶到了尤旺的房间。

他睡得很熟，头上缠着绷带，脖子里也缠着绷带，她想，他多年轻啊！她看见他的手臂搁在身体一侧，胳臂上的皮肤略有起伏不平但十分光滑。她更走近些看着他的脸，看着他脸上的那些伤痕、擦破的皮肤以及肿起的嘴唇，心里一股怒火慢慢腾起。他们竟敢这样——对待尤旺，他还只是个孩子呢！

她拿起一只他爱吃的苹果，坐到床边，把他摇醒。他醒来了，跟往常一样一下就睁开眼睛，不过有那么一会儿，他的眼睛露出一种不太戒备的神色，克丽斯觉得，这时她似乎透过了他的眼睛，又一次看到了那个曾令她那么迷惑的奇怪的小男孩。这是她的儿子，可有时候她觉得跟他是那么陌生，似乎他们之间没血缘关系，她倒是跟那个女佣麦格·沃特森更亲近。

她很随便地把这想法告诉了他，就像是在讲笑话似的，他把两手垫在脑后，思索起来，接着说了些关于荷尔蒙和卵细胞之类东西的话，可这些跟她说的有什么关系——我跟平常人一样，只是我**想了解事物**。我爱你远甚于爱那个磷青铜色头发的人——远甚于麦格·沃特内姆对你的爱。

克丽斯说那是沃特森，不是沃特内姆，尤旺说这倒真是个滑稽的巧合，他想莫非她就是昨天把他打得那么厉害的那个无赖的什么亲戚。——他躲藏得真好，克丽斯！我不幸一头撞在了一根屋架上。他打起架真像一只老鼠，而我也差不多。

克丽斯问，这都是为了什么？

他仍然保持着那个姿势，静静地躺了一分钟，才答道，呸，妈的。你什么也不必担心。克丽斯，只不过是这班无赖不喜欢我。

她以前听他这么骂过，可这回给她一种奇怪的感觉。她厉声问道，尤旺，什么叫无赖？你父亲在同我结婚前是个农夫，而我则是一个佃户家厨房里的姑娘。

他缠着绷带，无动于衷地躺在那儿瞅着她。一个农夫可不是个无赖。不管怎么说，克丽斯……

她的心莫名其妙地抽紧了。话里还有些别的意思。她说，是吗？

——哦，我只是说，尽管我父亲是个农夫，你又是个佃户家干厨房活的姑娘——可这对我毫无妨碍，不是吗？我不是你，也不是我父亲：我就是我。

那一整天以及第二天，麦格都没露面，克莱格霍恩大妈咒骂着这个懒惰的坏娘们，只得自己动手干洗洗涮涮的活儿，结果在开始半小时里就打碎了两个盘子——都怪那个懒惰的坏女人！而乔克更是给弄得晕头转向，老是弄了个四脚朝天，因为大妈一脚就把它从炉子边踹到碗橱那儿，再一脚从那儿踢过来，而它则像一台运转过头的机车一样恼怒得喵喵直叫，克丽斯端着托盘从楼上下来时瞧见了最后的一幕——乔克用爪子狠狠在大妈那丰满的大腿上一抓，响亮地叫了一声，便从窗户里窜了出去。这情景真太可笑了，克丽斯听见自己就像一个孩子一样格格笑了起来，大妈抚摩着她的大腿，咒骂起来：

让一只猫给搞得心神不宁，让一个娼妇给耍了。你能到考盖特去跑一趟吗？看看她是怎么了。

克丽斯就去了。她没有坐电车，现在她对邓凯恩比较熟悉了，顺着斜坡台阶走下了温德米尔山，穿过肉市场，可那儿并不卖肉，什么也不卖，只是个陈旧荒凉的地方，太阳底下只见狗和失业者蹲在那儿。她又穿过麦尔温胡同到了小市场，很久以前，农夫在雇用人的时节便聚集在这儿赶帕尔迪的集市。可现在已没有了，只剩下二三家铺子散布在这儿，就是在别处随时可以看见的那种店铺，他们是怎么活下来并操持起生意来的呢？她朝考盖特边缘走去，人行道上有一层滑腻的黏泥，湿漉漉的，台阶朝下一直通向帕尔迪教区。

以前她从来没在帕尔迪教区走得这么远，只见到处都是破烂的窗户和倾圮的门户，从身旁经过的女人们一个个脸色郁悒，挎着装得满满的篮子，到处都可闻到尿布味、污秽味和变质肉的哈喇味，以及只有上帝才知道(如果上帝真会知道的话)的什么怪味儿，不过克丽斯想上帝是不可能知道的。她经过了一座空教堂，脑中闪现出一个想法:如果真像罗伯特信仰的那样有一个上帝，那上帝能不能让那些老百姓相信，他们最好是让自己的孩子吃饱，而别去填饱牧师住宅里的某种小丑般的牧师的肚子，这才是对上帝更好的侍奉，上帝能做到这一点吗？不过她对宗教从来没有好好理解过，只觉得它不过是一种神话故事，一个不太好听的童话故事，十分阴暗，邪恶，无论对生还是对死都没什么好处；如果别人不把宗教强加于她身上，那这种宗教跟她的生死是毫无关系的，她自己也不需要什么东西非得来取代它不可。

罗伯特一度曾有过他的社会主义。六月的天气燠热难当，她看着周围这个令人讨厌的地方，想起了很久以前他们在谢格特过的是另一种生活，想起了当时他曾引用过的诗句：

我们无法唤醒石做的心脏。
　把它硬塞进活人的心中：
耶和华的惊雷
　再一次显示了主的力量！

她隐隐觉得，在过去的战争年代中，那些神圣盟约派的成员在面对贵族时就相信这一切。只有上帝从不降临，而他们都为**他**而死，旧日的骚乱一直没停止，因为它总是会发生的，愚蠢的民众的命永远是肮脏的，只配蜷缩在污秽中，他们根本不在乎他们是否受人摆弄到如此可悲的下场，就好像他们喜欢这种生活似的。这一切跟她的生活毫不相关——她属于她自己，就像尤旺告诉她的，他只属于他自己一样，她原本就会憎恨神圣盟约对她发布命令，她也同样会憎恨它的敌人：那些绅士们。

……对一个正在寻找失踪了的女仆麦格的中年主妇来说，去想这些实在是太没意思了。大妈说的这个家伙究竟住在哪儿？

她终于找到那地方了，是一个很深的窄院子，她对那些气味倒也习惯了，便走进院子顺石级向上走去，她叩叩门，等了一会儿，听着里面的动静。旁边一间公寓里正发生着一场争吵，传来了家具的碰撞声，克丽斯听到一个女人的尖叫声，吓得嘴唇都发白了。接着她又听到一个很高的嗓门在诵读一首赞美诗：

数数你的祝福，一个接一个给它们取个名字，
　数数你的祝福，看看上帝做了些什么，

数数你的祝福，一个接一个给它们取个名字，

上帝做的一切会使你大为惊奇。

接着传来最后的砰然一击，有人高叫着，我要叫警察来抓你。随后门砰的一声：一切沉寂下来。

克丽斯又敲了一下门，里面应了一声，门开了，她问，麦格·沃特森在吗？

开门的男人竟是上次在上考盖特拦住她，问她要六便士的那个人。

他们就像两只杜鹃一样互相瞪眼瞧了一会儿，一句话也没说，他刮过脸，穿着一件旧上衣，衣服显然太大，前襟和下摆都太宽大，他那张褐色的脸不再是那么副饿相，却显出一副趾高气扬，颇为自信的神色。不过一遇上她的眼光，他脸色变得绯红，舔着嘴唇说：

麦格·沃特森出去找工作了。

克丽斯点点头说，我知道了。你能否转告她，我想知道她为什么要离开我？我是卡珲太太，你可以先告诉她，如果她明天早晨仍能回来工作，我什么也不会计较。

……原来这就是那个老绷着脸的坏脾气女人，真是个乡巴佬，快活而又傲慢——他已经听说了，艾利克在高恩斯打了她的儿子。艾利克说她儿子是个傲慢的花花公子；跟他母亲一样，她真该死，还有她那种怒冲冲看人的目光和极其冷漠的眼睛，都见鬼去吧。

麦格一听说她兄弟在工厂里把你儿子揍得不轻，她就害怕起来，不敢回去干活了。

克丽斯说，我明白了。不过，她不必害怕。说罢转过身

去，走下了石阶，她觉出他在后面注视着她，便又转回身说，我想你还欠我六便士。

他把手伸进钱袋，掏出一枚钱币，脸色又变得绯红，不过十分傲慢地看着她说道，给你，太太。拿着你的钱得意去吧。总有一天你们这个阶级会失去它。

有那么一会儿克丽斯火气上来了，这个蠢东西，她想象得出自己的激动，她什么也不在乎了：

我的阶级？它正在流血流汗谋得自己的生存，而你的阶级却躺在污浊中发发牢骚。再见。

接下来的一周里，尤旺实在过腻了，就这么躺在床上，看看书，他感觉得到绷带下血管的跳动。要是他们就让他一个人跟这些书作伴就好了……他想，大多数人——都是多么憎恨你看书啊！

身旁总有人：上午是克丽斯，正派的克丽斯，尽管从那年冬天在谢格特时起，你们就彼此疏远了，而自打你清楚地表明她在生儿育女上的观念对你是毫无必要以后，你们就更变得生分了。不过有一两次，一清早她把手臂垫在你的头下，解开粘着药棉的绷带，她的手、胳臂充满了活力，这时你就觉得十分奇怪——似乎你就要爱上她了！你集中心思觉得种种反应是有点像爱上她了，就你所知，这些反应或许也够说明了，那些当精神分析学家的犹太小子们已获得了足够的病例，逐个逐个作了记录，俄狄浦斯①就是第一位未受绞刑的于健康无益的人——胡扯！让我们一头扎进磷青铜去吧！

---

① 俄狄浦斯(Oedipus)，希腊神话中的底比斯王子，曾破解怪物斯芬克斯之谜底；后误杀其父并娶母为妻，发觉后自刺双目，死于流浪中。

要不是传来一阵拼命地敲门声，她几乎就要走了，克莱格豪恩太太蹒跚地走了进来。她真胖，胖得肉都要掉下来了，不过你还比较喜欢她。假如她是兴致勃勃，十分轻松地走拢来，这也并不意味着什么，也不可能意味什么，只不过是一种可以接受的调味品罢了——真是太稀罕了。她会一屁股在床边坐下，问问你的感觉如何，也不等回答就管自讲起她的丈夫杰姆来，那时他也病了——是生的腮腺炎，他就是这么说的，样子活像一块烤煳了的甜烙饼。他觉得十分羞愧，这么大的年纪还会生腮腺炎，真是个老不更事的老孩子，大妈一直有点纳闷，怎么一个人竟会生腮腺炎，真可笑。于是她去缠住了医生，不管他愿不愿意，你能猜出他到底得了什么病？你可猜不出，你过于单纯无知，过于年轻了，结果发现病因出在鱼市场的一个妓女身上，杰姆一直追她，喝，竟把她弄到手了。而当医生走了以后，他得到的就更多了。

尤旺哦了一声，一点也不在意，大妈点点头说，对女人多留点神。你是个太过漂亮的小伙子，会给带上那条路的。尤旺大着胆子回答说他当然会留神的，大妈说，很好。谢天谢地，她总算走了。重新再去看那关于磷青铜熔化的一章，其他人都出去了，屋子里十分清静。所有人都走了吗？——没那么好福气，有人在敲门。

这回是默盖特洛伊德小姐，那么瘦，不敢拿正眼儿瞧人，嗤嗤笑着，羞答答的，就像一只正在发情的鹪鹩，嗳，我这是在一个绅士的房间，这真是件丑闻！我想你或许喜欢吃个橘子什么的吧。她拿来了两只，是两只胖鼓鼓的十分粗糙的大橘子。你说真太抱歉，你从不吃橘子，她显得有点束手无策，你确实感到十分抱歉——为什么老年人总不肯让人清静地待着呢？——他们总需要人去怜悯，同情，讲些动听的不着边际的话，用话来宽慰他们，噢，这些人真要命！

于是你只得装出一副笑脸，说你实在抱歉——你真好，记挂着我。听到这话，她像棵雨中的小草重又舒展开来，偷偷窥他一眼，坐在你卧室里的椅子里吱吱小声地讲起了她自己，她的一生和她的爱好；尤旺坐着，听她讲着，漫不经心地想着，半是希望她走开，半是想着她这么个人。她也曾像别人那样诞生、年轻，追求真正的东西：食物、海上的风、闪发气味的磷青铜……想到这些总有种奇怪的感觉。或许她并非如此，只是想着书本，和男人睡觉而已。可至少她肯定是需要那些的——他们那一代人看来其他的需求并不多，在他们的书上，关于其他的需求全是一派胡诌，肖和那个小个子假科学家威尔斯还没等从一些混乱的东西中得出一个看法，便写出了一本关于私通的书，那些混乱的东西是：胶质性的恶魔，爱德华时代的人，高领和发髻，这些比沉闷的维多利亚时代的兔子更坏……

好了，到头来她是什么也没得到，只好去参加参加茶话会，在工联主义者的那班夫人中，她喜欢麦克唐纳德先生和国民政府，她还读了大量正在失传的苏格兰诗歌，而爱德华时代的遗少们正尽力想方设法用新苏格兰文学在苏格兰的舞台上出现——你读过皮顿德里格·麦吉利夫雷博士的诗吗？我觉得那些诗太可爱了，清新上口。还有马里恩·安格斯小姐的诗，尽管写得太随便放任，也算可以。尤旺回答说没看过，他不念诗。于是她叽叽咕咕离开了房间，接着她拿了一本刘易斯·斯彭斯先生的书来给他看，是关于古苏格兰人的，他们都是些具有不可思议的魔力的人。尤旺说，这书挺不错，他相信他们确实具有那种魔力。

经过这么一番折腾，尤旺觉得挺累，睡了一会。到中午克丽斯会唤醒他的，她会给他带来一个装着午饭的托盘，她长长的脑袋上的那一头古铜色的头发挺有光泽，这头头发在邓凯恩是罕见的，而他的头发则略为逊色了。他吃起来，吃得不多，书却看得更多了，外面邓凯恩正是下午，起了一阵雾霾，远远克劳威岬的雾角响起来了，声音低沉，就像一头腹痛的欧洲野牛在叫——按恺撒的说法，这种野牛无法躺下，因为它们没有膝关节，因此它们就倚树而睡……真见鬼了，有一章描写了兽医施行手术前使畜生斜倚的方法，这跟这种野牛是否有什么关系？

五点钟，楼梯上响起了脚步声，又传来了哄笑声和敲门声，是小阿尔奇·克利尔蒙特来了。这个阿尔奇是个文静的小伙子，只是那张孩儿脸显得有点惹人讨厌。他花了不少时间讲述了一件关于教授的事：他在课堂上转过身来，对阿尔奇说起来，阿尔奇也转身，对教授说——，尤旺点头称是，心中却想道，他们怎么没转得头昏脑涨。地区选举很快就要开始了，阿尔奇认为自己是支持民族主义分子的。尤旺便问他为什么，阿尔奇半开玩笑地说，民族主义分子的候选人是雨果·麦克唐纳，就是那个描写虚假的苏格兰人的家伙。尤旺问，为什么描写虚假的？难道他不能描写真实的东西吗？阿尔奇说，如果我知道的话，我可就没什么好下场了。在我听来那根本不是什么虚假更像是在发羊痫风——我就是对此感兴趣的，我打算专攻医学！

接着约翰·库辛尼来了，这家伙的英格兰话讲得实在糟透了，待人倒很诚挚，打扮入时，穿着一件新的拉吉·罗伯森衬衫。他给尤旺带来一本埃德加·华莱士[1]的书。——一直这么躺着，你一定感到很腻味。他又说正派人只因为讲话显得有点与众不同，竟然就让无赖在福特福西揍一顿，这算什么名堂啊！决不能让他们进拉吉·罗伯森的仓库去，警察恰好要处理这班废物……尤旺问，谁是废物？——是拉吉还是那些无赖？库辛尼的衬衫领子扣得很紧，他别扭地哈—哈一声，说拉吉好好儿的，他在那儿有一份很好的工作，得到了一个好机会。一个人如果得到了一份工作，那他就不需要什么团体的帮助了——尽管看看贝利·布朗就知道工党并不坏。可那些共产党人就别说了。星期天他在多蒂公园走过，停住脚听特雷斯那不要脸的赤色分子——人人都知道他接受莫斯科的津贴——讲话，天花乱坠地说什么要所有的工人团结起来，同时尽其所能尽量往贝利·布朗那样的正派人脸上抹黑……这时，真是谢天谢地，叫人吃茶的铃响了，库辛尼去了，喝了点酒和别的东西。

晚上夸里奇先生来看他，带来了一大摞从《竞赛者日报》带来的参考书，抽着烟斗，两只眼睛像貂一样眨动着，撅着那倒霉的小胡子说，想看些东西吗？你手边有些什么书？尤旺把教科书给他看，他摇摇头说，讨厌的东西，想看本小说吗？

尤旺摇摇头，可不能让小说来分心。夸里奇先生便说，他或许还算是幸运的，而他自己却让那些讨厌而蹩脚的东西烦透了，一个星期里要碰上二十篇左右的这种该死的东西。尤旺问是谁写的——又为什么要写？夸里奇先生说大部分是那些不负责任的小人物写的——至于为什么写那只有上帝才知道，可上

① 埃德加·华莱士(Edgar Wallace, 1875—1932)，英国小说家，戏剧家和记者，以侦探故事著称。

帝对此缄口不言，这种东西他只有跟伯内特[1]的作品一起让评论家花半克朗搭买去。——皮德尔碰巧写了一篇措词激烈的评论文章。你听说我这位同事昨晚出了什么事吗？

尤旺说他不曾听说，于是夸里奇把这事告诉了他。皮德尔先生带着他的文章的打印本去赶六时半的火车，那是他给《托利·皮克特曼》报写的邓凯恩新闻稿，他动身晚了些，他跑得汗流浃背，要不他就会赶不上火车。你可知道那个狂野的坏家伙骑车那副模样吗？——双手握着车把，低着头，头颈伸得老长，就像一只寻水喝的雄鹅，一阵风似的拼命赶时间。瞧吧，他骑车出了《竞赛者》报社，来到了威尔士街，转入皇家购物城；拼命蹬车到了皇家，周围是有轨电车、公共汽车和运货卡车，他绕过人群，把他们统统甩在了身后。天色暗下来，街灯亮了，皮德尔两脚蹬得飞快，他把头扭向一边，随意溜了一眼，这时他注意到一大群人在向他嚷嚷，他倒好，根本睬都不睬，反正差不多一半邓凯恩人见到我们的记者皮德尔都这么嚷嚷的，他才不搭理呢，只顾闷头想着无产阶级，——嗨——嗨！——正在生活的最底层挣扎呢，是吗？

一下子他的自行车跳了起来，他两脚朝天栽了下去，什么也不知道了，等他清醒过来，绝望地寻思他怎么才能把关于灾难消息的副本送到《托利·皮克特曼》报社去，那儿不会有人留下来将它付印了。他顺腿缝往上瞧见了两三个人正俯视着他，其中一位大声说，你没死吗？皮德尔自己也糊涂了，他挣扎着想站起身，围上来的人们把他从坑里拽出来；这些人是世界末

---

① 伯内特(Frances Eliza Burnett， 1849—1924)，美国女作家，主要写儿童作品。

日的幸存者。这时他才明白，原来他头朝下跌进了路上挖开的洞里，正好在购物城路的半中央，他没瞧见挂在那儿的红灯便冲了过去，这也就是他经过时人们朝他大喊的原因。自行车跌得就像一根被牛嚼过的绳子，不过皮德尔根本没时间去管它了，紧接着，围在洞口的人目瞪口呆地看到皮德尔拔腿朝购物城跑去，他急着要去赶那班到《皮克特曼》的火车……

尤旺躺着，两手垫在脑后，瞌睡蒙眬地想着夸里奇和他讲的故事，这时那两人都下楼去吃晚饭了。天黑下了，灯都亮了。透过窗户，从夜色中望去，只见福特福西的火光在夜幕中闪烁不定。——人们总以为那种故事很可笑，每个人听了都会大笑一通，夸里奇也料到他会笑的，可他没笑，在他看来，这事毫无可笑之处。像皮德尔掉进了去购物城路上的一个脏洞里的事故，实在是一桩老掉牙的莫名其妙的不幸事件，这又有什么可笑的呢？不用说，他受了点伤——这就好笑吗？看着别人出洋相就是一种乐趣吗？

接着他又想起了他听到的不计其数的故事，还在他是个孩子住在邓凯恩时，他无意中听到的这种故事，夹杂着哄堂大笑，听的人高兴得两眼发光——尽讲些女人和她们那木然不幸的身体；讲到孩子、死亡、疾病和下流的事；还讲到某些他觉得他所缺少的东西。有一回，罗伯特告诉他，他生下来就是个令人乏味的人，一点没趣味，没人能让他高兴，人很健壮，老爱在污秽中打滚，把它视为乐趣，这真可笑吗？

世界上的真正乐趣，是在熔炉的呼呼吼声中的欢乐；是炉门大开，炽热发光的金属熔液倾倒在斜槽里浇出铸件时的欢乐；是在用公式去解开一个个复杂数学难题时的欢乐；是在夜里看着银河系繁星点点，激动人心，流星拖曳着长光掠过福特福西上空时的欢乐。在半夜时光的邓凯恩死一般的寂静中，你站在皇家购物城的边缘，感到帕尔迪的黑影正移来，不由使你想到世界的末日来临，这时你可以感到一阵欢乐。这块地方的街道光闪闪的，毫无动静，草叶晃动，小动物在涵管中筑窝，海水不断拍击着福特福西，岩石海岬角传来海豹的喧叫声——那儿一度曾是捕鱼船下水的地方，那些人早就升天了，不是给一阵风刮走就此消失，而是作为一个对太空的入侵者消失在天外行星和最遥远的星球上，最后在苍穹深处刮起了一阵暴风雨，地球从他们的视线中消失，就像一个子宫和它梦想孕育的一切从一个成年人的记忆中消失一样——

那天晚上很晚的时候，他醒来了，听见隔壁卧室一阵喧闹，那儿一直是空着的。一阵低语声，一阵很急的脚步声，那是克莱格霍恩太太和克丽斯的声音，接着是一声响亮的关门声，令人心惊，静了一会，一阵咳嗽声。这时克莱格霍恩大妈低声说道，会把尤旺吵醒么？

过了一会，他的房门开了，克丽斯迈着轻盈的步子走了进来，她站在那儿倾听着，他轻轻喊了声，喂，克丽斯，隔壁房里在闹些什么呀？

她说吵醒他真对不起，这么晚了，一个新房客马上就会搬进来，他们正在为她铺床。

尤旺说知道了。她是个什么人？

克丽斯只知道她是个从邓迪来的姑娘，是埃克尔斯格雷格斯中学新来的教员——听说是教英语的，不过她还没见到她……

这时她脸上露出一丝笑意，原来尤旺又睡着了，他从来对他人不太感兴趣。

第二天早晨克丽斯给克莱格霍恩大妈送茶去时，发现这个大个女人已经下了床，她穿起那件紧身胸衣来就好像把羊毛塞进一个瓶子。天呀，克丽斯，帮忙给拉一拉，我有点发胖了，我可有点担心。

克丽斯放下托盘，拉拉胸衣上的带子，星期六整幢房子很安静，昏睡着还未醒来，她问大妈起这么早干什么，大妈反问克丽斯，难道她忘了新来的房客姑娘了吗？莫不是克丽斯打算独自一个人干那些活？克丽斯说，不错，只要她不是个大胖女人，多她一个对我来说也没什么两样。她长得怎么样？大妈哼了一下说，这是个从邓迪一所学校来的傲慢的女人，一副读书人的没精打采的样子，操一口英格兰腔，瘦得像只麻雀，我从来就看不惯这种傲慢的人。克丽斯说，有人就讲我很傲慢。大妈就说，你是很傲慢，你的小尤旺也是这样。不过我或许还能容忍你们两人住在这所房子里，可如果再出现这么个东西，那我可真会给咒得狗屁不如了……唉，姑娘，走吧，今早我心情不太好，你把茶给那个教师送去吧。

于是克丽斯去了。她走上楼，敲敲门，一个声音冷冷地说进来，她进去了。这位姑娘正躺在克丽斯和克莱格霍恩大妈昨晚给她铺的双人床上，窗户大开，窗帘飘拂，克丽斯垂眼看去，只见这姑娘穿着一件绣花睡衣，显得很洁净，人倒很漂亮，瘦得像个男孩，几乎就像尤旺那么瘦，乌黑的头发剪得很短，湛蓝深邃的眼睛，两颗瞳人又大又黑。她坐起身，接过茶杯，招呼道，你是克莱格霍恩的合伙人吧？

这时克丽斯十分清楚，有什么不对劲的地方，她知道这姑娘其实十分怕羞，只不过是在表面上装出一副满不在乎的样子，克丽斯向来十分喜欢这种沉着冷静的勇气；等克丽斯笑了笑，这副不在乎的模样不见了，两人对视着，姑娘脸红了，倒很逗人爱的；她突然变得一本正经，十分拘谨，完全是一副孤零无助的样子；克丽斯觉得她就像一只珍贵的小猫，加上她的上嘴唇那条微微下撇的线条，那样子人人见了都会喜欢，大多数人不会有这种模样——我是卡琿太太，你是约翰小姐吧？

唔，你跟我想象的不同。

你自己也有点与众不同，克丽斯说，说罢便拿着托盘下楼干活去了，有时对一个人来说，有这么个好姑娘倒真不错，就跟身边有个尤旺一样。可这只是个梦想——除了尤旺，她不可能再有自己的孩子了，不可能有这只小猫，漂亮的黑发垂在她那温柔甜润的两颊，长得真可爱，又那么年轻——哦，这个此刻在邓凯恩的年轻姑娘倒令人感到自己像个精疲力竭的老太婆了。

就在洗早餐的餐具时，窗外突然吹进一阵微风，那是一股在夏日的蒙斯山戏耍并减弱的大风的余尾，克丽斯几乎把手中正在揩干的一只杯子摔落。克莱格霍恩大妈叫道，拿稳当，姑娘！万能的主在此，难道你看见了一个鬼不成？

克丽斯说，只是闻到了点鬼气。停了一会又说，大妈，我想出去一天，你忙得过来吗？

大妈说，随你便，你几乎都成了我的奴隶了。克丽斯说她有数了，可是大妈忙得过来吗？大妈说她一个人陆陆续续也干了足足五十五年了，她完全明白，自己既不是个跛子，也没有脑震荡。这下克丽斯笑了，说，我到乡下去一趟。

她跑上楼，敲敲尤旺的门，走了进去，发现他已经起来了，光着身子，细长的光腿挺漂亮的，细腰，真令你妒羡，男人，那种可爱的男人，竟有这么细的腰身，他站在那儿，舒展身子，显得那么结实，绷带从他头上掉下来。尤旺一点不羞怯，一副冷静的样子，他转过身，咧嘴笑笑，说，我在试试脚力。躺在床上太热了。克丽斯，咱们到乡村去玩一天吧！

她说，我打算独自出去一天呢。他的脸稍稍一沉，又点点头说，好啊，祝你愉快。——你打算回来吗？——如果你想独自儿那就别回来了。克丽斯说讲这话真蠢，她怎么能离开他呢，他便说那样才好，说这话时十分认真，说完脸上突然露出一丝不易觉察的微笑，光着身子朝她走去，拥抱她一下，她觉得让一个赤身裸体的男子拥抱真够滑稽的，并且觉出自己因此受到了震动，不过他没看出，只说声哟，真对不起，便返身去穿衣服。有一会儿，克丽斯就这么站在那儿瞅着他，有一种极奇怪的失落感，不再感到尤旺可笑了。

这时，她终于明白了，愚蠢地希望他别像现在这样那是无济于事的，于是便说，半小时之内准备好。说罢下楼进了自己的房间换装。她瞧着自己的衣服，找到一件淡色的上衣，她把全身衣服都脱了，还像过去那样，用冷冷的审慎的眼光，打量着镜子中的自己那张宽颧骨的脸，看着大腿，腰身和膝盖仍是修长白皙的线条，无需去妒忌男人。她对着镜子中这个极其认真的人影说，我跟你在一起度过了多么令人心醉的年月啊！镜中的人影用金色的双眸朝她笑笑，影子和真身不再悲伤。等她匆匆穿好衣服，突然感到一身轻松，要离开邓凯恩，摆脱自我去玩一天。

她走进客厅找一本书，客厅的百叶窗拉下来挡住阳光，房间显得很暗。这儿倒不像平时那样空寂冷落，约翰斯小姐正坐在那把最大的椅子里，她没在看书，脚跟着地，手托着腮望着窗外，克丽斯想这真是只迷路的小猫咪，长着那么一头光亮的黑发，一对没耳垂的耳朵。她抬头朝克丽斯笑笑，这是那种去除了羞怯而浮现的坦诚的微笑，克丽斯又产生了一阵冲动。今天我要到乡下去玩一天，你没什么事的话，乐意一块去吗？

她迟疑了一会，红着脸，拘谨地回答道，我真喜欢去，太想去了。只是——我没钱。然后一下子她又十分信赖地脱口告诉克丽斯，说她是因彻底破产才离开了邓迪，在星期三之前她是一筹莫展的，在那之前她身无分文，她得在温德米尔忧郁地度过周末。克丽斯说那没关系，由她来出钱，以后约翰斯小姐可以还她；这一来这只小猫咪更羞怯了，这时克丽斯问她叫什么名字，她说，哦，我叫埃伦。实际上是海伦，可爸爸从伦敦到邓迪工作时，我就在邓迪念的高中，他们把我错念成埃伦……克丽斯几乎就希望她是叫这么个名字，她就是埃伦，不可能叫别的名字！

她去换好了衣服，还比尤旺早一会儿来到了客厅。克丽斯说，这是埃伦·约翰斯——这是尤旺·塔文达尔。他是我儿子——只不过有时可以这么说。埃伦准备跟我们一起去玩。尤旺可一点不像个男孩，毫不羞怯地说这太好了，他那灰色的花岗石般的眼睛盯住了埃伦·约翰斯，就好像她是有关磷青铜的一章，他们两人几乎一般高，模样也差不多，都是黑黑的，冷漠的，埃伦跟他一样冷静，这会儿脸倒不红了，彼此之间冷冷的十分彬彬有礼。此刻克丽斯瞧瞧这个瞅瞅那个，心中涌起一种奇怪的不安的感觉：她似乎坐在戏院正厅前排观看着一出黑沉沉的、奇怪的戏拉开帷幕。

不过过了几小时，这种幻觉消失了。三个人来到了默凯特十字路口，找到了停在那儿的一辆去阿伯丁的公共汽车，这辆车一两分钟就要开车了，它将穿过斯卢格到班科里，再顺迪塞德河直下杜内赫特到阿伯丁，转一圈然后再返回。他们上了车，这两只有礼貌的小猫咪不想坐在一起，都乖巧地想同克丽斯坐一起。克丽斯说，我想独自坐在前排。说着便过去坐在那儿，于是两人面对面坐下，埃伦靠窗坐着，没戴帽子，编着辫子，弯弯的长睫毛，一副捉摸不透的神色。尤旺也没戴帽子，神色冷淡不动声色，打量着自己四周，这时车开了。只有一回他俯身向前问了一句他们准备去哪儿，可克丽斯也不知道，等到了他们喜爱的某个地方他们就下车。

没一会儿，车内只剩下他们三人了，汽车沿邓凯恩山坡往高地爬去。三百年前蒙特罗斯人就列阵于此，在一个星期天他们突然倾巢而出，威镇住了邓凯恩，带来了一个血腥的安息日。克丽斯在座位上扭过身子，俯瞰下去，看见了皇家购物城白剑似的闪光，看见了福特福西烟囱里冒出的烟雾，上午的潮水波光粼粼汹涌而来，闪亮的船只赶着潮水飞驶出海。这时车子顺公路拐了个弯停住了:底下就是缅恩斯山谷，这山就像是缅恩斯戴着的王冠，底下就像是绲着绿色和金色带子的鞋，缅恩斯的小溪像银色的链条蜿蜒而去，汇到福西河口，缅恩斯前面就是斯通哈文，后面是贝维，再远处是格兰扁的闪烁微光，连绵的荒原草地底下是一个个农庄，微微反射出光泽，一阵风吹过，一长垄一长垄绿色的玉米起伏波动着。

汽车一停，上了个农夫，人很瘦削，一副猥琐相，让人觉得他就像是让他的雇工们都饿肚子，同时自己也只吃发酵燕麦麸粥，除了星期天外，其他日子从不拥着老婆睡觉，即使这样也得是在他上了教堂以后；汽车又像一只巨大的甲虫慢慢蠕动了，瞧，那儿有人正在一块地里割禾草，在汽车里也闻到了那股悠悠草味，令人不禁为之心动——布拉威里那日日夜夜，在那静谧的七月，山毛榉生长茂盛，睡在谢格特牧师宅邸的牧草地里，罗伯特就在你身边，你躺在草地里打着盹——你盯着罗伯特，可看不见他的脸——

克丽斯晃晃脑袋，驱走那不吉利的噩梦，太阳、牧草是多么好，能独自好好活着又多令人高兴，别让那噩梦搅乱了这一切；眯缝着眼无牵无挂地窥视着这七月里万物茂盛的山谷，篱笆上爬满了忍冬花，田园外不远处易惹怒的牛群正甩着尾巴狂跑，这下等晚上某个勤劳人去挤奶时，挤出的奶一定是酸的了。尤旺和埃伦总算交谈起来了。尤旺的头扭过来，克丽斯看见那英格兰小妞仰视着他，神色冷漠，活像一只对什么也无动于衷的小黑豹正在跟另一只黑豹甩尾逗乐。

这时她才知道他们已经过了斯通海夫，正刮着风，斯通海夫前面就是邓诺塔树林，这会儿汽车正顺斯卢格的石南荒地向上爬去，这儿闻不到牧草味，只听得长在起伏的高原上的石南丛传来的簌簌声。克丽斯突然想起——二十三年前的那个冬日的晚上，那时父亲、母亲、威尔、她，以及久无音讯的那两个孩子，还有死去了的双胞胎正冒着暴风雨越过这些山岭，在那场雨夹雪的风暴中提灯也打坏了……那是二十三年前的事了。汽车一点点爬上斯卢格，过去的年月也一点点重现，这些岁月就像沙沙跌下的落叶，夜晚在酣睡中转侧所做过的那些朦胧的梦境又在重现，你似乎又是那个风雨中的小姑娘，展现在你面前的是你所不了解的整个世界和人生，接吻和仇视，辛劳和悲哀；还有那晚上的亲吻，那时牛栏里的牛儿也昏昏欲睡；那令人烦恼的冗长乏味的中午，还有那些个月光明亮的夜晚，你怀着孩子，感到静谧带来的恐怖——有一会儿，这一切都好像不过是你的梦幻而已，一个姑娘，冒着令人透不过气的雨雪……

这会儿，汽车翻过了山巅，山谷给抛在后面，树木环绕的班卓利光闪闪的迎面而来，远处那条漫长的波光粼粼的第河像条缎带，弯弯绕绕越过那片丰饶的田野直奔阿伯丁。天际边，白雪覆盖的高山在移动，仰起了雪白的面庞，在七月的天气中一闪一闪的，河边低洼地里，冷杉林一片碧绿，红岩石的石壁一直向北延伸到天际，真像手搭凉棚俯瞰着阿伯丁。不时有人下车，有时车子也会靠着一扇摇摇欲坠的门停下，然后上了个不声不响的男子或是一个脸色冷峻的妇女，踩得车厢地板吱吱作响，这是些阿伯丁人，尖细的嗓音，瘦削的面孔，像白鼬般飞快地四下扫视着，从克丽斯看到尤旺，又从尤旺看到埃伦，再看看司机，再抬眼看看车顶，又打车窗口望出去，接着抿紧嘴，握起双手，一切不错，值得敬重，十分正常。克丽斯坐在那儿，看着人们上车下车，觉得愉快欣慰，舒坦到了极点。

后来尤旺跑来摇醒她，克丽斯，我们打算到哪儿？——到阿伯丁吗？她说谁晓得呢，她不想去，不过车票是买到那儿的，浪费了有点可惜。她朝外面望去，眼前闪过一块涂着白漆的十字路口标记，上面写着一个字，这地方她早就忘记了。我们就在埃希特下车，然后等这班车回来。

他们下了车，埃希特笼罩着一片白色尘埃，显得毫无生气，孩子们在门口玩耍。尤旺走进一家商店，买了些吃食，克丽斯走上前去帮助挑选：面包、牛油和牛奶，还买了些糕饼和一把刀，他们这副大包小包的样子叫埃希特人吃了一惊，以为他们不是准备去摆一桌宴席就是饥饿难当，再不就以为他们是几个流浪的吉卜赛人。这时埃伦毫不做作地显出了她那英格兰人的勇气来，她拿出面包和牛油，几个孩子追随在他们身后，她哈哈大笑着，毫不在意，再不像只小猫咪了。克丽斯早有准备，开着玩笑把孩子们打发走了。

法尔山高耸着，在阳光照耀下显得斑驳陆离，泛着红光，石南丛随风起伏，就像一片深紫色的海洋，左边，巴梅金黑黝黝的，就是在七月阳光的照射下依然显得朦朦胧胧的。克丽斯放声唤起来，啊，嗬嗨！尤旺他们停住脚，瞧着她，倾听着，透过阳光，似乎又传来了那阵孤独的、令人难以忘怀的哀诉，这阵哀诉从未停止过；传来了巴梅金上空风头麦鸡飞过的叫声。二十三年了，这种叫声从未停止过。……克丽斯有点羞赧有点绝望地想到，哦，它们肯定叫得嗓门冒烟了！

后来他们走过幽幽小径，小径长满了枝蔓错杂的金雀花，地上满是枯枝落叶。他们来到了凯恩杜小农庄，克丽斯就诞生于此，到处是茂密的蓟丛，窗户紧闭，青草封门。另一个更大的农场早就把这片土地和农具等并吞掉了。他们把头探进各处偏房看看，谷仓散发出一股陈谷草的霉味儿，阳光照见处，只见耗子四处乱窜，克丽斯四处走着，似乎在寻找她也不知道的什么东西——或许是很久以前确实错放在哪儿的某种东西，那时她还是个小姑娘。可什么也没有，她就像一只黑豹在深夜悄没声息地一步步走去，可足迹所至，一切全变了。

她总算离开了这些偏房，发现尤旺和埃伦正坐在磨坊进水渠边，靠近在一起低语着，不去打扰她，真像是两只猫，一点没注意到阳光，也不像她那样会勾起那么多的回忆。她真傻，本该一开始就知道这一切，像这些倾圮的小农庄的房舍，对他们来说是毫无意义的：她旧日对这片土地的感情是他们不可理解的，城里的孩子从感情上或是从天性上来说，对土地就是没感情的，尤旺出生在金拉第的一个小农庄里，对土地了解得很少，也不在乎，他干的不是庄稼活——他是在高恩斯-格洛格工厂里的高炉边干填料的活儿！

他问现在去哪儿，又说克丽斯是向导；她朝前指指，只见巴梅金背衬着远处的山峰，显得高大而又平坦，她说，我在孩提时代就离开这儿了。埃伦说，哦，看你那样子似乎离开并不久。克丽斯问，我是不是显得很孩子气？埃伦脸红了，忙说她不是这个意思——只是你的样子看起来似乎塔文达尔先生根本不像是你儿子。克丽斯朝尤旺笑笑，说道，真倒霉，偏偏他就是我儿子。尤旺点点头，这是一个他能接受的善意的玩笑，这都是我的运气。走吧，克丽斯，带上你的包裹了吗？

克丽斯简洁地答道她一个人拿得了，她还没到老年衰退时期；他们都笑起来，又朝上攀爬，他们没走大路，而是费劲地穿过荆丛和金雀花丛，越过篱笆，登上陡峭的山腰，山真陡，你非得用手抓住石南和草丛，一步一步朝上爬。埃伦两腿直颤，止步不前了，尤旺的鞋底太平直打滑，克丽斯回头嘲笑着他俩，斜坡的光照得她神采奕奕，显得那么自如，对自己的向上攀爬十分自信，她爬到岩石突出处的最上层，扭过头，朝他们挥挥手，她父亲准会把他们叫做可怜的手脚僵硬的家伙——她的父亲的一生都是在凯恩杜度过的，从来(她知道)没攀登过巴梅金，他总是忙忙碌碌，当牛作马般地把自己的精力、血肉以及他那颗黑暗残忍的心全扑在土地上，以此艰难地赢得生计。一切时空就这样周而复始轮回着：先是父亲，现在又轮到了尤旺，这座山对他们来说都算不了什么，可对她来说就不同了，她夹在他们当中，手执一支支小火把，在那忧郁烦闷的旅途中，艰难地跋涉着，不知走向何处——

不过，站立在高处，听任风吹拂着头发，她又觉得，那一切实在算不了什么——让那跋涉见鬼去吧，只有游览一番才是十分有益的。她看着那些披着盛装欣欣向荣的山坡，一切都是毫无意义的，唯独爬山充满欢乐……尤旺和埃伦爬上后也有同样的感受，埃伦那光滑的辫子稍稍有点散乱，尤旺的高前额上渗出些汗珠，两人都乐呵呵的，谈论得兴致勃勃，真是两个天使，年轻，不分彼此，这两个黑天使不同于克丽斯，是属于更古老的家系的，他们更坚定更果断，不会让自己沉湎于杂乱的梦幻或是迷醉于金雀花的香味。尤旺说他饿了，你不饿吗，约翰斯小姐？约翰斯小姐说，怎么不饿！我简直饿坏了！

于是他们沿着古皮克特人城堡的外墙，踩着金雀花丛走过去，这个城堡是古时的人们建造的，远在克丽斯生下来以前，这是个神圣的所在；克丽斯说他们得找个避太阳的荫凉去所。后来他们碰上了一件根本没想到的事，尤旺咒骂起来了，他对古老时代的旧情重又燃发了——曾有人到过这儿，足足有一大帮子，他们拆毁了城墙，砖砾残墙四处都是，深深的车辙印表明曾有大车驶过，而且在城堡内墙里，还留有大堆乱七八糟的火堆的灰烬。

克丽斯心想，总是有过什么庆祝活动，毫不在意，可尤旺注意到了，他说这真是件无耻的暴行，这一来，从他们讲述的第一个邪恶故事以来在阿伯丁所发生的一切都无从证明了——而那一切或许远在克丽斯在这儿诞生之前。克丽斯从未看见他发过这么大火，她对这些可毫不在意，她觉得这只不过是一大堆乱七八糟的石头，很久以前的那些崇拜太阳的傻气的人们把它们堆砌起来罢了。尤旺说，胡扯，你对这些一点也不懂。克丽斯哈哈一笑，在一块石头上坐了下来，拍打着双膝，无论从哪方面来讲，这一切跟她毫无关系。约翰斯小姐说，我跟卡珲太太看法一致。这堆乱七八糟的东西结果如何何关紧要？比它更需要操心的事儿多着呢。尤旺用他花岗石般的眼睛冷冷地瞟她一眼说，我并不期望你会有别的想法。

这一来弄得两人都有点扫兴，分坐在克丽斯两边，这回克丽斯没笑，而是板起了脸，样子有点怕人。这时尤旺打开牛奶瓶，取出面包，埃伦铺开报纸，权充桌布，克丽斯眼中看到的是两个柔滑乌黑的脑袋；他们板着脸把吃食递给克丽斯，而埃伦打她那两条具有危险性的眼睫毛缝里偷窥着尤旺——她的眼睫有时会飞快地眨动几下。可他的心思根本不在她身上，他的心早就飞到了他的古代人那儿去了，他开始给她们讲述那过去的时代，那些人的世系是多么贴近，我们的信仰跟他们竟是如此相近，根本没有什么本质上的差异——血、骨骼以及思维都是一样的。如果说历史毕竟留下了什么教诲的话，它只不过告诉人们，从遥远的过去那些住在西班牙洞穴里、画下了狂冲的野牛的古人生活的年代以来，人类几乎没什么改变——只不过现时的人们接受了文明，也即那些降临在世界上的灾难，伴随而来的是诸神、国王、文化和阶级——埃伦叫起来，原来你是个社会主义者！

尤旺那张柔和的孩儿脸显得很漠然，善恶交杂的目光突然从他的古老的皮克特人身上扯了回来，那又怎么样？埃伦说，大有关系。如果说过去曾有过一个时代既没有神又无阶级，那么这个神时代还会再现吗？

尤旺说，我想会有的吧。不过我对此考虑不多。我们这一代不会出现这种时光。我有我自己要过的生活。——听到这话，这位苗条的姑娘似乎忘记了饥饿，眼睫扬起，露出了笑靥，她说塔文达尔先生在开玩笑，在这种年代，有谁能过上自由自在的生活？——资本主义到处渗入，换句话说，被奴役的阶级又产生了，法西斯主义出现了，那是最野蛮的统治——

尤旺坐在那儿大口咀嚼着面包，说道，他们统治不了我。我就是我自己。——你可不是。你和我们所有的人一样，是一个结果和产物。如果按你所告诉我们的，我们都是那些旧时代人们的孩子，那么你是否想过，我们难道就不再是我们的父母亲的孩子，不再是我们已谈到过并依赖它的那般东西的孩子了吗？说我们不是，那可真是太傻了。尤旺又问，又有什么与那些有关呢？这一来他们都光起火来；而克丽斯倒睡着了。

当她醒来时，发现他们没了踪影；远处，一只斑尾林鸽在小树丛中低鸣，一边飞快地蹦跳着向埃奇特跑去，更远处，传来一只凤头麦鸡的叫声，太阳偏西转去，已是下午了，把近处山崖峭壁映成了红色，而远处的山巅显得蓝莹莹的。山连着山：这儿是本奈奇，只听见山背后传来疲惫的人们的歌声。克丽斯坐着，双手用力支撑着，发觉自己浑身酸痛，太阳显得郁郁寡欢，十分奇怪地失却了明媚日子里的闪闪光采，尽管她知道尤旺和那个英格兰姑娘不会走得很远，只要她一叫，他们就会回来的。叫吗？——就像一个惊恐的老妇人一样大叫么？

她重又躺倒在轮生叶石南上，就在她耳底下，可以听见不断的低鸣声，声音柔和而又急促，却比鼠叫声更低些，这是小动物的世界，显示出它们的存在：播种和收获，哺食和争斗，还有那引以自豪的繁衍，讲求道德、迫不及待和可怕的背信弃义，虚掷生命就像眨眨眼那么简单，可这种眨眼却似乎延续了一百年。她这么躺着，觉得就像是上帝躺在那儿倾听——这么长时间了，这些小动物竟然还没爬上一根茎杆，大大地蒙骗了别人的听觉。

她站起身，去寻找那两个人，她发现他们就在那道塌圮的低土墙上，彼此靠得很近，不过他们倒并没坐在那儿接吻(尽管她仍然有点睡意蒙眬，她的内心让她产生这种感觉)，尤旺坐在一块石头上，两手搭在膝盖上，垂眼看着坐在那儿的埃伦，她的两手也搁在膝盖上，她两腿修长，膝盖显得很美，已经忘记了刚才产生的不愉快，谈着，谈得很起劲——关于历史、社会主义和现代世界中人民的自由。尤旺说道，不错，听起来很有道理，我倒要看看它如何实现。我总是认为社会主义只不过是种微不足道的哀诉，是麦克唐纳德之类家伙和政治家们的套话。不过，如果你把它当作历史的产物来看，那就是另一回事了，它掌握并领导工人阶级:这可一点不错，我倒要给那帮家伙一个机会。埃伦说，别显得如此傲慢清高；如果你不是平等待人，你就决不可能领导他们……噢，你母亲来了，嗬嗨，卡琫太太！

看来这场谈话弄得他们口干舌燥，因此到了下午都安静下来，默不吱声地收起报纸，把它们烧了，然后拿起牛奶瓶向山下走去，阳光也暗下去了，到处是归巢的蜜蜂，恰似一群从酒吧里出来的醉汉，有一只蜜蜂嗡嗡叫着撞到克丽斯脸上；又缠在了她的头发里。她不动声色地很快把它掸掉，埃伦打了个寒战说道，我可不敢那么干！克丽斯说，干什么？埃伦说，喏，那只蜜蜂——我本该跳起来拍打它，它照理是该螫我的。我可真是个十足的胆小鬼。说罢又激灵了一下。尤旺沉湎于自己的思索，根本没注意到这一切，他从皮克特人的城堡的缺口上走过去，寻找着那时被囚禁在这座倾圮的城堡里的人所留下的遗迹。

艾利克·沃森说，啊，随那只猪去吧。我揍了他，他也同样揍了我。诺曼·克鲁克香克说，他还让你落了那么副丑相貌；有谁想到一个花花公子一拳竟会那么有力？

这一来，他们无计可施，只好让小乔迪·布鲁斯给尤旺家送去了一张侮辱性的条子；尤旺在车间里与艾利克干了一架打破了头以后，一直在家养伤——天哪，车间到处是血，小乔迪走出去，眼睛瞪得老大看着，几乎要跪下来舔血了，他的那张小脸十分干瘪，眼睛骨碌碌转个不停，他这人十分嗜好血和鼻涕。艾利克说，你脑子有点不对头，你这个小无赖。他在那整个星期里几乎老是不对劲，如果你称赞他几句，夸夸他如何揍了那个花花公子，他就会气冲冲地简直要把你的头都拧下来。

诺曼也没得到什么好处，他们两人既要照看自己的熔炉，又要照看塔文达尔的炉子，干得简直就像个瘪三，难道还想把它一脚踢给工头不成？可即使那么干了也卖不了乖，他们别想得到什么好话；达拉斯跑过来，怒冲冲地说，天哪，在高恩斯-格洛格工厂里竟这样干活吗？艾利克回答他说，呸，滚你的吧。我们这儿干的是双份活儿——如果这也让你不高兴，滚去打小报告吧。工头显得退缩了一点，说道，在高恩斯我们都干了超过自己班次的活，你们用不着为此嚼舌头，你这个考盖特的臭小子。等工头走了以后，艾利克说他真想给这狗杂种的肚子来上一下，然后用钉钉子的靴子在他脸上乱踩一气。

从某个方面来说，高恩斯-格洛格公司是十分公正的，那个星期里，他们开除了在机器厂干活的十二个人，还想精简所有的车间，他们也找到了达拉斯头上，弄走了他的钱。学徒们在午餐时坐在场子里，咒骂着他们，一边抽着烟，一边透过笼罩着码头的烟霾，眺望着那一起一落正给轮船装货的起重机，或是望着大闸桥打开；一艘大拖轮在一个晚上打海上慢慢地驶进来，消失在多吉沙洲的雾霭之中。艾利克说，老天在上，如果他有胆量，他就要抛开这儿的一切到海上谋生去了，如果一个普通小伙子在船上都无法过上个好日子，那他就差不多要穷困潦倒饿死了。诺曼说他喜欢有一个农场，他几乎就跟小金·乔迪那样，有机会给自己在他的山谷里弄上一个农场。

嗨，你只有纳闷，塔文达尔在星期一早上回到熔炉边后会干些什么，他还是那么的傲慢，在他走来操起铁锹时，依然摆出那副花花公子的样子，你在旁边窥视着，看见他头上没有扎绷带的痕迹，他板着个脸，一副别来碰我，我可惹不起的样子。很快开始干起活来，所有的人都拼命干了起来，一直干到汽笛响起，没人打闹逗乐，艾利克和诺曼一眼没看这位花花公子，或许他们还有些担心他已经告发了他们。

后来，就在你爬上工场时，这个花花公子转身对艾利克说，喂！艾利克有点吃惊地答了一声喂！这时他们一起大笑起来，诺曼走过来，气冲冲地也叫了声喂！然后递了支烟给这个花花公子塔文达尔。以前从未见他吸过烟，不过他倒接了过去，说，我要到码头去吃午饭了。你们大伙儿去吗？

艾利克和诺曼从不离开工场，整个用餐时间，他们就待在那儿，吵吵嚷嚷，用石块扔旧罐头，大讲他们星期六晚上的逸事，这两个人都是让姑娘们骇怕的粗坯，诺曼跟一个妓女闹得不可开交，妓女的妈用破瓶子扔他，从盖洛盖特追他，几乎穿过了半个帕尔迪教区，可他却哈哈大笑；他们还取笑那个肮脏的小野人，乔迪·布鲁斯，怂恿他去干最下流的逗乐事，大叫大闹以此来度过这段时光。可眼下他们倒显得有点羞赧了，露出惊诧的神情，艾利克说了声嗬嗨，好像他那么做是出于不得已，而诺曼·克鲁克香克点点头，于是他们三人一起去了。

这是一个快乐奇特的时光的开端，这一点不仅是这些学徒们注意到了，这位花花公子并不是十分尽力去和人交友的，除非他自己找上你，一副笑嘻嘻的样子，坐下来听着，嘴里衔着一支烟蒂，同人点点头，他这人并不坏，这会儿他也不瞧着人，使人总觉得他的脸色全不对劲，他的衬衣领子部分脏得不行，可他不打算在早上花点时间去洗洗。有人说他洗了个澡已经够不错的了，他已经变得对劳动大众十分害怕；可艾利克·沃特森说那都是些不着边际的废话，尤旺·塔文达尔能够制服此地的任何坏蛋。难道他把什么都泄露给资方了吗？

他一直出入于一个个车间，诺曼在磨床车间的父亲带他去出席了工会支部的一次会议，而诺曼没去，他不能惹上麻烦，他对塔文达尔说，他们只是不停地磨嘴皮子，要你捐款，却从不拿出任何东西，工会的这帮乱七八糟的家伙全是些猪。可这个老家伙却总是向着他们。然后又有点不好意思地说，你知道，他是个工党党员。

塔文达尔说，有许多人都是工党党员，我的继父就是。你们听了都兴奋起来，坐在熔炉车间的铲斗里，真是个松闲的时间，有不少闲话可聊，你们全不是工党党员，对政治也是一无所知，可你们都认为那些坏蛋花花公子都是托利党人或自由党人，再不就是下贱的民族主义者。不过当知道别人有个父亲，曾入过工党，你就会对他说得更为坦率，比如说：会说说你想些什么，——倒不是说你很会想事情——等学徒期满，你想要谋个工作，能过上像样的生活，说不定还会不时省下些钱，带上你的女友去看看电影——唷，你就像其他人一样讲了一大套废话，关于你想同她睡觉的那个姑娘的事啦，你喜欢喝什么酒啦，你真是个十足的怪物，不过只要你能得到一半的机会，你想弄到手的就是结婚，有个老婆，有幢房子，有个自己的孩子……小乔迪·布鲁斯说，那班托利党人真有钱，他们是让工人们倒霉的人。诺曼说，胡说，那班坏蛋才有钱，他们小心翼翼地为自己留好这些钱，要不就把钱花在他们的手指纤长白嫩的妓女身上，你们这班笨蛋倒想想，这些托利党人对我们有什么好处？艾利克说下届工党政府或许不会像上届政府那么糟，因为他们本身也是工人，尽管他们也有那班腐朽的花花公子，可他们中有些人确是工人……大家都说出了自己的看法，除了尤旺——真可笑，你们竟也开始叫他尤旺了——他只是坐在那儿听着，不时点点头，似乎他自己还未能拿定主意似的:唔，那正是一个有头脑的人的样子。当仓库里那帮家伙中有一人对你们说，我听到你们都在拍那个年轻的花花公子的马屁吧。这时，你们几乎把他的下巴都敲碎，而那个笨拙的年轻人尤旺跟那人一样，清楚地看见他的脖子和舌头的那副蠢样。

那天晚上，尤旺就去参加工会的会议了。等到第二天上午，他们大伙问他觉得那儿怎么样，他就说，那儿人并不多，拢共还不到十二个人——我想，如果一个工会的成员不去出席工会会议，你们对此也无可指责。诺曼便问出席这种会议到底有些什么好处，这种工会过去就出卖了，还会再出卖人，这个血腥东西的头头脑脑都在伦敦，都是些小偷，还有着子爵和伯爵的头衔。尤旺便说，如果真是这样的话，那这就真是腐败了，为什么工会竟不把他们开除出去？诺曼答道如果他知道的话，那他就也是这种坏蛋了。

艾利克·沃特森说他妈妈有个新房客，是个叫塞尔登的，他是个赤色分子，老是说工会应当把那些领导人全清除出去。

这时大伙全大笑起来，大家都明白赤色分子是些什么人，全是些跟俄国和布尔什维克分子有关的人——一班叽叽喳喳的无赖，使你想到他们处置那儿的牧师们的胡作非为的方式，《竞赛者日报》有篇幅报道过这些，教皇也为这些无神论者竟那么残忍地对待基督徒而怒火万丈。

你们都坐在码头上，这会儿走了下去，看着那两三艘停泊在港口里的船，它们在这静谧的七月天里已经停泊了一个小时了，起重机上慢慢冒起一缕淡淡的轻烟，一只死猫之类的东西从脚下飘过，穿过双桅船远远望去，可以看见碧绿的北海水一而再再而三地冲击着防波堤，变成无数碎沫四下飞溅——你们不管想到什么就胡扯一通，尤旺不常开口，除非艾利克要他说，艾利克拍拍他的肩膀说，来，小伙子，跟我们说说。可他却说，我一点不比你们多知道些什么——我只知道些书本上的东西。

哦，那不就够多的啦？于是你们就央求他讲讲，他是否了解俄国布尔什维克分子的所作所为？他们是否关闭了教堂？是否杀死了所有的牧师，等等？他回答说他不了解俄国，不过他认为教会的时代已经过去了。不过，小伙子，你肯定相信教义里总有些含义的吧？尤旺说，可能有吧，可我不认为那就是上帝的安排。

你们都无法听懂他这话是什么意思，真是个怪人，不错的家伙，大伙都乐意跟他一起回家，他称你为鲍勃，你就称他尤旺，而且对一切都极感兴趣：你在哪儿出生，哪儿上的学，在埃克斯格雷格斯人家教给你的是什么。你想邀请他却有点不好意思，因为那个老人的家实在是杂乱得不成样子，不过你很乐意在某个星期六晚上邀他一起喝茶。他说，好啊，谢谢。我很乐意来。你就回了家，兴许还大吹了一通，直到你的姐姐(一个傻姑娘)说，塔文达尔？不就是那个你们没法结交的花花公子吗？

通过光阴的间隙，克丽斯看见她的生活又有了一种不变的模式。起床，干活，睡觉——她擦洗地板，整理房间，帮助克莱格霍恩大妈准备膳食或是帮助年轻的麦格·沃特森在水池旁洗涮，这种生活跟她想象中的生活全然不同。麦格已经回来了，显得格外听话，她用一种恐惧的眼光瞧着克丽斯，提心吊胆的，这个可怜的姑娘，她或多或少会为那次发生在高恩斯-格洛格厂里的斗殴受到责备。可克丽斯才没那么蠢去斤斤计较这种事，她认为，尤旺能照顾他自己，他长大了，该自己安排自己的生活了。而她有自己的生活，睡觉，吃饭，干活，与肥胖的克莱格霍恩大妈逗笑——一个人还能再追求些什么呢？

大妈说，上帝保佑，她应当跟什么人结婚，要不真把像她这样的一个姑娘给浪费了。克丽斯问，她该跟谁结婚——是皮德尔先生吗？大妈轻蔑地冷笑一声，她只是说结婚，而不是要她去殉道，他可根本没对结婚有什么兴趣。

克丽斯啜着茶，拉长了脸说，她觉得那样干真丢脸；大妈朝她摇摇她那张红红的大脸庞。她们俩都知道，生活本来就很下流。她自己第一回同一个男人，她的吉姆睡觉时，她简直吃不准她究竟是觉得恶心呢还是要唱歌。不过那里值得歌唱的事要比令人恶心的成分多，尽管上床睡觉，就像紧紧地被一个鲱鱼篓而不是一个男人拥抱，这真让人感到可怕。可在她还是个小姑娘时，她就想望着能成为一个小伙子的情人，让自己激情荡漾。如今她们都像公墓里的一块灰色花岗岩石碑一样，又硬又冷，令人无法触摸了。瞧瞧那个当教师的尤物，约翰斯小姐，就像一只鼬鼠一样走进屋，又夹着书和文件出门去出席会议，还从来没有一个小伙子搂抱过她呢。克丽斯说，你又不知道，或许她已经偷偷让人抱过了。大妈说，不会的，她会把一个小伙子弄得兴味索然的。尽管我从来不喜欢她们这种黑鬼似的上嘴唇上长着黑茸毛的女人，可她无论从哪方面讲也实在不是个美丽的可人儿。

克丽斯想到了那张下巴朝下弯，嘴唇下微黑的脸庞，以及那对长长的眼睫，睫毛弯弯的，柔软而又纤细，在阳光下显出蓝色。她说她以为那张脸还算漂亮。大妈反问道，漂亮？你的鉴赏力可真糟透了。尽管库辛尼和克利尔蒙特也有同样看法，可他们在早餐时倒从来没把她吞下去。我想大概我们这一带大部分姑娘都是些骨瘦如柴的贪馋女人，因此一个像我们的真正的约翰斯小姐这样的一只会花言巧语的小猫咪就会让小伙子浑身一激灵，要朝她扑去了。

克丽斯已经注意到了埃伦醒来吃早饭的样子——尽管看来她自己并没意识到这一点——她显得那么活泼而整洁，头发编结成辫子，一对金色的眼睛冷冷的，约翰·库辛尼会把果酱递过去，脸都红了，嘴里结结巴巴地讲着英格兰语，领带打得紧紧的，上面一张尴尬万分的脸，而克利尔蒙特先生会大笑起来，用他孩子似的圆眼睛盯住这件趣事，说，来参加星期六的比赛吗，约翰斯小姐？由学生对教师，一定是十分有趣的。约翰斯小姐摇摇头答道，实在没空。阿尔奇的脸一下拉长了。

甚至就连夸里奇先生也忘了他的书，这只小猫咪同样也吸引了他，他会用他那稀疏的小胡子朝她耸耸，把《竞赛者日报》的轶闻告诉她，同时又开始为她解释道格拉斯计划是怎么回事，这是拯救文明的唯一计划，是要拿出大笔钱付给每个人，不管他有工作还是没工作。可这一来还有谁会去工作？那才是傻瓜呢。约翰斯小姐会提出这么个问题，不，这是她理解错了，夸里奇先生就会通过排列一片片面包来再一次透彻地阐明这个计划，而约翰斯小姐就说这计划听起来挺可笑，她知道物理中有相对论，可她这是第一次在数学中也碰到了相对论。皮德尔先生说，嘻—嘻！早上好。今天约翰斯小姐好吗？——呃？而那位警察费特，一个警官，捋捋他的小胡子，不像他往常那样不去正视她，而是狠狠瞪了她一眼，就像一条鳕鱼想从一只猫嘴里要回它的牙齿。克丽斯朝咖啡壶笑笑，迎上了埃伦的眼光，那是一对娴静的蓝眼睛，活泼地眨了一下。

她跟尤旺完全一样，很有礼貌，真让克丽斯觉得他们实在太相似了，彼此根本无需多注意。不过莱昂小姐对她简直无法容忍，她瞧瞧埃伦，哼了一声，真是个**庸俗小人**，她不会让我在她面前**随随便便**的。有一天，早饭后她跟克丽斯谈起了这一点，卡珲太太不认为这个约翰斯姑娘很**一般**吗？克丽斯朝她甜甜一笑，说，我不知道，莱昂小姐。你知道，我自己就极其普通。

克丽斯听到的第一件诋毁这只小猫咪的事是由默盖特洛伊德小姐带来的，她也是在那帮工联主义分子的太太们那儿听说的——真太可怕了，可这位约翰斯小姐看上去却是**如此文质彬彬**。这位托利党女士一直说个不停的就是这位埃克斯格雷格斯中学新来的教师太爱用那条皮带了，要多严厉就有多严厉，或许这倒也不是什么大错。可最坏的，卡珲太太，是她对孩子们讲的那些最莫名其妙最下流的事，她还在黑板上画出人体内部结构，说明食物是如何在体内消化的，哎——默盖特洛伊德小姐羞红了脸，放低了声音，凑近了她的杯子——你知道，还画了大便是如何排出体外的。

克丽斯说她认为这或许倒挺好，这样孩子们就不大会便秘了。默盖特洛伊德小姐就像一只小鸡，在雨中淋得唧唧叫，她稍稍镇定一下又说，那么，当然，我是个单身女人，也不大懂那些个事。克丽斯想问她，但没问；难道说是个单身女人，那就意味着你从不去浴室吗；不过这类问题本来就不太好问。

可不久，她听到的就更多了，那班工联主义者夫人们再也按捺不住了，心急火燎地写信给教育当局。约翰斯小姐一直在歪曲解释《圣经》，这件事是由高帕斯太太，就是贝利·高帕斯先生的妻子，告诉默盖特洛伊德小姐的。她说她的小侄女回家说根本就没有上帝，那个新来的老师就是这么说的，或者大致就是这么说的，上帝只是一个受犹太人崇拜的傻老头，世界真正起源于一场大火……真是十恶不赦的唯物主义，不是这样吗？——谁能想到这种话竟出自一个像约翰斯小姐这样的姑娘？

那晚，她又把这事告诉了克莱格霍恩大妈，但是她的痛苦并没有得到多大的安抚。嗨，真该死，默盖特洛伊德小姐，她的话里或许有些道理，《圣经》并不是十全十美的。还记得那个大吵大闹的老公羊说的关于罗得①和他的女儿，那些愚不可及的下流女人的话吗？他说的更糟，与其让孩子们认为世界起源于一个废墟上，倒不如让他们相信它是起源于一场大火。哎，从那姑娘眼里倒瞧不出她肚里还装了那么多东西，我倒要瞧瞧她打算怎么办。

这事过后一星期，在上楼梯时，克丽斯遇见了埃伦，她黝黑的脸庞变苍白了，她朝克丽斯笑笑，一副疲惫不堪的样子，

---

① 罗得(Lot)，《圣经》故事中人物，据传在带领妻女逃离即将为上帝所毁灭的罪孽城市孛得姆时，其妻因回头观望而变成一根盐柱。

克丽斯说她瞧上去很疲倦。她说她是很疲倦，不过并不是教书教累的，接着便说她给教育当局召去挨了训，因为她给邓凯恩的孩子们讲了一些关于人的基本事实。——这一来我不得不放弃教生理课，现在改教自然课了——蜜蜂呀，花儿啦，以及柳絮花是如何传授花粉的。这事不怪可笑的吗？她并不等克丽斯回答，只是以她那讨人喜欢的方式笑了一下，她显得很黑，冷冷的，透出一种灵慧，这只是一次小过失，一个小姑娘玩了一次火，然后便上楼，进了她那间紧挨着尤旺房间的屋里。

吉姆·特雷斯已经为星期五向布鲁门的进军作好了准备，参加的有帕尔迪教区所有的失业者，有来自埃克斯格雷格斯和福特福西的小分队，还有基里本布鲁的一帮小伙子。这帮主要的暴徒在考盖特集合——我们进军国会，要求进去，求见政治行动委员会的头头。一个脸带羞赧的男子瞧着另一个同伴，抽着烟斗，一副不动声色的样子，直到大个吉姆趔趔趄趄地挤了过来，直呼着你的教名，这一来你无计可施只好参加进去——该死，你真懊悔。你老婆会看见你跟其他布鲁的小伙子们排在一起，一副不好意思的羞怯样，她会喊起威尔、彼得或是泰姆来，她大叫，出来——天哪，那样做对你没什么好处。这时只见一个男子朝她挥挥手，一副漫不经心的样子，瞧着她一脸恐惧地瞅着他。不过你心里一阵不安，思忖道，唉，不会出什么岔子的。我们只是到卡斯尔盖特去。

一阵鼓声响过后，你们便出发了，某个傻子把一根旗杆朝你手里一塞，旗帜上写着：**打倒卑鄙的试验、饥饿和战争**！其余的小伙子用它开起玩笑来，他们说，他们宁可打倒一瓶啤酒。正前方就是大个吉姆·特雷斯，他穿着那件磨损的蓝衬衫，显得精力充沛结实魁梧，他旁边是那个最近帮助过他的小伙子，他叫斯蒂芬·塞尔登，他曾经移居过加拿大，由于那儿闹饥荒又回来到这儿受穷挨饿。他们两个站在队伍最前头，小杰克·福布斯摇摇晃晃地跟在后面，敲着鼓，嘭隆—隆，他一个人就是一支单人乐队，是个赤色音乐家，他那张从不见一丝笑容的又大又苍白的脸随着鼓点不停摆动。你们喧闹着走过了帕尔迪，脚步踩在石子路上发出嘈杂的声响，阳光穿过飘忽不定的雨丝照射下来，你看到长长的摇曳不定的光线照在屋顶上，还看见雨点飘然而下，奇怪，你从未见过这么美丽的景致。

不料，这会儿行进中所有的人都昂起了头，他们看上去似乎在世上一无牵挂；在这班无耻的绅士面前他们没有流露出一点怯懦。警察出动了，他们在队伍旁边跟着行走，这帮杂种吃得很好，肥肥胖胖的，手里拿着警棍，新来的那个人称费特的警官也在那儿——真是送上门来的美味！嘭隆—隆鼓声仍响着，大伙儿一起唱了起来：

到绅士们那儿去吧，那是为了我，
　赶快到绅士们那儿去吧，
让我们对国王和我们亲爱的国家哭诉——
　我相信他们会非常喜欢我。

还唱了许多这一类的歌，有关于拉姆齐·麦克的，唱得很像，又含糊不清，但让人脚下生劲，大伙儿都感到精神振奋，这时扭头望去，只见一大帮同伴像你一样行进着，你忘记了妻子，忘记了饥饿和肮脏，你们会改变这一切的。他们阻挡不了你，你和布鲁的伙伴在一起，你们有权倾述你们的悲苦。旗帜在头上猎猎飘扬，由于靴子在一路下的雨水中跋涉了这么久，脚开始有点发痛了。你们的脚步都踩在一个点子上，发出有力的声响，鼓手前面就是皇家购物城了，电车驶过一闪一闪的，那儿聚集了不少警察，小巷里走出了埃克斯格雷格斯的人们，基里本的渔民们也来了，他们的样子是整群人中最惨的了。大个吉姆·特雷斯叫道，停一下。大家便全停下了，这时其他伙伴走拢来，形成了四个一排。

看着这一切，你想起了你在部队的时光，开拔到伊普尔[1]前线，想起了那大雨、恶臭以及你的脚第一次踩在血水污秽中的奇怪时光——天啊，那是好久以前的事了，你从没想到会落到今天这地步，你想起了你妻子眼下的面容，还有那些孩子——天哪，你倒真要瞧瞧事情究竟会怎么样！像大个吉姆这样的共产党人会咒骂这该死的一切，可他们想为你赢得你的权利。整支队伍重又前进了，紧握旗帜，脚步整齐，朝两边看去，只见人行道都差不多要封锁了，半个邓凯恩都听说了这次到市政厅的进军——唉，该死，要没有迎候着你的瘦削的妻子，没有这个愚蠢的婆娘，你真不会抖索成这个样子，真是个窝囊废，她就站在那些慢慢过来的警察旁边，那些警察的斗篷在雨中闪闪发光。

不过你们这时已拐进了皇家购物城，交通异常拥挤，电车开得很慢，旗帜啪喇喇飘着，风刮过来了，又有雨淞的夹击，你的同伴们颤抖着，右边是伍尔伍思，所有的手工业者都聚在那儿，那家大商业银行和《竞赛者日报》的办公室也在那儿，这家烂报纸竟想阻止这次进军，那头猪说过，你决不会找到工

---

① 伊普尔为比利时佛兰德省城市。第一次世界大战中，作为英军防区突出部的中心，全部被毁，战后又按原风貌重建。

作，这种四处奔走——到码头、花岗岩工厂，以及周围的乡村，最远一直跑到北边的斯通海夫——寻找工作会让你沮丧。嘭—隆，如果小杰克不加小心的话，他会把那面鼓给敲破的，天啊，人们看得目瞪口呆！潮湿的队伍中又慢慢哼开了一支新的歌，你老想着在眼下唱这支歌很丢脸，太难堪了，谁是流浪者？不，伙计，没什么可怕的——

起来，你们这些流浪者和贱人，
　　起来，你们这些贫穷和懦怯的奴隶——

你们这些人，你们究竟要干什么？唱着歌，你们以前从没这样唱过，四周都是你的同伴，脚步齐整得像一个人，你们忘记了一切烦恼和悲苦，忘记了脚的刺痛，什么也不能阻挡你们。雨打在你们脸上——要不是背后有妻子焦急不安地等在那里，眼前的这一切根本算不了什么。(真该让她见鬼去，这么让一个男人心烦意乱，她为什么不能待在家里，这个傻瓜?)

她不会受到损害的，你们全都安然无事，歌声一点点消失了，一队骑兵出现在前面，他们已隔断了购物城那儿的交通，他们的臀部肥壮的马儿不安地躁动着，马儿喂养得很好，就跟它们的主人一样，雨点成串地从骑兵的披肩上淌下来，这帮坏蛋，对他们来说，把这一切施加于我们头上真是轻而易举的……

该死的，那儿发生了什么?

整支队伍放慢了速度，猛然一下停住了，更多的骑警手持粗警棍，列在那儿，横贯购物城，大雨瓢泼，马儿焦躁不安地在互相的鞍羁边擦来蹭去，如果有一匹畜生朝你冲来，脸就会给撞得稀烂。队伍中传来了一阵骚动和低语声，那儿出了什么事？为什么不走了？小伙子们高喊起来，走啊，杰姆，出什么事了？消息很快就传来了，大伙把消息传了过来，他们的脸要不是狂怒那就是乐得全扭歪了，他们几乎给弄得要咒骂起来，警察们正尽力要把队伍通过小巷重新驱回帕尔迪去。根本就不让人靠近市政厅，市长既不见他们也不见特雷斯。

随后你听到周围响起了什么声音，并不是说话声，是一种极奇怪的声音，你瞪眼瞧着同伴们，那是一声吼叫，声音低沉而凶暴，你的喉咙里也发出了同样的吼声，接着你就跟其他人一样冲了过去——别管这帮坏蛋，他们阻挡不了我们！一眨眼工夫整支队伍哗一下你拥我撞地冲过去了，旗子撕裂了，就像树叶一样在愤怒的衣服湿透了的布鲁人头上飞舞。特雷斯大叫着，回来！当心！保持队形！

听到他的喊叫，你热血沸腾，一个赤色分子——就跟那班工党杂种们一样，在他涨红的脸上丝毫没有胆怯畏葸。你看见他头部上方有个警察，一个密探，一下就把他的胳臂拧了过来，接着马匹一下子朝你踩了下来，呀，上帝，他们不能——

就在警察企图让失业工人的队伍转入通往加洛盖特的小巷之际，尤旺朝购物城下面走去。他刚从一家书店出来，不得不停住脚，人行道上黑压压挤满了出来观看的人。接着警察开始把人群四下驱散开，身后那位店员叫道，先生，回来，马上就要打得一团糟了。这时他正站在几乎没了人的人行道上。接着他看到那个骑警一挥手，其他警察都在马背上颠动着，突然，他远远看见了那个谢格特的警察，就是那个谢格特人称为费特的警察，他没有骑马，顺着队伍的一边过来了——尤旺看见他一把揪住一个小伙子的衣领，举起警棍，噼噼啪啪一顿狠揍！——那噼啪声就像一把锤子在敲击一块筑路石，尤旺的心怦然跳动，他紧咬嘴唇忍住了没叫喊出来，那个小伙子尖叫起来，接着是一场混乱。

尽管队伍的领导人想招呼人们回去，可这时警察像发了疯似的追赶着布鲁人，尤旺看见这位领导人被粗暴地打倒在地，落到了乱踩乱蹦的马蹄底下。随后他又看见了布鲁人也开始回击，一个男子手持一根旗杆，旗杆上写着字的旗子已被撕得稀烂，他就这么冲了过来，猛戳猛捣，一个警察脸上挨了一下，顺着马臀翻滚下来，尤旺听到有人喝起彩来——原来是他自己——干得好，干得好！这当儿，猛烈的暴雨加上警察的冲击，队伍溃散了，但人群用棍子，用拳头，用旗子左冲右突地同警察厮打着，警察也全都发狂了，拼命殴打着，殴打着，驱赶着他们的马儿冲上人行道，叫嚷着，咒骂着，尤旺看见一个警察打旁边经过，龇牙咧嘴，一口坏牙，一张脸近乎野兽，那警察猛击过去，一个模样文静的老人倒了下去，那匹马的马蹄踩在他的胸膛上——

接着，尤旺看见啤酒厂的那辆卡车给堵在了人行道上，车上装满了空酒瓶；什么东西攫住了他，让他呼啸着冲向了那正在殴斗的队伍。有一会儿，布鲁人没听见，要不就是没明白过来，随后他们明白了他的手势或是喊叫，要不就是两者都明白了，他们呐喊着，顺着购物城散开去，汹涌的人流把那辆卡车也弄翻了……

那晚，《竞赛者》出了一期号外，把皇家购物城一带那场失业工人同警察之间的殴斗的消息一下子就传到了南方，消息报道说赤色分子怎样用瓶子打击警察，怎样乱扔瓶子把警察从马上打下来：现在人们该相信，这班家伙都是些野蛮人了吧？可怜的警察只想维持秩序，想阻止一场骚乱，而他们竟落得这么个结果。

* * *

爱德华·麦克希拉克牧师在他的牧师住宅里说，这事实在不光彩，啊哈哈哈，还远不止于此，真是放荡生活时代那些不信神的人的凶兆。那班警察为什么不去召集那些北方高地人呢？……他一边吃晚饭，一边看着《竞赛者》报，他喊来管家，把这件新闻告诉她，她便说，她觉得这事实在不光彩，她听说有个老人在医院里，就要死了，他的胸脯全给打烂了；你说，那会是个警察吗？麦克希拉克牧师咳了几声说，唔，不，他也不明白——嗯哼……，我们不必为这种事多操心，当局会处理这种事的。说着在管家肥墩墩的屁股上拍了一下，说，哎，普西，今晚怎么样？管家嬉笑一下说，噢，先生——

* * *

那位受人尊敬的工党党员贝利·布朗受到了采访，他极度的愤懑，说他早出晚归，为失业人员的提案在国会里奋斗，没人比他更了解那班工人以及他们忍受的苦难了。可这种不明智的进军有什么意思？——国民政府设了政治行动委员会税，国会必须强行征收，三四年里无法改变这种局面，除非工党重新掌权。失业者必须信任工党，决不要让自己给人引上歧路——他在街上匆匆碰上了皮德尔先生，他说得赶紧换装去吃晚饭。

*　　　*　　　*

市长斯佩特爵士被人在他的花园里找到了，他拉长了那张布满皱纹的长脸，说布尔什维主义应该受到压制，他将整个骚乱事件归咎于共产党的代理人，他们付钱给那些在莫斯科受过训练的暴乱分子，口口声声把工人阶级挂在嘴上。如果他们认为他们通过在皇家购物城一带制造暴乱，就能对国会施加压力，来改变征收政治行动委员会税，那他们是大错特错了，这点他完全可以担保——

*　　　*　　　*

邓凯恩的警察厅长说，说警察逃跑那是不正确的，他们进行了回击，直到增援部队来了以后人群才被驱散，就这么回事。不，至今为止，他们只逮捕了一个人，就是那个出名的扰乱分子特雷斯。在医院死去的那个老人是给一个骚乱者击倒的——

*　　　*　　　*

人们回到他们在福特福西、帕尔迪教区以及基里本的家，有人边走边说笑，有人愁容满面，有人鼻子打破了，脸上皮开肉绽，给人一路半搀半扶回去的；女人看到彼得、安德鲁或是查利都会吓晕过去，他的脸成了一张血淋淋的面具，打破的嘴唇里发出含混不清的声音：我很好，姑娘，很好。噢，上帝，如果他有什么不测，那就有你哭的了，到那时，你真会哭得死去活来……

一整夜，在公寓里，院子里，这间房那间房，人们一直在重述那场殴斗，小孩子躺在那儿，听着讲述那些警察是如何逃跑，在特雷斯给击倒时，那个年轻的花花公子如何出现，大叫，打破那辆卡车取瓶子！而在瓶子扔完后，他和斯蒂夫·塞尔登又领着人们散开去，告诉他们要四下分散着走。上帝，尽管这个小伙子一副花花公子打扮，可他真有胆量，不过在走到考盖特时，一只狗突然出来咬了他一口，他竟会昏厥过去。下次你们还会更需要他这样的小伙子……妻子会说，乱打一气又顶什么用？你说一个人只能死一回，可当你对一个警察又踢又抓，那么死了也值得——

*　　　*　　　*

一周以后出的《竞赛者日报》宣布说，经过一次特别会议，国会已经提高了政治行动委员会的税率。

克莱格霍恩大妈从克丽斯那儿听到了这件事，她说，哦，那是否就是你的尤旺的看法？我自己从来就不喜欢那些警察，你知道，尽管那个大窝囊废或许只是在尽他的职责而已。克丽斯反问一句，他的职责？就是去殴打一个年轻小伙子——而那个小伙子根本没触犯他什么？大妈说，好了，好了，你也给激起来了。我得想出个什么讨人喜欢的谎话来作个借口，要他明早就去另找宿处。

第二天早晨，大妈把这事跟费特交涉时，他唾沫四溅，装出一副了不起的样子，大妈回到厨房，把这事告诉了克丽斯。不过她要不了多久就把这事跟这家伙交涉好了，她告诉他，他的房间已另有他人，是她们很久以前就答应好的。他告诉她最好留点神，当心点，别跟警察把关系搞僵了，警察总部已经听说了那个约翰斯姑娘的事，并且已经盯住了这幢房子——

一听这话，大妈大光其火，她告诉他，即使整个邓凯恩的警察都来盯住她的家，注意谁来敲她家的前门，她也他妈的毫不在乎，这个卑鄙的小人——他是什么东西，竟敢来触犯像她这么一个按期交付她的租税的正派女人？如果我家男人还活着，他早就一脚把你踢出去了，管你是什么戴纹章的警官，你简直就是个粗野的大脸爬虫。费特结结巴巴地说，我可没想触犯你。大妈又说，你再多嘴多舌我可要踢你的屁股啦。然后撇下他一个人走了，这可怜的家伙给弄得惊慌失措，简直是丈二和尚摸不着头脑，不知如何才好，他完全意识到他把事情弄糟了，便打点好箱子，走了——这下好了，小姐，你的目的达到了，我们可少了个房客。

克丽斯说她很抱歉，她会想法再去找一个房客来，大妈说，哦，别为这事烦恼了，很快就会有人找上门来的。克丽斯也这么想，尽管少了费特的那份膳宿费是件不光彩的事，可也管不了那么多了。不管怎么说，自打尤旺把整件事告诉了她以后，这个警察是决不可能再住在这幢屋子里了——当时尤旺脸色苍白，简直气昏了，她可从没见他这么激动过。

她正想着，邮递员敲门了，克莱格霍恩大妈走出大厅，先是一点声音也没有，后来大妈叫起来，你的信，罗伯特·卡琛太太。

克丽斯走到大厅，大妈正站在那儿，把信转来转去，就差没把它拆开来看了，克丽斯几乎要笑出来，她太习惯于大妈这副样子了。是谢格特来的信，大妈说，克丽斯说，是吗？她接过信，打开看起来，大妈打了个呼哨，转过身去，用掸子掸掸那个老钟，装出一副全神贯注干活的样子。克丽斯念着那封冗长的用斜体字母写的信，突然她笑起来，她突然奇怪地思念起谢格特:那绿野充满生机，还有锯木屑和锯木头。她说：

大妈，星期一我们就有个新房客了。是一个我在谢格特的熟人，他叫艾克·奥格尔维，他在市长的锯木厂里当了个领班。

克丽斯醒来后就出发了。她睡意蒙眬像个傻小子似的站在那儿，浓稠的大雾遮住了整个邓凯恩，叫她什么也看不见。这阵浓雾压来，使她觉得自己的头发也湿漉漉的，胳臂上的篮子似乎也像铅样的沉——她有一个可笑的习惯，在她的住处找个地方，独自爬到那儿，静思近来的日子和所做过的一切，就好像一个小贩一跛一颠地爬过一个又一个小山，然后回眼看着身后那一个个山谷。她想起这个习惯是在布拉威里的耕地上开始养成的，那已是很久很久以前了，那时她还是个姑娘，躺在湖边那些督依德石碑的阴影底下梦想着；在谢格特时，作为罗伯特的妻子，她也同样爬上凯姆斯城堡的废墟梦想过。罗伯特，这会又从谢格特来了艾克·奥格尔维，他有着一张棕褐色的长脸，走起路来大步匆匆的。他怎么会挑上了邓凯恩这么个地方的？他又是怎么谋到了市长的厂里那份工作的？

随着时光的流逝，浓雾降了，秋天到了，在这种时候，你眼前除了那片像裹尸布似的裹着邓凯恩的模糊不清的屋顶外，什么也看不见……尤旺——尤旺怎么了？他一度是个那么冷漠冷静而又聪明的怪孩子，你简直认为他根本不会像男人那样富于想象力，他简直就是块彻头彻尾的花岗岩——可现在呢？

那面镜子在雾气中也显得有些模糊，她瞧着镜子中自己那张脸，她神情自若地朝它笑笑。她自己又怎么样呢？——只不过是在苦熬岁月而已，她到了邓凯恩后第一次相信自己是个老女人了——正如她有时在忧虑时也会产生的感觉那样——还是那个不愿去死的姑娘，那个摇晃的、盯着瞧的、要把她的思想掏空的姑娘吗？还是那个愚蠢地梦想着旧日失去了的梦想的、恰似二十岁的未被吻过、未被亲抚过的姑娘吗？

时光把她带进了那迷蒙不清的未来。汤姆森塔楼的大钟敲了十下。

第二章　榍　　石[1]

天色破晓，北海飘来的浓云遮住了邓凯恩，随之风也越刮越猛，风在黑暗的大门口嗥叫，等待着，要随第一道曙光破门而入。第一道曙光出现了，远远的，就在蒙斯山边，风暴刮过镇子后就减弱了，泻下了一片寒冷的湍流。有时，雨凇叮叮咚咚地落下来，风便又呼啸着刮起来了，尽管你在一会儿前还感到十分快意，这时风却刮起了大团大团的雨凇打在你的脸上。温得米尔山坡的台阶满是雪水，克丽斯在朝那面镜子遮架奔去时，连滑两跤，几乎滚下去，台阶脚下，第一辆遮盖好的电车低沉地轧轧响着朝购物城驶去，冬日早晨降临邓凯恩时，灯一盏一盏地熄了。

克丽斯在镜子的遮架下停住脚，一边喘息一边拍打着冻僵了的双手，她这次出门到医生那儿去，竟愚蠢地没戴帽子，只是用一块围巾围住了双耳。她已经看好了医生，把什么都安置妥当，这下肯定什么事也没有了。可她感到——噢，她可以睡上一个月——就像一只北极熊那样，把这雨凇当做一张床单——

她的头上落上了薄薄的一层雨凇，身体其他地方倒没有，她一抬眼，看见左面半明半暗，有一片奇怪的隐隐约约的闪光，高高地晃悠着，悄没声儿铺天盖地而来，然而你却听到了远远树叶片儿簌簌地落下了。她跺着脚取取暖，歇了一会儿，闭上双眼，抑制不住痛楚地打了个哈欠，就此放松一下，又用忧郁的眼光看着随着雨凇一点点发白的天色。接下来到底是什么？到底是什么？

在七月的那一天她在这儿一边歇脚，一边捉摸着一些事儿时，她怎么可能知道会有这一切，会晓得她会惊骇地站着，不知道该从何想起从何做起呢？有一会儿，她的心由一种怜悯之情而抽搐了一下，同时又产生了一种奇怪的想大笑一场的感觉……她晃晃脑袋，没时间再站在这儿了，上面的房子开始醒来，正等待着她的归去——

唉，让它去吧，让它在一边待着去吧，这样她可以喘口气，好好弄明白，究竟她把仅仅在六个月前还保障着她的一切和她自己的那种安全感给抛到哪儿去了。

在克丽斯看来，六个月前，那个长胡须、绿眼睛，一副庄稼人模样的大大咧咧的艾克·奥格尔维的到来，给邓凯恩带来了某种清新而又粗犷的东西，就像一阵雨的气息——粗犷、清新，就像她以前一度曾入迷的要举止斯文那样，就好像晚上在一条小巷里转悠，碰见了一个消失了十五年之久的自我，她那讥嘲的双唇露出了一种冷冷的微笑。倒并不是艾克身上还有那种非常年轻或是老了多少的地方，他是一种看来不管年龄变化而老是那般模样的人，大大咧咧，叼着烟斗，步子沉稳有力；就在星期一早晨，他打楼下一辆出租车里拎了箱子出来，与她在楼梯上相遇时就是这副模样。

---

① 榍石是一种晶体矿物，是花岗岩、正长岩及一些变质岩的副矿物，富集时可作氧化钛的原料。

嗳，卡珲太太，你看上去还是那么漂亮。克丽斯说那真太好了，可他为什么自己拎这个箱子呀？那个出租车司机本该帮他拎的么。艾克说他刚和那家伙发了顿脾气，用不客气的讥讽话把他打发走了，天晓得，这家伙把他从中心车站带到这儿竟要他付半个克朗。

克丽斯说这真太厉害了，出租车司机总是这样。而艾克也无法用肩膀把箱子再扛上去，因为楼梯太窄，于是他放下箱子，同她握握手，用他绿莹莹的眼睛大大咧咧地周身打量了她一番。嗳，你在邓凯恩完全待惯了，不想那牧师住宅了吗？克丽斯说，不太想了。要我帮你一下吗？

艾克有点疑惑地看了她一下，她看得出，他还把她当成谢格特的罗伯特的妻子，是一个那么文雅，简洁，优雅而柔弱的人——她便说，来吧！拎住了箱子的一头，艾克拎起了另一头，他们便上楼进了他那间已收拾停当的房间，把那口箱子放在墙脚。然后艾克打量了一下四周，从屋顶上探出头去看了一下说，这个镇子让一个男人来住真是糟透了，尽管这房间看来够松快的。太太，毫无疑问，看来你在这儿够忙的，是吗？

为了他这声称呼，克丽斯几乎要拥抱他，有这么久没人称呼她太太了；跟其他人一样，我有许多活要干。不过我们总有时间来聊聊谢格特。——嗳，肯定会的。说着转过身去，他总是毫不装腔作势，不来那套不必要的虚假礼节，说道，我得去喝茶了，不过不是吃晚饭。我得去拜访市长了。

克丽斯说她希望他诸事顺遂，他说，别担心。回见。

打一开始他就让自己住得跟在家里一般自在，坐在起居室里跟瘦小、留着一撮小胡子的尼尔·夸里奇先生争论起来，是关于他的那个道格拉斯计划(尤旺把这计划称之为资产阶级的畸形幻想)，艾克坐在尼尔旁边跟他斗嘴，那副模样就像一头短角公牛空闲下来在跟一头山羊斗一样。有时在克丽斯看来，他真是太真实了，她在门口遇见他过来那副真诚的模样，迈着他那缓慢而利索的步子，优雅而又不慌不忙地走过来，好像脚下的大地就是他的，在邓凯恩他对任何人都不会退让。他上了楼梯，心无旁念，目不斜视地走进自己的房间，他已经付了房租，这房间就是他的，难道他还要怕哪个该死的家伙而让自己悄悄地爬上来不成?

克丽斯从没见过他悠闲地待在房间里。在他来的第一个早晨，她想给他送杯茶去，就像对其他人一样。她摆好杯子，茶壶里的水沸滚着，猫儿乔克靠着炉子舒服地喵喵叫着，凉爽的八月天气已经爬上了温德米尔台阶进了这幢屋子，这时她听见楼梯上传来了一阵脚步声，艾克站在了厨房门口，他刚卷过胡子，身穿背心和短裤，光着脚，他那副从来不需穿鞋子的样子让克丽斯想起了她以往在农庄的那些日子:嗳，太太，我就想到那可能是你。毫无疑问，这儿就是你的厨房。克丽斯说是的，并说，进来坐会儿。

他走进厨房，在火炉边坐下，轻轻地打了乔克一下，就坐着喝起她倒给他的茶来，也不像夸里奇那样，要帮她干活，老天在上，那可是女人的活儿，不是吗?有谁听说过男人去跟碗杯打交道的?艾克从他的卷须下喝着茶，又擦擦胡子，点点头，说道，嗳，好茶。我想每天早晨下来喝一杯。克丽斯说，你不必下来，奥格尔维先生，我会给要喝茶的人送上去的。可艾克听不进这话，他又不是个跛子，他自己能下来喝茶。再说，他习惯了天一亮就起床，不愿赖在床上胡思乱想。克丽斯心想，可难道我就想要你坐在厨房里碍手碍脚吗？不过她没说出口，只是顾自干着活儿，而艾克则坐在一边瞅着她干活——哎，天啊，她看上去还是个漂亮的姑娘，你会认为她的个头相对她的身高来说还小了点儿，不过大腿和臀部挺妙，真是个惹人喜欢的小妇人。当时她肯定在卡珲心里烧起了一把火，让他完全融化了，你只有在那儿胡思乱想；或许在她需要人拥抱时却没个男人去拥抱她。

于是他就每天早晨到厨房来，坐在那儿喝茶，克莱格霍恩大妈听说了这事，便对克丽斯说她最好防着点，因为这种留着鬈髭的家伙全是不可信赖的。随后叹息一声又说，天哪，实在不需要我来告诫你，我老是要忘记你是个牧师的寡妇，向来很守规矩；跟那班普通人可不一样。克丽斯就问大妈，她想让她对那男人怎么着——或者是否认为那男人想对她干什么来着？大妈说，如果克丽斯无法揣测到那是怎么回事，那她就得知道，除了圣女玛丽以外，再也没人具有纯洁的信念和信仰了。

克丽斯笑起来，一点没将她的话放在心上，她知道；至今为止，艾克同她一样没有过非分之想，这样让他在身旁可真有些滑稽，一下子就让时光倒流了好多年，扫去了她身上那些文质彬彬的习气，她重又回到了农庄的厨房里，那个男人安详地坐着，啜着茶，她则为他准备饭菜……艾克会一捋鬈髭，同时讲起他最近一次对市长的拜访。

克丽斯问他是怎么弄到这份工作的，艾克说全是侥幸，也是上帝的旨意，大约三十五年前，他与这位斯佩特老兄在同一学校念书，两人都是劳楞西柯克人。唔，他一直是个非常乏味不讨人喜欢的小伙子，艾克便时不时要揍他一下，让他清醒些，记得把自己行为放端正些。结果他很喜欢艾克，不离他的左右，就像一只猫老跟着一个鱼贩子一样，整个在校期间，甚至离校以后一段时期都是这样，直到他们长大成人有了自己的姑娘才罢。打他们彼此逐渐疏远以后，艾克当上了一个细木工，慢慢漂泊到了南方，到过臭气熏天的格拉斯工厂，到过风沙弥漫的鬼待的地方，还有首都爱丁堡，然后又流荡回了山谷，正如你说的，哪一个地方都没法让他安家，哪儿都比不上这个烟雾弥漫的嘈杂的山谷。这就是他怎么会回到谢格特的情况，那些时日全不像现在这般死气沉沉，一个做细木匠的总能给人带来足够的吃喝。

就这样，正如卡珲太太所知，他就在那儿安顿下来，一直待到那儿的日子没法过下去为止，那儿大批人失业，没法过活；打从她男人死后，艾克也在自己的住所里待腻了，坐等顾客光临，随手乱涂一些诗文来度日，或是瞪眼看着特拉斯塔峡谷，希冀苍天能带来什么——克丽斯便说，噢，是了，我记起了你的诗。你还在写吗？艾克答道，哎，还写一点。你不会对它感兴趣的。喏，我还接着说——他便继续讲下去。有一天，他正浏览着报纸，他竟在上面看到了小杰米·斯佩特的名字，就是很久前跟他同校念书的那个斯佩特，眼下他竟当上了邓凯恩的市长大人。

起先，艾克简直不相信自己的眼睛，他想一定是有才能的人实在没有了，才会让这个摇摆不定的杰米当上市长大人。当然，在此以前他已听说杰米已经参与了他叔叔的生意，而在他叔叔一点点衰老后，他就继承了那家相当不错的锯木厂和一大笔钱财。不过在他读到这则关于他当了市长的通告以前，他一直没把这家伙放在心上。

哎，天哪！如果摇摆不定的杰米真是那么阔绰幸运，那他肯定能为人谋到一份工作，这个想法实在让艾克心动。于是艾克锁上门，穿上最好的衣服，登上了早班火车来到邓凯恩，然后坐电车直赴市长在克雷格纽克斯的宅邸，那是一座相当堂皇气派的建筑物，前后装饰得非常华丽，还建有两座讨吉利的钟楼，样子活像奥利弗·克伦威尔鼻子上长的肉疣。

一个女仆迈着轻盈的步子过来开了门，问道，请问，我得向市长大人通报是谁前来拜访？艾克说，告诉他我是艾克·奥格尔维，问问他是否还记得那时我在劳楞西柯克差点把他在一只石头马槽里淹死。嘿，这女仆脸一红，就像一个年轻姑娘必然会的那样格格笑了起来，转身带着口信进了房间，一会儿杰米出来了，相貌不凡；只是鼻子还像以前那么淌鼻涕。天哪，他走路带着那么一副趾高气扬的神气，可不一会就发生了一件好笑的事，它令你想起年轻时发生的事——如果你在提灯里拿到了一只响环，那时你或许在日后会建起一艘战舰到北极去探险，会跟一位公爵夫人睡觉，可你决不会忘记那个狠揍过你的家伙，即使过了多半个世纪，你碰见他时还会觉得心里十分不舒服。

喏，摇摇摆摆的杰米如今就碰上了这样的情况，他抛去了那副文绉绉的样子，放下了那种哼哼哈哈的神气，艾克则拉起他的手，大声嚷起来，嗳，杰米老朋友，你在这儿混得可真不赖呀，有那么一班姑娘们在门口、在餐桌旁，肯定的，也在床上听你差遣。这位市长大人顿时脸色变得萝卜般蜡黄，说，嘘，艾克，嘘，我太太就在这儿。艾克说他倒不知道他已经结婚了——你还记得从前凯特·达西的事吗？……

接下来的事就是一种敲诈了，这一点艾克很明白，可他一点不在乎，只一会儿，可怜的杰米就准备把他的一半财产拱手交给艾克了，只求他别再提起凯特的事。艾克说他正在找一份工作，杰米的那家锯木厂情况如何？杰米说他很少过问那儿的事，他在那儿有一个经理，艾克说他可不想要他的工作，不过他能当一名工头，把这份工作干好。于是杰米慌忙把车开出来，他们上了车，直驱基利，那是家挺不错的锯木厂，一到那儿，经理便跑过来，问杰米是否带了一个新工头来接替那个被解雇的家伙。听了这话，可怜的杰米脸色发青，他对这个圈套毫无办法，只能说，哎，是的，这位就是。

他就是这样弄到了邓凯恩的这份工作的，现在他对这活儿欢喜得不得了，他说，太太，你知道我以前想干什么？——啊哈，是在一艘海船上找份工作，你鼻子底下是海水那诱人的味道和海浪的拍溅，在船上有很好的木匠活儿可干。克丽斯手里托着托盘，上面放着的那茶已放凉了，说她觉得他一直未能谋到那份工作，可真是丢脸，或许他还会找到那种工作的。艾克点点头，做了个满不在乎的手势，他或许会吧，不过不太可能了，他最后就是踩住这位市长的尾巴，老杰米对过去那一段十分害怕。对那种事可怜的杰米是摆脱不了的，我们都给过去引伸出来的那根绳子连在一起了。

好多天，你都无法忘却那声尖厉、令人心颤的恐怖的叫声，那是给那个卑劣的西姆·莱斯利狠狠揍倒的失踪的二流子发出的叫声。你一次又一次猛然惊醒，想起梦中的一切，大汗淋漓，温德米尔台阶下，邓凯恩在酣睡，所有人家都入睡了，隔壁房间悄无声息，那个小埃伦·约翰斯根本不做梦。她很幸运，她的那通关于历史和社会主义的胡诌也没给她带来什么厄运：她根本不懂那都意味着什么……

唉，整个一切都是那么该死地乱成一团，令人厌烦透了，这些日子老像个傻子一样东游西荡，定不下心来做任何事，连本书也看不进，整个地给那些傻乎乎的乱七八糟的东西给缠住了。你的头就像一棵给雨打蔫的芜菁，装满了那派胡言——什么领导工人过一种新生活啊，把他们塑造成历史的新工具，你感到有一股力量，这种感觉比可怜的罗伯特在谢格特曾讲过的上帝还要更确切更肯定……这股力量存在于工人之中吗？——一班乌合之众，他们当中什么人没有？有些人是蠢货，有些人还算正派，而他们中大多数人毫无头脑，在一片蛮荒之中能指望找到什么工具啊？你得深入地发掘以肯定这一点，你自己就像个街头顽童一样地在玩着这种游戏，和工厂里的那帮人打成一片——唉，这班肮脏的人实在太令人恶心了，这些人全是愚笨的人模狗样的人，满怀愚蠢的希望，异想天开地自吹自擂，真是一班可怜的邋遢鬼。现在他们把你当作他们当中的一员，这一来你也差不多变得跟他们一样鲁钝。

现在，这一切倒已完全无误地做到了。可那班二流子除了使你感到恶心外又能让你怎么样呢？他们没有共同的爱好，没有共同的志趣，对你上周不知放到什么地方的教科书也不屑一顾。而你得假装对赛马有兴趣——还有赛狗、足球赛——所有这些愚蠢的游戏都让这班二流子兴奋——竟想在他们那些喋喋不休的胡言乱语中找到历史的脉动！

……还有鲍勃带你去的那幢可怕的房子——那家的父亲已失业五年，母亲成了一个苍白、衰老而臃肿的人，就像你翻起一块石头后发现的一样东西那样，一个兄弟成了一个愚侏病人，还生着软骨病——坐在一个半明不暗的角落里淌着口水，格格笑着，他们没钱，煤气也没有了，满屋只剩下一股凝滞的、抹不走的死沉沉的臭味，尽管长着个脑袋，可却全成了白痴；你走出屋子来到外面，只见一条条街道，整个考盖特一股沉闷的空气，流浪孩子在街沟的龌龊堆里乱滚，脸色可怖，声音可怕——

他们不在乎你。那就跟这一切决绝往来吧。

因此当艾利克和诺曼在星期六问你是否打算去帕维利恩海滩，苏格兰喜剧演员斯内利·格夫正在那儿演出，你便说，不，很抱歉，我有东西要看。你看见他们的脸拉长了，这些该死的，他们应当像你一样好好学习。可等你回到家里，吃过饭，却给那个可恶的老家伙艾克·奥格尔维缠住了，他自以为是上帝在地球上的代理人，因为基督干的还不是跟他一回事儿，你听着这个丑角大吹大擂，感到心神不宁，书也看不进了。该死的废话，外面是秋天的明媚风光，今天山谷里鸟儿在高声鸣啭，只要搭上一辆公共汽车，一个小时就能到谢格特……但愿它过一年再把你载回来就好了！

接着你想起了在山谷里漫游的时光，那时你还是个学童，一心想找到旧日的燧石，那些新石器时代的遗物，可用的收藏品：这一切从你到了邓凯恩后竟全忘了。它现在又在哪儿？

追忆着这些，你下楼到了厨房，敲敲门然后走了进去，克丽斯、克莱格霍恩大妈和女佣麦格都抬起头来，你说，对不起，克丽斯，你知道我的燧石放哪儿去了？

克丽斯说她以为你已经玩够了，它们都在屋檐下那个放箱子的房间里。就在你转身要走时大妈大声问，尤旺小伙子，这种天气你为什么不出去玩玩？也不跟个姑娘出去？——你这种年纪不必去关心什么石头。你母亲让我看过那些东西，我就想，多么脏的东西啊！

你说，哦，是吗？这个可笑的老巫婆，又一个想把你弄到街沟里去的无赖——什么游戏、逛大街还有那些下流的姑娘。你说这些话时，大妈的脸沉下来，这个老蠢货应该操心弛自己的事才是。克丽斯用她那对冷冷的好看的眼睛瞅着你，看了好久，直到你吻了她，她的吻很愉快，然后你上楼去找你的燧石。

燧石积满了灰尘，乱七八糟地躺在书箱里，是些龟甲状石核和一把刮擦器之类的东西，你把它们拿出来，翻来覆去，看到了那些敲击留下的淡淡的痕迹，那是远在三千多年前的某一天，就在山谷里给人敲击留下的。某个仔细的匠人小心地蹲下来，运用他的手指和眼睛敲击过这块石头，不时瞧瞧他击打出的火光，看着底下山谷里的点点火光，还有覆盖着下缅恩斯的长湖，湖上座座岛屿星罗棋布，辛普尔人栖身之地烧火冒起的烟袅袅上升，远处可以听见山上的鹿鸣，日头西下，那时的一切都显得质朴而清新——你思忖着:除了这些设想还有别的么?

至少在那很久很久以前的岁月里，人们创造了他们想望的东西，就像这些一样的美好、确切而可爱。不过，没什么比得上高恩斯-格洛格的呼呼作声旋转着的高炉更可爱的了，那些像敲打着燧石的男人们心中充满了权力之梦……想到这一点，这些燧石带给你的一点点温暖就消失殆尽了，你低头瞪着一块满是灰尘的石头，它已经给什么人敲打得变了形，只是灰尘中的一个暗淡的影子，什么也说明不了，什么也表达不了:同样，在这八月炎热的天气里，帕尔迪教区污秽的小巷也说明不了什么——

你关上书箱，走下楼梯，出了屋子，朝温德米尔山坡下走去，你有了一种莫名的愤怒，要想摆脱你那懦弱的自我。你慢吞吞朝皇家购物城拐去，不知这时该干些什么。就在漫无目的地闲逛时下了一阵秋天的小阵雨，雨点拍溅着街道，你一抬头，看见图书馆就在眼前，旁边就是美术陈列博物馆。

你奔进博物馆，稍稍喘口气，一边思索着究竟进不进去，这地方还是那副老样子，又肮脏又冷寂，一个穿制服的老家伙坐在桌边打哈欠。你从他身边经过进了大厅，站在那儿，看着四周的雕像，大部分雕像都毫无特色，你以前都看过了。

希腊古物的石膏模型，掷铁饼者①、粗俗的袒露双乳的维纳斯像、智慧女神帕拉斯·雅典娜像——那些希腊人曾经不过是一群下流肮脏的人，而尽管如此，还是留传下这么多纯洁干净的东西。为什么他们从来没在石头上刻下一幅雅典人公正法庭的情景？一幅描写一个奴隶还没让他按法规作证人就毫无必要地受到宗教礼仪的拷打的情景；或是一个婴儿被扔入一只罐子等死，这是为什么？——这样的婴儿每年在雅典街上有成百上千，整天都有孩子在号啕恸哭，火辣辣的太阳升起，他们在罐子里被烤炙；他们口干舌焦，他们只能抽泣呜咽，一到天黑他们基本都死去。

那儿有一个罗马皇帝图拉真的雕像，头部美极了；恺撒像——他们说这不是恺撒。为什么没有斯巴达克思的头像？或是一块雕满一排血淋淋的十字架的饰板，就是那些曾经钉满了奴隶的十字架，排列在阿庇乌大道②两旁，血淋淋地竟日竖在那儿，那些奴隶要过好几天才会死去，给野兽撕成碎片。要不就是一组雕像，反映一个罗马的奴隶活活地给扔进池里喂鱼……

你转身走上没人走动的楼梯去看美术画廊，那儿布满灰尘，光线晦暗，枯燥乏味无人光顾，你只在走过一间房间时发

① 古希腊名雕塑家迈伦(Myron)所塑的名塑像。

② 古罗马皇帝阿庇乌(Appius)所筑军用大道，从罗马通到布林迪西。

现那儿有一个家伙搂着一个姑娘，鬼鬼祟祟地坐在一张长凳上，他们小声地格格笑着，等你看见了，他们停止了笑，不错眼珠地直盯着你。你移开目光，瞧起这间房间来，平板的海面和陆上风景画，最最缺乏生气的东西，为什么有人弄出这么一大堆乱七八糟的图画，或是音乐？别的什么也看不到。你走开了，到了一间意大利式的房间，在屋中间的一张长凳上坐下，看着一张画，画面一点引不起你想去看看作者是谁，画的是大群文艺复兴时代某个地方的人：有士兵、一个红衣主教、一个安琪儿似的人物，背景跟通常一样是一大群无赖，正没来由地莫名其妙大声欢呼。为什么就没有一幅典型的意大利风景画！——为什么不画一个男人给绑在车轮上用棍棒猛击猛打，直打得粉身碎骨，血肉模糊呢？……

过了一分钟，等那种令人目眩的野蛮的令人恶心的感觉过去，然后你站起身，继续看下去，可到处都一样，似乎突然间，那些画面全出现了，一幅一幅的画四周都是干涸的血迹，从来没人画过，或是在任何画廊里挂过——那是一幅幅关于有史以来那些可怜的民众的图画，他们受愚弄，被谋杀，遭蹂躏，被践踏成泥浆，真是人类的令人生厌的堕落，他们受尽饥寒交困，头脑一片浑噩，他们采取的愚蠢的报仇行径，却一直怀着稚气的希冀——就是这些人建起了上帝的明斯特城①，却遭绞杀，然后成批地给教会焚化；这些人是斯巴达克思同盟的成员；是图森-路维杜尔②的黑人；是那些在努勒③给

① 斯特(Munster)，德国城市。

② 图森-路维杜尔(Toussaint L'Ouverture， 1743—1803)，海地历史上最伟大的领袖，曾率领军队英勇反抗法国的殖民统治，后遭法国人逮捕，囚禁在阿尔卑斯山的茹鸟城堡，在那里死去。

③ 努勒(Nore)，为挪威一城市。

绞死的帕克[1]笔下的水手；也是那些在皇家购物城遭人虐待的布鲁人。画面中不断出现的人们是跟你同一血缘的，是农民、奴隶和民众，是他们六千年来所过的非人的生活——啊，天哪，这一切到底跟你有什么关系？

你咬紧嘴唇想挽留什么，是某种让冷静和公正激起又消去的东西——那是一道稳固的、镶白边的腾起的火焰，愤怒的光芒就像一道清晰明亮的光焰，好像那是你自己正在遭受历史的折磨，被践踏，遭蔑视，棍棒交加，似乎那每一声声的惨叫，每道伤痕，所有的血肉都是你的，你的肉，你的血……你发出一声古怪的抽咽，把自己惊醒过来:你身上发生了什么事，上帝啊——到底是什么？

在一个安息日，大妈一清早，在早餐前或是上教堂前，已经到每个房间去过了，收来了房客的住宿费，然后她来到厨房，对克丽斯说，默盖特洛伊德那娘们正在犯愁，她说她的股息全蚀光了，她简直不知道如何才能不欠债。她在高恩斯-格洛格公司里还有一点儿股份，可这家公司今年付不出一点股息。他们不会这么不讲道理地错待一个受人尊敬的女士吧？

克丽斯便问，这一来是否意味着那女人该搬走，大妈摇摇头说不，她不会走的，她还有一点补助金收入，一笔每年三百镑的信托收入。克丽斯瞪大眼问道，那她还有什么烦恼？大妈叹息一声，可克丽斯不解其意，因而也就无法恰如其分地表示同情，这就像对一个处于经济困境的阔佬无法表示同情一

① 帕克(Sir Gilbert Parker， 1862—1932)，英国多产小说家，专写冒险小说和历史传奇。

样——就像无法对她自己或是她们的这位娇小的默盖特洛伊德小姐一样。当然，这个讨厌的女人真正需要的是朝她衰老起皱的屁股踢上一脚，把她撵到街上过一夜，并且以一次六便士出卖自己……

大妈坐下来，感叹了一番，把一张张英镑和十先令的钞票抚平，又说皮德尔先生又没交钱，他把赚得的每一文钱都存入了银行。大妈告诉他她星期一就得把帐轧平——她不想看他像头公牛似的对着她嘻嘻笑着。四、五、二个半先令、十一个银币，这是我们的英国小猫咪的。她正坐在那儿看书——姑娘，你猜得出她在看什么书么?

克丽斯看看炉子，又抬头瞧瞧钟，摇摇头，她没怎么注意大妈的话。——嗨，那是一本关于节育的书。你对我们这位长着点唇须，又有一双纤细长腿的埃伦·约翰斯和她看的书作何感想啊?

克丽斯吃惊得一时说不出话来，然后她就问约翰斯小姐是否想把那本书藏起来?大妈说，她没有，她既没有炫耀也没把它藏起来，哼，我们的埃伦总是十分镇静的。不管怎么说，这都得归之于那个好职业。克丽斯问，为什么?大妈说，不是吗，这一来她只要乐意，根本不需要跟那可恶的男人结婚，就能犯下罪孽，也能摆脱罪孽，这样我们就能把她留作我们的房客……十二、十三、十，艾克·奥格尔维——嗳，我肯定他是旧时代过来的人。如果我年轻十岁左右，我肯定要去勾上他的，这么一个长着宽肩膀又快活的英俊汉子。真可惜你实在太规矩了。

这话克丽斯以前就听过，这会儿她可笑不出来，如果了解她的内心，知道她喜欢什么，不喜欢什么，还说她是个规矩人，那她可真是个彻头彻尾的规矩人了。大妈一直看着她，大声说，哦哟，别走，请别见怪。我是个粗俗的老婆子，总会开些那种玩笑的。克丽斯半是恼火地大笑起来，说，那好，请别对我开这种玩笑。大妈说她记住了，然后继续数钱，莱昂小姐的老板罚了她两先令，他们这样对待我们姑娘可真太糟了；还有那位克利尔蒙特小伙子老是哼哼唧唧废话连篇，念叨什么他的教区长的选举，胡扯，他讲的那套民族主义的无聊话是怎么回事呀？

克丽斯想起了她在谢格特的日子，她说，这民族主义只不过是托利党欺骗民众的又一个计划。只是这一回他们得穿上苏格兰短裙和紧身裤，把玩着风笛，胡诌一通关于华莱士的废话，说什么要把英格兰人赶出边界，让苏格兰人得以靠麦片粥和小面包为生。大妈说，那都是胡扯，难道我们现在也要这样吗？那么，我就支持英格兰人。十八，九再加六，这个星期的钱全在这儿了，我们干得还不坏。我是否告诉过你，我想要有一个合伙人，而我的侄女伊泽·厄克特想到这儿来？

克丽斯说她不知道大妈有个侄女，大妈点点头，真倒霉，有这么个倔强小坏蛋做侄女，她住在基里本。大妈根本容忍不了这个人，不过她是她唯一的亲戚，她知道，等大妈最后撒手归天时她就会得到所有的那点儿钱；事情或许就是这样，不过大妈已经下定决心，只要她还活着，就不会让这个伸长鼻子东嗅西闻的坏女人在她周围打转；而等大妈死了以后，或许这个虔诚的伊泽会发现些让她吃惊的事的——姑娘，我喜欢你，下星期我要把我的律师找来，修改我的遗嘱。我想把房子里的一切以及我的财产都交由你照管，那要比像个吝啬鬼那样把钱都在基里本积蓄起来更好。

克丽斯很清醒，她说大妈不应当干这种傻事，她很可能比他们大家活得更长。大妈说她虔心希望别这样，如果说世界上有什么累赘的话，那就是一个老朽女人虽然活着，却没男人要去服侍，也没有子女。一个女人什么时候不能再生育了，那她就失去了活力。一听这话，克丽斯大笑起来，说，那男人又怎么样呢？大妈就说，哦，该死的，男人们根本就不算活着，他们只是我们需要的让我们的生命继续下去的一个紧紧搂抱的对象，他们自己则什么也不是。

星期天，克丽斯悄悄来到后花园那一小块地里干起活来，她悉心照料着她在短暂的早春天气里种下的花儿，这块花圃土质乌黑，肥沃而又松软；左边远远地只是邓凯恩层层叠叠的斜屋顶，天上成片乌云飞快掠过，隔壁家那道树篱一片嫩绿，发出簌簌响声，花芽正在绽开；树篱过去老远，有个勤劳的人正操纵着刈草机，发出“喀啦啦”的声响，一个小孩无休止地笑着，这当儿克丽斯挖土耙土，又给花浇水，这一切比起谢格特来都显得黯然失色了。

大妈的玩笑话不知怎么的老是在她心里打转，什么女人一旦不再生孩子了那她就失去了生命力，只成了一面空鼓，一株干枯的老树，一点点腐败，毫无用处了，糊里糊涂的，没有了怀孩子，照料他哺育他，看着他成长的种种烦扰——眼下她自己不就完全是这样了吗？——一个正当中年的女人，只是满足于在厨房里忙忙碌碌打发时光、出外、稀里糊涂地与种子花草打交道，所有那种对生活的激情早已消失，没有了那种好奇、恐惧和啧啧作响的长吻，也没有了膝靠膝的拥抱，血也不再像一股湍急的溪流流过心脏，在那些无人听到的时刻，这道生命之流搏动、撞击，那么迅速地奔淌——再也听不见了，老啦。

她跪下来，悲哀地看着自己手里的铁耙，看着那些多刺的玫瑰，它们从树篱上垂下苍白的一动不动的花儿：唉，她乐于见到这一切吗？她已经有过了属于她的时光，现在这一切结束了，她必须去走其他人走过的路，变得满脸皱纹、头发花白、脾气乖戾，坐在壁炉边打盹，听到黑沉沉之中的一片雨声便咕哝几声。那一切过去了：那时她的心仍然随着那阵歌声而怦然跳动，晚上她在床上辗转反侧，不能入寐，那时她知道自己十分漂亮，男人们早就喜欢上她了，还是那个身子，那一身皮肤，那个笑靥仍有它的隐秘动人之处——啊，大妈会说她想要有个男人，就是这么一回事，就像一个农孩在早春的温馨中照看着他的母牛，是那么愚钝和粗俗。

然而还有更甚于此的，有某种从不知道然而是确凿无疑的东西，那是一种奇怪的魔术，这种魔术把你的心灵同一个男人拴在了一起，不仅是跟他的身体，而且跟他的梦想、他的追求、他的爱，甚至他的恨都拴在了一起——那就是尤旺的恨，一个不驯服的男孩的恨，罗伯特的阴魂的冷漠无情，他们给了你恨，同时也时常把他们强烈的爱给了你，还有眼泪和那种纯洁的温柔，这是至今你都无法忘却的，——就在此时此刻，你静静地跪在这儿，八月的太阳照在你的头发上，由于克莱格霍恩大妈发出的对一个衰老女人的诅咒，也由于你听到附近一个婴儿不停地啼哭；而引起你这些无尽的遐想！

突然，她对自己这般柔肠脉脉恼恨起来，她弯下腰挖起来，把土耙平，再在那蓬很大的紫苑兜部堆上肥沃的松土，这蓬紫苑有点像那个警察西姆·莱斯利。婴儿？（这是她的内心在说话，尽管她尽力想平息它）——她不是已经有了尤旺了吗？尽管他对她冷漠又疏远，可他不是完美无缺地成长起来了吗？他不是同他父亲过去一样能做出一点帮助，这不够好了吗？她又记起了在总罢工那些日子里死去的另一个婴儿，那天晚上她正飞跑着去警告那些顺铁路去炸谢格特高桥的罢工者，婴儿却过早降生了。噢，很久以来她一直没忘记这个婴儿迈克尔，她从来没看见过他，他出生一小时后就死了，他一死也就扼杀了罗伯特内心的某种东西，也扼杀了她作为一个少妇所留下的最后的一切，她已经把在谢格特的漫长的浑浑噩噩的岁月的一切都想过了，我的孩子，那本来可以是我的却又失去了的孩子——

她听见有轻轻的脚步声，迟疑不决地沿小路走来，她便摇摇头让眼中的泪花掉去，然后抬头看是谁来了，是埃伦·约翰斯，纤细的身材，穿着一件夏季连衣裙，浑身都汗湿了，她的头发在八月的天气里似一团蓝色的云，嘴唇下有一层淡淡的黑晕，蓝色的双眼恰似三色紫罗兰，那么深邃，水灵灵的，她奇怪地瞧着克丽斯，好像一只鸟儿似停非停地打着转儿，随时准备飞走。

很抱歉，卡珲太太，我不知道——

克丽斯说，是我掉了些眼泪吧？你知道，女人上了年纪时常要掉泪的，你是来帮忙还是就来瞧瞧的？

埃伦说声我来帮忙，她那穿着高跟鞋的双腿便蹲下来，开始用她修长尖细的手指拔起草来——坐在屋里看书看得我头都晕了。

克丽斯想起了大妈看到的那本书，便微笑着看着她说，你在看关于节育的书？

而她一点不羞赧，头也不抬，继续专注地拔着草，动作敏捷平静，然后点点头说，是的，我想有朝一日我需要这些知识。找不到更多这方面的书，当然听起来很难听，可这种东西是应当知道的。你不这样看么？克丽斯几乎要笑出声来，可克制住了，她说，是的，我想是的。可什么时候你总会想要有个孩子的，是吗？

埃伦摇摇头，说她还没想过。已经有了成千上万多余的孩子，他们中的大部分本不该生下的……我能用这耙子来弄走这些草吗？

谢天谢地，总算有了变化，你们六个给调离了高炉，三个调去仓库，两个到机器车间去，艾利克和诺曼是两个幸运儿，他们是够走运的，他们对老达拉斯费了大量口舌，两人说的比整个高恩斯-格洛格的六个人说的都多，这样看来他因此就更喜欢他们了！

那个仓库不坏，这样调离高炉是个好变化，你有自己的工作台子，账册和分类架，成排的工具和铸件，为车间换去烧坏的材料，这一来就结束了在工场里当一个该死的小角色的生活，然而你变换了工作，那些在那儿干了很长时间的老工人看来十分闷闷不乐。这些可怜的家伙，是有让他们不高兴的东西，因为就在这个变动以前的一个星期，那儿就有六个老工人遭到解雇，回了布鲁，哦，天哪，你对此也无能为力。这种事情总要发生的。

尤旺·塔文达尔已经给指派搬进了经理办公室，为他们制图，因为他们喜欢他在车间里写的那些印刷体字，他们觉得这是一个在高炉那儿发现的聪明的坏家伙。第一个星期你不常看见他，可不久的一个上午他走进了仓库，同那个叫小埃迪·格兰特的工头讲起话来，埃迪听了一会，说道，该死的，我可跟那事毫不相干。你当心点，你会倒霉的。可尤旺呢，这个花花公子看上去又相当神气了，穿着西装，两手干干净净，头发鬈曲光亮，他只是点点头说，行啊，如果你喜欢这样的话。不过恐怕接下来就该轮到你给解雇了。小埃迪嘟囔着，我？真见鬼！我倒想知道，谁来顶替**我的**位置？又是你们这班狗娘养的学徒吗？尤旺什么也没说，只对你点点头说，哈啰，鲍勃！便走了出去，见鬼，他究竟想干什么？

不久整个工厂就知道了这是怎么回事，只要高恩斯-格洛格公司推行他们那老一套计划——招收学徒，把老工人解雇，这样他们就在每周的工资上省下一大笔钱——的话，他就要策动工会，威胁要发起一场罢工。

于是你知道是尤旺发起了这件事，所有的人都知道了，这事也传到了仓库，经理为此把他训斥了一顿，尤旺不否认这事，经理便问他是否知道他挑起这件麻烦事的后果？尤旺说，是的，他知道得很清楚，等他学徒期满他就会遭解雇。经理咆哮道，那么，少干这种事儿。你已经得到警告了，你不会再得到一次警告的。尤旺说，很好，十分感谢，我已经得到了警告。

这事再没什么好说的了，工会对此事毫不干预，它已经给布鲁那班人的事缠得不可开交；风波平息下去；而仓库里那些满怀恶意的家伙已经把尤旺当作一个上等人一样冷嘲热讽：现在你这花花公子又是怎么想的？而你则说，不管怎么说，他有胆量去干一件事，比起像你们这班懦弱的家伙强多了。

随后，诺曼在晚餐时来了，带来了一个你简直不敢相信的荒唐故事，他说尤旺跟那些赤色分子搞到一起了，就是杰姆·特雷斯那一伙人，还打算出席他们的会议。你说，扯淡，他没这么傻。诺曼说，唉，天哪，可他是这么干了。这些赤色分子对谁有用呢？他们只是策动了布鲁人，组织了向皇家购物城的进军，到最后撞得个头破血流。唔，尤旺肯定对此一清二楚；那么他到底为什么和他们搞到一起呢？诺曼说如果他知道的话那他可真该死，关于所有工人团体联合起来的想法实在荒唐，尤旺曾经要他去参加一个会议，可他说他不去，他耳朵根可没这么软，他星期天要带一个姑娘出去，他可没下贱到竟要去跟那些赤色分子搞到一起，他们只是劳工运动的该死的叛徒。那种事一钱不值。至于艾利克，他已经跟尤旺一样发昏了，尤旺说什么他就干什么。

唉，真要命，听这些乱七八糟的东西真听够了，可究竟是什么使得尤旺和那些赤色分子搞到一起的呢？正如你们都知道的，他是个上等人，尽管他极力想否认这一点，那一回他在你家喝茶，他的举止多么文雅得体，你们大伙全都喜欢他，事前几乎花了一整天把家里打扫干净，把那对愚蠢的双胞胎藏起来，又做好喝茶的糕点。于是你便去找他，在那间办公室找到了他，装做你需要一张购工具的账单，他正坐在桌旁，周围是办公室的那些无赖，个个头发油光光，戴着时髦的领带，这些年轻的高校学生并不比你强，但如果你瞧不起他们，他们便摆出一副趾高气扬的样子。

尤旺大声说，哈罗，鲍勃！你说，哈罗，尤旺，我想什么时候跟你谈谈。他说，好啊，让我们出去一会。于是他走出来，你就直截了当地问起他。他说，我可不知道你也感兴趣。你说，呸，我才不感兴趣呢。他说，不，你感兴趣。瞧，来参加星期六的会议，就在考盖特的皮特卡尔巷三号。你还没弄明白是怎么回事就已经答应去那儿了——唉，真该死！

七点钟你到了那儿，一个小房间，里面大约有二十个人，全是些跟你年龄相仿的小伙子和几个姑娘，有一些椅子和一张桌子，有一把椅子是给主席坐的，桌子上方挂了一张人像，这就是马克思。

这时尤旺走过来，安顿你坐下，然后回到桌边挨着一个姑娘坐下，那是一个长着黝黑头发，修长双腿，自以为是的娇媚女子，面前放着一摞纸和一支钢笔。那边角落里还有一架钢琴，钢琴旁坐着一个小伙子，他开始弹奏，大家全都起立，唱起了那支英格兰奋起的歌，尽管那该死的东西还没有建立，但漫漫长夜已过去；天哪，你真是个十足的大傻瓜，竟然一点也不知道歌词，旁边一个姑娘往你手里塞了一本书，朝你嫣然一笑，想跟你开个玩笑，你会说话吗？于是你开始唱起来，还朝四周打量着，艾利克·沃森也在，吼唱着简直像一头公牛在叫，如果英格兰还不醒来，那她一定是聋透了，还有一个你在高恩斯见过的小伙子，那是机械车间的一个年龄较大的学徒。不久歌唱完了，大家都坐下来，尤旺看那个自大的姑娘准备好了，便说，现在约翰斯小姐将给大家把备忘录念一下。

当那姑娘开始念起来时，你才知道她是个英格兰人，哈一哈一十腔十足，同时才明白这个该死的会议到底是怎么回事，原来尤旺和另一些人正在为邓凯恩的年轻人建立一个团体，既不是工党的，也不是共产党的，也不是树立一个对立团体，他们只是想让这两个组织为了劳动大众的共同利益而携手合作，既摆脱掉工党的懦弱懈怠，又要抛弃共产党的无益的谎言，工人团体的老一代已经把事情搞得一片混乱，现在轮到年轻一代来解决问题了，年轻人都要加入邓凯恩的这个新的工人支部中来。你自忖道，如果你加入的话，就会遭到诅咒，该死，接下来他们就会指定你出去，扛一面旗帜了。

不过这时尤旺站起来开始讲话，他十分镇静地讲着，并不像赤色分子那样大吼大叫，也不像工党分子那样一味讲些乏味的笑话，他只是像平常一样自如地讲着，讲述着他所想到的这个年轻人团体该做些什么来唤醒邓凯恩的年轻工人们，一点点发展壮大，等时机成熟就可以控制整个邓凯恩。先点点会员人数:他们有二十人不到，现在他们要讨论的是如何采取行动来争取会员:六分钟的演讲，不能再多一分钟，提出实实在在的建议，请不要夸夸其谈。

一个红发女郎站起来，她想去做的事几乎让你大吃一惊——把人马全都拉出去，高擎旗帜，拿着募捐箱直接游行到购物城去，并在卡斯尔盖特举行一次集会。这就是争取新会员和为工人服务的方式……你觉得她真愚蠢，难道她从没见过一个工人吗？会让那班坏家伙耻笑的，他们会告诉她，她所需要的是让一些小伙子用另一种方式来为她服务。后来从高恩斯-格洛格公司来的那位小伙子站起来，说他们应当做的是偷偷把传单带到车间里去悄悄散发，你对这种方式倒有兴趣。接着那位像嘉宝①那样朝你嫣然一笑的姑娘站起来，用一种咿咿呀呀的声音说起来，要命，又一个十足的花哨人物，她说，我们要做的是大力宣传这种会议，然后召开革命诗歌朗诵会，先从最伟大的诗人威廉·莫里斯②开始。她说了以后，除了小尤旺——他一直盯着天花板——外，所有人都大叫大嚷发表了一些看法。

尤旺站起来，他说再游行到购物城去意义不大，只会让警察把他们的脑袋打破。到工厂发传单作用也不大，没人会看传单的，到处散发的传单已经太多了。刚才那位提出朗诵威廉·

---

① 嘉宝(Greta Garbo， 1905—1990)，美国著名女影星。

② 威廉·莫里斯(William Morris， 1834—1890)，英国画家，设计家，印刷商和诗人，是社会主义运动的一位领导人。

莫里斯的诗的同志一定是指那位邓迪的星期日诗人……现在需要的是一些轻松的有吸引力的东西。

说到这儿，他身边那位英格兰姑娘站起来，哎，她的腿可真美，她说，他们需要的是举办一个收费六便士的舞会，——她就是这么说的，也真够粗俗的，尽管现在你听说了她是一个教师。她说这种舞会能大量吸收会员，而且这种舞会会给他们本身带来双倍的报偿。

尤旺问他是否得把此作为一项决议记下来？这位教师说是的，于是尤旺就把它记下了，这时你听到自己说了声我支持这项提议，说了便耳朵发烧，羞愧得连脸都红了，胆小鬼，如今你是参加其中了。等开罢会出来，你极其吃惊地明白过来，现在你也是个不折不扣的赤色分子了。

埃伦等着尤旺把门锁上，在考盖特秋季的夜晚，空气静滞得就像平静的池水，一点涟漪也没有，整个福特福西罩上了一片淡淡的橘黄色。一走出大门，从宽阔的加洛盖特的弯曲走道望去，远远的可以看见傍晚时分低垂的太阳已不是一个炽热的火球，福特福西烟雾腾腾的一片红光几乎把太阳光都隐没了。尤旺说船坞那儿又在开夜班了，就连高恩斯-格洛格公司也想再有所发展，可看上去希望不大，不是吗？就像资本主义的崩溃。

他们一起顺街走去，一半的灯都亮了，黑洞洞的门道里透出一股股尿臭味和变质食物的气味，有时还有某个在闷热中沉睡的男人翻身时发出的哼哼声，有时又有孩子醒来发出的呜咽声。有一会儿埃伦一声不吭，尤旺几乎都忘了她还在身边，突然她问道，你好像灰心了是吗？

他啊了一声，接着说道，哦，对资本主义？灰心有许多好处，不是吗？

她说了什么，想把这奇怪的家伙的思路拉回来，不管怎么说，你的心根本不在这儿，你只在思索想象罢了。

——失去什么对我来说也没什么危险。你不必去和历史争辩，也不必去和历史改变的步伐争辩，那样你不如去跟万有引力定律争辩。历史是工具，有朝一日工人会倒向我们的——即使只是开个收费六便士的舞会也罢。是你还是我去借大厅呢？

埃伦说她想最好还是他去，唯一合适的地方就是小学，不过那儿已经不太信任她了。尤旺看着她，她看到他是那么苍白疲乏，感到产生了一种不同往常的感情。要不是她相信自己已经迷上了他，她真不知会到什么地方去呢？——她会穿着漂亮的衣服在跳舞，在看电影。他不再想了，又显出那副冷漠的神态。看见她并不愚笨，就像她现在这样，那就更好了。

这时他们走到了下考盖特，已是十点钟了，一群下等人从小酒吧里涌出来，喝得醉醺醺的，小流浪汉在街沟里大叫大闹，尤旺看见一个男人一拳打在一个女人下颚上，她尖叫一声倒在地上，一个警察出现了，人群你推我涌四下散开了。他们不能再看下去了，便走进了索温斯小巷。可走了一半，他们看见一个女人扯着一个男人的上衣，这个男人一半身子躺在门道里，一半身子躺在街沟里。啊，到家里来，你这头笨猪，她叨叨着，要不警察很快就要来了，那时就有你好看了。可这汉子根本不想回家，他说他们需要唱支小调——来呀，你这婊子，给我们唱支小调。这女人便说，在她碰到过的所有的下流坯中，他是最坏的，好吧，他想听什么歌，是捣蛋的萝卜头吗？他说他想听的是他的不正经的母亲唱的那些歌，尤旺和埃伦不再听下去了，他们走出了索温斯小巷，到了长桥街，这条街一直通过福西，他们停住脚，大口呼吸着，总算摆脱了考盖特的污浊气息。

尤旺站着，漫不经心地低声吹着口哨，他下意识地知道埃伦·约翰斯就站在他旁边，抹着眼睛乐不可支地笑着说，有时，历史是最最滑稽的笑话。如果我们有悔过的勇气，你知道我们刚才本该在那儿干什么吗？

他有点不经意地惊奇地瞪大眼，说道，不知道。

——明摆着的嘛，**站住脚，唱给他听一些威廉·莫里斯的诗歌呀！**

克莱格霍恩大妈带克丽斯去看电影，好暂时摆脱一下那些家务活，她说她差不多要变成一只蟑螂了，而克丽斯则快变成一条院子里的蚯蚓了。麦格会照料大伙的茶点的，不是吗？麦格说她会的，近来麦格变得很烦躁，克丽斯在回房换衣时想道。等她下楼大妈已在等着她了，她浑身上下打扮得漂漂亮亮，戴着一顶大黑帽，上面缀着珍珠花边，脖子下别着一枚大胸针。你来了，姑娘，不过老天在上，你穿得这么少，我都能看见你的内裤了。克丽斯说，肯定看不到的。俯下身来看看是不是这样。不管怎么样，我不能再多穿了。大妈说或许是吧，不过跟打扮成这样的人一起出去实在太丢脸了，几乎是半裸着身子，这真是在挑逗男人。不过她们最好走吧，时间差不多了，真要命，她们干嘛还这么闲聊呀？

于是她们乘上了电车，朝皇家购物城驶去，到了小詹姆斯街，来到电影院；买了票，进去坐下；刚一坐下，克丽斯就感到昏昏欲睡，哈欠连天。这种电影实在难看，跳闪不定的阴影，可怕的声响，影片中人讲述的可怕故事以及更糟的新闻，实在让她腻味透了。出现了一个耍魔法的精灵，还有一只老鼠像人一样穿着裤子，这时她却睡着了。直到大妈摇摇她，她才醒来，大妈说，嗨，好看的电影开始了，姑娘，该死的，你想浪费这张九便士的票吗？

克丽斯只好打起精神看起电影来，影片讲一个女人在纽约工作，一贫如洗，但非常令人尊敬，然而她住的那地方倒有一只长十英尺，深三英尺的浴缸，她身上穿的内衣也是她根本买不起的，是一个男人悄悄帮她付了钱。影片中有一个不是她的声音，从鼻子里哼出一声不，她是完全贞洁的，但同样也受到别人的拼命追逐，是她办公室的那个野蛮的男人，就是那个经理，只见他在画面上飞快地跑来跑去，白天夜里老是想勾引这个姑娘。为了不让他得手，同时又要把这事对付过去，要不就往他的下颚揍上那么一下才得以脱身，她哭泣着跑回家去洗澡，一件接一件地脱去内衣裤，不过遮掩住她的胸脯和屁股，可真够贞洁的。

然后她碰上了一个男人，这人经营着一家戏院，可他那副样子看上去却似乎是一个养猪场的老板，而他自己似乎也是在一个养猪场出生并以此获利似的，他那张冷冷的像火腿似的肥脸显出一副蠢相，上面嵌着两颗眨巴着的小眼珠，活像两颗丢在污泥中的小醋栗，这个人就是影片中的男主角，勇猛无比，他把这姑娘带进戏院，让她唱一支歌，什么天色阴暗，她很忧伤，还有一些很合韵的东西，歌儿不很激昂，可整个戏院的观众都要发狂了，并不是恼火而是高兴得要发狂了，这些人年轻时一定拿过大顶，于是这个姑娘变成了一个有名的演员，这时影片突然出现了她脸部的特写，她的脸上挂着一颗感激的泪珠，足有二英尺长，就像一颗果子冻似的抖动着从她的眼睫底下滚出来。

接着她就和这个烂胖子相好了，两人都是饱经创伤，天啊，这时出现了一个野蛮团伙的头头，他绑架了这个姑娘，这个头头自始至终都是一副怒气冲冲的样子，紧咬牙齿，这时克丽斯想到时间已过了很久了，难道这些人老是这么没完没了吗？——这时男主角冲进来，一场搏斗开始了，椅子摔坏，花瓶打碎，鼻子也砸烂了，这个姑娘蹲下来，连裤衬衣也撕开了，可那副样子仍是那么可敬，如果没有一张结婚证，她是决不会屈从的。最后她总算得到了，万事美满，花园锦簇，那个长着一张像被装错地方的火腿样的脸的男人抱着她，给了她一个吻，样子活像在吃午饭，音乐响起，电影总算结束了。

大妈说天啊，这片子不是很好吗？那个纽约一定是个十分闹猛的地方，小伙子们就像公牛一样，在公园里乱冲乱撞，看见姑娘就想抢——哪怕这些女人个个瘦得皮包骨，胸脯干瘪也不管，你想象得到，男人同这种女人寻欢就像同一条从冰箱里取出的腌鲑鱼寻欢一样。唉，二十年前她不让她的杰姆移居国外可真是完全做错了。他是一门心思要去美国，有人借给她一本书，上面讲总统也就是普普通通的劳动人民，是在船舱以及一些最古怪的地方出生的；或许杰姆认为他也有机会，他自己就是在一个小舱的隔壁出生的，他的母亲是在查斯号拖轮上长大的。可大妈真是个大傻瓜，竟不让他去，想想吧，她本可能就在纽约郊外，一个大阔佬正在一辆汽车里追求她，还会给她买内衣……天哪，这事看来已成了泡影。

不过她还不想回家，她们可以到皇家购物城的伍尔沃思去喝茶。她们汇入了星期六熙来攘往的人流之中，到处是士兵、小伙子和姑娘，还有从乡下来的人，涨红着脸，一本正经的；

一个忙忙碌碌的女人挎着一只很大的购货袋，买了些六便士的糖果罐头，她的漂亮的男人难为情地站在她旁边，唯恐自己被伍里斯的好朋友看见，这女人正在对他说，瞧！威利，真便宜！天哪，我还要一磅那样的糖果。她买呀，不停地买，真差不多把他给毁了。

一群饥饿的布鲁汉子在买饼干，姑娘们带着丁当作响的袋子和一点可怜的东西，在试戴那些廉价的耳环，还有一些技工正在无线电柜台边，只有上帝知道还有谁没来伍里斯，没有比这再嘈杂繁闹的买卖了，大妈竭力在人群中挤过去，就像一条从福特福西破浪而来的拖轮，克丽斯紧跟其后，同时对一个给大妈挤过去踩到的男人抱歉，那男人叫起来，嗨，你干什么？大妈说，噫，怎么啦？他说，喂，我要告诉你，你以为你是什么东西——是墨索里尼吗？大妈扭头喊道，不错，我可以穿他的裤子，不会感到难为情的。你这矮子，你下身从来不穿东西的。

终于到了，在茶室里坐下，大妈要了鸡蛋、烤饼、薄煎饼、牛油和装在小罐里的蜜，克丽斯喘息着说，干嘛要这么多东西？大妈说，喝，她自己烧东西烧腻了，一看见这种人们在美国吃的东西胃口就给吊起来了。嗨，想想那班房客自己弄东西吃，搞得一团糟那不是挺有趣的吗？——不过你的尤旺和我们那漂亮的小猫埃伦今天一起出去了。你觉得他们两人会出岔子吗？

克丽斯说不会的，他们只是像年轻人那样刚成为社会主义者，他们得搞出个计划把工党和赤色分子联合起来。大妈差点让满口鸡蛋噎住，老天，他们这么干是为了什么？克丽斯说当然是出于好意啰——或者说他们两人是这么想的；于是大妈说，他们很快就会不这么想的，那些赤色分子实在可怕，瞧瞧他们在俄国对那可怜的沙皇干了些什么，让俄国又重新出现战争——他们在一间堆满煤的地窖里把他给枪杀了，没有上帝的赐福就把他给埋了。克丽斯说她对此事一无所知，不过听起来埋在煤里可实在不像话，不过据她所知，埃伦和尤旺都没杀过什么人，更别说在地窖里了。大妈说，是啊，可她不相信尤旺，尽管他是个好小伙子，可他眼睛里闪射着一种疯狂的眼光——嗨，我告诉你，这班共产主义分子是不安分的，尽管这些赤色分子不承认，可这就是一种宗教信仰，他们竟还装出他们是不相信上帝的。他们对上帝的态度比之于那班救世军传道士们更愚蠢，一旦这种信仰钻入一个人的心里，他就会死抓不放，直到自己精疲力竭为止。

克丽斯说，她也有同感，而且一直有这个想法，不过那没什么关系，如果尤旺需要上帝，她也不想去阻止他；世界上有那么多乱七八糟的东西要重新整顿，就在这么做的时候，或许就会发现上帝。大妈说她不相信是这样，在那种有着许多腐败狠毒的国王的地方，他们抢了人民的钱财逃跑了，而那儿的总理大臣们只知道灌黄汤，那些个地方才需要这种愚蠢的赤色分子的教义。可你在邓凯恩能找到这种事吗？……好了，别瞪着我，我们得回家了。唉，真想象不出那些纽约的小伙子疯狂追逐像你这样的女人是怎么个样子！可你在邓凯恩会看见这种事吗？

那晚事儿一件接着一件，等到克丽斯上楼睡觉已经很晚了，早在一个小时前，尤旺已到厨房门口张望过并大声道过晚安，大妈已在做她的纽约梦，而其余的房客们也都在各自的床上呼呼酣睡了。克丽斯慢慢地脱着衣服，傍晚那番外出实在让她累得要死——人们为什么要到镇上去浪费时间呢，大吵大闹，瞧着那阵阵阴影，而在这种时候，他们本该悄悄到了山谷那儿，闻着庄稼的气息——啊！在这样的一个夜晚，去躺在什么地方真太妙了！……在她这么坐着想到这一切时，她既不悲哀也不疲倦，这时她听到头上一阵骚动声，一阵脚步声，随着砰的一声关门声，传来了一个女人的声音——一时间她又回到那个电影院里去了，看着听着那从未在一个像邓凯恩这样的镇子里上演过的影子戏——接着她听到一声更大的响声，她开门朝楼上跑去。

第二天，艾克·奥格尔维把这件事告诉了克莱格霍恩大妈，她正躺在床上休息，她上床时带了一件针线活儿，这时这件活儿就放在她身边，艾克朝里望去时她正疲惫地躺着。他说，嗳，太太，听说你不太好？大妈说他听说的完全正确，——请坐，讲点笑话听听。你和你那位市长相处得怎么样啊？

艾克装好烟斗，舒坦地坐下，他长着绿眼睛，鬈曲的胡须和粗浓的眉毛，正像大妈时常认为的那样，是个漂亮的男人。他说昨晚这幢屋子里就听到了市长施加的影响，太太是否被那阵响声惊醒？大妈就问，什么声音？市长到这儿来了吗？艾克说不，上帝，那只是一个姑娘从酒神的一个好朋友那儿逃脱出来。

接着他开始讲起了星期六邓凯恩议会出访斯卡高山的情况。大妈知道那儿新建的自来水厂吗？——哎，她知道了，一点没错，至少她已为此交过税。不错，官方的巡视早就定好在星期六，市长到锯木厂来看艾克，他说想叫艾克一起参加这次巡视，他想听听他对木结构方面的意见。艾克就说好吧，尽管他不太喜欢议会议员们，不过他也不在乎。不管怎样，这些可怜的坏家伙总得活下去，不是吗？杰米？市长则苦笑一下，说艾克还是那副老样子。

一班人按官方礼仪出发了，其中有斯佩特，贝利·布朗和向导迪安，还有所有贝利的兄弟们以及相当数量的随从，还用邓凯恩的税收租了两辆轿车，供市府老爷们使用。而《竞争者日报》社别人不派就派了那位可怜的皮德尔先生去，这家伙像条兴致勃勃的蛇，挤进了市长那辆车的后座，嬉笑着在艾克身边坐下，刷刷翻动着他的小笔记本，就像一只猴子一样龇牙咧嘴的，所有的市府老爷们衣冠楚楚穿着他们最好的服装。一班人向斯卡出发。

中午时分他们到了那儿，全体工作人员都出来准备接受检查，普勒、格林德的那些人以及那些承包商都来了，为邓凯恩议会准备了最好的食物，一转眼，承包商已经来到市长杰米身边，围着他转来转去，安置他们坐下，吃起特地在购物城定做并送来的四道菜的筵席，还有大量的酒——经过炎热天一路的颠簸，大家正需要呢。皮德尔先生一下跑进来，挨着艾克坐下，就像一只饿坏的鼬一样狼吞虎咽地大吃起来，手里还灵活地拿着那本笔记本，随时准备记下市府老爷们的妙语趣言。可他们几乎一句话不说，无论是市长杰米还是其他人都在拼命地吃喝着。

中午时分就这样过去了；大约到了三点钟，这班老爷们进行了弥补，他们终于站起身，要去看看这项工程。杰米·斯佩特站起来，作了一番演讲，他说这些工程实在是干了一桩很好的工作（唉，可怜的杰米，讲起话来结结巴巴的实在是个脓包），他一一列举了这件工程对邓凯恩、普勒和格林德的好处。天晓得他还要扯多远，幸好旁边的艾克把这老家伙扯了一下，悄声说，你还没去看这件工程呢。杰米说，我们都没看呢；这倒值得怀疑。转过身朝普勒严厉地扫视了一下，这时偏偏突然打了个哈欠还带出了一个饱嗝。就在艾克拍拍他的背帮他平息一下时，大家都去看新水厂了。

水厂离普勒人为他们准备的那顿极丰盛的午宴的地方几乎有四分之一英里远；第一个在路边掉队的是工党的可敬的贝利·布朗，他坐下来，说他完全相信这项工程，工人们知道他是他们的朋友，他实在累极了，想稍稍睡一会儿。他们把他摇晃了一阵，然后就扔下他，让他像一头猪在一堆粪堆上一样摊开手脚打起鼾来；向导迪安也已经拉长阴沉的脸在一边摇摇晃晃走了一会了，这时他突然朝议员小克拉克转过身来，告诉他，他决计忘不了他，因为他在大战的最后一年，也就是九月，投票赞成要增加电车工人的工资。

小克拉克说迪安是个摇摆不定的风筝，那不是大战的最后一年，而是前一年；于是他们开始争论起来，直到小克拉克觉得够了，他捅了迪安一拳，所有在你周围的人看上去吃惊不小，挺有兴致地看着，迪安突然在一条小路上坐下，看上去脸色更阴沉了，不一会他开始唱起歌来；市长大人一直非常专注地在一旁看着，不过他两只眼都看呆了，他心里完全弄糊涂了，以为他是在帕维利恩海滩为一场拳击决赛当裁判，他又开始就邓凯恩人的男子气概作了一番演讲，说他是多么高兴地看到年轻人都运用起了男人自卫的手段，而不让那些煽动性的教条腐蚀自己的心灵。

艾克则站在一边，静静地捉摸着如果他们在真正的酒席宴上见面他们又会干些什么，他自己也像一座石灰窑一样干涸，就在近旁，他看见了皮德尔先生，带着一种捉摸不定的神色，把一切都在他的小笔记本里记下了，他垫上了复写纸，同时为《托利·皮克特曼》报复写了一份；他们撇下迪安，让他去唱他的“保姆走了”，重新艰难地朝斯卡工程走去。

哈，信不信由你，他们根本就没到那儿，普勒这时吃了一大惊，他看得出，他让这班议员们喝得多了些，如果他带了这班喝得醉醺醺的坏家伙到工地去，他们很可能都会一头栽倒。于是他把他们又带回了吃午饭的棚子，艾克实在觉得好笑，他不慌不忙地跟在后面，而杰米·斯佩特不时停住脚作一番演讲，他完全糊涂了。普勒想用咖啡让他们清醒过来，两个工人把迪安带来了，他们发现贝利·布朗已经开始朝家里爬去，他们想让他站起来，他却说他只是在同熊闹着玩儿，只要他喜欢，难道就不能同熊逗乐吗？

艾克看见皮德尔把这也记下来了，至今为止，他只是一部速写机器。不过议员们吃不下太多的咖啡，迪安说如果普勒和格林德期待他们会让这个新水厂通过，那他可以告诉他们那是枉费心机，这些工程让他们搞得名声不好。这时杰米·斯佩特开始了他的第十七次演讲，这回他讲到，贪污腐败就像达摩克里斯剑一样，以各种方式显出它那极为丑陋的特性。普勒叫侍者再去拿威士忌，或许对他们来说，喝得烂醉回家跟稍微喝些没什么两样。

就这样我们的市府老爷们在那儿躺了一下午，确实喝得烂醉，不过艾克喝得很有节制，——我想如果有一个共产主义捣乱分子来到这儿，他们就有东西可以大造舆论，第二天一大早就会兴起一场苏维埃运动。等到普勒先生把这些烂醉如泥的无赖们弄回他们的轿车时，已是七点钟了。然后他又把在草丛里睡觉的皮德尔先生唤醒，对他说他希望他对这一切保持缄默，可皮德尔先生照样把这话也记在了他的笔记本上，不过他嘻嘻笑着说他知道该怎样谨慎从事，他也是个俗人。老普勒嘟囔几句，说什么要上帝帮助这个世界，然后他又给皮德尔先生调制了一小杯威士忌，让他清醒一下，然后把他塞到贝利·布朗一边，于是他们起程回邓凯恩，已经关照驾驶员开得慢些，看来不到天黑他们是回不了城的。

他们在购物城出租汽车站停下，把议员们塞入出租汽车，不过艾克和皮德尔乘上了电车；不久就到了他们在温得米尔的公寓，这以后不久就发生了那场小麻烦。

艾克把那家伙一直带进他的房间，脱去了他的靴子，同时摇摇他，便走到自己床边，没把他再放在心上。不过看来对斯卡工程的出访已经把皮德尔的坏情感完全放纵出来了，他打定主意要上楼去向娇小的约翰斯小姐表示他的敬意。

他根本忘了他除了短裤外什么也没穿，他啪嗒啪嗒地走上楼，敲敲门，然后就嘻嘻笑着走了进去，约翰斯小姐正躺在床上，她坐起身问他想干什么，他关上门，轻声对她格格笑着，她看来倒不怎么害怕。不过当皮德尔走近时，她急忙从床上下来，大声叫道尤旺！不一会发出了震天响的哗啦声。

听到这响声时，艾克正在脱靴子，他冲出房间，只见卡珲太太也正跑出她的房间，她身上的衣服穿得比他还少，这不由得使他觉得她这样子活像一个急等男人去拥抱的轻佻女人。艾克大声问道，上面怎么啦？你清楚吗？她阴沉着脸冷笑着回答道，听起来好像是天花板塌下来了。他们两人一起跑上去，在那儿艾克眼睁睁地看到了一幅美妙的图画，他定定地看了好久，皮德尔先生稀松地瘫在床上，而埃伦·约翰斯姑娘穿着一件短短的睡衣，满脸绯红，光彩照人，两颊都有红晕，而年轻的尤旺·埃文达尔瞧着皮德尔——这两个长着浅黑色头发的年轻人全神贯注，在灯光下目光炯炯地盯着皮德尔，那副样子活像两个小孩在路上看到了一样稀奇古怪而又肮脏的东西。

艾克大声问这姑娘，他伤着你没有？她冷冷地答道，没有，他只是喝醉了。又看着站在她身边的尤旺说，你不该打他，这样做根本没必要。

他们都瞧着尤旺的手关节，看到它们全破了，在淌血，看来他自己还不知道，他的样子有点茫然，这会儿才回过神来，说，是的，很抱歉，做出这种该死的蠢事。艾克，你能帮我把他抬下去吗？

于是他们两人像抬一个死人一样把他抬走了，留下两个女人在那儿收拾一片狼藉的房间，整个过程中皮德尔像个小孩一样酣睡着。他们把皮德尔放到床上，艾克便对尤旺说他刚才那么对待这个可怜虫实在不应该，尤旺说看来是这样，他自己也不知怎么搞的。他只听到约翰斯小姐的叫喊，又发出了那么大的声响——这事想想真有趣，就好像牡鹿发情一样。

大妈说，天哪，这可是她听说过的最精彩的故事，在此以前，她只听说过她父亲在莫尼马斯克时的一匹阉马把一匹带驹母马追逼到水沟里去的事——为什么你当时不让我晓得这事？

这是在那天晚饭后她对克丽斯说的，克丽斯摇摇头，这种事不值得提起。皮德尔先生已经让自己当了个傻子的角色，他没干什么伤害人的事，他只是个孩子。

大妈说，那你的尤旺又怎么样呢？克丽斯说，她认为那事已经讲清了，尤旺已经跟皮德尔先生打了招呼，说他很抱歉，而皮德尔先生则问他，嘻嘻，有什么可抱歉的？他已经一点不记得发生过什么了。现在大妈不必担心，她可以高枕无忧，整幢房子太平无事，一切都很正常。

大妈摇摇头，说，到处有这种乱逛乱闯的事儿，竟还想叫我睡得安稳！就讲纽约吧——该死，它就没有这种事！

十月到了，不停的雨伴随而来，雨打在邓凯恩闪闪烁烁的街道上。克丽斯提着她装满蔬菜的篮子，在温得米尔台阶攀上爬下，她可以看见远处山脚下的镇子在阵阵雨中显得飘忽不定，晃动着，就像一只灰色的老柯利狗在睡梦中抖动一样。风和雨的吹打，洗刷干净了条条小巷中的难闻气味；购物城山脚下，幢幢大房屋鳞次栉比，闪烁着，在底下，是湿漉漉行驶的电车的丁当声，公共汽车就像雾中的一只只野兽在四处蠕行着，喇叭响着，雨刷不停地刮去车窗前的雨水，邓凯恩见不到短上衣和无边帽，每天下午只见一片伞顶攒动，不急不忙的人流涌向购物城。购物城上面的这幢房子显得干净利落，只要把门稍稍打开，风儿就悄悄地吹进了一个一个房间，可默盖特洛伊德却认为这风太猛烈了，约翰·库西尼从拉吉·罗伯森商店回来，说他和拉吉出售了一种新款雨衣，生意做得实在红火。猫儿乔克浑身打颤，紧紧地贴在炉栅边上，倒叫克丽斯纳闷它竟没有跑进去，从里面往外瞧。

病后第二天大妈就起床了，她说就是全身酸痛，她今天得把厨房整理干净。可只搞了一半，她就大声哼哼起来，就在她脸色刷白摇摇欲坠时，克丽斯一把拉住了她，麦格就在近旁，帮了一把，她们让她在一把椅子里坐下歇一会儿。然后克丽斯说，喂，到床上去躺下吧。于是她们把她弄回床上，大妈呼哧呼哧喘息着，痛苦地说，全能的主啊，姑娘，别为这么点小事担心。你们知道，有些比我年纪更大的人到时就会痛死。出去吧，自己去透口新鲜空气。

克丽斯跑出去请医生，这是个长相单薄的年轻乡下小伙子，长着一对爆眼珠，他坐了自己的汽车来看大妈，给她打了一针，听听她的肺，然后说她需要安静和休息，别让自己激动。可他对克丽斯却说她的心脏肿大，情况十分严重，一定得对她格外小心。克丽斯说那她最好该做些什么？医生就问附近有没有大妈的亲戚，这时克丽斯想起了那个侄女，可是不知道她住哪里。医生说这也于事无补——想法去找来，不过别吓着老太太。

一直到大妈重新睡着后，克丽斯才走开，她朝放在那幅宽大的、给虫蛀了的旧窗帘走去，仔细查看了放在窗帘旁的桌子，里面有成捆装钉齐整的报纸，一团漂亮的丝绸带，以及一些卡片和账单，还有一些亚麻、旧胸针、别针和一只戒指等，还有一些边都变黄了的信件，克丽斯不去看信件内容，只是注意着写信人的名字。她在文件架里也没找到有关那个侄女住址的线索，而在那堵有图案的墙边的阴影下，大妈躺在床上，就像死了那样。克丽斯又拉开桌子下层的抽屉，只见里面都是旧衣服、旧报纸，一叠照片，就在她翻寻时，一只用绳捆着的小包从手边掉下，她愣怔地盯着它瞧了一会儿。

那是一个小家伙的照片，鼻子、眼睛和大妈的一样，简直就是她的化身，照片中的那对眼睛盯着照相机镜头，没错，从他脸上一眼就可看出大妈的影子。照片底下写着二岁时的杰姆斯；小包里还有两样东西，十分陈旧了，一束小孩的头发，头发是褐色的，十分柔软，已经没了一点光泽，显得十分黯淡，死气沉沉的，还有一样东西，是一小块年代久远的揉皱的黑纱，这一定是很久很久以前的事了。为什么大妈从没讲起过她有过一个儿子？

克丽斯捧着这些东西站在那儿，茫然地看着褪色照片上这张已经死去好久的小家伙的脸，她捉摸着，那时他只不过是个小不点儿，还只是对世界瞧了一会儿就那么快地离开了邓凯恩，离开了大妈，这种事想想真令人奇怪——岁月倒流，就在这儿，曾经有这么个小家伙，玩弄着自己的小脚趾，在他身上，倾注了多少关怀，还有那痛苦的眼泪。而他就带着这一切消失了，这真是一个错误，一次他不该来的旅行，他再也听不到雨声，也等不到长大，一点都不知道这黑暗而悲苦的人生，没长大去念书，没像尤旺那样会耽于梦幻——也没长成一个英俊的小伙子，远离他的大妈，让她的一切希望皆成泡影，只给她留下一个时不时出现的令人心碎的回忆，一个永久持续的静静的凝视。没有留下一点不安，好似一阵永不平息地冲击着一个人心脏的浪潮……化作对尤旺的追忆。

她是多么仇视这哗哗不停的雨的溅落声啊！

雨停了，风暴云逼近了邓凯恩，大团大团的积云翻滚着从遥远阴沉的蒙斯山吹过来了，购物城的屋顶在灯光下闪闪发光，远近的街沟里水流汩汩，水退下又涨起，湍急地回旋着，从最近的国会建筑物哗哗地冲到无数的沟渠中去，流到暗黑的空地和被人遗忘的池沼中去，在一个地方流经一条老式的沟渠，那还是大约两千年以前第一代皮克特定居者挖掘的，两边用石块不规则地堆砌而成，水沟挖得很深。天黑下了，浸透了的福西和街沟、小巷里涌出了那么多污浊的水流，打着漩涡，趁着夜色奔向那喧哗地拍打着海滩沙丘的大海。水流还未冲到大海，可埃伦已经听到大海那么大的喧叫声，雨点时急时缓地拍打着海浪。

尤旺和埃伦爬过沙丘，翻越栏杆，面前便是一片荒凉，一切湿漉漉反射着闪光，难见一道灯光。雨点成束地打在他们脸上，暖暖的，就好像一架高高在上的收割机飞快地收割着，谷物从收割机的来回刈割中倒下一样。尤旺说，那边有个避雨处，我们快到那儿去吧。说着拉起她的手，两人一起奔过去，他们两人都没戴帽子，浑身都打湿了，到了那儿，在长凳上坐下，一边喘息着，一边看着那黑暗处。

埃伦闭上眼，头向后仰去，同时伸直了她那双好看的大腿，她知道她的大腿挺不错，修长而又可爱，她用手托起湿漉漉的头发。这样的奔跑挺有趣，简直不相信这儿就是邓凯恩，就在这儿的一片黑暗中，伴随着已被忘却了的大海。

她悄悄看着坐在她身旁的尤旺，真是个古怪的苏格兰男孩子，一本正经，真不知道他以前是否吻过一个姑娘？她想很可能没有，这时她又感到恼火，觉得自己的举止真像个傻乎乎的商店营业员。今晚上支部那个冗长乏味的会议一直让她感到疲倦，昏昏欲睡；森普尔也来了，谈到了那些赤色分子，她一直认为森普尔是个阴沉厉害的讨厌人物。因此会议一结束，他们便出来，走进了滂沱而下的雨中，在克洛斯盖特她对尤旺说，回家前我们先去散会儿步吧。几乎都估计到他会斥责她——他这么做很容易。没料到他竟说，好吧，只要你高兴。去哪儿？她说，海滩。他就说，好吧。任何人在这种情况下都会认为她在犯傻，可他却没这么想，邓凯恩人现在已经不上海滩了，而斯内利·格夫和他的苏格兰滑稽乐团也已结束了他们那季节的令人伤感的音乐。他们走过在脚下吱咯作响的沙丘，到了这儿，而在那边传来了大海不安宁的尖啸。

黑暗中突然响起尤旺的声音，这样的夜晚洗个澡实在会是件很妙的事。

埃伦扭头看着他微微闪烁的脸问道，什么，现在？——为什么不行？这雨十分暖和，克洛斯盖特那儿真热，我到现在身上还是黏腻腻的。那朦朦闪光变得模糊不清了：我打算去洗了，不过不会去很久的。

埃伦说，你不能去。你没有浴衣——也没有毛巾——什么也没有。

——什么也不穿那才够有劲的呢。

万一他一个人在那儿抽起筋来怎么办？埃伦想到这儿，咽了口唾沫说，或许倒真会有趣的。我也去。

就在她脱去外衣，解开鞋扣时，埃伦看见他正欲走出这个避雨处。真怪，这时她浑身竟激动得一阵震颤，然而她却十分冷静地说道，这儿不是有足够地方够我们两人用吗？

他大声说，我想是吧。说罢似乎由于她在一边而十分匆忙地脱光衣服，这个躲雨处挺冷，就在埃伦脱下长袜时，一阵尖利的风吹着她的背脊，尤旺在黑暗中突然问道，一个姑娘是否总是最后才脱长袜的？

埃伦抬起头，看见了他那白皙闪光而健美的身影，真不该看的；可为什么她不能看呢？他也在瞧着她，她琢磨着，谢天谢地，幸好看不太清。她答道，是啊，我想是这样的，我倒从来没注意过。天哪，真冷！

尤旺说，并不冷，来吧；你会游泳吗？埃伦说她会，或者说她想这么回答，可这时风夹着一阵雨刮来，把话从她嘴边刮走了，他们给这阵风刮得团团转，她突然一阵害怕，想道，这真是发疯，我们要回不去了。一会儿她发现尤旺抓住了她的手腕说，一起下去吧，我知道路。

他们跑过去了。是沙滩上的一条小路，又软又湿，黏乎乎的，很温暖，浪花拍溅在他们的脚上，他们忘记了邓凯恩和身背后的亮光，在大风和海浪中，那些悲伤的年轻人心中的仇恨和向往都消失了，淋着夜雨，在雨的冲击下，肉体的疼痛全消失了。突然，埃伦的腿像被火灼了一样:他们已经跑进了嬉耍着的大海里了。

一离开海岸，他们就遇上了一阵大浪，尤旺想喊，但没喊出来，他潜下水去，消失了，埃伦感到把握不住自己了，绝望地大笑着，也潜了下去。突然尤旺在她身旁出现了，回去吧，浪太大了。她转过身去，她似乎置身于火中，这么游过水面真够刺激，她拼命挣扎着游去，突然发现她的脚又踩到了海滩……真蠢！天哪，真是两个傻子！

一会儿她蹚着水又踩在了湿漉漉的沙地上，她看见旁边有点闪光，那是尤旺·塔文达尔，低着头，在甩去头发上的水。接着他悄声说，嘘……瞧那儿！

埃伦偷眼朝那块地方看去，她的心猛地跳到了喉咙口。那原先踞伏在黑暗的斜坡上的棚子里现在有一道光在游弋。有人在那儿，发现了他们的衣服，他打着一支手电——

尤旺悄声说没什么关系，只是要同他交涉一番，于是他们跑过去，风吹拂着埃伦的头发，她想道，我才不在乎呢，这挺好玩。她突然感到一股暖流从头流到脚底。前面是尤旺闪着微光的身形；随着他们踩在沙地上的啪哒的脚步声，那道手电光转了过来，一刹那埃伦看清了尤旺，她想，他的臀部真美。霎时间那道手电光没了，尤旺已经抓住了它，把它扔到沙滩上去了。

喂，慢着，你这是想干什么？你知道吗，我的小伙子，你这是在袭击警察？

埃伦蹑手蹑脚走过去，抓起了她的衣服，慌手慌脚穿上内衣、短裤，那个警察壮实的身子挡住了尤旺。他正说道，你们两位得跟我一起去局里，当众下流地下海滩游泳，得狠狠地加以罚款。

埃伦抽了一口气，尤旺什么也没说，她看到他模糊的身影快速地穿上了衣服，他穿得比她快多了，她知道自己的汗衫紧紧贴在身上，管它呢，然而这会儿她感到很冷，她心绪烦乱。噢，他们**不可能**为此而指控任何人，根本算不了什么——

过来，你们都穿好了吧。当心，别要滑头。嗨，——这是在对尤旺说的——你身上有火柴吗？

尤旺装做没听到，警察咒骂起来，准备走到他们中间。这时尤旺采取了行动，埃伦看见了这一切，隐隐约约，就像一部制作得很糟的电影，警察不见了，只听下面哗啦一声，什么东西滑下去了，尤旺说，这就是给你的火柴。他已经把这个警察从高高的海滩台阶上扔下去了。

他一把拉住她的手，说，快跑！他们拔腿便跑，直跑到她喘不过气时为止，再跑她可要炸了。他便叫她别跑了，再跑下去就糟了，同时松开手，在她旁边停了下来。

走出沙滩，他们停住脚倾听着：什么动静也没有，只听见远处一只孤独的海鸟在嘶叫，夹杂着翻腾的海潮，前面就是雨中的邓凯恩的点点光亮，令人暖和，一切太平，这一切神不知鬼不觉。埃伦突然喘口气问道，如果那个警察伤得很厉害怎么办？

尤旺说，管他什么伤不伤的，这对这只猪是个教训。他说得很平静，不动声色，有一会儿她觉得人发晕。你知道，就是那个没什么头脑的西姆·莱斯利警官，他过去老盯着我母亲。

高恩斯-格洛格公司的事开始变得复杂起来，新工具已经来了，包装好了放在那儿，一个小伙子必须马上同它们打交道，可对它们一无所知，是些浇铸新铸件的古怪的模具，没人知道这些东西是派什么用场的。倒不时有够多的命令下达，管理人员又对人们十分傲慢，他们只是把文件亮出来，表明他们说的都是对的——经济危机已经过去，生意又重新兴旺起来。

你在办公室门外遇见了尤旺·塔文达尔，你大声叫住他，嗨，尤旺，眼下该怎么看待资本主义的崩溃呢？看起来不是那么回事，是吗？他反问道，不是吗？你知道这些新的命令是为什么吗？你说你不知道，还说只要能让人们有点活儿，才不在乎什么命令呢，有点一本正经的工作总比当那些遭人驱赶的血淋淋的布鲁人要好。

尤旺说，难道让工友们准备好去屠杀别人，这也比让你空肚子更好吗？你就是这么想的吗？那么说你的脑袋已经变糊涂了。

你以前从没见他发过火，这一来弄得你也光火了，感到受了很大的伤害，你问他究竟要学谁，他说，竖起耳朵听清楚，你很快就会听够的。鲍勃，今晚到支部办公室来。我要召集所有人开会。

见鬼，他认为他是什么人竟如此发号施令？不过你还是参加了会议，那儿的小伙子们都是高恩斯-格洛格公司的，其中一半是从机械车间和铸造车间来的，那个在仓库工作的细脖子坏家伙也来了，还有诺曼、艾利克和小乔迪·布鲁斯。没有支部的人，谢天谢地，也没有姑娘，尤旺独自坐在主席桌旁，他敲敲桌子，站起身开始讲话，还没等他说上几句，传出一声嘘声，你满可听出那是一阵风在一只跳蚤肚子里引起的叫声。

他说，他们都注意到了传到高恩斯-格洛格公司的新命令。大家明白这些命令是干什么的吗？——也就是他们造的新机器，新的部件是干什么的吗？特别是大家是否注意到了那些新的炮弹筒？他可以告诉大家：那天早晨他已经发现了是怎么回事。他们正在制造新的炮弹的配件，也就是为锡德利的英国军队制造的弹壳和毒气弹。

有人大声嚷了起来，咦，见鬼，这有什么关系啊？尤旺说如果一个人是一个可怜的猪，那么这事是同他没有关系，可他制造的东西是用来把中国工人，就是同他一样的人，打成肉泥，那此事就非同一般了。但是，如果他还有点胆识的话，他就会加入高恩斯-格洛格公司的总罢工，这场罢工会令这件工作瘫痪下来。至于说到使用毒气弹的事例，他没参加过大战，他们中谁也没参加过，但他们都读到和听到过关于用毒气袭击的事。这儿就有一个医院护理员写的材料，是他从一本书上抄下来的。

我收到一封来自这家医院的急件，需要立即处理。我匆忙赶到那儿，几乎同时，一长列救护车，满载了那些不幸的囚犯，也开始抵达医院。起先到了二十人，后来有了成百人，都是伤残的，到处是喘息声，尖叫声，哽咽声。医院里满是法国人，他们在空中乱抓乱挠，呼吸困难。数十人就像苍蝇般死去，暴怒中他们把自己的衣服撕成碎条，他们的脸发青，看上去是那么可怕而又悲惨，这些脸全都扭歪得失去了人形——

还有许多描述，不过就这些已经让你体会到了。噢，原来这就是他召集这次会议的目的。那么他们在高恩斯准备采取什么行动呢？

天哪，听他念了这些就已使你感到恶心，可就在这时大厅后面传来了小乔迪发出的一阵咂舌头①声，大伙全笑起来，笑声很响，气氛一下缓和下来，你也笑了，只有诺曼和尤旺没笑。尤旺说如果后面的那个家伙有话要讲那就让他站出来说说，话音刚落，小乔迪·布鲁斯站起来，说道，呸，让你和你那些胡言乱语见鬼去吧。你认为你想怎么样？——又想要弄我们，让我们鲜血淋淋吗？他们想用那些小小的圆筒去干什么，跟我们有什么关系。如果你就是个中国人或是个黑人，那你是要担心的。其余的人也同样叫嚷起来，真见鬼，你塔文达尔认为你是个什么东西？——不就是跟那班血腥的赤色分子一样的愚蠢。还没等你反应过来，整个地方一片乱吼乱叫，你能看见尤旺坐在桌边，听着，眼光从这边扫到那边。然后他站起来，说他们得进行一次表决——赞成罢工的请举手。

听到这话，喧闹声平息下来，你看看四周，没人举手，真见鬼，你竟突然想起了尤旺读过的材料中讲到的那些中了毒气的人，你觉得人完全变傻了，猛然举起了手，诺曼也举起了手，还有艾利克，尤旺点着数，三人赞成。谁反对？不过根本没法去数，人们开始打起唿哨，跺着脚，咂着舌头发出讥笑

① 表示讥笑、轻蔑的意思。

声，乒乒乓乓地走出去，把椅子都给撞翻。你觉得自己就像完全傻了一样坐在那儿，一会儿，只剩下了你们四人。

尤旺大声说，鲍勃，把门关上。我们自己来组成一个行动委员会。

五点半一切重又开始。克丽斯从楼梯上跑下，遇见了艾克·奥格尔维，他刚刚进门。艾克，克莱格霍恩大妈又犯病了。你能去请个医生吗？艾克说，噢！好，我就去。他问清地址，点点头，拔脚就跑出去，消失在黑暗中，克丽斯打窗户里望出去，看见天在黑下来了，冬天快到了，天黑得早。她转过身，又跑到楼上大妈的房间里，松开她的紧身胸衣，让她舒坦些，可怜的人，脸色发黑，躺在那儿大口喘息着，同时就像一个士兵那样咒骂着。

医生来了，跟上次一样。又作了一次检查，用鼻子嗅了嗅，他说大妈必须保持绝对安静。克丽斯告诉他自己已找到了那个亲戚的地址，她该去把她叫来吗？医生撇了撇嘴说，哦，不必了，就把那地址放在手边。接着又说，别太担心，卡珲太太，我会把药送来。说罢他就走了。克丽斯到厨房去准备茶，不管大妈是病了还是很健康，大伙都要吃饭的。

这天晚上，她上床时感到精疲力竭，可她不能睡，差不多隔一小时就要起来，到大妈房里看一下，午夜以后，大妈的呼吸变得通畅些了。天气已经很冷，克丽斯从窗口望出去，只见在下雪了，轻柔地盖了下来，这场十一月的早雪纷纷扬扬地把屋顶铺了一层白。她伫立在这座位于宁静的镇子上首的阒无声息的屋子里，看了一会儿雪，她处于一种冰冷的无思无念的境地中，直到她头近旁的钟突然敲了三下。

透过雪花，看到远处福西的灯塔在黎明时分闪烁着，就在她这么站着的时刻，一种可怕的孤独感笼罩了她全身，她知道她总是多么的孤独，也知道每一个灵魂是多么孤独，她一直是那么离群索居，那么孤独，即使在她生命的最喧哗的时刻也是如此。她怀着一种突如其来的恐惧走上楼，在尤旺的房间外倾听了片刻，她听到他的呼吸声，缓慢而又平静。隔壁房间的房门开着没闩上，明天她得去检查一下那把锁。她凑近房门，看见埃伦·约翰斯的模糊身形蜷曲着睡在那儿，就像个婴孩，她伫立着，雪纷纷落在窗格上，她用一种绝望的神色望着她，几乎想要唤醒她，跟她谈谈。

她随即摆脱了这个愚蠢的念头，又下楼走进了厨房，这儿也挺冷，炉子里的火已变成灰烬，她拨了拨那堆灰烬，小猫乔克懒洋洋地喵喵叫了一会以示迎接，随后又不响了；她坐下来，凝视着正在熄灭的灰烬，感到既孤独又绝望——她该怎么办？

很显然，大妈拖不了多久了。到那时——克丽斯没有足够的钱独自来维持这幢房子，不管是谁继承了大妈的家产都不会想和她相处。那就只好离开，在邓凯恩的这种令人生厌的生活中重新找别的事干，她想要么到某家小商店去试试，去找个她和尤旺能容身的地方，挣扎着共度岁月，他挣不到足够的钱来过日子。她就这么想啊想的，想到了所有的街道都是那么令人不愉快，捉摸不定，还有帕尔迪教区的冒泡的街沟，购物城的市集的令人反感的情景——她就会这么越来越衰老，形容枯槁，瘦弱——很久以前，就在她跟尤旺在布拉威里结婚的那个晚上，有谁会想到竟有这一天，她记起了那是一个跟现在一样的晚上，灯火通明，长脚罗布，还有拉着提琴的查伊，跳着舞，多么温馨，年轻时是多么的不知天高地厚:他们似乎是永恒的，像群山一样永久存在，还有那些美好时光，尤旺第一次把她搂在怀里，浑身赤裸，无阻无隔，无惊无忧，多么高兴成为了他的人，奉献给他，享受着彼此相爱的无比快乐和荣耀……所有这一切，那在金拉第高山的狭长山谷中的一切随着这么些大雪纷扬的岁月全变成了遥远的过去。

在北风的呼啸声中，她想到了那座小农庄，想到就在今晚雪花飘飘扬扬落到了横梁和窗格上，急骤飞扬的雪花下在沼地旁的那些石碑上，失落的船具躺在遮盖物之下，凤头麦鸡尖叫着消失在黑暗中。哦，多么傻，竟流着泪想起了那一切，一切过去了，消逝了，她越来越害怕，又一个早晨来了，她是多么孤独茫然，真不敢去面对这个早晨。

她重新站起身，整幢房子沉睡着，四下一片静谧，她走回自己房间，站在那儿，借着身后那盏煤气灯的微弱光芒，看着自己在镜子中的映像，她紧攥着双手，在一阵突如其来的悲哀中忘却了自身，尽管她内心强烈地叫道这是愚蠢的，事情总会安排好的，她有朋友，有尤旺，她不会挨饿不会饥寒交迫，但她仍然感到莫大的悲哀……**她一无所有**，她从来就是一无所有的，这世界上她什么也不相信，只相信变化，变化就同时光一样永不停滞，岁月如逝，充满了希望、恐惧和仇恨，爱燃起的火照亮了岁月，而恨却将人的心完全冻结——让人什么也承受不了，这个时刻她站着，就像她还是姑娘，在那些迷乱茫然的时刻爬上布拉威里坡顶时一样，感到那么孤独。她用手捂住脸，坐下来，就这么过了一会儿，然后她又站起身，冷冷地、机械地穿上衣服，看看钟……就像公园中的一头给拴住了的野兽，跟着那些细碎的脚印，拖着沉重的脚步围着栓柱团团转着——

年轻人的支部舞会搞得非常红火，成帮的年轻人在高恩斯-格洛格公司买好票，一窝蜂涌到了福特福西，花六便士就能有个好机会让你在除夕带上女友前去参加。女友问，可那些人是赤色分子么？你答道，你知道的话你就是那些坏蛋了，可这有什么关系？她说赤色分子很可怕，他们认为，女人——啐，那些话简直让人没法讲得出口。你说你也讲不出，不过这些赤色分子可不同，他们的头头是个像模像样的无赖，名叫尤旺·塔文达尔——

你的女友说，鲍勃！(或者叫威尔或莱斯利)别对我用上那么些词儿。你几乎要扭过头去不睬这个干瘪老太婆了，她竟想让一个小伙子讲些文绉绉的话。不过她却准备去出席在大厅举办的舞会了。塔文达尔就在那儿，你从没和他讲过话，他就站在门口，收票子，并对人们点头打招呼；台上是杰克·福布斯的乐团，实际上就是小杰克·福布斯独自个儿，可真叫不容易地吹奏起了《奥马哈石竹》，杰克那张大脸吹得发白，简直就像火边的一罐就要融化的猪油，地上站满了姑娘和小伙子，你的女友看上去是最可爱优雅的，真要命，女人干嘛要打扮成这副模样？

《奥马哈石竹》奏起来了，你拉了她一下，她里面没穿什么，也没穿紧身胸衣，你们下场了，轻捷地移动着，一只脚收回一只脚伸出，就像一只小心翼翼的鸡，合着长笛的吹奏。杰克站起来，敲着鼓，打起钹，铙钹铿锵，那副模样就好像他鼓足勇气把恶魔一脚踹出了最近的墙外。天啊，真闹，可让你振奋起来。

外面很冷，可这些人一点不觉得；尽管天气很冷，在跳舞的间隙，你把女友带出去紧紧地搂抱一下，她喘息着说，不行，在这儿不行。——见鬼，她可喜欢这样啦。然后她整整衣装，你们重又回到大厅。新年很快就要到了，有人偷偷溜到小酒店带回了一及耳[①]真正的麦凯酒，挑引着每个人，你忘记了你昨天刚喝醉过，给父亲拼命咒骂了一顿，还说他该把你送到政治行动委员会去……不然你会把工作干得一团糟，根本没机会再赚到什么钱了。真怪，你的姑娘觉得酒那么好，又那么好闻，其他姑娘也跟你一样，与小伙子们交换着喝。

那个花花公子尤旺·塔文达尔就在那儿，只是他的样子一点不像个花花公子，不过是个普通小伙子而已，当杰克奏起一支苏格兰圆舞曲时，他疯狂地跳起舞来。所有的人都叫道，好哇！气氛更为热烈了，又奏起了一支过去的不合潮流的舞曲，不过你仍然跳得很优雅，大步向前，后退，一会儿跟你的女友跳，一会儿又跟那个被人称为赤色分子的教师跳，她还是个小姑娘，身穿红衣服，满头黑发配上一件闪闪发光的裙子，她哈哈笑着，不是叫好哇！而是好呀！原来她是个英格兰人。[②]

杰克停了一会儿，擦擦他的胖脸，尤旺拿了点饮料给他，随后又大声喊道，接下来是新年之舞。不过在开始之前，有句话先给大伙讲一下。你们都知道凡是人都跳过这个舞。有人说我们是什么赤色分子：让他们去说好了。我们同你们大家一样是工人，喜欢带着姑娘去参加舞会，接着也喜欢偷偷地拥抱她。事实上，那就是我们坚信自己所做的一切的理由——那就是说每个人都应当过一种正当像样的生活，有时间去跳舞和享乐，晚上有一幢像样的房子可住，有像样的食物和床。而要得到这一切的唯一途径，就是要求不管什么团体的青年工人都团结起

① 液体单位，一及耳等于四分之一品脱。
② 埃伦是英格兰人，把“Hook”念成“Hooch”。

来，停止过去的争吵，用他们成千上万双手臂去抓住属于他们的生活。他停住口，看着小伙子和姑娘们，看上去他们都很激动，脸涨得通红，在这时刻，姑娘们看上去都非常漂亮，尽管她们都来自帕尔迪、基里本和福特福西的乱七八糟的地方，灯光下只见她们那瘦削的脸显得那么温柔，他又说，难道这一切不值得去争取吗？我的话完了。

这时大伙都朝他热烈欢呼起来，呼喊着他的名字，喊着那些在车间里亲密同伴间的下流但却很友善的话，尤旺是他们中的一位，是一个伟大的人物……这一刻，尤旺突然觉得他似乎永远不再是一个人了，他只应该是他们中的一个，那个纺织厂的姑娘的瘦削苍白的脸上出现的红晕，从加洛盖特的烟气中钻出来的顽童的胳臂、手和灰暗的面孔，他们所有人的血液、骨骼和肌肉，他们的思想、疑虑和爱情，这一切的一切都和他融为一体，他们所想的一切和他们所赖以生存的一切也就是他的一切。看到眼前的一切，这个一度是那么傲慢、冷漠、孤独的尤旺·塔文达尔，他老是离群索居，只相信自己，以自我为中心，这时不由悄悄溜出了房间，就这么溜出去了，这个冷漠的尤旺从此永远离开了他。

这时埃伦·约翰斯挽住他的手臂说，尤旺，你这模样真可笑，有什么不对劲吗？他动弹一下，从梦似的恍惚中清醒过来，朝她笑笑，埃伦的心怦然跳动，他的笑再不是那种冷冰冰的笑了，那种笑或许同任何小伙子的微笑毫无差别。喂，埃伦，今晚你看上去真可爱。能跟你跳下一个舞吗？她睁大眼答道，尤旺，只要你想跳，我可以跟你跳所有的舞。

他挽起她的手，把她拉到自己身边，然后朝杰克一挥手，杰克的长笛开始吹奏起悠长的声音，鼓点也敲起了，他们一起旋转着跳起了华尔兹，灯光闪烁，在他们一同旋转时，埃伦把头紧靠在尤旺的肩上。他低头看着，突然闻闻她的头发，一股陌生而甜美的气味，有一会儿，她紧紧靠着他，触碰着他，不由让他一阵眩晕，她的胸脯、腹部和大腿紧紧贴着他，是那么柔软，那么温柔，这么一接触，他周身就有什么东西奔腾着，烧灼着他。埃伦仰起头，看见他的脸，那么苍白，她突然明白了她早就明白的东西，只要他喜欢，她就永远是他的，她会一直喜欢这样直到她死去。

就在他们一起旋转时，就在他们停下休息时，他们就这么紧靠在一起站在那儿，她的手碰着他的手，他很快地用手高兴地把她的手紧握住，——他的手指在颤抖——这时她明白了，过去的传说是那么的真实，哦，这一切都是真的，他们在唱着古老的奇怪的苏格兰的歌，那歌令人感到那么陌生，是一支低沉的不断追求的歌儿，关于男人和女人，关于他们的疯狂的爱情，这是苏格兰人用柔软的苏格兰口音唱出的亲切而疯狂的歌——就是她从尤旺身上感到的疯狂，他想什么或做什么，他会干什么或说什么信什么，这一切都无关紧要，而这种疯狂带来的光耀会永远照亮她的一切……

杰克叫道，新年就要来了，最后一支，来什么？他们齐声喊道，来一支双人舞曲！这时所有的小伙子都对他们的姑娘微笑着，姑娘们脸上不再有那种紧张、害怕的神色了，也没有了对男人、对他们的手和嘴唇的反感，她们忘却了黑暗、外面的寒冷和即将降临邓凯恩的昏蒙的黎明，一心只想着温存和羞怯的触摸；想着他们彼此爱恋的柔弱的脸蛋；想着某个时刻，在这一切都过去以后，在什么地方紧紧拥抱——在你如此热爱他时，你敢冒任何的危险！想到这儿她们赧红了脸，说起了无关紧要的话；所有这一切都跟最后那支双人舞曲编织到一起了；杰克疯狂地吹奏着，拼命敲着鼓，直把它敲得蓬蓬响，就像一只麻鹧鸟在叫，小型风琴嗡嗡响，长笛悠悠吹，他们都跳得入迷了。尤旺带着埃伦团团转着，越来越快，她害怕了，就像一只受惊的小鸟挣扎着，尤旺沉浸在一种追求、渴望的奇怪而又残忍的遐想中——心都要碎了——心中产生了一种怜悯之情。吹吧，杰克，不停地吹，别停，只有埃伦和我，埃伦和我……

远远地传来了汤姆森钟楼午夜的钟声，它穿过了镇子，传进了大厅，就在这间长长的，黑魆魆的大厅里，支部正在举办舞会；杰克正吹到热闹之处停住了，他们都停住了，放声大笑起来，姑娘们扯整齐自己的衣服，塔文达尔紧靠着教师站着，两人紧贴着，就像粘在一起似的，他们朝艾利克和诺曼以及他们的姑娘们挤去，杰克大叫道，拉起手——新年到了：

这是我的手，忠实的朋友，
把你的手儿交给我——

埃伦真希望泪花不要挡住自己的眼睛；接着大家都停住了脚，音乐奏完了，姑娘们给拥进了小伙子的大衣内，紧紧拥在一起，大家都大声道别。新年快乐！再见了，尤旺。祝你的女友晚上好——她叫什么？——埃伦？再见，埃伦。她也大声说，再见。她紧贴着尤旺站着，眼前的泪花消失了，一切又是那么活生生的，别的什么也顾不到了，有人叫道，嘿，这雪下得真大啊！

他们让杰克留下锁上大厅，两人走了出去，大雪纷飞，落在已经积起了雪的街上，新年里灯光通明的小巷里到处都是新年的第一阵脚步声、问好声和把酒斟进玻璃酒杯的声音，小孩大声嚷着，该起来了吗？他们的母亲疲倦而又愉快地对他们大声说道，上帝保佑，睡你们的觉吧。新年你们都会得到礼物的……

埃伦和尤旺匆匆从考盖特的尽头穿过购物城和谷物市场，所有的街道寂寥无人，冷风飕飕地刮在埃伦的脸上，尤旺低下头，看见她的脸就像冬天里的一朵花，他真想唱歌，想停住脚说些乱七八糟的事情，想停下，发疯似的把埃伦这只神秘的小猫脱个精光，慢慢地一件一件地脱下，一千次一万次地吻遍她全身的每个地方，同时打她——狠狠地打，直把她打伤，再用吻来治愈所有的创伤，亲吻和痛苦本来就是一回事——疯了，哦，今晚真是发疯了！

她在他身边轻捷地走着，她的动作和举止是那么动人、苗条和娴雅，这个黝黑的冷冷的小猫，内心却仍在为那儿的疯狂而感到惊恐。他们就这么踩着雪走上了温得米尔台阶，台阶上的拐角有一面镜子，上面没积雪，就在埃伦想跑上去时，尤旺喘息着站住了。

他抓住她的手，把她拖向身边，她稍稍挣扎了一下，灯光照在她脸上闪发着光彩，她的眼睛就像两颗星星，不过恍恍惚惚的。他把她紧紧拉到身边，突然他们惊奇而又恐惧地喘息着，似乎他们的心都要跳碎了，最后两人的嘴唇紧贴在一起，那么甜美而又可怕的一阵狂吻，在这阵吻中两人似乎都散架了。

她坐在厨房里，显得那么瘦长，她长着一张虔诚的嘴和骨碌碌的眼睛，她在和克丽斯一起喝茶，一边说，天呀，你认为她拖不过今晚吗？克丽斯说道，是啊，我想她是拖不过的。再来一杯么，厄克特小姐？大妈的侄女伊泽虔诚地抽搐了一下鼻子，用一块手帕擦擦眼睛说，你已经找牧师来看过她了吗？

克丽斯说，没有，她没去找，那天大妈在清醒的时候曾关照，说她不愿让任何牧师来烦扰她，如果圣彼得需要一番祷告才肯放行，天啊，那他就会受到另一个要上天的人的哄骗。伊泽侄女惊恐地举起手说，可你并不信那话，是吗？克丽斯多少答了几句，说她不在乎，厄克特小姐的嘴唇抽动了几下，一本正经地说，恐怕我们不会相处得很好。我信仰上帝，我没时间去跟异教徒打交道。克丽斯说，是吗？那一定令人感到欣慰。尝尝这种饼，厄克特小姐。她坐在那儿看着她吃，可她自己这么跑上跑下，又要在房客回来时照料他们的膳食，除夕又要特别为他们准备些……这些活儿真把她给累坏了，因此她根本吃不下，尽管麦格提出要留下，可她还是让她走了。这位瘦长的伊泽突然说，我想你已经知道，这幢房子和家具都由我继承了吧？

克丽斯说已经听说了，知道是这么回事，不管大妈一度如何一门心思想修改自己的遗嘱，要让她侄女伊泽大吃一惊，可她从没时间做到这一点。厄克特小姐撅起她那十分虔诚的嘴，说她要兑现该她得的财产，她根本不想去招徕房客，这不是件正当的事，她一直在想，卡珲太太或许会把这些买下来吧？

克丽斯说，我讲不清我该干什么，不过现在我累极了。你能去照看你的姑妈吗？伊泽打了个寒战说，噢，我对护理工作是一窍不通。你不会让我一个人待在她身边的，对吗？

克丽斯懒懒地又带点怜悯地瞧瞧她，她实在太累了，根本无法去憎恨这个冥顽不化的可怜虫，她是一只黑灰鹅，害怕还剩一口气的人体，可等人一死，她就准备去啄出尸体的眼珠……

她衣服也没脱就躺到床上，拉过床罩盖在身上，她并不想睡觉，只想在黑暗中休息一下，让浑身的酸痛松弛一下。可不知不觉就沉沉睡着了，她最后听到的只是除夕夜雪花落在邓凯恩的簌簌声。

一只手按在她肩膀上把她弄醒了，那位瘦削的侄女已经点亮了煤气灯，她浑身颤抖，长脸铁青，说道，我怕她不行了，啊，你睡得真死。我真以为弄不醒你了。

克丽斯下了床，理理头发。正当她这么做时，她听到大妈房里传来的断续的声响——一阵含糊不清的说话声，接着是一阵痛苦的呻吟。她跑下楼进了那间屋子，伊泽不安地躲躲闪闪地跟在她后面，她看到这情况拖不了多久了，最好立刻就去叫医生。

克莱格霍恩大妈正在作她在人世间的最后一次挣扎，她一生都在嘲笑人生，蔑视人世，是那么的勇敢而粗俗，直到生命的终结，她都是不屈服的，她的手臂在空中乱抓乱挠。克丽斯抹去了大妈的虚肿的嘴唇上流出的唾沫，空气中已经有了死的气息，她一动不动地坐在床边，侄女感到吃不消了，她跑出了房间，下面传来邓凯恩的末班电车驶过的咣当声；冗长的挣扎已近尾声，它在六十年前就开始，并以这种方式而告结束——这是为了什么，为了什么？

突然大妈的嘴唇停止了抽搐，淌出了褐色的泡沫，她那给克丽斯握住的手轻轻地颤动着；她正一步步离开了这张床，走出了这幢房子，踏上了通往天堂的漫长阶梯，就好像踏上了去温得米尔山坡的阶梯。她在天堂的大门遇上了圣彼得，这位所有的小自由派①牧师的父亲，戴着一顶筒帽，绑着绑腿，样子

① 小自由派(Wee Free)，从原苏格兰自由派教会中形成的苏格兰自由派教会的少数派教徒，他们拒绝参加 1900 年与联合长老派教会合并成立的苏格兰自由派教会。

非常严肃；他举起手，鼻子里哼哼着，同时以上帝的名义问她是不是个受过祝福的人？克莱格霍恩大妈说如果她知道的话，她就会接受祝福的——让我们来瞧瞧你的这个天国吧。说罢她把他推到一边，窥视着里面，上帝就在那儿，一只手里拿着瘟疫，另一只手里是战争和雷电，圣徒和天使低头哈腰，传来了竖琴声和击鼓声，密密聚集着的牧师就像一群青蝇，看不见杰姆，也看不到耶稣，只有圣徒，她一点不感到紧张。她对圣彼得说，这不是我该来的地方。她转过身，大踏步走进迷雾，又穿过火光熊熊的云朵，回到了自己的家中。

雪凇停了，克丽斯抬头看到小丘那儿天空放亮了，积云散去，一阵轻风把新年带来，底下邓凯恩的人都醒了，她站在那儿，冻得够呛——噢，冻得像死了一样，就好像大妈，跑到了那个黑房间里，如果大妈是在那儿，那儿没白天，只有黑暗，没有雪，也没有太阳，没有阴影或寒冷。

很久以前，罗伯特就能把你所感受到的这些东西用美妙的词儿描述出来——罗伯特能吗？他能用话把你的怜悯和渴望大笑表述出来吗？——想笑是因为死是如此可笑和愚蠢。

……接下来是什么——哎，接下来是什么？

这时，就同往常破晓时一样，她感到冷飕飕的，令人舒服，不再担忧，她是那么轻松，充满活力，毫不沮丧；雪凇又下起来了，她吹了一下口哨。

过了这一最后关头就没什么可担忧了，等着她的只有她的生活，新的一年，新的生活，一定会给她带来喜悦和欢笑，不必再去考虑她的恐惧了。

她走上了通向死和生的台阶。

第三章　磷　灰　石

5月末的一天下午，微风拂煦，克丽斯走下温得米尔山坡的台阶，在那面镜子前停下，——镜子上沾着初夏时节的灰尘——用冷淡而又好奇的眼光瞧着自己欢快的身影。她想，美丽的羽饰打扮了美丽的小鸟，而她的新帽子、新衣服、新鞋、新手套，又洗了个澡，这一切使她不再是只麻雀，而变成了一只美丽的孔雀——哦，起码她是全身新！

她的思路已经飞越了镜子中看到的这身新服饰和那对冷冷的眼睛，只觉得捉摸不住的克丽斯到底给禁锢起来了，就像很久以前的俘虏一样给引上了一条道路；那时人们把他们拖上了布拉威里湾边的高地，在那些巨大的石碑边把他们杀死。不过她也经常躺倒在那些石碑的阴影底下，就像他们被擒获一样。——哦，真蠢，脑子里竟会这么胡思乱想，今天要在她身上发生的事就像世间的起床，躺下，睡觉，醒来一样是很普通的事……

睡觉——

尽管她装出这种冷冷的寻乐方式，也无法抹去心中令人心惊的反感，天知道这是为什么，到底对这件事有什么反感？摆脱那种不自然的、孤独的、离群索居的不似生活的生活，重新过一种充实完满的生活。可她拉下手套，在一阵突如其来的恐慌的痉挛中瞧着自己的手指。呀，难道她已经背叛了自己吗?五个月前她在那场雪淞中爬上此地，只觉面前无路可走，看不到一点希望，她是极度的绝望，可这会儿毕竟好多了——

一月中旬的一天晚上，艾利克·沃特森回到考盖特的家里，他带来了罢工开始的消息，他们不停止生产弹筒弹壳，那么没人会回高恩斯-格洛格公司工作的。麦格·沃特森便问道:这意味着什么?——那许多像你一样粗劣的工人不是没事可干了吗?

艾利克说这意味着她可以少对他啰嗦，天哪，连杯茶也没有吗?那天早晨是他当纠察。

麦格在温得米尔那儿干活回来十分疲乏，她说他要吃茶就自己去弄，现在他参加了这种愚蠢的罢工，那他有足够时间去上上这种烧烧弄弄的课了。他以为会有谁来养活他吗，呃?是父亲，她，还是那个赤色猪塞尔登?她早就知道艾利克是个愚蠢的脓包，她敢打赌，这种罢工让他们什么也得不到。

艾利克说她可以肯定她一脸晦气。除了几个坐办公室的下流坯外，凡有些勇气的人都参加了罢工。麦格说她很高兴塔文达尔和像他那样的人头脑更清醒些，艾利克朝她瞪大眼，大笑起来，你说尤旺·塔文达尔?怎么啦，你这个蠢婆娘，正是他组织了这次乱糟糟的罢工——他为这事已经干了好几星期了，就是他和他的支部。要不是那件工作加快了进度，他们本来是根本不会举行这次罢工的——在同样的时间里，伙计们得干双倍的活儿。因此今天早晨我们都不干了，整个这件事就是你的塔文达尔先生领导的，知道吗?

接着他又说了一下他非常抱歉——我并不打算来烦你，麦格。她擤擤鼻子，又轻轻地擦了擦眼睛，装出她是伤风的样子，实际上她并没有伤风——他说了些什么呢？这跟她又会有什么过不去？他注视着姐姐进了冰冷而又乱七八糟的房间，床上十分凌乱，椅子也东倒西歪，在一个小伙子的眼中看来她身上有种很古怪的东西……

为什么他一讲到尤旺她就会这么欣喜？

这时房客斯蒂芬·塞尔登进来了，艾利克把罢工的事也告诉了他，他一听高兴极了。他说本地的共产党人会给予支持，他们会从这个愚蠢的年轻人的支部那儿接过领导权。艾利克就问，这事跟共产党人有什么关系——而如果是由共产党人领导，那跟塔文达尔的支部又有什么关系？这事只不过跟高恩斯的伙计们有关。然而塞尔登说这是每个工人的事，也就是说别人正在为他的生计而斗争，要停止生产武器。他一个人早晨也会去当纠察的。

毫无疑问今天清早他同另一伙人也在大门口，那是从邓凯恩各处来的成群的布鲁人，他们悠闲地站在四处，瞧着大门，瞧着这六七个纠察。人们要走过人行道还得冒点儿风险，他们大声嚷嚷着问为什么要罢工？纠察回答说很快就要出一份宣言，在此之前他们无可奉告。他们就站在门边叽叽喳喳地议论着，咒骂寒冷的天气，或者扭过头去看看街那头福特福西弥漫的烟气，艾利克、诺曼和仓库里新来的小伙子鲍勃，还有两个在机器车间工作的老工人，一个样子像个花花公子的年轻人，人们都这么认为，据说他是个坐办公室的绅士。他来参加罢工干什么？

到了九点钟，人越来越多，来了两个警察，他们挤过人群站在了大门两边，其中一个是从乡下来的年轻警官，所有的人都喜欢他，他还是个孩子，他竭力摆出一种严厉的神色，想使自己像一个不高兴的警探，但他无法掩盖起自己脸上和善愉快的微笑。眼下他正站在他的警长的眼皮底下，这个长相丑陋的大块头是来自福特福西的一个恶魔，有人称他费特，有人叫他坏种，他的名字叫莱斯利。这是个长相凶狠的人，有一对金鱼眼，一条嘶哑的嗓子。站回到那儿去！他对周围的人群喊着，有人咂咂舌头发出嘲笑声，逗得大伙全大笑起来。

人们朝四周一望，看见一辆轿车开来了，那是经理的车子，开得很慢，莱斯利警长打开大门，挥挥手让它开进去。可是一个纠察，就是那个年轻的花花公子，举起手，大家都瞪大了眼，天啊，难道他不认识经理？

汽车吱一声停住了，尤旺走上前去，对经理说了几句话，经理问，你就是塔文达尔吗？不错，整件事我都听说了。不管怎么说，有一点意思是肯定的：**你决不能**再回高恩斯-格洛格公司了。尤旺说罢工过后就可以明白谁是牺牲者了：如果是经理本人离去那又会怎么样？经理涨红了脸，对司机说，开过去！这时，西姆·莱斯利抓住尤旺的肩膀说，站开，要不我就要把你抓起来！

一听这话，人群中发出一阵叫喊，没人可以阻拦罢工者去执行他们的职责。这个胖猪以为他是谁——希特勒吗？后面有两个小伙子扔过来一把煤碴石，它们全都劈劈啪啪打在这个胖警长的头盔和他红色的大脸盘上，他的脸就像一头母猪的屁股，变成了斑斑灰色，他大叫，站回那儿去！然而十英尺之内根本一个人也没有。有些人喊起来，把他扔到码头上去！这是那些布鲁人，他们一无所有，什么也不怕，天知道这下会发生什么祸事，可这时一些有头脑的老人对这班年轻人叫起来，让他们别胡来，他们想到哪里去找死呀——警察局吗？那位年轻的花花公子对费特警长说，我们依法有权在这儿同任何想进工厂的人进行争辩……瞧，那第一批工贼过来了。

果然不错，他们真是工贼，一共有十来个无赖，他们大部分是工头，像老约翰尼·爱德华兹，混在一群无赖中气势汹汹地走来，真是个卑鄙小人，尽管他们吵吵嚷嚷，大声说笑，一副勇气十足的样子，但是眼神却游移不定，双手也在哆嗦。他们挤过人群，这时纠察拦住了他们。立时一片混乱，人们无法看清发生了什么。接着大门打开了，这班下流的破坏罢工的工贼都涌进去了。天知道赤色分子为什么不把他们扔到码头里去！赤色分子只不过接手处理一场争端，到底是为什么呢？

艾利克·沃特森挤进去解救尤旺·塔文达尔，尤旺说他不认为还会发生什么，今天就是这副样子了，可到了早晨——瞧吧，就会有一场混乱，因为工会不支持这次罢工，他们得不到一点罢工的费用，除非他们能够募捐……接着他又说，艾利克，你看上去紧张得很。然后他笑了笑，他笑起来的样子十分深沉又和蔼，有点像个姑娘。艾利克脸有点红了，他说，别乱说。接着又说道，那个蠢婆娘，就是我姐姐，昨晚好像对你非常关心。

尤旺说，麦格？噢，不错，我知道她，就在我们那幢公寓干活——麦格可是个好帮手。可仅仅作为她的兄弟，你是不会知道的。再见，我要到委员会去了。特雷斯打算为罢工者募捐一笔基金。

那天晚上他冒着大雨淋得透湿回到家里，他是去帮助赤色分子筹集一笔非官方的罢工基金。而那天高恩斯公司全部瘫痪了，甚至连高炉都无法点起火来。他坐在厨房里把这一切讲给克丽斯听，一边喝着热可可，接着他伸伸懒腰，打着哈欠说，不过克丽斯，你可从来不为这些事烦恼，你是个聪明的女人。天啊，我累极了。

克丽斯叫他好好洗个澡，然后再去睡觉，他应当甩开这些事；可他却在门口转过身来问，这幢房子接下来怎么办？没了克莱格霍恩大妈，克丽斯打算维持下去吗？

克丽斯说，因为大妈到了天堂，或者至少是在基里本的墓地里，因此她想把这儿操持下去。尤旺笑起来，吸了口气打了个哈欠，说，是的，我明白。可我的意思是——克丽斯说她也不知道，她会走着瞧的，如果他不那么疲倦，去洗个澡，那么即使没有上帝，她不管怎样也会维持下去。

他点点头，走回来亲热地吻吻她，她猜想尽管他的心早已飞到了他的罢工上去了，可他吻得却比以往更长更亲热。他真是个古怪的小家伙，一个可爱的小家伙，他这个人真有些难以估摸，就像阳光照在花岗岩上，从冷峭的灰色闪光中又带出了金色和红色的闪光。他走了之后，她又静静地站立了一会儿，怀着一种担心、惘然而又温柔的复杂心情想着他；接着她又在桌边坐下，想到了自己，以及大妈之死所带来的一片混乱。

伊泽·厄克特已经带来过一个估价员，对大妈的东西和她对这幢房子拥有的份额作了估价，开出的价码真令克丽斯瞠目结舌。伊泽说了，除非有人接办，否则，她还是把家具和房屋的份额全卖掉的好，她是没指望把寄宿舍办下去的。克丽斯想道，如果房客有说话的余地，他们或许会快活地回答说他们也根本不指望在她这里寄宿；不过她没说出口，只是点点头，得有一星期时间作出决定。

一个星期。什么时候这事才能过去？——怎么办？

她继续洗着晚饭的碗碟，那天下午她就把麦格打发回家了，这姑娘显得很古怪，几乎要昏过去，自打大妈死后，她几乎取代了她，干起活来像个特洛伊人，十分卖劲，对她这样个头的姑娘来说干得太多了，克丽斯不经意地想到，注意到麦格略见丰满些，虽然还是那么苍白，但不再是块遮了件衣服的木板——有一度她真像块木板。

第二天晚上尤旺回来遇上埃伦，他们上楼到她的房间去，在黑暗的楼梯转角处他们站住了，靠得很紧，微笑着。尤旺低头瞧着这张甜美的脸，看到她深邃的眼睛里那飞得很远的心思，他的心怦然跳动着。他一生中只吻过她一次！

他颤抖着把手伸到她的胳臂底下，灯光闪动，变得令人目眩，他们相吻着，颤抖着足足有一分钟，然后又站在那儿，喘喘气，听了一会，又接吻。

他学着她的英语腔说道，真可笑！她绯红着脸答道，我早就知道还有更坏的呢！说着轻轻挣脱开，站在高一级楼梯上朝下看着说，出去散散步好么？

他说他刚回来，再说又像要下雨了——她点点头，说，是像要下雨了，可我就喜欢雨。你不喜欢么？

他把一只手搁在她扶着楼梯栏杆的手上，感觉到她手指里血液的颤动，不管怎么说，我喜欢你。同时瞧着她的手指，于是埃伦悄声问，干净么？她把手挪开，拢拢头发，说道，别急，要不了一分钟我就会准备好了。

十分钟后她准备好了，他们一起走了出去，二月的夜晚，大风夹着雪，四处闪烁着阴湿的光和声音。他问到哪儿去，她说到多蒂公园去，于是他们朝那儿走去.不到十二分钟就到了，一片广漠的石南，一直绵延伸展到镇子那头，高大的树木在雨中晃动着，发出嚓嚓声，他们从两个披着闪闪发亮的斗篷的警察身旁走过，来到了一棵簌簌作响的山毛榉树下。在夏日的晚上，邓凯恩的小伙子会带了他们的姑娘到这儿来，对他们来说，用那种从这个星球有人类以来就有的伤风败俗的方式做出这种举动实在是不体面的。不过今晚，这儿实在冷落，只听到嘀嗒的雨声，尤旺记起了去年他们散步到海滩的那个晚上，脱光了一头扎进大海里的情景。他问埃伦是否还记得，她紧挨着他，依偎在他身上。

当然啦，天啊，我们有多傻啊！真是不要脸的顽皮孩子……噢，尤旺，听这风！

于是他倾听起来，可只是用半只耳朵在听。在海滩的那个夜晚——那又有什么不要脸的？埃伦说，当时你没想要看我赤裸的身子吗，我看到你了，可我没说。你瞧，这就是说不要脸的道理。她心里想道，不，我想你是不会想要看的，可笑的尤旺。

这以后她沉默了好久，只是靠在他身上，听着雨声，她感到心满意足，真可以整晚就这么站着。她说了这想法，尤旺说他也同样，这次他倒或许不会那么可笑了。听到这话，她一本正经地说，她倒没想到他会这样，对他来讲，坠入情网可真是糟透了，还是太太平平地过日子更好，还说他根本不在乎她长得怎样，她是个怎样的人。可眼下……

于是他们开始谋划起将来的事，等尤旺有了一份工资收入后，他们就结婚，埃伦会被迫离开学校。她问他可以赚到多少钱，他不动声色地说，大约有四镑吧。她便说，可我现在就挣这么多了——天哪，我们只能待在考盖特啦！

对此他什么也没说，她想自己的话一定刺伤了他，因此有一会儿对他非常亲昵，跟他在黑魆魆的夜幕的树荫底下玩起小孩游戏来，她用眼睫毛触碰他的脸颊，亲吻他，更像是取乐似的飞快地啄吻他。猛然间，他一把推开她，用冰冷的语调很快说道，别犯傻了，埃伦。他又恢复了他过去的声音，十分生硬，自打除夕以来她就没听到这个学生再用这种声音说过话。

她知道他是过于敏感了，真可怜，她便说她很抱歉，这以后他们就没有靠拢在一起，沉甸甸的雨点穿过树枝滴下来，公园里又起了一阵风，把细微的泥土吹到他们脸上。尤旺开始说起这次罢工，他说，尽管工会一直想逼使工人们回去复工，但塞尔登、特雷斯还有他自己已经掌握了一笔可观的罢工基金。埃伦说倒真有点可惜，非得同共产党领导人这么密切地一起工作，他们的名声实在太糟了，他们两人都是撒谎者，是不可信赖的；尤旺说可能是吧，不过他不知道，不管怎么说，他们为了制造混乱的缘故而制定的暴乱策略纯粹是胡闹，它得不到什么结果，假如一场革命给适时适度地组织起来，对一个新兴的阶级来说，很有可能只用一点或不用暴力就能夺取政权。

不过特雷斯和塞尔登是搞罢工的行家里手，大大加强了罢工。尤旺大笑着说，不管怎么说吧，看谁会复工，我是不会的。经理已经把这点挑明了。听起来这对我们的婚姻不很有利，是吗？那天你该让我单独留在巴梅金，那样我倒会很好，现在也会受人尊敬，也不必同这场乱七八糟的罢工搞在一起，而是个戴着礼帽，套着鞋罩，抽着烟的上流人士了。

她说如果他为了和社会主义搞在一起而感到遗憾的话，那他也根本不需要跟她交往……黑暗中她的脸变得更红了，不过他看不见，他就像个孩子一样单纯，一个可爱的孩子。他靠着树干坐了下去，拍打着树底下还干的泥地，一只手轻轻抓住了她的脚踝骨，在我旁边坐一会再回去。你根本无法知道明天一个罢工者又会出什么事！

十多个警察清出道路，让那些工贼走出工厂，天黑下来了，迎面一阵混乱的乱掷乱扔东西，你也在那些年轻人、老年人之中，一个警察用警棍朝你打来，没打着，你闪开了，挣扎着打在工贼的脸上；你的四周一片黑暗，乱成一团，大伙儿乱冲乱打，警察也发疯似的四下乱打，嚯嚯地吹着警哨，噼噼啪啪地挥舞着他们那该死的警棍。

接着大门边的殴斗开始平缓了，只有些小冲突，又一点点向码头移去，十多个工贼给紧紧抓住了，警察拼命打着，想要夺回他们，把他们救出来。尽管你是个老人，你可不怕这一套，你在一个杂种前伸出一只脚，他扑通一声跌倒在人行道上，有人一下踩在了他的嘴上，把他的牙也踩落了。就在这一片混乱中，突然码头的水里传来一阵挣扎声，那水里满是肮脏的泡沫，又全是渔轮上淌下的油腻，灯光在水上低低扫射着，人们大声唤着，把他们扔进去！把这些工贼猪扔进水里去！

在一阵噼噼啪啪声中，他们给扔进水里，他们中有一位，就是那个工头老约翰尼·爱德华兹叫道，伙计们，伙计们，我不会游泳！在你身旁的艾利克·沃特森踢了他一脚说，你这个老混蛋，你还不会游泳吗？现在可是你学习游泳的一个机会。他扑了过去，你的心一下提到了嘴边。这时有人喊了声当心便撒腿跑了，成批的警察开来了。

你朝四下张望了一下，天哪，他们就在那儿，他们的脚踩得人行道啪啪作响，手里挥舞着警棍，天啊，根本无法跟他们对抗。左边就是傍着贮木场一直过桥去的小路。所有的人都慌不择路乱成一团，你落荒而逃，在看见一个纠察倒在地上后，这些警察这下是不会放过那些纠察的，只顾拼命揍他们的脑袋。上帝啊，等你安全脱险回到基里本后这件事倒可以告诉大伙。

这时你们大伙全看到给围住了，灯光闪烁，水声哗哗，一帮人高马大的警察匆匆跑了过来，把你们分隔开来，嘴里高声喊着，我们已经逮住你们了，你们这帮猪！

大伙都愣了一下，咒骂着朝后退去，你们看不清警察的脸，他们也看不清你们的脸，可他们才不在乎呢，只是拼命乱打，直到他们的手都打酸了才罢，随后抓了十多个人送监狱。

后来有两个人喊道：上啊，伙计们！径直朝那排成一列奔跑的警察冲过去，一下子大伙像一群羊似的跟在他们后面跑过去了，大伙咬紧牙关，握紧拳头，准备搏斗。随后你看到冲在最前面的那个人举起拳头就朝他前面的警察脸上嗖嗖揍去，其他人纷纷仿效，同时发出一阵悲壮的吼叫，警察扔下了警棍，捂住眼睛，你给人一冲，踉踉跄跄几乎一头撞倒。嘿，有谁想到这事竟干得这么干脆。

不过到了早晨还会有一场重大的谈判呢！

第二天《竞赛者日报》出版，把高恩斯公司的罢工者描绘成一批亡命之徒，说他们对那些干罢活、一点没招惹是非地走出来的工人竟干出了那般可怕的事。整个克雷格纽克斯的人都一字不拉地看到了这则新闻，感到十分恐惧，这条消息从头版一直登到第五页的下半部，第五页上全是广告，什么治愈女人的虚弱啦，治愈头发生长过旺啦；而不管什么时候只要克雷格纽克斯喷个鼻息，报纸就发出呜呼声，好像一头驴子闻到了一个粪堆，高兴极了，那么文质彬彬，那么激动万分，报纸不得不拉下那些广告，什么葡萄柚和稀饭，鸡蛋和咸肉，还有大的咸面包卷儿、新从奶酪商店买来的上好牛油、新鲜牛奶和味道清醇的茶，说什么这种茶根本没有那股像从保存不好的油池里渗出的油气味。报纸会说，难道这些福特福西的无赖们不可怕吗？早就该对他们采取些行动了。

* * *

爱德华·麦克希拉克牧师在他的宅邸里摇摇他的秃头，嚅动着他的长嘴对他的管家说，啊哈……邓凯恩需要的是法西斯分子，他们懂得如何让那些吵吵闹闹的无赖们守规矩。传说这些家伙罢工是因为高恩斯公司在制造弹壳和毒气弹，这全是一派胡言——唔，一个强壮的男人不是肯定要进行自卫的吗？要避免战争，最好的办法不就是在战场上有一支强大的军队吗？

管家傻笑着，说她完全相信，上一次大战一定就是这样发生的，那些野蛮人，比如像德国人和法国人，就几乎没有一支属于他们的军队，如果是这样，那为什么还会爆发大战？

麦克希拉克牧师咳了一声说，不完全如此，你弄不明白的。啊哈……在许多方面来说，大战是一件大好事。我有没有把那个关于护士和受伤的士兵的故事告诉过你，普茜？尽管这个故事管家已经听了不下一百遍了，站着听过，坐着和躺着听过，还有在楼上、楼下，在厨房里，还有一次在浴室里都听过了，可她还是摇摇头，装做她没听过，她得考虑她的生计，她早就看惯了麦克希拉克眼中的那种神色了，有一次她在浑噩中想到，这种眼神里有一种令人厌恶的味道，一种最最令人厌恶的味道……

*　　　*　　　*

贝利·布朗说警察局长是个大傻瓜，他手头为什么不掌握足够的警察？工人们都是好的，尽管他们让赤色分子引上了邪路，但如果他们信任他们天然的领导人，像他这样的人，那他们就不会陷入这种困境，不会去淹死那个挺不错的曾是工党党员的工头，也不会把胡椒撒进警察的眼睛里了。他们应等待，等下届工党政府产生——

*　　　*　　　*

警察局长说是那个残忍的督察告诉他，要他当心高恩斯发生的骚乱，竟把胡椒粉撒进人的眼睛里——天啊，下一次你还会发现左轮手枪呢。他得向国会汇报，授他以权力——

*　　　*　　　*

市长驱车前往他的锯木厂，想摆脱不安和烦闷，他四下逛着，拉长了脸，脸上毫无表情，活像抹了一层坏了的牛奶，直到他看见艾克在测试一台车床的水平度，他说，看到今天早晨《竞赛者》的新闻了吗？艾克问是什么新闻，市长说，是关于发生在码头上的那桩谋杀案的，罢工者淹死了那个叫爱德华兹的老工头，接着又往警察的眼里撒胡椒粉。艾克说看到了，他并不悲伤，工贼就是工贼，不管你是在什么地方发现他，淹死在邓凯恩的码头里也罢，还是在篱笆内乱搞一个尖声叫嚷的姑娘也罢……市长急急地干咳了一阵，艾克心想假如他独自个儿在一个黝黑的夜晚走路，碰上了杰米，他赤手空拳而杰米拿着一把刀，这一来他就像一只赛璐珞猫误入地狱一样，几乎没什么机会平安到家……

*　　　*　　　*

文字编辑的房间里传出一声哈欠声和嘟囔声，皮德尔做了一件很讨巧的事，他偷偷拍下了那个淹死的老糊涂爱德华兹的照片。接下来的几天中，有没有机会把那几个警察用棍子结结实实打一顿呢？——再淹死他们几个，这下就会把这事闹得更大。那个干净利落的撒胡椒粉的行动可真该死，这一来警察局长肯定会把这事怪罪到赤色分子头上。告诉那个孩子抛出特鲁斯的照片，可以打赌眼下他给抓起来了——

*　　　*　　　*

克丽斯读了这条新闻，思路一下飞得很远，可怕……决定这幢房子的命运只剩三天了。

*　　　*　　　*

消息传到考盖特，住家和小巷中响起了一阵奇怪的声响，声音此起彼伏，就好像一列有力的火车飞驶而过，声音起伏着，回荡着，跳跃着，一直传到福特福西，到了基里本，变成了一阵有大笑有咒骂的咆吼，天哪，一些坏家伙已经很好地对付了警察。那些已经下了决心要偷偷溜到高恩斯公司去，溜进大门，偷走罢工者一份工作的饥饿的布鲁人轻轻揉擦他们饿得浮肿的肚子——嗳，他们一定得再试一下政治行动委员会的态度——

*　　　*　　　*

赤色分子领袖杰姆·特雷斯发出了一阵粗犷的大笑，叫他的妻子把他的靴子拿来。再过大约一小时，他们就会来找我。快去准备早饭，你这女人，要不不等他们在警察局提审完我就会饿垮了。他太太说，怎么，他们又在追捕你了？样子要多平静有多平静。他这一辈子老是被抓抓放放，以致她把他进监狱看成上厕所去一样。眼下你们这帮傻瓜在干些什么？

他告诉了她，她说，那件撒胡椒粉的事听起来倒干得挺聪明的，杰姆·特雷斯呸了一声说，聪明？一些白痴蠢货已经得到了血的教训。我们需要的是用机关枪武装的大众而不是胡椒粉……见鬼，我想，如果他们听到我这么说，一准会把我从共产党里清除出去！

* * *

尤旺对艾利克·沃特森说，他觉得他比较清醒——是谁去买的胡椒？是艾利克自己呢还是那个不要脸的小崽子乔迪·布鲁斯？

* * *

那天晚饭后埃伦遇上了尤旺，他刚去高恩斯公司看望纠察队回来，警察一直密切注视着事态的发展，整个上午那儿都围了一大群人。在他们一起出去时，他把这一切都告诉了埃伦，她去学校而他则回高恩斯公司去，天气十分清爽，她仰头望着他的脸，他则俯视着她的脸——两人都奇怪地觉得一阵强烈的震颤穿遍全身，尤旺还没有完全摆脱掉旧日的那个自我，他想道，真是个奇怪的尤物——

你可以在这个角落里吻我，她轻松地说；他吻了她，她也回吻了他，却突然感到一阵害怕，噢，尤旺，到码头去时当心些。我——我为你害怕！

第二天早晨，克丽斯正在厨房里煮早茶，她朝窗外望去，看见雨已经停了，春天到了，四下一片淡橙色——整个冬季几乎不照面的太阳穿过邓凯恩的烟雾层照射进来。她伫立着，心不在焉地看了一会，直到听见楼梯上传来了脚步声，那是大个儿的艾克·奥格尔维，表链晃荡着，光着脚，大摇大摆地进了厨房，嗳，太太。

她漫不经心地应了一下，早安，奥格尔维先生。她的心思全然不在这儿，仍然瞧着那个耀眼的太阳，在这个美好的时刻，她忘却了自己的烦恼。艾克坐下身，在炉子上磕空烟斗：喂，你对这幢房子有什么打算？

她就把她以前的境遇给他说了些，他仰着他那张农夫的脸，不出声地听着，暗绿色的眼睛那么无所顾忌地直盯着。嗨，情况恐怕不太妙，他说道，也就不吭声了，他对此没什么兴趣；他凭什么要有兴趣呢？哼，她心里这么想着，对他产生了一种难忍的愤懑之情，难道他以为这是种一大清早随便消磨时光的瞎扯淡吗？她给他倒了一杯茶，简洁地说道，我没什么办法。我想就把它卖了吧。

——那以后呢？

——噢，会有事干的。她捧着装满茶杯的托盘转过身去。

他说，来，再聊一会吧。就让那些爱咒人的家伙等一会再喝茶吧。

克丽斯放下茶托盘。好吧，再聊聊吧，谈什么呢？

他坐在那儿望着她，啜着茶，这是个来自小镇的农庄的人，罗伯特曾经将他称为永恒的蛮子。他放下茶杯，抹了一下胡须，呃，是这么回事：我积攒了一些钱——大约足够买下克莱格霍恩大妈留给她侄女的在这儿的份额。我倒很想成为你的合伙人。

——艾克！哦，艾克，你真这么想吗？

他说，哎，他说话算话——他就是这么个脾气。卡珲太太乐意同他合伙吗？他会好好待她的孩子尤旺的。

这么说倒有些怪：尤旺——他跟这事有什么关系？

——嘿，怎么没关系，作为他的继父，我想我一定得好好跟他相处呢。

克丽斯目瞪口呆，我们两人总有一人发疯了。你是在提议跟我合伙经管这幢房子是吗，艾克？

他仰起脸，点点头，暗绿色的眼睛显得那么平静，嗳，姑娘，还有你的床。

一整天，克丽斯的心里交织着愤怒和喜悦，最后那些话在她心头出现，显得极为滑稽，让她突然感到浑身发烫，起了一阵没来由的激动。结婚？——跟一个像他那样的蠢货结婚？丢弃掉她跟罗伯特一起生活中挣得的一切，牧师住宅，自己的儿子尤旺？这家伙真是厚颜无耻——啊，这个畜生！畜生！她这么站着，竟会突然想起了他的形象，那张冷笑着的脸半是和善半是粗鲁，这是张山谷中的人常有的脸，集狡黠、冷酷和仁慈于一体，是那种来自小农舍、小村镇的人的脸……一想到那些不可能有的触摸、亲抚，那通红多皱的手和给太阳晒得起皱的身体……她不禁打了个寒战，不再想他了，这些足以令她作呕。

吃晚饭时他同其他人一起回来了，她侍候他和其他人，她坐在克莱格霍恩大妈曾经坐的那个位子上，全部房客都在这儿。

尼尔·夸里奇瞧着她：真是个像模像样的人物。阴沉着脸，可一会儿又变得那么甜美，就像那些个该死的不要脸的小说家描写的那样。她和奥格尔维之间有种令人奇怪的相似之处——从某种角度看连骨子里都是相同的——

汗水淋漓的约翰·库辛尼伸长脖子看着，感到纳闷，有一会儿想入非非，她是不是像她看起来那样拒人于千里之外。他曾听说过，同女人打交道，得从年龄比你大一倍的女人开始……他的小肉刺都涨得通红，这样去想一个女人可不正派，尤其是眼下他正和一个姑娘在晚上打得火热的时候，那姑娘是他在一次舞会上遇到的，坐办公室，真正是个妙龄女郎——

阿尔奇·克利尔蒙特关掉了电台的斯特拉文斯基[①]的音乐，心里想道，天哪，只要能吻她一次那多令人兴奋啊！

厄娜·莱昂觉得她跟平常一样，只是在摆摆架子，她只不过是个普通佣人罢了。

埃伦从自己的盘子上抬起头，瞧着克丽斯，朝她笑笑，暗地想道，她显得真美，又有点怪，就好像刚被人拥抱过似的。

尤旺已从高恩斯公司的纠察那儿回来了，他想道，克丽斯的样子真怪。马上便把她给忘了，绞尽脑汁盘算着，用自愿募来的基金支付了罢工者的第一个星期的费用后，剩下的钱如何使用。

默盖特洛伊德小姐大声说，呃，卡珲太太，你今天瞧上去真好看。是不是你的小伙子刚给你送来一封求爱信啊？一边像一只傻乎乎的老母鸡一样朝桌子四周飞了个媚眼，所有的人都低头看着自己的盘子，感到难受极了……这个愚蠢的娼妇……

---

① 斯特拉文斯基(Igor Stravinsky，1882—1971)，20世纪最伟大的作曲家之一。

饶舌的老家伙……该死的吵吵闹闹的女人……蠢东西……性压抑者……没头脑的老袋熊……克丽斯心头突然升起一种冲动，她朝桌子扫了一眼，笑着对默盖特洛伊德小姐说：

我没收到什么信，不过跟这也差不多。今天早上有人向我求婚。

一时间桌子四周死一般的静寂。尤旺没听到，克丽斯看见他那张无动于衷的脸，心猛地沉了下去，在那股冲动时，她曾想到他会问是谁向你求婚的，她就会把这事告诉整桌边坐着的人，同时瞧着艾克的脸。可他没听见；这时其余的人开始七嘴八舌地议论起来:这个幸运儿是谁？她会不会接受呢？克丽斯笑起来，摇摇头，什么也没说，话头又转到其他方面去了。

艾克坐在那儿顾自吃着，不动声色，十分舒坦，可别人都走了，他却依然坐在那儿。接着他抬起头，慢慢地、胸有成竹地把椅子往后推推，打量着克丽斯。

嗳，太太，你烧的菜味道好极了。不过你得听明白:别来耍弄我。我可不是你的耍弄对象，也不是任何人的。

克丽斯用一种好奇的怜悯的神色瞧着他，说道，那只是一场愚蠢的玩笑，艾克。

这时他说，那就很好；那么，关于合伙经营的事，她什么时候给他准信呢?

克丽斯说她也不知道，不过好歹要不了多久；接着又怀着非常好奇的心情转而问道，艾克，为什么你这么想同我结婚?就只是为了同一个女人睡觉吗？就为了这吗？你知道，我已经结过两次婚了，这对一个男人来说可不是件什么幸运的事儿。

他说他甘愿冒冒这个险，不管卡琫还是塔文达尔是怎么死的，他可不想让他们认为他们是受骗了。

她说她可再也没什么心思去想男人了，这是明摆着的事实嘛。即使到头来她又结婚了，那也是出于无奈，是不会有什么乐趣的。

艾克点点头，别担心，我们很快就会改变这一切的。在他看来她是心有余悸。所有的女人我都能让她们满意。

特雷斯是个老手，他不会去争辩，警察局的督察长是不会让人进他的房间的，也不会让那个杂种得到一点他需要的东西，他能轻而易举地把一切诉诸法院，他对法律了如指掌。于是特雷斯被放了出来，哈哈一笑便回家去了；仍然毫无线索表明那个撒胡椒粉、淹死老爱德华兹的罢工坏种是谁。

那些守卫高恩斯公司大门的纠察过的日子可真够受的，那班警察老是拔出警棍乱挥一阵，挑逗得他们晕头转向。经理已经雇用了一批工贼，让工厂的一部分又重新开动起来，不过要是没有警察护他们的驾，那么这班工贼实在担心得要命，唯恐在进出工厂时被人发现。

西姆·莱斯利警官跑到督察长那儿，说他不能十分肯定，可他有个想法，觉得这次罢工的大部分事情根子就出在在高恩斯公司办公室干事的、年轻的花花公子塔文达尔身上。他对这家伙在谢格特的背景就很了解，就跟你随处可见的一个粗野小子一个样。——于是督察长问道，这到底是个关于道德的说教呢还是你对他有什么情况得说呢？费特迟疑了一会便一古脑儿说了出来：去年他在海滩遭到袭击，当时他正抓住一对男女，指控他们裸体洗澡——哼，一丝不挂——他几乎可以吃准就是这个塔文达尔；还有，他的继父是个牧师，也是个赤色分子，几乎把一个教区的风俗全败坏了。于是这位长官说他对家族渊源毫无兴趣，费特是否有什么线索，证明这个塔文达尔淹死了约翰尼·爱德华兹或是撒了胡椒粉？

费特说他还没有线索；说罢就到码头巡逻去了，不过现在他是以高恩斯公司的大门为巡逻中心。当费特沿着人行道走来时，那个纠察为了躲开从码头刮来的凛冽寒风，躲进了一间小屋在打盹。费特停住脚，看着这个离他最近的纠察，这是个样子凶狠的小崽子，蜷着身子躲在一只大桶里。这个纠察不像大多数不要脸的无赖那样咂着舌头嘲笑他，而是狡黠地朝他上下打量了一番，低声说，嗨，费特，过来，跟你说句话儿。

费特问他是否知道他是在跟谁讲话，纠察说，哎，当然知道，难道你以为我瞎了不成？听着，如果你想知道是谁撒的胡椒粉，那你就去找那个接替我们下一班的纠察，记住，他是个高个子，长得黑黝黝的，年纪跟我差不多。

费特几乎就穿着他那双大靴子跳起来，可他一点不动声色，只是满意地咕哝一声，你指的是塔文达尔吧？这个纠察说，哎。这杂种根本管不住自己——也管不住他自己那些不要脸的事情。他侮辱了我，这次轮到我来报复了。

费特说，你能来作证么？然而这纠察说，滚你的吧。你以为我是你的男妓吗，你这个圆脸的剥皮鬼？你自己去找证人吧。

费特真想用警棍朝他的脑袋狠狠来上一下，教训他懂点规矩；可别的纠察开始警觉起来，站起身一点点踱过来，惹恼了这帮下贱坯可没什么意思，他们可能会把一个警官扔进码头的，他们可一点不会把法律放在眼里。于是费特抽身离开了高恩斯公司大门，朝驻守在那儿的警官走去；纠察跑了过来，大声嚷道，嗨，艾利克，那个恶棍多嘴多舌说些什么？

艾利克·沃特森竖起他的上衣领，大伙觉得他竟抖索成这个样子真可笑。

克丽斯站在自己的房间里，从窗口向外眺望着，这是二月天的下午，天色正在迅速地暗下来。一年前的今天，罗伯特在谢格特的讲道坛上布道，鲜血突然从他的嘴里涌出来，他正怀着一颗破碎的心在作最后的一次布道，他就这么死了。善良的罗伯特是个理想家，一个热爱人们的人，也曾怀着热情和诙谐爱着克丽斯，他是那么温柔、欢快而又富于同情心。现实世界使他的心和意志都碎了，他那曾是激情满怀的梦想也成了泡影。在这最后一次的布道中，他祈求着拯救：要有一种绝对肯定的信条，它将像一把刀，一把外科医生的手术刀一样，切去疑团和疾病——目光敏锐的人们或许能找到它——那不是基督教的信仰，不是爱，也不是他的社会主义，或许是某种他不敢正视的可怕的信仰，说完他就死了。她忘不了他的嘴唇，给血泡染红了，她也忘不了他的那头鬈发，那可亲的活生生的头发耷拉在那死去的头上……

……唉，我对你不够温柔，可我原本是该更多地给予你温柔的。而现在我却是无能为力了，一切皆已消逝，什么都无济于事了，我无法像你那样能从那一片混沌之中找到一条出路。而即便我能像你那样，我想我也无法看透，我对大众和他们所要求的东西毫无耐心，恐怕我只能安排我自己的事。我赤裸裸地站着，那么孤独，受尽煎熬，而你……哦，罗伯特，如果你还在，尽上一把力的话，我们或许还能一起找到一条出路……

只有愚蠢的老女人才会对早已无法弥补的事哭泣不已，她有她的天性，他也有他的天性，所有的机会早已消失在他们彼此相知的在谢格特的时光的尘埃之中，消失在爱情、生分、恐惧和厌恶之中了——他的一切都化为灰烬，永远消逝了。而在今天，一切都得由她自己来决定……把自己像一头母牛一样卖掉，这就是母牛的目标，为了给自己找到一个躲身之地。

突然她想起了罗伯特在谢格特学习的情况：墙上拦出了边框是黑的一格格，里面全是书，泥炭灯光照在椅子上，桌子上，罗伯特全身埋在一把椅子里，两手捧着头，她看着他，看到他对那个懦弱的上帝是那么恐惧却又紧随其后，不由使她感到他既可怜又令人厌恶。想到这儿，似乎竟有什么东西在房间里飘然而至，像一支烛光一样照出了一个图形……她已同所有的男人绝缘，她再也无法激起一种对这样的生活的激情，随着罗伯特的去世，那一切也死去了。宁可在邓凯恩的小巷中当一个乞丐，也胜似她几乎打算去做的那样出卖掉自己。

今晚她就要把这点告诉艾克·奥格尔维。

艾利克·沃特森从高恩斯-格洛格公司当纠察下岗回来，当他回到在考盖特的家时，碰到了那个老婆子正颤颤巍巍地走出来，她是去为一个住在克雷格纽克斯的寡妇做下午的清洁工作。她说，老天保佑，你又回来了？喂，这次你就自己想法去搞点吃的吧。你姐姐躺在床上，不太舒服。如果她需要什么，你就帮她弄一弄吧。

艾利克答道，他会弄的，一点不会给人咒骂，麦格是他的姐姐，不是吗？老太婆说别对她这么无礼，你这无用的懒惰的下流坯，难道他对自己靠别人赚钱为生不感到羞愧吗？艾利克说，滚你的吧！难道我请求过降生在这肮脏的镇子，降生在你那张邋遢的床上吗？说罢腾地从她身旁擦过，因为见到她眼中流露出的那种惊骇的神色而洋洋自得。

到了屋里，他沏好一杯茶，拿出面包和罐头牛肉，坐下吃起来，麦格在另一间屋里睡觉，有一回他听到她在翻身，他不吃了，倾听着，他宁可自己为这些声音去忙乎，这样他不需要去想自己做了些什么……他悄悄地把装胡椒粉的小袋放进了尤旺的口袋里，天哪！万一给其他人发觉——

这时麦格喊起来，艾利克，我听到你进来了。给我倒杯水好吗？

他拿水进去，用自己的胳膊伸到她身下托起她，她的身子已经变得很沉，尽管他是那班蠢猪中唯一看见这种情况的人。尽管他一直是那么喜欢她，她也喜欢他，可他们彼此间从未流露过这种感情，就在他托住她时，他发觉自己心里一阵刺痛。过了一会她把他推开，又感到一阵昏晕。

艾利克说他最好去请个医生，可她却叫他别像一头蠢驴那样尽说蠢话，难道一个姑娘就不能有点儿头疼脑热的吗？

——嗨，可你不是一般的头疼脑热啊，麦格。你什么时候怀上孩子的？

她说，什么？又静静地躺了一会，瞧着他，他说别这么看着他，他早就知道了，她最好还是讲出来。

她把脸转开去贴住枕头，不让他看见，悄声说，6个月以前。唉，艾利克！然后开始哭泣起来，就这么躺在乱糟糟的床上，幽幽地哭得那么凄惨，他毫无办法，只能束手无策地在一边看着。他在哪儿搞的，这狗杂种？是在温得米尔他这花花公子的房间里是吧？

她把头扭回来，又直瞪瞪地看着他，他从她的眼神里看出她是十分气恼：温得米尔？这是在胡扯些什么？那畜生从没去过温得米尔。

艾利克说，听着，你这婊子，不许对我转弯抹角。他朝床俯下身去，抓住她的两只手腕，猛地紧紧攥住，就像发了疯似的。谁是这孩子的父亲？快告诉我！

当他听到她说出斯蒂夫·塞尔登时，他知道这回他做了个傻子，已经做了傻事。天啊，尤旺——万一尤旺给抓起来——

他一扭身出了房间，冲出家门，砰地把门带上，他冲下台阶，那位捕鱼船的老船长在院子里出现了，嘴里哼着小调回家来吃午饭，艾利克看到他的老妻担心地偷偷朝外窥探着。他一下打这老家伙身边擦过，朝院子出口奔去，这时有两个他认识的家伙正走进院子，想拦住他，开个玩笑，他一下把他们甩到一边，根本不顾他们大嚷说他是犯傻了还是得了痢疾。一出考盖特他就开始奔起来，忽东忽西地避开人行道上的垃圾桶，一辆黑色的小汽车在前面街上驰过，全凭运气了，天啊，那儿有个警察。

于是他放慢脚步，走过警察身边，如果一个警察看见一个小伙子在考盖特狂奔，那他肯定会追上来，抓住他，盘问他。一出警察的视线，艾利克又奔起来，等他跑到阿尔本街正好赶上一辆电车。

他蹬上电车踏级时才想起身边一个子儿也没有，于是，就在电车拐个弯，嘎嘎向港口开去时，他就想跳下车去:眼前的港口在阳光照耀下突然一片金光闪闪，海鸥在海面上飞翔，鱼市场的喧闹声就像一阵风一样朝电车迎面扑来，电车哼唧着，不屑一顾似的开了过去。就在艾利克想跳下车时，售票员已经看见了，他一把抓住他的胳膊，当心，你这无赖，想从这儿跳下去，你要把脑浆都摔出来的——如果你有脑浆去摔的话。

艾利克说他发觉自己没带钱，他是那班在高恩斯-格洛格公司罢工工人中的一个，他们正处于水深火热之中，他急于要把一个消息带给其余的伙伴。他得在这儿跳下去——

可这个售票员抓得更紧了，这是个方脸、强壮的家伙，一张脸活像一道做工粗糙的大门。他说别这么匆忙，他不也是工会会员吗？别急，他会帮他付车费的。坐下等一会儿。

这下就省得跑路了，不一会就到了码头，驾驶员在一个弯道处放慢了车速，他不能再靠近高恩斯公司了，于是艾利克跳下车，大声道了谢，拔脚一阵风似的跑了。

当那天四点钟的那个纠察来时，这儿不像平常那样有那么一帮闲人围在一边嘁嘁喳喳了。冷空气正从福特福西袭来，钻进了布鲁人的单薄裤子和茄克，他们便躲进了图书馆，去看上星期日的《星期日邮报》，上面有赛马的消息，一个遭强奸的姑娘的事，她怀了孕，给杀死了，给炸成了粉片——嗨，这些苏格兰报纸可真有教育意义……不过还有十几条这种消息，根本别指望会闹出什么乱子来:在罢工还在进行时，你决不会知道会有一个傲慢的年轻人飞快地跑过。

这儿只有一个警察，是个年轻的蠢乡警，他咧开嘴朝纠察笑笑，有一回还大声把一个警察的老掉牙的故事告诉他。那个警察的巡视区域让妓女搞得乱七八糟，有一天晚上，一个新警官来到这个巡区，让那个警察把所有的妓女都送进监狱，可到头来那个警察用他那双八字脚啪地一下立正说，为了讨好你，我已经把我的姐妹、我的婶婶、我的老婆、我的女儿，还有我的侄女吉芙都抓起来了，可如果我把我母亲也抓起来，那我可要遭咒了……

大伙都哄笑起来，他们对他没什么恶感，他也不跟他们作对，真怪，这么个家伙竟会当上这种该死的警察，不过你也不能过多地责怪他，毕竟有一套挺不错的制服可御寒，收入也不错，还有一份养老金，外加一份额外的赏金。你朝自己冰冷的手上呵着气，一边朝码头里吐唾沫，一边寻思着得慢慢回家去了，这时你一抬头，看见有六个警察大摇大摆地朝高恩斯公司大门走来，那个大块头警官费特走在头里。你清清嗓子，朝地上啐了一口，要把他们带来的臭气从喉咙里吐出去，可这队人几乎看都没朝你看就走了过去，他们都压低嗓门讲话，一副像煞有介事的样子：现在他们想搞什么鬼名堂？

站在路口的唯一的那个纠察就是那个年轻的花花公子，大家都说他是半个赤色分子。他退后一点让这些警察过去，可他们瞧也不瞧，这帮公牛中有一个踉跄一下几乎倒在这个花花公子身上。接着，没等你回过神来，一件怪事发生了，那警察一把揪住了这个年轻的花花公子的衣领，同时费特大声嚷道，怎么回事？袭击警察吗？很好，我的小伙子，你可以到警察局里去了。

小塔文达尔说别开玩笑，这个警察是在路上绊倒了。其他一些纠察都从棚子里跑出来，围住了这伙警察，也都这么嚷嚷着，说是那个警察自己绊了一下，要不就是得脑水肿了——如果他还算有个脑子的话。可费特叫道，退回去，要不就把你们也抓起来。接着他问塔文达尔是否老老实实地去，塔文达尔耸耸肩，笑笑，说他想是这样吧，他显得很冷静，一点不害怕，同时突然一转身对那个撞到他身上的警察说，看得出这是一场预先安排好的戏——

没等他再说出一个字，天哪，多么响的啪的一声！这个警察抽出他的警棍，一下就把他击倒在地。然后他瞧瞧费特，而这个大肥猪点点头说，正当防卫，迪克森。很好，把他抓起来。

在警察把他带走时，你看到，他还是个孩子，头发上淌下一滴滴的血，他就像个袋子一样搭在警察的胖手上。纠察都尾随在后面，大声嚷嚷着说他们全看见了，可听到叫声，其余的警察转过身来，不到半分钟就把街上的人都赶开了，费特说纠察企图阻挠一次逮捕。

他们把年轻的塔文达尔强行架走了；这时你正飞快地从家里跑出来，要把这消息带到基里本去，你一头撞上了一个脸色煞白，像个傻子的年轻人，他摇摇晃晃，跑得上气不接下气，高恩斯公司出什么事了？于是你告诉了他，他叫起来，噢，天哪，他可没想到会是这样，你寻思着这家伙或许喝醉了，要不就是疯了，或是两者兼有，于是你撇下他，他看上去都要瘫了，只够一头撞进码头里去——

他动一下，一阵疼痛便传到双腿和身躯，他想他的右胳膊给他们扭断了，不过也吃不太准；转而又想，不可能，否则还会疼得更厉害呢。一阵火烧火燎的疼痛，他又昏过去了。

等他醒来时，他想差不多就要天亮了，他的喉咙像火烧一样，他想喊叫，要一杯水喝。过了一会儿，牢门开了，过道里射进一道亮光，照进了牢房，他看见一张朦胧的脸孔，很大一张脸，飘飘忽忽的，这张脸说，如果他现在承认是他淹死了约翰尼·爱德华兹，并且组织了在码头撒胡椒粉的事件，那他就可以喝到水，怎么样？尤旺动了动肿胀的嘴唇，木然地嘟哝着，他听到自己说，你可以滚到地狱里去！警察的脚咔地一声踩在他头上……

等他在码头被抓住打昏以后再醒来时，他发现自己在警察局的一条长凳上，他们开始问他的姓名，住址，并记在一本大审问记录本上。他问为什么要逮捕他，坐在桌边的大个警官说他很快就会明白的，这会儿他用不着在这儿装腔作势，你这杂种。好，小伙子们，搜他身。

两个警察搜了起来，一会儿他们就发现了一袋胡椒粉，他目瞪口呆，真见鬼，这东西怎么会在他口袋里？警官开腔问道，你对此有什么好说的？尤旺尽管头疼得几乎什么也看不清，还是说道，该死的，这是我从杂货铺为我母亲买的，就是这么回事。警官说，看在老天分上，是这样么？等他同警察打完交道后他妈妈还能认出他来，那她就算是个明辨是非的女人了。警官说，把他带到3号牢房去，莱斯利警官。看他还会再袭击你吗。

他一直想这是个可鄙的玩笑；突然完全不是这么回事了，三个警察走进牢房，站在他身后。他脑中突然闪过一个他读过的故事，那是描写发生在美国监狱里的可怕的事的。胡说，这儿是苏格兰，不是美国，这帮警察都是乡巴佬，是白痴，他们不可能——

两个警察架住他，这时西姆·莱斯利揍起他来，接着他们满牢房拼命用拳头揍他，就像通常在邓凯恩对待赤色分子那样狠揍，他们中有一个失手打出了血，咒骂起来，够了，别打这狗杂种了，他会像头猪一样给放出血的。尤旺瘫在地板上，他听到一阵奇怪的噗噗声，他的嘴呼哧呼哧地喘着气，吐出血沫。

再后来，牢房变得天旋地转，他们把他拎起来扔在木搁凳上。好了，快回答，要不你还得挨揍——他们一再逼问，要他承认是他淹死了爱德华兹；可他咬住嘴唇，什么也没说，他们拳打脚踢，最后他喉咙里发出一声惨叫，惨叫声没有了，警察松开手，站在一旁，倾听着，唯恐这声音会传出幽深的牢房的过道给别人听见。然后他们说让他一个人待一会儿，过一会儿再来对付这该死的赤色猪猡……

可他还是咬紧牙关，一声不吭，尽管牙齿后面的疼痛真让他有点顶不住，想把一切都承认下来，他们问什么就承认什么。天啊，让这一切有个完吧。可他真正的自我超越了他，使他外面包上了一层冰的外壳，这个自我用一种冷峭的、无动于衷的目光注视着他们怎么做出种种羞辱他的身体的事情，看他们威胁着说还要做出更羞辱人的事，就这么折磨着他的身体，最后他的自我退缩到了那层冰壳后面，又一次昏厥过去……这会儿他这么想着时，天就要亮了。

他稍稍动了一下他的胳膊，他以为胳臂断了，倒没断，只是布满了血痂块，他的喉咙不感到那么干渴了，他静静地躺着，只觉得有一阵奇怪的迷雾升起，迷糊了他的两眼，他觉得他再也不是尤旺·塔文达尔了，他消失了，整个身子受尽折磨，被扯成鲜血淋淋的成百块碎块，散布在全世界，苏格兰也有，英格兰也有，德国纳粹的苦刑室里也有，波兰乌克兰的苦难营里也有；是监狱里受尽折磨的一团铅灰色的扭曲的东西，那是南京的共产党人；是关在阿拉巴马牢房里的黑人孩子，他们用剃刀戳进他的身子，残忍地仔细地凌迟着他。他就是他们中的一个，他们给世界的主人们拷打折磨得嘴唇抽搐，血肉横飞，发出一声声的哀号，而就是这些主人撒下了弥天大谎，说什么要用和平、民主、公正和文明的传统来实现进步——甚至在斯巴达克思那时的奴隶时代他们就在撒谎了，而现在，他们通过在讲坛、在出版界的代理人，通过中产阶级的和平主义者的假惺惺的哭诉和工党分子·道格拉斯主义者娓娓动听的许诺，仍然在撒着谎……

他感到一阵极大的喜悦，知道自己就属于那支大军——属于那支饱受折磨痛苦的血淋淋的大军，那是最后的阶级群落、古代的最低贱者的最褴褛的先锋，正步履蹒跚地跋涉着，走啊走，那是一大片黝黑的脸的海洋，举起给监狱的血染红的一面面旗帜，那也是受尽折磨的工人的撕出的内脏做成的旗帜，还有那六千年来受奴役受压迫所发出的呐喊和歌唱，声音响彻宇宙。对他们来说，没有退却，没有安全，没有退路，也没有报酬，只是被这黑色的奋不顾身的潮流推拥着，首当其冲地经受冲击，赢得第一个荣誉，第一个死亡，第一次生命，就像从来没有生存过一样——

特雷斯说，嗨，行了，我们将尽一切力——再去做那么点事。不过我不想建议你到法庭上去。

克丽斯问为什么，这个大个男人长着一张扁圆呆板的大脸，两只眼睛眨个不停，他从起居室的沙发上站起身，瞧着她，似乎要传给她一种温柔的安慰，我担心你的尤旺已经给打得够呛的了——满头扎满了绷带，你知道，已经不成样子了。

克丽斯瞪大眼问道，可他并不想反抗啊！所有的纠察都看见他遭逮捕的情景。

特雷斯眨了一下子眼睛，开了个小玩笑，哦，可你知道，他是个共产党，要不他现在是个共产党了，因为他那空想的支部最多不过是一个最真诚的小伙子的梦想而已。不管怎么说，警察认为他是个赤色分子，而他们总是要把赤色分子“逮”进警察局去，一般把他们关押在三号牢房。你知道，你的尤旺是第一次去那儿，他们就是想把赤色分子精神完全扼杀掉。

克丽斯说那样做太蠢了，在这个国家里他们不能这样干，谁都知道警察是讲公道的，任何遭指控的人都会受到公正的审判。特雷斯点点头，只要你是个中产阶级，穿得像模像样，又不是共产党员，那倒确实是这样。噢，还有别的呢——一个鸡奸者，一个性反常者，一个贩白奴的奸商，一个强奸幼女者——诸如此类你想得出的该死的事情，那都会受到审判。然而，如果你是一个革命的工人，那你就得下地狱。这是够公正的，因为这些赤色分子根本不是在拯救这个制度，而是要推翻它，扼杀它。

他静候克丽斯穿上外衣，戴上帽子，离开了这幢房子，一个照看的人也没有。在温得米尔半坡他们上了一辆电车，十点便到了法院。

法院外已有一大群人了，衣衫褴褛，胡子拉碴，他们大声招呼说，嗨，杰姆。一边瞅着克丽斯，一边围住了特雷斯，他们都没好好洗刷，发出一阵难闻的气味，一个个脸色苍白，克丽斯瞧着他们，心都沉了下去。难道尤旺就一直同这些可怕的人打交道吗？

进口处全是警察，其中一两个走下街来，脚登大靴子，推开拥挤的人群，显得那么的悠然自得，警棍在手，宽肩厚背。特雷斯咬紧上颚，朝布鲁人和罢工者眨眨眼，伙计们，等会儿我们要示威，你们最好散开，不要挤作一堆。

最后两人进了法院，克丽斯以前从未进过一次法院，法庭四周围着黑木条，有一个证人席，证人席上有一块弯曲的木头，她感到很困惑，因为这东西看上去真可笑。她悄声问特雷斯那是什么，他眨眨眼答道那是回音板①，说完就背靠长凳打

① 原文为 sounding board，一种设在讲台等上方或背后以增加音响效果的传声结构。

起了哈欠，开始他们没有带她的尤旺出来，得等到高级市政官贝利审讯到了高潮，才带出来。

他们终于把带上来的妓女审理完了，还有一个从售货摊上偷香烟的士兵，一个驾驶货车撞倒一个男孩的司机。不过审理这些案子都没花多少时间，贝利·布朗——邓凯恩工党领袖——很干脆又风度十足地念了他的判决，对所有的警察都很有利，他的判决比起一个托利党人会下的判决要重一倍——好像要以此表明他是不偏不倚似的。然后克丽斯看见一个督察走上前对他耳语了几句，于是这位市政官瞧瞧手表，点了点头；远处那扇门打开了，一个缠满绷带的人在两个警察的扶持下步履维艰地走了进来，其中一位警察是克丽斯认识的，那就是谢格特的西姆·莱斯利警官。

随后她认出了尤旺，有人大声说，安静！特雷斯那么使劲地捏住她的膝盖，把它给捏痛了，让她气都透不过来，她再也叫不出声了，她毫无办法，只是使劲瞪大眼，瞧着那个缠满绷带的身形从她面前经过，站在了被告席上，那班警察全都得意洋洋。一个很整洁利索的小个男人手持一纸公文站起来，拉拉他的法官袍，开始急促不清地讲起来，讲话时衬衫的前摆都垂了下来，但却十分自信。然后他对在押犯提出起诉……约翰尼·爱德华兹的死……在码头野蛮地袭击警察……指控的证据……使用暴力拒捕——

市政官点点头，抬头看看钟，星期五再开庭。说完站起身，所有的人都站了起来，一个警察抓住那缠满绷带的人。

就在警察从座位底下经过时，特雷斯身子前倾，喊道，好吗，尤旺？

——我很好。他们从我这儿什么也没得到。你好，克丽斯，别担心。

尼尔·夸里奇说他真是万分抱歉，可他根本无法利用报纸来干些什么，他在《竞赛者》报社只是个助理编辑，一个无足轻重的小人。再说《竞赛者》报也不敢对一个尚未作出判决的案子发表评论。即使有可能这么做，报社也不会去做的。噢，那些警察全是些粗俗的蛮不讲理的人，不过他可不相信那些说尤旺给拷打过的废话——这是邓凯恩，不是芝加哥；那只是赤色分子哄骗卡珲太太的鬼话。可怜的尤旺已经给赤色分子牵着鼻子走了，如果他想要实行社会变革，不是有道格拉斯主义嘛。经济上有保证对社会也必然有保证，而这就确保真正的有实益的产品——尽管属私人所有——不会是虚假的。

皮德尔先生嬉笑一声说道，他也确实十分遗憾。是啊，他也到了法庭，看到了年轻的塔文达尔先生，不错，他已经给《竞赛者日报》写了文章。不，他不想冒犯任何人，但是公众理应看到这方面的报道，卡珲太太。她能否给他一张照片，让他提供给《托利·皮克特人》报呢？还有，嘻嘻！她的丈夫，那个已故的谢格特牧师对这类案子不是也持比较极端的看法的吗？

吉姆·特雷斯说得很坦率，共产党人当然会充分利用这个案子的——首先是为了他们自己的目的，而不是为了尤旺。他们会为他尽全力的，可尤旺对他们来说无足轻重，就跟他吉姆·特雷斯一样算不了什么。

默盖特洛伊德小姐说，天哪，这真太可怕了，年轻的尤旺先生人真好，对她借给他的那些描写古老的苏格兰神话的书是多么感兴趣——那些皮克特人真是法力无边。他怎么会加入这种团伙？——据说他袭击了警察，那真太糟了，那些警察是多么和气，乐于助人。是否要请她在工联俱乐部的朋友来帮帮忙？——哦，恐怕她办不了，现在来看，这么干不太对，不是吗？那些朋友都是极力反对赤色分子的，倒不是说塔文达尔先生真是个赤色分子，这她也明白，唉，真没办法，她真是万分抱歉——

阿尔奇·克利尔蒙特说，见鬼，那是尤旺吗？真不知道他竟是赤色分子。瓦格纳也是。不管做什么事，只要我能帮忙……

约翰·库辛尼什么也没说，只是把他的通知书递上来，他再也无法忍受下去了，你们都知道，他是拉吉·罗伯森的一个雇员——

埃伦·约翰斯脸色煞白，说道，随便你们怎么说。我也是个社会主义者，是我促使他信社会主义的——他是个社会主义者，不是个赤色分子，这全是个可怕的误会。哦，克丽斯，他究竟成了什么样子了？……噢，克丽斯，我真难过，我真是个傻瓜，竟哭了，他会认为我是个傻瓜——

艾克·奥格尔维要克丽斯别担心。他想他或许能把这事妥善解决好。

他出去上班了，整天没在家，这一整天克丽斯心绪全然麻木，头脑昏昏沉沉的，只是在新来女佣的帮助下做着清洁工作，准备膳食。这个女佣是个大个儿的寡妇，尽其所能好言好语，对尤旺和这件案子只字不提。三月的白昼过去了，天又黑下来了，克丽斯仍然怀着恐惧心理木然地干着活儿；后来，似乎到了吃茶的时候了，她听到前门打开的声音，艾克走上了楼梯，他迈着缓慢沉重的步子一步步走了上去。不一会儿他又走下来，打开门，说，嗳，太太，跟你讲句话。

他坐到起居室里，一边往烟斗里塞烟叶，一边说，瞧见吧，你面前是个失业者。

克丽斯说，什么？艾克点点头，划着了一根火柴，吐出一口烟，说一点不错，杰米已经跟他了结了，他也跟杰米了结了。不过现在这些都无关紧要。关键是尤旺会平安无事了——不然的话，杰米的那个隐私就会像尤旺是赤色分子的朋友的传说一样在整个邓凯恩传布开，艾克还能把它传到国外去。嗳，那可就是件了不得的大丑闻了。

克丽斯气急地问道，艾克，艾克，是真的吗？他说，嗳，太太，当心，别这么激动。你的孩子他会没事的，他们不会把这案子怎么样的——那可是我们在邓凯恩享有的公正。你再坐会儿，我把这事全告诉你。

她随后意识到，他这么告诉她，好让她别这么激动。可这时她的心思根本没在听他讲，而是像一只野物拼命要逃出樊笼一样飞驰开去，一心只想到尤旺——

艾克说早晨他没去锯木厂，而是去找了斯佩特，告诉他，他可以利用这个案子来反对那个给打得不成样子的年轻的赤色分子——艾克认识这个小伙子，他并不坏，是个正派的学生，他受到那班警察的如此虐待。杰米听他说着，那张长长的苦恼的脸显得更其愁苦，一边摇着头，表示他无法插手这件案子，他无权去影响法庭或市政长官。艾克对他说，看在上帝的分上，别说这种丧气话，他们两人现在都不是小孩了，市长大人也跟他一样清楚，在每个苏格兰的城镇都是贪污成风，就跟大西洋对岸的所有肮脏地方一个样。

是谁签订了一致的协议？谁安排了公地的出售，并在公开招标之前就把公地给买进了？谁又榨去了一部分的自来水税？

又是谁利用图书馆干了什么勾当？那些警察、督察和警官除了像妓院老板那样靠妓女过活，一旦她们付不出每周的例钱就把她们抓起来，除此之外，他们哪来的额外工资去购买房子和汽车？现在在邓凯恩有哪个书报摊不是周复一周地支付勒索金呢？全都支付。

斯佩特说所有那一切全是谣传，一派胡言，他对此一无所知，艾克便说，或许是这样。难道你就不能给塔文达尔一个警告，或是诸如此类需要的套话，然后把他释放吗？

这时市长大人几乎大发脾气，他说如果再这样纠缠他、讹诈他的话，他可就要骂娘了，这一切只因为他年轻时犯了个小过错——难道他是第一个利用夜色隐瞒身份在篱笆边强奸一个姑娘的小伙子吗？……虽然艾克已经看出对方的话并不十分当真，但对方像一只给逼进角落的老鼠，看来他把他逼得太凶了，他的神经会出毛病的，接下来倒可能是艾克自己要进监狱了。

于是他把他的建议对杰米挑明了：如果他能妥善办好塔文达尔这个案子，艾克就决不再提那个在篱笆边给强奸的少女之事，不管在公开场合还是私下里都不会提片言只字，也决不利用那事捞什么好处。市长便说，同时你得离开我的锯木厂，怎么样？艾克用力耸耸肩说，嗳，一言为定，杰米，再见。

当艾利克·沃特森跟赤色分子斯蒂夫·塞尔登把事情了结以后，这家伙便成了一团肉铺里的大杂烩，根本不再像一个曾去过加拿大又回到苏格兰，一心要看到工人阶级的解放的领导人了。他们是在考盖特的一条小巷里大打出手的，有四个人在一旁监看着他们公平决斗，最后他们拉住了艾利克，并对塞尔登说最好认输算了，要不他真会血淋淋地给打死的。

塞尔登咳着，咳得唾沫横飞，他重新站起来，说他从没向任何人低头认输过，让那姑娘怀孕不是他的错，不是他的错，是那个姑娘真心愿意的。艾利克说，见鬼！你一直都是知道的！可塞尔登对天起誓，说他根本不知道，如果他知道的话，他做事会很上路的。四周的人都大声对艾利克说他或许该相信这话，这话说得很真诚，那些不要脸的坏蛋，这些赤色分子对让女人怀孕的事是十分尊重不敢乱来的，他们似乎一个星期天要上三回教堂，每餐饭前都要做祷告，他们中几乎没一个人的婚姻是不正派的。他们从不会贴得很近地去看一个女人，如果这样做了，许多人就会说他们是一群该死的让人讨厌的人……所以艾利克这么大打出手毫无意思，他这般狂怒到底是为什么啊？

艾利克说，他们可以关心关心自己的臭勾当，说罢披上上衣，径自上斯莱斯兵营去了，他在兵营大门外犹豫了好一会，既有些害怕又感到十分绝望，哨兵看着他，说，喂，朋友！艾利克说，嗨。这是你们登记入伍的地方吗？

这个穿着苏格兰短裙的哨兵大摇大摆地来回走着，他带着一根短棍，没拿枪，朝守卫室瞄了一眼，然后转身问道，看在上帝分上，你这是怎么啦？——是跟妹妹睡了觉还是抢了银行？艾利克说他什么也没干；哨兵便说，别干蠢事了，为什么要来当这种乌七八糟的兵呢？这儿吃的尽是发臭的土豆、变质的牛肉，每周只有7个先令，而7个先令有一半都给抛进消遣寻乐中去了。这儿完全是个地狱，而且是个不加掩饰的地狱。

艾利克说没关系，他只是想来碰碰机会；他进了大门，朝办公室走去；几个可怜虫正绕着一块场地团团跑着，东摇西晃，样子都跟死人差不多，艾利克知道这是一种惩罚性的操练。

他几乎要踅身回去了，却又骂自己是一个胆小鬼，他们总不可能把他搞得比警察搞尤旺更惨的吧？——噢，天哪！他猛一下推开办公室的门，走了进去，他们便说他以为他是什么东西，难道他是上校吗？说着便关上了门；艾利克·沃特森就此离开了考盖特。

大伙听说了这个消息，又一个个把它传开去，他一定是发昏了，这个年轻的蠢货，他准是让这场罢工给吓倒了。大多数人都知道淹死约翰尼·爱德华兹这事他也有份——好吧，那又怎么样呢？在淹死这个肮脏的老工贼这事上，十多个人都有份，这可是干了件大好事。可他们并没有就此害怕得跑去当兵，相反，在小尤旺·塔文达尔星期五上中心法庭时，他们都参加了由吉姆·特雷斯组织的示威。

这是冷峭的四月初的一天，扯起了许多旗帜和标语，杰克·福布斯敲着鼓。就在他们这么心情沉重地前进时，只有一两个人想到现在艾利克在敲另一面鼓了。谁说得出，塔文达尔会遭到什么个结果呢？

接着他们听到前面发出一阵欢呼声，一条消息像一把火一样迅速点燃了整个人群，那是千真万确的；不，不是这么回事；是的，就是这么回事，他自己走下了台阶，头上缠满了绷带，他还招着手。他给罚了一点钱就释放了，他母亲当即付清罚款，瞧，她就在他后面——天哪，那是他母亲吗？我真可以同她睡觉，真以为是他的姐姐呢……真是个脸色阴沉的娼妇……见鬼，她是个很不错的女人……尤旺来了。伙伴们，朝他欢呼吧！

克丽斯一点不知道是怎么回事，就进了人群的行列中，她就在尤旺旁边，一起朝购物城走去，那面鼓在那个胖汉子手里嘭嘭敲响着，大个子特雷斯先生咧开嘴笑着，眨巴着眼睛大踏步走在头里，她拉着尤旺的手。她真希望他们都走开，就让她和她的儿子待在一起。在他们离开法庭时，艾克就站在旁边，他对吉姆·特雷斯说，不，我不去了。我可不是什么人的仆人，既不是布鲁人的，也不是警察的。克丽斯听他这么说很喜欢，因为她也是这么想的，她一向就是这么想的，而且比以往更甚地感到她只属于她自己。除了尤旺：尤旺的手就在她的手里。他低头看着她，微笑着，接着又绷起缠满绷带的脸，冷静地说，打起精神来，克丽斯，这一切很快就会过去，我们可以偷偷溜走，会受到别人的尊敬！

……来吧，黑暗的牢笼或者残酷的绞架
这支歌将是我们临终的圣歌！

队伍在温得米尔台阶下停住了，特雷斯已经关照过了，克丽斯知道他这是为她安排的，这是桩小事，不会影响他的宣传。帕尔迪的人们抓住了尤旺，把他抬起来放到台阶上：来吧，尤旺，讲讲吧！人群突然涌上来，克丽斯退回到后面，等着，她知道人们把她忘了。

他用他那清晰、冷静的小伙子嗓音说道，他们不必再去闹出一场混乱，不必对一个去为革命工作的人期望过多，他就是这样，他并没有获得多少。他只学到一点：共产主义是正确的。我们只有通过暴力才能击败野蛮势力，和平改良的计划完全就像要用一本《圣经》去追捕一只孟加拉老虎。他们必须把大众组织起来，促使他们去思考，让他们擦亮眼睛，让他们知道，只有通过阶级斗争直到把那班老爷拉下马，把他们踩在地上，他们才能赢得权力——

说到这儿他晕倒在温得米尔的台阶上。

四月来了，带来了最美丽的生气勃发的天气，白絮般的片片白云从邓凯恩上空飘过，带来了福特福西沼地鹅群的叫声。在小小的后园里，克丽斯看见矮树丛上绽出的嫩芽，她取出搁了一冬的锄头，隔墙园里，园丁们正在掘土，拍打着干涸的泥土。就在这个明媚的四月天里，克丽斯给草莓丛和玫瑰松着土，突然，她浑身起了一阵早已遗忘的震颤，她感到这股泥土的气息是多么好闻，她想起了山谷那儿，片片起伏的山坡园地里给翻耕起的深红褐色的泥土，想起了给那匹叫克莱德的马蹄喀啦喀啦翻搅起的泥土，清晨，马儿的鼻息也像这片响声一样呼哧着，马儿身上发出一股令人难忘的马厩气味，垄沟翻起，弯弯曲曲一直伸向太阳升起的地方。土地……她现在陷在这儿的一块小园子里，这儿不再有那些她一度熟悉的人了，也不会见到他们停下来擦擦嘴的样子了。

如果尤旺一直就像那一个尤旺……她停住手，身子弯下，撑在锄头上思索起来。难道他就是那么不一样吗？打从那次他在温得米尔山坡的台阶上晕倒以来，他身上就有什么东西总让她想起他那在战场上归来时的父亲的样子——当时的尤旺不是那个头脑简单、言谈粗俗的尤旺，却成了一个在那些日子里她无法理解的阴郁的形象，只是到了后来，在她得知了他的死讯时她才明白，那个真的尤旺其实是被禁锢在那形象之后，是那么绝望地在寻找一个藏身之处，——可她却并没为之提供这样的藏身之处——完全是一个在寻找庇护所的痛苦而备受折磨的形象。

唉，她也真太傻了，竟会这样想起她的备受那些畜生虐待的小宠儿——尽管他对她说他并没有给折磨得太惨，他没事，很快又会恢复的。

她听到从屋里走来的脚步声，一抬头看了一眼，又把头低下了。她的心头掠过一丝古怪的失意的想法：真要命，即使跑到院子里也没法得到一些儿清静——真是个令人心烦意乱的家伙！这丝怪想头过去了，她又变得很沉静很客气。

嗳，太太，我想跟你聊聊。

——好吧，艾克。

他吐出一口烟，噗地把烟吹到一边，他站在那儿，那双擦得锃亮的皮靴没系好，背心畅开，鬈曲的胡须很漂亮，全然一副不管不顾、不慌不忙的样子，她能感到他正从侧面注视着她的脸。他说早先他借钱给她以继续维持这座公寓，并以此没让克莱格霍恩大妈的侄女的如意算盘得逞，他们决定下的这件事已经办妥了，现在不管怎么说得明确一下了：你打算让我作你的男人吗？

克丽斯不再撑着锄头，她直起身，转脸对着他。这件事一度曾是艾克心里的一首诗，可没等诗念出来，就在一阵狂怒之下被扼杀了；这时他心里突然又萌动出了这首诗，噢，她真美，那头美丽的褐发使她显得既忧郁又焕发出光彩。这时，她十分平静而又温柔地说，好吧，如果他要她的话。他已经做了那么多，她根本没有讨价还价的余地。

每天晚上，沉沉黑夜之中他总想着，唉，天哪！我能睡着就好了！可是却很少睡着，一小时又一小时他拼命想锁住记忆，不让那些画面重现:都是他在那座牢房里的情景，他在警察手里饱受他们的拷打，一幅幅的画面……他用手捂住脸，把脸埋在枕头里想忘掉这痛心的耻辱。他，尤旺·塔文达尔，像一只野兽一样给人逮住了，他给剥得精光，展示在别人眼前，让人耻笑，他的身体给那些猥亵卑劣的眼光所玷污，就跟给他们肮脏的双手猛揍过一样，他就像一只落在一帮小学生手中的青蛙，受尽折磨。那一回他竟对自己的身体没了感觉，只觉得是那么的轻松、冷漠，一种完全超脱了的甜蜜感觉；而现在，他躺在黑暗中，他的身体倒反成了一件令人讨厌的东西，一样他瞧都不敢瞧的东西。

每天晚上，他受着这种恐惧心理的驱使，总把门锁得紧紧的；克丽斯一直注视着他头上缠满绷带在房子里走动，她会了解的，克丽斯，或许还有埃伦。埃伦和他曾经——一想到就感到恶心，那么不要脸，她的嘴唇压在他的嘴唇上……噢，上帝，让我入睡吧！

那天，吉姆·特雷斯来了，带来了罢工终于结束的消息，他跟尤旺坐在起居室里，他显得那么高大，笨重，红光满面，一对小眼睛不停眨着。他们全都回去了，兴高采烈地上了班，重新制作他们的武器——甚至传说高恩斯公司打算很快建立一座装填毒气的工厂。哎，罢工者已经让快速的生产速度放慢了下来，而且所有的计件工资都增加了，玻利维亚和日本正望眼欲穿地希望获得武器，这下高恩斯公司可要合着节拍抖起来了。

——我经受了那一切——就是为了这么个结果吗?

吉姆·特雷斯点点头，哎，就为了这。就为了这同一个结果，他同样已经经历了整整十五年——靠着比一个布鲁人稍多一点的工资维持生计，为那些根本没头脑的笨蛋尽力工作……

他眨巴着眼睛，抽着烟，尤旺想，他看上去就像一只圣诞节的烤猪，嘴巴里还让屠夫塞进了一只傻气的玩具……他想，他还得再干十五年，直到警察又把他弄进某场骚乱，再设法打碎他的头盖骨——因为只有我和你是工人阶级，而不是那些竟又回到了高恩斯公司的可怜的坏家伙。突然他变得很严肃，眼皮足有一分钟没眨一下，尤旺，历史真不是玩艺儿！

特雷斯摇摇晃晃走出温得米尔，他侧转笨重的身子，一身褴褛，挥手道别，过了好一会儿，他的话和他的形象才慢慢褪去。历史真不是玩艺儿！——不是学生，不是历史学家，也不是一个聪明的改革家，而是活生生的**历史本身**，它存在着，创造着，睁眼为了瞎眼的，有双手的为了残废的！——

一看到埃伦，他便抽身离开了窗户，可她已看见了他，朝他招手。他的记忆中又掠过一幅又一幅画面，是一部猥亵的电影，在他痛苦反侧时，这些画面死死地让他看到一样东西，一只警察的手——

尤旺！

他把脸埋在胳膊里，感到她用手紧紧搂着他，她的头发摩挲着他的脸颊，他浑身颤抖，躲开去。然后他对她说，走开！她没动，仍然紧紧贴着他，抱住他，摇晃着他，说道，尤旺，听着，你得告诉我你这是怎么了——我干了什么要使你这么躲着我。尤旺，难道你突然一下子就这么恨我吗？

他说他一点不恨她，只是他觉得自己十分胆怯。说着他坐起身，把她推开，瞧都不瞧她一眼，他还是副孩子模样，额角的伤疤这会儿已愈合了。尤旺脸上的疤痕上次是让那些家伙打的，而这次是警察打的，接下来又会是谁呢？她像他刚才那样颤抖不已。接着她突然有了一个古怪的想法，她明白出了什么事了，她浑身震颤，全身从头颈到脸颊到胸脯一阵臊红，天知道红得多厉害，她感到一种无法忍受的羞赧，又充满同情，哦，尤旺，可怜的尤旺！

不过她没把这话说出口，而是蹲在他身旁，双手托腮看着他，她是那么怜爱他，禁不住要潸然泪下。她绝望地绞尽脑汁想找出一个接近他的途径，好帮助他。

慢慢地，她以一种奇怪的冷静的心情，想到了一个唯一的办法——只要她能通过这方法得到他。

这当儿他坐在那儿，凝视着窗外，于是她跑到窗前，拉开窗帘，仰望着天空。正是四月天气，她想，这天气一整天都不会变的，她说，尤旺，周末你有什么打算？

他不吭声，看起书来。什么意见也没表示。

——我想坐公共汽车去作一次长途旅行。到什么地方去。我在邓凯恩呆腻了。和我一起去好吗？

呃，如果你喜欢的话就去吧。可我是个十分差劲的同伴。

她说，她倒要试试，她会去看坐哪班车子。他一小时能准备好么？

这似乎是她一生中最忙乱的时刻了，她胡乱把帽子一戴，从屋里跑出去，到了皇家购物城汽车站，成排的公共汽车就像一条条打盹的龙，驾驶员有的打着哈欠，有的瞪眼望着天空，有的在看报纸；汽车多得不得了，各种路牌都有，她该到哪儿去呢？这时她看见一辆汽车上面挂着去“格伦戴”的牌子，她从未去过那儿，这下万无一失了。她去打听开车的时间，售票员说再过五十分钟——别迟到，你打算带情人一起去吧？埃伦说了声没错，又朝他笑笑，真是个漂亮得可爱的黑黝黝的家伙，售票员抻抻领带，眼光紧追着她——哎哟，那种艳羡的眼光可真是少见。

不过埃伦已经攀上了一辆电车，电车似乎知道她很急，飞快地向购物城驶去，她注视着伍里斯那一扇扇装饰得很堂皇的橱窗——能行吗？她可没有那么多钱去乱花。

她匆匆跑进商店，瞧着一个个的盘子，在五光十色货物的炫耀下，在柜台里那个姑娘像玩具狗似的眼光注视下，她莫名其妙地感到很不好受，她真是个过于敏感的傻子。不，她才不是傻瓜，她会真的买下的，尽管那样干很蠢！

走出伍里斯，又向购物城赶去，在乔治街发现了一个还可将就的地方，她便走进去，迎面而来是一片挂钟手表的嘁嚓声，是银晃晃的一片闪光，她买了想买的东西，又走出商店，外面是一片春天的灿烂阳光。接下来干什么？——试试你的勇气吧，姑娘。

这事可需要勇气，可她坚持下来了，显出一副极其冷静的神色，那家店主是一个动作迟缓的年龄较大的男子，他听了她想要的东西，这家小店里有恐怖书籍，店门半开半掩，店主说他认为另一样东西更好。她是否曾经试过？边说就把那东西拿给她看，埃伦说她没试过，那东西真那么好么？店主就像一个煮过的萝卜那样无动于衷地回答说当然啰，他可以推荐这东西。埃伦说，谢谢，那我就买下了。得快点，我很忙。他说，祝一路顺风。

朝购物城走去——，呃，还有什么？帆布背包？她自己有一个，尤旺没有，得再到伍里斯为他买一个。她在熙熙攘攘的人群中跑去，看看手表，发现还有半小时可利用，她跑进了伍里斯，看见自己满脸通红，皮肤黝黑，一绺头发披到了嘴唇上，样子真难看，不过从另一个角度看倒挺不错的，一副西班牙人的样子。帆布包，背带，她掏出六便士硬币，摸了三个，又叫售货员把东西用纸包好。这下可以回温得米尔去了，让克丽斯看看她买的这些巧克力和水果。

跑上大门台阶，她从窗户里窥视进去，看见尤旺还像她离去时那么坐着，朝外面看着，这下倒使她为自己要干的事感到忐忑起来。她上楼跑进他的房间，打量了一下四周，看见缩在角落里的旧衣橱，她便打开从伍里斯买来的那只背包，把衣橱里的东西胡乱朝背包里塞，动作敏捷，不时停下来听听楼梯上有没有脚步声。然后又像一个窃贼一样不出声儿地跑进自己的房间，气急败坏地来回跑动，往自己的背包里塞东西；还遗忘了什么没有？——噢，天哪，还有从那小店里买的东西！在这儿，很保险，又令人振奋，好了，一切都好了。

埃伦朝厨房里一望，只见克丽斯正在烙甜饼，埃伦觉得她比以往显得更温柔可爱，她那高高的苏格兰人的颧骨十分可爱，沉郁的脸也真好看。

哈罗，埃伦姑娘，尝块甜饼吗？

埃伦说她不想吃，可尽管这样说，她还是吃了一块；她就坐在桌边吃着，两人相视而笑，彼此间早就互相信赖了。埃伦说，卡珲太太，尤旺不太对劲。

这张沉郁可爱的脸一下变了色，尽管她的脸跟儿子不像，可这时的神态却完全一样。他在哪儿？——哦，没出什么事。可从那回进监狱以来就不太对劲。我想带他到农村去散散心——到什么地方去走走；我想你不在意吧？

克丽斯盯住她瞧了一会，然后笑起来，她说他们当然可以到他们乐意去的地方去，他们俩都不是小孩了。埃伦点点头，从桌旁跳开去，我知道。不过我不知道今晚是否赶得回来。

这时她想，尤旺的母亲是明白的，只见她的眼神变得更深邃滞重，埃伦以前看见过她这样子。她和蔼宁静地说，我不担心。不过，埃伦……

怎么？

——那关系到你的一生和他的一生，不过我想我了解尤旺。现在他是这副模样，可他不会老是这样的。等他情况变得好些时……他是个脾气古怪的孩子。我觉得他不会一直成为姑娘的情人的。

刹那间埃伦感到脊骨发凉。从某方面来讲确实如此——可她不在乎！克丽斯很喜欢这只受惊的小猫脸上露出的欢快的笑容，我们只是打算去散散步。再见，卡珲太太。

笨重的汽车哼哼唧唧爬上了巴拉斯山，一路上在田野里扬起了阵阵蓝色的烟雾，埃伦坐在尤旺旁边，往上看了一会，尤旺似乎刚醒过来，用他那柔软的苏格兰嗓音问道，这两只帆布袋干什么用？

她说，寻寻开心。我带了午餐。

在他们底下，整个山谷向东延伸开去，在春天生气勃勃的阳光底下，灰色的藏红花，稀稀拉拉的树木，闪烁出淡淡的光泽——真是一片贫瘠、蛮荒和神秘的土地，尽管她讲话卷舌，带上“r”音，似乎要在这儿一直生活下去，可她对这一切从未习惯过，她这么想着，打了个寒战。这是个令人厌恶的地方，破烂、野蛮……不过尤旺的肩膀靠着她的肩膀令人陶醉。

尤旺看着外面，看到了山谷，远处，就在荒凉的田园、黝黑的小茅屋和阳光照射下的山坡背阴处的影影绰绰的树木那边，只见连绵大山顶上白雪皑皑，上谢格特后面是特拉斯塔峰，浑圆的山腹就像巨大的裸体女人正醒来，舒展身子，真像伟大的泰坦神。正这么看着，埃伦看到他的脸突然沉下去，她说，头又痛了？他勉勉强强答道，不，我很好！（可怜的尤旺！）

一路下山，经过了皮特福西和梅克尔费迪斯，驶入了主干道，道路宽阔，弯弯曲曲，路上全是不断地从南边开来的车辆，满载的大卡车和明晃晃的小汽车，车身摇摇晃晃的邓迪至阿伯丁的大型公共汽车在古老的山谷道路上爬行。牲畜走出了过冬的畜栏，它们的侧腹沾满了粪便，拼命啃啮着稀少而葱郁的牧草，块块牧场四周都由深绿色的杉树挡风。随着一声清脆的声响，闪过一道闪光和一阵缓慢奇怪的啪啪声，农夫们仰起脸，背后是远远的山坡，公共汽车从一条柏油路开过，小石块噼噼啪啪地弹到汽车的挡风玻璃上，养路工在休息，向他们挥挥手，今天人人的心情都很好。

这时，突如其来，尤旺心动了。他对埃伦说，我们到金拉第去。

她从未听说过这地方，他是在那儿出生的，就在那儿山上的一个小农庄里，要不了多久他们就会看到那儿了。没错，他们看见了，四周全是山毛榉，布拉威里高高在上，一点点展露出来，尤旺想起他还是个小孩时，有一天，他站在他母亲身边，靠近一个晒架墩子，他看见一个身着士兵服的男人头也不回地走出院子，他的母亲也不去睬那个男人，那人的手在拴院门时颤抖着……这幅景象那么明晰贴近，他摇摇头，让那幅景象逝去，他以前从没记起过它。他想，那男人是他的父亲，那正是战时，他正在上战场去，难道他和克丽斯吵架了吗？……那是好久以前的事，跟他毫无关系。

埃伦看到他那副模样便问他是否感到冷了，他扭回头，探究地看着她的脸，只见她红扑扑的脸显得神采奕奕，乌黑的睫毛上沾着点点细小的汗珠，她敞开了衣领，她的皮肤是橄榄色的，令人感到温暖，他盯着那儿，那儿的皮肤看上去就像一匹缎子，或许摸起来更有那种感觉。她嫣然一笑，问道，是不是她的鼻子上有点脏？同时她看见他那双暗金色的眼睛有一会儿不是那么木然了。他说，你带我出来真太好了。不，我不冷——你的鼻子没有污点。这汽车爬坡扬起的这股灰尘真要命！

道路相当干燥，汽车扬起了一股浓浓的尘土，惊动了一群羊，羊儿四散开去，咩咩叫着，牧羊人友好地朝驾驶员挥挥手，驾驶员也不急不慢灵巧地向前开着。然后汽车摇晃着开过了德鲁姆利希，还能看到那儿礼拜堂的尖顶，他把那个笑话讲给埃伦听。

他们俩都伸长脖子，看着那尖顶，只见钟楼后面的教堂不见了；埃伦捋捋短头发编成的辫子，淡黑的发辫拂到了尤旺的脸颊上，就好像一只小鸟碰到了他的脸颊，十分轻柔，还散发着一股春天的气息。

这么一拂，又让他记起了那可怕的事，不过这种恐惧已经变得有点影影绰绰，很古怪，就好像有什么东西遮住了，看不清了。他坐着，对此感到困惑，这时埃伦从侧面看着他，有点惊恐地感到他看上去比先前更令人不可捉摸，更漠然了，如果她失败了，那可怎么办？——噢，她不能那么干……于是她的耳垂又开始出现了红晕，一直蔓延开去，公共汽车开进了谢格特，墙壁刷得雪白，发出死气沉沉的白光。

当他们驶离这儿时，尤旺朝后望去，看见那座牧师宅邸突出在镇子那儿，比它更高的是倾圮的凯姆斯城堡，在他还是个孩子时，他曾去那儿收集燧石——都是大约一百五十万年以前的燧石。天哪，他曾是个多么不苟言笑的小傻蛋啊！

这时他又想起了一连串隐藏在群山之中的庄园采邑的名字，他就在那儿搜寻过燧石——那些庄园的名字是：德国的缪尔，杰克斯班克，坦纳奇，阿纳马克，博格乔根，德鲁普山，迪拉维尔德，古斯克拉夫斯，皮坦加德纳，库什尼恩，蒙勃多——他还能背出一长串，真奇怪，他以前从未看见过这些名字所代表的真正的人的样子，那许多人的生活和追求，他们的希望、财产和骄傲的回忆，尽管他们自己的名字和岁月已一去不复返了。他想到了特鲁斯说的他和别的那些赤色分子算不了什么，他们只是按历史的意志而工作着，就这么度过时光……突然，尤旺隐约记起了什么东西，他的心也颤抖起来，他叫不出那东西的名字，或许是上帝，就是他用生命和信仰导演了这出奇怪的戏，有一刹那，这辆颠簸着的公共汽车就是放到人世间的战车，吼叫着，行驶在漫长的长着浓密的冷杉树的历史的草坪上的时间战车，一直驶进明天那阳光明媚的大路上去。

他们到了奥欣布莱，一片嘁嘁喳喳的闹声，五光十色的景象，群山离得更近了，尤旺望着外面，车票是埃伦买的，他们上哪儿去呢？

埃伦说她的票是买到格伦戴的，不过如果他不想去的话，他们也不必上那儿去。尤旺看看她穿的鞋，又看看自己的鞋，说，我们下车吧，去爬德鲁姆托契蒂山，然后越山到菲纳拉去。

过了大约一个小时以后，他们到了斯特拉思，然后又上了公路，穿过加罗德森林，松树林里黑黝黝的，阳光也照射不进来。尤旺拿过了一个背包，又问了一声她带这些东西干什么？埃伦朝路上诡秘地一笑——噢，寻寻开心！——她很狡猾，活像个男孩，却又不像个男孩。同时仰头透过树丛眺望着远处耸立在四月云天之中的德鲁姆托契蒂的峰顶，在这个时节里，山峰是黧黑的，山背后的青天中的片片白云看上去一动不动，就像一顶老妇人戴的帽子。埃伦指点着说那像顶帽子，尤旺也抬头看看，他说那就是费纳拉的贴发帽，难道她从来没听说过费纳拉吗？

他们坐在一座小桥上闲聊起来，桥下的流水不出声儿地缓缓向看不见的卢瑟河流去，他把费纳拉太太的故事以及缅恩斯山谷旧日的战事讲给她听。埃伦没戴帽子，头发在阳光下油亮发光，她听着，还问道，那是否就是发生在神圣盟约时代的事？尤旺说，哦，不是，是在那以后很久的事了，那些订立盟约者都是些很滑稽的家伙，他一直很喜欢他们——他们是那个时代的大众的先头兵，他们的上帝和他们的神圣盟约只是他们掩盖他们反抗社会的一套惯用提法。一六四〇年他们就在这儿作过战，把那帮绅士们关进了邓诺塔城堡，并大批屠杀了他们……他的脸色变得阴沉下来，不再是那张孩子脸了：太阳底下一切照旧，——连拷打也同样。

她温柔地问道，*尤旺，他们是怎么对待你的？*

他神色丝毫未变，只是转过脸，瞧着她，开始慢慢地一字一句地讲起来，过了一会儿，她小声说，*尤旺，噢，我亲爱的！*她感到一阵难受，知道自己要昏晕过去了，她极力控制住自己，人又是一阵眩晕，如果她真晕过去了，她就太对不起他了。他顾自讲下去，直至讲完；随之而来的是一阵沉默，只听见芦苇丛中的卢瑟河水的潺潺低语声，水流声渐远渐逝于静静聆听的树丛中去了——声音悠长，十分满足——传来一只野鸽子低低的咕咕声，听来声音昏昏欲睡，心满意足。

尤旺掏出手帕，擦擦脸，接着他很奇怪地十分温柔地抹去了埃伦脸上的汗水，就像他在擦自己的脸，尽管这时风儿正吹得紧。接着他用手托住她的下颚，他的手臂传来一阵奇怪的颤抖，可他自己并没意识到，只朝着她深不可测的眼睛微笑着，用他很少讲的苏格兰话讲起来，带着一些粗鲁，傻乎乎的老腔老调，勿要为我难受。我一直装出副顶傻顶傻的傻相，叫你如此心烦，不过现在好些了，我会忘掉一切的，我们把一切都忘了吧。

他们离开大路，走进了树林，不一会就爬到了陡峭的山坡上，只闻到金雀花一阵辛辣刺鼻的味儿，去年的荆豆花叶在脚底下嚓嚓作响。周围群山环绕，四下一片沉寂无声，只听得远处翻耕过的土地上传来了红嘴鸥的叫声，那片红黏土一直延伸到德鲁姆利希森林，他们在一块令人心旷神怡的空地上停住脚，聆听着那啪嗒啪嗒的叫声。接着他们又走进了阳光灿烂的河滩地，眼前成片矮树丛枝叶繁茂，边缘是一片番红花，费纳拉山高耸在南面。

刚过中午时分，他们便到了最边缘地带，脚下的山谷雾气缭绕，他们站在山脊上，只有这儿阳光才照射得到，他们坐下来，吃起带来的午餐。吃完后尤旺摊开身子躺在地上，仰望天空，这一个多小时他们几乎什么也没说，这会儿他们又讲了两句，埃伦坐在他身边说，你需要个枕头，她指的是帆布背包。说完又不吱声了，她一下子敏感起来。

他静静地躺着，把头枕在她的膝盖上，他的头真好看，头搁在那儿的分量带给她一阵说不清道不明的温柔的喜悦感，她俯下身子跟他说话。一会儿她看见他的眼合上了，他沉沉地睡着了。

等他醒来时，一睁眼正看见西斜的太阳已落到了德鲁姆托契蒂的山谷那儿。他浑身酸疼，给太阳晒得昏昏欲睡，又觉得十分疲倦，不过蒙眬之中又有一种清新的感觉，忘却了他的过失。这时他才发现自己的头沉重地搁在什么地方，他一下子站起身来，埃伦总算能动弹了，这时一阵突然的痉挛，痛得她一下叫了起来。

——你为什么不唤醒我？你一定累得半死了。

她用一种对鲁莽的苏格兰人的装腔口气说，不是半死而是真要死了。不过你睡得可真死。说着站起身立在他身边，她跟尤旺一般黑。尤旺仍然带着困顿的睡意朝她微笑着说，你真太好了。

她神志恍惚地说，我想你打算要吻我了，可现在别来缠我，这儿还有些橘子呢！……可只要有杯茶我什么不能放弃呢！

他想现在一定很晚了，可她把表给他看，还只有四点钟，回奥欣布莱去时间绰绰有余，不会误掉去邓凯恩的公共汽车的，最后一班车六点经过那儿。

他们又坐了下来，打着哈欠，吃着最后一只橘子，埃伦开始谈起社会主义和世界革命，等到领导工人用一种合乎情理的方式——不流血，不骚乱——而夺得政权时，社会主义很快就会到来的，把一切都很好地组织起来，建设健全而伟大的城市，(想想邓凯恩被破坏殆尽是多么滑稽!)学校将传授各种科学、传授母亲的义务，再没有哭泣，没有眼泪：如果我不坚信那一切，我真无法活下去。

这个黑黑的苏格兰小伙子摇摇头说道，实际上你可以什么也别信而活下去——就像克丽斯那样；这话击中了埃伦，让她先觉得奇怪，继而又觉得确实如此，可接着感到更纳闷了。这个苏格兰人行为反常实在有趣，有时又真可爱……然而她不再去为这些伤脑筋了，只一味想着尤旺，趁他不注意的时候瞄了一眼手表，又瞧瞧太阳，这时一阵悠长的冷峭的风吹动了他们脚下的石南丛，他们抬起眼，看见天边显得黑魆魆的，他们脚下的山谷骚动起来，似乎有人在搅拌一杯黑色的饮料。尤旺跳起身说道，你的表一定停了。又一把抓起她的手腕：让我瞧。

表是停了。他们收拾好帆布包，把包甩到背上，埃伦心里一阵惊慌。难道她得在这儿干那种事吗？——在她来说是不费什么事的，没什么能阻拦她。只是——这太乱糟糟的了；她想要把那事干得恰如其分。可现在该怎么办呢？

尤旺叫她别走那条道，另一条路到奥欣布莱最近，她大声回答说这条路更清晰，他跑到她身边，他们手拉手跑起来，跌跌撞撞跑过一个个树丛，一棵棵树木迎面而来，又一棵棵跳跃着从身边掠过。卢瑟河在一边闪烁着，对面那座山上盘踞着一座城堡，四厢都是雉堞，就像一顶石砌的平顶帽，一只石头的猪肉馅饼。他们还是飞快地跑着，城堡很快从视野中消失了。

尤旺说现在无关紧要了，即使这会儿到了奥欣布莱也已太晚了，有一会儿他显得很担心。迎面是一大丛落叶松，又跑上了一道山脊，小路曲曲弯弯显得很荒僻。埃伦突然感到累极了，一个趔趄倒在尤旺身上，这次外出终于达到了目的，不是她赢了，这件事不必再干到底了——噢，谢天谢地，因为她本来就没有把这事安排好。

他说，埃伦！他的男孩的嗓音很慌张，也很奇怪，他用手臂挽住了她，她突然看见他的脸变得十分茫然，她微微抽咽一下，他把她拉近身边，吻着她，随后，他感到一阵害怕，颤抖着躲开身去，她不想离开他，也没主动迎合他，她只是为了自己的高兴而需要他。然后她把他推开，把这意思对他说了，于是他的脸色绯红，真好笑，尤旺竟会这样吻她！不过他的声音很冷静，吐音再清晰不过了：我马上要吻遍你的全身。

她说那倒挺有趣，并力图使自己别再显得傻里傻气；她叫他坐下，问他对这儿的农村是否熟悉，他不太熟悉，他觉得两三英里外有一家小旅馆，有一回他在那儿见过，在夏季，那儿盛开着忍冬花，真是个图画书上描写的地方……她说，噢，天哪，别说什么吮吸漂亮姑娘！① 他说他很抱歉，不过忍冬花是不会凋谢的；他们相视而笑，对看着又大笑起来，再一次接吻——再这么吻下去可真太危险了。

随后她想起来了，把她那天买的结婚戒指拿出来，说道，尤旺，能把它为我戴上吗？

即将天亮时，她在小旅馆的房间里醒来，他正睡在她身边，样子是那么圣洁，那么干净，她记起了全部经过，灯光淡淡地照在他朝向她肩膀的那张黝黑的脸上；她充满柔情地躺着，看着他，想道，不错，很有趣，噢，尤旺，有趣的孩子！

她一动他就醒了——冷不防一下就醒过来了，知道她就在身旁，于是用右胳臂伸在她的头底下，睡意蒙眬地问道他昨晚是否对她讲过，对了，他说她看上去和摸起来像匹缎子一样光滑？她皮肤的纹路上有些有趣的色调，一点不假，他有朝一日总会发现的，除非他一开始就把她吞吃了……他倒把他答应的

① 忍冬花一词由 honey(漂亮姑娘、宝贝儿)及 suckle(吮吸)组成，故埃伦这么回答。

要吻遍她全身的话完全忘得一干二净了。

不过等他这么做了以后，他又睡着了，可埃伦没睡，她怀着一种平静的感情抱住他，他不会理解这种感情，也决不会知道；不过那无关紧要，她永远是他的，欲求也好，仇恨也罢，她是他的，直到他们生命终了或是年纪老了都是如此，还能记得遥远的过去那个时刻的那种恐惧和彷徨，那一时刻你突然对上帝充满惊恐，因为不管怎么一定有一个上帝存在。

克丽斯站在炎热的五月天里，戴着手套的手搭在栏杆上，俯视着邓凯恩，她又要准备在那儿结婚了。短短的几个月里一切变化得多快啊，明日等待着的又是一个多么令人不可思议的世界啊！

好吧，总得面对那一切，不管将会发生什么(她一边想着，一边嘲笑自己，打扮得齐齐整整，却是神色忧郁地站在温得米尔台阶上的那面镜子前面)，眼下她期待着的不是明天。尽管你仔细地作好了计划，可并没有什么明天，你的明天已经锁进了畜栏，把钥匙也埋了。

明天。

艾克。

尤旺。

埃伦。

尤旺和他的埃伦。他们又怎么了？不会有什么事的，只有那种经常发生的，连任何蠢女人也知道的事。眼下，那种事已经发生了——接下来又是什么呢？她想着：啊，算了，那又不关我的事。尽管她自己想到这事，仍然有些彷徨，半是柔情半是焦虑，揣测着他们说了些什么，做了些什么，又是怎么讲定的，她并不在乎以旧标准来衡量他们做的是否符合道德，尽管如此她还是祈求上帝，他们至少得小心些。她想起了那天早餐时他们的面孔，当时她坐下来，看着他俩，看到他们的脸色全变了，埃伦显得开朗而可爱，毫不羞赧，尤旺脸色也很开朗，可他的微笑却跟那些小伙子对他们情人微笑的样子完全不一样。他们的微笑像灰色的花岗岩和蓟的种子——他们怎么能结合在一起呢？

噢，那无法揣测的明天将会回答的！

第四章　锆　　石①

在六月迟暮的朦胧光线中，克丽斯·奥格尔维沿着山路疾步而上，她从容的脚步在斜坡上踩出了沙沙的声响，打破了山中的静寂。起伏的山坡延伸上去，笼罩在最后的日光之中，高处，弯弯的草儿全晒蔫干枯了，这是六月令人烦闷的天气，干瘪枯萎的石南花耷拉着，蜜蜂正嗡嗡叫着飞回窝去，许多乱飞乱撞的昆虫从克丽斯的衬衫上掠飞过去。爬到半山腰时她歇了一会儿，用无忧无虑的目光俯视着脚下的世界，天黑下来之前的那道明亮的夕阳光使每一样事物都显得清晰可辨，一片广漠的荒原和田苑起起伏伏直至天边，再往南去就是她度过了四十年的那个山谷了。

她低头瞧瞧自己这一身打扮，不禁微笑起来，接着又重新沿着几乎看不大出的弯弯曲曲的小路朝山坡上爬去，从最后一个人迹到过这儿以来，这条小路几乎让荆豆花和缠绕的石南给封死了。随后，她看见了头顶上的那座石砌的塔堡顶，暮色中这座塔堡像个巨大的松子铿立在那儿，显得那么高大贴近，在她停下匀匀气时，她真觉得伸出手去似乎就可以触摸到天穹——圆圆的天穹色彩斑驳，高悬在她的头顶就像一个巨大的肥皂泡。

在那摇摇欲坠的墙脚下，她费劲地从那绊脚的石南丛中走过，一直走到一块高高的用石块围住的空地上，一百年前，星象家就来到这大堆的石块上看过月食或日食——这种自然景象令他们极其不安，感到困惑，他们四处奔走，目瞪口呆地窥探着天穹，悲泣着，以为他们的末日来临；这一切早已成为过去，消失了，给人遗忘了。可他们留下了一大堆乱七八糟的黏合物，一点点地化为粉末，正好给一个疲惫的身体当一个不错的座位——这是个老傻瓜，不待在家里干活，却打扮得齐齐整整，专心一意地跑这么大老远来看黎明——而每天黎明以后她本来是要起来干许多事的。

那就是人们日常生活的真实写照，不管人们怎样用语言将它的严酷包裹起来，或是以云和岩石、以坚固恒久的大山，或是流动的沙尘、变幻的色彩来作为象征，来表现那些变幻的色彩，就好像遥远的东边各种迅速逝去的色彩一样，一点点变暗，最后所有的色彩全为一层裹尸布似的灰色所笼罩，变成了一片黑暗……变化永无止境，就像不停跳跃走动的时钟，到头来，只发出一声祝福的响声——这是种常识:时钟会有停止时，就连变化也不会永远持续。

她用手托着下巴，休息着，她身底下就是风化了的岩石，到头来，最终便是那没有希望和诱惑，没有仇恨和爱情的世界。尽管她明白了这一切，她可是走过了一条长满荆棘，满布陷阱的道路，就好像一个光脚的孩子在黑暗中彷徨——

那天晚上，在温得米尔的那幢房子里，她对自己说，她的

① 矿物名，又称锆英石、风信子石，常成良好的短柱状、双锥状小晶体。主要产在酸性和碱性火成岩和片麻岩中，是提炼锆的主要原料，亦用于制造耐酸、耐火的玻璃器皿和耐高温材料。锆基合金是重要的抗腐蚀性结构材料。

这场交易没失败，她很高兴得到了这个男人，他心地善良仁慈，她把他需要和寻找的一切给了他，既不畏缩也不害怕。而他轻轻地拍了她一下说，嗳，姑娘，你可真是不错。然后猛地推开她，心满意足地呼呼入睡了，显得十分平静、陌生和疏远。这就是她的丈夫艾克·奥格尔维。

随后的时辰里她紧咬嘴唇，咬出了血。她拼命要自己别想，什么也不知道，对一切都不注意、不相信，可这时她全身的每个细胞都感到刺痛，转而又变成一种无法消失的令人震颤的恶心——噢，她是个傻瓜，这会发生的一切有哪一样不是她所了解的、不是她所期待的呢？傻子和木瓜才这么簌簌发抖，她必须入睡，早上还要起来干活，为她的男人准备早餐，擦亮他的靴子，坐在他身边一起在厨房里吃早饭，还得看着他喝得汤水滴漓，满嘴塞满食物，一边旁若无人地顾自看报，然后系好鞋带，煞有介事地出去找工作；真是个心满意足的家伙……早晨的这一切，整整一个早晨的一切全等着要她去做呢，睡吧，静下来睡吧，唉，快静下心来睡吧！

最后，她一动不动地躺着，脑中全是往事，死去的人在脑中不断出现:满头黑发的尤旺还是那张孩子般的脸，尤旺躺在她身边，尤旺从尘埃中走来，尤旺曾怀着那种狂热、令人感到亲切的盲目的初恋之情，认为她是上帝创造的一个尤物，她也曾是那么的爱尤旺，又那么恨他，尤旺啊——现在没什么需要了，在那个雨漾漾的早晨，在法国，他们杀害了他，这时她便已还清了他所给过她的一切，从头到脚一切都还清了。接着，黑暗中，她的眼前又出现了一个人的脸，蓝眼睛，线条刚毅，只出现了一会儿，就像很久以前他们两人间曾有过的狂热一样短暂，他们彼此都明白他们并不是出于肉欲的渴求，只是很偶然的，就像生活本身一样有过一霎间的感情？恐惧，愚蠢和盲目。噢，长脚罗布，他的位置中从来没有我？现在你也根本无法看到我帮助我……

安静，一片安静，因为第三个没有出现，她没有看到他也记不起他。她把脸埋在枕头里不愿再瞧，接着她又转过身，一动不动地等待着罗伯特的出现。

她看见他了，这是打他死后，他第一次出现，一个完整的罗伯特，他的脸已有这么久没在她的记忆里出现了，是那个罗伯特，眼睛、脸庞和下巴以及他眼中那一动不动的疯狂的眼光。罗伯特不能算是个爱人，他只是个狂热的宗教迷；罗伯特在谢格特的最后的冬日的夜晚，他转身背朝着她，睡梦中咳出血来；罗伯特坐在讲坛上，血染红了他的嘴唇——她在一片漆黑之中恐惧地看着他，脚下远远传来了时钟单调的声响，她就这么躺着，瞧着，忘记了发抖。

不光是对艾克，她对他们全都不理解，或者说他们全都不理解她，折磨她。就在这一刻她明白了，再不会去记住这一切，任何男人在一时兴起之时，都会让一颗不安宁的心完全失去了欲望也失去了爱，这是真的——这就像一个孩子很快会忘记他的玩具，不再为这些可怜的、拆得粉碎的玩具而哭泣，而把流干眼泪的眼睛朝向生活的大课堂。

尤旺走遍了邓凯恩寻找一份工作——他知道找一份工作的代价会是很大的，因为高恩斯-格洛格公司撕毁了同他订立的协议所规定的学徒的权利，而他则放弃了为自己的权利同他们的斗争。当然，要赢得他们是不可能的，他们能操纵任何法庭来反对一个赤色分子。他兴致勃勃又十分冷静地把这一点告诉了克丽斯；不过现在他的冷静中多了些过去所没有的东西。他向来总是那么冷静而自制，而克丽斯向来痛恨人们闹出不安分的举动，因此她对他性格中的良好教养和富有心计是很喜欢的。可现在她喜欢的这种特性——就像灰色的花岗岩本身——就在她眼前一点点地转变，她也看见邓凯恩的那片呆滞的蓝灰色燃起了一片熊熊的火光，而在这当中那种特性变得更深沉更粗鲁了，从本质上讲没变，而在基调上却变得十分古怪。他日复一日地变得更像他的父亲，只要能想象出那一个尤旺没来由地大发脾气，愤恨不已的样子就行了……她把这个感觉告诉了他，他哈哈一笑，揶揄她说，只是我这副样子要比他好看多了！她心不在焉地说他决不会长成那副模样，他脸上骨头太多了。——你打算找一个什么样的工作啊？

他说他无所谓，干什么都行，对一个赤色分子来说，不可能有太多的工作的机会的，你知道，妈妈，我很抱歉打乱了你的计划。

克丽斯问打乱什么计划？他嘻嘻一笑，反问道，难道她不是想让他成为一个受人尊敬的有身份的人，头脑中没有糊涂念头，身穿一套漂亮的坐办公室的衣服吗？克丽斯没笑，只是说她不知道她竟养育出了一个呆子，如果他对那种使他成为一个赤色分子的信念的了解就像他对她的了解那么少的话就好了——真的，他和特雷斯先生不知要到何年何月才会统治邓凯恩呢。

他坐在那儿，微笑着听她说，然后说道，说真的，恐怕不管怎样都得要很久呢。至于说到你所谓的我的信念，明摆着它们是十分清楚的——不过它们确实是现实的。你应当喜欢它们，因为你身上与它们相通的地方太多了！

她问他这话是什么意思，他说，很简单，你也是十分现实的。说罢他站起身抱住她，低下头朝她笑着。尤旺过去毫无幽默感，难道坐了一回监狱吃了一番苦头倒让他得到了幽默感了吗？克丽斯，难道你不知道你是十分现实的吗？比以前任何时候都现实。艾克继父也同样很现实。

现实？接下来的几天中她怀着一种善意的好奇不动声色地观察着，看着他的一举一动，他的姿态和笑容。他跟尤旺一样也奔波着，想在邓凯恩寻一份工作，她听着他走下楼梯出去时的脚步声，还是迈着那种永远不变的不急不慢的步履。到了晚上他们一起在厨房里坐上好久，克丽斯做针线活，他看报读书，几乎不说什么话，克丽斯是因为没话可说，而艾克则是没聊天的心绪。然后他喝完可可茶，瞧瞧钟，说，姑娘，该上床了。说罢便走了出去，他光穿着袜子，不穿鞋连拖鞋也不穿，她便跟了上去，看到他在给表上发条，他两脚分开，绿眼睛，鬈曲的胡子，显出一副无拘无束的神色，间或瞟一眼夜空。即使在脱衣服时他也不说一句话，不声不响地钻进被窝躺下。然后在枕头上侧过脸去，不说一声晚安或别的片言只字便呼呼入睡了。怎么会有这种蠢男人，竟对自己的老婆连声晚安也不说？

白天一成不变地过去了，紧接着是晚上又来了，克丽斯现在已经睡得很好了，一开始她对那档事儿怕得发抖，现在她是不怕也不抖了，他也很少找她，他变得很严肃又很冷淡；而她则等候着他，显得十分坦诚，也不会感到受到伤害了，这是女人身体的另一功能，得为这些事情偿付她该偿付的那部分代价；这期间她忙于一日三餐，料理家务，而他依然不停地在寻找工作。

他们之间根本不接吻，连亲抚都没有，只不过当她俯身在他面前放上菜盘时，他有时会拍她一下。他们互相间也没什么可交谈的；嗳，天好了……又在下雨了……鸡蛋又涨价了……那是尤旺吧……

不知不觉地她感到十分轻松。

麦克希拉克牧师从没听说这些情况，他登了一则广告要寻一位园丁；早上，《竞赛者》报登出了这则广告，而那第一位跑去寻这份工作的——嗨，你晓得这个年轻的暴徒是谁吗？

管家假惺惺地笑笑，回答说她不认识，难道说这个年轻人是个笨手笨脚的人吗？

麦克希拉克牧师说不单是这一点，比那要坏得多呢，啊哈—哈—哈，坏得多了。管家便问，啊哟，天哪！这种熏肉合你的口味吗？她急于想抽身回厨房去，给杂货商这星期的账单上添些钱，看看她偷偷地能骗进多少，然后把钱攒起来，这样有朝一日她就能完全脱身，永远离开这个下流的老蠢驴……可这时他却是劲头十足，一个劲地要告诉她，这个到这儿来的年轻人不是别人，就是那个暴徒尤旺·塔文达尔，就是他领导了高恩斯-格洛格公司的那次罢工，因此而遭解雇，蹲过牢，而他竟然还敢冒冒失失地跑到牧师家里来找工作。因此牧师很不留情地严词回绝了他，他早就看出这个年轻的粗坯是个地地道道的赤色分子，懒骨头，无所事事，从不想老老实实地干一天的活儿——

管家说，天哪，真会那样吗？那么说来，他根本不可能得到这份工作喽？麦克希拉克牧师咳嗽一声，说他决不会信任一个赤色分子；他没有告诉她那回事吗？那是在一次教会全体会议上，他挫败了一个叫卡珲的社会主义者——让他大大地出了丑，哼，亏他还算是个牧师！……

默盖特洛伊德小姐说天哪，真可怕，卡珲太太——噢，对不起，她是说奥格尔维太太——是否听说了高普斯商店发生的可怕的事呀？克丽斯说没有。默盖特洛伊德小姐便说她真不知道该怎么说，她相信奥格尔维太太肯定能理解她的观点，她真不相信年轻的尤旺先生会做出那种事来。于是克丽斯便问尤旺究竟怎么啦？默盖特洛伊德小姐便把那天下午高普斯太太在工联者夫人联合会告诉她的那件可怕的事照搬给克丽斯听。

看来尤旺先生已经在贝利·高普斯店里的地下室里找到了一份工作，天哪，接下去的事实在讲不出口。尤旺在那儿只干了大约一天时间，地下层其余的工人们便开始喧闹起来，因为你也知道，地下室里没有一个厕所，可贝利认为不必太娇惯这批家伙，不是能到外面院子里去方便嘛！贝利走下去瞧瞧究竟出了什么事，他一眼就看到了尤旺先生，真是不幸，因为贝利还记得他——那是尤旺因参加那次该死的罢工而遭逮捕时，贝利看见了。贝利·高普斯原先并不知道尤旺先生是他的一个雇员，是一个工头雇用他的——贝利是个大好人，可就是极其严格，她肯定这人的心里有点近乎苛刻——

这下好了，他一见尤旺先生便十分恼火，一下断定是他挑起了这场喧闹，因此他命令尤旺立即离开地下室，他对共产党人极为反感，对他们在俄国对普通人民所干下的可怕的事也大为恼火。他告诉尤旺先生他已被当场解雇了。真可惜，这回贝利·高普斯可没像他本该有的那么心善——事实上，高普斯太太也承认或许她丈夫是做得过了点头，他用手直推尤旺先生要他出去。

这时候——这真可怕，太可怕了，这个老人足以当他的父亲了——尤旺先生一把抓住了贝利·高普斯的衣领，把他拉到了后院——贝利几乎给气死，差点心脏病发作——让他看那后院——你知道，就是那些在地下室干活的可怕的人们使用的地方。一边问贝利他喜欢在这儿解手吗？还没等亲爱的贝利说出一句话，他就给推得两手着地跪倒在那儿，脸也弄得满是污秽——呸，这不是太可怕了吗？更坏的还在后头呢，其余的那些该死的家伙全从地下室跑了出来，大笑着连声叫好；贝利·高普斯爬起来，威胁着说要去叫警察，这时尤旺先生说不必费心了，他自己会出去找警察，把这儿的卫生状况报告给他。这一着可够贝利受的。他只好答应付给尤旺先生一个星期工资，并答应建一个厕所；贝利可真是给气疯了……

打从在德鲁姆利希度过那个周末以后，几乎每个晚上，埃伦，这只狡猾的小猫，总会偷偷从她的房门出来，蹑手蹑脚地走到尤旺的房门口，在门上抓挠几下，尤旺开门让她进去，抱住她亲吻，瞧着她，摇撼着，他们差不多疯了，白天又显得——唉，显得那么漫长！这时埃伦就会把那些苏格兰小孩——她尽力想把高深的学问全教给他们——给她带来的烦恼忘得一干二净，她也会忘掉那些讨厌的面容、老年妇女、从埃克尔斯克雷格斯中学散发出的臭气，以及那个歇斯底里的女人厄娜·里昂的令人讨厌的眼光——在尤旺房间里的每一分钟每一切都是那么令人愉快，她被他的双臂紧紧搂抱着，他的手臂是那么坚硬，而黝黑的汗毛又是那么柔软，尤旺的脸向她俯下来，这真是个令人气都透不过来的时刻，噢，快吻她吧！这时她觉得他再不这样吻她，她即刻就会死去。

他吻她，而她用手勾住他的脖子，真有劲，令人心旌摇荡，你时常想弄明白男人们的脖子是干什么的。你们两人就这么搂抱着，一动不动地站在那儿，不再接吻，一动不动，只觉得这样的接触真让人高兴，能听到彼此的心跳，彼此的呼吸声，知道彼此的存在，真感到心满意足可爱极了，彼此不用遮掩，不用害羞，这种幸福的时刻真是任何时刻都不能比拟的，就连接下来的那些时刻也比不上。

不过她首先在尤旺的煤气灶上放上水壶和茶壶；这是他们一起在一个星期六晚上在伍里斯买的，是中国茶，埃伦跪下来煮茶，她让尤旺坐下，这时的尤旺由于满街跑寻找工作已累得精疲力竭了，他静静地坐着，不吵不闹。他也会说，噢，我不要紧。她说那么他必须那么坐着——坐好，看看书，别跟我争了。尤旺便哈哈一笑，取下一本书，这时房间里一片寂静，只听到煤气燃烧的嘶嘶声；看着那一跳一跳的煤气火苗，埃伦打起瞌睡了，茶壶里的水慢慢沸滚起来。跟尤旺同处一室，干着这种家务活真让人觉得好笑，舒服极了。尽管这幢房子不是他们的，房间也不是，家具也不是，什么都不是，除了这值六便士的茶壶、水壶和茶杯，以及一便士一只的茶托！

她瞧了他一眼，只见他全神贯注地在看书，可她才不去注意这本书，她眼中只有他，两条光着的好看的胳臂，那有棱有角的脑袋，令人感到既陌生又亲切，还有那好看又滑稽的鼻子，嘴唇则跟她一样太厚了，褐色的喉咙——她可以永远地一遍又一遍地用各种词把它们一一历数遍，每用一个词便会给她带来一阵新的激动——啊，人在热恋中是多么傻气，多么可笑又多么可爱啊！

他们喝着茶，晕乎乎的感到十分舒服，两人谈起了他看的书和古代的人们，那些文明时代以前出没在地球上的原始人。

假如人们又重新回到那种自然的单纯状态——

埃伦便按捺不住地说，可到了那种地步又有什么意义呢？因为如果我们不相信我们只是在——噢，该死，这话真像你们苏格兰人说的——浪费我们的生命，而不是——尤旺便问，不是什么？——难道是要省下时间来结婚吗？说罢哈哈大笑，用两手紧紧捧住她的脸，他的手是那么年轻而粗糙，在他这么笑时，他眼中流露的那种神色不禁使她颤抖起来，她心里对他的嘲笑感到不满，这种心情在她心里翻腾得厉害，她几乎要把它讲了出来。是的，总有一天——噢，他们总有一天要结婚的，那是在革命到来，一切走上正轨的时候。

有时，他讲起正在来临的改革，讲起他并不期望在他们这一代变革就会成功，他的那副模样让她感到难受和凄惶；他说，资本主义还有上百种诡计能使之躲避开自己的末日，法西斯主义啦，新政①啦，道格拉斯主义②啦，还有战争；而法西斯主义或许还能更延长它的寿命。埃伦说她可不信这一套，不然的话他们这般斗争又有什么好处，他们把支部解散，两人一起加入共产党又有什么好处？尤旺嘲笑她说，是一点好处也没有。埃伦，这纯粹是孩子们玩游戏，或者说若干年内看来都是这么回事。而我们必须不懈地去干，一直坚持到最后，我们必须服从历史，而别想去主宰历史……

他一头又扎进了书本里，这些枯燥的经济学她是从来不感兴趣的，她便站起身，把书从他手里拿走，他的眼光碰上了她的眼光，有一会儿他的眼光是茫然的，冷漠的；他那对茫然、令人害怕的灰色眼睛真像一对乌贼鱼的眼睛——她也曾经想到

① 新政（New Deals），即美国总统罗斯福于 1933 年实行的新政。
② 指英国经济学家克利福德·道格拉斯创立的社会信贷理论。

过，就像皇家购物城那幢房子的微微闪光的灰色花岗岩，她打了个寒战。他问她怎么啦，她说她很傻，他却说他明白，眼神又变得那么温柔，于是，在这灰蒙蒙的六月夜色里两人打闹了一会儿，然后又安静下来，她把头搁在他的膝盖上，瞧着窗外，看着邓凯恩万籁俱寂的夏夜，只有微风吹动百叶窗发出的细小声响，远远的，在夜幕笼罩下。克罗维岬灯塔的一闪一烁的光照亮了夜色中北海的绿莹莹的边缘。埃伦说，啊，我们不是很舒服吗？真好玩。他什么也没说，只是搂紧她，看着天边那微弱的光一闪又一灭。

她躺在床上，就在他身边，平静地睡着了，在那些她仍觉得挺好玩的时刻以后，她便会睡上这么一小会儿；她用头发撩拨着他的喉咙，她很放心，在亮光中她都从没有这么心定过，而此刻在黑暗中，他确切无疑地在她身边，他是她的，不是别人的，听着他的呼吸，用手指缠绕着他的光滑的头上长着的深棕色的头发，又令人感到多么惬意。他则用手轻柔地迅速地抚摸着她，他的手就像一只轻柔的鸟翅膀，她又睡了一小会，到两三点钟时她便会醒来，他也醒了，两人又轻轻地吻了一下，悄悄下了床，真像两个淘气的孩子，手拉手站住听了一会，温得米尔这整幢房子都是静悄悄的，一点动静也没有。然后他们走到门边，把门拉开朝外一看，什么也没有，底下门厅里黑魆魆的，只见远远的地平线上福特福西的微微闪光。尤旺为她打开门，两人睡意蒙眬地抱了一下，都在黑暗中打起哈欠，两人不禁为此粲然一笑，埃伦关上门，溜回自己床上，几乎还没沾床便睡熟了。

然而有一天早晨她看见他的手割破，擦伤了，便问他是怎么搞的，他说，哦，是他的新工作带来的，他在斯托达那个石匠工场找了个劳力活儿。

全餐桌边的人都看着他，谁都听到，是克丽斯先问的，她问他是否喜欢这活儿，那儿的伙计们好不好?

默盖特洛伊德小姐假惺惺地笑了几声，说她真太高兴了，他找到了一份受人尊敬的工作。尽管不再坐办公室倒是很遗憾的，可斯托达那一家人全是极受尊重的人。

皮德尔先生说，嘻嘻！然后又大吃起来，活像一只饿昏了的海鸥扑在一条死鲸身上猛吃一样。

夸里奇先生捋捋他的小胡子说，这下你可以直接好好研究研究无产阶级啦。小伙子，等你厌烦了他们时就告诉我。我或许能帮你找到一份更好些的工作。

厄娜·里昂哼了一声，说她最讨厌那些墓碑石了。

埃伦坐着，两眼茫然凝视，一声不吭，别人都在说话，她感到难受极了，好像被人遗忘了似的。噢，天哪，难道他们都没听到，难道他们都聋了吗?尤旺——**尤旺成了个干劳力活的人啦!**

七月到了，邓凯恩的天气慢慢变热了，夏天到了。每天晚上，约翰·库辛尼的伙伴们会碰见他带着女朋友到海滩边，去听加比·高凯德在海滩的大遮篷里胡吹，天啊，他讲的笑话实在逗人，你听着他讲起那些愚蠢的苏格兰人时便哈哈大笑，你的女伴在一边咯咯笑得最起劲，她还说嗨，他对舞女的连裤衬衣可真在行；她可真聪明，谈了许多这类的话，都是她在看有声电影时听来的——不过假如你提到她的连裤衬衣，那准会当场触犯了她，闹得她光起火来。

要不你就会在星期三傍晚带她出去溜达，这时拉吉的店已经关了，载满人的电车辘辘地驶出福特福西，飞快地驶向海滩，隐约可见阳光下海滨的游乐园里的游览小铁路，一切都晃晃闪闪的；那儿简直就像在电车车厢里一样挤满了人；你和你的女伴会在车厢里坐下，听着周围人傻乎乎地讲着一口不地道的英格兰英语，还用头、手的动作配合着，实在讲得结结巴巴的。然后你们下了车，顺着人流一起进了游乐园。你身边只有半元银币，可你不能露出这点，你的女朋友是这么出众，而你只不过是拉吉·罗伯麦店里的一名职员。她可完全是一副淑女的派头，说她曾同女友一起出去度假，实在让她高兴极了，她们到农村去了一个星期，乡下人实在粗俗，可笑极了。你接口说，是啊，你知道，乡下佬就是那样，她说，你竟脱口说出了他们那些难听的苏格兰话：星期二说成“生”期二，星期五说成“生”期五；你知道，那儿根本没有良好的排水系统。你再说一遍你知道；她的意思是说那儿没有真正的厕所，可她是宁肯死去，也不肯把那几个字直截了当地说出来。

于是你问她乐意去坐游览小铁路吗，她说，依我看那真棒。你们坐了上去，她惊叫着抓住了你，头发也从帽子里滑了出来，尽管你是多么的以她自豪，可实在不希望她这般尖叫，就好像她的喉咙给一把剃刀片捅进去一样，她紧紧抓住裙子，厉声尖叫，哦，停下！天哪，难道她不跟别人一样长着腿，她有必要老是为此而羞愧吗？因此你在她腿上稍稍拧了一下，她又尖叫了一声，挂到了你身上，不过等坐到头以后，她可真的发火了，说她可不是那种姑娘，别想对我这么无礼。

你说真抱歉，你确实感到抱歉，当你正想与她和好时，她看见了她的朋友，叫起来，喂，厄娜！那姑娘跑了过来，她浓施脂粉，十分漂亮，那不就是你在温得米尔的寄宿舍里认识的那个厄娜·里昂小姐吗？她说她只是四处随便逛逛，噢，她没有男朋友作伴。你的女友咯咯笑起来，里昂小姐也咯咯地笑起来，弄得你真觉得自己是个傻瓜，姑娘们就喜欢这样；你跟着她们进了茶室，有一会你粗俗地希望她们别再那么该死地装腔作势了，能顺从地对待一个像考盖特的无赖那样对待她们的小伙子——有一会儿你傻乎乎地希望自己有个姑娘，她不喜欢电影，别那么文绉绉的，或是根本不在乎自己的大腿被人摸，不会觉得受到冒犯——这么个姑娘会抱住你，因为她喜欢这样，喜欢你，并觉得她的大腿和她的一切都是为你的，她文静温柔，粗俗而又和善——天哪，一定是太阳把你晒昏了头！

你的女友和里昂小姐正飞快地交谈起她们的假日，到了什么地方，以及在邓凯恩付了多少住宿费。里昂小姐说她想搬家，她的女房东曾经是一个牧师的寡妇，而现在又同一个极其普通的人，一个乡巴佬结了婚，那家伙就在那儿神气活现当了主人，根本无法使人对他有所尊重。而更糟的是，女主人的儿子是个赤色分子……你说你了解那一切，那就是你离开那儿的原因，拉吉·罗伯麦同赤色分子不共戴天……你的女友说，别说傻话了。厄娜，讲下去。

里昂小姐又说，还有一个房客是个教员，也是个赤色分子；她可以肯定他们之间有什么不可告人的勾当。她听说——说到这儿她咯咯地笑起来，对你的女友说起了悄悄话，这时你觉得你自己满脸通红，这两条该死的母狗咯咯地笑个啥？你的姑娘做出一副大为震惊的样子，说她可不会在那儿待一分钟，那地方简直就是一所**邪恶的房子**。

里昂小姐说，当然，她还没有拿到证据，并要你的女友一定别去说什么，你的女友说她不会去讲的，不过厄娜肯定能不费吹灰之力就捏到证据，让这两个赤色分子出出丑，然后再离开那地方。接下来你们三人谈起了共产党人，不要脸的畜生，老是在工人阶级中挑动生事——只有那些工人阶级的败类才会受到挑动而走上歧路，他们没有头脑，对他们必须加强控制。

你把这些讲给两位姑娘听，可她们根本没听，两人互相又拼命地咯咯笑个不停，你的女友说，什么，你真的听见那床吱吱嘎嘎响吗？里昂小姐说，当然，有两次了。两人的脸都红了起来，显得光彩焕发，这使你突然想起了两条围着一根路灯柱嗅个不停地母狗的脸，那脸显得惶恐、急迫，拼命追寻着一种气味。①……不过你可不该那么想，她们都是真正的上流人。

因为你的女友是阿伯丁一个银行职员的女儿，而厄娜·里昂小姐的父亲则是个邮局局长，你猜想总是上等级的人；你不想告诉她们，你父亲只不过是大酒店里的料理马的仆役，不管怎么说，你自己现在是个中等阶级人物，你根本不想记住你本可能是个低贱的体力劳动者——天啊，这些人生活在帕尔迪的某间低劣的房间里，在码头或是花岗石工场干活，身边围着的姑娘根本不像你身边的姑娘那么文质彬彬，而是讲一口糟糕的苏格兰话，也不知该如何约束和照顾好自己，晚上倒是会上你的床，显得那么温柔可爱，亲吻你，拥抱你，而不会发出惊叫，她们只是喜欢这样……你的女友问，你怎么啦？脸那么红。你说，噢，没什么，这儿真闷。

你们一起坐晚间电车回家，你的女友和里昂小姐坐在一起，她告诉里昂小姐，她的寄宿舍多好，女房东非常受人尊

① 狗总是习惯翘起一条腿朝柱子之类东西上撒尿，留下自己的气味，故此处作者暗喻两个女人不要脸。

重，是一个非常有趣的人，厄娜今晚还得再等一夜，逮住那两个赤色分子，让他们出丑，然后再离开那儿，去同你的女友住到一起。

里昂小姐说，她会那么做的，不管怎么说，她对那地方腻透了，——那两个下流坯，夜复一夜地那么干……她俩又咯咯笑了一阵，耳语了一会；很奇怪，不知怎么搞的你觉得你的胆囊里似乎有石子，十分难受，这一切有什么意思，作为中等阶级的一分子，系着领带，去看看电影，一切无非就是这样，这又有什么意思？你的女友又悄声叮嘱了里昂小姐几句，然后转过头来说道，别偷听。你几乎要给她下巴上来上一下——唉，准是夏日晚上的炎热让你昏头了。

星期天，阳光明媚，克丽斯来到了后面的小花园，玫瑰花从盛开了红色的花朵，没什么气味但可爱极了。尤旺和埃伦已经在那儿了，他们背朝着房子，一人蹲着，一人站着，阳光把他们的黑发染成了蓝色，两人青春年少，窃窃低语，正欢乐地笑着。在她看来，他们确实不再是孩子了，埃伦成了一个妇人，身段苗条，一个窈窕女子，再也不是那个温顺的小猫了；尤旺的样子、举动却带上了某种奇怪的样子，就像那些加洛盖特的粗坯的举止，这些家伙从来不会安分守己，在一个贫民窟里饿死，而是准备着为了人类的利益去割断所有上等人的喉咙……毫无疑问，厄娜·里昂小姐所说的那些话是对的，不管怎么说，克丽斯必须告诫他们一番。

可站在那儿瞧着他们，她明白她不可能这么说，倒并不是因为她羞于对这两人启口讲这种事情，而是因为他们还太年轻，又那么幸福，他们的心不该让厄娜·里昂小姐的肮脏而可悲的愤懑所困扰。这个可怜的小姐，从没有一个晚上会有什么人溜进她的房间，或许就是出于这个缘故她才对埃伦和尤旺的相互交往如此大动肝火……她告诉克丽斯，昨天晚上她耐心地等候在楼梯口，要证实她的怀疑。千真万确，那事又发生了，哦，真令人恶心，那是在十一点钟，约翰斯小姐溜进了塔文达尔先生的房间。她可无论如何不能在有这种事发生的地方再待下去了，这种地方跟妓院差不了多少。

克丽斯一直不动声色地瞧着她，说她根本连一星期都不需要待下去了，她最好打点行装立刻滚蛋。里昂小姐目瞪口呆，满脸通红，说道，什么，我可没干过什么啊，你更需要赶走那些——

她用一个肮脏的字眼称呼他们，克丽斯一点没发火，她说，你立刻收拾好，一个钟头之内离开这儿。说罢撇下她就下楼到了厨房里，不一会儿听到楼上传来沉重的脚步声，那是里昂小姐正在整理她的东西——赶走她这种房客，就是想要让人们得到尊重。

克丽斯在厨房里干着活儿，猫儿乔克在她的腿上蹭来蹭去；有一会儿，克丽斯想想这事便觉得好笑，可随后又觉得不那么可笑了，她得去问问那两人，他们究竟想干什么。她想到，事情在人的眼前变化得有多快啊，只不过一年左右前，她还认为尤旺还是她自己的一个年轻的学生，在他同那只温顺的小猫说话时她还妒忌来着，而现在她却不得不要问他打算什么时候结婚了！

她就这么想着，烤好了所有房客都嚷着要吃的燕麦饼和甜烙饼，这时艾克大摇大摆从外面进来了，他是出去买他的星期天的报纸的，他没戴领带，靴子擦得油光乌亮，小胡须梳理得很好，他坐了下来，一面看报一面吃了个燕麦饼。尽管他说自己来倒，克丽斯还是给他送去了一些牛奶，他接过去，嘴里念叨着说这种事可真怪，可克丽斯没怎么留意，只是静静地友好地瞅着他，找工作这事儿可真劳神费心。她问是否有什么工作，他说整个邓凯恩找不到一件活干，然后收起报纸，抬头用他绿莹莹的眼睛瞧着她，一边啜着牛奶。工作？这真是件该死的事。我想我知道这事到底是什么原因了。

克丽斯问，什么原因？他说，根子就在杰米·斯佩特。毫无疑问，他肯定给整个邓凯恩的细木工和木材商打过招呼了，警告他们别雇用艾克。克丽斯说他肯定不敢这样做，因为他知道艾克掌握他的那件丑闻；艾克摇摇头，那倒是，可他已经答应不再提起那件丑闻，杰米明白他会信守诺言的；一个人就得言而有信，哪怕是对一个像市长这样的愚蠢的老家伙也一样。

他接下来说的话使克丽斯站定了，他说，我很抱歉，太太，我逼你嫁给了我。

克丽斯说，怎么啦，艾克！她非常惊讶，他则点点头说，嗳，真是犯了个该死的错误。都是些古怪的蠢念头驱使人去干蠢事的。我本来就完全明白你准不会同我作伴的，你已在床笫之事上害苦了牧师那种人。我忘记了那就像一个冷血无感情的妓女。

克丽斯站在那儿，惊讶地听着，她已经全然没了惧怕受惊或是受伤害的感觉，那些个男人把他们对她的欲望当作是施给她的礼物，可她不怕了。她说她已经尽了一切使他们快活，艾克点点头，嗳，那都是她能做的，可那还远远不够，唉，她也不该去责怪什么。接着他说，别去烦恼了，到时候一切总会解决的，他要到码头那儿去走走。

他走了，留下克丽斯继续做饭，她摆好饭桌，看见出租车开来带走了里昂小姐的行李，有一大堆呢，她听到出租车司机问里昂小姐是否应该雇辆货车而不是叫辆出租车，里昂小姐说她可不想听他这么无礼，她住在这么家妓院里已经受够了。一听这话克丽斯有点吃惊，可出租车司机说，这倒是真的，难道你也这么干了吗？现在生意没了你就要离开了吧？说罢钻进车去，开走了。

这会儿油酥面馅饼焙得黄澄澄的，挺不错，猫儿乔克喵喵叫着走开了，克丽斯走到中午时分的院子去，想质问埃伦和尤旺，他们打算拿这事怎么办，没得到教会的结婚证书就睡在一起，还这么惊动了里昂小姐。

但眼前见到的他俩的情景使她打消了这一念头，她看见了他们正为什么而乐不可支，原来他们已经把隔壁人家的婴儿抱了过来，那位秃头父亲不尽责，竟想到园子里给那乱蓬蓬的草坪刈刈草，睡在童车里的小孩醒了过来，开始啼号起来，使他父亲的打算落了空，这时埃伦探头看见了，她问道，要我来吗？于是那父亲满脸通红，感谢不尽地把孩子递了过来，埃伦抱着那孩子在玫瑰花丛边蹲了下来，用一枝花在他鼻子前晃动引逗着。这小孩的脑袋几乎跟他父亲一样大，也是光秃秃的，他踢蹬着两腿，咯咯笑着，他的鼻子和嘴都埋在玫瑰花丛里，嗅着，然后高兴地又蹬了几下。克丽斯看见尤旺低头注视着她俩，他脸上流露的神情不禁使克丽斯驻足不前。

他的神情一点不像一个小伙子在看着他的女友抱着一个陌生人的孩子，——一种慵怠的满足和期待交织在一起的神情。相反，尤旺毫不掩饰地冷眼看着，流露出一种逗趣还带点厌恶的神情，就好像瞧着一个正在和一只猫逗乐的朋友……

克丽斯心中顿生寒意地想道：可怜的埃伦，可怜的埃伦！

罢工过后，高恩斯-格洛格公司平静了下来，人们都回去上工，公司告诫他们别再去听那些不要脸的共产党人的话，由于他们都是愚不可及的人，听了他们的话只会给自己惹麻烦。在机器车间工作的小乔迪·布鲁斯说那也只不过是有了一大片血污，让一个人的肚子翻腾一下而已。尽管你不再是个赤色分子了，可你对乔迪说他根本没对警察干过什么流血的勾当；诺曼·克鲁克香克捏住小乔迪的鼻子一拧，几乎把他的鼻子拧脱，说道，嗨，上帝，让你也出点血吧。想想吧，它是红的，不是黄的！

你时不时拿着点活儿到机器车间去，跟诺曼扯东聊西地谈谈，他们已经建起了一幢新的侧楼，叫化学楼，再过大约一周时间，他们就要在那儿开始给弹筒装毒气了。已经有一些家伙从南方来了，他们是受过专门训练干这种活的，那是些格拉斯哥的坏家伙，还有个大约是爱尔兰人。你和诺曼还会溜到厕所里去抽支烟，你向诺曼了解尤旺的什么情况吗？诺曼说他在出席赤色分子在海滩的会议上见到过他一两次，现在他完全跟那些共产党人搞到一起了，还在他们的会议上讲话——如果说有一个年轻的不要脸的人的话，他就是，鲍勃，他可是非常聪明的，又受过教育。

你极其粗鲁地说你知道这些，诺曼奇怪地看着你，说，哦，当然了，不久以前你自己就是个赤色分子；就属于尤旺发起的那个支部嘛。你为什么这么匆匆地溜掉？害怕了吗？

听了这话，你甩手就朝他脸上揍了一下，他随即也给了你一下，你可打不过他，这时工头跑了进来，把你拉开，说，嗳，你们以为这是在干什么？是拳击比赛吗？回去干活，你们这些狗娘养的。你们两人都回去干活了，看在老天份上你已经促使这坏家伙好好去想想了，哼！竟敢说你害怕了！

这事也让你看清了，赤色分子都是些蠢家伙，如果参加他们一伙，你就永远找不到工作，会遭到警察的毒打，还要给送进惩罚营，在那儿晚上没有女人陪，身上没衬衣穿。哎，真要命！你需要有自己的生活，你已经遇上了一个姑娘，一个美丽、好心的姑娘，你和她节衣缩食省下钱来准备结婚，或许在新年，或许还要早一点；你已经看中了基里本的两个房间，那姑娘已有两个月的身孕，而如果你的计划实现，时间是来得及的；你对此毫不后悔，你告诉了她，吻了她，她赧红脸把你推开，她实在怕羞，除非在黑暗里。因此谁还有时间来理睬赤色分子的这些胡说八道，那种话对人绝无半点好处，一头扎进那种比宗教更坏的东西那对你会有什么用处？

可那天晚上你和一些人有一点额外活要干，你们要把一些大学生走后留下的乱七八糟的铸造场地清理干净。等干完已经很晚了，你走出去时看见大门边正在开什么会议，有一个年轻人正在一个台上发表演说，他讲得很轻，但很清晰，那会是他吗？你和其余的人从一边慢慢走过，四周有一大群人，那是些布鲁人和渔夫，恶臭难闻，还有十来个花里花哨的学生，那晚就是他们把铸造场地弄得乱七八糟的。这些花花公子哥儿们大笑着，说着笑话，可那个年轻人根本没在意他们，他身穿一件粗布工作服，都穿得发白了，是一个从花岗石工场来的人，没错，穿一双笨重的大靴子，粗糙发红的双手。等到你走近了，你看见这个讲话的人竟然就是年轻的尤旺·塔文达尔。

他正说到工人们只要团结起来，这时那班花花公子大学生中有一人咂着舌头嘲笑着喊道:你是说团结起来，让你过得舒服是吗？尤旺说，对啦，你这该死的，到了共产主义社会，我们就要消灭该死的寄生虫。说着仍然冷静地很快继续他的演说，学生们开始喧闹起来，见此情景，有几个渔夫发出一阵哄笑，开始扭身回家去了，他们是些守本分的人，不愿见到什么骚乱。可诺曼·克鲁克香克大声叫尤旺继续讲下去，为什么不讲呢？他们倒要瞧瞧这班打着漂亮干净领带的妈妈的小宝贝和这些肥胖地坐办公室的蜡烛头会怎么样。诺曼又招呼高恩斯的伙伴们，谁来维持一下秩序？

大部分人大声回答说他们会的，你就别担心了只管回家去吧，你晚上还同女友有约会，要到加洛盖特的一家小店去看一套旧家具呢。你刚走到街角，回头看去，只见那儿已经发生了一场小冲突，那些学院来的脸色苍白的杂种正同高恩斯的伙计们扭打在一起，你真忍不住要扭身跑回去参加——哎，你不能这么干，现在不行，天啊，叫杰斯怎么办？于是你像傻了一样拔腿便跑，似乎你很惊怕——你为自己心中新产生的想法而害怕，那是在你瞧着尤旺时心中闪现的新想法。

吉姆·特雷斯说那是召集一次集会的一种方式，但不是最好的方式，你根本不该让集会上产生殴斗，除非你在市中心举行一次集会，周围有成百的民众，还有大批的警察，这时有可能会当场发生一次逮捕之类的行动，这样可为党争取更多的民众。

尤旺说，不错，他知道这一点，不过他利用了这次机会挑起了高恩斯的工人同学生之间的对立。加深了这种不同阶级之间的矛盾。很明显，在革命的日子里学生是没有用的，他们转向了法西斯主义或是现在的民族主义，未来的战斗是工人们反抗全世界的战斗。特雷斯点点头，尽管这么说有点离经叛道，可主要的精神是对的。不管怎么说，没发生什么大的伤害事故，尤旺只是指关节擦破了一点，他最好到特雷斯在帕尔迪的家里去，擦点碘酒，或许他也想喝杯茶。

尤旺说他去，便收起讲台，冲突结束了，学生们也走了，他们给高恩斯人追赶而溃散到小巷里去了。可诺曼·克鲁克香克气喘吁吁地跑回来了，没事吧，尤旺？尤旺说，一点没事，谢谢你，诺曼。什么时候再能见你？

——我也不知道，真见鬼——总有机会的。从来也没再听到有人在高炉边讲起你过去讲过的那些事了。他又问尤旺现在在干什么，尤旺告诉他自己在斯托达工场干体力活，诺曼说，天啊，这种活让个花花公子去干可真够受的，尤旺说他可不是什么花花公子，他只是个工人，诺曼说把这话去对他奶奶说吧；不过他们在哪儿再碰面？他们便把地点讲定下来，大个子特雷斯笑眯眯地站在一边，小眼睛一眨一眨的，他的破烂衣衫在晚上的灯光下一闪一闪。

特雷斯太太伸出一只柔软的手，说，你好吗？……吉姆，我要去看电影了。当心，我不在别去闹革命，如果你想吃东西的话，橱里有两条腌鲑鱼，今天下午有警察来过，房主也准备不让我们再住下去了。就这些了，再见。特雷斯拥抱她一下，说很好，至今为止没发生过什么大不了的事；并祝她看电影快乐，女主角是谁啊？是格琳娜·嘉贝基吗？哦，那真不错；说着在特雷斯太太屁股上拍了一下，她便走了出去，尤旺站在一边看着这一切。特雷斯转回身朝尤旺笑笑，这位大个子皱起眉问，嗳，她是个挺可笑的女人是吧？

尤旺说不，她看上去挺不错的，她也是共产党吗？特雷斯搔搔头说他倒从没问过她，他老是忙得不可开交，她也同样，到处给警察追赶，不停地从一个地方搬到另一个地方，得不到邻居们和别人的欢迎，可她从不抱怨，老是那么愉快，兴致勃勃的——很庆幸他们还没孩子。

尤旺点头说他看到了，作为一个革命者，不可能有太多时间来顾及寻常的家庭事务。大个吉姆眨眨眼说是这么回事，正因为此你就得去干社会主义，实行变革，就像贝利·布朗那样，对那些上流人士的优越条件和工人所遭受的苦难大为愤慨。尤旺对他笑笑，他也对尤旺咧嘴笑笑，两人对工人们了解得十分透彻：他们都不是英雄，也不去崇拜什么神，在他们的巨大的黑色浪涛越掀越高，直至最后用泥泞和鲜血把高地全淹没时，他们也不会因此而变得宽厚和富有理性。更有可能的是，像他们这样的工人的领导者会给抛在一边或是给踩在脚下，不过这也没关系，他们少不了什么，**他们自己就是工人**，他们没什么可抗议的，就如同一个人的手指不必去抱怨一条不听使唤的肌肉一样。

特雷斯备好茶，又煮好了那两条鲑鱼，然后两人东拉西扯聊了好久，他们没有谈论革命、罢工，或是宣传鼓动，而是谈论天气、星星和尤旺的考古学，那是很久以前他还是个孩子时所十分喜爱的；尽管特雷斯听说过原始共产主义，可他对那些知之甚少或者说一无所知。他说他很怀疑在他们这一生是否看得到工人的革命；资本主义的危机早已发生过，还会再发生，这就十分有利于在大不列颠组织起一千万失业工人，别去说今天那两个半人了；法西斯主义会得到稳固发展，它会促使战争爆发，战争正在缓慢地到来。

尤旺说他有同感，很有可能工人运动在好几年里将被迫转入地下，他们必须尽最大可能地利用合法的途径活动，同时准备作地下工作——或许会有一代人的时间里是秘密的鼓动和偶尔的恐怖手段。特雷斯点头称是，然后他们不再谈那些了，随它自己去发展吧；特雷斯坐在那儿松开领子，眨巴着眼睛，他讲给尤旺听他作为一个宣传者，远远跑遍苏格兰和英格兰广大地区的生活，他在格拉斯哥①、拉纳克②、敦提③都搞过宣传鼓动工作，那些可笑的事件现在看来确实很可笑，可在他年轻时，那些事件看来却是异乎寻常地严肃。他在僻远的村落里跋涉，站在那儿演讲，在那些地方也遭到成群农夫的驱赶——有一回给逮住后剥光衣服，浸在马槽里差点给淹死；他也为了那种种他从来没犯过的细小罪行而一次又一次地被关进监牢，有一度这种命运就成了家常便饭；他曾与康诺利④一起在复活节被赶出都柏林，那次发生了一次失去了控制的起义。

可他记得最牢的是那些很傻的琐事——好多个晚上在矿区镇子里，他对一个地方支部作完了致辞以后，支部书记就会催促他赶快回到他家里去，结果特雷斯发现那个家只是一间屋子，那儿有一个可爱的小妇人，就是那个矿工的妻子，她为他们准备晚饭，热烈地欢迎他们；他们一起坐在那儿进餐，整个期间，特雷斯心头一直有点担忧——他该到哪儿睡觉啊？那矿工就说，喂，同志，瞧这儿。特雷斯就听得房间后面咔啦一

---

① 英国苏格兰中南部港市，斯特拉思克莱德区首府，英国造船业中心。

② 英国苏格兰中南部城市。

③ 英国苏格兰东部港市，泰赛德区首府。

④ 康诺利(James Connolly， 1868—1916)，爱尔兰最主要的马克思主义者领导人，他在都柏林反英复活节起义(1916 年 4 月 24 日—1916 年 4 月 29 日)中起决定作用。

响——那位矿工的妻子钻进了床里边，他就和矿工坐着叨叨不休地谈到清晨，两人都哈欠连天，矿工便说，该上床了，我睡中间，你睡外面。他们都上了床，马上便睡着了，那事显得一点都没什么奇怪，甚至在那位矿工六时起身出去后，就剩下你和他的妻子睡在那儿，也显得十分平常，你很快就感到你触碰到的是你的姐妹。

尤旺笑起来，随后他又变得严肃起来，谈起了他在斯托达工场的工作，他正在那儿建起一个基层组织，吉姆能否帮他找一批宣传手册来？在他刚到斯托达时，他们全是工党成员，可现在他在基层组织中已经发展了四个人。特雷斯说他会给他足够的宣传手册的，斯托达工场是个值得下功夫费心思的地方，那么他认为自己还能在那儿干多久而不被那儿的老板解雇？尤旺说他估计还可待两个月，可你也根本讲不准，真该死，他正开始对花岗岩发生了兴趣，而那又一点点使他对冶金学产生兴趣。特雷斯坐在那儿倾听着，不时重新给他倒上一杯茶……直到尤旺哈哈一笑站起身来说，现在该到此为止了，我已经啰里啰唆讲了好几个钟头了。

不过这时特雷斯太太看完电影回来了，她不会要听这些的，而吉姆也需要同她聊聊，还想再吃点东西，她想还有些奶酪呢。格琳娜·嘉贝基确实相当不错，拥抱啊，结婚啊，上床啊，闹得个不亦乐乎。尤旺是否能把火搞大一点，还有吉姆能不能把他那条那么粗大的大腿挪开一点？特—啦—啦一径去了奥马哈……①

特雷斯朝尤旺眨眨眼说，这回你可瞧见了吧，不是什么革

---

① 此处特雷斯夫人在唱电影插曲。

命歌曲，而是特—啦—啦一径去了奥马哈。特雷斯夫人说呸，那种革命歌曲让她肚子疼，它们几乎就像唱赞美诗那么乏味闷郁——唯一不同的是它们还能让你留在人间而不是下地狱。

尤旺坐着，瞧着这一切，不时插上一两句，他非常喜欢他俩，他也很清楚，只要是为了党的目标，明天特雷斯就会把他出卖给警察，他会像在搞宣传和民众工作中那样不惜采用一切手段任何方法，而毫不顾及有什么喜欢不喜欢之类的事情。如果到了那种地步，他也会那样对待特雷斯太太的……尤旺对这种想法点头称是，他是对特雷斯，也是对他自己，这是两人的共同情感，已经走上了面前的这条路，那是没其他路可走的。对于走上了工人道路的人来说，他就义无反顾地没了朋友，没了荣誉，也没了希望；他只能过一种不管自己如何疲倦也要过下去的生活，这种生活必须不畏生死，抛弃财富、轻闲和舒适，而这一切都不停地在散发出一股肮脏的臭气，都是时间从历史这座熊熊燃烧的大熔炉的铁栅中扒出的炉渣——

接着他就出门回家了，他一面摇摇晃晃沿街走去，一边轻轻地吹着口哨，不过他并没意识到自己在吹口哨，直到他走上了前面的人行道时才听到了自己的口哨声，八月的夜晚是那么温暖舒服令人陶醉，邓凯恩入睡了，只有一长列运货车开足马力朝鱼市场驶去，什么地方还传来一个婴儿醒来时的啼哭声。听到这哭声他暗暗笑了一下，不禁想起了埃伦，想起了她说的到了共产主义，那就是一个再没有哭泣和眼泪的时代……她自己就差不多还是一个婴孩。

一个警察在一户人家的门口停下，看着他走过:这准是个愚蠢的小伙子，他吹的口哨中有种十分不对劲的味道，不过他吹口哨总没什么错。

在克丽斯看来，十分清楚，得在温得米尔的这幢房子里采取什么果断措施好好安排一下了。库辛尼第一个走，不久就是厄娜·里昂，而艾克还在到处寻找工作，她总得用各种办法来收进新房客。可是，克莱格霍恩大妈给这幢房子定下的膳宿价格是适合于让中等阶层的人来住的，只有像艾克这种个别的闯入者例外——而在她看来，他来是为了寻找她的，他来了以后所追求的大部分也已经得到了，可怜的家伙。

在尼尔·夸里奇来喝茶时，她便就这事问了他，他看上去比以前更瘦了，青筋毕露，也显得更粗放不羁了，一个趾高气扬的男人，蓄着趾高气扬的胡须，只可怜他的鼻子似乎遭到过暴力的袭击。要找房客吗？他会问问在《竞赛者》报工作的人的。特别是他们也许再也不会见到皮德尔先生。

克丽斯问，为什么？尼尔舔舔嘴唇，想了一下说，布迪西娅或许喜欢来住。她会为奥格尔维脱衣服的，她这么做可真该死。说罢他推过他的茶杯要求再斟一杯——就他们两人坐在一起喝茶——随后谈起了皮德尔先生的事，他已经离家上班去了。奥格尔维太太知道皮德尔干的这种敲边鼓的事吗？——他给《托利·皮克特人》报发牛皮新闻。唔，今天他收集这种新闻可太晚了，他到帕尔迪去干另一项副业去了，他要去说服那儿的一个女仆人为他偷一张一个老妇人的照片，这个老妇人因年老体衰而上吊自尽了。他总算回到了办公室里，嘻嘻一笑，手里拿着那张照片，把一切收拾停当，瞧瞧钟，看见他只有三分钟时间了，在这三分钟里他得跑到购物城，赶上火车。于是他像一只疯疯癫癫的母鸡一样冲下楼，骑上自行车奔购物城而去，一下就不见了，《竞赛者》报的编辑们从窗口探出身去，打赌说他这会儿准会撞上卡车——这事是摆明的，总有一天他会葬身车底，装在果酱罐里送回家去。

且慢，看来他完好无恙地到了火车站；卡车在左右飞驶，皮德尔飞快地踩着自行车，在出租车行列中穿梭前行到了火车站，一把给车站搬运员拉住了。搬运员问他以为自己是个什么大人物，难道莫里森的军队强行登陆了吗？皮德尔嘻嘻一笑，扔下自行车，一阵风般向开往《皮克特人》报社方向去的火车奔去，他知道那列车停靠的站台，他必须奔过去才能赶上当中的列车长室。

瞧，他拐弯直奔六号月台，一眼看去，他发出了一声惊叫，去《皮克特人》的火车已经在启动了，慢慢地在驶出邓凯恩镇。车上全是爱丁堡的学生，说笑着，玩着他们寻常的那些把戏，他们到邓凯恩参观一趟也捞得够多了，见到皮德尔先生匆匆赶来，他们都从车窗探出身去对搬运员嚷嚷着，皮德尔闷着头拼命朝前冲，就像一条眼镜蛇，屁股后有一只獴在追赶而拼命要逃进树丛中去一样。学生们发出一阵哄叫，开始喝起彩来，皮德尔先生跑得像一阵风已经到了列车中间车厢那儿了。

列车长朝外望去，嚷着要他停住，说他不能那么干，他要出事的。可车厢里挤满了学生，他们把列车长挤到一边，有六个学生伸出了手，皮德尔心想这可太好了，只要他跑进去把交给《皮克特人》的稿件包递给他们就行了。只见他跑得上气不接下气，血管都要爆开了，最后总算接近了学生的手——手垂下来，学生们呐喊起来，紧接着，皮德尔从地上跳起来，猛一下，带着稿件包和一切东西，窜进了列车长室。这时火车胜利地大吼一声，消失了，这是一列直达珀斯的快车。

克丽斯坐在那儿哈哈大笑，不过她也为皮德尔先生感到遗憾，这只可怜的小鼬鼠，竟不得不像只鹰一样窜上半空。这时尤旺进来了，他听了这件事也哈哈大笑，他笑得那么开心那么响亮，尼尔想，这根本不是那种男孩的笑声——这个小伙子过去总认为发生在人们身上的这种愚蠢的事丝毫没什么可笑的。如果有谁喜欢这种变化那才该死呢，现在要在这个年轻的坏家伙面前摆架子可不行了，他人已越长越宽厚，更高大结实了，方正的下巴，眼眶边满是向外放散的皱纹——夸里奇知道在许多人的头上都有着这张脸，他在月台上，在行进的队伍中，在法庭上都看见过这种脸，这是典型的共产党人投机冒险分子的脸，猪头猪脑，十分残忍，这是些丧失理智的野蛮人，一心打算要在明日实行血腥的革命，可如果能推行道格拉斯主义，能理清围绕它展开的种种争论，那么道格拉斯主义就能医治我们时代的种种弊病：唯一的问题就是分配、生产和作用问题不能得到更好的完善。

似乎有一只巨大无比的手铺天盖地而下，拼命捶击着麇集在福特福西的那些房屋。窗户格格摇撼着，房子摇晃着颤抖着，街上的人们都震惊地抬头遥望，只见山边天上突然变得灰暗。接着猛地里响起了一阵震耳的爆炸声。

人们从各自的家里冲出来，跑到街上，指点着，就在高恩斯-格洛格公司那儿，下午的空气中只见一道火光直冲云霄，在你瞧着时，那儿变幻了，变成了一片乌黑，接着又变绿了，边上是黄色的烟雾——天啊，出什么事了？接着人们立即蜂拥着朝码头那儿跑去，有人叫嚷着说是一艘船着了火，可你知道不是那么回事。约翰、彼得、托马斯、内尔——噢，上帝，他在那儿，在高炉间，在机器车间，是了，这不可能是高恩斯-格洛格公司出事。

于是你扭身朝码头旁边的路上跑去，你发现这儿挤满了黑压压的人群，警察在大叫着要人们退后，前面车间的左面像一个巨大脓疱般肿了起来，一道火焰就像一道火栅，人们正从高恩斯冲出来，拍打着他们熏黑的脸，含混不清地尖叫着朝码头跑去，慌不择路地一个个朝水里跳。就在这时，那个大脓疱又发出另一下爆炸，在它左右的人们都头朝下摔在了地上——前面，反衬着码头的那片青白色，一大片石块和铁栏架像雨点般跌落下来。

突然，西面的小丘给乌云笼罩住了。

《托利·皮克特人》报通过打电话到邓凯恩获悉了这条消息，线路畅通，传来了皮德尔先生的嘻嘻声，像挺好玩似的，他讲了所有的事，关于那些烧焦的尸体，爆炸，女人的恸哭，爆发了反对高恩斯的暴乱，他们家在克雷格纽克斯的房子的窗户都给赤色分子砸烂了。《皮克特人》报为此事登了一篇社论，当然不是用苏格兰文写的，满篇都是不正确的拉丁文和行文不通的英格兰语，它是故作斯文过头了；社论说这次事件实在太令人遗憾了，不过这也像为了捍卫国家的高尚事业，科学和宗教实践总要有牺牲一样。那些过激分子利用邓凯恩工人很自然会有的悲痛心情而挑起的叛逆行为是十分令人痛心的。毫无疑问，会进行最严格的调查的云云——

* * *

爱德华·麦克希拉克牧师在下一个星期天的布道中讲到，这是上帝之手施加的一场劫数难逃的灾难，它是神秘地发生的：啊哈—哈—哈……教友们，难道这不是对现今的那种傲慢和可怕的精神的直接惩罚吗？现今的年轻人不上教堂，不听从教会的神圣的训谕，抛弃了纯洁、贞洁和无瑕的生活，这不就是对他们的直接惩罚吗？在克雷格纽克斯的人们认为这个讲道真是太好了，几乎要拍手称好了，真太激动人心了；麦克希拉克牧师回家用午餐，吃罢便沉沉入睡了，等醒来时觉得嘴里有一股令人难受的味道，然后就溜达到了普特西的房间，打开门，朝她那儿蹑手蹑脚走去，一边龇牙咧嘴的活像一只正在出乳牙的老虎——

*　　*　　*

吉姆·特雷斯对尤旺说，他们干得不坏，已经有二十个新成员加入了地方支部，尤旺出的主意，去砸烂高恩斯家的窗户实在妙极了。尤旺得去出席周末在基里本召开的会议，他自己去帕尔迪，而塞尔登去福特福西。一定要有充分把握，擦去血，不要流眼泪，看在老天份上，设法搞一次像样的募捐活动；他得到伦敦去和执行委员会大费周折，到现在为止，他们耽搁了给出版社的投稿了。

呃？当然喽，工厂已经受到了很好的保护，那类意外事件到处都会发生的。不过尤旺一直没出什么事，要做到这一点是十分不容易的，只要他想挤进去的话他总是能做到的，因为那儿总归是有该受惩罚的疏忽的……咦，那是怎么回事？说不定那是一次精心预谋的事故，想看看那种毒气弹投放在人群中的效果吧？天哪！不管怎么说，尤旺能尝试一下。可看在老天份上，千万要当心这次募捐工作——

艾利克·沃特森在他的兵营营房里说道，伙计们，你们知道下次战争中等待我们的是什么吗？像一只滨螺一样在一堆火前给活活地去烤，或者被扒了皮去死，明白了吗？新兵们说，天哪，他们都看见过那种情况。真那样可怎么办呢？艾利克说，组织起来，要求拥有他们的权利，如果今天他在吃饭时对那种糟糕的伙食提出抗议的话，他们会不会支持他？他们可以强迫那些猪给他们吃得好些，如果他们抱成团的话那就不用害怕，不需要对那帮血腥的军士们卑躬屈膝的。如果发生了战争，连队里的伙伴们都抱成团，那时候，那些军官们又能拿他们怎么办呢？

*　　*　　*

诺曼·克鲁克香克躺在医院里，一句话也不说，静静地躺着一动也不动，他的半张脸都给火舌舔啮过了。

*　　*　　*

杰斯再也见不着鲍勃了。她身穿丧服，虔敬地站在他的墓边，想道，小厄切斯对我非常好。如果他是当真的话，我和鲍勃一起买的家具已能派上用场，很可能……可她真不该那么想，还怀着身孕，可怜的鲍勃，他一直是那么善良又有头脑，尽管他一度曾同那些可憎的赤色分子搞在一起——

*　　*　　*

埃伦·约翰斯说，真恶心，太可怕了，可是，尤旺，你知道那完全是个谎言。你真该死，竟说他们是有意让那毒气弹爆炸的……尤旺，那完全是欺骗，那不是共产主义！

克丽斯说了，可艾克，你为什么想要离开我？

他在火边敲敲他的烟斗，说，太太，就是我已经说过的：我想要有个改变。因此我找了那份在船上当木工的活，就在“秃鹰”号上，那艘船是开往纽芬兰去的。就这么回事。

她说并不完全是为了那个原因，怎么解释他说的不再回来了那种废话呢？听她这么一说，这位谢格特的艾克·奥格尔维清醒了有一会儿，他告诉她那是为什么：在结婚以前他是个自在的快活的人，他知道她是怎么看待他，想着他的；可打结婚以后，他就再也不是这样了，——唉，她已经尽了最大力了，这他知道，只是他们两人根本就不该结婚，你是为跟我两样的人而生的，上帝知道那是谁，既不是我，也不是卡珲。不过事情明摆在那儿，我们就是不能结合。女人，难道我没有看见，那些让别的女人满心欢喜，乐呵呵的事，可却让你浑身发抖吗？

她说那样做太傻了，她是很喜欢他的，也一直会这样待他。他说，她站在那儿的模样真是好看极了，尽力摆出一副和气的样子，远超过他以前一直希望得到的；好了，他们别再谈这种废话了。

然后他把自己的计划告诉她，他过三天就动身，等他到了纽芬兰或是加拿大，或许他会写信给她的，只要他有事可写。他想横贯加拿大，瞧瞧萨斯喀彻温①，他听说木工在那儿有许多活可干。不管他赚到多少钱，他会给她一半。

克丽斯平心静气地说她不会要那钱的，如果他们分手了，她不需要依赖他生活，如果到头来他们好合好散那就行了。

---

① 萨斯喀彻温为加拿大中部的一个省。

艾克点头称是，嗳，那是再好不过的了。

好了，那最后一天的早晨到了，看着他走出门去，她怀着一种有点怜悯的心情朝他微笑着，显得非常客气。他把行李箱扛在肩上，点点头说，好了，我走了，再见，太太。

她的心在胸口拼命跳着，她的喉咙抽紧了，弄得她话都讲不出来，而她知道这一切说明没什么意思了。即使现在，如果她再作一次尝试，她也是能够把他留在身边的——她要不了多久就什么倚靠也没有了。然而他不是她的，她也不是任何男人的，他们各人有各人的路。

她同男人的关系就此完结，她不再需要他们了，她的心扉再也不会为男人开启，她的身体、她的灵魂再也不会欢迎，也不乐意去应承任何男人。她用匆匆的步伐——而一度她的步伐是那么拖曳——迅捷地走过了飞逝的好几个月，她不再是为了自己所爱的人的需要而忙碌，而是为了任何人的需要，她用好言好语，用她让人宽慰的眼光去照顾他们……那种她过去曾想见过的能把她赤裸裸暴露出来的可怕风暴现在把她团团围住了，可她已不再惧怕了，她渴求在这种风暴中让自己袒露无遗，渴望孤身一人，茕茕孑立，她怀着一种冷静、清醒的好奇，一种毫无怨恨的渴望等待着那最后的现实的到来。还有障碍，可这些障碍一个接一个倒下了——

她静静地伫立在门口，一动不动地眺望着，这几乎就是艾克最后一眼见到的她的形象，这一眼让他的心都揪了起来，接着他的心便变麻木了。唉，那真是一个奇怪的女人。这个女人不是为他的。他想起了她眼中闪烁着的光，这一点闪烁却能在他心中点起一把火；然而现在这种闪烁只不过成了照在一块石头上的一点反光而已。

周末，尤旺和埃伦坐着租来的小汽车驶离了邓凯恩，他终于把他被斯托达工场解雇的事告诉了埃伦。车是埃伦租的，这会儿她坐在一边，而由尤旺开车。十二月的雪花纷飞，路上基里本方向来的卡车不断，而尤旺驾着车不管不顾地穿梭于车列之中。她沉溺于自己的思想中：她想到了路，想到她自己，想到这个周末在德鲁姆利希等着他们的旅馆。后来她才开口：天哪，你现在怎么办？

他说他还想都没想过呢，反正总有事干，接着又顾自吹起了口哨，他脸色黝黑，神色专注，人长得更高了，却还那么瘦，她突然觉得：他经过那毫无生气的一个月以后变得更生硬也更狭隘了，接着她驱走了这个念头，他还是那个尤旺嘛。

她总会把这个感觉告诉他的，但不是今夜。

好一会儿，尤旺不出声地驾着车。开到那道高坡上时，风暴已经停了，在来往的公共汽车和卡车的碾压下，雪大约只有一英寸厚，一辆卡车铿锵响着驶近他们，车上套着防滑链；有一次，他们这辆小车打了一下滑，滑到一边，车头翘起，东扭西扭，直到尤旺扭转方向盘让它重新驶上正道。驶到坡顶，大风扑面而来；后面谷底邓凯恩正纷纷扬扬下着骤雪，似乎是雪中升起了烟雾，烟雪混合在一起，使白雪带上了黄色，一会儿大雪像一道白色帷幕罩住了连绵数英里的灰色花岗岩，傍晚的天色在上面投下了一抹阴影。眼前的原野飘曳不定，放眼望去，路上所见一切都在晃动，变硬了的雪片，起劲地敲打着车厢顶，发出嗖嗖的声响。埃伦蜷起身子更靠紧尤旺，她把一支香烟放在尤旺嘴上，他伸出一只手拍拍她，点点头表示谢意。埃伦为他点燃了香烟，然后说，天啊，我们真惬意。真希望我们有一辆这样的汽车。

他说，就为了这他也得接替塞尔登的工作，他只是吃不准接下来工作是否很容易！她就问道他究竟是在讲些什么，这时迎面一大群牲畜顶着风暴而来，赶牲畜的人跟在后面，尤旺驾着车通过这群牲畜，一时没顾上回答她。然后他才问她是否听到了那个消息？——噢，没有，她几乎有两个星期没去出席共产党地方支部的会议了，真是个懒家伙。问题是塞尔登已经带着基金逃跑了。

——塞尔登？带走了党的基金？

——带走了所有的钱，那笔数目相当可观。我早就想到让他当司库是十分不保险的，特雷斯也有这个看法，可他同伦敦东部中央邮政区关系搞得很好。他把我们所有的钱一卷而空。

她说这家伙真是个畜生，真太可恶了；可尤旺又开始吹起了口哨，几乎没在听她的，只顾注意路，开好车，他说塞尔登显得很有头脑，一直等到地方支部有了点钱才动手。他一直失业，苦恼极了，再加他的妻子身体又不好——那女人曾做过克丽斯的女仆，记得吗？

——你这么说似乎你也会干这种事似的。

听了这话他很兴奋地哈哈笑起来，我可是个共产主义者。又吹起了口哨，不过变得十分严肃。等他再开口讲话时，声音中流露出一种冷漠的不动声色的憎恨：很早以前我就能看出塞尔登会叛党；在一群革命者当中你轻而易举便能看出一个叛徒——思想浅薄，空谈什么正义。他们认为自己是在玩一场政治的或是社交上的游戏。

那么他自己又是怎么看待这一切的呢？不过她没有问出来，可她也不想再听下去了，只想要忘掉邓凯恩，忘掉邓凯恩里的一切，忘掉他们让她签名的那份该死的文件。尤旺旁若无人地驾着车，好像这条路是他的，就连山谷和半个十二月也属于他似的，是他特意安排了这么场风暴雪的，这场风暴雪从蒙斯山翻滚而来，一会是雪，一会是雨凇，一会又是翻腾的雹子，像一阵阵苍白色的浪涛席卷过灰蒙蒙的田野。给白雪裹得严严的农庄蜷缩在树林边上，这儿那儿可以见到一个农夫满头满脸包得严严实实的，吹着口哨跟在一辆马车后面，田凫一边飞，一边洛特，洛特地叫着，它们在抱怨这场满天飞扬的大雪。

埃伦靠在尤旺的袖子边打着盹，醒过来，瞧瞧外面，他们经过了奥欣布莱，驶入德鲁姆利希的格伦，雪在这儿停了，远处德鲁姆利希的山丘上长满了冷杉，树梢直冲云霄。她说，还记得在那儿的一天吗，尤旺？同时叮嘱他小心开车，因为他在吻她时险些把车开进一条水沟里去，他笑起来，说他记得很牢，他脸上浮过一道阴影，不是因为记起了那一天的事，有一会儿她又看见了她所爱的受了伤害爱害羞的小伙子的影子，她还是那么深深地爱着他，比以往爱得更厉害更疯狂。

女主人说，天啊，他们可没料到除夕还有客人来，不过衷心欢迎他们光临。他们是否稍等片刻，她就去叫起那些懒惰的坏女人，那些女仆，看她们收拾出一间房间来。哦哟，她记起来了，他们两位在五月份来过，那时她就知道点别的，不过她没讲出来——他们两人曾经是来度蜜月的。不是吗？

埃伦说没错，可这位女主人只顾瞧着尤旺，根本没听见她说什么。女主人问他能跟她一起喝点酒吗？——或许他的好太太也一起来？

于是他们三人一起坐下来喝酒，女主人同尤旺很快就变得很投机，聊了起来，不知怎么的竟冷落了埃伦，她也不知道怎么回事，只是跟尤旺一样对洪水和风暴、母鸡和小鸡，还有农庄的男孩子很感兴趣(过去一度兴趣更浓)。不过，就像跟各地的劳动人民在一起时一样，不管她怎样梦想着为他们主持公道，对他们的错误会大光其火，然而有一样东西就像一道玻璃墙一样把她同他们真正信仰的东西分隔开来，她不能理解他们语音腔调中的含义，不理解那使他们个个都很能忍受的神秘。可尤旺现在有了玩弄把戏的肥皂箱子，能弄出各种东西来应付各种各样的下等人——这么想真太卑鄙了，也是不真实的，他没有玩弄把戏，他**是**具有这一切——有时，她很恐惧地觉得他本身就是那种下等人，他就是他们当中的一员。

他们给安排在客厅里用晚餐，坐在火炉前面，暖融融的，一股树脂香味飘溢出来，明亮的琥珀色的火焰翻卷着，直窜宽大的烟囱，呼呼作响，夜晚，暴风雨肆虐，把烟雾向整个德鲁姆利希驱散。有时烟囱里的呼呼声响会停止，然后又欢快地发出清脆的声响，似乎风暴吹过，吹响了山丘底的一只巨大的响铃。埃伦又感到幸福和满足，有点像一只猫一样昏昏欲睡，有一会，有什么东西触动了尤旺，就像在别的日子，别的夜晚，一只手奇怪地触碰他一样。他说，你更瘦了，过去你总是那么苗条，可又有点显得丰满，就像那回我们爬巴梅金山你就是那样。她摇摇头，她还是老样子，只是困得要命，这会儿他要来吗?

他走到窗前，看着外面的风暴，风暴正猛烈地刮过这家旅馆，点点灯光照射出去，风暴就像一支巨大的幽灵大军匆匆向东而去，不见尽头，一切是那么静谧却又确切无疑；他有一会儿想道，我们的大军就跟它一样，是一支巨大的一无所有的军团，天上地下没什么力量能阻止得了它。这个念头让他振奋了一下，可随后他就不耐烦地轻蔑地打消了这念头。空话连篇的象征主义只是一个钝拙的工具。

于是他说他还想去酒柜那儿看看，便把埃伦打发去睡觉，她已经像一只疲倦极了的小山羊。过了大约半小时左右以后，他上楼去，这时，每一阵风刮来都摇撼着这幢房子，他打开门，蜡烛火光跳闪着，只见埃伦穿着一件绸睡衣躺在床上打着盹，真是个可爱的小东西，她说，快来，真冷啊。

可不一会儿就不冷了，蜡烛熄灭了，火炉里的火光柔和地照在房间里，他问，现在暖和了吗？她说，真有趣；还记得我第一次这么说吗？说着她把头搁在他的肘弯里，睡着了，新年到了。

第二天他们醒来时风暴已经停了，早餐也备好了，然后他们踏着雪，爬到凯恩山顶去，下过了这么场雪，山顶还是那么参差嶙峋，显得那么孤单，看不出这儿有风暴的痕迹；他们周围雾气缭绕，一座座山显得迷迷蒙蒙的。在埃伦看来，这儿似乎是上帝创造的最孤寂之地了，她最不喜欢这种地方。

可尤旺说一个人能在这种地方好好思考思考，他坐在一块岩石上，填好了烟斗，又把岩石上的雪掸掸干净，说，坐下。我有事问你。

她坐下了，紧紧搂住他的肩膀，说如果是问她是否还爱着他，那回答是毋庸置疑的，可这一来运气更坏。咦，他是否知道他正在要命地抖个不停？

他说，听着，埃伦，我要谈谈关于党的事。你为什么不去出席最近的会议？

她看着一股风在雪地上吹过，就像是一条看不见的蛇，搅起了一道纷纷扬扬的雪花，越刮越近，让她气都透不过来了，如果它不刮到他们这儿来，——那是个运气，是种预兆……她手上给吹上了一层雪屑。

她回答得跟他一样平静，就因为我不能去，不然我就要丢掉我的工作了。

他哦了一声，把烟斗磕空，又装满廉价烟草，她看见他的上装都磨损了，领口蹭得发亮，便从他身边挪开些，真奇怪，她以前竟从没注意到这些……那么，出了什么事吗？

她笑起来，抓住他的肩膀，尤旺！别用那种腔调对我说话！尤旺！

他的面孔就是块石头，真是个石匠的面孔，是用一长条冰冷的灰色花岗岩雕出的。你也该告诉我一声。

她突然满怀恐惧地瞧着他，告诉他，她别无选择。教育当局全听说了，把何去何从摆得明明白白的。她得在一份文件上签字，保证不再参加极端分子的活动，不再把那些东西教孩子们——可她又教过他们什么啊。啊，尤旺，我是毫无办法呀！

——这是不是意味着你离开了党，也不再出席它的会议了？

这时她心中升起了一股怒火：不错，我就是离开党了！不光是这样。我脱离它是因为我对它反感极了，全是些骗子、撒谎者，甚至还有小偷，瞧瞧塞尔登这种人吧，除了你，或许还加上吉姆·特雷斯，那儿简直没一个干净或是正派的人。我离开是因为我恨我不能穿上像样的衣服，没了我自己挣的钱，那都是我的，是我辛辛苦苦干活挣来的漂亮的东西……啊，尤旺，你知道他们是没什么指望的了，这些人——你还记得你曾把他们都叫作无赖？——没有希望的，堕落的；如果说要为他们做什么事的话，那也得从上面去做，而不是要同他们去混在一起。——唉，你难道看不到吗？

他点着头，没有看着她。埃伦的脸颊上又有了红润——哦，他就要明白了！她向前倾着身子，把她的计划告诉了他：他得摆脱掉那些荒谬可笑的工作，夸里奇先生答应过为他另找一份工作的。他们可以节衣缩食攒下钱，一年以后在克雷格纽克斯某处找上一套漂亮的小套房，就可以结婚了。甚至还有那辆停在旅馆里的汽车——那不是用她的钱租来的吗？不错，要不了多久他们就会有一辆自己的车了，没了钱，什么欢乐趣味也就没了。那也并不就意味着他们必须完全放弃社会工作，还有工党么——

这时他站起身来，瘦削的个子，肤色黝黑，还是个孩子模样，他小心翼翼地把她的手拂开，又掸去膝上的雪：带着那些东西一起回你舒服的小汽车里去吧——还有你的工党，你舒服的套房。可你跟我一起到这儿来干什么？我到哪儿都能弄到个妓女。

她脸色苍白，坐在那儿动弹不了，只是低叫了一声：尤旺！

他站在那儿冷漠地俯视着她，一点没发火，用了一个肮脏的字眼称呼她，很清楚，那是一个无赖用来称呼一个轻佻的妓女的；然后他转身走下了山岗，在她眼前消失了。

《竞赛者日报》以一栏半的篇幅说极端主义分子正在变得失去控制；邓凯恩就是他们阴谋活动的中心。在那次高恩斯-格洛格公司新建的侧楼的爆炸事件中有好几个奇怪的无法解释的现象，尽管还不能在任何方面提出确切的指控，然而在国外不是已经有了由亚洲的恐怖主义集团策划的类似事件吗？还有，在爆炸发生后的仅仅几个月中，紧接着又发生了什么呢？——一个北高地人士兵已遭逮捕，军事法庭宣称他在兵营中散发煽动性印刷品——他是高恩斯-格洛格公司的前任雇员。鉴于他这一案子，他已经受到严正的处置，然而依士兵沃特森的糊涂观点来看，是什么势力正极力要颠覆社会，并正极力挑唆我们的军队叛变呢？那是一点不假的，士兵们一明白了那些传单的内容，他们的行动真叫敏捷，立刻抓住了这个犯人，把他送进了禁闭室。在为他的辩护中，这件兵营骚乱事件或许会被低估，而只把它当作有预谋的散布流言蜚语……

撰写这篇社论的编辑写到这儿搁下了笔，有点吃不准地搔搔头皮，又瞅着春雨阵阵落在邓凯恩，灰色花岗岩房子的屋顶上的水流不停地沿檐沟流下。他思忖了一会，那时，兵营的两间营房里的家具全被砸烂，还朝那个军士打了五发子弹，究竟发生了什么？最好把这些删去，把那些血淋淋的场面描写得含糊些算了。那可是关系到我们的陆军和海军有几百年历史的绝对和坚定不移的忠诚问题，不是吗？那帕克和在诺雷发生的兵变是怎么回事呢？或者记忆犹新的，关于海军在因弗戈登[①]的事又怎么说呢？还有在法国的苏格兰高地联队的士兵？……最好把这些全略过不提。现在来胡诌些关于那次流血的饥饿进军的事吧——

……在国内事务中情况也同样，组织经过苏格兰、英格兰直到伦敦的饥饿大进军的活动已到最高潮。饥饿——在邓凯恩倒毫无此类迹象。极端主义分子们正在哄骗失业者参加一次贫穷大进军，可那对失业者是毫无好处的，而且这次进军已经被工党方面予以否认了——

① 因弗戈登是英国苏格兰海兰大区北海小海港。第一次世界大战时为英国海军军港。

*　　*　　*

贝利·布朗说，哎，上帝，那是对的，工党跟那种事是没什么关系的，如果失业者能再等上三年，让工党重新执政，他们所有的麻烦都会解决的。不过，当然喽，工党可不是什么阶级的政党，工党不是已经制定了在发放救济津贴以前，进行家庭经济情况调查的方法了吗？这个办法能支撑住一个稳妥而有力的政府，对所有人一律公平，实行和平、发展和稳妥的经济政策，捍卫我们的权利……十点钟时他匆匆赶到法庭，对两个无赖各判处两个月的拘留，——他们在职业介绍所附近妨碍警察执行公务——并以此让那些下贱坯看看改革将是怎么回事——

*　　*　　*

麦克希拉克牧师在讲坛上直截了当地说道，我们能又一次看到莫斯科的居心，要哄骗我们的失业兄弟，啊哈—哈—哈—，为什么当局不采取严厉的立场，消灭这种反基督的活动？教会会对所有这些失业者实行保护和劝导。是上帝用这么紧迫的手段和时间来检验我们的……

他想不知普特西中饭准备了些什么，结束布道后他就钻进汽车开回家去，雨中的街道泛着白光。他走进牧师住宅，搓着手，大声吆喝女管家来把他的上衣拿去。可没人回答，声音在空荡荡的回响着，他发现她不在厨房里，不在楼上，也不在起居室里。他跑进餐厅，只见他的书桌给撬烂了一个豁口，教堂的钱款不见了，餐柜里的银器到哪儿去了？而在桌子中央有一个条子：我已经了结清了一切，工资也拿走了——稍微多拿了一点，就作为我忍受了你那肮脏的习惯那么长时间的小费吧。如果想提出起诉的话，我就要把你的老底兜出来，那样你在邓凯恩就无法露脸了。——

*　　*　　*

在帕尔迪教区、加洛盖特、基里本、埃克尔斯格雷格斯以及下福特福西，人们站在那儿，哄笑着争辩这次由赤色分子策划的饥饿进军。那些有工作的人说，天啊，当心，他们带你们出去只会让你们的头打破，这些共产党人他们是既不考虑自己也不考虑别人，这些该死的家伙实在太不聪明了。而那些没工作的人则说，或许是这样，或许倒不是这样。如果不是这些赤色分子那又是谁把政治行动委员会的税收提高了呢？告诉我们啊。

你不是个赤色分子，绝对不是，你头脑要冷静得多，在这种愚蠢的进军活动中是找不到你的，你可赔不起靴子来干这种事。女人说了，当心，吉姆(或是塞姆，要不就是罗伯)，你可不会卷进赤色分子的这种粗暴的进军中去的，是吗？你对她说，见你的鬼去吧，你当我疯了？一边就慢慢走开了，雨淅淅沥沥地在整个加洛盖特下个不停，到处都湿透了，大多数群众都回家去了，只有那几个家伙这儿那儿在小巷和院子里跳进跳出，现在他们还有什么屁话好讲呢？

这时还不等你拔脚溜走避开时，大个子吉姆·特雷斯迎面大声叫着你的名字把你拦住了，他一直在找你，因为你是个最积极最可靠的人。没有你参加，这次进军还算得上什么进军，少了你，那些年轻人就少了主心骨了。你说见鬼去吧，你连双鞋也没有；他说那不碍事，他们全会提供的，说着便把你的名字记在一本小本子上，你瞧见那上面有威尔的名字，还有乔迪、伊恩的，甚至连老麦尔科姆的名字也在上面——老天，如果他们去的话你当然能去喽；大个吉姆说得不错，是要有一班老家伙给那些年轻人壮壮胆——

* * *

这一周里，特雷斯和那个疯狂的年轻魔鬼尤旺·塔文达尔一起不停地在各家院子、小巷还有小酒馆里跑进跑出，劝说着人们，记下他们的名字，筹款为大伙买靴子。警察始终跟踪着他们，就是那个叫费特的警官和两个警察，真见鬼，他们到底想干涉谁啊？自从年轻的塔文达尔揭露了政府有关部门在高恩斯-格洛格公司里测试毒气在挤满人的库房里的效果时引起了爆炸以后，警察就从来没有放松过对他的监视。因此你们有一小批人保卫着他和特雷斯，不管他们到哪儿去都跟着，就好像保镖一样，年轻的塔文达尔吹着口哨，对这事开起了玩笑，真是个聪明的年轻人——天啊，他多能战斗啊！人们说他对待女人也简直是个幸运儿，尽管如此你倒还没听说过他让谁怀过孕。

* * *

那周最后一天下午特雷斯对尤旺说，他最好回家去睡上一会儿，他很需要睡一会，以便到了早晨能出发进行这次异常艰辛的南下进军，那可是风尘仆仆到伦敦的五百英里行军啊。真幸运，他这个年轻的精力充沛的人也会去，特雷斯希望由他来领导这次进军，然而党的执行委员会已经对尤旺发出指示，他们打算让他作为一个新的组织者留在伦敦——在这紧要关头这是正确的……看在老天份上，注意保持队伍，别让那些蠢猪走散，或是溜走，也别让他们跟女人睡觉引起麻烦。在途中，他们会发现工党地方支部会被迫给他们提供住宿和帮助，别去搭理他们，别去搭理他们，在所有的演讲中都要大力宣讲只有共产党才是工人的希望。

尤旺哈哈一笑，对吉姆说，不必担心，要掏干工党的口袋，而不要去同它的女人们乱搞，他把一切都安排好了，好了，再见，同志。明天你会带着乐队领我们出发吗？特雷斯说他会的，接着他又说，再见，尤旺。两人握握手，彼此都依依不舍，又什么也没再说，就像晚上，在对一个城镇发起猛攻前，两个士兵蹲在城墙下一样。

从默里市场来的工人整个下午都在房间里拆卸家具，克丽斯为这两个工人每人斟了一杯茶，他们坐在厨房里喝起茶来，表示很感激地说道，太太，这么说你要搬到一幢小些的房间去住了？克丽斯说是的，她要离开邓凯恩，一听她打算搬去的那个地方，那个年纪大些的工人便摇摇头。他怀疑这一来她很可能要十分孤单的。他自己是一直住在这个城里的。

就在初秋的这个晚上，克丽斯走过房子里的一个个房间，把所有的门都锁好，还检查了每扇窗的插销是否插好，不会让风吹开。她走过地板的脚步声引起了一阵空洞的回声，在默盖特洛伊德小姐房间的一个角落里遗下了一块手帕，到了早晨她说不定会记起的，说不定还会来找它。她说过，唉呀，她可真太遗憾了，这儿就此散伙，不过这样或许倒是最好，最好，她肯定自己到了新住处一定是会过得非常舒服的。奥格尔维太太肯赏脸收下这件小小的礼物吗？这是给年轻的尤旺先生的，不知他是否会赏脸？——是两本极棒的关于古苏格兰人的书，他们真有无边的魔力，尤旺先生曾经读过，他非常喜爱这两本书。

克丽斯关上门，顺走廊来到了阿尔奇·克利尔蒙特的房间，朝里张望了一下；他脸孔通红，站在门口，行李箱在他身后，他说，我得说，离开这儿我真感到极其遗憾。我经常给你添不少麻烦。我说——脸又涨得通红，瞧着她。克丽斯理解他的意思，笑了起来，她知道他想要什么，便吻了他一下，瞧着他大步走了，温和地想道，真是个挺不错的小伙子。随即便把他忘了。

在夸里奇先生的房间里什么也没有了，只有那块他的书曾经靠着的墙面留下了一块苍白的痕迹，沉闷的空气中还闻得到他那股烟斗的烟味，他也说过，不管怎么说，你千万别把它当作一回事，我冒昧揣问一下:你的丈夫会回来吗？克丽斯当时摇摇头，说不会回来了，他们已经分手了，艾克准备在萨斯喀彻温定居。尼尔变得不安躁动起来，过一会他建议说她可以离婚，他已经省下了一笔钱，可以去弄一幢像样的房子，他不会让她多操心的。可克丽斯摇摇头，于是他叹息一声说，好吧，如果你不想跟我，那么祝你好运。

皮德尔先生根本就没来道别，他叫来了一辆出租车，把自己的东西装了上去，然后骑上自行车跟在出租车后面走了，他低着头，头颈露了出来，连声嘻—嘻！也没说，真是古怪，克丽斯发觉自己的心给刺了一下——这怪家伙不该连声再见也不说的。她四下打量着他的房间，看见外面刚亮起来的路灯把他房间窗户上的那块碎玻璃照得一闪一晃的，然后她就把门关上，锁好。好了，就是这么些了。噢，不，还有一间房间。

于是她走上楼梯，站在那儿，这间房间就在她自己住的那间房间上面，紧挨着尤旺的房间，几乎没什么亮光，房间里除了黑影以外什么也没有。到现在为止这儿有三个月没住人了，埃伦·约翰斯自打那个周末同尤旺一起出去以后就再也没有回来过，只有尤旺一个人回来，浑身溅满了泥污，就好像他像个流浪汉一样一路跋涉走回来似的。第二天便有人送来了一张便条，上面询问奥格尔维太太能否把埃伦的东西整理好，她本人实在太忙抽不出空来退房，送上一周的房租。她希望奥格尔维太太幸福愉快……

克丽斯有好久没去想这件事了，可这会儿她下楼走进厨房，只见尤旺坐在那儿，炉火熊熊，晚饭差不多好了，这时她如同在一个古老的梦中一样又想起了这件事。她刚把门关上，尤旺抬起头来，好几小时他一直潜心于文件和清单中，标出进军需要的装备、地址、路线和准备演讲的摘要；克丽斯先前已经打他肩头望去，看见了这些东西，她就让他去干。现在看见他用疏远的目光瞧着她，她便问他从那次以后他是否再见过埃伦？

他问，看见谁？他的眼光茫然，接着摇摇头。连影子也没见过。怎么啦？

克丽斯哦了一声，说没什么，她只是刚才想到了她，尤旺点点头便把她俩丢在了脑后，继续去整理他的清单，而她就把晚饭摆好，房里没了家具，显得很不安静，只听见穿堂风吹过的簌簌声。她招呼尤旺吃晚饭，两人不吱声地吃起来，这时，邓凯恩夜幕还没有降临。

突然他开腔了，声音很奇怪，最后的晚餐，克丽斯。你到了那儿一切都能料理好吗？

她说他不必为此担心，她要去做自己所要做的事，就像他要去干他自己要干的事。两人相视笑了笑，两人的笑容都很冷静坚毅，克丽斯收去桌子，把火重新拨旺，然后两人分坐在火炉两边，看着低低的火焰，听着雨点打在窗玻璃上的声音。尤旺用手托着下颚，他已经没了那股活泼的生气，这个年轻人的下颚显得那么刚毅，他有一会想起了什么，脸色变得柔和起来，你还记得谢格特的牧师住宅和春天的草坪吗？

克丽斯说她记得，她用怜悯的神情朝他笑笑，看见有一会儿他受到了震动，而她是再也不会为此而激动得发抖了。而他的思绪已经飞回了在谢格特的别的事上了，那一天，罗伯特死在教堂里——克丽斯是否还记得他那种清晰而又像把刀一样尖利的信条？他要求人们去寻找这种信条。在这以前他还从来没想过，他本人已经找到了这种信条——他想，在某一方面来说，罗伯特是不会领悟到的，尽管他是个很正派的人，他却是个多愁善感的心肠很软的人。

克丽斯拨了拨火，直瞅着火焰，听着春风刮过了邓凯恩，春天是不会完结的，没有完结的春天！……尤旺站在窗边说，明天要下雨了，这对进军来说太糟了，不过他们已经弄来了靴子。他又折回身，坐下，瞧着她，揶揄地问她在梦想什么。她说，在想罗伯特和你们的这种信仰。整个世界几千年来都在寻找信仰，可找到的只是死亡和不安宁。在我看来，你的信仰只是又一块乌云——或者说是你正想从山上推下一块很大的石头。

他说是石头在推他；尽管刚才他还称罗伯特是个梦想者，可他自己就在明天即将来临之际，坐在那儿梦想开了：有好多年的明天等着他去度过，而这些克丽斯是无法看见的，他抛开他的教条中的晦涩难懂和外面的罩壳，又一次像他是个开朗诚挚的孩子那样，温柔而又聪明地想道：

我想，妈妈，将永远总是你和我。那或许是场古已有之的战斗，或许这场战斗永远不会结束，不管我们把它叫做什么战斗——到头来这就是一场**自由**和**上帝**之间的战斗。

夜晚很快在降临，克丽斯坐着，看见巴梅金的山顶。再过去，就在班内奇的山脊，聚集着一片金黄色的云朵，过了一会儿就变成了暗红色。最后一缕阳光很快就要消逝了。

在群山底下，也在她的脚下，她能看见凯恩杜的那片房屋都安宁下来准备过夜了，就跟她离开它时一样，那两头母牛挤过奶了，鸡也喂过了，坐落在山坡上的小块田园里的玉米长势茂盛，傍晚柔和的阳光下，翠绿的玉米绿得发蓝。明天她得出去给萝卜拔草了，那儿的草长得把萝卜都快盖没了。

一开始他们对是否把这块地方租给她还吃不准，怀疑这么个妇道人家究竟是否能行。不过他们早就把她的父亲约翰·格思里忘了，也不记得二十三年前他得病死于埃希特时的情景了。对他们来说，她只是奥格尔维的寡妇，想租下这块多年没人租的贫瘠的地方。她是在四月初搬进来的，把房子修缮好，拼命干活，把内外房间都清扫得干干净净，她就是在这内室中出生的；很久以前那个晚上，她也曾坐在这间厨房里听到她母亲的叫唤，那对双胞胎就在那时出生了……有时在干着家务活或是用锄头在田里干活时，她会闭上双眼，傻呵呵地想到实际上什么也没发生过，一切还是老样子——金拉第，谢格特，在邓凯恩的那些岁月——她的哥哥威尔就在她身边弯着腰锄着草，脸容消瘦的父亲从屋里大步走来，她一转身还能看见母亲的脸……可她一睁开眼，眼前只有这片土地，这片永久给群山环抱的土地。炎炎夏日下，群山发出隆隆声响，远处传来田凫不断的哀鸣声。

周围的人们是乐于助人的，可他们有自己帮助人的方式，对她不太注意，顺这条路和这道门出去，她能遇见他们，看见他们，他们对她不甚了解，而她对他们也知之甚少，她已经找到了她想找的最后一条路，她踏上了这条路，不去考虑别人，也不为别人所关注……

浓雾四起，班内奇进入了夜晚；克丽斯动弹了一下，她双手抱膝坐着，眺望着远处高原那边的世界，白天不会消逝，而是不断东去，一直往东，越过整个世界，于是早晨来临，世界上总有一处是早晨，永远不会结束。没有黎明，任何地方将是一片黑暗，白天和黑夜组成了一切，她在凯恩杜的小避身所是她梦想的结束生命之地，生命是不会持久的。而这是摆脱一切的最好途径，正如她现在静静地坐在这儿所看见的——变化主宰着地球、天空和地下的水，有一度她是多么害怕正视这种变化，因为变化的右手是死亡而左手就是生命，而变化是不可能被人的梦幻、爱恋、仇恨、感情、愤怒或是怜悯所左右，也不是神、鬼或是对天疯狂的唤叫能阻止的。变化以曲折的方式一而再再而三地经过，他就是救助者、毁灭者和朋友。

刚伐过木的费尔山落下了一阵小雨，一阵薄霭挡住了正在逝去的日光；她一扭头，看见凯恩斯湾波光粼粼，一会儿像打磨过一样闪闪发光，接着雨落到了那儿，海湾看不见了，一小股风吹过了巴梅金。风雨过后黑暗降临了。

山间亮起了点点灯光，那是薄暮时分小镇子的灯光，人们疲乏地上床睡觉，隔开数里之遥，灯光在夏夜闪烁，显得十分微弱。

是该她回家的时候了。

可她还是坐着，看着灯光一盏接一盏地熄灭，雨下起来了，雨点打在她四周的石头上，整整一晚雨不停地下着，而她就一直坐在那儿，她已经感觉不到雨点落在身上，也听不到田凫在附近经过的声响了。

译　后　记

值此国庆四十一周年之际，终于将这部长达五十余万字的《苏格兰人的书》译完校毕。搁笔之际不禁长舒一口气，心中顿生一种如释重负之感。

自一九八四年父亲胡汉亮（笔名曹庸）先生托访美学者，中国科学院数学所副研究员李福安先生从美国弄来了这本书，并决定由他自己、上海大学文学院副教授胡瑞生先生和我共同翻译此书，至今已整整过去了六年多时间。当时分工是由父亲译第一部，胡瑞生先生译第二部，我译第三部，但令人意想不到的是，身体一直那么健康的父亲竟会在一九八八年上半年患上不治之症，仅过半年便与世长辞，留下了他未及完成的本书第一部及他雄心勃勃的译作计划，真令我悲痛至极；其时又正值全国图书出版业极不景气之际，心中不由产生一种暂时搁笔之念；然而父亲生前要将这部在英国文学史上颇具地位的苏格兰作品介绍给我国读者的遗愿总得由我完成，——写到这里，眼前不禁又出现了一九八八年八月底一天清晨的情景。当时父亲还能走动，他含着泪将他的未完译稿及有关译作计划等资料交托与我，之后不久他便瘫痪昏迷了……而除此之外他生前没留下任何别的遗言，可见这部书在他心中的地位——只是靠着这一心愿的支撑，才使我坚持把我和父亲承担的那部分书译完了。

依时下流行的眼光来看，译这本书实在是件吃力不讨好的事。然而在自己翻译并对全书作统校的过程中，使我逐步理解了父亲的一番苦心，也可说是老一辈翻译家的高尚品质，他们考虑的只是如何将外国文学中有地位的作品介绍到我国，我父亲要译介这本书正是想要填补翻译作品中苏格兰文学有代表性作品的空白，因为《苏格兰人的书》是二十世纪三十年代苏格兰文学中直到最近依然还在再版并受到评论界注意的唯一一部作品。而眼下，由于狠抓扫黄，端正出版方向，全国的图书出版业开始出现了转机，也使这本书能得以出版，这实在是件令人高兴的事，也足以告慰九泉之下的父亲了。

应该说，这本书是部十分严肃的文学作品，关于作者以及他的这部作品在英国文学中的地位，在英国评论家艾弗·布朗为本书所写的前言中已作了详尽透彻的介绍，这里无须赘述，只想谈一点自己的感受。

这本书并不具有曲折生动的情节，描写的全是普普通通的苏格兰人，然而仔细读完全书不能不使人感到书中具有的浓郁的苏格兰乡土气息。随着作者的叙述，读者眼前一点点展现了苏格兰社会的小农经济已经瓦解并进入了资本主义阶段，与此同时，社会主义运动逐步兴起的一幅极其真实动人的历史画卷，读者似乎跟着作者的笔触一步步走过了苏格兰社会艰辛的发展进程。就此而言，这本书也是值得介绍给我国读者的。整部作品丝毫没有什么华丽的辞藻，而只有朴实的乡土语言，然而正是这种朴实的语言，却能深深打动读者的心，我想，这就是作者的写作风格及其成功之处；尤其值得一提的是作者不时采用的第二人称的写法，这种手法的特点就是读来更使人产生一种身临其境，似在与书中人物直接对话的感觉。相信读者在看完本书后是会体味到这一切的。

本书前言及第一部开始至 184 页由曹庸先生译，第一部第 185 页至第一部结束由孙予译，第二部由胡瑞生先生译，第三部由孙予译，并由孙予统校全书。

谨此向提供原书的李福安先生致以深切的谢意。

孙　予

1990 年 9 月 30 日